恰逢雨连天

沉筱之 著

上册

青岛出版集团 ｜ 青岛出版社

图书在版编目（CIP）数据

恰逢雨连天/沉筱之著. —青岛:青岛出版社,2022.4
ISBN 978-7-5552-9728-4

Ⅰ.①恰… Ⅱ.①沉… Ⅲ.①长篇小说－中国－当代 Ⅳ.①I247.5

中国版本图书馆CIP数据核字（2021）第169685号

QIA FENG YU LIANTIAN

书　　名	**恰逢雨连天**	
作　　者	沉筱之	
出版发行	青岛出版社	
社　　址	青岛市崂山区海尔路182号	
本社网址	http://www.qdpub.com	
邮购电话	18613853563　0532-68068091	
责任编辑	龚雅琴	
校　　对	李晓晓	
装帧设计	蒋　晴	
照　　排	梁　霞	
印　　刷	北京润田金辉印刷有限公司	
出版日期	2022年4月第1版　2024年2月第2次印刷	
开　　本	16开（710mm×980mm）	
印　　张	37	
字　　数	683千	
书　　号	ISBN 978-7-5552-9728-4	
定　　价	69.80元（全2册）	

编校印装质量、盗版监督服务电话 4006532017　0532-68068050

你所往之处横亘山川河流，
目之所及或有乌云蔽日。
但你胸怀坦荡，
何须在意谁会搅弄风云？
只要心中明月常在，总有揽月之日。

柳朝明记得，
初遇苏晋，
是景元二十三年的暮春。
那个时节总是多雨，
他在朱雀桥边落轿，
她隔着雨帘子对他一揖。
雨丝洋洋洒洒，
他看不真切，
只记得她一身素衣，
明眸深处仿佛有火燎原。

目录

上 册

I

目 录　下 册

暗夜行舟，只向明月

楔　子

永济元年的雪，一直到十二月才落下。

苏晋被人从刑部带进宫，险些叫这光亮的雪色刺了目。

她已百日不见天光，大牢里头昏天黑地，充斥着腐朽的气味。每日都有人被带走。那些她曾熟悉的、亲近的人，一个接一个被处死。

一朝江山易主，青史成书。

苏晋身上的囚袍略显宽大，凛冽的风自她的袖口灌进来，冷得钻心刺骨。慢慢地，她也就麻木了。

苏晋抬眼望向宫楼深处，那是朱南羡被囚禁的地方。昔日盛极一时的明华宫如今倾颓不堪，好似一个英姿飒爽的帝王转瞬便到了垂暮之年。

明华宫走水——看来三日前的传言是真的。

内侍推开奉天殿门，扯长声音唱道："罪臣苏晋带到——"

殿上的人蓦然回过身来，一身玄衣、玄色冠冕，衬出眉眼间阴森、冷厉的杀伐之气。

这才是真正的柳朝明。苏晋觉得好笑，叹自己初见他时，还在想世间有此如玉君子，亘古未见。

如今她又当怎么称呼他呢？首辅大人？摄政王？不，他扶持了一个痴人做皇帝。如今，他才是这天下真正的君王。

殿上的龙涎香沾了寒意，凝成雾气，叫柳朝明看不清殿下跪着的人。

"过来些。"沉默片刻，他吩咐道。

苏晋没有动。两名侍卫上前，将她拖行数步，地上拖出两道惊心的血痕。

隔得近了，苏晋便抬起头，哑声问道："明华宫的火，是你放的？"

他没有作声。苏晋又道："你要烧死他。"

柳朝明这才看见她唇畔悲切的笑意。曾几何时，那个才名惊绝天下的苏尚书从来宠辱不惊，性情凉薄，竟也会为一人悲痛至绝望吗？

柳朝明心头微震，却咂不出其中滋味。良久，他才道："你作乱犯上，勾结前朝乱党，且身为女子，却假作男子入仕，欺君罔上，罪大恶极，即日流放宁州，永不得返。"

苏晋又笑了笑："不赐我死吗？"

她这一生荒腔走板行到末路，不如随逝者而去。

囚车等在午门之外，她戴上镣铐，每走一步，银铛之声惊响天地。

柳朝明看着苏晋单薄的背影，忽然想起初见她的样子。

那是景元二十三年的暮春，风雨连天，她隔着雨帘子朝他打揖，虽是一身落拓素衣，一双明眸却如春阳般秀丽。

那时柳朝明便觉得她与自己像，一样的清明自持，一样的洞若观火。

他只恨未将她扼死在仕途伊始，却因几分探究、几分动容，任由她长成参天大树，任她与自己分道而行。

如今她既断了生念，是再也不能够原谅他了。

"苏晋。"柳朝明道，"明华宫的火，是先皇自己放的。"

苏晋身影一滞。

柳朝明淡淡道："他还是这么蠢。两年前，他拼了命抢来这个皇帝，以为能救你；而今他一把火烧了自己，拱手让出这个江山，以为能换你的命。"

苏晋没有回头，良久，哑声问："为什么……要告诉我？"

"你不是问为何不赐你死吗？"柳朝明道，"如朱南羡所愿。"

囚车碾过积雪，很快便没了踪迹。

天地间又落起雪，雪粒子落了柳朝明满肩，融入氅衣。可他长久立于雪中，仿佛感觉不到寒冷。

一名年迈的内侍为柳朝明撑起伞，叹了一声："大人这又是何必？"内侍见惯宫中生死人情，晓得这旋涡中人，不可心软半分，因为退一步便万劫不复。

"尚书大人本已了却生念，大人那般告诉她，怕是要令她置之死地而后生了。苏大人在朝野势力盘根错节，所谓百足之虫，死而不僵，当今圣上又是假作痴傻，若有朝一日，她得以返京，与大人之间，怕不是你死就是我活了。"

他们相识五载，连殿上的帝王亦如走马灯一般换了三轮，生死又何妨呢？

"若她还能回来。"柳朝明笑了笑，"我认了。"

第一卷

第一章　多事之春

苏晋初遇柳朝明，是景元二十三年的暮春。

那个时节总是多雨，春雨绵绵密密地落在十里秦淮，宛如扯不断的愁绪。

苏晋的确是愁得很。

春闱刚过，榜上有名的贡士就丢了一个。苏晋今早去他的住处一看，桌上还搁着誊录了一半的《御制大诰》，然而贡士生不见人，死不见尸。

贡士失踪是要去大理寺登案的，可惜天公不作美，苏晋走到一半，春雷隆隆作响，须臾间就落了雨。

苏晋一路冒雨疾行，过了朱雀桥，眼看大理寺就在跟前，却有人先她一步，在官署外落轿。

四方八抬大轿内，大员一身墨色便服，一旁有人为他举伞，眉眼瞧不真切，不言不语的样子倒是凛然有度。大员下了轿，脚下步子一顿，朝雨幕这头看来。

苏晋愣了一愣，这才隔着雨帘子向他见礼。

这是个多事之春，漕运案、兵库藏尸案数案并发。大理寺卿成日里忙得焦头烂额，将脑袋系在裤腰头上过日子，是以署外的衙役接了苏晋的名帖，见其不过京师衙门一名知事，就道："大人正在议事，烦请官人稍等。"也没将人往署衙里请。

苏晋也不是非等不可，将文书往上头一递也算交差，但这名失踪的贡士与她是至交。四年前，她被逐出翰林院时，若非他帮衬，只怕举步维艰。

雨势急一阵缓一阵，廊檐下挤挤挨挨站了一排躲雨的人，看官袍的纹样，与苏晋一样，都是被打发来候着的芝麻官。

苏晋正想着是否要与他们挤挤，头顶一方天地潇潇雨歇。

苏晋回身一看，也不知哪里来了个眉清目秀的随侍为她举着伞，说了句"官人仔细凉着"，随后将伞往她的手里一塞，又往衙里去了。

伞面是天青色的，通体一派清肃，大理寺的衙差因这伞看着贵气将她先一步往署里请——苏晋这才想起，这把伞是方才那位落轿大人用的。

也是奇了，这世道，伞的"脸"比人的脸好用。

见到大理寺卿，苏晋俯首行礼："下官苏晋，见过张大人。"

张石山是识得苏晋的。

他出身翰林，去年才被调来大理寺。当年苏晋二甲登科，还在翰林院跟他修过一阵《列子传》。可惜木秀于林，风必摧之，而今再见，苏晋昔年一身锐气尽敛，张石山心中惋惜，言语上不由得温和几分，指着一张八仙椅道："坐下说话。"

苏晋依言坐下，这才注意到那位落轿大人正于座上另一侧闲饮茶。

她少小识人颇多，眼前这一位模样虽挑不出瑕疵，然眼底云遮雾绕，不知藏着什么。

苏晋想起一个句子来，晓开一朵烟波上。

张石山道："你托刘寺丞递来的文书我已看了。晁清的案子你且宽心，他好歹是朝廷的贡士，我再拟一份公文交与礼部，务必将人找到。"

艰屯之年，三法司遇到棘手的案子无不往外推，大理寺肯接手已是天大的情面，可等到礼部审完公文，着手找人又是什么时候？读书人一辈子盼着金榜题名，后日即是殿试，晁清等不起的。

苏晋道："不瞒大人，此事京师衙门也查了，晁清这几日都在处所用功，并无可疑之处，只是失踪当日，太傅府三公子来找过他，二人像是有过争执，之后晁清才不见的。"

太傅府三公子晏子言，当今太子的侍读，时下任詹事府少詹事。

张石山问："如何证实是少詹事？"

苏晋道："那人手持一枚晏家玉印，贡士所的武卫验过的。"

张石山为难起来，此事与晏三有关，他要如何管？难不成拿着一枚玉印去太傅府拿人？

得罪太傅便罢了，得罪了东宫，他吃不了兜着走。

张石山一时无言，隔着窗隙去看乌沉沉的天色。

春雨扰人，淅淅沥沥，浇得人心头烦闷。

倒是座上那位落轿大人悠悠开了口："晏子言来过，后来又走了吗？"

"走了。"

"走的时候，晁清人还在？"

"还在。"

那一位端着一盏茶，平静地看着苏晋道："既如此，倒不像干晏子言什么事。京师衙门不愿接这烫手山芋，所以你来大理寺，请张大人看在往日的情面上，拿着区区一面之词去审晏少詹事？"

苏晋被这话一堵，半晌才吐出一个"是"，随即双膝落在地上，重重地磕了个响头："请张大人帮学生一回。"

苏晋到底是读书人，满腹诗书读到骨子里，化作一身傲骨。都说膝下有黄金，若不是为了故友，她一辈子也不要求人。

张石山看她这副样子，心中已是动容，方要起身去扶，却被一旁伸来的手拦了拦。

落轿大人端着茶，慢慢踱到苏晋跟前，居高临下地看着她道："本官同你说几句实在话，你听好。

"今年开岁不顺，眼下是什么世道，你心中该有数。莫说是丢了一个人，哪怕死了人、烧了几座庙，只要天下大致太平，能揭过去就揭过去了。为官当有为官者的方圆，跟大理寺讲情面买卖，且先看自己的身份。"

夜里，苏晋回到应天府衙，坐在榻上发呆。

邻屋的周通判看到了，问："那位张大人将你回绝了吧？"又摇头叹道，"我劝过你，这些当官的'老不修'，活似臭茅坑里的石头，一则迂腐，二则嗜'蝇'，你何必自取其辱？"

周通判字皋言，单名一个萍字，当年春闱落第，是凭着举子身份入的京师衙门。

苏晋转头看他一眼，忽道："皋言，朝廷里年不及而立，且是三品往上的大员，你识得几个？"

周萍吓了一跳："年纪轻轻就官拜高品？"又沉吟说，"不过自景元帝广纳贤能以来，这样的朝官不至六七，亦有三四。"

苏晋默不作声，在案几上抹平一张纸，沾水磨墨。

笔落纸上，须臾间，她便勾勒出一幅人像。周萍锁眉看着，竟慢慢看痴了，那纸上的人长得极好，一双眉眼仿佛本就为墨色染就。

苏晋搁下笔："这个人，你识得否？"

周萍道："虽说三品以上的朝官有好几个，可这等样貌，这等气度的，若不是户部侍郎沈奚，那便非新上任的正二品左都御史柳朝明柳大人莫属了。"

苏晋沉默了一下，声音轻飘飘的："我猜也是。"

大理寺这条道，是彻底被堵死了。

苏晋躺倒在榻上，想起四年多前，她被乱棍加身，昏死在路边。只有晁清来寻她。风雨连天，泥浆弄脏了他的白衣袖子，他将她架在背上，索性连伞也扔了。

苏晋浑浑噩噩间说了声谢，晁清脚步一顿，闷声回了句："你我之间，不提谢字。"

受恩于危难，结草衔环以为报。

翌日，周萍方起身就听见叩门声。天未明，苏晋站在屋外，眼底乌青，大约是辗转思量了一整夜："小侯爷的密帖呢？拿来给我。"

周萍原还困着，听了这话，陡然一惊："你疯了？"

苏晋不言语，径自进屋，从一方红木匣子里取出密帖。帖子左下角有一镂空紫荆花样，里头还写着一道策问。

这样的信帖面上瞧着没什么，里头却大有文章——当今圣上以文治国，每月命翰林分发策问，令诸皇子作答，时限三日。皇子答出无赏，答不出却有罚。

苏晋会收到密帖，自然是哪位殿下躲懒，找下头的人代答。

宫中规矩严苛，虽说密帖经手之人甚少，但圣上若铁了心要查，也不是查不出的。半年前，钦天监一名司晨就因帮十四殿下代拟了一道策论，被活活打死。

苏晋将桌上的一杯冷茶泼到砚台里，研墨铺纸，落笔就答。

周萍在一旁看得心惊胆战，连忙将门掩上，跟过来问："昨日我要烧这密帖，你拦着不让，心里就有这打算了？"

苏晋"嗯"了一声。

周萍急忙道："你找死吗？知而慎行，君子不立于危墙之下。"

苏晋道："危墙虽险，尚有一线生机，总好过屈身求人。"

周萍要再劝，外头有人催他上值。他匆忙洗了把脸，走到门前，回头看苏晋仍旧笔走如飞，一副慷慨赴死的形容，只好叮嘱道："你要找晁清，我替你想辙。你莫要冲动，切记三思而后行。"

苏晋没抬眼，回了句："记得帮我画卯。"

策问论的是中兴之本，苏晋答罢，收拾好笔墨出门。

外头又在落雨，雨丝如断线，细且密。她回屋取蓑衣，想了一想，又取了那柄天青色的油纸伞。这是柳朝明的伞。苏晋想，此一行，若能撞见柳朝明，便将这伞归还了。

周萍说三思而行，她不是没有听进去。可她有什么办法呢？

她实在不愿欠旁人什么，点滴之恩，便要涌泉相报。而晁清的扶持之恩，她竟要以命相酬了。

她这一生注定艰险，长此以往，还是少与旁人有瓜葛才好。

苏晋到得侯府，府外武卫称小侯爷上值未还，烦请先候着。

小侯爷任暄是长平侯的独子。长平侯过世后，光耀一时的侯府徒留一个空架子，好在圣上念任暄谦恭有度，御封他为礼部郎中。

明日是殿试，任暄在衙署核对了一日贡士名录，等到散值归家，已日暮时分了。

春雨初歇，任暄老远辨出府外站着的人是苏晋，心里猜到她的来意，一时喜出望外。

入得厅堂，苏晋将密帖取出，道："请小侯爷过目。"

任暄五年前就读过苏晋的文章，彼时她方入翰林，一手策论清放干净，颇具名气。

他笑道："你文章太好，就这么交给殿下，他也不能用的。我稍后会在措辞上做些改动，你放心，绝不让翰林那老几个瞧出端倪。"

苏晋道："全凭小侯爷做主。"

任暄将密帖收好，想了想问："你甘冒此风险，可是在京师衙门待不住了？我在吏部有熟人，说詹事府录事有个缺，虽只是九品，好歹是在东宫手下做事，比起京师衙门体面许多，你可有意？"

苏晋一时默然，良久才道："小侯爷既在礼部，必然晓得晁清失踪一事吧。"

任暄称是。

苏晋续道："晁清与下官乃故旧。我去贡士所问过，他失踪当日，太傅府晏三公子曾去找过他，有一枚晏家玉印为证，且二人有过争执。奈何少詹事大人走的时候，晁清人还在，这案子查不到少詹事头上。我人微言轻，自知闯不了太傅府，只请小侯爷能让我与晏三公子见上一面，也好当面讨个究竟。"

任暄没料到苏晋费此番周折，为的竟是旁人，往细里琢磨：晏子言如今是詹事府少詹事，应天府衙门大约不愿得罪罪人，想将这案子压下去，苏晋是不得已，才甘冒大不韪，找到侯府来的吧。

她这也算是舍己为人了。

任暄心中生出些敬重之意，言语上也亲厚几分："不瞒苏贤弟，晏少詹事上头就是东宫，等闲得罪不起。不如这样，明日一早，你扮作随侍与为兄一同进宫。晏子言每日五更必从金水桥过，为兄帮你拦下他，你也好问个明白。"

是夜，苏晋依任暄之言歇在侯府。

翌日四更，苏晋起身，匆匆用过早膳，上了马车。

任暄问："这朝廷上下，除了翰林那老几个，贤弟便不再识得谁了吧？"

苏晋应道："彼时在翰林院只顾修书撰文，与人结交甚少，且只有区区数月，当不会有人认出下官。"

任暄道："这就好。你是不晓得，新上任的左都御史柳大人治纪甚严，若叫人瞧出端倪，发现我与贤弟纲纪不振，就不好收拾了。"

苏晋愣了一愣，眼看皇城已近在跟前，做出一副眼观鼻、鼻观心的样子："哦，倒未曾听说过此人。"

正午门前，车马止行，又因宫中为消弭火患，禁了诸臣的灯火，只有二品以上大员可乘轿提灯而入。

五更不到，金水桥头站了寥寥数人，都在等掌灯内侍前来引他们入宫。

任暄领着苏晋等在桥头，到了五更正刻，晏子言果然踩着梆声来了。

任暄上前寒暄一二，将话头引到殿试上，道："昨日核对贡士名录，本该有八十九名，没承想失踪了一个。我差人去衙门一问，生不见人，死不见尸。礼部这头要应付差事，报的是因家中有急事返乡了，但你也晓得罗尚书爱究细的性子，我怕他问起，又差下头去贡士所打听了打听，可巧了，武卫说这贡士失踪前，你去过一趟。"

晏子言"哼"了一声："胡说八道。"又眯着眼问，"小侯爷拿这话来问我是什么意思？疑心我将人劫走的？"

晏子言生得长眉凤目，一身朝服也穿出广袖长衣的气度，宛如古画里的魏晋名士。只是大英雄能本色，真名士自风流，晏子言一副眼高于顶的模样，是曲高和寡得过了。

任暄笑道："若是怀疑你，我还来问你做什么？通风报信吗？"

晏子言低眉暗忖半刻，也以为是，目光不经意落到苏晋的身上，不由得道："怎么，身边换人了？"

任暄道："阿礼病了，就带了另一个，也巧，昨日就是差他去贡士所打听的。"

苏晋上前打了一个揖:"小人贾苏,拜见少詹事大人。"

晏子言没有接话,上下打量着她,一时没移开眼去。

苏晋又道:"少詹事大人恐怕是贵人多忘事,贡士所的武卫并非空口无凭,他们说少詹事去过,是有一枚晏家玉印为证的。"

晏子言抖了抖袖袍,以为在听笑话:"一群莽夫信口开河!晏家玉印乃晏氏身份的象征,本官从来爱惜如命,绝不带在身侧,如何能落入他人之手?"

苏晋抬头直视晏子言,摊开右手:"那么依少詹事所言,小人手里的这枚玉印是假的了?"

天尽头只有月光,羊脂玉所制的印章莹润生辉。晏子言瞬时变了脸色,伸手就要夺,苏晋却先他一步收回手,淡淡道:"看样子不是假的。"

晏子言怫然道:"你是什么东西,竟敢质疑本官!"月色下,苏晋淡漠冷静的样子叫他觉出一丝似曾相识,他又道,"不对,我像是见过你,你是——"

金水桥另一头照来一星光亮,众朝臣本来凑在一处瞧热闹,见了这道光,纷纷散开。

二品以上大员不必等候灯火,没几个早来的,能五更天到正午门的,大约只有都察院新上任的铁面菩萨了。

任暄心道不好,只盼着"菩萨"的轿子能隔开全世界,让那人什么动静都听不见。

偏偏"菩萨"就在他跟前落了轿,轿前的掌灯随侍还和和气气地招呼道:"小侯爷早,少詹事大人早。"

苏晋听声音耳熟,抬起眼皮看了一眼,正是那日在大理寺给她送伞的人。

不用猜,另一位一露面就叫天下肃静的便是左都御史柳大人了。

柳朝明下了轿,不言语,神色冷淡。

掌灯随侍又道:"老远就见小侯爷与少詹事大人兴致正高,不知是聊什么,我家大人叫小人也来凑凑趣。"

任暄道:"安然小哥说笑了,少詹事不过是瞧着我换了个面生的随侍,随意问了几句。"言罢还给晏子言使了个眼色,意思是大事化小。

哪里知晏子言不吃这一套,凉凉道:"面生?我看是面熟得很。"

晏子言往前两步,站到苏晋跟前道:"我已记起你是谁了,景元十八年的进士,苏晋苏时雨,可是?"

苏晋昔日与晏子言不过在琼林宴上有过一面之缘,连话都没说过,实在没想到他竟记得自己。眼下百官俱在,还有个察核官常的左都御史,假扮官员随侍,这错处说起来也不大,就怕旁人往死里扣帽子,因此苏晋是万万不能认的。

苏晋只当自己是个长重了样的，行若无事地看着晏子言，张口问道："什么苏时雨？大人是不是记差了？"

晏子言冷笑一声："你大可以不认，却不要以为只有我一人记得你！"双袖一拂，转身走到柳朝明跟前拜下："柳大人，景元十八年恩科，您去杭州办案，回京后，在诗礼会上提起当地的解元苏晋苏时雨，说其文章有状元之才。眼前之人便是苏晋！"

夤夜只得一星灯火，映在柳朝明眼眸深处，轻轻一晃，如静水微澜。

半晌，柳朝明淡淡道："是吗？"顺手拿过提灯，举在苏晋近前照着看了一会儿。

眼前之人巧言令色，冥顽不灵，跟那日他在大理寺里见着的样子一般无二。

柳朝明将提灯递给安然，转身回轿，冷冷说了句："不认得此人。"

任暄没想到这一桩儿事落到柳朝明的眼皮子底下竟被一笔带过，大喜之余又有点儿劫后余生的侥幸，忙拉着晏子言拜别了御史大人的官轿。

正巧引群臣入宫的掌灯内侍来了，晏子言再看苏晋一眼，"哼"了一声，甩袖往皇城走去。

任暄扭头盯着晏子言的背影，等人走远了才对苏晋道："晏子言这个人，脾气虽坏了点，但为人还算敢作敢当。我看他方才的反应，实不像去过贡士所，可你手里的这枚玉印分明又是真的。"

苏晋道："是，我也觉得奇怪。"

任暄来回走了几步，说道："这样，你先在此处等着，待会儿为兄送完密帖，抽空去詹事府打听打听，看看晁清失踪那日，晏子言究竟做什么去了。"

这日的阳光并不绚烂，朝阳寂寥廖挂在天边，不多时起了风，云层越卷越厚。

苏晋抬手搭了个棚张望，眼见一场急雨将至，偌大的正午门，竟没个躲雨的去处。

她拢了拢袖口，打算找个旮旯蹲着，身后有人唤了声："苏先生。"

是任暄的随侍阿礼小哥来了："今早侯爷与先生走得急，连贡士名册也忘带了，我给送来，又想或要打雨点子，就将先生的伞一并带着。"将手里的油纸伞递给苏晋，又朝四下望了望，"果然叫我猜中了，暮春这天是说变就变。"

苏晋谢过，见他怀里的册子露出一角，不由得问："我记得礼部的文书是镶碧青云纹的，这个怎么不一样？"

阿礼道："哦，这是罗尚书私底下让弄的贡士名册，说是都察院的柳大人要，不是正经文书，但要比礼部的齐全些。"又取出文书拿给苏晋看，道，"也没什么见不得人的，就是都察院那位新当家的管得宽，连穷书生的祖宗十八代都要摸个门儿清。叫我说，管这些做什么，学问做得好不就成了？"

苏晋随手翻了翻，发现阿礼的话不假，这名册宛如族谱，的确往回追溯了祖宗十八代。

阿礼见苏晋面色阴沉，凑上来问："苏先生，你看这名册，可发现一桩怪事？"

苏晋道："怎么？"

阿礼环顾四周，唯恐叫人听了去："这一科的贡士，近乎全是南方人。小侯爷说，南北差着这么些人，不知会闹出什么糟心事！"

且不提这一科的贡士，单说春闱前，自各地来的举子也是南方人居多。而春闱之后，杏榜一出，八十九名贡士中，北地只占寥寥七人，是故有北方士子不满，到贡士所闹过几回，还是周萍带着衙差将人轰散的。

苏晋避重就轻："小侯爷多想了，江南乃才墨之薮，多些举子、贡生也不怪。"

他们躲在廊檐下说话，远天一道惊雷忽作，豆大的雨点子打下来，檐下一处地儿瞬时湿了。

阿礼一面撑起伞，一面对苏晋道："这雨势头急，檐头下尺寸地方遮挡不住，先生不如随我去礼部避避，左右小侯爷出来没见着人也是要回礼部的。"

苏晋也以为是，撑起伞跟他往礼部走去。

这日是殿试，礼部的人去了奉天殿，独留一个主事值勤。

主事姓江，正靠在案头打瞌睡，听到廊庑外有碎语声，探出头认了认来人，迎出去道："什么风把阿礼小哥吹来了？"又接过阿礼的伞晾在一旁，将人往里请，"可是替侯爷送文书来的？"

"是，小侯爷早上走得急，将都察院要的贡士名录忘了，我便送来。"阿礼应道，伸手也跟苏晋比了个"请"。

江主事这才注意到苏晋，只见她一身素衣，一时拿捏不准此人的身份，虚心请教道："这一位是？"

苏晋递上名帖，行了见礼。

阿礼道："苏先生是与我一起的。"

江主事翻开名帖，见她不过是应天府的从八品知事，淡淡地道："哦，那就一起进里头来吧。"

三人还没落座，都察院的柳大人也到了，身后还跟着都察院二当家的——副都御史赵衍赵大人。

　　江主事吓了一跳，彻底清醒了，当即请二位贵人上座，奉上茶，恭恭敬敬地道："圣上赏的'龙团儿'上旬就吃完了，眼下还剩些'银丝'，是卑职早上煮好的，二位大人且将就。"

　　赵衍笑道："那敢情好，我们那儿的'龙团儿'还是整块的，礼部喜欢吃，你改日上都察院拿去。"

　　江主事十分惶恐："岂敢岂敢。"

　　赵衍道："我与柳大人要去宫外一趟，想着日前请礼部整理的贡士名册大约已弄好了，便过来取。"

　　"是。"江主事哈着腰，"尚书大人与小侯爷都叮嘱过这事，昨日下官将名册整理好，小侯爷还亲自带回府核对。这不，小侯爷怕奉天殿事忙，又特地叮嘱阿礼小哥将名册送来。"说完，笑眯眯看着阿礼，等他取出文书交差。

　　阿礼心道这回是倒霉大发了。他先头跟苏晋闲聊，把名册给她后就没拿回来。

　　都察院的铁腕手段小侯爷可没少跟他唠叨，眼下他若被抓个现行，让人发现他将礼部的文书交给外人，被打死都是轻的。

　　阿礼急出一脑门子汗，双膝一软要跪下，苏晋先他一步奉上文书："请柳大人、赵大人过目。"

　　阿礼双眼一闭，心想完了。

　　厅堂里死一般寂静。

　　柳朝明冷声问道："礼部的文书，怎么在你身上？"

　　苏晋还没作声，江主事忽然抢着道："这位后生乃礼部铸印局新来的大使，这两日方上任，未入流，不入大人的法眼也无怪乎。"

　　他以为与其坐以待毙，不如扯回妄语，圆出条生路，岂知单这两日，苏晋与柳朝明打了两个照面，一是在大理寺，她是应天府从八品知事；二是在正午门，她乃侯爷府随侍。

　　柳朝明的声音淡淡的："哦，眼下是礼部的大使了？"

　　苏晋甚无语，原想说阿礼怕名册被雨水打湿，她帮忙藏着，哪知柳朝明不过一问，这江主事竟自乱阵脚。眼下苏晋被赶鸭子上架，被迫认了大使的身份。

　　柳朝明接过名册，随手翻了翻："既是礼部的人，想必多少也整理过这本名册，哪几个是你撰次的？"

　　苏晋方才没细看，只粗略扫了头几页，道："回大人，头几位便是下官撰次的。"

柳朝明道："懒得看，你背出来，本官听着。"

苏晋只好应是。

江主事以为死到临头，背弓得像只老山参，然则越听苏晋背越觉得匪夷所思，慢慢直起腰，目瞪口呆地望着她——姓名、籍贯、家中行几、祖上营生、为官为商、擢迁贬谪，无一不对，仿佛这名册当真是她编撰的一般。

柳朝明听了一阵儿，打断道："行了。"定睛看着苏晋，悠悠道了句，"是有过目不忘的本事。"说完站起身。

江主事见他一副要走的架势，扯着袖口揩了揩额上的汗。

柳朝明走到门槛处又顿住脚，没头没尾问了句："你那位故旧是哪一日失踪的？"

苏晋怔了怔，弯腰施以一揖："回大人，是五日前，三月初九。"

柳朝明淡淡地"哦"了一声，继而道："三月初九，晏子言廷议过后便去了东宫，至晚方归，哪里来的闲工夫去贡士所？"

换言之，那日拿着晏家玉印去找晁清的并不是晏三公子。

其实早上拦下晏子言问过以后，苏晋也猜到这一点了，只是没想到为自己证实这个猜测的人竟然是柳朝明。她一时踟蹰，闹不明白柳朝明意欲何为，又琢磨着对这么个高深莫测的人物，当如何道谢，才显得体面且真诚。

那头柳朝明已一脚跨过门槛，漠然道："苏晋。"

苏晋愣了愣："在。"

柳朝明冷声冷气："还赖着不走？是等着本官命御史将你撵出宫吗？"

出宫的道只有一条，柳朝明与赵衍在前头走，苏晋在后头不远不近地跟着。

骤雨已止，承天门角楼上的铁马锈了，风吹过，铃音也是古老的。赵衍就势朝身后望了一眼，压着嗓子道："这就是苏晋。"

柳朝明"嗯"了一声。

赵衍摇头道："可惜了，当年老御史读了他那篇《清帛抄》，说字字珠玑，针砭时弊，天下治吏之文章，无人能出其右。原想着翰林不要他，正好我都察院收了，岂知你我驱车去留人，到底晚了吏部那帮杀才一步。"

柳朝明道："平步青云未必好，先难而后获，可谓仁矣。"

赵衍笑道："怕只怕老御史举才于稠人中，就因你我晚了一步，人其舍诸。"

二人说话间已至承天门，都察院小吏牵着马车候在门外。苏晋快走几步道："柳大人。"双手将伞奉上，郑重地道，"下官谢大人借伞之恩。"

柳朝明看她一眼，目光落在远处。雨虽已止，云却未散，他淡淡道了句：

"不必。"

柳朝明上了马车，想起赵衍方才的话，又道："听你的意思，曾还有人问翰林讨过苏晋？"

赵衍道："我也是后来听钱三儿说的，苏晋被打发去松山县后，十三殿下追问过苏晋的下落，知其遭遇，还跟吏部闹过一回，吓得曾友谅那貉子以为捅了什么不得了的娄子，差点儿把官辞了。所幸十三殿下之后随军去了西北，这事才不了了之。"

柳朝明一面听他说着，一面掀开马车后帘看了看。苏晋一本正经地在原地站了一会儿，看到马车绝尘而去，将伞往身后一背，抄近条道甩手走了。

"十三殿下？"柳朝明放下车帘，微微蹙眉，"朱南羡？"

任暄一回礼部就看到江主事坐在门槛上，哭得老泪纵横，问其故，江主事抽抽搭搭把原委说了，续道："下官以为这苏晋和下官是绑在一根绳上的蚂蚱，好心帮他扯个谎，谁知道他跟柳大人是旧识。这下好了，他是没事了，下官一人被堵死在胡同里，平白无故得罪了都察院的两位堂官……下官一头撞死得了。"

与任暄一道回礼部的还有罗尚书。罗尚书弓着身听江主事哭诉了一阵儿，觉得他十分啰唆，训道："活该，老夫早就教过你们，多磕头、少说话，让你嘴秃噜惹祸。"

任暄听出来个疑点，问："柳大人与苏晋是旧识？不能吧？"

江主事抹了一把泪："怎就不能？下官亲耳听到柳大人他老人家帮苏晋查案子，问什么失踪的日子，还说了晏少詹事的闲话。谁不知左都御史是个铁面菩萨，能请动他老人家帮忙，没有过硬的交情能成事？"

任暄一时怔住。

倒是先一步来串门子的户部侍郎沈奚听了半日墙脚，笑嘻嘻地道："江主事，我记得您有个孙子，与柳大人差不多年纪，您唤柳大人老人家，不大合适吧？"

江主事破罐子破摔："有什么不合适？能要我命的都是我亲爷爷。"

沈奚扯着三品官袍上的孔雀绣样问："江主事，那我呢？"

"你？"江主事泪眼婆娑，抬头看他，"你是管银子的，我祖宗！"

那头沈奚笑得直不起腰来，任暄就着门槛在江主事一旁坐下，百思不得其解。

都察院掌弹劾百官之权，晁清一案由他们审理最好不过，苏晋若与柳朝明相识，何必拿着密帖来找自己呢？舍近求远不提，还落个把柄。

任暄方才去詹事府打听消息，撞见了十三殿下，这才知朱南羡已从西北回京。圣上从来偏宠朱南羡，这回竟赐了他金吾卫的领兵权。

任暄不知苏晋记不记得朱南羡，但当年十三殿下为一任翰林大闹吏部的事几乎传遍了随宫上下。

晁清的案子，苏晋若走投无路，十三殿下说不定愿管这闲事呢？

任暄兴冲冲地回来，原想告诉苏晋这一喜讯，哪知柳朝明凭空插了一足，像一盆冷水，叫自己的好心显得多余。

阿礼备好轿子，进来问："小侯爷，这就上应天府衙门寻苏先生吗？"

任暄摆摆手："不必了，先回府吧。"

苏晋回到府衙处所，天已擦黑了。

周萍从堂屋出来，拽住她问："整两日不见，你上哪儿去了？"

苏晋看他满头大汗，袍衫脏乱，问："别问我，你是怎么回事？"

周萍长叹一声："别提了，那些落第的士子今日又在夫子庙闹事，我带衙差去轰人，与他们起了冲突，有几个趁乱把我掀翻在地，还好五城兵马司的人来了。我也是刚回来。"

苏晋走到案前，斟了杯茶递给他："这衙门上上下下都晓得你老实，往常不过是将棘手的案子丢给你，眼下倒好，外头有人闹事也叫你去，你一个书生，去了是要跟人说教吗？"

周萍接过茶，宽慰她道："这回闹事的也是书生，我去说教说教也合适。"

苏晋想到早上看过的贡士名册，不由得道："再有士子闹事，你是不能去了，实在推不掉，索性称病。"

周萍连声应了，问："晁清失踪的事，你有眉目了吗？"

苏晋替自己斟了杯茶："有一点儿。"

周萍左右看了看，把她拉到廊庑下道："昨日你走了，我又去贡士所打听了，可巧撞上晏少詹事的丫鬟了。那丫鬟说是他家公子将玉印落在此处，她特地过来取。"

"昨日？"

依现有的线索来看，晏子言是今早才知道晏家有枚玉印落在了贡士所，这是哪里来的丫鬟，竟有未卜先知的本事？

周萍道："那枚玉印不是被你取走了吗？我就跟她说，晁清失踪了，衙门要查这案子，收走了证据，她若要玉印，只能两日后来京师衙门取。"

苏晋问："她愿来吗？"

周萍道："她应了，说后日天不亮便来。"看苏晋沉默不语，又道，"我觉得这丫鬟行事蹊跷，便记下了她的模样，等杨大人回府，可向他打听打听此人。"

苏晋摇头："不必，我已知道她是谁了。"

晏太傅只得三子一女，大公子、二公子皆不在京师，除了三公子晏子言，平日在府里的，只有一位被人退过三回亲、正待字闺中的小姐。

晏氏玉印只传嫡系，既然三位公子都腾不出空，那当日将玉印落在贡士所的，只能是这位声名狼藉的晏大小姐晏子萋了。

苏晋有些想不明白，晏子萋一个高门大户的小姐，去贡士所寻晁清做什么？

翌日上值，衙署里无不在议论士子闹事的，瞧见周萍来了，忙抓着他往细处盘问。

周萍一一答了，末了道："春闱的主考是裴阁老，公允正直，天下人都晓得。落第的滋味是不好受，任这些士子闹一闹，等他们心平气和了，也就散了，并不是什么大事。"

刘推官哂笑道："眼下也就通判大人您心眼宽，岂不知昨日夜里，都察院请杨大人喝茶，就为这事，议了一夜还没回来。"

周萍一惊："都察院也管起这闹事的士子来了？"

刘推官道："你以为落第是小事？大前年，渠州的高大人被调进内廷，就因乙科出身，里头的人都不拿正眼瞧他。前阵子，高大人受不了，干脆致仕了。"说着，又扫一眼角落里抄状子的苏晋，"不信你问他。他倒是甲科出身，当年还是杞州解元，二甲登科的进士，而今屈于你我之下，怕是这辈子都要不甘心才是。"

周萍板起脸："义褚兄此言差矣，百里奚七十拜相，黄忠六十投蜀破敌，时雨年纪尚轻，日后作为犹未可知。"

刘义褚道："你就爱说教。他是得罪了吏部的，不再遭贬谪已是造化，还盼着升迁？"

周萍还欲再辩，那头苏晋已抄完状子，呈到刘义褚跟前，一本正经地道："大人说笑了，下官胸无大志，只愿苟且，此心安处即是吾乡。下官在衙门里待着甚好，只要刘大人肯通融，准下官时不时去外头'打个尖儿'就好了。"

刘义褚乜斜着她："怎么，去外头野了两日还不够，又要出去？"

苏晋道："是，有点儿私事，申时前便回。"

刘义褚虽嘴上没个把门的，对底下人倒还宽容，深谙睁一只眼闭一只眼的门道，于是道："你尽管去，但要是被孙老贼活捉了，也不必跟本官求情，本官是不会管你死活的。"

苏晋方出衙门，就听身后周萍唤道："时雨，且等等我。"

苏晋诧异地道："你怎么也出来了？"

周萍回头望了眼府衙，叹气道："刘义褚说话不过脑子，我不愿与他一处待着。"又问，"你这是要上贡士所吧？正好，我也是要去的。"

周皋言有个原则，跟刘义褚叙话时，只拣轻巧的说。

早上提及落第士子，他面上不以为然，心里头却是没底的。再思及那群闹事的将散之时，跟他撂话说走着瞧，周萍满肚子的愁闷简直装不住，一边走，一边跟苏晋倒苦水。

苏晋道："你这是咸吃萝卜淡操心，春闱又不是京师衙门操办的，哪怕事态闹大了，圣上要问责，上头还有内阁与礼部顶着。"

周萍郁郁地道："虽是这么个理，但我仍要去贡士所瞧一眼。只要今日礼部能平平安安地将杏榜上的各位老爷请进宫，明日胪唱后，封了官，我这颗心就能归到肚子里了。"

苏晋到了贡士所，武卫查过官帖，入内通禀。不消片刻，许元喆便急匆匆地出来了，一边走还一边急问："苏先生，可是有云笙兄的消息了？"

许元喆是晁清的同科贡士，长得眉清目秀，可惜人无完人，打娘胎生得长短腿。

苏晋不置可否，只是道："找个清静处说话。"

带许元喆绕去后巷，苏晋这才问："元喆，你仔细想想，春闱前至今，云笙可曾与外头的人结交？"

许元喆道："先生上回已问过了，云笙兄自来京师，除了先生，来往的无非是同科贡士。"

苏晋沉默片刻，道："我说的外人……是指女子。他可曾结交过？"

许元喆脸色一白："这……先生何出此言？"

晁清从来不近女色，苏晋知道。也正因为此，此案从晏子言查到晏子姜身上，才更令她大惑不解。

苏晋见许元喆支支吾吾，猜出七八分因由："怎么，竟是桩不能与我说的？"

许元喆十分为难，垂着眸子道："先生莫要问了，云笙兄说过，此事便是他死，也绝不可与先生提及半分。"

苏晋平静地看着他，问："那他万一当真是死了呢？你也不愿说吗？"

许元喆仍垂着眸，脸上阴晴不定。

"也不是好人家的姑娘。"

许元喆道：“约莫是这个月月头，云笙兄喝得酩酊大醉回来，一身脂粉气，说是去了秦淮河坊，还让我万不能与先生提及此事。”

苏晋问：“为何不能与我提及？”

贡生去烟巷河坊是常事，彼此不过睁一只眼闭一只眼，如何不能与人言？

许元喆道：“他不愿说，我便不好追问了。自始至终，连他去的是哪间河坊，究竟见了谁，我都不晓得。”

晁清失踪是三月初九。也就是说，他去了河坊后没几日就失踪了。

可晏子姜是太傅府千金，名门之后，若在贡士所留下玉印的是她，此事又怎会跟烟花河坊之地扯上干系呢？

苏晋点了点头：“我明白了。”抬头看了眼日影，已是辰时过半，便道，“你先回吧。”

许元喆犹疑片刻，从怀里取出一本册子，是《御制大诰》。

景元十四年，圣上亲颁法令《御制大诰》，命各户收藏，若有人触犯律法，家有《御制大诰》者可从轻处置。

许元喆赧然道：“这一卷原是云笙兄要为先生抄的，可惜他只抄到一半。明日听封，元喆有腿疾，势必不能留在京师，这后一半我帮云笙兄抄了，也算临行前为先生尽些心意。”

他言语间有颓丧之意——身有顽疾难做官，跛脚又是个藏不住的毛病，想来明日传胪，落不到什么好名次。

苏晋却道：“你治学勤苦，他人莫能及。不患人之不己知，患不知人也。圣上慧眼识金，你未必不能登甲弟。”

许元喆谢过，再拱手一揖，回贡士所去了。

天边的云团子遮住日辉，后巷暗下来。一墙之隔是贡士所后院，隐隐传来说话声，大约是礼部来人教传胪的规矩了。

这处贡士所是五年前建的，有“安得广厦千万间，大庇天下寒士俱欢颜”的意思。

也是那一年，苏晋上京赶考，被疾驰的官马所惊，不慎撞翻一处笔墨摊子。

摊主是位白净书生，苏晋本要赔他银子，他却振振有词道：“这一地字画乃在下三日心血，金银易求，心血难买。”

苏晋不欲与他纠缠，将身上的银钱全塞给他，转身便走。

岂料这摊主当真是个有气节的，将满地字画抱在怀里，一路尾随，还一路嚷嚷：“收回你的钱财，在下不能要。”

苏晋不胜其扰，到了贡士所，与武卫打个揖，说："后头有个江湖骗子，怀抱一捆字画，专行强买强卖之事，你们若瞧见，直接撵走省事。"言罢，一头扎进处所内。

她刚将行囊归置好，肩头就被人一拍。

那书生摊主弯着一双眼，道："哦，你就是杞州解元苏晋。"

"你翻墙进来的？"苏晋目瞪口呆地问。

早春时节，杏花缀满枝头，些许花瓣被春雨打落在翘檐上。

翘檐下，书生双眼如弯月，笑意要溢出来一般，双手递上名帖："在下姓晁，名清，字云笙，不巧与兄台是同科举子，一见如故、一眼投缘，不知可否与兄台换帖乎？"

苏晋想起旧事，靠在后巷墙边发怔。

晁清原该与她同科，可惜那年春闱后，他父亲辞世，他回乡丁忧，为参加殿试，今年重新科考，哪里知又出了事。

到了晌午，日头像被拔了刺的猬，将毒芒全都收起来，轻飘飘躲到云后头去了。

周萍来后巷寻到苏晋，约她一起回衙门。

苏晋问："你跟礼部都打听明白了？"

周萍叹一口气："左右传胪唱胪都是那套规矩，再问也问不出什么，容我回去琢磨琢磨，等想到什么不妥当的，再计较不迟。"

第二章　南北士子

午过，得一个时辰空闲，刘义褚捧着茶杯站在衙门口望天，余光扫到"打尖儿"回来的苏晋，拼了命地递眼色。苏晋会过意来，掉头就走，然而已晚了。

衙门内传来一声呼喝，伴着声音出来一人，五短身材，官派十足，正是刘义褚口中的"孙老贼"——应天府府丞孙印德。

孙印德日前假借办案的名义去轻烟坊厮混，今早趁着杨府尹去都察院的空子才溜回来，原是做贼心虚，正好下头有人进言说苏晋这两日躲懒，心中大悦，想借着整治底下人来长长自己的官威。

孙印德命衙差将苏晋带到退思堂外，冷声道："跪下。"一手接过下头人递来的茶，问道，"去哪儿了？"

苏晋没作声，立在一旁的周萍道："回大人的话，这是我的过错。近几日多有落第士子闹事，我放心不下，这才令苏晋陪着去贡士所看看。"

孙印德翻了翻茶杯盖，慢条斯理地道："本官问的是今日吗？"

苏晋往地上磕了个头，道："回大人的话，下官日前去大理寺为失踪的贡士登案，后因私事在外逗留两日余。"

为宫中殿下代写策问的事苏晋是万不能交代的，若叫孙印德知道自己私查晁清的案子，她更是吃不了兜着走，眼下只能认了这哑巴亏。

孙印德冷笑一声："私事？在朝为官辰进申出，是该你办私事的时候？"顿了一下，吩咐道："来人，给我拿张椅子。"

他这是要坐下细审了。

天空中层云翻卷，雾蒙蒙一片，更远处已黑尽了，急雨将至。

孙印德抬头往天上瞧了一眼，支使小厮将椅子放在庑檐下。

"你以为本官不知你有什么私事？你八成是寻到门路，去查你那位故旧的案子了吧？"

苏晋道："大人误会了，既然大人三令五申，晁清的案子不能查、不必查，就是借下官一万个胆，下官也不敢私查。"

"你还狡辩？"孙印德厉声道："来人，给我上板子！本官倒要看看是他的骨头硬，还是本官的——"

话未说完，当空一道闪电劈下，照得整个退思堂半明半暗。

孙印德被这皇皇天威惊了一跳，心知是自己理亏，不由得将后半截话咽了回去。

刘义裼借机劝道："孙大人，眼下已近未时，府尹大人约莫快回衙门了。他若得知苏晋这厮的恶行，必定还要再审一次。您连着数日在外头办案，不如先歇上一歇？"

应天府尹杨知畏虽是个"三不开"，但一向看重苏晋，若知道孙印德私底下打了苏晋板子，势必不快。

被刘义裼点醒了，孙印德赶紧就坡下驴，点头道："也是，本官这几日为了手里的案子寝食难安，实是累了，这厮就交由杨府尹处置吧。"再抬头往廊庑外一望，伴着方才一声惊雷，豆大的雨点已落下，"但罚仍是要罚的，且令他先在此处跪着，好生反思己过，等什么时候想明白了，再来回本官的话。"

苏晋跪在风雨里，浑身湿透。

孙印德往天上指了指，扯起嘴角冷笑道："苏晋，生平不做亏心事，夜半不怕鬼敲门，若待会儿你叫这火闪子劈焦了，那就是罪有应得。"

前堂跑来一个衙差，高声通禀道："孙大人，杨大人回衙门了！"

孙印德不悦地道："回便回了，嚷嚷什么？"

衙差跪倒在地，脸上满是惧色："回孙大人，与杨大人一同回衙门的还有大理寺卿张大人和左都御史柳大人，眼下杨大人已带着二位大人往退思堂来了。"

话音方落，前头门廊处已绕出三人。

孙印德揉了揉眼，认清来人，疾步上前扑跪在地："下官应天府府丞孙印德，拜见柳大人，拜见张大人。下官不知二位大人来访，有失远迎，还请二位大人治罪！"

张石山道："你既不知我与柳大人来访，何来远迎一说？起来说话吧。"

孙印德磕头称是，站起身，又去瞧柳朝明的脸色。

柳朝明面容冷峻，目光似是不经意地落在烟雨茫茫处跪着的人身上。

孙印德义正词严地道："禀告柳大人，此人乃我府衙知事，因行事不端、躲懒旷值、私查禁案，被我罚跪于此，正待处置。"说着，对跪在雨中的人呵斥道："苏晋，还不拜见柳大人、张大人？"

苏晋这才折转身子，朝门廊处看去。

大雨如注，浇得人看不清身前的世界。

她的目光在柳朝明身上停留片刻，嘴角微微动了一下。

她大约是想说什么，抑或要自问，寥寥数日，这是第几回见了？然后她看向空茫处，连语气也是冷静自持的："下官苏晋，拜见柳大人，拜见张大人。"

她这副淡漠的样子令柳朝明自诩澄明的思绪里突生一刹混沌，仿佛有人抓着狼毫尖儿，将竖之有年的晷表拂了一拂。可那人究竟拂乱了什么，柳朝明不得而知。

孙印德看他神色有异，试探问道："柳大人，依您看……这厮当如何处置？"

对未知的茫惘渐渐化作一丝不可名状的、遏制不住的怒意，他却说不清由来。

柳朝明迈步往退思堂走去，冷冰冰抛下一句："跪着吧。"

柳朝明是为士子闹事之事来的。

春闱结束至今，士子聚众闹事共十五起，有状子递到大理寺、都察院，状告春闱主考裴阁老徇私舞弊。

科场案非同小可，柳朝明与张石山商议后，只简略奏明圣上，决定等传胪之后彻查。

当务之急，是传胪当日士子们的安危。

传胪大典过后，状元游街，一甲三人自承天门出，途经夫子庙，至朱雀巷，一路当严防死守，万不能出岔子。

杨知畏道："明日我在宫中，府衙一切事宜当听孙府丞差遣，依柳大人、张大人的意思，凡有闹事的，一并抓回衙门。"

孙印德掐死杨知畏的心都有了，状元游街，百姓竞相观看，若当真有人闹事，混在百姓里头，能那么好抓？

杨知畏堂堂府尹避难都避到宫里头去了，还想将这苦差事甩给他？想得美。

孙印德撩袍往地上一跪："游街治安是由五城兵马司负责，当真有人闹事，那下官岂不要跟兵马司指挥使大人要人？下官区区一府丞，指挥使如何肯将人交给下官？"

杨知畏道："这你不必忧心，我会将府尹官印留给你。"

孙印德又道："若下官带衙差去巡查治安，京师衙门又由何人坐镇调度？"

杨知畏见他再三推托，不悦地道："自当由刘推官顶上，署内事宜繁多，但也不是离了谁就不行。"

刘义褚听了这话却为难地道："下官平日里审个案、写个状子倒还在行，奈何举子出身，不熟悉传胪的规矩，恐难当此任。"

张石山面色不快："堂堂京师衙门，连个知仪守礼、坐镇调度的人也找不出？"

周萍借机道："回禀大人，衙中有一知事，乃进士出身，当年被教过传胪仪制。"

张石山自然晓得这个人是跪在退思堂外的苏晋。

外头风雨交加，他心心念念后生的安危，听了这话，顺势道："便命他进来说话。"

少顷，苏晋站在退思堂门槛外，跟张石山、柳朝明行礼。她淋了雨，唯恐将湿气带进去，并不进堂内。

张石山原想让她去换过衣裳，但柳朝明一到衙署便面色阴沉，张石山怕再对苏晋宽宥会惹他不快，便开门见山道："你既是进士出身，想必熟知传胪大典的规矩，便从唱胪起，自游街毕，一一讲来。"

苏晋应是，方说了两句，柳朝明冷声打断道："听不清。"

苏晋顿了一下，只好大声些从头讲起。

春雷隆隆，急雨下得昏天黑地，柳朝明脸色冷厉，再也耐不住性子听下去，将茶盏往案上一搁，训斥道："是没人教过你该站在哪里回话吗？"

退思堂内鸦雀无声，苏晋道："回大人，下官一身尽湿，恐将寒意带进堂内，若叫各位大人沾染上病气，该是下官的罪过了。"

柳朝明的面色更加难看："那你还待在这儿？"

这话没头没尾，他俨然一副要定罪论罚的模样。

苏晋稍一迟疑，跪地行了个请罪的大礼，匆匆退了下去。不消片刻她便回来了，换了身干净的衣裳。

雨渐渐停了，春阳挣脱出云层，将退思堂照得一半明一半暗。

苏晋抬起眼皮，觑了堂上一眼，柳朝明沉默地坐在光影里，方才的戾气已散了不少，眉梢眼底露出一如既往的莫测高深。

她松了口气，依张石山所言，将传胪的规矩仔细说了一遍，无一不妥。

张石山点了点头，命一干人等悉数退下，只留了苏晋。

他嘱咐道："虽说明日留你在衙署调度是以防万一，但孙印德是个靠不住的，你这一日要多留心些才好。"

苏晋称是。

她虽换过衣衫，但发梢未干，泠泠雨水衬着修眉明眸，清致至极。

柳朝明的目光在苏晋身上扫过："明日，我会命刑部给你送个死囚过来。"

又是句没头没尾的话。

苏晋揣摩片刻道："大人的意思是拿这死囚做文章，若当真有士子闹事，杀一儆百？"

柳朝明不置可否："你看着办。"

苏晋默了默道："柳大人，下官一介书生，连伤人都不曾，遑论取人性命？下官不会。"

柳朝明道："你生来便会转文？"

苏晋不言。

柳朝明站起身，路过她身边丢下一句："不会便学。"

至傍晚时分，霞光映照，一方天地浓艳似火。应天府一干大小官员立在衙门外规规矩矩地站班子，恭送柳朝明、张石山二位大人。

方才柳朝明对苏晋严苛的态度，孙印德看在眼里，排头立在车马前，请教道："柳大人，不知苏知事躲懒旷职，私查禁案，数罪并罚，该是怎么个处置法？"

柳朝明的声音听不出情绪："他私查禁案了？"

孙印德道："禁案只是个说法，其实都是他臆想出来的。前一阵儿有个贡士私自回乡了，他非说是失踪，要闹到太傅府、詹事府上头去，若不是下官拦着，怕是要搅得天下大乱。"

看柳朝明不语，孙印德又压低声音透露道："大人有所不知，这苏知事面儿上瞧着像个明白人，皮囊里裹了一身倔骨头，臭脾气拧得上天了，早几年作妖得罪了吏部，杖责八十还……"

他话未说完，马车前一都察院小吏抬手将车帘放下，把他与柳朝明隔在里外两个世界。

小吏朝孙印德一拱手，笑道："孙大人，眼下天色已晚，大人若实在有话，不如改日上都察院与柳大人细说。"

孙印德急忙称是，又迟疑道："只是下官区区一府丞，也不知该何时上门，才不至于叨扰了左都御史大人？"

小吏冲车夫使了个眼色，车夫一扬鞭，驭着马车走了。

小吏弯着一双笑眼，对孙印德打个揖，歉然道："这原是我的过错，昨日巡城御史巡街，瞧见孙大人您在当值时分去了轻烟坊，喝得烂醉如泥。方才出衙门的时候，柳大人还叮嘱下官，说等此间事毕，请孙大人到都察院喝茶哩。"

苏晋连夜将《随律》《随法典要》以及《京师街巷志》翻看了一遍。

大理寺、都察院两位堂官一并找上门来，她不敢怠慢，加之日前看过贡士名册，心里猜到这次士子闹事之事并非面上看着那么简单。

自古科场案无一不是一场血雨腥风。

朱景元并非仁慈的皇帝，在十余年前那场声势浩大的谋逆案中，罢中书省、废宰相，牵连万余人，直至今日还在追查同党。

也正因为此，如今的科场案，柳朝明没有去找五军都督府，没有去找上十二卫，而是吩咐区区应天府带着衙差去拿人，若当真有士子闹事，只将其当暴民收押。

只有将事件的本质化繁为简，今年的科场案才不至于酿成大祸。

到底是做学问做惯了的人，翻起书来如老僧入定，直至外头响起拍门声，苏晋才回过神来。

天边已泛鱼肚白，刘义褚站在门外，捧着盏热茶，打着呵欠歆羡道："还是你好福气。"

苏晋问："怎么？"

刘义褚郁郁道："昨夜孙老贼点兵，二更天便叫我们起身，跟他去城内各个点巡视，你是张大人点名留下镇场子的，唯独没吵了你。"

苏晋道："既然孙印德把人都带走了，你怎么还在？"

刘义褚道："不留下我，你还盼着孙老贼能把周皋言留下？他巴不得你倒八辈子血霉，把人都带走，也是铁了心不叫你好过。你还是求菩萨保佑，今儿可千万别出事，否则孙老贼在外巡视，顶多算个办事不力，你这镇场子的没镇住，当心都察院的柳当家活剥了你的皮。"

苏晋皱眉道："眼下衙门内还剩多少人？"

刘义褚道："算上我，也就十来人吧。"说着，忽然用手肘撞了一下苏晋，乐道，"我说你这厮怎么荤腥不沾，原来竟藏了个貌美的相好，嘴还挺严实。"

苏晋听他满嘴胡诌，面无表情地将门闩上。

她换了身常服，匆匆洗了把脸，才又将门打开："你上回诬蔑皋言有个相好，结果那人是……"话说到一半便顿住了，门外站着的人已从刘义褚变作一身着藕色衣裳的女子。

日出天将明，西角挺拔的碧竹上仿佛染上了清霜。女子原还在四下张望，循声望来，看到苏晋，呆了半晌才问："是……苏公子？"

苏晋心里头压了一座巍巍高山，好不容易才从千头万绪中理出一个线头，想起今日是太傅府千金晏子姜登门造访的日子。

晏子姜仍自称是晏三公子的丫鬟。

苏晋将她请到花厅，斟了盏茶递给她，问："你可知你家公子为何将玉印落在了贡士所？"

晏子姜道："贡士所进出不是有武卫把守吗？他们没见过我家三少爷，少爷便拿这玉印叫他们瞧。"

苏晋反问："他是詹事府少詹事，拿官印自证身份不是更妥当？"

晏子姜讪讪道："我家少爷出门急，没带上官印。"

"是吗？你是晏三公子什么人，连他身上揣没揣着官印都晓得？"苏晋又问，一顿，平静地唤了声，"晏大小姐。"

晏子姜一时怔忪。

她今日特意梳了丫鬟头，穿了素裙装，里里外外打扮妥当，没承想这苏晋只瞧了她两眼，便识破她的身份。

晏子姜站起身，辩解道："苏公子误会了，我……奴婢哪是什么小姐，不过是贴身侍奉三少爷，晓得的多了些罢了。"

苏晋的目光落到窗外，卯时已过，该是上值的时候了。

她不欲与晏子姜多纠缠，径自道："苏某虽是末流知事，但寻常丫鬟见了我，便是不称一声大人，好歹也叫官人，你却唤我公子，"晏子姜张了张口，欲分辩，苏晋继续道，"此其一；其二，你若当真是丫鬟，断没有本官斟茶与你，你不推让就接过去的道理；你见我，不曾向我行礼，自进得花厅，也是你坐着，我站着与你说话，可见你是养尊处优惯了，此其三。"

苏晋定睛看着晏子姜："还要听其四其五吗？"

晏子姜被这一通剖析惊得说不出话，过了会儿，讪讪地摆了摆手。

"本官知道你来衙门，是为寻回你的玉印。"苏晋有的放矢，"我可以将玉印还你，但我要知道，你那日究竟为何要去找晁清，你与他说过什么，又因何事争执。"

晏子姜垂头丧气地思量一阵，终于放弃挣扎："我可以告诉你，但——"她蓦地抬起头，"我有一个要求。"

"你说。"

"今日状元游街，你带我去瞧一眼。"

苏晋默不作声地看了她一阵儿。

这半个月以来，士子频频闹事，自己这个时候带她去看状元游街？简直荒谬。

晏子姜又切切地道："其实我就是为这事来的，其中因果不便与公子细说，但是……"

苏晋对这因果不感兴趣。外头天已亮透了，她将晏子姜撂在花厅，转身往当值的前堂走去，反正晏氏玉印还在她的袖囊里，迟早能叫晏子姜开口。

苏晋跨过前堂门槛，里头当值的几个齐刷刷地将她盯着。

刘义褚万年不变地捧了盏茶，"咳"了两声，一副十分正经的样子："苏知事，咱们衙门上值，可不兴带家眷的。"

苏晋愣了愣，回身一看，晏子姜果然悄无声息地跟在身后，对上她的目光，还尴尬地冲她笑了一下。

刘义褚溜达到苏晋身边，又拿胳膊撞了一下她："是哪儿的人？可曾婚配？"

晏子姜生怕苏晋将她的身份透露出来，活学活用地施了个礼："禀大人，奴婢乃太傅府三公子的丫鬟，眼下是来找苏大人取我家公子的信物。"顿了一顿，心生一计，"公子还吩咐奴婢，取了信物，要马不停蹄地将信物交到长平府小侯爷，也就是礼部郎中任暄的手里。但奴婢听说，任大人眼下正带着新登科的状元游街呢。"

刘义褚不由得瞪大眼："你要去游街的地儿？"

那头苏晋已吩咐道："阿齐，备马车。"

立在堂前听墙脚的一小厮探出头来，看了看苏晋，又看了看晏子姜："敢问知事大人，这位姑娘是要去夫子庙，还是要去朱雀巷？看时辰，新登科的一行人马出宫门该有好几碗茶的工夫了。"

"去太傅府！"苏晋额上的青筋一跳，怫然道。

这时，外头连滚带爬进来一人："刘大人、苏知事，出事了！"

这人是今日当差的衙役，二更天被孙印德指派去朱雀巷的，兴许是被吓着了，话说得颠三倒四。

苏晋听了个大概。

游街途中一直有人闹事，至朱雀巷，场面彻底失控。五城兵马司的兵卫只勉强护得几位官员与状元爷的安危，榜眼和探花均被掀下了马，卷进人潮里去了，甚至有人与官兵打了起来，有死有伤。

那衙役煞白着一张脸，惊魂未定："小的从未见过这阵仗，那些闹事的连皇榜都撕了，怕是要折腾个不死不休！"

刘义褚听到有死伤，脸也白了："孙府丞人呢？他不是早带人巡视去了吗？没跟着状元爷一行人马？没帮着五城兵马司治治这群不要命的？"

衙役道："原是带人跟着的，可走到夫子庙，那些闹事的看到穿官服的也不管不顾，孙大人就……"

"混账东西！"不等他说完，刘义褚一拳砸在门柱上，也顾不上谁官大谁官小，转头看着苏晋道："你来说，该怎么办？"

苏晋只觉从昨日到今晨，这一茬儿接着一茬儿的事如惊涛拍岸，撞得她太阳穴生疼。而今到了这生死存亡的一关，她竟奇异地冷静下来，余光扫到正一步步悄无声息地往外退的晏子萋，高喝了一声："站住！"

伴着这一声呼喝，守在府门外的两名衙差将水火棍交叉一并，拦在晏子萋跟前。

苏晋沉声吩咐："来人，把她给我捆了！"

晏子萋瞠目结舌："你敢……"话未说完，已有衙差背着麻绳来了。他们不知眼前此人是晏家大小姐，只以为是寻常丫鬟，三下五除二就将她捆了起来。

苏晋又问阿齐："马车备好了吗？把她送去太傅府。"

晏子萋急得带了哭腔："你这么做，就不怕得罪晏家，得罪太傅？"

苏晋道："若任你去了朱雀巷，我这脑袋也就不用在脖子上待了。"

她说着一顿，又想，这京师上下不知哪条街巷内还藏着趁乱闹事的歹人，晏子萋这一去，路上未必无恙，便从袖囊里将晏氏玉印取出来，交到晏子萋的手里，冷冷地道："拿走防身。"

苏晋看着阿齐将晏子萋拎上马车，回头便与刘义褚道："你留在衙门。"又向衙差喊道："给我备一匹马。"

刘义褚愣了愣："你疯了？"

苏晋一阵风似的折回堂内，一面取了官服往身上套，一面说道："不然呢？守在这里坐以待毙？还是带着十几个衙差去抓人？怕是连夫子庙都杀不过去就要被打回来。"

差役已将马备好，刘义褚一想到方才的衙差说那群闹事的看见当官也不管不顾，觉得苏晋简直作死，再劝道："那你好歹将这身官服脱下来啊！"

苏晋翻身上马："我区区知事，没了这身官服，如何差遣得动散落在四处的衙差？如何跟五城兵马司借人？"

刘义褚一把抓住缰绳，狠狠咽了口唾沫："时雨，你听我说，衙门的差事哪能比自己的命重要？便是今日这差当不好，大不了致仕不干了，往后的日子还长，何必跟自己过不去？"

苏晋知道他是为自己好。

她勒缰坐于马上，看着天边变幻莫测的云，耳畔一时响起喊打喊杀之声。

十年前的浩劫她都挺过去了，何惧今日险难？

苏晋低声道："我不是跟自己过不去，是跟人命过不去。"

刘义褚听了这话，愣愣地松开缰绳，苏晋当即打马而去，溅起一地灰尘。

有衙差在一旁问："刘大人，我们可要跟着去？"

刘义褚摇了摇头，他们才十来人，去了又有何用？

他忽然有些想笑，孙老贼虽不学无术，看苏晋倒是看得准——面儿上瞧着是个明白人，皮囊里一身倔骨头。

刘义褚心里不是滋味，他是个得过且过的人，将"安稳"看得比什么都重要。可苏晋那一句"人命"仿佛点醒了他，让他隐隐窥见这场荒唐的闹剧将会结下的恶果。

难怪堂堂左都御史和大理寺卿会一并找上门来。

刘义褚当机立断道："你去找周通判，让他能召集多少人就召集多少，去朱雀巷与苏知事会合。"又吩咐另一名差役："你拿着我的官印去都察院找柳大人，就说苏知事独自一人去了朱雀巷，让柳大人无论如何，命巡城御史也好，惊动上十二卫也好，去看看苏知事的安危。"

朱雀巷内沸反盈天。

苏晋停马于不远处，情况远比她料想的糟糕。

熙攘的巷陌如一头张着血盆大口的巨兽，将往来的百姓及维持秩序的官兵吞了进去。间或有闹事的往里冲，有人哭而喊之，有人愤然斥之，有人揭竿欲起，有人竭力想挤出人群，却分不清哪端才有出路，推搡之间，也不知是否将人踩在足下。

闹事的与寻常百姓混在一起，都在这乱哄哄的街巷中被煮成一锅烂粥，已然分不清谁是谁了。

南城兵马指挥使怒喝道："封路！给老子封路！"

可朱雀巷呈"井"字状，四通八达，他手底下的人多数被卷进人潮，身不由己，余下的还要护着几个朝廷大员，哪里来多余的人封路？

苏晋翻身下马，上前一拱手道："覃大人，此处怎么就您一个司？东城西城的兵马呢？"

"这还用问？那群暴脾气的铁定在哪儿跟人干起来了！"覃照林骂道。

苏晋来的路上已有耳闻。

眼下京师全乱了套，四处都有闹事的人，听说还有数名士子举着"裘舞弊，南北异"的旗子闹到了承天门外。

苏晋略一思索，又问："您手头上使唤得动的还有多少人？"

"百来号吧！"覃照林边说边转头扫她一眼，见她竟只是应天府一区区知事，顿时头痛地"啧"了一声，嘀咕道："怎么来了个不要命的？"指了指后头的茶坊，不耐烦地道，"搁里面待着去！"

茶坊外头有重兵把守，苏晋不用想也知道，几个朝廷大员就躲在里头。

正这时，有一校尉跌跌撞撞地从人群里挤出来，哭丧着脸往覃照林身前一跪："指挥使大人，没找着……"

覃照林一把揪过他的衣领："没找着？！"

那校尉被他勒得喘不过气。覃照林把他推开，啐了一口，骂道："一群废物点心！"

校尉摔了个嘴啃泥，爬起来顺了两口气道："大人，要不抽刀子杀吧？"

"抽刀子杀？"覃照林生得五大三粗，一抬胳膊就掀起一阵风，将刚爬起来的校尉又扇倒在地，"你脑子里进水了？且不说你能不能分清这里头谁是闹事的谁是寻常百姓，就是分得清，这些闹事的纵然是王八蛋，你敢随便杀？他们可是有身份的举人士子，没皇命下来，杀一个，赔上十个你的猪脑子都不够！"

苏晋上前一步将校尉扶起来，拣重点的问："你方才说找人，可还有什么人陷在人群里头？"

校尉见眼前这一位虽是文弱书生，但比起已气得七荤八素的覃照林，好歹还算镇定，便实打实交代道："回这位官爷，当真不是俺们不仔细找，只是这新登科的许探花谁见过？单凭一张画像可不成呀。搁俺们大老粗眼里，你们这些读书人都长得秀鼻子秀眼一个模样。"

苏晋愣了愣，问："你说的许探花，全名可是叫作许郢许元喆？"

贡士名册她看过，八十九名士子中，只有一个姓许的。

果不其然，那校尉连连点头道："对对，正是这个名！"

正午时分，艳阳当空，暮春的天并不算炎热，苏晋却骤然出了一脑门子的汗。

她再向覃照林一拱手："覃大人，你且从你手底下百号人中分抽八十人，守住朱雀巷南面的两个出口，从那里疏散人群。只要不让闹事的从城南的正阳门出城，其他都可从长计议。"

"你懂个棒槌！"覃照林叱喝，"把人都支使走了，谁他娘的给老子捞人去？谁他娘的给老子抓闹事的去？！"

"你的人手已然不够，还妄想能以一治百，化腐朽为神奇吗？"苏晋斥道，"倘若不忍取舍，只会顾此失彼，得不偿失！"

覃照林一时竟说不出话来。

有一瞬间，他仿佛看到了苏晋目光深处的刀兵之气。这一双本该属于读书人的清眸里藏着灼灼星火，弹指间便可燎原。

他啐了一口，指着校尉道："你先听这小白脸的，调八十人去城南的两个巷口，等东、西城兵马司那群王八蛋来了，让他们抽人把茶坊里那几个弱鸡崽子送走。"

校尉苦着脸问："那大人您干什么去啊？"

覃照林咬牙切齿："老子捞人去！"言罢，大步流星地往人堆里走。

"回来！"苏晋当即喝道，走到校尉跟前道："把刀给我。"

校尉眨了眨眼："啥？"

苏晋也不跟他废话，抬手握住他腰间的刀柄，一把抽出刀。

长刀出鞘，刀光如水。

苏晋割下一截袖摆，将刀柄缠在手腕上，对愕然盯着自己的覃照林道："你认得人吗，就去捞人？"她握紧刀柄，朝挨山塞海的人群走去，抛下一句："你留下，我去。"

覃照林怔怔地看着苏晋的背影，从牙缝里蹦出句话来："大爷的，见过找死的，没见过这么能找死的！"回头吩咐校尉："还不找两个人跟上？"

人潮仿佛沼泽泥潭，陷进去便没了方向。

恍惚中，苏晋觉得自己仿佛置身于十二年前的浩劫之中，周遭的打杀声如变徵之音，而她手握一把沾满血的短匕，藏在腐味极重的草垛子里，孤立无援。

苏晋稳了稳身形，心想，这些闹事的既然是冲着登科士子来的，那么身为探花的许元喆一定是众矢之的，该被堵在最里端。寻常百姓看到有人闹事都会避开，只要逆着人群找，她必然能找到许元喆。

苏晋再往里走，往外挤的人果然少了。

前方的人背对着苏晋围成一个半圆，隔着人隙，苏晋隐约能看见靠墙半卧、不知生死的许元喆。

苏晋暗暗吸了口气，不作声，拨开人群走到许元喆身边，拍了拍他的脸，唤道："元喆，醒醒。"

许元喆竟还留有一丝意识，迷迷蒙蒙睁开眼，看到苏晋，眼眶里霎时蓄满了泪："先生，我……疼……"

苏晋点了一下头："我知道，忍着。"一手抬起他的胳膊搭在自己的肩上，要扶他起身。

她搀着许元喆才走了没两步，身后一阵劲风袭来，一道闷棍直直地打在她的小腿肚上。

苏晋一下子吃疼，双膝一软，向前扑跪在地，不防背上又是两棍扫来，剧痛几乎令她的五脏六腑移了位，喉间一股腥甜翻涌而上，竟吐出一大口血来。

眼前浮现一双黑头皂靴，头顶有道声音嗤笑道："我道是谁，原不过一从八品小吏。天皇老子都不管的闲事你要来管，也不怕将小命交代了！"说着，抬起一脚踩在苏晋持刀的手上，周围一阵哄笑声。

苏晋只觉手骨都快要折了，可在这剧痛之下，头脑却异常清明起来。

她仰起头，问："天皇老子都不管？什么意思？"

有人聚众闹事，官差拿人、朝廷问罪，天经地义，何以天皇老子都不管？难不成他们闹事，背后还有靠山？

眼前人穿一身白色衣衫，听到这一问，惊觉失言，眼中闪过一丝惊慌，咬牙道："给我宰了他！"

然而话音刚落，苏晋掺着许元喆的手一松，电光石火间从靴子里拔出一把匕首，扎入白衣人的左腿。

白衣人吃痛，腿间力道全无，苏晋抽回被他踩着的手，顾不上疼痛，当即捡起长刀用力一挥。

她听见皮开肉绽的声音，温热的血迸溅到她的脸上、身上，也不知那人死了没有。

眼前是一片模糊的血色，恍惚间，苏晋竟想起了一些不相干的。刑部不是要送个死囚让她杀一做百吗？如今她无师自通，死囚人呢？

苏晋跌跌撞撞地站起身，眼中杀意森森，就像个亡命徒："不是说要宰了我吗？要么上，要么滚！否则谁再往前一步，本官就砍了谁！"

至申时，东、西城兵马司的人终于在朱雀巷会合。

覃照林身后的茶坊应声而开，礼部的江主事上前来跟覃照林行了个大礼，道："今日多亏覃指挥使庇护，大恩大德，深铭肺腑。"

覃照林道："江主事客气了，这正是俺的职责所在。"

江主事又道："敢问指挥使，早时可是京师衙门的苏知事来了？"

覃照林称是。

江主事四下望了望，问："那他现在人呢？"

覃照林叹了一声："这正是老子……俺目下最担心的，苏知事进那朱雀巷里头找人去了，已近两个时辰，还没出来。"

江主事大惊失色："还没出来？"背着手来回走了几步，喃喃道，"坏了坏了。"

覃照林看他这副样子，问："莫非这苏知事还有什么来头不成？"

江主事还没来得及答，忽闻长街尽头鼓角齐鸣、马蹄震天。一众官员驭马而来，身后还跟着数千头戴凤翅盔、身穿锁子甲的兵卫，竟是金吾卫的装扮。

覃照林一时有些搞不清状况，倒是江主事认清排头二人，登时就拽着覃照林跪下，高声行礼："卑职拜见柳大人，拜见左将军。"

柳朝明脸上没什么表情。

左谦也不出声，反是转身号令："众将士听令！列阵！"

肃穆的金吾卫方阵蓦地分列两侧，长街尽头再次传来马蹄声。

马上之人紫衣翻飞，一双眼如星月，明亮至极。至众人跟前，他勒马收鞭，骏马前蹄高抬，扬起一地尘土。

左谦单膝跪地，高呼道："参见十三殿下！"

一时间，众将士得令，齐身跪拜，山呼海啸道："参见十三殿下！"

朱南羡从马上一跃而下，将左谦扶了扶，问："怎么样了？"

左谦道："回殿下，柳大人已命巡城御史在朱雀巷东、西两面设下禁障，逐一排查；覃指挥使亦派人自南巷口疏散人群；末将已分派兵马，尽力配合。"

他不敢邀功，若不是廷议过后，柳朝明率先请命，令巡城御史与兵马司自东、西二城开道设禁，金吾卫不可能在两个时辰内便赶到朱雀巷。

朱南羡点了一下头，道："辛苦了。"

朱南羡眼里仿佛有星辰，微一展颜，器宇轩昂得很。

左谦抱拳谢礼，转身问覃照林："覃指挥使，礼部几位大人可还安好？"

躲在茶坊里吃了一晌茶，已不能再好了，覃照林想。

覃照林转而想到苏晋，虽说区区知事不值一提，可他方才被江主事点醒，猜想苏晋约莫有来头，眼前林立着一干官阶压死人的大员，也不知谁才是苏知事背后那位。

他一个大老粗，心里想什么，脸上写什么。

左谦喝道："把话往明白里说，别吐一半咽一半。"

"是。"覃照林连忙道："禀殿下，禀御史大人，禀左将军，礼部几位大人虽好着，但是应天府衙门的苏知事早先过来帮忙，眼下还陷在人群里头没出来。"

话音落，四周竟似乎安静了些许。

覃照林微微抬起眼皮，觑了觑各位大人的神色。柳朝明惯常冷着一张脸，这便算了，朱南羡虽贵为殿下，却是个出了名好伺候的，可这一看，眉梢眼底哪里还找得出一丝和气？

左谦恍然忆起四年前，十三殿下大闹吏部，好像就是为一个姓苏的，心思急转，问道："可是唤作苏时雨？"

覃照林茫然道："啥？"

柳朝明立在一旁，忽然开口道："苏晋，时雨是他的字。"

覃照林呆了一呆，忙道："对，对，正是苏晋。"心底有一股晦气油然而生。

苏晋这厮究竟什么来头？连金吾卫的头儿与左都御史都晓得他的字。

朱南羡忽问道："他去了多久？"

覃照林道："回殿下，已去了两个时辰。"说着，一头磕在地上，险些将地磕出个坑，"禀殿下，禀御史大人，属下知错了！属下这就去找苏知事，等把人找着了，再把俺脑袋割下来给知事大人当球踢。"

没人再理他。

那头左谦已下令金吾卫列长龙阵，二人成排，执矛开道，将朱雀巷拥挤的人潮强行撕出一道口子。

不多时，有小兵来报，说找着人了。

朱南羡看柳朝明一眼，微一点头，大步流星地朝朱雀巷迈去，然而只堪堪走了几步便顿住了。

朱雀巷深长，金吾卫分列两侧，尽头处跌跌撞撞走来一个浑身是血的人。

她右手边还悬着一把长刀，隔得远，看不清是握是提，被无力地拖着，在地上发出尖锐的刺响。她的左手则搀着许元喆。

日暮前的晖色异常浓烈，淬了金子一般兜头浇下。

苏晋的心里却浮起稠密的云，雷声轰隆过境，但下的不是雨，是冰粒子。

金吾卫从她的手里接过许元喆的一瞬间，她便觉得完了：这件事到底还是惊动了亲军，惊动了圣上。

三十年前，前朝大乱，各方势力并起。朱景元陈兵中原，立国为随，以景元为年号。十二年前，景元帝以谋逆罪、勾结前朝乱党罪，诛杀功臣，将北都旧址付之一炬，牵连北地数万人，北方士子因此零落，每逢科举，高中者寥寥无几。

而今天下虽定，却因一场科考，揭开北方士子的旧伤疤。

且不论今年春闱到底有没有人舞弊，以朱景元屠戮成性的做派，他想收复北地人心，这回又该杀多少人？

苏晋一时有些自责，想到张石山、柳朝明将重任交到她的肩上，她却有辱其命，恨自己没能早做准备，竟让孙印德将衙门的衙差都带走。如果她昨晚警醒些就好了，又何至于拼了命挽回却仍功亏一篑？

可是，再给自己百余衙差，又有什么用呢？

苏晋扯了扯嘴角，想笑，又笑不出来。

谁能料到一场南北之差的科考案竟能闹到今日这种地步？她不过一从八品知事，没有通天彻地的本事，便是豁出性命，也不过将自己搭进去，又能扭转什么乾坤？

罢了罢了，是她脑子进水，才妄图将社稷祸福扛在己身。谁生谁死与她何干？权当自己的良心已让狗吃了，图个轻松痛快。

有金吾卫上前来搀她，苏晋摆了摆手，避让开来。

她径自走到柳朝明跟前，跌跌撞撞地跪下，张了张口，还没说话就咳出一口血来，也不知是身上的伤所致，还是心绪百转引起的。

苏晋抬起袖口，抹了一把嘴角："时雨虽尽全力，仍有负所托，大人要罚便罚吧。"

柳朝明默不作声地看着她。

她脸色苍白，嘴角的血是乌色的，大约内腑有伤；右手虎口已震裂，想是没力气握刀，才将刀柄绑在了手臂上；左臂被人划了一刀，衣袖是裂开的，里头的衣衫已被血染红，其余还有多少伤不知道，所幸身上的血不全然是她的，大约还有被她砍伤的人的。

柳朝明淡淡地道："杖责二十，罚俸三年，你选一个。"

苏晋垂眸笑了一声："打板子吧。下官小小知事，罚三年俸禄，该揭不开锅了。"

她居然还有力气说笑，大约死不了。

柳朝明"嗯"了一声："二十板子记下了，改日上都察院来领，先去找大夫把伤瞧好，省得旁人说我都察院仗势欺人。"

苏晋再往地上磕了个头，吃力地站起身，刚要走，不防身后有人低声唤了一句："苏晋。"

苏晋回过身，一时茫然地将那身着紫衣、玉树临风的人望着。

朱南羡有些无措。他忽然在想，转眼经年已过，苏晋会不会不记得自己了？可自己一堂堂皇子，当今太子的胞弟，身份尊贵，就这么被人忘了，岂不十分尴尬？

思及此，朱南羡咳了一声道："你……你便是苏晋吧？本王方才听——"顿了顿，看了左谦一眼。左谦即刻会意，凑到他耳边道："姓覃。"

"覃指挥使提起，说你为救登科士子，孤身涉险，正要与柳御史说，论罪虽要罚，但论功也要赏的，你……"朱南羡再一顿，见苏晋的眼神古怪起来，不由得道，"你或许没见过本王，本王是……"

然而不等他说完，苏晋便道："是十三殿下不记得了，微臣曾与殿下有过一面之缘。"说着，径自朝朱南羡拜下，"微臣苏晋，参见十三殿下。"

朱南羡呆了片刻，心中一会儿喜，一会儿懊恼，见她又跪又立牵动伤口，立时道了句："平身。"又自矜道，"哦，难怪本王瞧你十分面熟。你身上的伤不要紧吧？左谦，你即刻去太医院请医正。"

苏晋道："不必了，微臣身上的伤不打紧，去找寻常大夫瞧过便是。"再抬手一揖，道，"多谢殿下厚意，若无他事，还望殿下恕微臣告退。"

朱南羡见苏晋执意要走，也不好多留，任由她去了。

日暮将至，不多时，五城兵马司与金吾卫便将朱雀巷的人疏散完毕。柳朝明见此间事了，称还要回宫跟皇上复命，向朱南羡告辞。

礼部几个大员见状，纷纷向朱南羡拜了三拜，尾随柳朝明而去。

倒是不知何时来的刑部员外郎揪着一名死囚跪到朱南羡跟前，问："十三殿下，这死囚当如何处置呢？"

朱南羡一愣："你们刑部处置死囚，来问本王做什么？"

员外郎苦着一张脸道："是不关殿下您的事，可这死囚原是柳大人为苏知事讨的，苏知事似乎将这事忘了。柳大人走的时候，微臣问过他要怎么处置，他却说殿下您在场，他不好做主。"

朱南羡本想说，左右是个死囚，择日砍了算了，可听员外郎说完，不由得多瞧了那死囚两眼，问："这人是苏知事讨要的？"

员外郎道："大约是吧。"

于是朱南羡深思了一阵，慎重地道："将他带往本王府上，好吃好喝伺候着，切不可怠慢了。"

第三章　京师变天

苏晋没敢让大夫细瞧，只对症抓了些药。

万一让人看出自己是女子，她恐怕要落个出师未捷身先死的下场了。

她一整夜没睡踏实，吃过药，起了高热，烧到云里雾里时，几乎以为自己要羽化升仙了。

幸而那药草总算在四肢百骸间弥散开来，逐渐将一身沸腾的血安抚温凉，像只有力的手，把她的魂魄从阴曹地府拽了回来。

苏晋记得，四年多前，自己被吏部那群杀才乱棍杖打，晕死在街边，也是这么生死一线地挺过来的。所谓她以下犯上，被杖责八十，那只是吏部对外的说辞。事实上他们动的是私刑，以为已将她打死了，随手扔到了死人堆里，是她凭着一口气爬了出来。

也许她这一生注定要走在刀尖上，所以上苍仁慈，让她生得格外皮糙肉厚，真是幸甚。

当天半夜，整个京师都落了雨。

雨水滂沱如注，却不像寻常的阵雨急来急去，而是遮天蔽日地浇了两日，昭昭然将暮春送走。

酷暑将至。

后一日，京师上下果真变了天。

北方士子与在朝的北臣联名上书，恳请皇帝彻查科场舞弊一案。

折子递到皇案上，景元帝震怒，一命三司会审，理清闹事因果，主谋从犯、涉事衙门，一律从重处置；二撤春闱主考、翰林掌院裴阁老官职；三废今春登科三甲的封授，令翰林上下十余学士重新审阅春闱答卷。

景元帝的处置方法，面上看是各打一百大板，南、北两碗水端平。

可当日廷议，景元帝问众卿之见，户部侍郎沈奚不过试探着说了句"南北之差，大约误会"，便引得龙颜大怒，被处以杖刑三十。

沈奚的爹就是刑部尚书。据说这三十杖，还是沈尚书他老人家亲自抡板子上的，大约想让他那个光会耍花架子的儿子长记性，实实在在地下了狠手，结果将沈奚的腿打折了。

苏晋身上的伤刚好一些，能踱出房门在院里转悠的时候，周萍便将这朝中事一桩一件地说与她听。

说到沈奚，在廊檐下晒太阳的刘义褚插嘴道："同是重臣之后，这沈侍郎可比晏少詹事差得远了。单说揣摩圣意这一项，晏少詹事便雷打不动地站边北面，结果怎么着？圣上非但龙颜大悦，还特命他主查科考一案。我看等这案子结了，少詹事不日就要升任詹事，升任各部侍郎、尚书，升任太子少保、少师，这晏太傅府就该改名喽。"

苏晋听他提起晏子言，心中一时苦闷。

她当日为保晏子萋安危，将玉印归还给了晏子萋。想来这晏子萋拿回玉印，便没理由再来衙门跟自己交代晁清失踪当日的因果了。

苏晋一身是伤，硬闯太傅府是不可能了。小侯爷任暄也再没递策问来，否则苏晋还可以拿命犯险，再往宫里走一遭。

一旁的刘义褚看苏晋病恹恹的，又唠叨开来："要我说，朝廷上下全是一帮势利眼，士子闹事这事，你苏知事出生入死，该记一大功吧？眼下躺了几日，刚刚回魂，也就长平侯府的小侯爷来瞧过你两回。可你晓不晓得，上个月户部钱尚书上朝时也就打了一个喷嚏，那些个大尾巴狼便提着千金药方，差点儿将尚书府的门槛踩破了。"

苏晋一边听他扯淡，一边在心中忖度晁清的案子，没留神听出个柳暗花明，不由得问："小侯爷来看过我？"

刘义褚点了点头："就属他的心没黑透。"

周萍道："已来过两回了，见你闩着门只顾睡，谁也不让进，就说过几日再来。"

苏晋刚想问任暄何时再来，前头便有一小厮来报，说长平侯府的小侯爷登门探病来了。

真是说曹操，曹操到。

然而，任暄并没有一副探病该有的样子，起码眉间锁着的是忧思，不是关切。

一见到苏晋，他上前一把握住她的手道："苏贤弟，为兄把银两给你备好了，你择日便离开京师吧！"

苏晋不动声色地将手抽回来："是出什么事了？"

他们在偏厅说话，四下无人，可任暄听她这么问，仍站在窗前左右望了望，这才回过身低声道："你先前不是帮宫中殿下代写策问吗？叫人查出来了！"

苏晋素日与任暄并无瓜葛，方才看他愁容满面，便猜到是代答策问的事出了岔子。

她刚在生死路上走了一遭，眼下竟比任暄更从容一些："是如何查出来的？已经立案了吗？"

任暄道："这倒还没有。"又一叹，"为兄也不瞒你了，你这道策问为十七殿下答的。十七殿下你也晓得，出了名的不学无术，为兄也是防着这一点，还特意帮你将取字措辞改得生嫩了许多。立论深刻，权当是十七殿下向人请教了道理，翰林那老几个睁一只眼闭一只眼便算了。坏就坏在晏子言。"

苏晋听到这里，心中疑窦丛生，晏子言怎么知道这策论是她代写的呢？

任暄续道："当今太子有两个胞弟，一个十三，一个十七，这你知道。你因玉印一事跟晏子言有些龃龉，他也因这事将你记上了，还特意找了你当初写的《清帛钞》给太子殿下看。

"当日也是巧了，十七殿下刚好就在东宫，看了你的《清帛钞》，就说这字他见过。你说你一个知事，跟十七殿下八竿子打不着，他怎么会见过你的字？晏子言是个黄鼠狼精转世的，当即就猜到了因由，把十七殿下近来的策论找了出来。太子殿下看过大怒，十七殿下便将实情说出来了。两日前，晏子言还特地到我府上，将你的策论原本取走了。"

苏晋愣了一愣，不禁想问任暄为何还将原本留着，难道不应当事后立时烧了吗？

可她转而一想，每个人都有自己的立身之道，适时给自己留条后路，似乎没什么不对的，虽然这代价是旁人的命。

任暄看苏晋的神色变得冷淡起来，一时懊悔道："苏贤弟，这事是为兄的错，是为兄不够慎重。可当务之急，是你能越快离开京师越好。你可知道半年前，那名帮十四殿下代答策问的司晨是被人活活打死的？前几日，刑部沈尚书要传你进宫问话，幸好柳御史替你拦了拦，说你重伤未愈，让你歇上几日。依为兄看，反正这满朝上下，也没谁敢不卖左都御史的情面，眼下他在你身前挡着，你还是刀枪不入的，不如趁这个当口，远走高飞算了。"

任暄嘴上这么说，心里实则不想让苏晋逃。

苏晋一介书生，便是逃，又如何能逃出十二亲军卫的天罗地网？加之这一两年来，锦衣卫有复起之势，若太子一怒之下请旨让镇抚司的人出马，将苏晋下了诏狱，苏晋还不得把什么都吐出来？

所以他一通长篇大论，先是提到了朱十三，再是提到了柳朝明。

十三殿下一直看重苏晋，任暄是知道的，而这半个月看下来，就连柳朝明这位铁面御史，也对苏晋诸多宽宥，大约有赏识之意。

倘若苏晋真的惜命，便不该逃，该立刻去找这二位金身菩萨保驾护航。

任暄晓得苏晋一身倔骨头，这话倘若直说，怕会激得她当下立意等死。

就看她能不能闻弦音而知雅意了。

苏晋想了想，问道："你不是说还未立案吗？刑部传我进宫做什么？"

任暄道："刑部是为士子闹事之事传你的，想问问当日的情形。眼下是三司会审，柳大人这才与沈尚书打的招呼。但之后晏子言将你的策论拿走，必然是想上递刑部的，想必刑部如今已晓得这事了。"

任暄说完，仔细去瞧苏晋的脸色，想在她的眉梢眼角找答案。

苏晋心里却想着另一桩事。

她早先还在苦恼自己将玉印还给晏子萋，导致晃清的案子虽有了线索，却断了门路。眼下刑部传她，正是良机，若代写策论的案子能引来晏子言与她当面对质，她便可当着柳朝明、沈拓的面将晃清的案子捅破，再也不怕无人肯受理贡士失踪的案子了。

这人世一重山一重水，越往上走，人命便越轻贱。

新君立国，标榜了几十年的仁政爱民，不过是幌子。接近权势中心，她连寻个人都得大费周章。若黎民拼了命才能苟活，还谈什么仁爱？

苏晋心底泛起一丝悲凉，却又如在暗夜之中看到了熹微的晨光。

她总算不是走投无路了。

反正命只有一条，为晃清的案子，她已然将命搭进去过一回，何妨再搭一回？

她送走了任暄，问周萍讨了刑部的手谕，立时往宫里去了。

刑部检校验过苏晋的手谕，说道："都察院的柳大人来了，正与尚书大人议事，官人且等。"

苏晋应了，打算随他去值房稍歇片刻，不期然一只手从旁伸出来，将她拦了拦。

来人是个矮胖墩儿，生得一脸福相，朝苏晋笑道："敢问阁下可是应天府衙门的苏知事？"

苏晋恭恭敬敬回了个礼："正是。"又请教来人的姓名。

原来这矮胖墩儿叫陆裕为，时任刑部员外郎，正是当日奉柳朝明之命，给苏晋送死囚的那位。他身着六品鹭鸶补服，官阶比苏晋足足高了两级，却不曾摆谱，眉目间还隐隐含着谦卑之色。

听闻苏晋是来跟刑部沈尚书回话的，陆员外略一思索，道："这样，苏知事您不必等，陆某这就去请尚书大人的意思。"说着，也不等苏晋客气，风风火火地走了。

沈拓正审阅士子闹事的涉事衙门与人员名录，外头有人通报说京师衙门的苏知事来了。沈拓动作一顿，看柳朝明一眼，回了句："请吧。"

柳朝明冷静从容，仿佛没听到什么声音一样。

沈拓忍不住道："这个苏知事可是当年老御史一眼看中，再三叮嘱你照拂，你驱车去追却没追上，将事情搅黄了的那位？"

柳朝明端起茶杯："怎么，尚书大人还记得这事？"

沈拓笑了一声："如何记不得？那几年提起朝廷后生，老御史无时无刻不在夸你，说你既从容有度又杀伐果决，唯独这一桩办得不够利索，气得御史他老人家几日咽不下饭。"

柳朝明啜了口茶，不说话。

沈拓又道："后来他老人家还找我想辙，我能有什么辙？吏部的咨文递过来，皇上已批了红。"说着，摇了摇头道，"当真可惜了，我记得他中进士那年才十六七，文采斐然，胸怀锦绣，俨然有你当年的风采，便是给个榜眼甚或状元都不为过。还是皇上看了眼他的年纪，生生被吓了一跳，怕此子锋芒太过反而招来灾祸，这才将他的名次压到了第四。"

柳朝明一时默然。苏晋中进士时，他不在京师，关于她的种种也不过道听途说。那日在风雨里初见着她，他反而觉得她并不曾有传闻中的绝世风华。

他本还惋惜，以为四五年的挫败与磨难已将此子身上的锋芒洗尽了。直到士子闹事的当日，她一身是血地朝他走来，跪在地上向他请罪。

镏金似的日晖斜照在她的身上，淬炼出令人心折的光，刀锋履地之声仿佛划在铮铮傲骨之上。

柳朝明这才觉得是自己看走了眼。

也许是初见那日，秦淮的雨丝太细太密，将人世间的一切都隔得朦朦胧胧，他竟不曾见，当她立在烈火斜阳里，连眸中的萧索都是傲雪凌霜的。

陆裕为将苏晋带到了律令堂。

沈拓道："你来得正好，老夫正整理闹事当日的涉事衙门和人员名录，有几个问题要问你。"

苏晋应是，将沈拓的问题一一答了。

沈拓听后，在公文上删添些许，这才罢了笔，说道："先头传你，是为了解闹事当日的情形。不过两日前，老夫收到一封密帖，里头藏着一篇策论，正是你的笔迹，你看看可是？"

密帖上镂着紫荆花，里面确实是她早前为十七殿下代写的策论。

苏晋曾是进士，又有文墨流于市井，笔迹是赖不掉的，只好称是。

沈拓斥道："你好大的胆子，这道策问可是翰林上个月策诸位殿下的题目，你老实交代，这是为哪位殿下代写的？"

苏晋愣了愣。任暄不是说，晏子言是从十七殿下处发现端倪，顺藤摸瓜找到她的策论原本的吗？难道晏子言只举了她的罪证，却没交代出十七殿下？

刑部又不是查不出来，晏子言这不是多此一举吗？

苏晋一时想不出因果，两相权衡，只得道："代写一事不假，还请尚书大人治罪。"也不提是哪位殿下。

沈拓又笑了一声，指着苏晋道："嘴还挺严。"说着，忽然摆了摆手，"罢了，老夫手里头的案子多的是，没闲心理会这样鸡毛蒜皮的。"又对柳朝明道："此人好歹是个从八品知事，有违纲纪，都察院合该管管，此事你接过去吧。"

苏晋本是俯跪在地的，听了这话，不由得慢慢直起身子。

什么意思？难道是要放她一马？

沈拓的确是要放苏晋一马，先前问柳朝明的一番话，也是想试探都察院对苏晋的态度。

柳朝明有个"任凭风吹雨打，我自岿然不动"的性子，沉稳得像装了个千斤坠，年纪轻轻已位列七卿之首。可方才提起苏晋，他竟出乎意料地走了一会儿神，可见是自觉有负老御史所托。

沈拓从来秉公执法，当年也跟老御史一样被称为"铁面菩萨"。而今他年事已高，且后生可畏，"铁面菩萨"的名号传给了柳昀，他自己却跟那爱耍花架子的儿子学会了得过且过的道理，任由这些后生折腾。

沈拓道："还愣着做什么，等着本官治你的罪吗？"

苏晋一头雾水地离开刑部，心中并没有松快些许，反因此行的目的落了空，格外郁郁。

刑部的手谕已被检校收了回去，她下回再进宫，只能是去都察院领板子的时候了。

二十大板打下来，苏晋也不知自己可还有命去詹事府寻晏子言，打听晁清的下落。

苏晋寻思当下机不可失，立时就往东宫的方向走去。

"站住。"她身后传来一声冷喝。

柳朝明不知何时也从刑部出来了，手里还拿着苏晋那本紫荆花密帖，冷着脸问："就这么不死心，还要去找晏子言？"

苏晋俯首道："大人误会了，下官头回来刑部，一时迷了路，走错道了。"

柳朝明道："迷得连南北都分不清吗？"

苏晋说不出话来，将身子弯得低了些。

柳朝明又道："我看你的伤是好利索了。你不如先去都察院，把你的二十大板领了。"

苏晋做了个拱手礼，将腰身弯得更低，已然是请罪之姿。

柳朝明沉默着盯了她半晌，觉得老御史纵有伯乐之慧眼，也难免一叶障目，只看到苏时雨的锦绣才情，却不见此人的巧言令色。柳朝明一时不想跟她多话，说了两个字："跟着。"

苏晋跟柳朝明走了一段路，却发现并不是承天门的方向，而是东宫。

"大人这是要带下官去詹事府？"

柳朝明没言语。

苏晋又道："下官多谢柳大人。"

柳朝明转身，举着手里的紫荆花密帖，面无表情地看着苏晋道："不必谢，正是为审你才领你去的。"

詹事府原为处理皇帝皇子的内务所设，景元帝开国后，改作辅佐储君之用，因此其官署建在东宫附近。

士子闹事后，晏子言质疑春闱有舞弊之实。皇上授命他为主审，重断会试的卷宗。

晏子言却越断越无奈。

会试的好文章，的确大多出自南方士子之手。

看来沈霙的话不假，南、北两地的士子确实存在差距，所谓的科场舞弊，也

· 47 ·

许真的只是误会。

晏子言觉得自己审卷都快审得魔怔了，回到詹事府，听说左都御史来找，头一个念头竟是柳昀是南方人，难怪做了都御史；而后见到跟着柳朝明而来的苏晋，心想，这位也是南方人，难怪是二甲登科的进士。直到听了这二人的来意，他才回了神，看了苏晋两眼，轻笑道："我还道你一个从八品知事，任暄怎么肯由着你来正午门前责问本官，原来是你代十七殿下答了策论，叫他这个中间人在东宫面前得了脸。一本万利，买卖做得不错。只是可惜了，当年长平侯用兵中原，战无不胜，生出个儿子，竟是个四体不勤的生意精。"

他这番话说得尖酸刻薄，但往细里一想，却是参破了其中的道理。

苏晋不是不明白这些，但当日去找任暄，乃是有事相求，实属一个愿打一个愿挨，故而眼下也无意一争长短。

晏子言又瞥了苏晋一眼，觉得此人看上去内敛，没承想竟有个杀伐果决的脾气。士子闹事当日，若不是苏晋命人将晏子萋绑了送回府，也不知他那个不知天高地厚的妹妹能闯出什么祸来。

这么想着，晏子言顺口就问了句："你不是受了伤？"

苏晋没想到他会提起这个，愣了一下才道："养了数日，已好些了。"又道，"刑部传话，好几桩案子悬而未决，下官不敢耽搁，才赶着早进宫里来。"

哪里来的好几桩案子？

小小知事，与她相关的大案，统共也就士子闹事一桩。

她所谓的好几桩，大约是将晁清失踪案一并算了进去，想旁敲侧击地提醒他吧。

晏子言听出苏晋话里有话，冷笑道："依本官看，是你上赶着往案子上撞吧？"

他觉得苏晋区区知事，三番五次地对自己出言不逊，方才那点儿感激之意全无，恶语相向："你那日没死在闹事当场已是万幸，好好将养才是正道，更不必赶着进宫。刑部审案，尚不缺你一个证人。况且少几个你这样没事找事的，京师反而太平些。哦，这么一看，你那日没死成当真可惜了。"

苏晋平静地看着晏子言，道："大人说的是，下官死不足惜，只是大人这么盼着下官死，不禁叫人琢磨起由头。大人是有什么把柄落在下官手上了吗？"

晏子言一时怒不可遏，抬起手想要唤人进来治治这吃了豹子胆的东西。

苏晋却不肯退让，今日来就是要从晏子言的嘴里问出晁清失踪当日的因由，激怒晏子言是意料中的事。若这便怕了，她何必犯险来这一趟？

"闹够了吗？"正这时，端坐上首的柳朝明冷声道。

苏晋与晏子言互看了一眼，把已到嘴边的话又咽了下去。

柳朝明问晏子言："十七殿下的策论在詹事府？"

晏子言拱手道："正是。"一时没忍住心中得意，又对苏晋道："本官差点儿忘了，本官有没有把柄落在苏知事的手上实不重要，倒是苏知事有一个现成的把柄正握在本官手里。"说着，转身自案头取了一份长帖，正要呈给柳朝明，忽又缩回手，疑惑地问："敢问柳大人如何知道这策论是由苏晋代写、十七殿下誊录的？"

苏晋非常诧异，不是他晏子言先发现她代写一事，然后找到证据，才将她告到刑部的吗？

然而这个念头闪过，苏晋忽然觉出不对劲。

不对，不是晏子言做的。

柳朝明道："你不必知道。"

晏子言又道："那么敢问大人，若证据属实，要如何处置苏知事呢？下官听说半年前那位代十四殿下执笔的司晨是被杖毙的。"

柳朝明道："前车之鉴只做参考，不必盲目效仿，都察院自当秉公审完，依罪论处。"

晏子言忖度一番，自以为悟出柳朝明的言外之意，于是道："按照御史大人的说法，获这等罪名，便不是死，也要落个革职流放吧？"他忽然拱手对柳朝明一揖，白衣广袖带起一阵风，"大人，下官纵然十分看不惯苏晋，但也听闻士子闹事当日，应天府孙府丞带着一帮衙差躲在夫子庙里；东、西二城的兵马司不分轻重缓急地跟几名暴匪周旋；在朱雀巷的礼部大员不想办法疏散百姓便罢了，皆藏在茶坊里头，生怕被伤着一分半毫。只有他，纵马而往，虽不自量力、愚蠢至极，妄图以卵击石，以为自己可以扭转乾坤，但……下官想为朝廷留下此人。"

语毕，晏子言转身横眉冷目地看着苏晋，说道："苏晋，本官长你几岁，教你一个道理：他人之言，不可不信，也不可尽信。有道是画虎画皮难画骨，你可知当日你在喧嚣巷陌出生入死时，躲在茶坊里头战战兢兢，自始至终都没出来看你一眼的都有谁？有人表面与你和气，这并不妨碍他在背地里捅你刀子。"他微微扬起下巴，缓声道，"当然了，你的所作所为也并不妨碍本官打心底里讨厌你。本官一贯欠不得人情，你记住了，本官只帮你这一回，不为其他，为你当日果断地护了舍妹的安危。"

言罢，晏子言步去公堂西角，掀开灯罩，将手里的策论往火上烧去。

白纸黑墨，遇火就着。

也不知是不是天意，这时，堂门忽然被推开，带起的一阵风将策论长帖吹拂在地，刚刚从纸角燃起的一星火倏尔灭了。

来人一身朱色冠袍，上绣五爪金龙，身后跟着朱南羡与朱十七。不用问，这位便是大随的储君——太子朱悯达。

屋内三人齐齐跟朱悯达见礼。

朱悯达只道了句："柳大人平身。"目光落在地上烧了一角的纸上，冷笑了一声："怎么，是背着本宫毁尸灭迹吗？"

堂内鸦雀无声，晏子言的额头上瞬间冒出细密的汗。

朱悯达扫了晏子言一眼，吩咐道："晏三，将地上的纸捡起来，呈与本宫。"

晏子言应了声"遵命"，起身去拾策论，脸上血色全无。

朱南羡如丈二和尚，尚未瞧明白眼前究竟是什么情况。

早先十七来找他，说惹大皇兄生气了，请他去劝，又提起应天府的苏知事也牵扯其中。二人正说着，羽林卫就来请十七了，说苏知事正在詹事府内，太子传十七过去受审。

京师衙门还有哪一位知事姓苏？

也是听到这儿，朱南羡才一头雾水兼火急火燎地跟了过来。

眼见着晏子言拾起策论的指尖隐隐发抖，苏晋撑在地上的手指微微屈着仿佛要抠穿地面，朱南羡终有所悟：哦，问题大约是出在这张被火舌卷了一角的纸上吧。

也是，这纸的确该烧，朱南羡想。

于是就在朱悯达要接过那张策论的一瞬间，朱南羡一把将其夺过，塞进了嘴里。

堂里落针可闻。

朱南羡用余光觑了觑朱悯达的神色，很识趣地扑通一声跪下，却耐不住嘴里一团纸支棱八叉地堵着，忍不住嚼了两下。

朱悯达的脸黑成锅底。他怒喝一声："放肆！"

朱南羡被他一惊，嘴里的纸团顺着喉咙滑下去了，明目张胆地"毁尸灭迹"。

朱悯达气得七窍生烟，暴喝道："拿刀来！"堂门应声而开，一名羽林卫进来，跪地呈上一柄刀。朱悯达指着朱南羡道："把他的肚子给本宫剖开！"

话音一落，朱十七也跪倒在地，攀着朱悯达的手哭喊道："皇兄，要罚就罚十七吧，十三皇兄这么做，都是为了十七！"

朱南羡沉默不语地看着朱十七，心道：十七你想多了，本王这么做，还真不是为了你。

朱悯达十分头痛，这两个皇弟是跟在他身旁长大的，一个跪一个闹，成什么体统？

眼下七王羽翼渐丰，先前的漕运案办得十分漂亮，外间隐有"贤王"之称，连父皇都对其颇为看重。

虽说祖上规矩是有嫡立嫡、无嫡立长，但景元帝实行封藩制，每个皇子皆实力非凡，而七王的淮西一带正是父皇当年起兵之地，其中寓意，不必赘言。

朱悯达满心盼着两个胞弟能成为自己的左膀右臂。

十三便罢了，自小崇武，说父皇的江山是从马背上打下的，在文才上略有疏忽。

然而十七四体不勤，五谷不分，文不能提笔，武不能上马，与废物无异。

朱悯达懒得理这两个不中用的，转身对柳朝明道："让柳大人见笑了。"

柳朝明回了个礼。

朱悯达又看向跪在地上的人，忽然想起一件事来："你姓苏？可曾中过进士？"

苏晋道："回太子殿下，微臣是景元十八年恩科进士。"

朱悯达"嗯"了一声，又道："你抬起头来。"

朱悯达是太子，好看的人见得多了，既有一顾倾城的妃嫔，也有温文尔雅的小生。

映入他眼帘的这张脸，怎么说呢？眉宇间自带一股清致之气，竟能让人忽略她本来十分隽雅的五官；而除了气质，她更吸引人的是那一双明眸，里面仿佛藏着灼灼烈火。

朱悯达想起一句话来，满腹诗书气自华——只可惜，她眸中多了三分萧索。

朱悯达问朱南羡："你当年去西北卫所前，曾提过要讨一名进士来做你的侍读，教你学问，可是此人？"

朱悯达的话与事实有些出入，但朱南羡听出了他的意思。

朱南羡有些踟蹰，仿佛被人捅破了心事，做贼心虚地道："大概是吧。"

朱悯达看他这副没出息的模样，冷哼了一声，又问晏子言："先前让你去找苏知事代写的策论原本，你可找到了？"

晏子言知道那策论原本就在柳朝明的身上，却道："回殿下，还不曾。"

朱悯达想了一想，又问柳朝明："本宫听说，苏知事是柳大人带来詹事府的？"

柳朝明称是。

朱悯达道："是都察院查出了什么，柳大人才带他过来问罪的吗？"

柳朝明微一沉默，道："确实是对苏知事帮十七殿下代写策论一事有所耳闻，才过来问询，可惜并无实证。"

朱悯达听了这话，若有所思地看了苏晋一眼，道："此事既有柳大人过问，本宫是一万个放心。也罢，这事便交给都察院，柳大人查出什么，要怎么责罚，不必再来回本宫了。"

朱悯达是聪明人，从方才柳朝明的那句"可惜并无实证"，便猜到他是铁了心要袒护苏晋了。与其处置一个从八品小吏，朱悯达不如卖都察院一个情面。

也是奇了怪了，柳昀自十七岁入都察院，七年下来，一直一副近乎冷漠的公允姿态，从未对谁网开一面。

朱悯达想，这样也好，眼下自己与老七势如水火，两个胞弟都不堪大用，若能凭此事赢得都察院的好感，不说支持，哪怕一星半点的偏重，于局面也是大有益处的。

想到这里，朱悯达又对柳朝明和缓地说了句："辛苦柳大人。"也不理仍跪在地上的两位胞弟，转身走了。

等一干子内臣、侍卫都随太子殿下撤了，朱南羡才起身拍了拍膝头，方要去扶苏晋，柳朝明便在一旁冷冷地道："苏知事，起身吧。"

朱南羡的手往右挪了一尺，拎起了晏子言。

朱十七从地上爬起来，往一旁的椅子上坐了，仍哭得抽抽搭搭的。朱南羡十分嫌弃地看了他一眼，转头去问柳朝明："柳大人，那这代写策论一事——"

柳朝明默不作声地从怀里取出苏晋的策论原本，将其置于方才的烛火上烧了，随后道："此事已了，不必再提。"

晏子言意识到柳朝明将实证一烧，非但帮了苏晋，也帮了方才烧策论的自己，立时拜道："多谢柳大人，翰林那头下官自会打招呼，必不会再漏出什么风声。"一顿又道，"只是，十七殿下那边……"

朱南羡当即会意，踢了踢朱十七的腿："问你呢，你这是找了哪个不长眼的才把事情捅出来的？"

朱十七啜泣道："我统共就找了小侯爷两回，他帮我找人代写，出了事，我自然让他想办法。"

这话一出，苏晋便明白过来。

晏子言把她的《清帛抄》拿给太子殿下看，朱十七却说认得她的字迹，引得朱悯达生疑。朱十七惊慌之下找来任暄想辙，任暄却怕引火烧身，只好卖了苏晋，把她的策论原本呈交刑部，却又怕叫人查出端倪，才来应天府让苏晋逃的吧。

那么方才晏子言一番话，说士子闹事当日，她出生入死之时，躲在茶坊里战战兢兢的几个大员里，便是有任暄的。

原来，将她告到刑部的不是晏子言，而是这个贼喊捉贼的任暄。

苏晋想到此，并没觉得失望抑或愤怒。众生百态，天下攘攘皆为自己而活，自然有人为了利字将义字忘尽。这一番经历，就算让自己长个教训。

朱十七本以为自己这回少说也要挨一通棍子，没承想代写一事就这么结了，大喜之际尚有一些余惊未消，攀住朱南羡的胳膊抽抽搭搭道："十三哥，我算是瞧明白了，这皇宫上下，只有您对我最好。您这回冒着被剖肚子的危险，帮我顶了大皇兄的一通训，下回……下回我也替您挡刀子！"

朱南羡无言地看着他，抬手将他从自己的胳膊上扒拉下来，道："你过来，本王有几句肺腑之言，不吐不快。"

朱南羡负着手，大步流星地走到了公堂外的一棵榆树下，对跟过来的朱十七道："十七，你实在想得太多了。本王此番大义大勇，并不是为了你，且大皇兄没因此责罚你，本王十分惋惜。本王有句话要叮嘱你，下回你写文章，找天王老子代写我都不管，但若胆敢再找苏知事，当心皇兄我打断你的腿！"

朱十七如五雷轰顶，大眼睛眨了眨，瞬间泪盈于睫。幸而朱南羡在他又哭出来前，命内侍将其拖走了。

此间事了，晏子言率先告退，去翰林院善后了。

柳朝明遥遥对朱南羡一揖，亦要回都察院去。苏晋跟在柳朝明身后，轻声道："多谢大人。"

柳朝明没有回头，脚下步子一顿，问了句："怎么谢？"

时已近晚，长风将起，苏晋极目望去，只见宫阁楼台。

她道："云山苍苍，江水泱泱，大人之恩，下官深铭肺腑。"

苑角一丛荒草，因久无人打理，越长越茂盛。秦淮雨止，是初夏到了。

柳朝明看着那一丛荒草，忽然想起老御史的托付。

"苏时雨，本官有句话想问你。"

"大人请说。"

柳朝明道："你可愿……"

话未说完，声音戛然而止，因为他听到身后有人带着一分犹疑、两分关切，还有七分故作镇定问了句："苏知事的伤可好些了？"

问话的人是朱南羡。

苏晋道："已好些了，多谢殿下关心。"

朱南羡顿了一顿，又道："苏知事，借一步说话。"

苏晋不由得看了柳朝明一眼。

柳朝明也正盯着她，默了半晌，将未说完的后半句收了回去，向朱南羡一揖，转身走了。

· 53 ·

朱南羡令四下的人撤了，这才问道："苏知事，你可有什么故旧犯了事，让刑部拿去了？"

苏晋原垂着眸，听到故旧二字，猛然抬起眼来，双眸灼灼如火。

朱南羡被这目光震慑，顿了顿才又说："此人可是你跟刑部讨去的死囚？"

苏晋反应过来，原来他说的是闹事当日刑部带去朱雀巷的死囚。

她的眸光一瞬便黯淡下来。

"殿下有所不知，这名死囚其实是都察院的柳大人命刑部送去的，为防事态失控，作杀一儆百之用，可惜到得太晚，没派上用场。"

然而朱南羡听了这话，道："本王特地盘问过，这死囚说与你相识，连你曾中过进士、在松山县当过差也知道。"

这就有些出乎苏晋的意料了。她自松山县回到京师以后，结交之人除了衙门里头的，不外乎就是几名贡生、士子，还能有谁对她知根知底？

苏晋不由得问道："那殿下可知道，这死囚为何认识微臣？"

朱南羡道："他机灵得很，说话只说一半，别的不愿交代，只顾称自己冤枉。"

苏晋一愣，一个被冤枉的死囚？

但柳朝明把他从刑部提出来，分明是因他死罪板上钉钉，且刑期就在近日。

苏晋想到此，忽然觉得不对劲。

是她想差了吗？

柳朝明从刑部牢里提出这个死囚，竟不是为了士子闹事案？那他的目的何在？

苏晋问："殿下可知道这死囚所犯何案？"

朱南羡道："他没交代明白，只说是与秦淮河坊的一名女子有关。"

秦淮河坊的一名女子？

许元喆曾说，晁清失踪前正是去了秦淮河坊。

"十三殿下，那死囚现在何处？已被处斩了吗？"

朱南羡方才铺垫良多，正是在这里等着苏晋。

士子闹事当日，苏晋伤得不轻。他心中担心，本要亲自上京师衙门去探病，奈何府上的总管拼命将他拦住，说他堂堂殿下，倘纡尊降贵地去探望一名从八品小吏，非但要将衙门内一干大小官员惊着，苏知事日后也不能安心养病了。

朱南羡细一想，也以为是，从那死囚的嘴里挖出他乃苏晋"故旧"后，命人把死囚往别苑安置了，成日巴望着苏晋能上门领人。

可惜他左盼右盼也不见人影。

朱南羡仿佛不经意地道："哦，尚未处斩，刑部不知当如何处置，将死囚交给了本王。本王也只好勉为其难，将人安置在王府。"又用余光觑了觑苏晋的脸色，明知故问，"怎么，苏知事想见他？那本王命人明日一早去衙门里接苏知事？"

苏晋想起柳朝明那句"我会命刑部给你送个死囚过来"。

她终于明白过来，原来这个死囚与晁清失踪之事有关，原来都察院竟在帮着她调查此案。

苏晋不想夜长梦多，对朱南羡道："若殿下得闲，可否今晚就让下官与此人见上一面？"

朱南羡立刻点头："好说。"

二人至王府。府上的总管郑允已候在门口了，见到苏晋，一时大喜过望，不先招呼殿下，反而道："苏知事可算来了。"

苏晋愣了愣，什么叫"可算"？

郑允又道："知事有所不知，殿下已命小的在此候了数日，非要将知事候来不可。小的是日也盼夜也盼，才将您盼来。"

朱南羡跟跄了一下。

初夏，皓月当空，一池新荷簇簇。时下兴莲子百合汤，郑允着人也为苏晋呈上一碗。

不多时，那名死囚便被人带来了。

来人一张生面孔，粗布短衣，五大三粗，先探头问了问郑允："要见哪个？"听闻是苏晋，浑身一激灵，扑通一声便给她跪下了。

却说此人名叫张奎，曾是京师衙门的一名仵作，两年前嫌在衙门干活累，请辞不干了。

他与苏晋其实并不相识，不过是请辞之前听衙门里的人说有一名苏姓知事要从松山县调任过来，曾经中过进士。此事一时闹得沸沸扬扬——在常人眼中，中进士的都是有大才之人，合该在奉天殿里进献治国之策，断没有做个知事还算升官的道理。

张奎如今犯了事，本以为是死路一条，没想到几经周折竟被带到王府，成日被人盘问与苏晋的关系。

他虽不明就里，但也猜出是因苏晋才保得一命，故而自称是苏晋的故旧。

没想到这招还挺管用，十三殿下堂堂嫡皇子，倒真没拿他怎么着。

苏晋一时不知从何问起。张奎却如见了救世菩萨，一连给她磕了三个响头，径自把所犯之案细细道来。

依张奎的说法，他还真是被冤枉的——

那日夜里，张奎与往常一样，去了城外乱葬岗。

他在衙门做了十年仵作，虽然后来不干了，但总有些生财的门道。

义庄里的尸体都是"经过手"的，没有值钱的东西，乱葬岗的却不一样，指不定能遇到"肥"的。

那夜，他就捡到一个"肥"的。

张奎道："我远远瞧见一个少妇立在乱葬岗上头，绫罗锦衣，以为是哪个富贵人家的夫人，还唤了她两声。她没理我，我就走过去拍了拍她，谁知她一碰就倒。我这才发现她已没气了，可面色还很红润，生得十分好看，就跟活着一样。"

张奎心中也有些害怕，但又想富贵险中求，咬牙向尸体摸去，哪知刚摸到一个玉坠子，后脑勺便挨了一下，此后便人事不知了。

后面的事，刑部就有所载录了。

张奎在衙门的牢里醒来。寻月楼的老鸨状告他奸杀楼里的头牌宁嫣儿，他受不住酷刑，屈打成招，本来即日就要行刑，莫名被人提了出来，带到了朱雀巷。

苏晋听了个起头便疑窦丛生。这样的案子平日都该由京师衙门经手，怎么这一桩直接走了刑部？

她问道："你曾在衙门当值，该晓得你这事闹不到刑部去，就不曾起疑？"

张奎道："我问过呀，但那些天杀的狱卒哪能跟我这样的人废话？"

苏晋又问："你可记得去乱葬岗究竟是哪一日？"

张奎仔细想了一想，道："我记得，三月初七！那日是我老丈人的寿辰，我想扒了那玉坠子给他祝寿。"

晁清失踪的日子是三月初九！

苏晋一时怔住，终于在千头万绪中找出一点线索。

刑部载录，死去的女子是寻月楼的头牌宁嫣儿。许元喆说过，晁清失踪前，独自去过烟花河坊之地。

难道晁清失踪前，是去寻月楼见了头牌宁嫣儿？宁嫣儿于三月初七被人谋害，而三月初九，太傅家的小姐晏子蓁去贡士所找了晁清后，晁清也失踪了。

苏晋眼下需要查明的是：一、宁嫣儿的死因为何；二、晏子蓁去找晁清以及晁清失踪之事，与宁嫣儿有何干系。

苏晋问："你可能证明你所言属实？"

张奎苦着一张脸："不能。"忽而又道，"我将那扒下来的玉坠子藏在了刑部牢里的一个墙缝中，等闲不会叫人发现，苏官人可命人去寻。"他再想了想，亟亟道："我知道那玉坠子并不能为我洗刷冤情，但至少能证明我的确只为求财，没有贪图美色，更不想害命。"

苏晋听了这话，为难起来。她不过一名知事，如何闯到刑部大牢去找证据？

朱南羡戳在一旁听了半晌，觉得总算轮到自己派上用场了，咳了一声道："苏知事若觉得分身乏术，本王可先命人追查此事。"怕苏晋不放心，添了一句，"既有冤情，查查也是好的，本王会时时盯着，如有任何进展，立刻命人知会你，全由你来拿主意。"

苏晋看向朱南羡。他身着月白直裰，袖口绣了两片竹叶，笔挺地站在她对面，身后是茂密的竹林，月华洒下，绿竹如簧。

这样素雅的衣衫若换了旁人穿，或许是朗朗如星光，温润如明月。但朱南羡不一样，他人是英挺的，气度是坦率的，身穿绣竹叶素衣，更显得英姿勃发。

苏晋撩起衣摆，往地上一跪，郑重其事地道："微臣不知何德何能，竟得十三殿下如此深恩厚意，他日殿下若有所愿，微臣定当鞠躬尽瘁，任凭驱驰。"

朱南羡听到"深恩"二字，伸去扶她的手蓦地僵住，过了会儿，道："哦，这不算什么，你平身吧。"

苏晋伤未痊愈，这一整日又奔波在外，全凭脑中一根弦紧绷着撑到现在。眼下晁清的案子总算有了眉目，她放下心来，与之同时，藏匿在四肢百骸的疼痛与疲累浮上来，一跪一起之间险些向前栽去。

朱南羡见状，吩咐道："郑允，你即刻去宫里请医正。"

苏晋道："不必了，微臣只是累了，早些回衙门歇上一日就好。"

朱南羡本想挽留，但苏晋方才话中的"深恩"一词仿佛一根刺，令他不好多说什么。看苏晋撑着石桌歇了半刻，他不由得道："你那日何必为了一个不相干的探花郎拼命？平白落了一身伤。"

他这几日实在没闲着，煞费苦心地上了一封折子为苏晋请功。谁知折子没递到皇案就被朱悯达扔了回来，朱悯达还骂他狗拿耗子。

苏晋笑了笑："殿下高看微臣了。若当真是个不认识的，微臣何必要犯这个险？"一时想起晁清失踪后，许元喆一字一句地为她抄录《御制大诰》，又道，"他是微臣故旧，当时在场的又无人认得他，微臣不去找他，该由谁去？"

苏晋说到这里，顺势问："殿下可知许探花现如今怎么样了？"

朱南羡道："约莫是还好。父皇为保证公允，命登科三甲跟着晏子言一起重新审阅春闱的卷宗，时限十日。这么一算，晏子言今日离开詹事府后，就该上奉天殿回禀父皇了。"

圣上令这一科的状元、榜眼、探花跟着晏子言一起查案？为保证公允？

苏晋听了这话，脸色不由得一变。

在朱景元这个帝王的心中，所谓公允、道义，哪比得上帝位重要？

早年他诛杀功臣，剿灭前朝乱党，北地死了数万人，眼下南方江山海晏河清，而北地始终人心惶惶。以朱景元屠戮成性的做派，这次科场案，他不会想着一碗水该如何端平，想的是该如何收复北地的人心。

他会把这桩科场案当成一个契机，对北方那些惶惶不可终日的人说："你们看，朕虽起兵自江山南，但天下万民皆是朕的子民，朕对你们一视同仁。当年你们中有人犯了错，朕杀了他们，而今南方有人犯了错，朕也一样要杀他们。"他更不必顾及这所谓的"错"是不是莫须有的，反正他皇威在上，满朝文武都会闭紧自己的嘴巴。

苏晋原以为事发后，景元帝革了登科三甲的封授，再从北方士子中提几人上来做进士便可以了。

但朱景元思虑更深。他要做一出戏，一出给天下人看的大戏。

他命春闱的状元、榜眼、探花跟着晏子言一起查自己的案子，面上看着是处事公允，实际上正是要杀南人以抚北人。

杀几个士子、官员，定罪一桩科场案，就可以安抚北地万万人的心，这对一个帝王来说，是一本万利的事。

因此这桩案子在他的心中早已定了性——是他手里头稳固江山的筹码，是这一科南方士子逃不开的劫难。

朱南羡看苏晋的脸苍白得没了血色，不禁道："苏知事若实在疲累，就在本王的府上歇下，明日一早本王命人备车马送你回府衙。"

谁知苏晋仿佛从骨血里又挣出一丝力气，跪地道："十三殿下，微臣有一不情之请。"又跟朱南羡磕了一个头，"微臣想连夜进宫见晏少詹事一面。"

朱南羡本想说这有何难？然而下一刻，他终于明白苏晋究竟为何如此迫切了。

一切为时已晚。

郑允疾步如飞地赶来南苑，通禀道："殿下，宫里出大事了！"

朱南羡一边搀起苏晋，一边道："何事？你慢慢说。"

郑允道："今日酉时，晏少詹事回禀陛下，说他已将春闱卷宗审阅完毕，春闱的主考、三位同考以及诸位进士均没有舞弊，文章的确是南方士子的更好。谁知陛下听了这话，勃然大怒，说晏子言勾结裴阁老一同诓瞒圣听，下令将会试的所有考官以及复审的大小官员一同下狱，令三日后将……将所有人处斩。"

听了这话，朱南羡愣住了。

郑允又道："陛下盛怒之下，又命刑部与都察院呈交士子闹事案的涉事衙门与人员名录，眼下已命刑部带着羽林卫的人去各个衙司拿人了。"

朱南羡道："可羽林卫的领兵权在大皇兄的手上，晏子言入狱，羽林卫拿人，大皇兄不知道吗？他没有拦着父皇？"

郑允却道："皇上下令时太子殿下就在当场，没有拦阻。"看了苏晋一眼道，"且刑部要拿的人中，也有京师衙门的苏知事。"

朱南羡来回走了几步，从腰间卸下一枚佩玉递给郑允："你拿着本王的佩玉去找左谦，让他即刻领金吾卫来本王府邸。羽林卫的人想从本王的府上带走苏知事，且看他们有没有这个本事！"

郑允愕然："殿……殿下？"

朱南羡道："愣着做什么？快去！"

苏晋道："殿下三思。殿下维护之意，微臣感激涕零。但殿下可曾想过，若金吾卫与羽林卫对峙，驳的是谁的面子？"

朱南羡怔住。

苏晋道："不错，正是陛下的。殿下或许护得了微臣一时，却不能一世相护。微臣今日躲过去了，日后又当怎么办？亡命天涯吗？何况听郑总管的意思，刑部押我进宫不过是为了问话，微臣自问无愧于天地，他们未必会拿我怎么样。"

朱南羡方才也是一时脑热，听了苏晋的话，慢慢冷静下来，却又道："你有伤在身，又奔波劳累，眼下正当歇息。倘使刑部刑讯，你如何撑得住？"

苏晋道："微臣没有那么孱弱，不过一夜，有什么过不去的？"说着，朝朱南羡一揖拜别，折身往府外走去。

朱南羡思量半晌，朝苏晋离去的方向看了一眼，吩咐郑允："你去备一辆马车。"然后转身往另一个方向走去。

王府路径的路径九曲十八弯，苏晋绕了许久才至府门，府外已有一辆马车等着她了。

朱南羡已换回蟒袍，坐在辕座上，冲苏晋扬了扬下巴："上来，本王送你回府。"看苏晋一动不动，又道，"你不让本王召金吾卫，本王应了，但你有伤在身，需好好歇息，本王打定主意要护你一夜，命你也应了。"

他跳下辕座，侧身让苏晋登上马车，与苏晋擦肩而过时，终是道："苏时雨，你心中可能有疑惑，不知本王为何要袒护你，你好生歇息，等眼前这一遭熬过去了，本王一定坦言相告。"

苏晋正掀帘入车厢，听到这一句，身形一顿，没有答话。

马车辘辘行在京师大道上，朱南羡想起往昔种种，一时懊悔不已。

车厢内寂静无声，朱南羡以为苏晋已累得睡去，没承想里头传来苏晋几不可闻的叹息声。她道："殿下，时也命也，微臣的境遇是造化所致，殿下何必挂怀？"

第四章　宫阁重重

殿下，时也命也，微臣的境遇是造化所致，殿下何必挂怀？

这一声微不可闻的叹息令朱南羡握住缰绳的手紧了紧，他甚至能想象苏晋说这句话的神情——她一定很累了，倚在车厢壁上，疲惫地合着眼，眉宇间尽是愁绪。

朱南羡清楚地记得，五年前的苏晋不是这样的。

彼时，西北卫所要增派指挥使，朱南羡自小尚武，上书请命前去。

当时景元帝染了时疾，大小事务皆由朱悯达代理。

朱南羡的折子一递到皇案便被朱悯达扔回来了，朱悯达斥责他"尽逞莽夫之勇"，令他闭门思过七日。

那时的朱南羡还是个不撞南墙不回头的性子。他默不作声地将折子收了，回到宫里，非但闭了门，还拒了水、食，连着五日滴水粒米未进，直到朱悯达命人将门撞开，看到这个半死不活、唇角干裂还仿佛得胜一般咧嘴冲自己一笑的胞弟。

朱悯达恨不得把他一脚踹死。

朱南羡到底是跟在自己身边长大的，朱悯达知道他吃软不吃硬，随后想了一个辙，动之以情地劝了他一番："不是皇兄不让你去，但你身为天家子，若腹中无经纶，只会舞刀弄剑，岂不让人笑话？"然后又塞给朱南羡一个信帖，说，"这样，皇兄给你一个机会。我这里有个对子，三日内，你只要能对出十句不同的下联，证明你的肚子里有点儿墨水，皇兄便批了你的请命书。"

朱南羡当时想得简单——他印象中的对子左不过是"白日依山尽，黄河入海流"这样的——觉得便是要对上百句，又有何难？直到他翻开朱悯达给他的信帖，才知道自己中计了——

一杯清茶，解解解解元之渴。

朱南羡皱眉深思，这是个什么玩意儿？

彼时朱南羡尚未开衙建府，还跟着朱悯达住在东宫。他拿着对子请教遍了詹事府、文华阁，乃至东宫上下的内侍、宫女，一无所获。他甚至把刀架在了小火者的脖子上，小火者也只是战战兢兢地跪下，哆哆嗦嗦地回他："禀……禀殿下，奴才不识字……"

朱南羡知道自己是着了朱悯达的道儿，想必朱悯达早已知会了所有人，让他们不许帮自己对对子。

于是朱南羡坐在詹事府的门口，郁闷地想：这随宫上下，还能不能找出一片"净土"了？

正当此时，他听到不远处有两个春坊官谈论诗文对子，言语中提及了明日的诗礼会。朱南羡脑中灵光一现，上前打听诗礼会的情况。

原来这乃是翰林院半年一次的盛会，是供各大学士与文官墨客交流才学用的，而明日的诗礼会，三个月前方入翰林的新科进士也会去。

朱南羡以为，这乃是天赐良机。

平日与他打交道的几个翰林院老学究都看朱悯达的脸色行事，但新科的进士不一样，若让他找到"漏网之鱼"为他对出对子，他去西北卫所就有望了。

翌日，朱南羡便溜去了翰林文苑的诗礼会。

他是皇子，宫里有不少人认得他，是故没有在文思飞扬、曲水流觞的文苑里扎堆，而是绕过竹林，去了后苑。

后苑有一浅湖，湖心有个水榭。

朱南羡隐隐看到水榭里站着一人，那人负手背对着他，素衣广袖，衣袂翻飞，翩翩然好似谪仙。

此人便是苏晋，五年前的苏晋。

朱南羡顺着石桥走过去，唤了一声："你是……？"

苏晋回过身来。

朱南羡生在皇宫，自小才子、高士见过不少，也有雅洁之人，令人见之忘俗。但苏晋还是太不一样了。

她眉宇间自含清霜烟雨，回首间如见清风明月。

她就这么负手立于水榭中，暗夜无边的风仿佛因她而起，身后水波不兴的浅湖似乎骤然成海，浪潮滔滔，排山而来。

朱南羡彻底呆住了。以至于苏晋跪下向他见礼，称自己"姓苏名晋，字时雨，乃这一科的进士"时，他都不记得说一句"平身"，反而稍显紧张地道："哦，我姓朱，名钺，字南羡，行十三，在……正在宫中做皇子。"

苏晋低低地笑了一声。

笑声令朱南羡回过神来，他迟疑地问道："你……会对对子吗？"

苏晋有些诧异，抬起头问："什么对子？"

朱南羡便将怀里写着"一杯清茶，解解解解元之渴"的信帖交给她，说道："你若对得上，帮本王写几个下联可好？"

水榭里有现成的笔墨，苏晋提起笔，略微一想，又问："殿下要几个下联？"

朱南羡头一回这么忐忑，生怕为难了她，便道："三四个就好。"一想，三四个不够，又道，"七八个也行。"再一想，明日就要交差，难道自己能连夜找出第二个帮忙对对子的？他赶紧改口，说："十个，成吗？"

苏晋又笑了笑，一句"七弦妙曲，乐乐乐乐府之音"已落于纸上。

朱南羡想起往事，那年的苏晋意气风发，双眼一弯便含笑意，眸子里有万千光华。

而时隔经年，当她从喧嚣巷陌一身染血地走来，在詹事府从太子的手下劫后余生，朱南羡再也没见苏晋发自内心地笑过，一次也没有。

马车行到衙署街口停下，苏晋掀起车帘，对朱南羡道："殿下，微臣自己过去。"

应天府衙门前灯火辉煌，当先立着二位大员，一位是个矮胖墩儿，身着鹭鸶补服，正是苏晋在刑部见过的陆裕为；另一位面生的留着八字胡，官品略高一些，身着五品白鹇补服。

羽林卫将衙门里的人带出来，一旁站着一名录事做核对。苏晋远远瞧着，发现他们要拿的人，除却衙差，还有府丞孙印德、通判周萍与两名同知。

录事核完名录，小声禀告"八字胡"。

"八字胡"横眉倒竖，怒道："还不赶紧去找？少谁都行，独独不能少了他！"

苏晋猜到他们在说自己，走上前，说了句："大人，下官在此。"

"八字胡"扫了她一眼，给一旁的羽林卫使了个眼色。

羽林卫当即推搡了苏晋一把，苏晋一个趔趄，险些栽倒在地。

刘义褚在一旁赔笑道："少卿大人，您是不是弄错了？闹事当日若非苏知事，探花爷等闲不能活着出来。"

"八字胡"冷笑道："刘推官正是说到点子上了，眼下哪里还有什么探花爷？许元喆舞弊，乃乱臣贼子，而此子苏……苏什么来着？"

一旁的录事回道："苏晋。"

"此子苏晋，包庇乱臣贼子，不上书其罪，反救其性命，罪加一等。来人，给我上枷子！"言讫，便有两名衙差拿着颈枷上来。

苏晋身形纤瘦，若被这沉重的颈枷锁两个时辰，岂不要把肩骨压折了？

"本王看谁敢！"

忽然，人群后传来一声暴喝，朱南羡身着紫衣蟒袍，自夜色中走来。

羽林卫认出他，当即让出一条道来，齐齐跪下："参见十三殿下！"

朱南羡走到"八字胡"跟前，一脚踹在他身上："你是什么东西？刑部拿人，你也跟来撒野？"

"八字胡"捧了个嘴啃泥，趴在地上跪好道："回十三殿下，微臣是光禄寺少卿，姓马，奉陛下之命，随刑部一起来应天府衙门拿人的。"

朱南羡勾起小指掏了掏耳朵，仿佛没听清："光禄寺？就是那个养着一帮厨子、伙夫的衙门？"

马少卿脸虽贴在地上，语气却隐有不忿："回殿下，微臣是北臣，先前与北方士子一同上书，要求彻查科举舞弊案。今陛下查明真相，愿还微臣与众士子一个公道，才命微臣跟来捉拿要犯。"

有衙差从衙门里搬出一张椅子给朱南羡，朱南羡不坐，只道："哦，你倒是说说，都有谁是要犯？"

马少卿看了一旁的录事一眼，录事会意，将手里的名录呈给朱南羡。马少卿道："回殿下，正是这名录上的人，陛下亲手批过红的。"

朱南羡举起名录，对着火光瞧了瞧，"嗯"了一声道："倒是不少。"又对马少卿道："本王给你一整夜的时间，你跪在那儿跟本王一一交代清楚，这上面的每一个人究竟犯了什么错，为何要犯，不交代清楚不许起身，明白了吗？"

马少卿不敢反抗，眼前这一位是旁的皇子便罢了，偏不巧是位嫡皇子。

景元帝与故皇后感情甚笃，故皇后所出有三，即太子、十三皇子、十七皇子。而这三人中，她最心爱的皇子便是朱南羡。因此宫中除了景元帝与朱悯达，没人管得了他。

马少卿脸贴着地，牙都要咬破了，挤出一句："微臣遵命。"

朱南羡又问："府尹何在？"

杨知畏连忙跪行到朱南羡跟前，连磕了三个响头。

朱南羡吩咐道："你带着苏……你们衙门的人先回里头歇上一夜，等明日清早，本王审完这狗拿耗子的东西，再将该押的人押进宫。"

杨知畏连声称是。他略微一顿，先将苏晋扶起来，然后带着衙门的人无声地退到里面去了。

跪在人群后头的刑部员外郎陆裕为眼瞧着朱南羡这一出敲山震虎是打定主意唱下去了，给跪在一旁的小吏使了个眼色。

小吏会意，悄无声息地退出了人群。

四更时分，七卿面完圣，从奉天殿退出来，回到各自的衙署。

柳朝明一夜无眠，正提笔写奏疏，忽闻叩门声，来人正是他派去跟着刑部陆员外拿人的都察院小吏。

小吏将一夜的见闻说了，末了道："本来拿人拿得好好的，十三殿下忽然把光禄寺少卿、刑部员外郎齐齐拦在了衙门外，要他们交代清楚押解之人都犯了什么罪。"

柳朝明笔下一顿："为何？"

小吏道："虽然十三殿下没明说，但……明眼人都能瞧出，他这一番为的乃是苏知事。"

柳朝明将手里的笔搁在桌上，冷冷地道："他没脑子吗？"

小吏吓得一哆嗦，看了赵衍一眼。

赵衍摇了摇头，对柳朝明道："你先别急。"但一时也觉得又好气又好笑，皱着眉乐道，"我看十三殿下要是闹到天亮，等早朝一结束，满朝上下都晓得他朱十三为了一个知事，连他父皇的旨意也敢拦了。"

小吏觑了觑二位堂官的脸色，道："禀二位御史大人，其实这也不该怨殿下。苏知事原就有伤在身，方才下官远远瞧着，他唇上一点儿血色都没了，光禄寺的马少卿还硬要给他上颈枷。十三殿下也是怕他熬不过这一夜，这才闹的。"

柳朝明抬手捏了捏眉心："罢了，我去把人带回来吧。"

赵衍道："你是都御史，皇上下令让你夜宿当值，等闲离开不得，还是我去。"说着，拾起搁在案头的冠帽，走到门口又退回几步，问道，"柳昀，你觉不觉得此事甚怪？光禄寺少卿，也就一个正五品的衔吧？"言下之意，一个无实权的五品官，纵然官阶高一些，哪里来的底气在应天府衙门前，当着刑部员外郎的面颐指气使？

柳朝明头也没抬，"嗯"了一声道："这个光禄寺，是该查一查。"

赵衍笑道："得了，你有数就好。"

杨知畏得了十三殿下的令，带着衙门一干大小官员撤到退思堂里，却没敢歇着，一边为苏晋看座，一边命人煎药。待药汤上来，杨知畏又仔细盯着苏晋吃了，小心翼翼地往外头指了指："苏知事，这尊大佛可是你请来的？"苏晋方要起身回话，杨知畏又将她摁住道，"行行行，你甭说，是本官不该问。"

一旁的孙印德被折腾了一夜，也指着外头道："请神容易送神难。苏知事，就你请的这位主儿，保得住咱们则万事大吉；倘若保不住，那就完蛋了，咱们衙门里的是一个都别想跑，全要因着你连坐。"

杨知畏听了这话，心里头"咯噔"一声，忍不住道："本官再瞧一眼去。"

真是不瞧不知道，一瞧吓一跳。

杨知畏刚扒着府衙的门探出个头，就腿肚子一打颤，径自跪在门槛上了——

他小小府尹奉公守法，平日里见到衔比他高的、权比他大的，恨不能打断自己的腿趴在地上迎来送往，今儿是招谁惹谁了，怎么连都察院的二当家也找来了？

赵衍借着火光，细细将刑部名录瞧了一遍，指着上头一处道："正是这名苏姓知事。"然后对跪在地上的两位道："马少卿、陆员外，我都察院复审案子，有一紧要处需得核实，要即刻传苏知事进宫受审，二位大人不会不卖都察院这份薄面吧？"

其他人哪敢再说什么，只管磕头道："赵大人尽管拿人。"

赵衍又朝朱南羡一揖："十三殿下，那臣这就领苏知事进宫了？"

他虽说是押人进宫，但来的时候，身后跟的是马车而不是囚车。由此可见，都察院不会对苏晋怎么样。

朱南羡看在眼里，却仍不放心。都察院即便不动刑罚，但把人送进宫了，什么时候能送回来？若都察院审完，刑部又来要人该怎么办？

赵衍觑了眼十三殿下的脸色，揖得更深了些："殿下放心，都察院带走的人，一定由都察院平安送回。"

朱南羡也知道这么下去不是办法。他虽贵为嫡皇子，却没有审案拿人的权力。更何况眼前这一桩乃是滔天大案，倘若父皇追究起来、皇兄追究起来，他该怎么交代？他是不怕，可苏晋呢？

他只能将苏晋移交都察院了。

朱南羡将双唇抿成一道线，半晌才慢慢点了点头："好，你把人带走。"

这一夜漫长得仿佛没有尽头。朱南羡看着苏晋跟赵衍上了马车，看着马车在暗夜的街巷中渐行渐远，直到消失，一种似曾相识的无力感近乎残忍地爬上心头。

马少卿小心翼翼地过来跟他请示："殿下，您看……"

朱南羡一脚踹翻一旁的八仙椅："该拿人拿人，别来烦本王！"

一众官员只好一边打哑谜，一边把名录上所谓的要犯、嫌犯点算好。

朱南羡却在这无声的、川流不息的人潮中，颓然坐在了台阶上。

是了，这样的无力感，五年前他也经历过一回。

彼时朱南羡得了苏晋的对子，隔日便呈给了朱悯达。

朱悯达虽不愿他的十三弟去西北卫所，但自己好歹是储君，秉着君无戏言的原则，只能批了请命书。

朱悯达说："你既打定主意从武，皇兄也不拦你，但你好歹是皇子，等你从西北归来，我看是该找个人好好教你做学问。"顿了顿，又思量着问道，"你这个脾性，等闲之辈还教不了你，你心目中可有什么合适的人选？"

朱悯达此言，意在试探是谁帮朱南羡对了对子。

朱南羡却长了心眼儿："禀皇兄，皇兄看什么人合适，什么人便合适。"

朱悯达意味深长地看了他一眼，甩袖走人了。

其实朱南羡知道，皇兄若存心要查，自己跟苏晋讨教对联的事迟早穿帮。但朱南羡又想了，朱悯达一向嘴硬心软，这事又算不得大错，且他贵为太子，难不成还会为难一任小小翰林？

朱南羡没有猜错，但这事坏就坏在彼时的苏晋已得罪了吏部。

就在朱南羡将对子呈给朱悯达的当日，吏部已对苏晋动了私刑，然后给她安了个渎职的罪名呈书皇案。

等到内阁拟好咨文，发往各衙司，苏晋已生死不知了。

朱南羡是在咨文下来的三日后才晓得此事的。

前来回禀的内侍说："虽说是杖八十，但奴才听说，人是从死人堆里爬出来的，只剩了一口气。等咨文下来，翰林还没说什么，都察院的老御史先动了气，要帮着平反，折子都递到太子爷的案头了，也不知道为什么，殿下却说先放半日。也正是耽搁了这半日，人就让吏部送走了，听说都察院的柳御史驱车去追都没追上，老御史也气病了。"

朱南羡虽生在云谲波诡的深宫，但自小有长兄帮他挡开了外界的兵戈暗斗，有慈母皇后把他放在掌心里疼爱，甚至连一向严酷苛刻的景元帝，对他都比对旁的儿子多几分宽宥。

也因此，他一直活得十分单纯，单纯得生出了几分近乎顽劣的执拗。

内侍的一番话下来，他只听明白了一处：老御史的折子递到案头，朱悯达却说先放半日。

朱南羡觉得自己或许知道为什么耽搁了半日。

朱悯达早就知道是苏晋代他写了对子，所以懒得看折子，随意放了半日。

也正因为这半日，苏晋被吏部送走了，生死不知。

朱南羡提着雄威刀，一路不顾阻拦地冲到了吏部，脑子里还想不明白，明明几日前还如清风皓月一般的人，怎么转眼间就只剩一口气了呢？

吏部的大小官员跪了一地，朱南羡沉声道："姓曾的王八蛋，给本王滚出来！"

曾友谅一时间吓得躲在了桌案下，忍不住瑟瑟发抖。

朱南羡何等耳聪目明，当即一刀下去，桌子裂成了两半。

曾友谅扑跪在地，颤抖着告饶道："十三殿下，微臣错了，求殿下饶命，求殿下饶命……"

朱南羡没理，又一刀下去，砍飞了一条胳膊，鲜血迸溅而出。

朱南羡砍飞的胳膊不是曾友谅的。一旁扑出来一个小吏，帮他家尚书大人挡下了这一刀。

朱南羡抹了一把脸上的血，冷笑出声，抬起刀指着堂内哆哆嗦嗦跪着的人道："爱挡刀是吗？信不信来一个，本王杀一个？"言讫，又一刀砍了下去。

刀尖在离曾友谅鼻子一寸处被从旁伸出来的剑柄挡开，与之同时，众人身后传来一声暴喝："混账东西，父皇还躺在病榻上，你就这么胡闹？！"

是朱悯达带着羽林卫到了。

朱悯达怒不可遏，指着朱南羡道："来人，把这个孽障带回东宫！"

朱南羡被一干羽林卫押回了东宫。

他记得，那是朱悯达第一回打他。朱悯达亲自拿藤鞭一鞭一鞭地抽在他的身上，每一鞭都下了重手。

大雨倾盆而下，朱南羡先时还觉得痛，可被这雨水一淋，仿佛又没知觉了，连带着没知觉的还有他的腿。

朱悯达打得胳膊酸麻也不肯停手，还是太子妃看到了，扑过去替朱南羡挡了一鞭，哭着道："殿下，别打了，再打十三要没命了……"

雨水如注，朱悯达收了手，深吸了一口气问："十三，你可知错？"

朱南羡仍跪得笔直，听到这句话，仿佛刚从思绪里回神。他茫然地抬起头，看着这滂沱大雨，然后转头望向朱悯达，表情一瞬间变得十分难过。

他说："皇兄，你为什么把折子搁置了半日，是不是因为我？"

他又说："皇兄，我不去西北了。我要去找他。"

朱悯达的眼眶在这一瞬间红了，手里的鞭子落在地上，过了好半晌，他才哽咽着道："十三，你要知道，这个苏晋……是个男人。"

两日后，朱南羡伤还没好，就被朱悯达命人抬上马车，送去西北卫所了。

直至今日，朱南羡都没想明白皇兄最后的那句话究竟是什么意思。

皇兄以为他是断袖吗？可他后来去倌楼看过，只觉得毛骨悚然。可若说他不是断袖？他也去秦淮河坊看过，从未遇到心仪的女子。

朱南羡从未思考过如此复杂的事，思绪乱成一团糨糊。他的处理方式就是甩甩头，站起身，吩咐一句："来人，备马，本王要回宫了。"

赵衍把苏晋带回都察院。柳朝明正自书橱另取了卷宗，看到苏晋，免了她的见礼，道："你跟我来。"说着便推开一旁的隔间。

隔间不大，但异常干净整洁，除了惯常的桌案、橱柜，还摆着一张青竹榻。

苏晋跟在柳朝明身后，看到隔间内的陈设，愣了愣问："大人，这里是……？"

柳朝明淡淡地道："都察院惯要值宿，我有时实在累了，便会歇在这里。"

案几上搁着的茶壶还冒着热气，想来是刚沏好的，一旁还搁着糕饼。

苏晋沉默片刻，道："大人不审下官了吗？"

柳朝明看了她一眼，道："那也要你有命在。"

这一日栉风沐雨，苏晋实在是累了。柳朝明既这么说，她便不再推托，径自坐在青竹榻上歇了片刻。

她唇上没有一丝血色，柳朝明又看她一眼，沉默不语地斟了杯茶递给她。

苏晋接过茶，喝了一口。茶味在她的舌尖漫开，带有一丝苦涩，竟是以白芍烹成的药茶。

风有些凉，柳朝明将角窗掩上，回身看苏晋依旧端坐着，以为她仍未安心，便道："半个时辰前，内阁再拟咨文，上书裴阁老与晏子言十大罪状，将刑期提到两日后，并令各部自查，有牵连者，从重惩处。"

言外之意，时下人人自危，没人想得起你，你且安心歇着。

景元帝屠戮成性，此事既已论完，该当尘埃落定。

苏晋听了这话，却问："柳大人，这案子当真没有转圜的余地了吗？"

柳朝明看她一眼："怎么？"

苏晋想起士子闹市当日，被她砍伤的白衣人说的话——天皇老子都不管的闲事，你要来管，也不怕将小命交代了。

白衣人不过一名落第士子，一无官职傍身，二无祖上恩荫，纵然身后有几个北臣支持，但大多官阶低微，凭什么说这事连天皇老子都不管？

天皇老子又是谁？

苏晋将这些想法对柳朝明说了，又道："下官听到那句话，觉得十分蹊跷，只觉他背后一定藏着什么人，否则不会如此堂而皇之。"

柳朝明也想起早先赵衍的话——光禄寺少卿，也就一个正五品的衔吧？

不同的人唱不同的戏，竟然有异曲同工之妙。这必不是巧合。

士子闹事案的背后，一定有问题。

柳朝明不由得再看了苏晋一眼——明珠蒙尘，蹉跎经年，是可惜了。难怪老御史当年说什么都要保住她。

柳朝明的语气平静似水："你知道你的伤为何不曾痊愈吗？

"操心太过，此其一；其二，太会添麻烦。"

苏晋愣了一愣，悟出他的言中意，眉间的苍凉竟刹那消散不少。

"下官给大人添的麻烦何止一桩两桩，大人能者多劳，下官还指着大人全都笑纳了。"

柳朝明没说好，也没说不好，转头看了看天色，站起身便要离开。

苏晋又道："大人，下官以为谢之一字说多了索然无味，劳驾大人给下官备个账本，下官有什么劳烦之处，大人就添几笔画几笔，下官也在心里记着，日后一定加倍奉还。"

柳朝明知道她惯会巧言令色、虚与委蛇这一套，并不当真，可回过头，竟在苏晋清隽的眉宇间瞧出一份郑重之意。

他一时默然，片刻后，唇边浮起一丝似有若无的笑意："就怕你还不起。"

苏晋歇下还没半刻，屋外便传来叩门声。

来的是一名面生的内侍，手里端着一个托盘："知事大人，柳大人方才说您有伤在身，特命咱家熬了碗药送来。"

苏晋道："有劳了。"接过托盘放在了桌上。

内侍又道："知事大人，您别怪咱家嘴碎，这药当趁热吃，凉了就不大起作用了。"

苏晋点了点头，端起药碗，忽然觉得不大对劲。

她是两个时辰前来的都察院，没几个人知道。都察院在六部衙门重地，往来都是官员，柳朝明要吩咐人给她熬药，何不找个都察院的，而要找一个内侍？

自己与这名内侍是头回相见，这内侍合该先问一句"阁下是不是京师衙门的苏知事"，可他不仅没问，反而像认得她一般。

苏晋道："方才我跟柳大人说我胸口发闷，觉得染上了热症，柳大人建议拿黄连来解，便是熬在了这碗药里？"

内侍赔笑道："正是。良药苦口，大人将药吃了，胸口便不觉得闷了。"

苏晋心一沉，她根本没提过什么热症。

慢慢把药送到嘴边，她忽然又为难地道："劳驾这位公公，我自小舌苔有异，吃不了苦味，烦请公公帮我找两颗蜜饯。"

内侍犹疑片刻，道："成吧，咱家去去就来。"

苏晋悄无声息地来到门口，等那名内侍消失在廊檐尽头，当即闪身而出，匆匆往另一个方向走去。

苏晋不知道是谁要害她。但她知道，单凭一个小小内侍，还不能在这戒备森严的都察院随意出入。

这内侍背后，一定有人指使。那人能将自己的安插到都察院，应当权力不小。

这宫内苏晋是不能待了，那个人既然能派内侍进都察院，就能派人在宫中各个角落寻她。

不如她撞在巡逻的侍卫手上险中求安？

不行，苏晋想，指不定哪个侍卫就是一道暗桩，自己撞上去，岂不自投罗网？

唯一值得庆幸的是，要害她的人大约是忌惮都察院的，否则他会派人就地动手，而不是毒杀。

既然那个人忌惮都察院，为何要选在都察院下毒？她不过是京师衙门的一名知事，那人若想杀她，趁她在宫外不是更好？是有什么事令他非要在此时动手不可吗？

透支过度的身子已开始不听使唤，苏晋每走一步都像踩在云端，疲累感将藏匿在百骸的病痛如拔丝般扯出来，渗透到每一寸血脉中。

可苏晋顾不上这些，仔仔细细将最近发生的事回想了一遍。

她近来只与两桩案子扯上了干系，一是南北士子案，她在闹事当日，堪破了白衣人的"天皇老子都不管"的言中之意；二是晁清的案子，她昨日已查到了寻月楼的头牌宁嫣儿。

若那个人是冲南北士子案来的，趁她在衙门养伤时动手才是最佳时机。

所以，他只可能是冲晁清的案子来的。

是了，若说这些日子她说了什么、做了什么、挡了什么不该挡的路，只能是晁清的案子了。且从昨日到今晨，她从朱南羡的府邸打听到晁清失踪的线索以后，唯一落单的一刻便是方才柳朝明从值房离开之后。而柳朝明离开不到半刻，那送药的内侍就来了。

这说明，或许有个人从她去了朱南羡的府邸后就一直盯着她。不，也许更早，从她开始查晁清案子的时候，那个人就开始盯着她了。

苏晋觉得自己汲汲追查多日，所有的线索终于在今日串联成了一条线，虽然有许多推论还有待证实，但她终于知道该从何处下手了。

宫阁重重，每一处假山奇石背后都像藏了人，苏晋甚至能听到身后追来的脚步声。

她绕过一个拐角，眼前有两条路，一条通往承天门，过了承天门便可出宫，可承天门前是广阔的轩辕台，她若穿过轩辕台，无疑会成为"众矢之的"；第二条路通往宫前殿，那里花草树木丛生，她若躲在里头，虽不易被人发现，却要费时费力地周旋。

自己的体力已所剩无几，加之旧伤的剧痛像一只大手，将她的五脏六腑搅得翻天覆地，这么下去，她又能与人周旋到几时？

苏晋这么一想，当即就往承天门的方向走去。

她不过一从八品小吏，对方未必会认为她能逃出宫去，不一定在宫外设伏。因此只要她能顺利穿过轩辕台，就暂时安全了。

苏晋握手成拳，心道：罢了，且为自己搏一条生路。

朱南羡刚回宫，自承天门下了马，远远瞧见轩辕台上，有两个人影正朝自己这头疾步走来，看样子后面的人在追前面的人，大约不怀好意。

前面那人似乎很累了，又似乎受了伤，跟跟跄跄，却异常坚定地扶着云集桥的石柱一步一步地往前走，身后纵有兵刀杀伐声，也不曾回头。

朱南羡一时怔住，倏忽间，发现那人坚定的样子似曾相识。

他往前走了一步，唤了一声："苏时雨？"

可苏晋没有听见。

朱南羡又大喊了一声："苏时雨——"

苏晋觉得自己再也走不动了，拼着最后一丝力气撑着云集桥的石柱，竭尽全力不让自己就此倒下。恍惚之中，她仿佛听到有人在唤她，可转过头去，眼前一片昏黑，已什么都看不清了。

苏晋心中泛起一丝苦涩的无奈感。她想，那就这样吧。

朱南羡拼了命地跑过去，苏晋的一片衣角却擦着他的手背滑过。

他眼睁睁地看着她仰身栽进了云集河里，一刻也不停顿地跟着跳了下去。

寒冷的云集河水漫过朱南羡的口鼻。

天已破晓，这一夜终于要过去了。

朱南羡抓住苏晋的手腕，用力将她揽进怀里。苏晋的衣衫已被河水冲得凌乱不堪，外衫自她的肩头褪下，露出她瘦削的锁骨。

朱南羡用力将她托上岸，可就在这一刻，他的掌心忽然感到一丝异样。

他愣愣地将手挪开，愣愣地上了岸，然后跌坐在苏晋旁边，愣愣地看着她胸口隐约可见的缚带。

在朱南羡脑中盘桓数年而不得解的困惑终于在此刻轰然炸开。

第五章　拨云见日

苏晋很小的时候打翻过一个青花瓷瓶。

那是她祖父最珍爱之物，是四十年前，他随朱景元起兵之时，自淮西一欺世盗名的州尹手中缴获的第一件珍宝。

朱景元随手给了他，说："若有朝一日江山在我之手，当许你半壁。"

她的祖父是当世大儒，有满腹经天纬地之才学，也有洞悉世事之卓识。

后来朱景元当真得了江山，曾三拜其为相。祖父出任二三年，最终致仕归隐。

苏晋记得，祖父曾说："自古君权、相权两相制衡，有人可相交于患难，却不能共生于荣权。朱景元生性多疑，屠戮成性，卧榻之侧，岂容他人酣睡？看来这古今以来的'相患'要变成'相祸'了。"

后来果然如她祖父所言，景元帝连诛当朝两任宰相，废中书省，勒令后世不再立相。

那场血流漂杵的浩劫牵连甚广，连苏晋早已致仕的祖父都未曾躲过。

苏晋记得那一年，当自己躲在腐味极重的草垛子里，外头的杀戮声化作变徵之音流入脑海，竟令她回想起青花瓷瓶碎裂的情形。

彼时她怕祖父伤心，花了一日一夜将瓷瓶拼好，祖父看了，眉宇间却隐有惘然之色。

他说："阿雨，破镜虽可重圆；但裂痕仍在。有些事尽力而为仍不得善果，要怎么办？"

该怎么办，苏晋不知。但事到如今，她已明白了祖父当时为何惘然，他大约是追忆起若干年前与故友用兵中原的酣畅过往——旧时光染上微醺尚能浮现于闲梦之中，醒来后却不甘、不忍昔日视若珍宝的一切堕于这凡俗的荣权之争焚身自毁。

苏晋想，祖父之问，她大概要以一生去求一个解。而时至今日，她能做到的也仅有"尽力"二字。

朱南羡疾步如飞地把苏晋带到离轩辕台最近的偏房，回头一看，身后不知何时已跟了一大帮人。那些人见他转过身来，栽萝卜似的跪了一地。

这偏房是宫前殿宫女的居所。未值事的宫女当先跪了一排，身后是一排内侍，再往后一直到屋外，黑压压地跪了一片是承天门的侍卫，其中有几人浑身湿透，大概是方才跟着他跳了云集河。

朱南羡轻手轻脚地将苏晋放在卧榻上，对就近一个宫女道："你，去把你的干净衣裳拿来，给苏知事换上。"

那宫女应"是"，抬眼看了看卧榻上那位的八品补服，又道："可是……"

朱南羡觉得自己的脑子里装的全是糨糊，在卧榻边坐下，做贼心虚地挡住苏晋的胸口处，又指着宫女身后的小火者道："错了，是你，你去找干净衣裳。"

小火者连忙应了，不消片刻便捧来一身浅青曳撒。

朱南羡命其将曳撒搁在一旁，咳了一声道："好了，你们都退下，本王要……"他咽了口唾沫，"为苏知事更衣了。"

一屋子人面面相觑，一个也不敢动。

先头被朱南羡支使去拿衣裳的宫女小心翼翼地道："禀殿下，殿下乃千金之躯，还是让奴婢来为苏知事更衣吧。"

朱南羡看了她一眼，严肃地道："放肆，你可知男女授受不亲？"

她只好噤声，带着一屋子宫女退出去了。

正好先头传的医正过来了，见宫女已撤出来，连忙提着药箱进屋，却被朱南羡一声"站住"喝得进也不是退也不是，只好在门槛上跪下。

朱南羡板着脸道："本王方才说的话，你没听见？"

医正一脸昏惜地望着朱南羡："回殿下，殿下方才说的是男女授受不亲，但微臣……"他指了指自己，又指了指榻上躺着的苏晋，大意是他跟苏晋都是男的。

朱南羡只觉头疼：这该要本王如何解释？

思来想去没个结果，朱南羡只好咳了一声，更加严肃地道："大胆，本王怎么说，你便怎么做！都是男的就可以不分彼此上手上脚了吗？赶紧滚出去。"

医正连忙磕了个头，与一帮仍跪在地上尚以为能上手上脚的内侍一齐退了出去，退到偏房外时还听到朱南羡慎之又慎地交代道："把门带上。"

医正将门关得严严实实的，忍了忍，实在忍不住，对垂手立于一旁眼观鼻、鼻观心的宫前殿管事牌子说："张公公，十三殿下这是……？"

张公公一脸晦气地看了他一眼。

医正一惊，手往房内指了指，又压低声音道："可老夫听说，这榻上躺着的是京师衙门的一名知事啊。"

张公公无奈地点了点头。

医正惊得下巴像是脱了臼，再问："十三殿下样貌堂堂，品性纯良，怎么……怎么染上这个毛病了？"

张公公一脸晦气地说："怎么染上的且不提，要论就先论陛下与太子殿下知不知道这回事。他们若知道还好，要是本来不知道今日又知道了，且晓得您与咱家为这榻上那位瞧了病、费了心……蒋大人还是想想咱们这胳膊、脑袋、腿还能余什么吧。"

医正听了这话，泪水直在眼眶里打转，心一横、眼一闭，觉得不如撞死得了，当下就往门框上撞了过去。

脑门还没触到门框，门便从里头被拉开了，医正一个趔趄，险些栽倒在朱南羡的脚边。

朱南羡咳了一声，这回倒没有摆谱，只垂眸低声说了句："瞧病去。"

卧榻被特意布置过了，也不知十三殿下从哪儿拉了一张帘，将苏晋隔开。

医正像是为女眷探病，不能见其真容，一边把脉，一边用余光觑朱南羡。

自他进屋以后，十三殿下便一言不发，端正地、笔挺地、几乎一动不动地坐在一旁，仿佛要努力摆出一副人正不怕影子歪的模样，偏不巧，脸上却带着微红。

待蒋医正的指尖甫一从苏晋的手腕上拿开，朱南羡便问道："她怎么样了？"

蒋医正道："回殿下，苏知事的脉悬浮无力，见于沉分，举之则无，按之乃得，此乃气血双虚、久病未愈之状；又兼之操劳过度，伤及肝肺，实不宜再劳心劳力，能心无挂碍，将养数日，并以药食进补最好不过。"

朱南羡又问："那她方才落水可有伤着根本？"

医正道："哦，这倒没什么，虽受了些寒气，好在殿下救得及时，微臣开个方子为苏知事调理调理也就无碍了。"

朱南羡这才放下心来，着医正写好方子，又命一干人等退了出去。

偏房内终于安静下来，朱南羡负手立于榻前，默不作声地看着苏晋。

天光被屏风挡去大半，自西窗进来的风吹得烛火不断摇曳，火光照在苏晋的身上，将她平日里的疏离尽数化开，只留下三分温柔。

只可惜，她的眉头还是微微蹙着。

朱南羡伸出手指，想将她的眉心抚平，可指尖停在了她的眉头上方，怕惊扰了她。

朱南羡的虎口和手指指腹处有很厚的茧，虽一看就是习武之人的手，但手指骨节分明，修长如玉，显然他是养尊处优惯了的。

但苏晋不是，朱南羡想。他方才为她更衣时，看到了她身上大大小小的伤痕，有的已淡了许多，有的依旧蜿蜒狰狞。

每一道伤痕，都看得他如鲠在喉。

朱南羡甚至想，那些征战数十年的老将士，身上的伤疤有没有苏晋的多呢？何况她还是一个女子。

他从未想过她会是一个女子。她怎么会是一个女子呢？那种清风皓月的气质，连男人身上都少有。

朱南羡觉得自己的脑子像是打结了，他拼命解，可这个结越来越紧。

以至于苏晋一醒来就看到朱南羡立在榻前，一脸苦大仇深地看着自己。

苏晋是在沉沉的睡梦中忽然惊醒的。

她猛地坐起身，先看了一眼身上已换过的曳撒，又看了一眼立在榻前目瞪口呆的朱南羡，当即翻身下榻，双膝跪地，抿了抿唇角，只道了一句："微臣罪该万死。"

朱南羡尚未从偷窥被抓的情绪中回过神来，便被苏晋这自刎求死的壮烈举动震住了，张了张嘴，说不出一句完整的话来："你……我……这……唉，头痛……"

朱南羡觉得自己需要缓一缓，坐到榻上，一看苏晋还跪在地上，想要扶她，伸手过去，再想起她是女子，怕真的碰到她将她怠慢了，又将手收了回去。

左思右想，他只好道："你坐下。"一顿，"不是，你上来躺下。"一想更不对劲了，道："本王想说的是，你先躺好，让本王跪着。"

苏晋抬起头，一脸诧异地看着他。

朱南羡觉得自己实是多说多错，不如身体力行，一时也顾不得男女之别，伸手自她的腋下一提，将她搁在榻上，自己拿脚钩了张凳子过来坐下，然后重重一叹，这才问："你这样，可想过往后要怎么办？"

苏晋看朱南羡没有要问罪的意思，心下一思量，道："微臣只记得自己落了水，敢问殿下，是谁将微臣救起来的？"

朱南羡这才将苏晋落水后的事一一道来，又免了她的跪谢之礼，道："也怪本王，慌乱之间也没瞧清有没有人发现你的身份。不过依本王看，宫前殿的内侍、宫女定是不晓得的，承天门的侍卫也应当没瞧见，就是那两个跟着本王跳水又离得近的人无法确定。不过你放心，本王会去料理好的。"

苏晋微微点了一下头："大恩不言谢。"又想起她落水前是因晁清的案子才被人追杀，对朱南羡道，"十三殿下，那名叫张奎的死囚可还在殿下府上？可否将他借微臣一日？"

朱南羡皱眉道："医正说你久病未愈，就是因为操劳太过。你先养着，有什么事本王吩咐人去办。"

苏晋摇了摇头道："此事事关重大，拖一刻微臣都不能心安。"

朱南羡见她异常坚定，只好道："好。"说完抬手往卧榻一边的围栏上指了指，避开目光，十分尴尬地道，"你先换上那个，以免叫人瞧出身份。"顿了顿，又添了一句："已……已拿火盆烘干了。"

苏晋侧目一看，竟是她的缚带。

正在这时，门外忽然传来一阵脚步声，其间夹杂着朱悯达的一声冷斥："那个孽障就是将人带到了这儿？"

朱南羡看苏晋一眼，来不及多说什么，当即背身将门抵住，催促道："快！"

苏晋会意，抬手将薄帘一拉，迅速褪下衣衫缠起缚带。

内侍没推开门，回禀朱悯达："殿下，门像是被闩上了。"

朱悯达冷声道："撞开！"

两名内侍合力朝门撞去，只听"咔嚓"一声，门闩像是裂了。两扇门扉分明朝内开了一道缝，却又"砰"的一声合上了。

朱悯达微眯着双眼，面色十分难看，沉声道："拿烛灯来。"

天色晦暗，云厚得一层压着一层，为宫前殿洒下一大片阴影。朱悯达借着烛火，看清朱南羡闷声不吭地抵在门扉上的身影。

他冷笑一声，当即喝道："羽林卫！"

"在！"

"撞门！"

羽林卫的力道非内侍可比，四人合力撞过去，朱南羡终于抵挡不住。

巨大的冲力让朱南羡重心失衡，向前扑倒的同时带翻了一旁的案几，妆奁落下，铜镜碎了一地，膝盖不偏不倚地刚好跪在一片碎镜上。

朱南羡顾不上疼痛，朝苏晋看去，见她在门被撞开的一刹那已将曳撒重新换好，这才松了口气。

朱悯达迈过门槛，最先看到的便是朱南羡渗出血的膝头，脸色越发阴沉。他侧目看了医正一眼，医正连忙提了药箱过去。

偏房内一片狼藉，卧榻前竟还隔了张帘子，也不知十三这混账东西都在里头干了什么。

朱悯达径自走到苏晋跟前，冷冷地道："苏晋？"

苏晋伏地："回殿下，微臣在。"

五年前，十三发疯大闹吏部是为了他；今日，竟然还是为了他！看来此人是非除掉不可了。

朱悯达的声音已没有一丝温度："羽林卫，将此人带出去，以祸主之罪杖杀！"

直至申时，柳朝明与六部尚书才从奉天殿退出来。

早朝过后，景元帝命七卿留下商议南北士子一案。柳朝明谏言说裴阁老与晏子言罪不至死。这话非但触了圣上逆鳞，还累及六部尚书一并受了景元帝一通邪火。末了，景元帝道："柳卿年轻，褊心气盛，凡事瞧不长远，且回去思过自省一个月，不必再来见朕了。"

这是停了他一个月的早朝。

七卿退出来后，并行至墀台，礼部尚书罗松堂头一个没忍住，埋怨柳朝明道："你说你，平日像个闷葫芦，偏要在这节骨眼惹陛下不痛快。陛下是怎么想的，咱心里不跟明镜似的？这案子自打一开始，裴阁老的脑袋就已不在他的脖子上了，你还想给他捡回来缝上？北方士子想讨的公道岂止是这场科考案？他们要的是圣心，陛下正是要做给他们看！"

吏部尚书曾友谅听了这话，嘲弄道："罗大人此言差矣。柳大人是什么人？都察院的左都御史，那放在前朝就是御史大夫，言官之首嘛，犯颜直谏乃是本职，我等被他累及也是本分。你罗大人心里不也跟明镜似的？这案子到底冤不冤，你心里没杆秤？怎么到了陛下跟前，你就跟没嘴葫芦似的了？"

兵部龚尚书大大咧咧地"呔"了一声："依老夫看，日后七卿面圣，先统一口径，省得一个惹了陛下，余下六个也跟着没好日子过。"说着瞪了一眼沈拓："你说你一个刑部尚书，他左都御史进言，你还跟着帮腔。你们是兄弟衙门，谁帮腔都可以，就你不行！你这样不是叫陛下觉得你二人合起来给他老人家添堵吗？"

沈拓轻飘飘地道："哦，那以后老夫不说了，就学罗大人。陛下问一句爱卿何见，咱们回一句，陛下英明至极，微臣五体投地，不敢再有妄言——那还要六部、都察院做什么？全撤了得了！"

罗松堂不悦地道："哎哎哎，说柳昀呢，怎么扯上我了！"

工部刘尚书是个和事佬，见另几位尚书闹得不可开交，忙劝道："莫吵莫吵，依老夫看，您几位说得都有理，柳大人犯颜直谏也没错。他年轻嘛，我们几个要多担待。不过话说回来，柳昀，老人家说的话你也得听。陛下乾纲独断，他老人家心里头有主意时，谁多说一句都是以下犯上。也就是陛下看中你，只停了你一个月早朝，要是换作老夫几个，怕是立马革职查办了。"

他说着一顿，又看了看身旁几位的脸色，都是黑黢黢的一副不痛快的样子，随即展颜一笑道："真不是多大的事，要我看，龚大人说得对，以后咱七个面圣，先统一口径，这一页就翻篇了。"然后用手肘捅了捅一旁一言不发的户部尚书钱之涣，"老钱，您觉得呢？"

钱之涣笑道："随意，老夫就是个管国库钥匙的，只要论不到银子上头，您几位出主意，老夫跟着放炮就行。"

这话有些"自扫门前雪"的意思。六部尚书其心各异，都不搭腔了。

他们七人在墀台上说话，赵衍与另几位大臣就在台下等着。

大随不似前朝，前朝还设有一个一人之下、万人之上的宰相。景元帝是开国君王，自罢黜中书省，废了平章事，便将六部与都察院直接归到了自己的手里。这七位正二品大员正是最接近皇权之人，其他的一品少傅、少保不过是些虚衔罢了。

柳朝明看到赵衍神色焦急地等着自己，便跟六部尚书一揖作别，来到墀台下首："怎么了？"

赵衍垂首略一犹疑，抬眼盯住他道："我跟你说了你可别急，是苏晋出事了。"

柳朝明一怔，当下一语不发地往都察院走去。

赵衍追了几步，拽住他道："我不是跟你说了莫急？"一顿，往宫前殿的方向指了指，"是这头。"

柳朝明眉头紧蹙："怎么回事？"

赵衍重重叹了口气，道："要说，这事还该怪你我。"说着，把苏晋如何出的事，如何落了水，又如何到了宫前殿——道来，末了又道，"也不知道是谁这么神通广大，竟将人安插到都察院来。眼下太子殿下看十三殿下又因为苏晋里里外外地折腾，听说还受了伤，一怒之下要将苏晋杖杀。我来就是想问问你，这事要怎么处置？我这头已经吩咐钱三儿彻底清查都察院，找到那名送药的内侍；你这头先有个准备，等太子殿下问起，也好有个交代不是？"

柳朝明的内心深处风起云涌，他甚至来不及思量，沉着而短促地道了句"先救人"，便往宫前殿的方向走去。

赵衍愣了一愣，没能拽住他，只好跟在一旁快步走，道："你是没想明白还是怎么着？昨日你在詹事府烧策论，太子殿下已卖了你一个情面。今日苏晋是真的触到逆鳞了，你若还想救他，就是跟东宫买一条人命！而今太子与七王势如水火，都察院从来两不相帮，你欠下这样的人情债，可想过往后该怎么还？你是左都御史，位列七卿，倘若夹在吏治、皇权与储君之位的争斗中心，日后当如何自处？"

柳朝明的步子丝毫不停顿："日后的事，日后再说。"

赵衍深吸一口气道："柳昀，我知道你是一个将承诺看得比千金还重的人。当年老御史让你保住苏晋，你没保住，至今觉得有愧于心。可那又怎么样？吏部那群人在咨文上写着松山县，却把苏晋带去旁的地方，那年你为了践诺，一个人离京去找他，一找就是大半年，这该算把情还上了吧？若还不成，昨日你为他烧了策论，这又算不算另一笔债？十三殿下未必保不住苏晋，你若去跟东宫买命，才是把自己送进火坑！"

柳朝明脚步一顿："必践的诺，才叫作诺，否则与戏言何异？何况，我并非因为老御史的托付，才去跟东宫买命。"他顿了顿，脑海里忽然闪过苏晋一身染血还跪着说"有负所托"时自责悲切的眼神，道，"他确实值得竭力保全。"

六名羽林卫合力将朱南羡压倒在地，分别扼住他的手脚与脖颈，又拿布巾堵了他的嘴，却无法让他彻底安静下来。

朱悯达看着双眼布满血丝还在竭力挣扎的皇弟，忽然有些惶恐，怕长此以往，十三会毁在这个叫苏时雨的人手上。

朱悯达杀心已定，冷声问道："苏晋，你可知罪？"

苏晋垂着眸，跟朱悯达磕了个头："微臣知罪。"

朱悯达淡淡地道："知罪就好，也不必择地方了，就在此地杖杀。"然后他转过头，冷眼瞧着朱南羡道，"让他亲眼看着，也好死了心，将念想断了。"

两名侍卫来到苏晋身后。苏晋站起身，走向行刑的长凳，却在经过朱南羡身边时停下脚步，慢慢地、十分认真地朝他伏地一拜。

朱南羡知道，她是在向自己道别。

在她起身的一瞬间，他看见她眸中积攒了五年的萧索忽然化作清澈与坦然。

朱南羡觉得自己又看到了五年前的苏晋，而这次，看得更透彻了。

她一直没有变，原来在那股清风般的气质下，藏着的从来都是一种悍不畏死的倔强。

羽林卫将苏晋捆上刑凳，朱南羡被堵住的口中发出呜咽之声，他狠咬牙关，嘴角竟渗出血来。

朱悯达不再看他，冷冰冰地道："打。"

羽林卫扬杖，棍杖落在苏晋身上的同时，身后传来一声："太子殿下。"

天边层云犯境，初夏的第一场急雨将至。

柳朝明站在晦暗的宫前殿外，眼中仿佛蓄起了浓雾，跪地朝朱悯达深深一拜。

朱悯达眉头微微一蹙，觑了刑凳上的苏晋一眼，淡淡地道："柳大人这是做什么？快快平身。"

柳朝明并不起身，而是道："殿下，苏知事是都察院传进宫受审的，如今犯了错，也该由都察院一力承担。"

朱悯达心一沉，果然又是为了苏晋。他冷冷地道："此子虽是柳大人传进宫的，但他所犯之错与都察院的审讯无关，柳大人无须挂怀。"

柳朝明却不退让："敢问殿下，苏晋所犯何事？"

朱悯达不悦地道："怎么，如今本宫想杀个人，还要跟都察院请示一声？"

柳朝明道："殿下恕罪，臣并非此意，但苏晋冒犯太子殿下，臣自觉难辞其咎，殿下若要责罚，便连臣一并责罚吧。"

朱悯达目光阴鸷，冷笑一声问道："若本宫要他死呢？"

柳朝明沉声道："请殿下一并责罚。"

朱悯达看了眼被压在地依然拼死挣扎的朱南羡，又看了眼跪在一旁决绝请命的柳朝明。他不明白，苏晋不过是一名从八品知事，纵然胸怀锦绣之才，在巍巍皇权之下，也只是一只蝼蚁。而他贵为太子，想杀一只蝼蚁，就这么难？

朱悯达身上毕竟流着朱景元的血，他认定的事，旁人越是拦阻，他越是要不惜一切去做。

他冷笑出声："好——好，如你们所愿，本宫先杀了他，再将你二人一一问罪！"

正在这时，殿阁另一端传来一道怯怯的声音："大皇兄。"

朱悯达侧目望去，朱十七与一名身着孔雀补服的人正立于殿阁一侧。

"孔雀补服"当先一瘸一拐地走来，笑盈盈地叫了朱悯达一声："姐夫。"

此人不是旁人，正是前一阵因进言"南北之差，大约误会"，被他爹打折了腿的户部侍郎沈奚。

却说沈奚有两个倾国倾城的姐姐，其中一个嫁给了朱悯达做太子妃。因此沈奚虽是臣子，却有幸沾得姐姐的荣光，混成了半个皇亲国戚。

眼下朝臣、宫人俱在，朱悯达听得这一声"姐夫"，黑着脸斥道："放肆！"

沈奚嘻嘻一笑，这才施施然拜下。

朱悯达与太子妃感情甚笃，对这名常来常往的小舅子也多了三分宽宥，并不计较他没分寸，而是道："你先带十七回东宫，等本宫料理完这里的事宜，回去一起用膳。"

沈侍郎素来是个瞎凑热闹的，听了这话，当下拉着朱十七一并在朱悯达跟前跪了，像煞有介事地说："姐夫正生气，我这小舅子怎么好走？这么着，反正姐夫要罚人，不如顺便把我跟十七一并罚了吧！"

朱悯达被他搅得头疼，骂道："让你滚便滚，还跟着胡闹！"

沈奚诧异地道："这怎么是胡闹？"拿下巴指了指朱南羡，又指了指柳朝明，

"一个嫡皇子,一个百官之首,阖宫上下除了陛下与姐夫您,最金贵的主儿都跪地求死,我不跟风求个死,岂不太没眼力见儿了?"说着,他推了一把跪在身旁一脸茫然的朱十七,催促道:"快,求求你大皇兄,让他赐你我二人一死,让咱们也沾沾十三殿下与柳大人的荣光。"

朱悯达气不打一处来,怒喝一声:"沈奚樾!"却不知当说他什么才好。

沈奚顺杆儿往上爬,当即做了一个领命的手势,又看了一眼被捆在刑凳上正盯着自己的苏晋,指着一旁的羽林卫道:"你还管他做什么?区区从八品小吏,想死也该排在本官后头,你将捆他的那根绳拿过来。"

羽林卫愣愣地看了眼手里的麻绳。

沈奚仰头伸长脖子道:"对,就用这团麻绳,赶紧过来把本官勒死。"

这是苏晋第一回见到沈青樾:翩翩君子,眉眼如画,眼角的一颗泪痣为他平添三分风流飒然。只可惜,他抢着麻绳往脖子上套的样子实在太煞风景,以至于她每每回想,这一幕都清晰如昨。

数年之后,苏晋升任尚书,位极人臣。沈奚因一桩小事栽到了她的手上,便套交情问她,能否看在挚友的面子上,私底下责罚算了。

苏晋高坐于堂上,冷冷地说了声:"好。"然后扔下一捆麻绳,"这是当年绑我的那根,你拿去勒脖子吧。"

眼前被沈奚搅和得鸡飞狗跳,朱悯达却在这喧嚣中冷静下来。

沈青樾说得对,柳昀是百官之首,苏晋不过区区八品小吏,自己为了这么一个人跟都察院僵持不下,不值得。是他冲动了,险些因小失大。

朱悯达喝住沈奚,凛然道:"胡闹,像什么话?"然后侧过身,对柳朝明道:"既然有柳大人作保,苏知事这回的过错,本宫便不追究了。"然后叹了一声,"罢了,看在都察院的情面上,此子就让柳大人带走吧。"

羽林卫为苏晋松绑,苏晋因方才挨了一杖,脚落在地面上,还有些发颤。一名内侍要上来搀扶,她摇了摇头,往一旁避开了。

苏晋走到柳朝明身边,与他一起向朱悯达拜别。

两人没走两步,朱悯达叫了一声:"柳大人。"

苏晋目光一黯。

朱悯达的唇边含着一抹浅笑,仿佛方才发怒不过是一个玩笑:"柳大人平日公务缠身,与东宫来往少了,连上个月小儿周岁,也是只见贺礼不见其人。下个月末是太子妃的寿辰,还望柳大人一定要来。"

这便是自己跟东宫买命的代价吧。

在景元帝的苛政下,被矫枉过正的朝纲无不彰显着一种岌岌可危的君臣失衡。尤其当这名开国君主已垂垂老矣，各皇储拥藩自重，谁又不觊觎那至高无上的皇权呢？

看似平静的皇座之下，各方势力林立，身在旋涡之中，哪怕位极人臣，也是浮萍之身。

柳朝明回身一揖，表情无波无澜："多谢殿下相邀，太子妃的寿辰，微臣一定到。"

被折腾过一番的宫前殿终于安静下来。朱悯达看了一眼朱南羡，见他仍怔怔地盯着苏晋离开的方向，心里头一股怒气又涌上来，甩袖走了。

羽林卫跟着朱悯达浩浩荡荡地离去。

朱南羡卸了束缚，伸手摘了堵在嘴里的布巾，然后吐了一口血，仰面躺在地上，愣愣地看着风雨欲来的天幕。被包扎好的膝头在方才挣扎时又渗出血来，除了牙龈，指腹也抓得血迹斑斑。可这有什么用？五年前他没有保住苏晋，五年后仍没有。起码保住她的，不是他。

沈奚劳心劳力地搅和一番，总算得了善果，撑着地面跌坐在一旁，看着朱南羡这副狼狈样，啧了两声问道："十三，方才那个被绑在刑凳上的，就是当年你为了他，差点儿卸了曾友谅一条胳膊的那位？"

朱南羡转头看他一眼，似乎不想多说，只问："你来干什么？"

沈奚嘻嘻一笑，看向刑部大牢的方向："我啊，有个仇人快死了，来给他送一顿上路饭，毕竟做了一辈子仇人，也是缘分嘛。"

朱南羡又别过脸盯着天幕，懒得再理他。

沈奚看他这副样子，轻飘飘地道："我知道你在想什么，你是不是觉得自己高高在上却无法把握命运？觉得自己贵为皇子却连一个想保护的人也保护不了？是不是恨自己只能眼睁睁地看着他死却无计可施？朱十三，你是不是觉得自己白活了？"

他这一番话如同利刃，一路劈波斩浪地砍到朱南羡的心上。朱南羡扣紧五指，从牙缝里挤出一个字："滚。"

沈奚四两拨千斤地道："你想知道为什么吗？"

朱南羡目露伤色，喉结上下动了动，哑声问道："为什么？"

"纵然你救了他，也是你让他置于险境。你贵为皇子，却没有无上的权力，甚至生于长于这无上权力的荫庇下，注定被无数双眼睛盯着，行差踏错一步，就会有人将挡住你既定道路的枝叶砍去。你的庇护，对微不足道的人而言，反而是一把双刃剑。所以你若真想保护谁，要么你足够强，要么他足够强。否则在此之前，爱而远之，未必不是一种保全。"

朱南羡转过头，怔怔地看着他。

沈奚挑眉道："还不明白？这么说吧，七殿下小时候有只猫，通体雪白，很通人性，你记得吗？"

朱南羡点点头。

"后来有一日，那白猫病了，七殿下为此着急了一日，没有去翰林进学。当日夜里，他母妃就命人当着他的面，把那只猫活生生剥皮杀了。"

朱南羡眼神黯淡下来，终于似有所悟。

沈奚道："十三殿下，你知道这个故事告诉了我们什么道理吗？"

朱南羡问："什么道理？"

沈奚盯着他，一本正经地说道："这件事告诉我们，在这深宫之中，养猫不如养鸟，养鸟不如斗蛐蛐儿。古今百代君王、数万皇子，爱斗蛐蛐儿的多了去，因玩物丧志杀猫诛鸟有之，可你听过灭蛐蛐儿的吗？"然后他嘻嘻一笑，压低声音道，"殿下，微臣新得了一只蛐蛐儿，起名'虎将军'，一对长须威风得紧。看你心情郁结难解，不如微臣将它进献给你吧？"

朱南羡面无表情地喊了一声："十七。"

端立在一旁生怕他十三哥想不通自行了断的朱十七连忙道："在呢，在呢。"

朱南羡道："把本王的刀拿来，本王今日非得剁了这姓沈的！"

苏晋一路跟着柳朝明回都察院。

长风过境，这一场蓄意已久的急雨终于在薄暮时分落下，天一下就暗了。

早上朱悯达以她做筹码的一番人命买卖，苏晋怎会瞧不明白？事到如今，她说什么仿佛都不应该了。说谢吗？谢字太轻，她以后都不要说了。说些别的？可心中负债累累，她实在难以开口。

柳朝明脚步一顿，回过头看她正锁眉深思，问了句："在想什么？"

夜雨风灯，映在柳朝明的眼底化作深深浅浅的光。苏晋抬眸看他，轻笑了一下，笑意不达眼底。

她转头看向廊外浸在水幕里的夜色，淡淡地道："我在想，这场雨，何时才能过去。"

柳朝明也转头望向这夜中雨，似是不经意地道："风雨不歇，但能得一人同舟，也是幸甚。"然后他顿了一顿，"苏时雨，本官有句话想问你。"

忽然而来的急风裹挟着水星子迷了苏晋的眼，纷乱的雨滴仿佛被搅开一个豁口，她竟能拨云窥见星光。

而柳朝明的话，也被这风送入耳畔。

"你可愿来都察院，从此跟着本官，做一名拨乱反正、守心如一的御史。"

第六章　暗夜行舟

当日夜，都察院的布防里里外外撤换了一番。

太医院的医正来验过，白日里内侍送的那碗药里确实是有毒的，里头放了乌头碱，只要吃下一勺，必死无疑。

送药的内侍也找到了，人在水塘子里，被捞上来时，身体已泡得肿胀。

苏晋不知是谁要对她下手，睡下前还想着将手头上的线索仔仔细细再理一回，谁知头一沾上瓷枕，便沉沉地睡了过去。

她实在是太累了，带着纷纷心绪入眠，竟也一夜无梦。

恍惚之中，她只能听到无边的雨声与柳朝明那句"你可愿来都察院，从此跟着本官，做一名拨乱反正、守心如一的御史"。

她没有回答。

从她决定踏上仕途的那一刻起，茫茫前路已不成曲调。柳朝明这一问，就像有人忽然拿着竹片为她调好音、拨正弦，说这一曲应当如是奏下去。

苏晋不知道长此以往，是荒腔走板越行越远，还是能在寂无人烟之处另辟蹊径。

翌日晨，赵衍来值房找柳朝明商议十二道巡查御史的外计，叩开隔间的门，出来的却是苏晋。

赵衍下意识往隔间里瞧了一眼。

苏晋向他一揖:"赵大人是来找柳大人的吗?他已去公堂了。"

赵衍点了点头,虽觉得自己的想法十分龌龊,仍不由得问了句:"你昨夜与柳大人歇在一处?"

苏晋一愣,垂眸道:"赵大人误会了,昨夜柳大人说有急案要办,并未歇在值房内,下官也是今早起身后撞见他回来取卷宗,才知他去了公堂。"

赵衍端出一副正经神色:"哦,我不是这个意思,就是一大早通政司来信,有些着急。"

他嘴上这么说,心里实则松了一口气。

他昨夜主持都察院事宜,本打算为苏晋安排个住处,谁知彼时千头万绪,一时竟没顾得上她,等转头再去找时,人已不见了。

柳朝明对苏晋上心,赵衍瞧在眼里,朱南羡对苏晋十万分上心,赵衍也瞧在眼里。赵衍想,幸好此上心非彼上心,否则,若是因自己没安排好住处令左都御史大人失了清誉,自己的罪过就大了。

赵衍缓缓嘘出口气,迈出值房,迎面瞧见柳朝明端着盏茶走来,问道:"你昨夜办什么急案去了,怎么让苏晋在你的隔间歇了一夜?通政司的信不是今早才到吗?"

柳朝明吃了口茶:"没什么案子,诓他的。"见赵衍诧异,补了句,"否则他怎么会安心在此处歇了。"

赵衍呆了呆:"那你昨夜睡在哪儿?"

柳朝明看了值房一眼:"没怎么睡,看卷宗累了,在案头打了个盹,四更天便醒了。"

赵衍觉得方才嘘出去的气又在胸口聚了起来。

两人说着话,都察院的回廊处走来三人,打头那人身着飞鱼服,腰佩绣春刀,竟是锦衣卫同知韦姜。

韦姜见了柳朝明,拱手一拜:"柳大人,敢问京师衙门的苏知事可在都察院受审?能否借去镇抚司半日?"

南北士子案的重犯裴阁老与晏子言等人被关在了刑部大牢,而五日前,被指舞弊的南方士子已被下了镇抚司诏狱。

柳朝明不置可否,只问:"是士子的供状出了问题?"

韦姜摇了摇头:"也不是,那里头有一位士子,说一定要见了苏知事才肯画押,但结案在即,下官手下的人没个轻重,就……"

"就怎么了?"

柳朝明回过身去，苏晋不知何时已从值房里出来了。

她走过来一揖："敢问韦大人，这名士子可唤作许郾许元喆，乃这一科的一甲探花？"

韦姜道："正是。"又看向柳朝明道，"是下官管束无方，才让底下的人以为可以严刑相逼，却不知许郾已有伤在身，受不住大刑……他既心有余愿，若能借苏知事过去好言相劝，此事也能有个善果。"

锦衣卫自设立以来，过手案子无数，并非桩桩件件都能拿捏妥当，底下校尉刑讯时出个差池，死个要犯，也是常有的事。

依以往的做派，锦衣卫抓着死人的手往状子上一摁，案子不结也算结了，这回却煞有介事地来请苏晋"好言相劝"，大约是龙座上的那位有指示，要士子活着招供。

苏晋想到这里，目光一黯。

他们活着招供以后呢？再被拉去刑场斩了？

已是大费周章地做戏了，偏偏还不想失了风骨，景元帝真是老了。

柳朝明看了苏晋一眼，对韦姜道："韦大人带路吧，本官也一起去。"

许元喆已被人从诏狱抬出，安置在镇抚司办事房的一处耳房中。饶是苏晋再有准备，看到他的一瞬也愣住了。

离士子闹事只过去十余日，许元喆整个人已瘦得不成人形，身上没有一块完好的肌肤，双腿折成一个不可思议的角度，淋淋血肉之间可见碎骨。

苏晋几乎要认不出他。

韦姜在一旁低声道："已喂了醒神汤，人是清醒的，苏知事过去吧。"

苏晋唤了一声："元喆。"

许元喆转过脸来，认出苏晋，无光的双目间浮上些许神采，却是悲凉的。他张了张口，除了一句"苏先生"，什么也说不出来。

苏晋的胸口像堵了一块大石，她在榻前蹲下身，说："元喆，我知道，你没有舞弊。"

许元喆听到这句话，眼泪便流下来了。他转回脸，盯着屋梁道："他们都不信我。"

苏晋只能握紧他的手。

许元喆顿了一顿，像是在与苏晋说，又像是在自说自话："我是庶出，生来长短腿，父亲不喜，亲娘过世得早，兄弟姊妹大多瞧不起我，只有阿婆对我好。那时候我就想啊，我一定要争气，要念好书，日后不说中进士，哪怕能中一个秀才、举子，也要带阿婆离开那个家。

"每回发榜就是我最高兴的时候，桂榜，杏榜，传胪。我至今都记得，传胪那天，唱官把我的名字唱了三次，说我是进士及第，一甲探花。我真是高兴啊，我想我寒窗十年，风檐寸晷，所有努力总算没有付之东流。可事到如今，我发现我错了。"

他转过脸来，眼里布满绝望："苏先生，我现在想要的只有清白。可是清白二字这么难。我把所有的痛、所有的不甘与悲愤都忍了过去，可他们欺我、诬我，让我蒙受不白之冤，为什么？"

苏晋心中钝痛不堪，一时竟无法面对许元喆的目光，仿佛说什么都是苍白无力的。

她抿了抿唇，道："元喆，我们许多人就是如此，年少时为自己择一条路，以为是康庄大道，可走下去才发现迷雾重重不见天日。你会扪心自问你是否错了，但来路茫茫，去路渺渺，已无法找到归宿。"

许元喆自胸口振出一笑："所以撞得头破血流，行近灯枯？"他看着她的眼道，"苏先生，你呢？你寒窗苦读十年，又是为何？你满腹才华，胸藏韬略，却因一桩小事蹉跎数年，可曾有过不甘？你被作恶之人辱于足下，被掌权之人视若蝼蚁，可曾有过不忿？你可有那么一刻觉得你踽踽而行风雨兼程所换来的一切，到头来不过是一场笑话，就像我——"

许元喆努力撑起身子，悲切万分："我为之倾注了一世的希望尽成空梦，到最后连清白之名也留不得。我不过是那高高在上之人手里的一枚棋子，他杀我以取悦天下人，他杀我以稳固他的江山，他杀我以收复他早年杀没了的北地民心。最可笑的是，他手里还握着许多与我一样的棋子，他真是要妥妥当当全杀干净才好，反正我死了也没人记得，百代之后，万民只会朝拜他流芳千古的锦绣江山。"

许元喆的头又重重地砸回竹枕之上，他仿佛已耗尽最后一丝力气："苏先生，你知道我这些天，一直反反复复地在惦念什么吗？"

"元喆……"苏晋哑声唤他，却不知当说什么好。

他转过头，蓦地对她一笑："来世不做读书人。"

然后他闭上眼，牙齿对着舌根狠狠地咬了下去，拼尽全身力气说了他此生最后一句话："来世不做读书人！"

大量的血从许元喆的嘴边奔涌而出，早已失去神采的双目却不曾合上。苏晋甚至没来得及跟他说，他的清白至少她会记得，记一辈子。

柳朝明叹了一声，对韦姜道："劳烦韦大人，可否为他换身干净衣裳，找个地方葬了？"

韦姜神色黯然，犹疑了一下，却道："这……下官做不了主，要请示圣上。"

他请示圣上做什么？眼前只剩一具尸首，难道还要剥皮楦草，悬于城门吗？

苏晋道："那能否请韦大人将元喆这身衣冠赠予下官，下官想在城外为他立一方衣冠冢。"

韦姜沉默了一下，道："好，等这厢事毕，苏知事可上镇抚司来取。"

苏晋不记得自己是怎么随柳朝明离开镇抚司的。

她也不知道自己来这一趟的意义何在。

许元喆还是死了，以这样决绝的方式。或许他在此之前说想见苏晋，也只不过是想找个人说说话吧。

一个人快死了，总想要尽诉平生。

苏晋记得到了最后，是一名锦衣校尉拿着写好的状纸，抓着许元喆的手画押的。

他最后还是没能留得清白。

宫楼广台，青天白日，在这朗朗乾坤之下，背负着这样不白之冤而死不瞑目的人还有多少？

苏晋望向错身走在她前面半步的柳朝明，忽然问："柳大人，御史是做什么的？"

柳朝明停下脚步，回过身来："辨明正枉，拨乱反正，进言直谏，以协圣上肃清吏治。"

苏晋问："可若是圣上错了呢？"她摇了摇头，"此南北士子案，柳大人直言进谏，被停一个月早朝；户部沈侍郎说了一句'误会'，被打折了腿；詹事府晏子言一力证明南方士子没有舞弊，如今已快要人头落地；而许元喆不畏酷刑只求清白，咬舌自尽于镇抚司。"

她抬头看向柳朝明，眸中写满失望："这是万马齐喑的朝廷，上之所是必皆是，所非必非之，人人自危，只怕朝承恩暮赐死。这一名满眼荒唐的御史，要如何来当？"

柳朝明将这失望之意尽收眼底，问："你想要答案？"

苏晋点了点头。

柳朝明转身折往宫楼另一方向："我带你去找。"

二人自西咸池门出宫，驱车一盏茶的工夫就到了白虎巷。

巷内有一处一进深的院落，苏晋抬头望去，见匾额上书"清平草堂"四字。柳朝明推开院门，径自走到草舍门前："便是这里。"

这是老御史的故居。

四十年前，景元帝自淮西起兵，一度求贤若渴。后来他手下人才济济，再佐以"高筑墙，广积粮，缓称王"之计，最终问鼎江山。

只可惜人一旦到了高位，难免患得患失，积虑成疴，非刮骨不足以慰病痛。十数载间，朱景元杀尽功臣，整个朝堂都笼罩在腥风之中。

若说谁还能自这腥风中艰难走过，除了早已致仕的文远侯，便只有前任左都御史，人称"老御史"的孟良孟大人了。

柳朝明对苏晋道："老御史一生十二回入狱，无数次遇险。景元五年，他去湖广巡按，当地官匪勾结，将刀架在他的脖子上，他以手挡刀，被斩没了右手五指，他没有退；景元八年，圣上猜忌平北大将军有谋反之心，他冒死劝谏，被当成同党关入诏狱三年，受尽折磨，他没有退；景元十一年，圣上废相，以谋逆罪株连万余人，他自诏狱一出便直言进谏，圣上一怒之下要杀他，他依然未改初衷。"

苏晋道："此事我听说过，当时满朝文武为其请命，才让老御史保得一命。"

柳朝明道："饶是如此，他仍受了杖刑，双腿坏死，余生十年与病榻、药石相依。"他看着苏晋的眼，道，"苏时雨，在你眼中，许鄞的死是什么？是故人憾死、清白难求的遗恨，还是苍天不鉴、鬼神相泣的奇冤？或者都不是，他的死，只是让你亲历亲尝的一出人生悲凉，而这悲凉告诉你，好了，可以了，不如就此鸣金收兵。"

苏晋避开柳朝明的目光，看向奉着老御史牌位的香案："柳大人，我不愿退。我只是不明白，退便错了吗？凡事尽力而为却不能如愿，是不是及早抽身更好？难道非要如西楚霸王败走乌江，退无可退只好自刎于江畔吗？"

柳朝明看着她，忽然叹了一口气："你听说过谢相吗？"

苏晋的心倏然一紧，她将指甲狠狠掐入掌心，道："略有耳闻。"

柳朝明道："昔日立朝之初的第一大儒，圣上曾三拜其为相。他本早已归隐，可惜后来相祸牵连太广，波及他。老御史正是为谢相请命，才受了杖刑。

"苏时雨，你为晁清一案百折不挠，令本官仿佛看到老御史昔日之勇。你可知那一年他受过杖刑后，双腿本还有救，听说谢相唯一的孙女在这场灾祸中不知所终，竟为了故友的遗脉西去川蜀之地寻找，这才耽误了医治，令双腿坏死？"

苏晋猛地抬起眼，怔怔地看向柳朝明。

眼前的柳朝明似乎不一样了，常年积于眼底的浓雾一刹那散开，露出一双清澈而坚定的眸子，仿佛一眼望去便能直达本心。

苏晋忽然有些明白柳朝明那句"守心如一的御史"是何意了。

其实他一直以来正是这么做的，守心如一，有诺必践。

柳朝明道："苏时雨，本官知你不愿退，本官只是想告诉你，许郢只是千千万万含恨而终的人之一。而身为御史，你只能直面这样的挫折与磨难，纵然满眼荒唐，也当如老御史一般，暗夜行舟，只向明月。"

暗夜行舟，只向明月。

苏晋低低地笑了一声："道之所在，虽千万人，吾往矣。"然后她抬起眼，眸中像燃着灼心烈火，语气却是轻柔的，转身拈起一根香，"我为老御史上一炷香吧。"也是代她的祖父，为阔别多年的故友上一炷香。

柳朝明看着她拈香点火的样子，忽然想起老御史生前所说"若能得此子，一定收在身边，好好教导"，以及他临终时握着自己的手说的最后一句话："柳昀，苏时雨这一世太难太难了，你一定要找到她，以你之力，守她一生。"

柳朝明摁住苏晋的手道："我与你一起。"

他望向老御史的牌位："当以尊师礼敬之。"

二人回到都察院已近申时。

沈奚把玩着折扇，倚在门廊上招呼道："百官俗务缠身，我原想着柳大人与我，一个被停了早朝，一个被打折了腿，合该凑作一处逗闷子，没承想柳大人竟比我先找到了搭子。"伸手跟苏晋胡乱比了个揖："苏知事，又见面了。"

苏晋回了个揖："侍郎大人好。"说着就要拜下。

沈奚道："免了免了。"又往前堂的方向努努嘴，"这人是你的朋友？"

正堂当中跪着一人，苏晋仔细一瞧，竟是周萍。

她道："正是。"

沈奚促狭一笑："你看着啊。"他清了清嗓子，一本正经地道："周通判，本官恕你无罪，起来吧。"

周萍恨不得将头埋进地里："不敢不敢，求大人责罚。"

沈奚扑哧笑出声，又连忙收住，更是一本正经地道："你且起来吧，苏知事已与本官说了，他会代你受罚。"

周萍猛地抬起头，先一脸无措地看了看沈奚，又一脸责备地看了眼苏晋，连忙磕头道："禀沈大人，苏知事还有伤在身，求大人手下留情，要不……要不苏知事的责罚，我替他加倍受了。"

沈奚再也忍不住，捧着肚子笑作一团："这是什么糊涂烂账。"

柳朝明知他素爱拿人逗闷子，走进前堂，说了一句："周通判起来吧。"

周萍抬头看了一眼，在心里掂量了一下官品，起了。

柳朝明冷眼看着沈奚："你怎么他了？"

沈奚没正形地往凳子上一坐，又端出一副诧异的神色道："御史大人此言可冤枉小民了。周通判今日一大早来都察院找苏知事，赶巧您二位不在，还是我这个串门的顺道帮都察院接的客。"

柳朝明冷冷地扫了他一眼。

沈奚嘻嘻一笑，改了词："招呼，招呼的客。我的腿不是折了吗？穿官袍不方便，就穿了身便服，哪知周通判将我认成个打杂的了，说他一路自宫外走来，实是热得慌，想问我讨碗茶喝。我心想，这好歹是都察院的客，总不能怠慢了吧？

"我又是找茶壶，又是烧茶，忙了半日，好不容易给周通判沏了盏茶，谁知钱三儿那个不长眼的突然过来叫了一声'沈大人'，还拜了一拜。周通判这一下便呛了个半死，然后跪在地上死活都不起来了。"

说着，他又提起茶壶，斟了盏茶递给周萍道："周兄弟，你说是吧？"

周萍扑通一声又往地上跪了。

沈奚将手里的茶递给苏晋道："我说，你一身反骨，怎么有这么个老实巴交的朋友？怕不是成日被你欺负吧？"

苏晋接过茶放在一旁，转身去扶周萍："沈侍郎这句话可问住下官了，柳大人一身正气，不也跟沈大人相交？"说完，问周萍道："皋言，因何事来寻我？"

沈奚拿扇子敲敲案几，问柳朝明："哎，他这目无尊长、以下犯上的毛病，可是你惯的？"

柳朝明没理他。

周萍抬眼看了看堂上二位的脸色，知道他们都没当真要责罚他的意思，便道："昨日有个阿婆来衙门找你，我与义褚兄一问才知她是元喆的姥姥。因元喆的家书上提起过你，她找不到元喆，才找到衙门来。"

苏晋神色一黯。

周萍又道："我托杨府尹打听过了，仍不知元喆怎么样了，所以才来问问你。"一顿，压低声音道，"加之十分担心你，这才进来瞧瞧你。"

苏晋听了这话，回身看向柳朝明，柳朝明向她点了点头。

苏晋道："我已没事了，这就随你一起回去。"言罢，一揖拜别了柳朝明与沈奚。

等苏晋的身影消失在都察院外，柳朝明略一思索，想到当日指使内侍下毒的人还未找到，正要去吩咐钱三儿暗自派两个人跟着，却被沈奚用扇子一拦："不用不用，这贼没抓到，担心的也不止你一人。苏知事此去，自有二呆子跟着。"

柳朝明一愣，大约想到他说的是谁，问："你怎么知道？"

沈奚一笑："从前在翰林院一起进学，文远侯总说你是最聪慧的一个。"然后啧啧了两声，"可惜你这脑子，平日都用到公务上去了，人还是揣摩得太少了。"

柳朝明挑眉。

沈奚道："你知道这天下的呆子都有什么共同点吗？"比出一根手指，"其一，守株待兔。"

苏晋与周萍走过轩辕台，下了云集桥，桥后绕出来一人，正是穿着便服的朱南羡。

朱南羡看了周萍一眼，咳了一声，还没说话，周萍便朝他跪下了。

朱南羡吓了一跳，本以为自己这一身曳撒便装已十分妥当，没承想竟一下叫一个生面孔识出了身份。

沈奚比出第二根手指："其二，掩耳盗铃。"

朱南羡定了定神，决心不去管生面孔，又咳了一声道："苏知事，这么巧？"

周萍瞧朱南羡有些眼熟，但一时想不起在哪儿见过，一问，朱南羡自称是金吾卫校尉，名唤南皓，今日休沐，想与苏知事一同出宫逛逛。

周萍长舒一口气，从地上爬起来，颇为窘迫："这就好，南校尉您是不知道，我这甫一进宫，就养成了逢人便跪的习惯。"

朱南羡一时不习惯有人如此随意地跟自己搭话，在心里拿捏了一下校尉的身份，这才道："哦，周兄弟，这是为何？"

苏晋看周萍一眼，提点道："谨言慎行，言多必失。"

周萍没能领会她的深意，回道："早前我遇上户部的沈侍郎，他穿了一身便服，与我说他是都察院打杂的，害我违反了纲纪，险些犯了个不敬之罪，还好沈大人和左都御史大人都未跟我计较。"说着，又打量了朱南羡一眼，续道，"方才我甫一见南校尉，看您气度威严，丰神俊朗，像皇亲国戚，以为你们宫里的人都有这穿便服诳人的恶习，没想到您原来是校尉大人，当真失礼失礼。"

朱南羡道："周兄弟，客气客气。"

苏晋又看周萍一眼，说："旁人是吃一堑长一智，你是吃一堑短一智。"

周萍又没能领会这句话的深意，责备道："你还说我，我倒是要说说你。你平日与人结交，应当慎重些，像是南校尉这样的就很好，可换了沈侍郎那样的，那便万万结交不起。更莫说当日的十三殿下。他一来，我们衙门上上下下头都磕破了，也仅仅能觑见殿下的靴面。杨大人隔日膝头疼得走不了路，还说等你回来要提点你，可不能再将十三殿下往府衙里招了。咱们府衙小，供不起这位金身菩萨，你可记住了？"

苏晋最后看周萍一眼，觉得他已无可救药。倒是朱南羡被这番话说得好不尴尬，只好郑重其事地代她答道："嗯，已记住了。"

三人并行着出了宫，张罗了马车往京师衙门赶去。

刘义褚已在府衙门口等着了，见回来的是三个人，其中一位不认识的还有些眼熟，便捧着茶上前招呼道："这位是？"

周萍道："这位是南皉南兄弟，金吾卫的校尉，为人十分和善。"

刘义褚点了一下头，一边将朱南羡往府里引，一边问苏晋："你在宫里，可有打听到元喆的消息？"

苏晋步子一顿，黯然道："下了诏狱，没能撑过去。"

另外三个人都愣住了。

刘义褚问："怎么死的？"

苏晋微微犹疑，道："自尽。"又添了一句，"咬舌自尽。"

廊檐在偏堂外打下一片暗影，刘义褚站在檐下往堂内望了望。苏晋顺着他的目光看过去，里头坐了一个白发苍苍的老妪，佝偻着背脊，满脸皱纹，大约已过花甲之年。看他几人走近，老妪立时从座椅上起身，且喜且畏地看着他们。

周萍道："这……这怎么开得了口？"

苏晋咬了咬唇，斩钉截铁地说："暂且不提。"迈步跨进了偏堂。

周萍一愣，一时没叫住她，只好转头问朱南羡："南校尉，您是宫里头的，听说过这事吗？元喆他……怎么自尽了呢？"

朱南羡愣怔地看着苏晋的背影。

许元喆他知道，是苏晋当日拼命从人潮里救出来的探花郎。

是啊，她好不容易才救出来的人，怎么就死了呢？

朱南羡想了想，没答周萍的话，跟着苏晋进了偏堂。

老妪一见苏晋，颤巍巍地走近几步问道："是苏大人？"便要跪下向她行礼。

苏晋连忙扶住她，道："阿婆不必多礼。"想了一想，又道，"阿婆，元喆一直视晚辈为兄，他的阿婆便是晚辈的阿婆，您还是叫晚辈的字，唤一声时雨吧。"

老妪道："这不行，大人便是大人，是青天老爷，草民可不能没了分寸。"满目企盼地望着苏晋，切切地道，"苏大人，草民听周大人说，元喆被叫去宫里了，听说皇上要封他做大官，您知道他啥时候能出来吗？"

苏晋避开她的目光，低声道："皇上委以重任，大约还有几日吧。"余光看到老妪手里还抱着行囊，便问，"阿婆可找到落脚之处了？"

老妪窘迫地道："草民昨日才到应天府，本来想去贡士所打听，谁知那处里里外外围着官兵，草民不敢去，这才来劳烦苏大人问问元喆的下落。"她想了想，连忙又道，"苏大人不用担心，元喆既然过几日要回来，草民就在离宫门近一些的地方歇歇脚。他几时出来都不要紧，草民就想着能早一些见到他。"

苏晋的心里像堵了一块巨石，唇边勉力牵起一抹笑："这怎么好，等元喆出来，可要怪我这个做兄长的招待不周了。"说着，拿过老妪手里的行囊道，"阿婆便到晚辈在衙门的处所歇脚。晚辈这几日刚好有事务缠身，若能进宫，说不定还能帮您催催元喆。"说着，一边扶起老妪，一边往偏堂后方的处所走去。

推开自己的房门，苏晋又笑道："阿婆千万别觉得打扰了晚辈，晚辈听元喆说阿婆您会纳鞋垫，晚辈脚上这双不合适，阿婆您一定为元喆纳了不少，能给晚辈一双便好。"

老妪眉间一喜，道："行，苏大人您真是好人。"又仔细看了眼苏晋的脚，说道，"大人您的脚比元喆的小一些，他的您怕是穿不了，草民重新给您纳一双好了。"

苏晋点了一下头，合上门退出来，迎面撞上一直跟在她身后的朱南羡。

朱南羡看了眼她紧握成拳的手，一时不知当说什么，只好问："苏晋，是不是我父皇……"

苏晋猛地抬头看他，双眸灼灼似火。

可这火只一瞬便熄灭了，苏晋移开目光，摇头道："与殿下无关，殿下不必放在心上。"

朱南羡沉默片刻，又问："你不告诉她，是不是想先还许元喆一个清白？"

苏晋没有说话。

朱南羡看着她，忽然握住她的手，将一块冰冷的物事放入她的手心。

苏晋低头一看，竟是一块白无瑕的玉坠。

朱南羡道："这是张奎搁在刑部大牢墙缝里的玉，我亲自去找的。"然后他一顿，又说，"苏时雨，你不必担心，这两日我已琢磨过了，入仕的原因，你不说，本王便不问。你今后若想做什么，尽管去做，本王会帮你。本王只希望你能明白……你不是一个人。"

苏晋愣住了，过了一会儿，垂眸道："殿下言重了。"

待送走朱南羡，苏晋又将已有的线索在心里理了一次。

柳朝明不知用了什么法子，查到寻月楼的头牌宁嫣儿的死与晁清失踪之事有关，并从刑部提了张奎这个死囚给她。张奎向她招供，说自己"摸尸"当夜见到了死者宁嫣儿，并从宁嫣儿的身上取下了一枚玉坠，藏在了刑部大牢的墙缝里。朱南羡于是亲自去刑部大牢，取走张奎说的玉坠，证明张奎当日所交代的话属实——张奎见到宁嫣儿时，宁嫣儿已经死了，他对她的死因的确不知情。

而眼下苏晋需要查明的是：一、宁嫣儿的死因；二、晁清失踪与宁嫣儿的死究竟有何关系。

据张奎交代，他当日在乱葬岗发现宁嫣儿的尸体后就被打晕了，醒来后被寻月楼的老鸨诬蔑成凶手。

他既然是被冤枉的，那么这名构陷他杀人的老鸨一定知道些什么。

苏晋一念及此，回到衙门内，吩咐杂役阿齐备马车，然后找到周萍道："皋言，你将官袍换上，陪我出去一趟。"

周萍看她一副刻不容缓的样子，也不敢耽搁，将官袍换好，出去时苏晋已坐在马车的辕座上等他了。

刘义褚站在衙门口问："你二人这是去哪儿？"

苏晋将周萍让进车内，一扬马鞭，面不改色地道："青楼。"

刘义褚连忙将茶碗往阿齐的手上一递，追了几步攀上车辕："捎上我，捎上我。"

暝色四起，十里秦淮处处笙歌曼舞。

苏晋将马车停在坊外，一路往寻月楼走去。

周萍得知苏晋是为晁清的案子来的，忍不住埋怨道："既是来办案的，为何你穿便服，独我一人穿官服？你可晓得为官的寻欢被抓会受什么惩罚？就是孙大人，平日将这儿当娘家的，也只敢自称盐商。"

苏晋对他解释道："水坊里的女子是见惯了官老爷的，我从八品的品阶太低，镇不住场子。"又道，"待会儿到了寻月楼，你莫说你是京师衙门的，说是刑部的。"

晁清的案子没走京师衙门，他们用刑部的名头才管用。

周萍仍觉不妥，刚要开口分辨，前头带路的刘义褚回过头来："别吵了。"抬手指了指一旁的楼阁，"到了。"

比起另一端歌舞升平的河坊，寻月楼门庭十分冷清，若不是大门还敞着，只当是闭门谢客了。

楼阁大厅里坐着一名女子，手持一把绣着蝴蝶的团扇，有一搭没一搭地摇着。左边台子上倒是有个拨琵琶的，弦音泠泠，细听竟是一曲离歌。

苏晋顺着方才的话头对周萍道："腰挺直了，下巴仰起来，拿出点儿官老爷的派头。"

周萍气不打一处来，正要发作，却被苏晋十万分认真的眼神镇住了。

苏晋道："待会儿我会说你是刑部的周主事，你千万别露馅了，切记。"

坐在厅中摇团扇的女子见苏晋三人进来，不由得讶然道："几位爷是……？"

苏晋打断她的话："这位乃刑部周主事，你便是这楼里的老鸨？"

女子一听这话，连忙使了个眼色让琵琶女过来。两人一起先向苏晋三人跪下拜了拜，女子才道："回这位大人的话，奴家不是媛儿姐，媛儿姐早几日便走了。"

"走了？"苏晋一愣，看了刘义褚一眼。

刘义褚当即拉开一张椅凳，对周萍说："大人您坐。"

周萍点了一下头，依言坐下。

苏晋提着茶壶为周萍斟好一盏茶，问："你们这里是怎么回事？别的姑娘呢？"

女子一脸狐疑地望着他三人："这……不正是因为刑部日前审的那桩案子吗？"

被苏晋的目光一扫，她又垂下头，交代道："约莫是三月头，我们这儿的头牌宁嫣儿离奇死了。媛儿姐，就是大人方才问的老鸨，被刑部叫去问过几回话后，忽然说要嫁人，收拾行囊走了。楼里的姑娘觉得不吉利，纷纷去投靠别的河坊，只有奴家跟妹妹留了下来。"说着，看了苏晋一眼，脸一红，道，"大……大人若只是来寻欢，奴家跟妹妹也是伺候得过来的。"

苏晋无言，过了一会儿才问："那老鸨可提过嫁去哪户人家了？"

女子垂眸道："这倒没有，不过像奴家这样的，若非遇上真能心疼人的，也就嫁个官老爷、富商为妾吧。"

寻月楼的老鸨消失得这么是时候，看来是真的有问题。

苏晋思量半刻，转而又问起这两名女子可曾见过一个书生模样的人来此处。她怕打草惊蛇，没有提晁清的名字。

可惜平日到秦淮河坊的书生模样的人多了去，两名女子只说不记得。

线索到这里又断了。

苏晋在心里叹了一声，对周萍道："禀主事大人，下官问完了。"

周萍"嗯"了一声，道："那……且先回吧！"

两名女子一路将苏晋三人恭送至寻月楼外，那名手持团扇的忽然唤道："大人。"她犹疑了一下，问道，"大人当真是刑部的吗？"

苏晋心头一惊，面上倒没什么表情："怎么，本官来问话，你还要查一查本官的官印吗？"

女子连忙道："大人误会了，奴家绝非此意。只是三月头的时候，有几位官爷来这里吃酒，唤了嫣儿去陪。奴家记得，他们中有一位就是刑部的。吃酒过后的隔日，嫣儿便死了，之后媛儿姐也嫁人了。奴家跟嫣儿是好姐妹，直觉她死得蹊跷，约莫跟此事有关。可是……"

她说到这里，看了苏晋一眼，似是有些胆怯。

"可是什么？"苏晋瞧出她心中有顾虑，又道，"你放心，本官此来只为问案，不会为难你，更不会置你们于险境。"

这名手持团扇的女子与宁嫣儿原是极好的姐妹，宁嫣儿死后，她听说案子囫囵结了，一直为宁嫣儿不平，奈何申冤无门。今日看到苏晋三人，她心中本有防备，可方才听他们问话，又觉得他们当真是为查案而来的，一咬牙关，心道：罢了，还是将该交代的都交代了，大不了以后离开秦淮，去别处谋生，总好过一辈子良心不安。

"大人明鉴，方才大人问起书生模样的人，奴家确实记得一位。那日正是三月初六，咱们楼里来了个极清俊的书生，瞧着有些生涩。他说他是头一回来这样的地方，嫣儿看了喜欢，就亲自去招待了。过了不久，方才奴家提到的那几位官老爷也来了。几位官老爷原本没叫姑娘，后来吃了点儿酒，不知怎么就把在隔壁招待书生的嫣儿唤了过去，当时还起了点儿争执。媛儿姐亲自上楼问了问，之后像是见没什么大事才下楼来。谁知隔一日，嫣儿就不见了。当夜消息传来，竟然说人已经死了，可怎么死的，在哪儿死的，谁也不晓得。"

苏晋问："那几位官老爷将宁嫣儿唤去陪酒，为何会起争执？"

"他们说嫣儿在隔壁屋里偷听他们说话，可嫣儿说她什么也没听到。"

苏晋又问："你可记得那位书生叫什么？"

女子揪着团扇想了一会儿："叫什么不记得了，像是姓……姓晁。"

果然是晁清。

苏晋全部明白了，这下一切都对上了——

三月初六，晁清来了寻月楼，与宁嫣儿一起吃酒，隔壁屋里的正是那几个官老爷。晁清他们约莫是听到了些不该知道的事，被那几个官老爷发现了。官老爷们强令宁嫣儿过去陪酒，事后仍不放心，隔一日杀宁嫣儿灭口。

宁嫣儿毕竟是寻月楼的头牌，十里秦淮有不少人知道她，她死了，不能没个交代。刚好乱葬岗常有人"摸尸"，这些人便想了个辙，为死去的宁嫣儿上好妆、穿上华服，让她"立"在乱葬岗，吸引"摸尸人"过去。反正这些人大多不是什么良善之辈，做惯了偷鸡摸狗的事，又平白出现在乱葬岗，到时候将劫色杀人的罪名往此人身上一扣，他就是想辩解都难。

而张奎恰好在三月初七的夜里，遇上了已经死去的宁嫣儿。

苏晋想到这里，又觉得困惑，这些官老爷既然当机立断地对宁嫣儿下了杀手，为何没有立刻对晁清动手呢？

"三月初六当晚，宁嫣儿被叫去陪酒后，那名晁姓书生是如何离开寻月楼的？"

"说来也怪。"弹琵琶的女子答道，"当夜起争执的时候，只有嫣儿一人从房里出来。她被叫去陪酒后，晁姓书生仍待在房里，过了许久才独自离开。一直到三月初八，那几位官老爷像是回过神来，想到嫣儿不可能独自出现在客房内，派人来楼里询问，才打听到那位书生的下落。"

三月初八，他们打听到晁清的下落。三月初九，晁清失踪。

据许元喆所说，晁清失踪前一直在处所用功，那几位官老爷一定是打听到晁清乃这一科的贡士，不敢在有朝廷武卫把守的贡士所动手，所以在打听到晁清的下落后没有当日动手。可三月初九，晁清又为何突然失踪了呢？

苏晋蓦地想起晁清失踪前，太傅府家的小姐晏子萋去寻过他。

"太傅府家的大小姐，你们可识得？"

两名女子面面相觑。

"回大人的话，这样金贵的官家小姐，草民这样身份的人如何识得？"那名手持团扇的女子想了想，忽道，"倒是嫣儿，她以往像是在达官贵人家伺候过，认识京里的几个贵小姐。若她还活着，大约能为大人解惑一二。"

琵琶女续道："那几位官老爷后来还来过一回，也是那一回后，嫣儿姐突然说要嫁人，没几日就走了。"

"奴家与妹妹当真是鼓足了勇气才将这些事如实相告的，还望……"手持团扇的女子说到这里，泪盈于睫，与琵琶女一起再次拜下身去，"还望大人一定要还嫣儿姐姐一个公道，不要叫她死得不明不白。"

苏晋道："你们放心，本官一定会竭力而为。"

从寻月楼出来，周萍语重心长地对苏晋说："接下来你要如何查？这里的老鸨嫁人了，线索断了，此事又和朝廷官员扯上了干系，看着水深得很。我看云笙既是失踪，想必吉人自有天相，你还是莫要再管这件事了，省得将自己也赔进去。"

苏晋听了这话，却没言语。

那几个官老爷心狠手辣，动辄下杀手，寻月楼的老鸨既然敢诬蔑张奎，说明是个晓得内情的。那些人事后岂能容她？眼下看来，这位叫媛儿姐的老鸨嫁人是假，逃跑才是真。

当日晁清与宁嫣儿在客房内，纵是听到邻屋有人议案子，但隔着一堵墙，充其量不过听去些首尾。那几位官老爷因此就要对宁嫣儿下杀手，可见当日议的乃是一桩天大的案子。

如今的应天城里，还有哪一桩案子大得过南北士子案？

两日前，苏晋在宫里被人追杀，当时就怀疑晁清失踪或许与南北士子案有关。如今看来，她彼时的怀疑，并不是无凭无据的。

这么说，晁清与宁嫣儿极有可能是因为听到隔壁屋的几个官老爷议论士子案，才一个被灭口，一个失踪的。

此事既然与这么大一桩案子有关，那么必不可能就这么了了，一定还有后续等着她。

罢了，兵来将挡，水来土掩。

浓夜已至，月华初上，苏晋看了眼天边的月亮，道："先回衙门吧。"

第七章　鸿门夜宴

隔日一早，苏晋照例去上值。她在都察院住了两日，同僚们见了她，都有心打探士子案的进展，但苏晋三缄其口，他们问不出什么，也就作罢。

上午无事，至下午，苏晋外出办了桩小案，等回到衙门，孙印德已在府门口等着她了。

他这回没像以往一样一脸厉色，轻飘飘地问了句："怎么这时候才回来？"又道，"沈侍郎已在退思堂里等了你半个时辰了。"

苏晋愣了愣："谁？"

"侍郎沈大人。"孙印德道，"就是沈尚书家的大少爷沈奚沈青樾。"

与沈奚一起来京师衙门的还有刑部员外郎陆裕为，正是士子闹事当日，给苏晋送死囚的那位。

苏晋见过礼，对沈奚道："不知沈大人来寻下官所为何事？"

沈奚将手里的茶盏往案台上一搁，说了句："都退下吧。"

退思堂里的一众官吏退了出去。

沈奚将双眼一弯，说："苏知事，本官听说你近日查贡士晁清失踪的案子，非但查到了秦淮寻月楼的宁嫣儿，还查到了太傅府的晏子萋身上？"

苏晋一愣，知是昨夜自己去秦淮查访的事传到了沈奚的耳朵里。

可是沈奚是户部的，管的是赋税银钱，几时管起刑审大案了？

她将目光落在沈奚身旁的陆裕为身上，旋即明白过来。

是了，宁嫣儿的案子是刑部经手的，刑部的人必定知情。朝中党派林立，各官员间的关系错综复杂，这个陆裕为，看样子是沈青樾的人，晁清案子的情况大概也是他告诉这位户部侍郎的。

苏晋点头："这么说，日前陆大人从刑部提了张奎给下官，也是沈大人授意的？"说着一揖，"下官多谢沈大人。"

沈奚看她如此明慧，嘻嘻一笑："不必谢，是柳昀跟本官打了声招呼，本官便向他们刑部的交代了一声。"然后他将笑意一敛，说道，"晁清失踪之事，你要如何查，本官不管。但有一点，你不可从晏家入手。"

苏晋怔了怔："为何？"

寻月楼的老鸨失踪了，如今唯一可往下查的线索便是晏子萋。只要知道当日晏子萋去寻晁清所为何事，苏晋就离真相更近一步。

"你是不是想知道当日晏子萋为何要去贡士所寻晁清？"这时，沈奚忽然道，"本官可以明确地告诉你，这个宁嫣儿与晏府有些关系。她从前在晏府伺候过晏子萋，更与晏家人沾亲带故，后来出了些事，才被撵出了府门。这是晏家的家丑，本官不便与你详说，且与此案无关，你也不必深究。晏子萋与宁嫣儿虽是主仆，但情谊堪比姐妹。本官已替你问过了，当日晏子萋去寻晁清，是因得知宁嫣儿枉死，猜测此事与晁清有关。但宁嫣儿身上究竟发生了何事，晏家人皆不知情。"

苏晋听到"家丑"二字就明白了，这个宁嫣儿或许是晏太傅年轻时流连花坊惹下的风流债，与晏子萋恐怕还真称得上是姊妹。但老太傅为人师表，做下这样的丑事，晏家担心东窗事发，只好将宁嫣儿撵出家门。

苏晋的目光落回到沈奚的身上。

她不是不信他的话，可自己与他无亲无故，充其量见过两回、说过几句话罢了，他何故要一而再再而三地帮她？

沈奚这个人，生来玲珑剔透，一眼便能瞧出人心中所想。苏晋还未开口，他便道："本官对你查的这桩案子没甚兴趣，之所以要帮你——"他说着一顿，转而问，"晏子言，你认得？"

苏晋道："是，下官因晁清的案子，与晏少詹事打过几回交道。"

沈奚道："那晏子言与本官一同长大，曾一起在翰林院进学。他处处与本官作对，我说往东，他偏要往西。我说士子无辜，他偏说士子有罪，之后揽了士子案这桩祸事来查，引火烧身，如今触怒圣意，要死了也是活该。

"他这个人清高、虚伪、做作，当自己是高洁雅士，最看重的就是名声。你查晁清的案子，若查出晏家与一烟花女子有瓜葛，岂不令晏家声誉扫地？到那时，只怕这晏子言做了鬼也会来折腾本官。"

沈奚说到这里，对苏晋眨眨眼："所以，本官今日助你，也是为跟你讨个人情。本官与晏子言做了一辈子仇人，为了让本官往后夜夜能睡好觉，不被那讨厌鬼扰了清梦，这案子的线索中，你便掐了晏府这一条吧。"

苏晋道："晏子萋去贡士所的缘由沈大人已如实相告，下官自没有再追着晏府不放的道理。"又问，"晏少詹事何时行刑？"

沈奚盯着她看了一会儿，答非所问地点了点头道："行了，你这就是应了，本官回去了。"

陆裕为见沈奚要走，放下茶盏，临行前跟苏晋道了个歉，说道："苏知事，实在对不住，那夜我来京师衙门拿人，本不愿为难你，奈何光禄寺的马少卿品阶比我高。我听沈大人说你还有伤在身，让你受罪了。"

苏晋回想了一下，才明白他说的是大前日她从十三王府见了死囚张奎回来，被光禄寺的马少卿当作士子案的要犯拦在府外的事。

苏晋回了个揖道："陆大人客气了，大人例行公事，何来对不住一说？"

陆裕为却道："其实本官知道，士子闹事的案子，苏知事非但无过，更是有功之臣。若那日与我一起来的人是旁人便罢了，但是我与这马少卿还沾了点儿亲故，这不，今夜马少卿为小儿摆满月酒，说是要摆三天三夜，我现在过去，他还要怪我去迟了呢。"说着，再与苏晋面对面一揖，随沈奚离开了京师衙门。

苏晋送走了沈奚和陆裕为，想起许元喆的阿婆歇在自己的房中，打算与昨日一样，到退思堂的耳房里凑合一夜。

她刚到廊下就被孙印德拦住道："苏知事，本官听人说，你与都察院的柳大人其实走得挺近？"

孙印德与苏晋向来不对付，眼下露出这副有求于人的模样，倒是怪得很。

苏晋避重就轻："柳大人只是传下官问过几回话罢了。"

孙印德将苏晋拉到一旁的矮檐下，又问："那你看，能不能帮本官跟柳大人求求情，让他通融通融？"

苏晋一挑眉："孙大人这是犯了什么事，竟还要下官帮着求情？"

孙印德看她一副幸灾乐祸的模样，心中恨不能掐死她，偏偏面上还不能露出一丝不满："也没什么，本官下值后时不时去秦淮坊间寻个乐子，叫柳大人底下的人觉出了些许蛛丝马迹，传本官过去问话。"

苏晋默不作声地挣开他的手道："这下官就帮不了大人了，大人寻欢作乐，下官还帮着求情，岂非让人觉得咱们京师衙门都是一丘之貉？"说着，转身便往退思堂走去。

孙印德跟着快走了几步："苏知事，你也是男人，怎么就不明白家花哪儿有野花香！"续道，"再说了，本官这还是好的，不过是去外头寻寻乐子罢了。就说那光禄寺的马少卿，他可就不一般了，外头找完乐子还不够，还想将这乐子带回家里。前一阵他瞧上了寻月楼的老鸨，非要将人娶回府上做妾，结果娶回府上不到两日又嫌人老，将人扔在柴房里关着任人糟蹋。你说他可恶不？比本官可恶吧？"

苏晋将这通篇废话听完，入耳的只有一句，问："马少卿娶了寻月楼的老鸨？"

孙印德两手一摊："是啊，都察院要管就先去管马少卿，盯着本官这样的良臣不放，这算什么？"又端出一张笑脸，"苏知事，那你看你是不是跟柳大人说上一两句，请他通融通融？"

一个接一个的念头像滚雷一样在苏晋的心里炸响。

她觉得不妥，不为什么，只因这一切都太巧了。

为何她刚才还在发愁找不到寻月楼的老鸨，眼下就有人为她指了条明路呢？老鸨在马少卿的府邸，而马少卿正在办满月酒，三天三夜，宾至如归。这就像有人正敞着大门请她去一样。

苏晋知道不该去，可这案子背后的水这样深，如她如晁清这样的人命如草芥，拖一日，便少一分活着的希望。她若因一时迟疑，错过了最重要的线索，错失了寻到晁清的契机，那她的良心又如何才能安宁？

当年自己在最危难时受恩于晁清，是欠了他一条命的，而今他处在最危难的境地，她如何能放任不管？

罢了，不过是赌上一条命，她赌了两回都没死，现如今已是赚了。

苏晋想到这里，朝孙印德一拱手："大人的话，下官会好好考虑的。下官眼下要歇息了，等明日再来回复大人。"

然而她虽说着要歇息，转身却往府外的方向走去。

孙印德等她的身影消失了，半晌，压低声音道了声："都出来吧。"

话音一落，便有两名黑衣人从黑暗中走了出来。

孙印德吩咐其中一人道："你去，到十三殿下的府上，跟他说苏知事去了马少卿府上，遇到危险了。"

"是。"黑衣人点了一下头，身形一动，便消失在夜色中。

孙印德又对另一人道："你去回禀七殿下，跟他说本官已顺利利用寻月楼的老鸨将苏时雨引到马府了，请他放心。"

是夜，柳朝明一边翻看卷宗，一边听钱三儿禀报追查苏晋当日被下毒的结果，随后问："这么说，除了这点儿蛛丝马迹，你这两日什么都没查到？"

钱三儿道："大人可错怪下官了。除了这点儿蛛丝马迹，下官还查出了一桩怪事。"

柳朝明放下卷宗，抬眼看着钱三儿。

"大人，十三殿下当日既然肯跳云集河救苏知事，按说也是对这案子十分上心的，难道不应当也查一查吗？可您猜怎么着，他非但没紧着追查这桩事，反而打发走了两个承天门的守卫，恰好是当日跟着他跳河的那两个。您说怪不怪？"

柳朝明问："打发去哪儿了？"

"居然是直接送去西北卫所了。"钱三儿道，"大人，您怎么看这件事？下官怎么觉得这里头裹着些东西呢？"

柳朝明眉头微微一蹙，忽然想起沈奚那句——"你这脑子，平日都用到公务上去了，人还是揣摩得太少了"，当即道："你去问宫前殿的内侍、宫女，当日十三殿下将苏晋带过去后，究竟发生过什么。"

赵衍听了这话，愣了愣，觉得柳昀对苏时雨关心得过了头。

他一时又想起这两日宫中关于十三殿下与苏晋的传言，生怕柳朝明也被牵扯进去，打断道："这就不必了吧。若这里头真裹着什么，太子殿下早就料理了，我们都察院横插一杠子，岂不是给东宫那头添堵？"

钱三儿道："柳大人、赵大人，其实十三殿下打发走两个守卫还不是最怪的。"他觑了觑二位堂官的脸色，说道，"最奇怪的是，这两个守卫出了应天府没多久，人便不见了。"

"不见了？"赵衍一惊，"这是什么说法？是被人劫走了，还是半道上跑了？"

钱三儿摇头道："这就不知了，咱们这里有锦衣卫卫大人的密信，消息倒还快些，估摸着东宫那头要明日一早才知道这茬儿呢。"

赵衍与柳朝明对视一眼："你怎么看？"

柳朝明略一思索，算了算从此地去西北的路线，吩咐道："命江西、山西、陕西三道的监察御史务必留心，辖区内若发现这两名守卫的踪迹，当即上报，不得耽搁。"

钱三儿领了命，与赵衍一起离开了。

两人刚走没多久，只见回廊那头，一个身形修长的人匆匆行来，柳朝明定眼看了看，竟是沈奚。

沈奚走到柳朝明的值房前，推门而入，径自道："柳昀，我可能坏事了。"

柳朝明有些诧异。按说沈青樾是东宫的人，便是真出了什么岔子，也不该第一个来找他，除非……

"可是苏时雨出事了？"柳朝明问。

沈奚颔首："是，但不只是他。"

却说沈奚离开京师衙门后，想起陆裕为提的马府的满月酒，觉得有点儿古怪，不由得问："马少卿家这个时辰还在摆满月酒？"

陆裕为道："是，早上就摆上了。正夫人生了嫡子，马少卿高兴得很，说是要摆三天三夜。为了添彩，马少卿请了不少官老爷，听说连吏部的尚书大人也去呢。"

沈奚一挑眉："曾友谅也去？那本官怎么没收到邀帖？"

陆裕为赔笑道："沈大人，瞧您说的，您是什么身份？您可是户部的侍郎、太子爷的小舅子，那马少卿怎么敢给您递邀帖？就是曾尚书过去，也是马少卿托尚书大人的侄子曾凭去请的。"

"也是。"沈奚笑了笑，"对了，陆员外，那日柳昀托本官从刑部大牢里提了个死囚出来，本官交给你去办，那死囚叫……？"

"张奎。"陆裕为道，"后来士子闹事那日，下官还去了朱雀巷，打算依照柳大人与您的意思，将这死囚交给苏知事。"

"这事本官记得。"沈奚道，又问，"但本官怎么听说，这名叫张奎的死囚被送去十三殿下的府上了？"

陆裕为讪讪地道："当日苏知事受伤了，能自己撑着回衙门已经很好了，没法再带旁人。下官本想暂且将此人交给柳大人，但柳大人不愿管，恰好十三殿下也在，下官就去请示殿下的意思。殿下听说这人是苏知事要的，就把人带去自己的府上了，下官总不能拂了殿下的意。"

沈奚又笑了笑："也是。"随即上了马车。

马车在青石路上辘辘地行驶，沈奚脸上的笑意在坐回车厢的一刹那便消失了。

陆裕为是他安插在刑部的耳目，原本他一直很放心，但从今日的蛛丝马迹来看，情况仿佛有些不妙。

沈奚是东宫的人，搅在朝廷纷争的旋涡里，晓得士子案背后的水有多深。如今朱南羡刚从西北回京，干净得很，从来不涉党争。太子殿下早有明示，士子案的水太浑，万不可将朱南羡牵扯进来。晁清是今科贡士，他的失踪与士子案有千丝万缕的联系，陆裕为分明知道这一点，为何还要将与此案有关的死囚张奎往朱南羡的府上送？此举逆了太子的意不说，万一将十三卷入局中，事情就复杂了。

沈奚又想起如今朝堂上，太子与七王势如水火，心一沉，这个陆裕为，该不会是反水了吧？他若当真反水了，那么方才故意在苏时雨面前提马府设宴之事又是何意？

沈奚对晁清失踪的案子知之甚少，若非柳昀托他帮忙，恐怕他现下连个头绪都理不出来。而今他这么一环接着一环地想过来，越想越觉得不对劲。

是以他才匆匆赶来都察院，打算先与柳昀通个气。

沈奚将陆裕为的事与柳朝明简略说了，接着道："马府设这么大一个局，必定不是为了诱苏晋去，苏晋只是一个饵，他们的目标另有其人。"他目不转睛地盯着柳朝明，继续道，"如果陆裕为被七殿下收买，今夜这个局是七殿下设的，那么杀了谁，对七殿下最有利？"

答案已摆在眼前。

七王的藩地在淮西凤阳，倘若他有夺储之志，那么从淮西引兵入应天府时，最大的威胁就是朱南羡。

眼下景元帝健在，兵权尚在帝王的手中，可等景元帝去世，朱悯达作为太子，是正统继位，且朱南羡在西北领兵五年不是白领的，届时就算七王兵强马壮，能自淮西长驱直入，却也挡不住听命于朱南羡的西北卫所从后方夹击。何况朱南羡这次回京，朱景元还赐了他金吾卫的领兵权。金吾卫兵强马壮，也是东宫的一大助力。

因此对七王来说，若想夺储，朱南羡无疑是他的心腹大患。

柳朝明听完，沉吟道："七殿下既然设了局，你半路上遣人跟去也是枉然，那里天罗地网，五城兵马司中一定有他们的人，恐怕连十三殿下的暗卫也遭到不测了。"

沈奚点头："不错，我现在就去东宫回禀太子殿下。"

这宫中只有两位皇子可以领亲军卫，一是太子朱悯达统领羽林卫，二是十三殿下朱南羡统领金吾卫。照现下的情形看，大约只能朱悯达率着羽林卫过去才能控制局面了。

沈奚深吸一口气道："我回禀完太子便赶去马府。"他说着，面色忽然一凉，"策反策到本官的头上来了，那敢情好，都在马府待着，一个也别想跑。"

柳朝明看着沈奚的身影消失在夜色中，沉默片刻，忽然唤了一声："言脩。"

只见一名身着七品常服的御史从值房一侧绕出来："大人，可是要命巡城御史与大人一起赶过去。"

柳朝明淡淡地"嗯"了一声，又道："再请卫大人。"

言脩一愣。

柳朝明口中的卫大人乃锦衣卫指挥使卫璋。

可锦衣卫直接听命于圣上，不受命于任何衙门，柳朝明此去请卫璋，岂不让人觉得锦衣卫与都察院有牵扯？

言脩道："柳大人，是要让卫大人以缉拿盗匪为名误打误撞地赶过去吗？"

柳朝明摇了摇头道："不，让他正是为了救朱南羡而去的。"

言脩一脸不解："大人，可是这……？"

柳朝明看他一眼，转头望向凄清的月道："你说，今夜倘若沈青樾在马府将七王的一干心腹一网打尽，朱悯达率羽林卫清了五城兵马司中七王的人，宫中日后的局面会怎么样？"

"圣上老矣，各皇子地位失衡，东宫坐大，我都察院必将只能依附于东宫，以后行事可就难了。"

今夜的局面既然是太子与七王之争，那么锦衣卫去救了朱南羡，景元帝头一个怀疑的一定不是都察院，而是太子与锦衣卫有关联。

如此一来，这件事最终的结果必定是各打五十大板，太子与七王依然两相制衡，而这帝位到底由谁来坐，还将拭目以待。

言脩恍然大悟，拜服道："大人高见，是下官短视了。"

苏晋知道自己赶赴的是一场鸿门宴。

马府的正门是敞开的，宾客盈门。苏晋站在不远处看了一会儿，并没有选择从正门进入。

这座府邸位于应天府城南，往北是四殿下的王府，东、西均是深巷，唯南院临河而建，高墙与河水间隔了一条尺许宽的浅堤。

苏晋决定翻墙进去。

她找了一处矮墙，借着伴水而生的歪脖子树，先爬到高处看了一眼院内的情形。

后院内很静，不远处的膳房倒是热闹一些，来往的婢女捧着各色珍馐穿堂而过，往前院热闹处走去。

苏晋的目光落到贴着后墙而建的一间柴房上。透过柴房洞开的高窗，可看到里头的草垛子，草垛子旁，有一个妇人被捆了手脚躺在地上。

请君入瓮。

这位妇人大约就是寻月楼的媛儿姐了。

苏晋借着歪脖子树攀上墙头，贴着墙自柴房的高窗跃下，落在草垛子上。

柴房内躺着的妇人被惊醒，看到苏晋，惊恐地睁大眼，刚要叫喊出声，却被苏晋用一只手捂住嘴。

"长话短说，我知道你是寻月楼的老鸨媛儿姐，你想不想活命？"

媛儿姐泪盈于睫，片刻之后，才慢慢点了点头。

苏晋道："想活命就听我的，我问你答，明白了吗？"

媛儿姐又点了点头。

苏晋这才松开捂住她的嘴的手，问："你们楼的头牌宁嫣儿究竟是怎么死的？"

媛儿姐凄声道："是马老爷，他给了我一包毒药，说嫣儿知道了不该知道的事，若我不杀她，该死的就是我了。"

苏晋知道她嘴里的马老爷正是光禄寺的马少卿，又问："宁嫣儿死前可曾见过一名书生？马少卿可跟你提过他们要杀这名书生？"

媛儿姐愣怔地看着苏晋，嘴唇翕动了一下才说："晃……晃清？"

苏晋目光如炬："他在哪儿？"

媛儿姐摇了摇头，泫然欲泣："嫣儿死后，马老爷是说过还要杀一个叫晃清的书生。奈何晃清是今科士子，在贡士所动手怕不方便，马老爷便让我借嫣儿的死讯把他骗到寻月楼。"

"我当时留了个心眼，怕自己知道得太多也会遭人毒手，就骗晏府的三小姐说嫣儿是被晃清害死的，让她去质问晃清。这个晃清是机敏的，当日被晏子萋一问，觉察出情况不对，立时就逃了。若不是后来诓马老爷我知道晃清的下落，我也活不到今日。"她说着，眸色一黯，"只是如今这般，还不如不活。公子你……"

话未说完，门外忽然传来开锁之声。

苏晋看了媛儿姐一眼，暗自拾起一根木棍，站到了门后。进来的是一名送汤食的侍女，还未出声，便被苏晋一棍敲在后颈上，晕过去了。

苏晋又将门掩上，默不作声地伸手去解捆住媛儿姐手脚的麻绳。

媛儿姐双眸一合，流下泪来，道："我与公子素昧平生，却蒙受公子的大恩大德。公子不知，马老爷府上的人都是人面兽心的恶鬼，我害死自己的姐妹，死有余辜，公子还是不要管我，快些逃吧。"

苏晋看她一眼，道："你知道你为什么被关在这儿吗？"

媛儿姐摇了摇头。

"因为这间柴房里没有退路。"

如果说马少卿敞开府邸的正门摆的是鸿门宴，那么这后院洞开的柴房高窗便是一个陷阱入口了。

后墙临水，退无可退。

苏晋知道，也许早在她自后墙翻窗进来时，便已经惊动马府中人了。只是不知何故，那些人仿佛只打算将她与老鸨一起关在这里，并没有打算立时动她。

苏晋又道："你当马少卿府里的人是吃素的？你究竟知不知道晃清的下落，他们会瞧不出来？"已将绳子解开，苏晋按住媛儿姐的手道，"你知道你为何还没死？"

媛儿姐又摇了摇头。

"因为你只是一个饵，等鱼来了，你就会死了。"

媛儿姐瞪大眼："他们要杀的是你？"

苏晋沉吟道："我本以为是，眼下看来，却不尽然。"她不过区区知事，若他们当真只是要杀她，何必设这样大一个局，何必把她关在这里却不动手？

苏晋隐隐觉得不妙，转而盯着媛儿姐道："听着，你眼下还有一个活命的机会。"她看向方才被她一棍敲晕在地的侍女，沉声道，"因为他们算错了一步。"

言讫，苏晋不再多做解释，径自摘下了自己的束发簪，一头青丝披散下来。苏晋迅速褪下侍女的衣衫，穿在自己的身上，又简单地绾了一个鬟髻。

媛儿姐愣愣地看着苏晋："你竟是……"

苏晋蹲下身，压低声音嘱咐道："我走之后，你不要逃，将你自己的衣裳为这侍女换上，把她的手脚绑起来扮成你的样子，然后躲在草垛子里。等一下有人进来，如果没有看到我，一定会各处去找，如此便会耽误一些时辰。就算他们最后在草垛子里发现你，你也一口咬定是这侍女放走了我，与他们僵持，让他们不敢杀了你。无论他们对你做什么，你都要撑到明日天亮。"

"撑到天亮，我便可以活吗？"

苏晋点头道："有人设局，有人赴局，一定有人破局。你我都是饵，但你比我重要，你是这场科考案，是我故旧失踪案的证人，所以一定要活下去。"言罢，径自拾起地上的空碗置于托盘上，扮作侍女的样子退了出去。

后院依然是寂然无声的，马府的正门依然是敞开的，仿佛可以随意出入。

但苏晋知道，这回自己是插翅难飞了。

这么大一个局，她就算扮作侍女从正门出去，安插在马府周围的暗哨也能立时发现端倪。就像一个浸在水中的鸟笼，笼门虽然敞着，鸟从笼中逃出去也只能溺死。

提笼者在高处，苏晋看不清。但她更想不明白的是，若自己只是一个饵，那么提笼者要钓的鱼又是谁呢？

她自小家破人亡，这一生注定要踽踽独行，难道时至今日，竟会有人为了她不畏生死地赶赴一场鸿门宴吗？

"哎，那个谁，磨磨蹭蹭的做什么，还不赶紧来帮忙？"

苏晋回头一看，是一个嬷嬷正在叫自己。

这嬷嬷倒也没顾着她面生，径自将她带到膳房，责备道："前头都忙得腾不开手了，你倒好，还躲在后院偷闲，赶紧拾掇拾掇帮忙去。"

苏晋连忙应了声是，四下望了望，竟意外地发现在后厨帮忙的是两拨人，一波应当是马少卿自己府里的，另一波是从外头请来的。这两拨人大约都将她当成对方的人了，因此才没有觉得她这个生面孔可疑。

苏晋正跟着一名侍女装盘，从前头宴堂处回来一个管事模样的老仆，一进膳房就抱怨说："这几个官老爷也忒难伺候了，一会儿说斟酒的不好看，一会儿又说跳舞的没风情。"说着，抬眼皮看了眼苏晋，愣了一下，忽然道："哎，这个姿色好，刚才怎么没瞧见？你去前头伺候。"

苏晋心头一震，抬起头来笑了笑道："这就不必了吧，奴婢不会跳舞。"

管事老仆道："跳什么舞，你去陪官老爷吃吃酒，把他们哄开心了就行。"说着就要将苏晋往宴堂上领。

苏晋不敢露出马脚，只好一路跟着去，问道："宴堂里都有哪些客？"

管事老仆顿住脚步，眼睛一横，瞪着她道："你问这个做什么？"

苏晋不慌不忙地道："听说宴堂里都是朝廷大员，我这不是怕将人怠慢了吗？奴婢若能记住他们的名字，让他们高兴些，也能给府上添光不是？"

管事老仆满意地点了一下头，道："说的也是。那你听好了，除了马少卿，宴堂里官衔比较大的还有兵部的何郎中、通政司的童参议、五城兵马司东城的田指挥使。不过这些都不是官衔最大的，今天要论贵客，只有两名，吏部的曾尚书和他的侄子——吏部的曾郎中。"

曾友谅和曾凭！

苏晋听到这二人的名字，脑子里"嗡"了一声。

她这厢着了女装，若换了旁人，兴许一时认不出她，但吏部的这二人是无论如何都能认出她的。

二人说话间已至宴堂，堂内有人轻歌曼舞，有人觥筹交错。苏晋垂着头，端着托盘，自曾友谅的桌案前一个一个斟酒。众人都喝得半醉，一时没注意到她。苏晋斟完一轮，正提着空酒壶要退出去，身后忽然传来一声："站住。"

是曾友谅的侄子——吏部郎中曾凭的声音。

"你转过身来。"他又道。

苏晋提了口气，慢慢转过身去。

曾凭低下头，试图一睹她垂着的脸，却仍不能看清，于是皱起眉头道："你抬起头来，让本官看看。"

苏晋心底一片冰凉，方才提起来的一口气慢慢地沉了下去。

身处困境，四面皆是绝壁，也许只有闭目赴死，她才能得见光明。

苏晋想到这里，缓缓地将头抬了起来。

然而就在这时，手臂忽然被人猛地向后一拽，苏晋被这力道带得蓦地回转身去，跌入一个坚实的胸膛。

朱南羡一手紧紧地将苏晋搂于怀中，一手解下身后的玄色披风将她一裹，环顾四周，冷冷地道："这名婢女，本王看上了。"

第八章　破晓时分

　　宴堂内四下寂然，众人皆愣了一瞬，才后知后觉地向朱南羡见礼。

　　马少卿跪伏在地，抖得如筛糠一般，反而是曾友谅拿出了倒屣相迎的风范，斟了一杯酒递给马少卿，笑道："少卿今日好大的脸面，连十三殿下都肯赏光来喝满月酒，少卿还不赶紧敬殿下一杯？"

　　马少卿抬起头，双目空洞地看着曾友谅，终于明白过来：这是一个局。

　　他原以为自己是设局者，不承想竟是局中的一招死棋。

　　酒盏已递到他眼前，马少卿的八字胡颤了一颤。

　　他接过酒盏，高举着向朱南羡拜下。

　　朱南羡犹疑了一下，正要去接，在他怀里的苏晋忽然低声说了一句："别喝。"

　　寻月楼的老鸨是饵，她苏时雨也是饵，那么被引来的十三殿下，便是这一场局要捕的鱼了。这么大一条鱼，若不能尽早除之，只怕会招来反扑。他们递给朱南羡的这杯酒，谁知里头搁了些什么。

　　朱南羡反应过来，沉默不语地拿披风的兜帽罩住苏晋的脸，拉过她的手大步流星地往府外走去，抛下一句："不必了，本王吃不惯。"

　　此时已近子夜时分，街头巷陌一片死寂。

　　朱南羡带着苏晋飞快地往随宫的方向疾步而行。夜风拂面，凉意袭人。

　　苏晋的脑子急速地转动着。

以方才的情形来看，马少卿必是被蒙在鼓里的一枚棋子，是这一场局的替罪羊。大概是有人告诉他，要以满月酒做局，以寻月楼老鸨做饵诱杀苏晋，可他怎么也没想到，这个局真正要诱杀的人是十三殿下。

这也解释了为何在马府后厨内帮忙的是两拨人，从府外请来的那一拨应当就是真正的设局人安插在马府的，表面上帮忙摆宴，实际上是给十三殿下备毒酒的。

难怪方才马少卿见了朱南羡会一副面若死灰的形容。

诱杀一名知事算不得什么，可若诱杀了嫡皇子，那便是诛九族的死罪了。

可这设局者究竟是谁，竟如此胆大妄为，要诱杀一名皇子？

苏晋想到这里，蓦地了悟——景元帝年迈，各皇子据藩自重，他们臣服于景元帝，却未必肯臣服于即将登基的太子，而朱南羡是太子胞弟，手握金吾卫领兵权，不早日除之更待何时？

苏晋脚步一顿，沉声道："殿下！"

朱南羡回过头来，抿了抿唇，似乎想说什么，却咽了回去，只道："你放心，本王一定护你周全。"

苏晋摇了摇头，问道："殿下出行，身旁应当会跟几个暗卫，现在殿下是不是察觉不到这几名暗卫的气息了？"

朱南羡一怔，垂眸没有答话，握住苏晋的手紧了紧，似是想让她宽心。

苏晋却道："不能往前了。"

她在长街上站定，往四下看去，周遭悄然无声。皎洁的月光照在青砖灰瓦上，墙上不时闪过一道冷光，不仔细看，还以为是刀兵的影子。

苏晋低声道："殿下，你知道他们为何迟迟不动手吗？"她吸了一口气，抬目望北，看向长街尽头道，"再往前，就是四殿下的府邸了。"

四王封藩北平，手握神州北部的咽喉，若能在四王府前杀了十三皇子，将这脏水往四王的身上一泼，岂不一石二鸟？

朱南羡沉默不语，又拉着苏晋往东走，想绕路回宫。

苏晋又摇了摇头："也去不得。"

她一直怀疑士子闹事是有人在背后怂恿的，后来回想当日种种，并不是没有端倪可寻的。

士子闹事之时，朱雀巷内沸反盈天，南城兵马司独木难支，形势险恶，而离城南最近的东、西二城兵马司却迟迟没有赶来。

苏晋问其故，南城兵马指挥使覃照林称，东、西二城兵马司在路上与暴匪干起来了，而今细究起来，京师再乱，怎么会有暴匪能拦兵马司的路？八成是这两个兵马司早已被有心人收买，刻意放任流之，想让事态变大吧。

今日之局是士子案的后续，是藏在士子案背后的人布下的天罗地网，东、西二城兵马司既为他所驱使，那么他们不论往西或往东走，必定有两城兵马司拦路。

苏晋没解释，朱南羡已明白过来，道："那我们往南走，覃照林是左谦的人。"

苏晋拽住朱南羡的手道："他们既然精心设了这个局，那一定已布下天罗地网，就算南城兵马司的指挥使是左将军的人，那他的手下呢，或者还有没有别人设了埋伏？"她一顿，松开朱南羡的手，望向这暗夜之中唯一燃着灯火的地方，"殿下，你听我说，还有一处地方是安全的。"

"微臣虽未猜出这布局人究竟是谁，但曾家叔侄二人必定脱不了干系。他们想拿马少卿做替死鬼洗清自己的嫌疑，那便不能少了证人。所以这宴堂里必定还有第三类人，他们毫不知情，是当真来做客的。倘若方才殿下接了毒酒，他们恰好可证明酒席是马少卿摆的，酒水是马少卿备的，而这杯毒酒……是马少卿递给殿下的。

"所以殿下，有这些人在，曾家叔侄必定不敢明目张胆地对您动手。殿下只要回去，在他二人旁边支一桌，有人奉食，你让他们先尝；有人敬酒，你让他们先品，待到明日天一亮……"

"待到明日天一亮，我皇兄必定会前来搭救。"朱南羡道，"那你呢？我回去，你怎么办？你眼下这身装扮，无论被谁发现，都是死路一条。"

苏晋斩钉截铁地道："我往北走，殿下回去。那些暗中埋伏的人见你我二人分开，一时间一定觉得有猫儿腻，反而不敢轻举妄动，如此正好可以为殿下争取回到马府的时间。"

朱南羡一愣，缓缓道："你要拿自己换我？"

苏晋抬眸注视着朱南羡道："是，若能以微臣之命换殿下之命，只赚不赔。"

披风的兜帽很大，罩住苏晋的大半张脸，朱南羡只能看见有月色流淌进她的眼眸，与她眸中的烈火融在一起，闪动着扣人心弦的光。

朱南羡笑了一下，注视着苏晋的眼，说："你不明白。"他没说清苏晋究竟不明白什么，只是牵过苏晋的手，低低地道，"本王带你走，回宫也好，出城也罢，如果有人要你的命，本王就要他们的命。"

他转身往南走，头也不回地又道："有本王在，谁也不能伤你。"

苏晋与朱南羡绕过朱雀巷，走的是去往正阳门的路。

每月的双数日，各城指挥使都在城门当值。也就是说，只要他们能及时在正阳门找到兵马指挥使覃照林，以南城兵马司之力拖到明日清早，便可获救。

二人穿巷而出，再往前是昭合桥。桥下静水流深，桥上站着一排人，当先二人一个穿着七品侍卫长兵服，另一个是个熟人——刑部员外郎陆裕为。

朱南羡顿住脚步，帮苏晋把兜帽拉低了一些，自裹腰里拔出一把短匕交给她道：“你拿着防身。”

短匕上刻着游蟒，映着月色，蟒面分外狰狞。

苏晋乃一介书生，手无缚鸡之力，再无兵器傍身，只怕会拖累旁人。

她知道眼下不是客气的时候，接过短匕对朱南羡一点头：“殿下也多加小心。”

陆裕为笑了笑，圆乎乎的脸上细眼一弯，显得分外和气：“十三殿下，好不容易盼着您从西北回来，机不可失，下官这厢得罪了。”说着抬手一招，他身后的暗卫迅速将苏晋二人围了起来。

苏晋暗自看了看，这些暗卫均身着黑衣，不知是何身份，大约有二三十人。这样的情形下，哪怕朱南羡再善武，怕也无法令二人全身而退。

为今之计，只有拖字诀。

侍卫长当先拔刀，刀锋出鞘，在暗夜里发出一声铮鸣。

四周的暗卫闻声要动，忽听苏晋沉声道了一句：“慢着。”她借着暗卫们迟疑的瞬间，又淡淡地道，“陆裕为，殿下没和你提过，要杀十三殿下，该怎么动手才最合适吗？”

此言一出，众人皆是一愣，一时分不清这个身覆玄色斗篷、以兜帽遮面的人究竟是哪一方的。

陆裕为只觉得苏晋的声音有些耳熟，却想不起在哪里听过，但听她的意思，她竟也像是七殿下的人？

陆裕为不敢妄动，戒备地道：“你是谁？”

苏晋听到这一问，心中松了一口气。

沈奚的二姐是太子妃，那沈家八成是太子一党的人。陆裕为既然在沈奚手下做事，保护十三殿下都来不及，怎么会诱她赴马府的局，借机刺杀朱南羡呢？

只有一个解释，陆裕为被策反了。

他被哪位殿下策反苏晋尚且不知，但她知道，任何主子都不会对一名反复无常的属下放心。所以陆裕为现如今的主子，一定不会让他知道自己手上究竟握着几枚筹码。

苏晋正是想到此，才决定假作另一枚被“主子”派来的筹码，打算浑水摸鱼，一拖到底。

她在斗篷下低低一笑，又道：“陆裕为，你可真够蠢的！你也不想想，刺杀十三殿下这么重要的事，殿下怎么会放心交给一个刚入他麾下，尚且不知根底的叛徒。"

陆裕为面色微微一变，但很快便发现破绽："不对，我是临时跟着尤侍卫长来的，殿下根本没将刺杀十三殿下的任务交给我。你若是殿下的心腹，让他愿将这千金赌局系于你一身，怎会不知今夜的布局？不知我为何临时跟来？"

苏晋心一颤，却又笑了笑，语锋一转，淡淡地道："你为何要跟来？因为你比马少卿聪明一点儿，怕自己与他一样，到最后沦为一招死棋，沦为他人的替罪羊，所以想为自己找一条活路。你算到十三殿下要往南逃，所以与尤侍卫长一起等在此处。你想在殿下跟前立一功，哪怕是用截杀的法子，反正脏水泼不到你的身上，最好由马少卿全担了，哦，实在不行，马府里还有吏部的曾友谅。"

苏晋这番话道破了陆裕为的心机。他脸涨得通红，就像在众人前被剥了衣露了羞一般，恼怒道："你……你胡说！"

苏晋又是一笑，放缓语气，似是语重心长地道："想要两头占便宜可不成啊陆员外，就算你能在殿下跟前独善其身，可背叛了沈大人，你觉得沈大人会放过你吗？东宫会放过你吗？还是你认为这世上除了你都是傻子，没人会瞧出你也是这棋局当中至关重要、不可或缺的一招……必死之棋？"

苏晋的话，说中了陆裕为最担心之处。就算他今夜能杀了十三王为殿下立下首功，可事成之后，以沈青樾之能，他真的能逃脱吗？

心中有加无已的焦虑忽然让他冷静下来，他忽然想起在离开马府前，手底下的人说十三殿下是带着一名婢女走的。可这个身覆斗篷、一语便能道破玄机、参破时局的人，哪有半点婢女的样子？

陆裕为眯着眼注视着苏晋，终于道："不对，你一定不是殿下的人。你若是，为何不肯以真面目示人？方才在马府随十三殿下离开的是一名婢女，区区一名婢女，怎么会知道我便是刑部的员外郎？"

此言一出，众暗卫抽刀，场面顿时剑拔弩张。

然而不过片刻，苏晋的声音又响了起来："陆员外，你是在好奇我究竟是谁吗？"她抬手慢慢摘落兜帽，"那我便让你看一看。"

玄色兜帽滑下，青丝散落肩头，衬着苏晋苍白的面色，让她看起来越发清雅动人。

陆裕为瞪大眼看着眼前人："你是苏晋？你……你竟是……"

可惜就在他愕然的这一瞬，朱南羡一个旋身，电光石火间便转到他身侧，自下往上挑飞他身旁暗卫的长刀。

长刀在空中打了个旋。朱南羡一把握住刀柄，反扣手往回一压，径自架在了陆裕为的脖子上。

朱南羡挑眉笑了笑："陆员外，有没有人教过你，两军对峙，最忌分心？"

马府外迟迟没有动静。

按照原先的计划，即便不能在宴堂内毒杀朱南羡，最晚丑时，也该有人回禀朱南羡的死讯了。可眼下已近丑时末，府外依旧一片死寂。

曾友谅隐隐觉得不妙，称自己酒醉，当下便要告辞离去。

方才朱南羡莫名而来又莫名而去，已扫了人大半兴致；此时，一众官员见吏部尚书要走，皆松了口气，纷纷起身向马少卿道辞。

马少卿将人送至外院，不防原本半掩着的府门忽然被人一把推开。

沈羿青衣广袖，一脸悠闲地站在府外，笑道："哟，这么热闹！马少卿摆酒，怎么没叫上本官？"

马少卿心下一片惨淡。沈青樾是太子殿下的人，既来了，一定是大事不好了。马少卿一脸惶恐地对沈羿拜下，唯唯诺诺地道："不过区区小儿的满月酒，下官怎么敢撑破了脸皮去请侍郎大人赏光？不过侍郎大人要来，下官是一万个愿意。"说着，又跪着换了个方向，伸手比了个相邀的姿势，"侍郎大人里面请。"

沈羿黉夜至此，对曾友谅来说，无疑宣告着东窗事发。

曾友谅急于离开这个是非之地，当下便对沈羿一拱手道："沈侍郎慢用，老夫今夜醉酒，便不奉陪了。"说着正要往外走，却被沈羿伸手一拦。

"等等。"沈羿环视一圈，慢腾腾地道，"本官既来了，谁都别想走。"

曾友谅不欲理他，避开他拦在身前的手，抬脚就走，但还没迈过门槛，就听沈羿冷冷地又道："曾尚书，十三殿下死了吗？"

曾友谅迈出去的脚一下便缩了回来，他转过身，阴森森地看着沈羿道："沈侍郎这说的是什么大逆不道的话！"

沈羿没应他，反而看着院内一众大小官员，又道："本官问你们，十三殿下可来过了？"

一众官员面面相觑，须臾有人应道："回侍郎大人，来过了。"

沈羿一挑眉，又抬手指着曾友谅道："那这位吏部的尚书大人可曾给殿下递酒了？"

这回没有人敢接话。

沈羿一笑："那么就是了。"他转过脸，双目直直地盯着曾友谅的眼，道："曾尚书，你好大的胆子，竟敢给十三殿下递毒酒。"

曾友谅勃然大怒道："沈青樾，你少在这儿大放厥词！你说老夫递毒酒，可有证据？"

沈奚看着他这副恼羞成怒的模样，忽然双手一摊，笑道："没证据。"又道，"尚书大人计划周详，就算有证据，不早该被大人销毁了吗？"

他不等曾友谅再辩解，环顾四周，忽然对兵部的何郎中道："何觅，把你的佩剑拿来！"

何觅应是，当即摘下佩剑双手呈上。

沈奚握住剑柄，拔剑出鞘，将剑"哐当"一声掷于地上，厉声道："都听好了，本官今日以太子之名，怀疑你们所有人包藏祸心，皆有刺杀十三殿下的嫌疑。你们想离开？可以！有胆子的就捡起这剑，在本官的脖子上抹一道，否则便别怪本官在你们的脖子上抹一道。"

覃照林今晚值夜，本打算在正阳门门楼凑合一宿，睡到一半，罗校尉忽然来禀报，说外头好像有刀兵之声。

覃照林无奈，只好叫上几个官兵出去巡夜，哪知刚走到昭合桥就见十三殿下挟持了一个矮胖的大员，正与二十来名暗卫对峙。

朱南羡很清楚，今夜之局牵扯太广，不成功便成仁。与此局的成败相比，陆裕为的命根本无足轻重，等这些暗卫想明白了，未必会顾惜陆裕为的性命。

朱南羡想到这一点，趁暗卫还没反应过来，忽然将手中的长刀往陆裕为的脖子上一送，鲜血瞬间迸溅而出。

趁着这一瞬间，朱南羡往后一步，一下握紧苏晋的手，急促地道了一声："走！"

二人刚一转身，迎面撞上赶来帮忙的覃照林。

覃照林瞧见苏晋，眼睛顿时瞪圆了："你……你不是苏知事吗？你这……"他震惊地看着一身女子装束的苏晋，以为自己看错了。然而他这一来，挡了苏晋二人的路。

身后的暗卫冲上来，朱南羡将苏晋往覃照林身边一送，转身横刀在前，抵挡住数名暗卫的砍杀。随后朱南羡身子往后一仰，刀身在身前一撩，四两拨千斤地把暗卫逼退。

苏晋也不迟疑，拔出覃照林腰间的长刀塞到他的手上，斥道："愣着做什么，还不去帮殿下？！"

覃照林这才反应过来，留下罗校尉保护苏晋，召集身后数名官兵冲上前去。

朱南羡虽不再是以一敌众，但这些暗卫都不是等闲之辈，加之双方人数悬殊，朱南羡须臾间就落了下风。

苏晋站在桥头，暗自握紧短匕，对守在一旁的罗校尉道："别管我，你去帮殿下。"

谁知朱南羡听了这话，横刀挡去一柄长矛，自两柄长矛间穿身而过，吩咐道："别来，护她走！"

然而就在这一刹那，暗卫的侍卫长忽然自覃照林身边脱身，一个虎跃纵身到朱南羡一侧，举刀当头劈下。

苏晋蓦地睁大双眼，脱口道："小心！"

朱南羡得她提醒，一个侧身避过，却不防身后露出空当，被一名暗卫将刀架在了脖子上。

朱南羡侧过脸，目光在这名暗卫身上淡淡地扫过。这暗卫被他的目光慑住，似乎终于想起自己刀下之人乃高高在上的大随嫡皇子，一时竟没下得手去。

侍卫长目露阴狠之色，当下喝令道："动手！"说着也不等暗卫动作，自己抽刀向朱南羡刺去。

就在这时，忽然有两支箭矢自远处射来，一支正中暗卫的手腕，一支正中侍卫长的背心。

暗卫与侍卫长的力道皆是一松，朱南羡趁着这个时机，侧身自双刀的狭缝中避开，抬脚踢向暗卫中箭的手腕。

暗卫的长刀脱手，朱南羡矮身接过，随即横刀一挥，将二人拦腰斩杀。

与此同时，苏晋默不作声地将兜帽戴好，抬目望去。

长巷深处有两人打马而来。离得近了，苏晋借着火光一看，一人是日前见过的锦衣卫同知韦姜，另一人则是柳朝明。

数名锦衣卫从长巷中快速冲出，与暗卫拼斗起来。

韦姜下马对朱南羡一拱手："殿下恕罪，末将来迟了。"说着也不迟疑，提起绣春刀加入了战局。

柳朝明也下了马，先合袖向朱南羡一拜，目光略微顿了顿，落在朱南羡身旁用斗篷覆身的人身上。

朱南羡看了苏晋一眼，见她已将兜帽戴好，心中松了口气。他将长刀收好，与柳朝明回了一揖道："多谢柳大人。"随即拉过苏晋的手腕，低低说了一句："走。"

然而两人还没走出半步，便听柳朝明在身后问道："苏时雨呢？没与殿下一起？"

朱南羡脚步一顿，微侧过脸："柳大人问的是苏晋？"然后道，"本王今夜未曾见过她。"

柳朝明目不转睛地盯着朱南羡身旁罩着斗篷的人，缓缓地问："是吗？这又是谁？"

朱南羡回过身来，将苏晋往身后一掩，漠然道："是本王跟马少卿讨的一名婢女。"又道，"怎么，柳大人连本王的私事都要过问吗？"

柳朝明目光深沉。他走下桥头，不欲与朱南羡多说，绕过朱南羡，抬手想揭苏晋的兜帽。朱南羡见此情形，伸手欲拦。

正在此时，暗夜中一道微光闪过，守在一旁的罗校尉忽然拔匕刺来。

匕首本来是冲着朱南羡刺去的，然而朱南羡与柳朝明相争，刚好侧身避过，匕首便指向了站在朱南羡身后的苏晋。

朱南羡心中大震，想要替苏晋挡下这一刀，竟被柳朝明伸手推向另一侧。

匕首直指而来，柳朝明亦来不及反应，只得拽住苏晋的手腕，将她往自己身侧猛地一拉。

这一旋身带起的急风掀落了苏晋的兜帽，披风往后滑落，露出一头青丝与素色衣裙。

柳朝明不由得怔住，看着苏晋的目光十分复杂——诧异与惊怒交织，又似乎有惘然与不解。

便是这一愣神的工夫，柳朝明一时没避开身去，本来刺向苏晋的匕首径自扎入他的左臂。

伤口不深，但鲜血汩汩涌出。罗校尉见一击不成，还要再刺，身体却忽然一紧——原来在他将匕首扎入柳朝明左臂的一瞬，苏晋也拔出朱南羡给她的匕首，扎入他的右胸。与此同时，朱南羡反手推刀，往罗校尉的脖子上送去，径自割下了他的头颅。

柳朝明怔怔地看着苏晋，一时惊怒交加。

雨丝如雾，原来自一开始，他就没看清她。

他甚至来不及顾及左臂上汩汩流血的伤，一门心思只回想起老御史临终的话——

苏时雨这一世太难太难了。

柳朝明觉得荒谬，原来竟是这么个难法。

他满腔的惘然与莫名的震怒无处安放，只得咽下，竟有一种打落牙齿和血吞的憋闷感，五脏六腑就像被沸水浸过一般难受。

他抬起眸子，冷冷地看向朱南羡道："殿下疯了？若太子殿下晓得您替她挡了这一刀，她还有命活吗？"

身后忽然传来脚步声，柳朝明心头陡然一震，竟下意识地帮苏晋将兜帽戴上，这才回过身去。

韦姜看了这一情形，正要请罪，被柳朝明抬手止住。

柳朝明看了眼昭合桥那头，一干暗卫均已被俘，正被锦衣卫押解成排，等候自己发落。

柳朝明沉默了一会儿，抬眸冷冷地道："全杀了。"

韦姜愣住了，十分不解："大人不留活口问话吗？"

可柳朝明并不答他。

韦姜又看向立在一旁的朱南羡，请示道："十三殿下也是这个意思？"

朱南羡微点头："杀。"

苏晋看了眼柳朝明左臂上的伤，想割下一片衣角为他止血，一抬手却发现手腕还被他紧紧地攥着。

柳朝明似被她的动作惊扰，垂眸一看自己握住苏晋手腕的手，怔了一下，烫手一般蓦地便松开了。然后他摇了摇头，往后避让一步："不碍事。"

绣春刀出鞘，桥上二十多名暗卫须臾就断了气。

韦姜拎着覃照林来到桥下，拱手又请示道："殿下、柳大人，这是个有功的，也要杀了吗？"

柳朝明沉默了一下，问朱南羡："这是殿下的人？"

朱南羡尚未从柳朝明方才的那句话中回过神来。

他有些恍惚，竟想起当日在宫前殿，沈奚对他说的那番话——

你贵为皇子，却没有无上的权力，甚至生于长于这无上权力的荫庇下。

你若真想保护谁，要么你足够强，要么他足够强。

彼时他还懵懂。

但此时此刻，他是彻底明白了。

是啊，他生于这权力的荫庇之下，若不能将这权力握在手里，连想为她挡一刀的资格都没有。

朱南羡挪开目光，沉声道："柳大人觉得该杀，便杀了吧。"

覃照林不是傻子，那些暗卫虽然该死，可留几个活口必然比全杀了更有用。柳朝明之所以让韦姜杀光，想必是因为那些人都看见了女子装扮的苏晋。就算当下并不笃定她是女儿身，但他们哪怕有一丝猜测，也可能在日后酿成大祸，让她因此丧命。

覃照林知道自己也是大祸临头了，却碍于韦姜在场，不敢多解释，只一把鼻涕一把泪地向柳朝明磕头。

柳朝明沉默片刻，对韦姜道："想必太子殿下已在来此处的路上了，韦同知不如先去回了卫大人，待本官审完此人，自会前来。"

眼前一位左都御史，一位嫡皇子，韦姜担心这二人的安危，本不愿走，奈何也瞧出柳朝明是存心要将自己支开，不敢多言，当即率着一干锦衣卫离开。

直至此时，喧嚣已过，街巷又静下来，周遭浓重的血腥气弥散开来。

柳朝明看着覃照林，也不跟他废话，只问："家乡在哪儿？家里还有几口人？"

覃照林道："回柳大人的话，下官正是应天城人士，大前年城里有疟疾，家母和小儿没熬过高热，都去世了。眼下家中还有俺与媳妇儿两个。亲戚不常往来……"

柳朝明打断他，问朱南羡："他说的是真的？"

朱南羡垂眸道："本王要去问左谦。"

柳朝明道："不必。"然后看着覃照林道，"本官不动你，你可知道为什么？"

覃照林连磕了数下头："大人……大人只当下官已没了舌头。便是死，便是太子殿下问起，下官都不会将苏知事的事吐露半个字。"

朱悯达的问责只是原因其一。昭合桥头死了太多人，怎么都要留一个活口，否则朱悯达一定会生疑。

柳朝明淡淡地道："除此之外，你且记住，将来不管是哪位殿下发现端倪，逼问于你，我都察院的手段，只会比这位殿下狠十倍不止。"

朱悯达来得比想象中快。他心忧朱南羡的安危，竟让十数名羽林卫精锐开道，在前来拦截的东城兵马司中生生撕出一道口子，一路赶至城南。

朱南羡是朱悯达从小看到大的胞弟，更重要的是，朱南羡手握西北领兵权。倘若朱南羡死了，西北兵权旁落，老七便再无后顾之忧。到那时，即便朱悯达顺顺当当地继位，七王也有实力率兵夺权。

昭合桥仿佛被血洗过一般，桥上桥下都是断首残肢。

他们竟没留活口？

朱悯达只觉浑身的血一下冲到了头顶，厉声问道："谁干的？"

下头跪着的有四人，早在朱悯达来之前，覃照林便将盔甲里头的外衫脱给了苏晋，虽大了一些，好在让苏晋换回了男装。

朱南羡垂眸道："是我。"

"你？"朱悯达冷笑一声，"你有多大本事，本宫岂能不知？金吾卫不在身侧，你是自哪里召的天兵天将来杀这许多人？"

他的目光掠过朱南羡，落在苏晋的身上。他又是一笑，声音更冷了："本宫也是好奇，近来应天城的大事，怎么桩桩件件都离不了应天府的苏知事？"

苏晋跪伏在地，垂首不语。

朱悯达翻身下马，看了一眼跪在苏晋身旁的朱南羡，心知他此番险些送命，必然与这名知事脱不了干系，勃然大怒道："回话！"

"回太子殿下。"苏晋还未答话，跪在她另一侧的柳朝明朝朱悯达一拜，"苏知事是跟臣一起来的。"

朱悯达将目光落到柳朝明身上，冷冷道："左都御史这是什么意思？"

柳朝明是在提醒他，当日在宫前苑，已拿都察院的立场跟东宫买了苏晋一命？

朱悯达最受不得胁迫，却又不得不顾及长远。

他心里暗暗忍下一口气，转而问朱南羡："本宫在来的路上听说，你在马少卿府上瞧上了一名婢女，且将人抢走。那名婢女呢？没跟你一起吗？"

朱南羡抿了抿唇："这一路来太危险，我让她走了。"

"走了？"朱悯达再也忍不了他们三人言辞含糊，眉间涌出肃杀之气，"这暗夜深巷寂寥无人，区区一名弱女子，能走到哪儿去？插翅飞了吗？"一顿，又转头看向苏晋道："反是苏知事，莫名出现在此处，不得不让人生疑啊。"

他说着，忽然注意到苏晋身上的衣衫。

不对劲，这衣衫宽大，明显不是她的。也就是说，在自己来此处前，苏晋是换过一身着装的。

可究竟是什么原因，令苏晋要将衣衫换过才能见人呢？

朱悯达微眯起双眼，脑中仿佛崩起了两根弦，弦丝即将相接，马上就要发出铮鸣，可就在这时，长街另一头又传来一阵嘈杂的脚步声。

朱悯达回身一看，原来是沈奚带着一干去马府吃月酒的官员到了，为首二人便是吏部的曾友谅与曾凭。

沈奚率众官朝朱悯达拜下，余光扫了一眼跪在另一头的苏晋与朱南羡，心中微一揣摩，抬起头对朱悯达嘻嘻一笑道："太子殿下这回可要好生犒赏臣了。"

朱悯达以为他在为识破马府设局一事邀功，微一点头道："嗯，是该赏。"目光扫过众人，缓缓道："诸位平身吧。"

沈奚拍了拍膝头，又朝朱悯达一拱手，笑道："殿下误会了，微臣这回功劳大了，非但殿下该赏，十三殿下更该赏。"

朱悯达眉头一蹙："有话直说，别卖关子。"

沈奚应了声是，挑眉看向朱南羡道："敢问十三殿下，殿下可从马少卿府上讨走了一名婢女？"他说着，也不等朱南羡回答，将身形一让道，"你看看这是谁？"

从沈奚身后走出一名婢女，青丝拂肩，身姿婀娜，但朱南羡并不认识。

朱南羡愣了愣，这是要让自己指鹿为马？

沈奚面色平静，似是提醒一般，问道："这可是你方才抢走的那位？"

朱悯达的目光扫向朱南羡："是她？"

朱南羡沉默了一下，垂眸道："是。"

沈奚道："十三殿下也太不会怜香惜玉了，这长夜深巷，怎么叫姑娘家一个人走？还好这是撞上了我，否则叫哪个歹人瞧见，殿下岂不要痛失所爱了？"

话音一落，那名婢女袅袅婷婷走到朱南羡跟前，轻声唤了句"殿下"，随即朝他拜下。

朱南羡不由得看了眼沈奚，见沈奚趁朱悯达没注意，朝自己眨了眨眼，只好"嗯"了一声，伸手将婢女扶起来。

朱悯达见此情景，心中略感宽慰，道："也好，你既喜欢她，那便查一下她的身家背景，只要清白，就先收在你的府上做个侍妾吧。"

朱南羡垂眸站着，半晌才说了个"好"字。

朱悯达看了一眼立在一旁默不作声的苏晋，语重心长地对朱南羡道："当年母后仙逝，你为她守孝三年，又去西北领兵五年，实在是耽误得狠了。去年开年，你皇嫂为你挑了两名侍妾送去你府上，听说今年你一回来就把人送走了？这像什么话！你好歹是皇子，是本宫的胞弟，再不成亲该要叫天下人笑话了。本宫已让你皇嫂帮着挑选佳人，今日事毕，你就回东宫住，你皇嫂自会领人给你看，有喜欢的，不说扶正，可先收为侧妃，嗯？"

朱南羡一时竟说不出话来。他很想转头看一眼就站在自己身旁的苏晋，但是明白哪怕这么一个微小的动作，也许都会害了她。

朱南羡从来都是直抒胸臆，坦率而直白。然而此刻，他双手紧握成拳，将心中的念头全压了下去，生平第一回隐忍不发地答道："全凭皇兄做主。"

其实朱悯达这番话有两层意思，一是朱南羡确实该成亲了，但更重要的是，大随实行封藩制，朱南羡只有成亲，才能正式授藩。

老七这厢算是欺负到他堂堂太子的头上来了，他若再不紧着为十三培养势力，让十三长成自己的左膀右臂，日后的祸患只会更多。

所以他当着这么多人的面提朱南羡的亲事，意在道明十三不日后将是坐拥一方的藩王，看谁还敢再招惹十三，招惹东宫！

这时候，长街另一头又浩浩荡荡地走来一批人马。

朱悯达侧目一看，除了自己带来的羽林卫，竟还有卫璋的锦衣卫，最稀奇的是，当先一人竟是十四王朱觅萧。

朱悯达在心中冷笑，老七躲着不出面，没承想招来这爱凑热闹的傻子。

十四殿下朱觅萧是当今皇贵妃之子，年纪虽轻，气焰却高，仗着先皇后故去，其生母乃后宫之首，把自己当成了半个嫡皇子，夺储的念头可谓司马昭之心，路人皆知。可惜他本事太小。

朱悯达淡淡地问："你做什么来了？"

朱觅萧眉梢一挑："皇兄这话问得可太不近人情了，皇弟听说十三皇兄有难，特意赶来搭救。"说着看向朱南羡，仿佛大大地松了口气，"还好十三皇兄大难不死，皇弟这才好回去睡个踏实觉。可惜皇弟是睡好了，这宫中有人要整夜整夜地睡不着了。"言语间直指七王朱泽微。

朱南羡自小烦他，觉得与他多说一句都是白费唾沫，自是不理。

朱悯达道："你来搭救十三，就是这么赤手空拳来的？"

朱觅萧歉然道："大皇兄教训的是，赤手空拳是不妥，奈何皇弟手下无人马啊。"他"啧啧"两声，目光从柳朝明扫到卫璋，再扫到沈奚身上，"再说了，皇兄哪里用得上我？都察院、锦衣卫、户部，还有户部沈侍郎身后的刑部，这朝堂里势力最大的衙门几乎都在皇兄的手里了，当真令人生畏啊。"

朱悯达听了这话，心中一紧。

是了，锦衣卫是怎么来的？

他这么想着，目光便落到卫璋的身上。长街深处，卫璋一身飞鱼服，负手端立，如刀削的脸上没有丝毫表情，冷漠寡言。

这么一个人，应该是从来不听命于任何人的。也正因为此，皇上才命他做了锦衣卫指挥使。

可为何今夜他会赶到此处，跟羽林卫一起抵抗拦路的东城兵马司呢？

且不说锦衣卫究竟是不是来帮他的，就算是，父皇知道了会怎么想？可会觉得自己势力太大，还未继位就染指了他的王座？

朱悯达越想越心惊，他与七王这一役原已必胜，锦衣卫一来，却将已倾斜到他这方的秤杆子彻底压垮了。

朱悯达思及此，也不顾朱觅萧嘲弄的神情，当即对卫璋道："敢问卫大人是从哪里得到消息，才能及时赶来此处的？"

卫璋面上仍没什么表情，拱手道："回太子殿下，镇抚司在查士子闹事案，恐再出岔子，在应天城各处布了暗线。今夜此处异动，末将便来了。"

这虽也说得过去，但一切毕竟太巧了。

朱悯达想要细想，却没什么头绪，心中将今夜之事理了一遍，决定从头查起，便对羽林卫指挥使伍喻峥道："将马府上上下下搜过了吗？可有什么可疑的？"

伍喻峥一拱手："有。"当下抬手一招，身后的羽林卫带出三人。

苏晋抬眸一看，心中大震。这三人分别是她在马府后院见过的媛儿姐、嬷嬷和管事老仆。

伍喻峥道："回殿下，属下已按殿下的吩咐在马府的后院找到了此三人，他们都称见过被十三殿下带走的婢女。"

朱悯达略一点头，忽然抬手指向苏晋："那你三人且去认一认，之前被十三殿下带走的婢女，可是此人？"

三人闻此言，纷纷应是。

嬷嬷和管事老仆借着羽林卫的火把看清了苏晋的脸，诚惶诚恐地又朝朱悯达拜下，道："回太子殿下，正是此人。"

朱悯达目光阴沉，看向媛儿姐道："你也去认一认。"

媛儿姐垂首应了声"是"，缓步走到苏晋跟前认了认，然后对朱悯达盈盈一拜："回太子殿下，奴家在马府后院确实见过此人。"

朱悯达寒声道："所以，今夜马府拿你做局，就是要诱此人前来，对吗？"

媛儿姐看苏晋一眼，点头道："应当是。"

朱悯达的目光扫向伍喻峥，伍喻峥会意，继续审道："先前在马府，你与此人本一同被关在柴房里，之后你为何一口咬定是一名婢女把此人放走了？"

媛儿姐哭泣道："大人明鉴，那都是权宜之计。奴家若不咬定是婢女将此人放走的，马府那些人便会怀疑奴家，他们会打死奴家的。"

朱悯达扯起嘴角一笑："你倒机敏。"又问，"这么说，是你趁着那名婢女来柴房送药之际，将此人放走的？"

媛儿姐听了这话却摇了摇头，双目注视着苏晋，忽然没头没脑地问了一句："公子怎么会在这儿？"

苏晋本以为媛儿姐出卖她了，听到这句才反应过来——

媛儿姐不知发生了什么，唯恐说谎被识破，反而害了所有人，所以才说了一大半真话，直到听到太子的最后一问，猜到他是疑心苏晋假扮婢女，才故意抛出一问，让苏晋自己将这个谎圆回去。

苏晋心想，还真不能小觑这名在风月场上叱咤数年的女子。

苏晋正要回答，那头沈奚忽然"啊"了一声，抬起折扇指向苏晋，问嬷嬷与管事："你二人既是马少卿府上的，今夜以前，见过他吗？"

二人面面相觑，均摇了摇头。

"这么说，除了今夜见过一回，你们其实是不认识他的。"沈奚收回折扇，往掌心里一敲，"既然不认识，你们为何让他去宴堂上陪酒？府里多了个生人，且还是个男扮女装的公子，你们就不曾起疑？这说不过去啊。"

嬷嬷与管事老仆连忙跪下道："回禀这位大人，今日府上摆宴，除了我们府内的人，还有从外头请来的几名厨子、婢女，我们只当这位公子也是从外头请来的，所以没有多想。"

沈奚一笑道："马少卿是光禄寺少卿，光禄寺是做什么的？掌理祭祀、朝会、筵宴、宫廷膳馐之事。你说别的府办家宴从外头请人，本官信，你说马少卿请人，"他负手冷笑道，"是真当本官没见识吗？"

他这副神色令嬷嬷与老仆心下骇然，他们忙不迭地道："大人明鉴，草民等绝不敢欺瞒大人。"

沈奚其实知道马府从外头请了一拨人帮忙摆宴。

不，说是"请"还不尽然，应当说，这一拨人乃是曾友谅硬塞进马府的。若没了这几个"外人"在后厨内神不知鬼不觉地下毒，曾友谅如何将谋害十三殿下的罪名赖在马少卿身上？

如今东窗事发，马府里那几个"外人"早已消失无踪，而下毒的酒具也被销毁了。

沈奚正为此苦恼。沈奚虽将曾友谅堵在了马府，却找不出他毒杀朱南羡的证据，奈何他不得。毕竟，吏部的曾尚书是七王手下最紧要的爪牙，只要除了他，就能大大挫伤朱沢微的元气。

但沈青樾生来一副七窍玲珑心，若想定谁的罪，便是没有证据，也一定要编出一个证据。

眼下正逢一出大戏，就看场上有没有人能闻弦音而知雅意了。

朱悯达听了沈奚的话，没什么反应。

伍喻峰转而问媛儿姐："苏晋在此处，你为何觉得奇怪？不是你将他放走的吗？"

媛儿姐一时不知怎么接话，只得咬牙胡乱道："回殿下的话，奴家没有放他走，他……他一直躲在柴房的草垛子里。"

朱悯达眉梢一挑："哦，那么本宫倒想知道了，一直躲在草垛子里的苏知事为何会凭空出现在城南呢？"

柳朝明道："回太子殿下，是臣命巡城御史将她带来城南的。"

他左臂上的血稍止，脸色与唇色都苍白不堪。

朱悯达一眼扫来，瞥了眼他左臂上的伤，毫不在意地道："哦，本宫忘了，柳大人一贯有未卜先知的本事。"

柳朝明道："殿下误会了，臣早知苏晋在私查一名贡士的失踪案，此案牵扯复杂，更像与之前的士子闹事案有关。事关重大，臣于是派了巡城御史一起追查，竟也查到了马少卿的府上。"

朱悯达问："柳大人既早知此事,凭大人百官之首的身份,为何不直接命御史进马府搜查证据,反而要来城南呢?"

这时,苏晋道："回殿下,是微臣让柳大人来的。"

朱悯达冷哼一声,并不理她。

苏晋垂下眸子,心中飞快地将方才沈奚的话、媛儿姐的话与柳朝明的话细细咀嚼。

媛儿姐的话,证明她曾出现在马府柴房,并一直躲在草垛子里;柳朝明的话,意思是她躲入草垛子后,被一名巡城御史寻到,随后被带到城南。这些是事情的首尾,但一个谎要圆过去,除了有完整的首尾,还该有合理的缘由。

沈奚的话,便是告诉了她这缘由该是什么。

沈奚借着质问嬷嬷与管事老仆,提醒苏晋今夜在马府后厨帮忙的有两拨人,其中从外头请来的一拨,就是给十三殿下下毒的。

今夜之局是宫中七王朱泽微所设,意在借媛儿姐引来苏晋,再借苏晋诱杀朱南羡。如今太子与七王势如水火,朱悯达之所以这么迫切地赶来此地,除了保朱南羡安全,最重要的是想借此局反将一军,拿住朱泽微的把柄后,在景元帝面前狠狠地告朱泽微一状。

这个把柄,就是七王害朱南羡的证据。

可七王心思缜密,毒酒、毒盏早已被销毁,下毒的人更是无迹可寻。

朱悯达此番可谓是白忙活了一场,这才是他如此恼怒的真正的原因。

沈奚提醒苏晋有人给朱南羡下毒的事,就是为了告诉她,她一个从八品知事为何出现在此、究竟是什么身份,对于朱悯达来说根本无足轻重,且哪怕她眼下将谎圆过去,凭东宫之能,事后也能将此事查个水落石出。因此她若想活下去,唯有一个法子,就是把自己变成一枚有用的棋子,一枚能够证明今夜有人毒害朱南羡,泼七王与曾友谅一身脏水的棋子。

苏晋道："回太子殿下,诚如柳大人所说,微臣一直在追查一名故友的失踪案,今查到马少卿府上,本欲找寻月楼的媛儿姐问明线索,谁知躲在柴房的时候听到外头有人说,十三殿下去了城南,又要人去追。微臣感觉大事不好。之后巡城御史来搜府,微臣便将这个消息告诉了御史,随后与柳大人一起来了城南。"

"哦?"朱悯达听了这话,似有疑虑。

苏晋似是仔细地回想了一番,道："微臣当时还听到有人说,他们是奉了吏部那位大人之命,今夜便要杀了十三殿下,不成功便成仁。"

朱悯达听了这话,冰冷的眸子里总算浮现一丝松快之色。

是了，这就是他今夜的目的。

苏晋的生死他才不在乎，但倘若能以苏晋为"饵"诱出她背后的钓鱼人，抓住老七害十三的证据，老七这回不死也要脱一层皮了。

曾友谅听了苏晋之言，怒目圆睁。他先看向沈奚，又看向柳朝明，最后看向苏晋，想不明白这番七拐八绕的问话，怎么矛头一转就直指向他了呢？纵然是他指使人给朱南羡下毒，但苏晋的话是胡编乱造、纯属栽赃！

曾友谅指着苏晋道："你……你血口喷人！老夫若知道十三殿下遇险，救他都来不及，怎会加害于他？"

苏晋看着曾友谅，淡淡地道："大人这么急做什么？下官说是大人害了十三殿下吗？下官说的是吏部的一位大人。吏部上上下下，难道只有你曾尚书不成？"

沈奚道："也是，算上曾凭，今夜赴宴的也不止曾尚书您一人啊。"他持扇拱手，向朱悯达请示道："太子殿下，既然有证人在，曾尚书与曾郎中怕是暂且洗不清嫌疑了。依微臣看，全拿了吧？"

朱悯达微一点头，抬手一挥。

羽林卫一左一右分将曾友谅与曾凭绑了。

朱悯达厉声吩咐一句："带走！"然后看了一眼沈奚与朱南羡，道："十三、青樾，你二人随本宫回宫。"

羽林卫很快牵了两匹马来。

朱南羡低垂着眸子走过去。

天就要亮了，这一夜死生之劫，他虽能护她自昭合桥的血雨腥风中险险求生，却无法在云谲波诡的乱局中为她求得一片安宁。

他分明是这局中人，却像一个局外人。

朱南羡一言不发地翻身上马，终于还是忍不住回过头来，看了苏晋一眼。

苏晋也正抬起眸子，朝他望去。

二人四目相对，朱南羡微微一愣，别开视线，打马离去了。

朱悯达一走，朱觅萧与众臣看完这一场大戏，也互相作别走了。

此时已近破晓时分，应天城仿佛浸在一片暗色的水雾里。

方才朱悯达问话，柳朝明脑中的弦一直紧绷着，竟没顾及上左臂上的伤，直至此时，痛感才忽然传来。他闷哼一声，因失血太多，险些没能站稳。

苏晋要去扶他，却被他退让一步，避开了。

柳朝明扶住左臂，目光深沉地望着街巷深处，问道："名字。"

苏晋沉默了一下，道："姓谢。"

果然。

难怪老御史看了苏晋的《清帛抄》后，指着其中一句"天下之乱，由于吏治不修；吏治不修，由于人才不出"说："此句有故人遗风。"

难怪当年老御史只见了苏晋一面，便拼了命，舍了双腿也要保住她。

原来她并非只有故人遗风，根本就是故人之后。

柳朝明这才偏过头看她，又问："叫什么？"

苏晋的眸中闪过一丝惘然，她低声道："我没有名，只有'阿雨'一个小字。阿翁从前说，等我及笄了会为我起一个好名字，可惜，"她一顿，"没有等到。"

柳朝明心中一沉。

都察院的小吏赶了马车来，站在长巷尽头等他。

柳朝明轻轻地"嗯"了一声，便不再管苏晋，朝马车走去。

他有些惘然。他这一生从未亏欠过任何人，除了五年前有负老御史所托。

可这个托付的真相竟如此荒谬。

他承诺过要守她一生，原本以为只是在云谲波诡的朝堂为她谋求一方立足之地，教她循着老御史之志，一步一步立心、立命，做一名守心如一的御史，却未承想到她是个女子。

她是个女子，他要怎么去守？

柳朝明的心仿佛涨了潮的孤岛，他每走一步，便有一个念头起，一个念头落。

他十七岁进都察院，只愿承老御史之志，拨乱反正，守心如一。在他的印象中，唯一跟他走得近的女子，是老御史的孙女。故皇后去世前，老御史做主，为他与其孙女定了婚期。那是个面容姣好的女子，他只跟她说过两回话，连她究竟长什么样也记不清了，只记得还未迎她过门，她就患急症过世了。

柳朝明帮老御史料理完其孙女的后事，站在白幡满目的府邸内，忽然想，这样也好，他本就是寡淡之人，此一生，做好御史这一件事便好。

他一直觉得这样就好，直到老御史去世。

老御史临终时说，苏时雨这一世太难太难了。

他还说，你一定要找到她，以你之力，守她一生。

柳朝明心头蓦地一震。他顿住脚步，回过头去，只见苏晋一个人站在桥下，望着满是残首断肢的桥头，不知在想什么。

他从前一直觉得她这副样子实在是自淡漠里生出了巧言令色的花头，可眼下看去，她却像是苦中作乐、自顾冷暖。

他觉得她孤零零的。

柳朝明蓦地转身走过去，一把拽紧苏晋的手腕，不等她反应，道："跟我走。"

第九章　只向明月

这日芒种休沐，没有廷议，不必赶时辰。

朱悯达一行人进入皇城已是天明时分。朱悯达遣走羽林卫，命朱南羡与沈奚跟着，一起往东宫走去。

不远处，奉天殿的宫婢正在灭灯，爬上长梯拿竹竿微微一钩，挂在檐下的灯笼就被摘了下来，远远望去，好像一颗颗星辰跌落。

朱悯达侧目看了眼跟在身后的朱南羡，问："那些锦衣卫，是柳昀召来的？"

朱南羡没有作答。

朱悯达冷哼一声道："朱沢微想杀你已不是一天两天了，他筹谋许久布此一局，请来的暗卫必定不是等闲之辈，南城兵马司不过一群草莽，如何与他们抗衡？再者，昭合桥头的断首残肢刀口利落，除了锦衣卫，还能是旁人干的？"他说到这里，脚步一顿，负手面向宫楼深处，缓缓问道，"那个苏晋……是个女子？"

朱南羡蓦地停住脚步，双手倏然握紧，却强忍着心中突生的愕然，没露出一丝情绪。

朱悯达颇意外地扫了他一眼，淡淡地道："不错，有长进。"

早在沈奚凭空带来一名婢女时，他就猜到苏晋是女子了，联想到她这夜换过衣衫，以及之前在宫前殿偏房，十三为她拼死抵门不开……

朱南羡是跟在他身边长大的，旁人瞧不出异常，他能瞧不出？

若非有天大的秘密要瞒着，凭十三的个性，怎么肯在那许多人面前应了亲事？

朱悯达又看沈奚一眼："你也知道？"

沈奚一本正经地道："不知道，但姐夫这么一问，微臣恍若醍醐灌顶。"

朱悯达知道他又在要花腔，懒得理他，再一想，沈青樾虽强词夺理地为苏晋打了掩护，但确实没看错人。这个苏晋实在聪慧，当即便猜到沈奚的目的，硬是把自己说成了一个证人，将脏水一股脑儿全泼在七王手下的吏部官员身上，如此摇身一变，变成自己手里一枚必保的棋子。

否则，他才不管苏晋是男是女，左右是一只无足轻重的蝼蚁。

朱悯达想到这里，吩咐沈奚道："昨夜之局，虽被你一通胡话圆了过去，但马府的守卫、奴仆，知情者甚众。苏晋究竟是不是老七谋害十三的证人，究竟是跟十三从马府出来的，还是被柳昀的巡城御史带出来的，有心人稍一打听便能发现端倪。你且理一理你的说辞，按照这个说辞去办，将那些知道了不该知之事的人处置了。"

沈奚面色微微一变，低声应了句："是。"

可过了一会儿，他却道："姐夫，这回士子案闹得这么大，一定是朱沢微在背后唆使所致。苏时雨那名失踪了的故友八成是意外晓得了此案的内情，才被朱沢微的人视作眼中钉。我们何不帮苏时雨一起追查晁清的下落？倘若找到了，一来，晁清可作为证人，证明朱沢微鼓动士子滋事，诬蔑裴阁老与今科士子舞弊，挑唆南、北两地的关系；二来，还可为裴阁老、晏子言与今科士子平反……"

"荒唐！"不等沈奚说完，朱悯达勃然斥道，"南、北两地士子的文章差异为何如此之大，你难道不知道？那是立朝之初诛北人埋下的祸根！北方士子本就不平，早已开始闹了，朱沢微鼓动人滋事，不过是借着这个契机火上浇油罢了，之后要斩士子、杀朝臣，都是父皇的旨意。本宫若去寻那个晁清，堂而皇之地参一本上去，驳的是这几十年来治国平天下的父皇的颜面。你说到时候是朱沢微遭殃还是本宫遭殃？"

"再者说，朱沢微这么大费周章，不过是想借今年春闱，拔除翰林院那几个支持本宫的老学究。如今父皇杀心已定，本宫再做挽回已是徒然，倒是昨晚这一出……"朱悯达的语气缓下来，"朱沢微不是想借父皇之手除掉几个翰林老臣吗？正好，本宫倒要看看他之后怎么跟父皇解释曾友谅设局伏杀十三的事。只怕到时，即便曾友谅不死，曾凭也别想活着。吏部掌人事大权，曾家叔侄没了其中任何一个，我倒要看看是本宫心疼，还是他老七心疼。"

朱悯达这么说着，又在心里琢磨：如今在宫中的皇子，十四虽是个蠢货，但最擅长两头挑拨，目睹了这场大戏，回头一定会跟老七说。老七看着柔善，实则阴狠缜密，可不是个省油的灯。等这两日过去，士子舞弊案了结，自己跟老七还有一场硬仗要打，势必要计划周详了。

朱悯达思忖间已至东宫。初夏之晨，东宫宫苑花草繁盛，树木葳蕤。一行人还未走到正殿，就见一金钗宫装的女子疾步迎来，她身姿娉婷，容色倾城，右眼旁竟与沈奂一样有颗泪痣，正是太子妃沈婧。

沈婧眼底乌青，想必等了朱悯达一夜，迎上前来款款施了个礼，问道："怎么去了那般久？"再看一眼跟在朱悯达身后的朱南羡，又关心地问："十三可有伤着？"

朱南羡摇了摇头道："皇嫂放心，我没事。"

沈婧眉间忧色不减，正要嘱人备水备食，却被朱悯达抬手拦住。

朱悯达回过身，对着朱南羡与沈奂道："你二人跪下。"

朱南羡习以为常，双膝落地，直直地跪了。沈奂冲沈婧耸耸肩，跪在朱南羡身边。

沈婧与朱悯达青梅竹马，自小最心疼这两个弟弟，看他二人一夜未睡的疲倦模样，不由得温声劝道："殿下，这回就算了吧。"

朱悯达叹了一口气道："一个胡作非为险些丧命，一个企图瞒天过海，若不是看在你的面子上，本宫还该罚得重些。"

沈奂冲沈婧眨眨眼，劝道："二姐，我没事，姐夫今日火气大，只让我和十三跪几个时辰的确是罚轻了。你是没瞧见，方才在昭合桥，柳昀受了伤，血都要流干了，姐夫连看都不看一眼。"

沈婧微微吃惊，转头看了朱悯达一眼，朱悯达面色转寒，并不言语。

沈奂又笑嘻嘻地道："姐夫，柳大人可是柳家后人，是孟老御史的独传弟子，平日里连皇上都舍不得罚他，就说南北士子案，他与我一起谏言，我被打折了腿，他只被停了一个月早朝，您这回这么折腾他，怕是不大好吧？"

朱悯达知道沈奂这番话实则在问自己对柳朝明的态度。

他也懒得瞒沈奂，直言道："柳昀跟你不一样，你怎么想，本宫瞧得明明白白，但柳昀这个人心思太深，不能不防。本宫原以为经苏时雨一事，他愿意为东宫效力了，如今看来，他还不够尽心。本宫不知今晚的锦衣卫究竟是谁召来的，但韦姜既然在昭合桥头跟着他左都御史杀人，想必锦衣卫能来跟柳昀脱不开干系。

"今日本该是全胜之局，锦衣卫这一来，搅得两败俱伤。若换了旁人，本宫早命人将其千刀万剐了，正因他是柳昀，是都察院的首座，本宫才只给了他一个下马威。"

沈奚见他开诚布公，也挑明问："姐夫，那您觉得这锦衣卫果真就是柳昀召来的吗？"

朱悯达道："是，又不是。"

他背着手，悠悠道："柳昀此人，性情寡淡，于他而言，最好莫过于身处是非之外，这也是父皇如此看重他的原因。他若非当日拿都察院的立场跟本宫买了苏晋一命，今日也不必卷入这场风波。所以，锦衣卫来的背后，一定还有人。"他说着勾唇一笑，"也不难猜……宫中有十九位殿下，此人不是老七，若是老七，本宫的储君位早就是他的了；也不是十四，十四太蠢，卫璋不是傻子，怎会择十四做主子？余下的人中，有一个想躲在暗处韬光养晦。可他野心这么大，连卫璋都想收服，总有一天会跳出来。"

沈奚一脸拜服，道："姐夫真乃神人也。"说着做出五体投地之姿。

朱悯达冷哼一声道："收起你的花架子。"语毕，温声唤了一句"阿婧"，将仍忧心地看着朱南羡二人的沈婧的手置于掌心拍了拍，二人一起往正殿走去。

等朱悯达与沈婧的身影消失后，沈奚从地上爬起来，拍了拍膝头，又推了一把朱南羡道："喂，你不是真要跪上两个时辰吧？"

朱南羡没理他。

沈奚又道："你放心，姐夫最听二姐的话，等下二姐枕边风一吹，姐夫保管心软，从小到大哪回不是这样？"

朱南羡仍没理他。

沈奚双眼一弯，话正中要害："十三，苏时雨真是女子？"

朱南羡身形一震，转过头盯着他。

沈奚挑眉道："这个苏时雨真是奇了。"又怂恿道，"那我现在要去找她，你想不想一起去？"

朱南羡愣了愣，也站起身，低声道："不去，本王要回府了。"

沈奚自道边拔了一根狗尾巴草塞进嘴里嚼了嚼，看不惯他爱搭不理的样子，忍不住挑衅道："也好，你是该回府好好反思了，否则改日被指婚，诸事不由己，岂不万念俱灰？"

朱南羡身形一顿，头也不回地走了。

柳朝明不知该带苏晋去哪里。

他原想将她送回京师衙门，可转而一想，那里鱼龙混杂，她一个女子，如何自处？

他又想带她回都察院，但朱悯达定已猜出她是女子了，倘若东宫派人来将她带走，她又该怎么办？

柳朝明生平头一回如此瞻前顾后，思来想去不知如何是好，不由得望向苏晋。

她正掀了车帘往外看。

她身上的外衫还是覃照林的，麻布粗衣，十分碍眼。

也不知这些年她一个人是怎么过来的。

小吏帮柳朝明上好药，车夫探头进来问："柳大人，回都察院吗？"

柳朝明微一摇头："回府。"

至柳府，小吏叩开府门。

应门的老仆见了柳朝明，愕然道："大人回来了？"

柳朝明经年公务缠身，时常没日没夜地待在都察院，甚少回府，是以听了老仆这一声唤，府内顷刻就有人迭声问："大人回来了？"

伴着话音，从里头走出两名随侍，其中一人苏晋见过，是当日在大理寺风雨里给她送伞的那位，叫作安然；另一人身着素白长衫，五官清秀，与安然有几分像，大约是兄弟两个。

二人一起迎上来，却在看到苏晋的一刻同时顿住。安然诧异地问："大人，这是您……请到府上的客人？"

柳朝明淡淡地"嗯"了一声，吩咐道："阿留，你去给苏知事备一身干净衣衫。"

阿留称是，一脸好奇地想说什么，被安然一个眼神扫过来，只好领命走了。

安然问："大人要在哪里见客？"

柳朝明看了苏晋一眼："东院书房。"

柳府是素净的，大约因为主人不常在，府内连着下人统共不到十人，清幽寂静得实在不像官居二品的左都御史的府邸。

东院书房不是柳昀常用的书房，里头的纸墨都是簇新的。等柳朝明、苏晋入内，阿留已经把衣衫备好了，一袭月白直裰，凑近了还能闻到杜若的清香。

柳朝明看到衣衫，愣了一下。

阿留笑道："苏公子，您身形纤瘦，这是大人少年时的旧衣，小的拿皂粉洗过几回，年年都会用香熏一遍，公子放心穿。"

苏晋不由得看了柳朝明一眼，柳朝明却避开了她的目光。

苏晋犹疑了一下，应了声"好"，接过衣裳，转身去了隔间。

阿留跟在她的身后，殷切地道："苏公子，小的等会儿为你打水去吧？"

苏晋点了一下头："有劳。"

谁知阿留说完并不退出隔间，反而走上前去，要为苏晋更衣。

苏晋退开一步，愣怔地看着他。与此同时，外间传来一句"阿留"，柳朝明微蹙着眉，目光落在屋外，冷冷地道："出去。"

阿留没想明白，说道："大人自开府以来，除了沈大人及几个不请自来的客，这还是头一回将人带回府上。我与三哥自幼时跟着大人，知道大人生性寡淡、不爱热闹，但这待客之道，重在一个体贴热情，阿留却是懂的。"他说着又看向苏晋，殷勤地续道，"苏公子，您不知道，您可是大人头一回请来府上的人，是贵客。等下阿留为您更完衣，再为您打水，您身上穿的这身不太干净，阿留待会儿帮您洗了。对了，苏公子您喜欢吃什么？小的让刘伯去备着……"

他说起话来拉拉杂杂，没完没了，苏晋与柳朝明无言地看着他。

好在安然赶来书房，看到阿留的老毛病又犯了，一边拽住他的胳膊，径自将他往外拉，一边道："跟我出去。"

阿留道："哎，三哥，我还没说——"

安然探头进来跟苏晋赔礼："苏知事见谅，我四弟有洁症，又十分话痨，您多多包涵。"说着，一手捂了阿留的嘴，连推带搡地将他带走了。

柳朝明也出了书房，将门合上。

苏晋刚把外衫解开，就听到外头阿留的声音又响起："不是，柳大人，您怎么也出来了，不就换个衣裳吗？……"

柳朝明冷冷地道："找东西把他的嘴堵了。"

安然道："是，一定堵，堵一整日。"

少顷，苏晋换好衣裳，推门出去。

柳朝明负手站在一棵女贞树下，细碎的白花缀满枝头。他身着朝服，长身玉立。

听到开门声，他回过身来，看了眼身着自己少年时的衣衫的苏晋，一时没有说话。

苏晋走过去向他一揖："柳大人。"

夕阳的余晖淡淡地铺洒在柳朝明的身上，为他本就十分好看的眉眼覆上一层光晕。他"嗯"了一声，问："你可想好日后怎么办了？"

苏晋微一摇头："不知道，走一步看一步吧。"

柳朝明这才看向她，片刻，问："为何要入仕？"

苏晋抿了抿唇，有些惘然："当年阿翁冤死，时雨心里不甘、不忿，一门心思想要为他讨个公道，讨回清白，是以才苦读入仕，可惜……"她一顿，"后来明白了些世事，看懂了些人情，才知道所谓公允、清白、正义，有时候只是当权者蛊惑黎民的手段，它们只能存于天下制衡、万民一心的法则之内，否则，一文不值。"

柳朝明问："所以你便得过且过？"

苏晋笑了一下："也不算，我既选了这条路，说什么也要走下去。那时已入仕，便一心想着把眼前的事做好。"

柳朝明点头道："脚踏实地，且顾眼下，也不失为一种生存之道。"然后他忽然问苏晋，"你幼时可曾听说柳家？"

柳家乃大儒世家，自前朝一直屹立不倒，数百年间出过无数将相王侯，虽也有在争权中流血牺牲的，但家族根深叶茂，从未伤及根本。

苏晋知道柳朝明问的柳家乃杭州他一支。谢相的挚友孟老御史在兵起年间曾在柳家任师，谢相也曾去柳家做客，颇受柳老先生敬重。

苏晋道："听说过，但幼时只知柳昀，不知柳朝明。"

谢相当年去柳府做客，见过柳昀一面，回来后对苏晋的原话是："柳家有子，自字为昀，其人如玉，光华内敛。"

柳朝明问："你当年落难，为何不来柳家求助？"

苏晋低声一笑："当年落难，目睹至亲之人被残害致死，是谁也不能信了，且蜀中离杭州千里，我彼时不忿，只求苦读入仕为阿翁洗冤，该要如何去？"

柳朝明默然片刻，才问："你……在朝中还什么心愿未了？"

"大人这话是何意？"苏晋一怔。

柳朝明径自往下说道："想找到晁清？想杀曾凭和曾友谅以报他二人当年加害你之仇？还是想为谢相洗冤？"他顿了顿，"这些我可以替你去做，但你……必须离开。"

苏晋不解："大人要我去哪里？"然后她似有所悟，"大人要我离开京师，离开这个是非之地？"

她垂眸笑了一笑："可是我离开了又能怎么样？我已孑然一身，在何处不是打发余年？天下之大已无归处，我还不如留在这个是非地，做一些力所能及的事……"

"你可以去杭州。"柳朝明打断她，避开苏晋的目光道，"我的故乡。"

"去杭州？大人的意思，是让我去柳家的学府谋生？"苏晋微微一怔，"大人图什么？是因为老御史临终前，大人承诺过要照顾我？"

柳朝明不知应当怎么答，觉得是，但一时间又觉得不像是，思绪像纷纷落地的雪，沾地即化，杳无踪迹。

"你身为女子，假作男子入仕已是离经叛道，难道还要在此处越陷越深？"柳朝明说着叹了一口气，"昨夜之局，你已卷入太子与七王的争斗之中，以为这就算完了吗？朱悯达现已猜出你是女子，以他的性情，定会利用这一点再做文章，否则，你与他有恩怨在前，他势必诛之而后快。朱泽微也非等闲之辈，你的身份如果叫他知晓，日后你更会步步艰险。若是太平盛世便罢了，可现在陛下已老，藩王割据，各方势力林立。西汉'七国之乱'、西晋'八王之乱'，历历在目。史鉴在前，党争愈演愈烈，少则一年，多则三载，整个朝堂必定如嗜血旋涡，无人能幸免。你也一样，若再往下走，势必深陷泥潭难以脱身，到那时若堕于万劫之渊，恐怕连我也难以保住你。"

风拂过，女贞花簌簌落下。

苏晋自这风中抬起眼，望着柳朝明道："我若走了，大人呢？当日大人在宫前殿已拿都察院的立场跟东宫买了我一命，而今我成了太子殿下的证人，大人却要送我走？那大人以后要如何在东宫与七王之间立足？"

"大人，你我都是浮萍之身，早在踏入仕途的那一刻，就已陷在这泥潭之中。时雨不盼独善其身，只愿坚守本心。"她说着轻轻笑了，"大人不是还问我，可愿去都察院，做一名拨乱反正、守心如一的御史吗？"

花瓣飘落在她的肩头，顺着衣衫滑下，跌在地上。

那是他年少时的衣衫，那时的他未及弱冠，意气风发，心怀大志。

她分明是个女子，他却像在她的身上，看到了彼时的自己。

柳朝明移开目光，目色沉沉地看着躺在泥地上的女贞花，轻声道："来都察院的事就此作罢。你只当我……没说过这话。"

苏晋微微一怔："大人？"

柳朝明却不应她，拂袖走向长廊，问道："安然，厢房备好了吗？"

安然自廊外探身出来："备好了，苏知事这就要去歇息了吗？"然后对苏晋一笑道，"小的这就带知事大人过去。"

柳朝明微微点头，余光看到苏晋在那株女贞树下默立了片刻，又朝自己深深一揖，随后跟着安然往厢房去了。

安然将苏晋带去厢房，又亟亟回到书房，看到柳朝明竟还站在长廊处，不由得上前道："大人，小的无能，没法为大人分忧，且还有一桩事，说出来怕更添大人愁闷。"

柳朝明皱眉扫他一眼："但说无妨。"

安然咽了口唾沫道："是这样，方才沈大人不知何时来了，猫在书房外听了半日墙脚，眼下正在正堂等着您。"

沈奚握着把折扇，正凑在正堂右墙下细细品一幅新挂上去的《春雪图》。

柳朝明一脸寒意地走进来，也没跟他搭话，走到案前沏了盏茶，才问："你来做什么？"

沈奚心中不悦。

朱南羡对他爱搭不理便罢了，柳昀也对他爱搭不理。合着他前前后后折腾一夜，竟里外不是人了？

沈青樾拿腔拿调："哦，我来替十三殿下把苏时雨抢回王府。"

柳朝明端起沏好的茶，并不吃，回过身看着他。

这是要端茶送客了。

沈奚的脸皮厚得像城墙，他非但不走，还大大咧咧地在八仙椅上坐下，懒洋洋地道："怎么，只许州官放火，不许百姓点灯？柳大人召来锦衣卫，将了东宫一军，我这'太子党'不也没当着太子殿下的面戳穿你？"

柳朝明听了这话，将茶搁下，在沈奚的左边坐下，悠悠道："沈大人是怎么看出锦衣卫是本官召来的？"

沈奚以手支颔，眨眨眼："我说是直觉，柳御史信吗？"

柳朝明侧目扫他一眼，轻描淡写地道："信，且本官还相信，在猜到朱十三带走的婢女是苏晋后，沈侍郎费心寻来一个替身，其目的仅仅是为了帮太子殿下泼七王殿下的脏水，并不是为了给自己留后路。"

沈奚微微一愣。

柳朝明此言可谓一语中的。

确实，沈奚早就猜出朱南羡从马府带出的婢女，除了苏时雨不作第二人想。

当时的情况下，只有两种可能，其一，苏时雨是男扮女装；其二，苏时雨本就是女子。

如果是第一种可能，苏时雨便没什么见不得人的，即便太子发怒，她大可以说出在马府的见闻，保自己一命。

如果是第二种可能，那她就犯了欺君之罪，朱悯达一定容不下她。这样的局面下，沈奚先找来一个婢女，帮苏晋在面上糊弄过去，她若足够聪慧，接下来便会借题发挥指认吏部，变成朱悯达手上一颗可用的棋子，如此东宫才会留她一命。

但无论是哪种可能，沈青樾都不用亲自出面指认吏部。

沈奚确实是站在太子这边的，但这多半是因为沈婧，否则凭沈奚的智慧，在这群王割据、各方势力林立的朝堂下，他未必不能如柳昀一样先作壁上观。

乱流之中，立场若站得太早太坚定，几乎等同求死。

昨夜沈奚早勘破马府之局，若真想将马府中七王的心腹一网打尽，大可以让羽林卫先锋先将马府围得水泄不通，什么下毒的、暗杀的，一个都跑不出去。

退一步说，就算有人跑了，沈奚都不用苏晋出面做证，只要一碗茶的工夫，就可以凑齐假的证人、证据、毒酒、血刀，然后一一摆在曾友谅跟前指认他。

但他不愿，他不要做这个出头鸟。

所以他让苏晋来。

这就是沈青樾，无论何时都会为自己留一条后路。反正在他看来，这里留一条缝，那里留一道口，凑在一起便是狡兔的三窟。

他的心思连朱悯达都未曾参破，却被柳朝明看透了。

沈奚"啧啧"两声，摇头道："柳昀，你知道我最讨厌你什么吗？你平时摆摆高深、装装莫测便罢了，我最讨厌你现在这副洞若观火、锋芒毕露的样子。"

柳朝明淡淡地道："彼此彼此，沈侍郎一步百算，更令柳某心折。"

沈奚凑近道："让我猜猜，柳大人今日的戾气为何这么重？"然后把折扇往掌心一敲，恍然道，"哦，可是因为我把苏时雨推到了风口浪尖上？"他往椅背上一靠，挑起扇子做指点江山状："你也不想想，她这样的身份，迟早要在刀山火海里蹚一遭。昨夜要不是我，要不是她够机敏，她指不定已经死了呢。"

话虽没错，听起来却不入耳。

柳朝明转头看着他，忽然道："沈侍郎今日这么心浮气躁，是太子殿下又命你杀人了？"

沈奚从来无所谓的神色在听到这一句后忽然变得冷厉，笑容一下便收了："柳御史气度高华，难道手上就没沾过血？"他负手起身，冷笑了一声，"大家都不干净，谁也别说谁。"

柳朝明平静地道："正是，沈侍郎自在帐中运筹帷幄，都察院的事……便不必管了吧。"

沈奚回过头来，双眼忽然一弯："柳御史所言甚是。帝王有帝王的制衡之术，我等臣子也该有自己的求存之道不是？"

二人达成一致，柳朝明这才问："说吧，你来是因为什么事？"

沈奚负着手，看向堂外的灼灼夏光，沉默片刻道："晏子言快死了，说想见苏晋一面。"

柳朝明一愣："还是没能多拖几日？"

沈奚嘲弄地笑了一声："陛下什么性情，你我岂能不知？这回宽限了两天，已是天大的恩情了。”

柳朝明点了一下头：“节哀。”

沈奚苦笑了一下，走到堂外，盯着浸在朝晖里的草木，懒洋洋地道：“有什么哀不哀的，跟我们一起长大、一起在翰林进学的许多人中，晏子言也不是头一个遭遇这种事的。我们每回尽力去求情，哪回真救了人？我只是没想到，旁的人或是被冤或是真出了岔子，终归有由头可寻，他从小心气最高，末了竟要死在这心气上了。”

他言语之间颓丧不堪，柳朝明不由得抬头看向他。

幼时在翰林进学，沈奚年纪最小却绝顶聪明，颇得晏太傅、文远侯喜爱，所以晏子言从小便嫉妒沈奚。

沈奚又是个“你既然讨厌我，那我更要气死你”的脾气，二人从小到大，不知打了多少回架，从泥地里打滚到对簿公堂，沈奚往东，晏子言便往西，晏子言说对，沈奚便说错。

外人一直以为他二人这是结下世仇了，直到发生南北士子一案。

晏太傅致仕后，徒留一个虚衔，晏家的两位兄长知道圣上乾纲独断，各上了本折子以后便没信儿了。没想到最后为晏子言奔波的会是沈奚，而沈奚连被打折了的腿都还没养好。

柳朝明问：“什么时辰行刑？”

沈奚道：“明日晨，在正午门。”

柳朝明道：“等等吧，苏时雨才睡下。”

阿留虽被堵了嘴，仍为苏晋备好了膳食，打好了热水。

苏晋奔波数日，终于能一洗风尘。

这一日她睡得格外沉。柳府内外弥漫着淡淡的杜若香，香气怡人，她入眠后连梦都没有。

苏晋这一觉从天亮睡到天黑，醒来时已是夜半。安然进来说户部的沈侍郎已在柳府等她一整日了，要带她进宫见晏少詹事。苏晋虽没想明白晏子言为何临行刑了要见她，但思及人之将死，并未推托，跟沈奚上了马车。

暗夜中，刑部大牢门口点着灯火，往下走是一条深长的甬道，两侧皆是牢房，黑漆漆的，偶有月光透过高窗照进来，能看到牢里关着的囚犯。

沈奚带苏晋从大牢的后门而入，一旁的刑部小吏举着火把引路。走到一半，沈奚忽然顿住脚步，递给苏晋一小坛杏花酿道：“你去吧，我就不去了。”

苏晋愣了愣："沈大人？"

火光与月色洒在沈奚的身上，他那双桃花眼低垂着，眼角的泪痣格外显眼。

他低低笑了一声道："其实他也没说一定要见你，只是听说你没从晏子蓁入手查晁清的案子，跟我提过一句想要当面谢你。"

苏晋道："这也是受沈大人所托。"

沈奚沉默片刻，似乎在想该说些什么，终是一叹："他一辈子清高，把尊严看得比什么都重，眼下落得这般光景却让我瞧见，想必觉得不堪。每回我来，他都要与我吵上一架，当是不愿再见我这个仇人了。"他又道，"你不一样，你与他相交不深，他快死了，有什么不愿与我说的，也许愿与你说。"

黑暗中只有火光，甬道深长，晏子言的牢房在尽头。

晏子言似在闭目养神，听到牢门的动静，蓦地睁开眼，看到苏晋，愣了愣道："是你。"然后他沉默一下，往苏晋的身后看了一眼，轻声问，"只有你一个人吗？"

苏晋还记得上回见晏子言的样子，他长眉凤目，白衣广袖，宛如古画里的魏晋名士。

而今再见他，苏晋几乎要认不出来了，他一身脏污的囚袍上遍布血痕，瘦骨嶙峋的样子哪里还有半分昔日的风采？

苏晋点头道："我来送少詹事一程。"说着进了牢房，将手里的酒坛放下，借着上路饭余下的酒盏，为晏子言斟了一杯。

晏子言接过酒，一笑道："多谢。"然后无不遗憾地道，"可惜前日受刑，不知怎么舌头坏了，已尝不出味道了，酒虽好，我却品不出是什么酒。"

苏晋道："是杏花酿。"

晏子言握住酒盏的手一顿，眸色黯下来，忽问："沈青樾果真没来吗？"

苏晋不知当说什么好。

晏子言笑了笑："他每年开春都会亲手酿几坛杏花酿，我这辈子从未夸过他什么，唯一的一回，大概是去年开春意外尝了他的杏花酿，说了一句'酒不错'。"

苏晋道："沈大人说，他每回来看少詹事，您都要与他吵一回，今日他就不在您跟前碍眼了。"

晏子言晃了晃手里的杏花酿，仰头一饮而尽，"哼"了一声道："我才懒得跟他吵，就是看不惯他每回来一副少言寡语的样子。他从小到大非要气死我的劲头到哪里去了？嬉皮笑脸、玩世不恭的劲头到哪里去了？我不跟他吵两句，只怕他会闷死。"

苏晋垂眸道："有些话我眼下提或许不应当，但清明如少詹事，不会不知圣心所向。倘若少詹事您不自请审查士子舞弊的案子，或者查了以后，立场站得模棱两可一些，也不至于如今日一般。"

晏子言笑道："这话沈青樾也提过，气极的时候，还嘲笑我非要跟他对着干，死了活该！诚然我最初的确是为了跟他对着干，才认定南方士子舞弊，自请查案，但是，"他一顿，语气蓦地变得十分笃定，"你若目睹这些士子之死，亲眼见了他们苦读一生的才华与希望被轻贱、被侮辱……你站在我的立场上，难道不该为他们讨回公道？'宁溘死以流亡兮，余不忍为此态也。'"

晏子言抬目注视着高窗一角，轻叹道："我晏子言，从小到大，天赋不及柳昀，智巧不及沈青樾，但从来坚守本心。对我而言，是就是是，非便是非，便是蒙受不白之冤又如何？我信逝者如斯，也信苍生民心，相信总有一天，青史会还我一个公道。"

这一刻，他虽一身脏污囚袍，但苏晋仿佛在他的眼神里看到了他昔日不可一世的风采。

她顿了一顿，轻声道："亦余心之所善兮，虽九死其犹未悔。"

晏子言愣了一下，忽然一笑，道："柳昀一直看重你，想必是想收你去都察院，你愿去吗？"

苏晋忽然想起柳朝明那句"你只当我……没说过这话"，摇了摇头道："我不知道。"

晏子言还要再说什么，牢门忽然一响，是时辰到了。

两名刑部的差役走进来，为他戴上脚铐，低声道："少詹事，请吧。"

晏子言点了一下头，拾起那坛杏花酿，为自己斟满一杯酒，起身走出牢门，却又回头道："为什么不？你胸怀锦绣，有经世之才，不如跟着他做一名拨乱反正的御史。这天下万马齐喑，终归要有人发出声音。但愿我死后，终有一日，有御史、有闲人，为我提上一笔，让晏子言、许元喆这样的名字能早日在青史中重见天日。"

然后他顿了顿，又是一笑："苏时雨，余处幽篁兮终不见天。"

路险难兮独后来。

悟道虽迟，幸而未晚。

甬道两端都有门，北端是入口，南端通往正午门外。

晏子言走到门口，忽然回过身，看向长道无尽的深暗处，举起酒杯高声道："斗了一辈子，这一役，可是我略胜一筹？"

火光幽微，暗处似有人在轻声叹。

晏子言一笑，仰头将酒一饮而尽，将酒盏置于地上，低声道："跟他说，今生做了一辈子仇人，累了，来世做知己吧。"言罢，再也不回头，大步流星地往午门走去。

苏晋看着他的背影。

她原认为晏子言高傲自矜，曲高和寡，现在看来是她错了——若一个人纵然一身枷锁亦能坦然无悔，当是名士无双。

行刑队带着晏子言渐行渐远，最终不见身影。

朝阳初升，沈奚不知何时提着杏花酿来到苏晋身边，轻声问："他方才……可有留话？"

苏晋点了一下头："少詹事说，与沈大人做了一世仇人，累了，来世，愿为知己。"

沈奚看着远处矗在长风中的巍峨宫楼，一时无言。

片刻后，他弯身拾起被晏子言置于地上的酒盏，斟满一杯杏花酿，对着宫楼无尽的风声处遥遥举杯，仰头一饮而尽。

苏晋作别了沈奚，往承天门走去，心中不断想着晏子言最后的话：但愿我死后，终有一日，有御史、有闲人，为我提上一笔，让晏子言、许元喆这样的名字能早日在青史中重见天日。

做一名御史，当真可以明青史、清吏治、洗冤屈吗？

得到宫门处，苏晋忽然身后有人唤了一声："知事大人。"

是在京师衙门赶车的杂役阿齐来了。

阿齐道："知事大人，周通判跟府丞大人打起来了，刘大人让小的在承天门这儿等您……"

苏晋心中有不好的预感，没等他说完，跳上马车问："是出了什么事？"

"小的也不清楚，似乎是跟知事大人收留的阿婆有关。"

苏晋怔了一瞬，脑中莫名像是有什么东西轰然炸开，不再说话，当即一扬缰绳，打马扬尘而去。

退思堂内乱糟糟的，案椅倒地，周萍一脸乌青，被两名衙差死死制住，却依旧目眦欲裂。

孙印德脸上也挂了彩，冷笑一声道："跟本官有关系吗？老太婆不知从哪里听说她孙子舞弊被抓，一直缠着本官为他洗冤，本官只好跟她说了实话。再说了，陛下的圣旨早就下来了，她的孙子也早死了，她七老八十的，活着也是拖累，本官说的不对吗？她孙子该死，让她跟着她孙子去也好，一了百了。"

此言一出，连一向圆滑的刘义褚也是脸色铁青，几乎要将手中的茶盏捏碎了："孙大人，老吾老以及人之老，说者无心，听者有意，你这么告诉她，跟撺她赴死有何区别？"

孙印德轻蔑一笑道："撺她赴死？她投河自尽，是本官推下去的？"

"你说什么？"

苏晋站在退思堂外，怔怔地问道。

然后她看了眼被衙差制住在地、满目悲愤的周萍，又看了眼一腔愁哀的刘义褚，蓦地折转身去，呕呕赶回自己的屋舍。

屋中雅静，比她前日离开时更干净一些，大约是元喆的阿婆为她收拾过了。

桌案上放着一双鞋垫，是阿婆比着她靴子的大小为她做的。

是了，当日她为了让阿婆住得安心，便请阿婆为自己纳了一双鞋垫。

苏晋紧紧地将这鞋垫握在手里，缓缓地吸了一口气，然后决然折回退思堂。

退思堂中，刘义褚与孙印德仍吵得不可开交，苏晋站在堂门口，轻声唤了一句："皋言。"然后问，"阿婆是怎么没的？"

周萍听了这话，目中的愤懑忽然化作无尽的哀楚，哑声道："怪我。昨日上午，我看到阿婆一个人出去，她走得很慢，一边走一边抹眼泪。我本已留了个心眼，还问她可是出了什么事，她说她只是想元喆了，没想到后来……"

"没想到后来，阿婆直至傍晚都没回来，我和皋言这才着人去找，却在淮水边找到她的尸体。"刘义褚转头盯着孙印德，终于遏制不住满腔怒意，接着道，"我与皋言本已为阿婆置好棺材，姓孙的竟不让我们把阿婆接回来，强行命衙差在城外找了个地方将阿婆的尸身匆匆扔了，把我与皋言绑了回来！"

孙印德厉声道："你还想接回来？不怕旁人以为是咱们衙门闹出命案了？明日不用上值了？"

"那你就任她暴尸荒野？"苏晋冷冷地注视着孙印德，厉声道，"孙印德，我将阿婆留在我的屋舍，不求你帮忙照顾，只求你能积点儿德，不管不问便好。你以马府之局把我支走，回过头来就是这么积德的？"

孙印德怒喝道："大胆！你小小从八品知事，竟敢对本官颐指气使，小心本官上奏朝廷，告你不敬之罪！"

苏晋冷笑一声道："你可以上奏朝廷，把我治罪又怎样？大不了是冤屈之人的名录上再添一笔。我倒是想问问孙大人，到底有何脸面告诉阿婆，许元喆是因舞弊而死、是该死的？"

孙印德道："苏晋，你不要信口雌黄。许元喆是圣上亲自下旨点名道姓的乱党，凭你一口一个冤屈，足以被判忤逆圣上，千刀万剐不足以赎罪！"

苏晋振袖负手，平静又坚定地道："此南北士子一案，元喆何其无辜？冤死的士子何其无辜？为公允二字牺牲的贞臣义士何其无辜？清白自在人心，纵有人背后作祟，纵皇天不鉴，鲜血四溅或可一时障目，却挡不住天下众生之口，终有一天，那些冤死的人都会得还清白，反是你——"她向孙印德走近一步，盯着他的双眼痛斥道，"你身为父母官，上愧于苍天，下负于黎民。贡士失踪，你怕得罪权贵不允我查；士子闹事，你避于街巷不出；血案再起，你为保自己不受都察院问责结党投诚七王，设局险险害死十三殿下！而正是今日，深宫之中尚有义士毙于刀下九死不悔，你却在这儿计较一个自尽的老妪会不会污了你的清白。你还有清白在吗？实在靦颜人世，行若狗彘！"

孙印德听到最后一句，暴怒道："你是什么东西，竟敢这么跟本官说话！不要以为背后有左都御史、十三殿下护着，你就可以为所欲为。你以为只有你有靠山？你大可以现下就去都察院投状告本官，且看看能否动得了本官！"

苏晋看他一眼，淡淡地道："不必，要惩治你，不假他人之手。"说着，她径自绕开孙印德，往衙门外走去。

孙印德嘲弄道："不假他人之手？你不过区区知事，本官看你还能掀起什么风浪。难不成还能爬到本官头上？哦，你怕是不知道吧，再过几日，本官就要高升了。"

苏晋脚步一顿，回过头来道："那就给孙大人贺喜了，另还盼孙大人记着，无论你用何种手段爬得多高，我苏晋总有一天定会让你跌下来，摔得粉身碎骨，给那些平白冤死的人陪葬。"

苏晋觉得自己从未有一刻像现在这样清醒而坚定。

幼时家破人亡的不忿与不甘在她见识过世态炎凉、宦海浮沉后化为乌有，只剩满心的惘然。哪怕那年被吏部构陷，她也凭着求生的意志，一步步从死人堆里爬出来。

如果说从前的执着与奔波只是为了心中的情与义，那么今时今刻，她仿佛如溺水之人攀上浮木，堕崖之人挽住藤蔓，跌跌撞撞地往前走，竟能看见浮光。

正如柳朝明所说，暗夜行船，只向明月，哪怕是蜉蝣撼树，哪怕会螳臂当车。

苏晋守在承天门外，也不知等了多久才见柳朝明的轿子从里头出来。

苏晋走上前去，站在道中央，拦了轿子。

安然命人停了轿，柳朝明走出来，看了眼苏晋，屏退了轿夫。

黄昏的天，有风吹过，夹道两旁荒草蔓蔓。

苏晋面向柳朝明直直跪下，垂着眸道："恳请大人，收时雨做一名御史。"

柳朝明本想拒绝，却在她的眉间看到了异乎寻常的决绝，话到了嘴边，化作一句："为何？"

苏晋道："太子既已知我身份，那我只有两种结果：一则，死；二则，留在朝中做一枚有用的棋子。"

柳朝明静静地看着她，轻声道："本官是问……为何要做一名御史？"

暮风拂过，苏晋自这风中抬起眼，眸光灼灼像是燎原之火："明辨正枉，拨乱反正，进言直谏，守心如一。

"大人之志，亦是时雨之志。

"今生今世，此志不悔！"

第十章　就藩南昌

孙印德的手下不肯透露将元喆阿婆的尸体抛于何处，苏晋、周萍与刘义褚在淮水边寻了一整晚，无功而返。

当夜，宫中来旨，着苏晋于翌日廷议后进宫，为光禄寺马少卿设局刺杀十三殿下一案做证。

苏晋临睡前将已有的线索理了一遍，除却她当日跟沈奚一唱一和往吏部身上泼的脏水，晁清失踪之事的确与七殿下手下的人脱不开干系，就看明日奉天殿上，媛儿姐的供词能交代多少内情了。

翌日天未亮，沈奚顶着一双乌青的桃花眼往东宫走去。

他跟柳朝明一样，被停了早朝，如今算是半个富贵闲人，只可惜，已连着几日没睡好。

他过了垂华门，还未进正殿，胳膊肘忽然被人从旁一拽。

沈奚一个趔趄，还未站稳，就看朱十七忽闪着双眼，一脸担忧地道："青樾哥哥，十三哥已在东华殿闷了两日，你能去瞧瞧他吗？"

沈奚心中不悦。

十七是自小就跟着自己与朱南羡厮混的，自己也算他半个兄长，怎么朱十三的愁闷这小兔崽子瞧得出，自己的愁闷他就瞧不出呢？

沈奚拨开朱十七搭在自己胳膊肘上的手，若无其事地道："应该的，你皇兄的脑子经年不用，打结得厉害，眼下能稍稍转一转，也是起死回生的功德一桩。"说着就要甩袖而去。

朱十七追着他走了几步，委屈地道："可是前日，十三哥本来都回王府了，听说子言哥哥的刑期定了，知道青樾哥哥在为子言哥哥的事奔波，又进宫来说要向父皇求情，这才被大皇兄拦下，禁足在东华殿的。"

沈奚顿住步子，看了朱十七一眼，轻飘飘地道："东华殿是吗？"

天蒙蒙亮，朱南羡一身玄色劲装，反手横持一把长刀，刀锋微转，在晓色中划出水一样的光。他足尖轻点，整个人如凌空之鸟，将刀倒刺而下。

一旁的兵器架上倒插着一排剑，都在这刀锋带起的风中发出铮鸣。

沈奚抄着手，倚着游廊柱子看着他，戏谑道："喂，这一招叫什么？平沙落雁？"

朱南羡偏过头看了他一眼，没说话，刀柄在掌心转了个满月，又提着刀纵劈而下。

沈奚"嗛"了一声。

十七在一旁解释："青樾哥哥，你又不是不知道，十三哥每日早上练武的时候都不理人的。"

沈奚郁闷不堪。他是本着好心才跟十七过来瞧一眼十三的，没承想人家好好地练武泄愤呢。头脑简单的人真好啊。

沈青樾一不痛快就要拿人开涮，非得把人涮得比自己还不痛快了才能舒服。他抄着手在游廊里走来走去，并指拈起兵器架子上的一本《中庸》，道："喂，你现在悔过了？开始刻苦求上进了？你知不知道这本书我六岁就倒背如流了？"

朱十七赧然道："青樾哥哥，这本书是我念的。"

沈奚将书扔给朱十七，坐下来，跷着二郎腿，又对朱南羡道："我以为你在府里闷了两日，能有些长进，没想到你还是在修莽夫之道。"

朱南羡纵刀如流星，自刀锋里看了他一眼。

沈奚觉得朱十三真是油盐不进，"哼"了一声道："你这么下去，下回被谁暗杀了都不知道。"

朱南羡嘴角微微一弯，忽然伸刀在一旁的兵器架下钩过，抬手往上一挑。

数把长剑忽如剑雨一般朝沈奚飞去，其中一柄雪刃直奔沈奚的面颊，在堪堪擦到鼻尖的一瞬被一柄刀鞘微微挡开。刀鞘带着刃身在空中打了个转，斜斜滑下，削落沈奚右肩处的一缕发。

沈青樾的额间有冷汗慢慢滑落。

朱南羡收刀入鞘，回身扬眉，明亮的眼里含着笑意："怎么样，被本王这么一吓，你心情可好些了？"

沈奚面无表情地抽出折扇摇了摇，吐出两个字："无聊。"

朱南羡将刀递给候在一旁的十七，沉默片刻，忽然道："沈青樾，你还记不记得，几年前有人要杀你和你三姐，是我赶到救了你二人。"

沈奚挑眉："怎么，要讨债？"

朱南羡点头道："我知道你有办法，你教我，我该怎么不纳妃就赴藩？"

沈奚盯着他看了一会儿，"啧啧"两声："你图什么？为了苏时雨？"

朱南羡不置可否。

沈奚抄着手道："罢了，谁让我欠你一个人情呢。那你听好了，今日正是最好的时机……"

待到辰时正刻，苏晋已在墀台上候审了。

今日的审讯不同于往常，事关皇子、国体，都察院柳朝明、刑部沈拓、吏部曾友谅、光禄寺马少卿等人已在奉天殿里头面圣大半个时辰了。户部沈奚姗姗来迟，半刻前才进去。

俄顷，墀台另一端又走来四人，正是太子朱悯达、七王朱沢微、十三王朱南羡与十四王朱觅萧。他们分别身着明黄、浅朱、深紫、竹青颜色的袍服。

上有苍天茫茫，下有宫阁长风，四人风姿威仪，各有不同。

朱悯达不可一世，眉目端肃；朱沢微五官阴柔，眉间一点朱砂；朱南羡剑眉星眸，英姿勃发；朱觅萧白肤秀目，眼中却带有一丝轻慢。

但到底是皇子龙孙，四人一同走来，气度皇皇，仿佛这天地之间只能容得下他们一般。

奉天殿殿前内侍与虎贲卫侍卫长同时高唱道："跪——"

一时间奉天殿延至墀台，数百人齐齐跪地。

四人来到殿前，一名内侍从殿内退出来道："禀太子殿下、三位殿下，陛下还在问左都御史与沈尚书的话，请殿下们稍候片刻。"

朱悯达淡淡地道："知道了，你去吧。"

内侍跪下磕了个头，弯着腰退回了奉天殿。

朱觅萧叹了一声道："十三皇兄，皇弟我真是好妒忌你呀，你说从小到大咱们这些兄弟，有摩擦是常有的事，互相打一架、斗斗嘴便算了，怎么每回轮到你，父皇就这么上心呢？"

朱悯达乜斜他一眼，轻蔑地道："你既然从小妒忌十三，怎未跟他学半点好？"

朱觅萧"啧啧"两声："学什么？胸无城府，还是直来直去？没办法，皇弟头上可没一个太子哥哥镇场子，凡事得靠自己呀。"说着又惋惜地看着朱沢微道："七皇兄，你说你招惹谁不好，偏要招惹十三哥。你莫不是忘了，这么多年父皇哪回不是最宠他？真真令人因妒生恨。"

朱沢微与朱悯达一样，都当朱觅萧是个蠢货。他淡淡地道："因妒生恨是你的事。"看了朱南羡一眼，温声道："十三，自你从西北回来，为兄还未好好为你接风洗尘。小时候，咱们兄弟不也走得十分近？而今长大各自就藩，要是因关系生疏而生了误会就不好了。"

朱南羡只道："七哥说笑了。"

朱沢微看他一副油盐不进的样子，微微一笑，负手步到奉天殿另一旁，对在殿门前跪着的人道："你叫苏晋？"

苏晋称是。

朱沢微又道："你抬起头来，让本王看看。"

苏晋沉默了一下，慢慢抬起头来。

"是清雅秀逸。"朱沢微似乎颇意外地点了点头，又回头看着朱南羡道："十三，当年你那顿鞭子就是为他挨的？"说着温和一笑，"既这样，不如就由本王做主，回头跟曾友谅打个招呼，把他派给你做个侍读如何？"

朱南羡一愣，不由得看向苏晋。她也正怔怔地看着他，对上他的目光，又将眸子垂了下去。

朱南羡刚想说什么，奉天殿的内侍出来通禀道："四位殿下，陛下有请。"

朱悯达当先迈进了奉天殿。朱南羡跟在朱沢微身后，路过苏晋跟前时，脚步微微一顿，然后目不斜视地步入殿内。

内侍这才又道："是应天府衙门的苏知事？陛下也命你进去。"

苏晋五年前进过奉天殿，那是她殿试与唱胪听封之时。

事隔经年，她再入奉天殿，左手边立着太子皇子，右手边立着高官权臣，上首的帝王虽已年迈，但一双凤目不怒自威，堂堂天子之仪令人不敢直视。

苏晋跪拜，听得殿上那人道："你就是苏晋？"

苏晋道："回陛下，微臣是。"

景元帝道："听小沈卿之言，当日正是你听见吏部的人要加害老十三？"

苏晋道："回陛下，正是。当日微臣躲在草垛子里，亲耳听到侍卫说，他们是奉了吏部那位大人的命，要刺杀十三殿下。"

景元帝问："你到马府去做什么？"

苏晋道："为查一名故旧的失踪案。微臣的故旧乃今科贡士，日前莫名失踪，微臣查到此事与寻月楼的老鸨媛儿姐有关。媛儿姐被马府收作偏房，微臣是故趁着满月酒宴，去查问晁清的下落。"

景元帝道："沈卿，可有此人供词？"

沈拓呈上一份奏疏，回道："禀陛下，供词都在这本奏疏里，确如苏知事所言，这名叫作晁清的贡士与寻月楼故去的头牌宁嫣儿一起听到马少卿、陆员外与一名吏部大臣交涉，事关士子闹事一案。之后，马少卿声称晁清听到了不该听的，要对他下手。"

景元帝道："这么说，这晁清才是关键的证人了，他人呢？"

沈拓迟疑道："回陛下，失踪了，生不见人，死不见尸。"

景元帝将奏疏扔到地上，斥道："你们就是这么给朕办事的？"右手边的臣子顿时跪了一地。景元帝这才悠悠道："罢了，不见就不见了。沈卿、柳卿，你二人再着人去查，看看可还有人听到这几人究竟是如何谋划、煽动士子闹事的。还有，所谓吏部的'那位大人'究竟是谁？"他说着一顿，又问："曾卿，你怎么看？"

曾友谅跪行着排众而出，伏地一拜："禀陛下，臣虽不知吏部中是何人如此胆大妄为，竟谋划了士子闹事一案，但此人必定与谋害十三殿下的案子脱不了干系。是臣管教无方，臣回去后定会仔细查过，一定给陛下一个交代。"他顿了顿，又道，"不过陛下，士子闹事一案是小，但十三殿下被诱赴马府之局，险些丧命，才是眼下最要紧的事宜。残害皇子等同谋逆，不得不细查啊。"

曾友谅明知此案的关键是晁清，却又将朱景元的视线转到马府之局的诱因之上。好一招以退为进，声东击西。

果然，景元帝将目光落在朱南羡身上，问道："南羡，你当日为何要赴马府之局？"又厉声道，"朕倒是听人说，你是为这名苏姓知事去的？"

朱南羡道："回父皇的话，是。"

话音落，满堂哗然。

景元帝伸手一拍龙椅，斥道："不知轻重！来人——"

未等他说完，朱南羡忽然直直跪下，郑重地道："父皇，儿臣这么做，更是为了大皇兄与七皇兄。"

朱南羡从来胸无城府，所以此言一出，朱悯达一怔，朱沢微眼睛一凝，朱觅萧一惊。柳朝明顿了顿，了然地看了沈奚一眼，沈奚则无辜地眨了眨眼。

朱南羡把今日晨，沈奚说的话回想了一遍——

"今日之局，太子不可能赢，因为太子'染指'了锦衣卫，你父皇不允许任何人的势力凌驾于自己之上；朱泽微不可能赢，因为这一局已被破了，吏部曾友谅是谁的人，你父皇心知肚明；但朱泽微也不会输，因为你父皇还需要利用他来制衡太子，所以更不会动曾友谅。

　　"这么算下来，谁最无辜？

　　"是你。

　　"在你父皇看来，他处置不了太子，也不能处置朱泽微，那么被无故牵连入局的你，才是他亏欠最多的人。

　　"所以你首先要做的，是让你父皇明白他亏欠你，这样你若想问他讨什么，他才更容易给你。

　　"那么，如何让他觉得亏欠你？

　　"装无辜，装不知情，装兄友弟恭。"

　　朱南羡道："自春闱以来，士子舞弊闹事案一直是父皇的心结。儿臣自西北回来，亲见大皇兄与七皇兄数度为此案奔波，想为父皇与二位皇兄分忧，却一时不知从哪里下手。恰好儿臣与京师衙门的苏知事是旧识，早先便听说她在查士子失踪一案，又怀疑失踪案与闹事案有关，所以听说苏知事去马府寻找线索后，儿臣一时情急，便跟着赶去。"说着，他往殿上一拜，"父皇，此事是儿臣莽撞了，不料险些招来杀身之祸，日后儿臣做事，一定三思而后行。"

　　景元帝听了这话，神色凛然扫了朱泽微一眼，对朱南羡道："此事不该怪你。"又问，"那照你看，此局就是马少卿等人一手谋划的？"

　　朱南羡一时未答。

　　"你父皇精明通达，你这番言辞，虽博取了他的同情，但未必能博取他的信任。所以第二步，你要让他完全信任你。

　　"朱南羡，你知道你从小到大，你父皇为何如此偏宠于你？

　　"正是因为你母后。

　　"你父皇笃爱你母后，你又是与你母后性情最像的，赤忱、善良、果决、坦率。最重要的是，她宽容大度，有怜悯之心。

　　"数年前，朱泽微的母妃在你母后的汤药里下毒，人证、物证俱在，可是待到要审，你母后念及朱泽微年幼，竟说岑妃此举是无心之失，你父皇这才饶了岑妃一命。

"这世上，唯有情感，最能一叶障目。你不必提到你母后，只需让你父皇觉得此事与当年之事异曲同工，他就能信你。"

朱南羡道："儿臣虽不知马少卿为何要设局害儿臣，但儿臣之所以能保得这一命……"他一顿，看了朱悯达与朱沢微一眼道，"若不是七皇兄的东城兵马司为大皇兄和羽林卫开道，儿臣恐怕早就葬身昭合桥头。"

景元帝听了这话，冷冷地道："他二人若再迟些，朕要了他们的脑袋。"然后温声对朱南羡道，"南羡，你起来回话。"

"你既已取得你父皇的同情和信任，照理是可以提要求了。

"但是，你的要求是不娶妻便就藩，这是没有先例的，你父皇又是个看中规矩方圆的人，仅凭亏欠与信任，还不足以让他答应你。

"你母后虽大度，但也果决聪慧，当年虽保了岑妃一命，可是从今以后，再未允许她踏入正宫殿门半步。

"你也要一样。你要就藩的原因，是你早就猜到这宫中有人害你，却不愿以其人之道还治其人之身，所以心灰意冷，避而远之。"

朱南羡并不起身，垂眸低声道："父皇，儿臣这几日已想过了，儿臣在宫中待着毫无建树，还请父皇准儿臣不日就藩。"

景元帝肃然道："你尚未纳妃，且藩地也需仔细挑选，此事不宜太仓促，容后再议。"

沈奚道："这藩地也有讲究。我问你，在哪儿就藩你父皇一定能同意？"

朱南羡略一思索："江西，南昌府？"

沈奚道："不错，正是南昌府。

"你父皇与你母后正是在南昌相识，为你赐字为南羡，'南'之一字，也源自南昌。你父皇心里一直想将这块宝地留给你或十七。加之今年南昌府流寇四起，亟须治理，眼下尚未有合适的人选。你若能及时就藩，无疑能为他解决心头之患。"

朱南羡怅然道："儿臣这几日总想起母后，母后生前常与儿臣提起昔日在南昌府与父皇同甘共苦的日子，可惜儿臣出生在应天，未曾有幸回母后的故乡亲见亲闻。若父皇恩准，儿臣择日就藩南昌。"

景元帝道："也罢，南昌近来流寇四起，你素来擅长领兵，由你去也好。"一顿又问："悯达，南羡的亲事，沈婧操持得怎么样了？"

朱悯达道："回父皇，还在选。"

景元帝"嗯"了一声："加紧些。"

沈羡负手，望着即将升起的朝阳说："朱十三，其实你心思澄明，很多事你不是不知，只是不愿多想。

"今日这番话，我只说一次，你记住了。

"你若想从别人那里得到什么，就要清楚他最想要的是什么。

"你若想要一击必胜，就要知道对方最致命的弱点在哪里。

"你心中其实都明白，你大皇兄与七皇兄想要什么，马府那些要害你的臣子又想要什么，乃至于你父皇想要什么。"

沈羡一顿，续道："你甚至明白，我为何要说这些。

"其实我不知道今日助你就藩，是对还是错了。

"你虽看着无权，但根牢蒂固——你是嫡皇子，且这些年来虽从未经营，但不经意间金吾卫左谦已被你收服；你在西北五年，就就业业，就算有一天没了领兵权，还有那方的军心。倘若你赴藩就任，荡平流寇，有了政绩，有了自己的府军，再励精图治有了财源、民心，真正封疆为王，那么——这宫中的格局就要变了。

"自然，你大皇兄不会觉得这是坏事。因为他了解你，你们兄弟情甚笃，你不在乎储君位也不会跟他抢。你起势，只能对他更有利。

"你七皇兄也不会觉得这事不好。因为各藩王割据，由你分去一部分势力，表面看起来不利于他，但当你从东宫下的一枚死棋变成一枚可以自主的活棋，他会觉得有机可乘。

"然而时局瞬息万变，牵一发而动全身。你今日的选择，表面上只是就藩，但事实上是从太子殿下的羽翼下走出来，只身踏入这嗜血的旋涡之中。

"从今往后，你要独自面对这云谲波诡的权力斗争，将在这条尔虞我诈的道路上披荆斩棘，肩负的将不再只是一方将士的军心，还需担起疆土与民生、社稷与立场。你的双手，将真正沾上血污。

"但愿到那时，你依然能初心不改。

"你想好了吗？"

朱南羡缓缓沉下心，郑重地磕了个头。

若要靠他人庇护才能守住初心，连真正想保护的人都保护不了，他还要这安稳何用？

"父皇，儿臣已想过了，七日后是母后的祭日，等祭日一过，儿臣就赴藩。儿臣这几年在外漂泊，未能守在父皇、母后跟前尽孝道，实属不该。古有名士为其母守孝五年，儿臣思念母后心切，愿效仿之，想在南昌再为母后守孝两年。纳妃的事，两年后再说吧。"

景元帝长叹一口气："既是你的心愿，罢了，朕准了。"

深殿寂寂，殿中一时无人说话。

景元帝又看向苏晋，问朱南羡："你说此人是你的旧识，何意？"

朱南羡抿了抿唇，却并不看苏晋，心中回想起沈奚的话："你若想从别人那里得到什么，就要清楚他最想要的是什么。"

对父皇而言，苏晋不过蝼蚁，她究竟是谁、究竟在此事中扮演了什么角色，并不重要。朱南羡想，不如实话实说，从而消除父皇的疑虑。

朱南羡道："回父皇的话，当年儿臣赴西北前，大皇兄曾命儿臣对一个奇难的对子。儿臣无奈，只得四处请教。苏知事是当年的二甲进士，儿臣正是受了她的指教，才过了大皇兄那关。"他微微一顿，又道，"父皇，儿臣既不日赴藩，那金吾卫的领兵权，儿臣明日一早便去都督府交还吧？"

景元帝看着他，神色渐渐缓和："也好，难得你考虑周全。"说着，似是想起什么，看向柳朝明道："柳卿，朕记得孟良当年几次上书，要力保一个苏姓进士，可是此人？"

柳朝明道："回陛下，正是此人。"

景元帝看向苏晋，问："你是哪一年的进士？"

苏晋道："回陛下，微臣是景元十八年恩科进士。"

她这么一说，朱景元便想起来了——姓苏，杞州解元，写得一手锦绣文章，更有状元之才。当年他看了她的年纪，异常震惊，怕此子锋芒外露自招祸患，亲自命礼部将她的名次从第一压到第四。

没承想她还是难逃一劫。

不过，就这么从殿上看下去，现在的她已是光华内敛、大巧不工了。

景元帝道："既是二甲进士，在京师衙门任一知事实是屈才，且朕还听说，此人在士子闹事当日立了一功？"他说着，看向柳朝明："既如此，柳卿，你便遂了你恩师的心愿，收苏晋入都察院，升任监察御史巡按去吧。"

大约深觉亏欠朱南羡，景元帝又道："沢微，你这次回京办漕运案，既已结案，便不必守在朕身边了，这两日就回凤阳府吧。"

朱沢微眸色微黯，应道："是。"

景元帝看向前方，缓缓道："传兵部龚荃、礼部罗松堂、左都督戚无咎。"

这三人早已候在殿外，被内侍一传，即刻进殿觐见。

"刑部、礼部、兵部、都察院、中军都督府听令。"

三部尚书、柳朝明、戚无咎同时越众而出，撩袍跪拜接旨。

"光禄寺少卿马志，设局谋害朕的十三子，证据确凿，是为作乱犯上，乃十恶不赦之罪，着，凌迟处死，诛九族。"

沈拓俯首领命。

"吏部、刑部之内均有要员涉案，令都察院十日内清查此案所有涉案人员，确有谋害皇嗣之心者，格杀勿论。"

柳朝明俯首领命。

"五城兵马司在此次闹事中未能尽忠职守，着，东城兵马指挥使，斩首示众；北城、西城、中城兵马指挥使，革职查办；南城兵马指挥使……也革了，不必查。"

龚荃与戚无咎领命。

景元帝道："龚尚书、左都督，兵马司不可久日无人，你二人多操劳些，人员的查办与替换，限三日内办好。"说着，他又看向沈拓道："沈卿，前日行刑之后，那些北地士子可有再闹？"

前日被行刑的除了春闱主考裴阁老、詹事府少詹事晏子言，还有春闱同考官与副考官一共八人，翰林院参与复审的学士一共五人，一甲的状元与榜眼两人，而探花许元喆已在数日前咬舌自尽。

沈拓道："回陛下，已没有再闹的了。"

景元帝点了点头："你们平身吧。"

五人拜过之后，站起身来。

景元帝又看向礼部罗松堂问："罗尚书，依你看，这一科余下的进士，当如何处置？"

罗松堂抬起眼皮往殿上觑了一眼，唯唯诺诺地道："启禀陛下，陛下您说怎么办，臣就怎么办。"

景元帝看他一副没嘴葫芦的样子，气不打一处来，道："照朕看，全杀了，连你的头一块砍了。"

罗松堂吓得一抖，跪倒在地，磕起头来。

景元帝懒得管他，又看向朱悯达等人，问："你们四个怎么看？"

朱悯达、朱沢微、朱南羡均未答，反是朱觅萧自以为了悟圣心，抢着道：

"回父皇，依儿臣看，也是全杀了好。"

景元帝面上没什么表情："哦，为何要杀？"

朱觅萧想了想道："因为他们舞弊，诓瞒圣听。这回将他们全杀了，日后天下的读书人就不敢舞弊了。"

景元帝冷笑了一声："'多闻阙疑，慎言其余，则寡尤。'你如此浮躁，真该跟着你这三个皇兄好好学学。"

朱觅萧脸色一白，轻声说了句"是"，不敢接话了。

景元帝将目光落到沈奚的身上，悠悠道："小沈卿素来足智多谋，依你看，此事该如何解决？"

沈奚微一思索，合手一拜道："回陛下，臣以为余下那批进士，杀与不杀都一样。但若是杀了吧，太麻烦，还不如废物利用，着他们写个供状，发誓日后不做诓瞒圣听之事，再让他们拿着此供状去各部各寺，抑或去府道县上试守一到三年，看其表现再做擢贬，也彰显陛下赏罚有度、宽厚仁爱。"

景元帝听了这话，神色缓和了些许，但语气依旧严肃："照你的意思是放了？倘若怨愤再起，何如？"

沈奚想了想，嘻嘻一笑道："回陛下，这取才用人之道不是臣的专长，臣是户部侍郎，最善与黄白之物打交道。殿上正好有二人具状元之才，陛下不如考考他们？"

这两个有状元之才的，正是景元十四年一甲头名柳朝明，以及景元十八年恩科，二甲第一苏晋。

景元帝微一颔首，道："柳卿，你说。"

柳朝明合手一揖："回陛下，臣以为朝廷不可无才，眼下各官职出缺，这一批新科进士正好可用。倘若北地士子仍不平，可仿效恩科，立此春闱为南榜，再于今年八月开秋闱，只录春闱落榜的北地士子，立此为北榜。如此，南、北便不会再有怨言。"

景元帝点头道："不错，如此一来可平息态势，二来也能解决朝廷用人的难题。可若是年年南、北榜，岂不耗财耗力，操持起来更为烦琐？"一顿，忽然看向苏晋道："你说。"

苏晋品阶太低，诸卿均已平身，只有她一人跪着。

早先柳朝明让礼部私下整理的贡士名册上便已分了南、北二地，她看过，再结合柳朝明方才的话，顷刻间茅塞顿开。

她伏地一拜，随后直起身道："回陛下，微臣以为，其实不必每年都分为两榜取士，以后再逢科举，只需让礼部将进京赶考的士子分为南、北两个名册，分地取仕，譬如取北四南六，如此，当不会再怨声载道。"

景元帝看着苏晋，眸中闪过一丝异色，缓缓道："既已升你做御史，你便不必跪着了，且平身吧。"

苏晋磕了个头，站起身来。

景元帝叹道："后生可畏啊！悯达，你代朕拟一个旨，此回又是舞弊又是闹事，也折腾够了，余下的事便按柳卿、小沈卿、苏卿三人的提议去做。"

朱悯达应是。

景元帝复又看向曾友谅："曾卿？"

曾友谅立刻扑跪在地，磕头道："启禀陛下，臣实不知吏部下头究竟是哪个乱臣贼子，竟敢谋害十三殿下。臣明日，不，今日就去查，待查出此人，臣……脱冠向陛下请罪。"

景元帝看了他片刻，忽然道："朕信曾卿。"又道，"但朕听闻，曾尚书的侄子，吏部曾凭，也搅在此局之中？朕了解曾卿，却不了解曾郎中。"说着，也不等曾友谅辩解，吩咐道："柳昀，你且将曾凭传到都察院，革职审讯。若他确实参与谋害朕的十三子，就由都察院处决了，不必再来回朕。"

柳朝明拱手称是。

景元帝摆摆手："朕乏了，你们都退下吧。"

一干人等拜别了景元帝，从奉天殿退出来。苏晋是最后一个出来的，殿门前已有人等着她了。

朱觅萧先唤了一声："苏知事。"又讥讽道，"哦，不对，眼下已是苏御史了。"

岂知此言一出，前头不少人纷纷驻足。朱觅萧一看，竟有都察院柳朝明、户部沈奚、太子朱悯达、七王朱泽微与十三王朱南羡。他心中感慨，果然不出他所料，一名区区知事能转眼被擢升为御史，无人庇护岂能成事？

朱觅萧翘起嘴角，仿佛根本没看到这些人，笑道："本王呢，最近对苏御史的前世今生颇好奇，着人去查了查，真是不查不知道，一查吓一跳，原来苏御史跟吏部有些渊源？"

苏晋沉默不言。

朱觅萧又道："听说当年曾郎中的妹妹，曾尚书的亲侄女对苏御史可谓一见钟情，一心想与苏御史结为秦晋之好。曾家找人说媒，没想到苏御史好大的胆子，拒绝得斩钉截铁，这才叫尚书大人与曾郎中觉得你不知好歹，记恨上你的吧？"

不等苏晋说话，朱觅萧径自走到柳朝明跟前，拱手打了个揖："柳大人，眼下苏御史可是都察院的人了，这桩事本王已查过了，苏御史委实冤屈。这个公道，您岂能不替苏御史讨回？"

柳朝明目光沉沉，未答话。

朱觅萧又笑了一声，转首看向朱泽微，似是惊慌地道："七皇兄，怎么办？一失足成千古恨，原以为吏部只是办了一个小小进士，没想到眼下竟叫都察院盯上了。今日的案子，您至多折一个吏部郎中，可倘若以后因为苏御史，将曾尚书乃至吏部折进去了，可怎么办？"

朱泽微知道，朱觅萧前前后后折腾一通，为的就是挑拨离间。朱觅萧巴不得吏部与都察院斗得死去活来，七王与太子鹬蚌相争，然后自己从中获利。

朱泽微看着柔善，实际上是个笑面虎，朱觅萧如跳梁小丑似的挑拨到他眼前来，他不可能一而再再而三地退让。朱泽微眉间的朱砂藏在廊下的一片阴影里，显得分外柔和。他温声道："十四弟，说起这个，皇兄倒是想起来，你这么多年仿佛一直想纳晏府的大小姐晏子萋为侧妃？"

朱觅萧面色一僵。

朱泽微叹了一声，拍拍他的臂膀道："只可惜这晏子萋从小就喜欢沈青樾沈大人，有心人稍一打听便能知道。她为了这事，退亲三回，本已声名狼藉，幸而皇上看在老太傅的面子上将晏子萋指给了长平小侯爷。你说你这哑巴亏吃的，该向谁讨去？是铁石心肠不为美色所动的沈大人，还是沈大人背后的东宫呢？"

朱泽微这么一说，苏晋恍然大悟。难怪士子闹事当日，晏子萋一直央求自己带她去闹事当场看一看，原来她不是为了看状元游街，而是为了看任暄，说不定还想趁此时机闹上一场，再将自己的亲事搅黄。

朱泽微这一记软刀子，可谓以牙还牙——十四不是要挑拨自己与都察院的关系吗？且将沈家与东宫送与他折腾。

朱泽微说完这话，当下与柳朝明这头郑重一揖，折身走了。

朱悯达唤了一声："十三。"也转身欲走。

沈奚正要跟去，柳朝明忽道："沈青樾。"然后跟朱悯达一拜："太子殿下，臣有事要问沈侍郎。"

朱悯达微一颔首，与朱南羡一道走了。

苏晋、沈奚跟着柳朝明往都察院走去，一路无言。

沈奚平生最恨旁人拿他的烂桃花开玩笑，浑身不自在，忍不住"哎"了一声道："不是，柳昀，你到底为什么事找我？"

柳朝明顿住脚步，转过头来，迟疑道："你……"

沈奚头皮一麻："打住。"

苏晋还是头一回见沈奚这副吃瘪的样子，有些诧异。

沈羿眼角跳了跳，挑起折扇，正要反击，不承想柳朝明也露出一个似笑非笑的表情，淡淡地道："不是要问你晏家的事。"

沈羿平白吃了个哑巴亏，扇子僵在半空，顷刻往回一收。随后他打开折扇，缓缓扇了扇，仿佛十分镇定地道："哦，那是什么事？"

柳朝明道："前日你来我府上，在正堂的《春雪图》上瞧出什么了？"

苏晋听到《春雪图》，不由得愕然看向柳朝明。

沈羿的神色缓下来，他对苏晋道："本官问你，晃清晃云笙，可有别号？"

苏晋道："有，他善字画，尝以卖字卖画为生，上提'陵山居士'四字。"说着，又自顾自地迟疑道，"《春雪图》是他最得意之作，等闲不会贩卖，为何……在柳府？"

沈羿嘻嘻一笑，故作神秘地道："你怕是不知道吧？柳昀怕都察院去查，动静太大打草惊蛇，早在三月中便托我帮忙找这个叫晃清的人。那字画，大约是他近两日才收到的。"

晃清失踪是三月初九。也就是说，在她冒雨去大理寺请张石山帮忙后，柳朝明便着人去找晃清了。难怪后来柳朝明能从诸多线索中找出张奎这个证人。

苏晋当即对柳朝明一揖："让大人费心了。"

柳朝明看她一眼，默了默，淡淡地道："没事。"

沈羿道："苏时雨，照你看，晃云笙若当真还活着，会躲去哪里？"

苏晋想了想道："若是我，在知道自己得罪了刑部与吏部的人且外头尽是追兵的情况下，我绝不会流落街头。我不能住在客栈，也不能与他人接触，因为宁嫣儿已经死了，我与谁接触，就会给谁招来杀身之祸。

"我更不会出应天城，因为凭刑部的能力，一定有办法在沿途设禁，一举将我捕获。所以，我一定会找一个不易被人发现的落脚处。"

沈羿道："你是说牢狱？"又道，"这我已想过了。晃清失踪的第二日，我便去应天府下头的县衙看过，没有。"

沈羿问："那京师衙门呢？所谓最危险的地方正是最安全的地方。"

苏晋道："我也找过了，没有。"她一顿，问，"就是不知道刑部大牢与大理寺牢狱里有没有。"

沈羿与柳朝明对视一眼："已查过了，也没有。"

柳朝明听苏晋提起大理寺，忽道："苏时雨，照你方才这么说，《春雪图》乃晃清最得意之作，等闲不卖？"

苏晋道："正是。"

柳朝明微一思索道："那你可有想过，在什么情况下，他才会弃这幅画于不顾？"

苏晋垂眸锁眉道："性命攸关？"再一想，晁清嗜画如命，仅仅是性命攸关，不足以让他放弃这幅《春雪图》。那么他将《春雪图》出售，一定是想传达什么。

一个念头渐渐浮上心底，苏晋蓦地抬头道："心灰意冷。"

柳朝明道："一个人，在何种情况下，才会对自己平生最得意之技心灰意冷？"

苏晋迟疑道："除非……他以后不能再画了。"

此言一出，苏晋倏然怔住。

是了，有一个地方，她从未去找过，因为她根本不敢想晁清会在此处。

沈奚道："依照《大随律》，凡偷盗十两以上，会被斩去右手。官府怕这些人因失了右手流血致死，会在衙门下设一个医牢，将这些没了右手的人关于此处。但京师有所不同，京师的医牢……设在大理寺。"

苏晋心头悲恸不堪。晁清平生最擅长作画，其画灵气满溢，有大家之风。没承想到了最后，他竟要断腕保命吗？她的眉间浮起浓浓的哀伤，却又在一瞬间变成欣慰。

无论如何，只要人还在就好。

苏晋当即行了个大礼："多谢柳大人，多谢沈大人，下官这就去医牢找他。"说着折身便要走。

柳朝明却叫住她："慢着。"

苏晋回身道："大人还有什么要叮嘱的吗？"

柳朝明的眸中像是有春日晨时乍暖还寒的雾气，他淡淡地道："你先去都察院，写好状子交给赵衍，让他在都察院立案。他自会派御史拿着状子随你前去，如此一来，大理寺必不敢拦阻。"

苏晋怔了怔，唇角一弯，露出一个喜悦的笑，拱手又是一揖："下官这就去！"

苏晋一路策马赶到大理寺。医牢的牢头本想拦阻，跟在苏晋身后的都察院小吏举起一份诉状道："这一位是都察院新上任的苏御史，还望牢头带路。"

牢头听此言，不敢再有微词，看了眼诉状，对苏晋说："禀御史大人，咱们这儿没有叫晁清的。"

彼时晁清落难，入狱是为自保，岂会用真名？

苏晋道："不必找叫晁清的，本官问你，书生模样，眉目清秀干净，入狱时间在三月初十至三月十二之间，这样的人可有？"

牢头想了想，连忙道："有，有。"说着就为苏晋引路。

医牢中暗无天日，药草味异常刺鼻，却仍掩不住血腥气。

一旁的狱卒掌起灯火，在一间窄小的牢房前停下，道："御史大人，就是这里了。"

牢中人倚墙坐着，借着昏黄的火色，苏晋只能看见他蓬乱的发、脏兮兮的囚袍，一边的袖管空空地垂着，右手是真的没了。

苏晋接过烛台，走进牢房，在他面前慢慢蹲下身来，伸手拨开他额前凌乱的发丝。

是晁清。

不过短短半月余，他的脸已瘦得凹下去。

他像是在想什么，眸中一片死寂，直到乱发被拨开，双眼才慢慢回过神来。

晁清看向苏晋，似乎有些陌生。有一瞬间，苏晋觉得他仿佛不认识自己了。可他愣了许久以后，嘴角忽然动了一下，然后慢慢地露出一个笑来。

苏晋的眼眶霎时红了，她扶住晁清的右臂，喉间发涩，垂下头，好半晌才说："云笙，我来晚了。"

晁清的眼里有劫后余生的淡然，笑意虽十分浅，但也十分真。他轻声道："没有晚，我方才还梦见你了。被关了这许多日，我意志消磨殆尽，差点儿以为这辈子都要见不到你了。"

身后的都察院小吏问："苏御史，赵大人已在赶来的路上了，敢问您是要此处审，还是换个干净些的地方？"

苏晋这才记起都察院来寻晁清，是为审查士子闹事一案。

她站起身问牢头："你们这里可有干净的屋舍、热水与换洗的衣衫？"

牢头犹疑道："有是有，但都不大干净。"看到苏晋眉头微蹙，又诚惶诚恐地道，"御史大人恕罪，下官这就命人去准备，不出一个时辰就能备好。"

苏晋摇头道："一个时辰太久。"

一旁的狱卒小心翼翼地道："禀御史大人，医牢隔条街有间客栈，那里的老板娘跟咱们熟，不如小的去跟老板娘借一间厢房，请她备好热水与干净衣裳？"

苏晋想了想，点头称好。

看着小吏与狱卒把晁清送上马车，她刚要跟去，忽然一顿，盯着牢头问："你们医牢的医师可在？"

牢头是个机灵人，听此一问，立时回道："在的，御史大人放心，下官这就让医师也去客栈，为晁公子验伤换药。"

狱卒将晁清请到客栈二楼的隔间，等晁清换好衣衫，再由医师给他上好药，已是大半个时辰以后了。

晁清从二楼隔间凭栏眺望，近处有街景闹市，远处是巍峨宫楼——随宫森森，也不知时雨一脚踏入这深宫之中，可有立足之地。

外头叩门三声，晁清道："进来吧。"

他都不必回头看，就知道是谁，目光依旧停留在矗立的宫楼上，淡淡地道："我刚才听他们说，你已升任都察院监察御史了？"

苏晋轻轻地"嗯"了一声。

晁清道："做御史有什么好。这朝廷是什么样，你我一起经历这么多，还没看透吗？

"圣上纵然励精图治，却也独断专行，嗜杀成性。臣子尸位素餐，精于钻营，谁曾真正为万民着想？虽有几个清明治世的，也不得不受时局影响，迂回以求如愿，违心以求有所得。"

晁清静了半刻，轻声道："时雨，这些日子，我在医牢里已想得很明白，若我能活着出来，便离开这个是非地。"

苏晋没有答话。

晁清续道："去蜀中，那里群山环绕，山高地险，宛如世外之地，就像松山县一般。现在想想你我在松山县的日子，纵也有不平、不忿，却也是好时光。

"你在县衙做小吏，我在街头卖字画。春时赏花，冬来踏雪，累了乏了，我去找你，一起在酒楼浅酌一杯，看看酒巷闹市、平凡人家。"

苏晋垂眸道："如此置身事外，对身边疾苦爱莫能助，只能视而不见吗？你我当年苦读，不正是立志一世清明？"

晁清道："若是我一个人便罢了，左右要命一条，一辈子做个清廉小吏葬于他乡又何妨？但是你，你更应该走，你这样的身份，越往上走越岌岌可危，倘若愈陷愈深，就非死不能脱身了。"

苏晋也立于凭栏处，低声道："我没有家，你让我走，我该去哪里？"

晁清沉默半刻，忽然转头看着她："你可以跟我一起走。"

他道："我现在虽不能画了，但学问还在，我可以去做教书先生，你也一样。你经纶满腹，才华惊世，若办私塾，不知多少人抢着做你的弟子。"

晁清说着，微微垂眸，轻声道："自然，你若厌倦了这一世作为男子而活，其实可以什么都不做，偏安一隅，成日赏花写诗，聊以度日，我……养你。"他一顿，咬牙道，"你不必担心自己一生至今离经叛道，无人肯伴你左右，我愿照顾你一生一世。"

苏晋转过头，怔怔地看着晁清。片刻之后，她却淡淡地笑了笑，转头望着远处巍峨的宫楼，似在想什么，过了许久才轻声道："不必了，我要留在这里。"

晁清看她这副样子，愣了愣，蓦地苦笑了一下道："时雨，你心中有牵挂的人了。"

苏晋垂下眼帘，半晌才道："我心中一直有牵挂的人，元喆、皋言，还有云笙你。"

晁清摇头道："不，这不一样。时雨，我与你一路历经生死，深知你是一个果决的人。你做任何决定，从不会犹豫不决。你若下定决心要留下做这御史，一刻也不会迟疑。可是方才，你迟疑了。你不是感情用事的人，会迟疑并非因为立志不坚，而是因为你心中除了这个志向，还有了别的牵挂。"

晁清看向远处的宫楼，轻轻问："时雨，这深宫之中，已有了让你牵挂之人吗？"

苏晋沉默片刻："我不知道。"

外头的都察院小吏敲门道："苏大人，赵大人已到了，正在客栈楼下等晁公子。赵大人还说，皇上升大人为监察御史的旨意今日便会下来，还请大人早些回京师衙门候旨，晁公子这里，他自会照拂。"

苏晋道："知道了。"

晁清看着她，别过脸，笑了一下道："我真羡慕那个人啊，也不知此人何德何能，竟能得你顾盼。"

苏晋静了许久才说："云笙，我走的路注定艰险，正因如此，便是有了不该有的牵挂，也只能埋于心底不敢示人，所以我不能想太多。"

晁清点了点头道："你我往后要天各一方了，有些话，我今日跟你说了，心中畅快。

"我会去蜀中，在那里修书讲学，等日后，有一天你累了乏了，就来蜀中。这世间疾风密雨，你漂泊无依，我这个做兄长的，便为你撑起一角屋檐。"

晁清说完这话，深吸了一口气，再慢慢呼出。然后他转身走向屋门，道："就这样吧，我改日离京，你不必再来送。"

苏晋愣了愣，唤了一声："云笙。"

晁清在门槛处顿住脚，微微别过脸，却没有看她："苏时雨，你已知我对你并非只有知己之情，现在又叫住我做什么，平添苦恼？你我相交数年，如今人各有志，日后你不必再为我奔波，切记当断不断，必受其乱。"

他说着抬手推门，却在指尖触到门扉的一刹那又缩回。

这扇门仿佛一道天堑，从今以后，要将他与苏晋隔于世间两端。

他垂下眸子，忽然低声道："时雨，你从小被谢相当成男儿养大，不该是这样束心缚情的。我知你性情里有挥斥方遒的不羁，有信马由缰的潇洒；我也知你眼下陷于这困局中，尚无法过得酣畅淋漓。但我仍愿有朝一日，你能凭你所能拨云见日，能爱你所爱、恨你所恨，不必再苦求自己、拘着自己；愿你这一生无愧于心；愿你所有的心愿都能实现。如此我在远乡，也会心安。"

晁清说完这话，毅然推开门，迈步离去。

苏晋一时怔在原地，心中惘然，半晌才出得门去。

下了楼梯，她站在梯阁处，看到赵衍正命小吏将晁清请上马车。

赵衍甚是和气，道："晁公子，等下你想到什么便与本官说什么，都察院的录事自会记录。"

晁清沉默了片刻才说："赵大人，我没了右手后，在医牢里已练会了用左手写字，虽写不好、写得慢，但日后总要多用的，就不劳烦他人了。"言罢，不再多说，坐进了马车。

赵衍审晁清的状子还未带回宫中，都察院的一方暗室内，曾凭已然画押了。

虽说是暗室，其实更像牢狱——长长一条甬道，左右分了数间暗房，里头摆着各种刑具，看上去阴森森的。

这暗室平日有专人把守，若非特许，连副都御史赵衍都不能进。

曾凭的左右手被铁链绑在刑架，右脚的五指已没了，左脚被钉在木板上，他身上有无数道鞭痕，囚袍已破得不成样子。

曾凭目光阴森地注视着眼前的人："该画的押我已画了，要杀便杀！"

柳朝明听了这话，眼皮都没抬一下，淡淡地道："你就这么死了，岂不便宜你了？"

曾凭眼中闪过一丝恐慌："你想怎么样？"

柳朝明慢吞吞地道："曾友谅无子，把你当他的亲生儿子，凡事都不会瞒着你。所以吏部与七王的事，本官要你一桩一桩全部吐出来。"

曾凭喉结上下一动，眸子里浮上骇然之色："你……你知道这些有什么用？就不怕知道太多，惹来杀身之祸吗？"

柳朝明顿了顿，忽然冷笑一声，盯着曾凭道："对别人来说，或许会惹来杀身之祸，但对本官来说，这正是立身之道。"

他的眼就像一口无情的古井，越往里看，越是深不见底。

曾凭惶恐地道："你要我说什么？"

柳朝明望着他一身血淋淋的鞭伤，似笑非笑："这就多了，譬如刑部的陆裕为为何会投诚你们？他毕竟是沈青樾一手培养的人，该不只是因为朱沢微送了他两个侍妾这么简单吧？又譬如，被十三殿下送出宫的两个侍卫，是不是被你们的人捕去了？你们捉了一个还是两个，是活的还是死的？再譬如，朱觅萧愚蠢不堪，九王朱裕堂和十王朱弈珩却唯他马首是瞻，本官可不信只是因为他母妃是皇贵妃。说吧，九殿下和十殿下，哪个是你们的人？"

曾凭听了这话，忽然瞪大眼道："不对，你究竟是谁的人？"

柳朝明平静地看着他。

曾凭暗自想了想，半是猜测半是笃定地道："或许，你谁的人都不是，因为在这宫中，还没有人能收服你，朱悯达也不行。但是，你一定跟夺储之争脱不开干系，一定跟某位殿下……"

他话未说完，忽然被柳朝明蓦然变冷的眼神震慑住。

柳朝明漠然道："不交代是吗？"

他的语气没有温度，曾凭忽然莫名地感到恐惧。

正在这时，外头有人敲门，之后传来钱三儿的声音："柳大人，宫中擢升苏晋为监察御史的旨意下来了。"

柳朝明听了这话，扫了曾凭一眼，吩咐一旁的狱卒头子道："不必留情。"

第十一章　我心安处

　　来宣旨的是奉天殿内侍总管吴敞。

　　扬子江夏汛，皇上下旨除了擢升苏晋为正七品监察御史，还命她去湖广道巡按，后日卯时便走。

　　柳朝明接过圣旨，没说什么。

　　钱三儿看了一眼他阴沉的脸色，代问道："后日卯时就走，这么急？"

　　吴敞道："回柳大人，回钱大人，这监察御史一上任便能去地方巡按的，可谓少之又少。您知道皇上派了谁去京师衙门宣旨吗？是中书舍人舒大人亲自去的，这正说明皇上极看重这位新上任的苏御史，咱家可给都察院道喜了。"言罢，对二人拜过，退了出去。

　　柳朝明握着圣旨，在原地站了一会儿，刚唤了一声"钱三儿"，就看到赵衍从外头回来。

　　赵衍将晁清的诉状递给柳朝明，斟了盏茶一口饮尽，才道："成了，我紧赶慢赶着回宫，就怕耽误事。"

　　钱三儿好奇地道："耽误什么事？"

　　赵衍大约渴得厉害，又斟了盏茶，端着茶杯道："这不是怕曾凭咬死不画押，曾友谅来找麻烦吗？"

　　钱三儿顿了顿，退到旁边去了。

柳朝明看了眼诉状，见上头的字歪歪扭扭的，不由得蹙眉问："他用左手写的？"

赵衍点头道："可不是？一身傲骨，性情倒是与苏时雨挺像的。"说着，又凑近看了眼状子，道，"你说照他这种脾气，没了右手不如一死了之，可你知道他为何非要活下来吗？"

柳朝明抬眼问："为何？"

赵衍又想起方才审晁清时的情形。

夏日的阳光明晃晃地洒在晁清清癯的眉目间，他望着窗外，淡淡地道："赵大人，我不是没想过死，可我当时在寻月楼的隔间听出来了，那个筹划士子闹事案的人是吏部的曾凭。我有一个故友，当年险些被他害死，我纵然一介布衣，也有报仇雪恨之心。为了她，纵使日后不能再画，我也要活下去。"

赵衍叹了一声："他说，苏时雨是他的生死之交，画艺固然比他的命重要，可他与苏时雨的情义比他的画艺更重要。"

柳朝明负手走到窗前，问："他如何证实自己所言不虚？"

赵衍道："他当日留在寻月楼，看到曾凭给刑部的陆裕为送了两个小妾，我着画师照着他说的画了，拿去比对，确实一般无二。"说着，又叹一声，"要是早一些找到晁云笙便好了，证实先前士子闹事是被有心人怂恿的，那样今年春闱也不会冤死这么多人。"

一旁的钱三儿听了这话，笑了一声："便是没人闹，陛下就不办了吗？这可是做给天下人看的大戏，陛下该杀的，还是一个不落地全要杀。"

赵衍指着钱三儿道："你真是嫌自己命长了，竟然说这样的话。"一想，又道，"不过这七王下头的人还真是精于算计，就这一回，借陛下之手轻而易举地除掉了裴阁老，还顺带除掉了晏子言，东宫这亏吃得大了。"

柳朝明望着窗外即将西沉的夕阳，问道："听你这么说，晁清是一个身家颇干净的书生，那他可有交代，为何要去寻月楼？"

赵衍听此一问，又想起晁清当时的样子。

右边的袖管空空地垂着，晁清伸出左手，握住案前盛了清水的茶盏，怔怔地看着里头荡起的涟漪，一时无话。

初遇苏晋的样子，晁清到现在还记得。她是那么端秀洒落的一个人，举手投足间都有清风皓月的气质。

他当时还有些嫉妒，觉得她就像一颗明珠，只要她在，便有万千华光，足以让周遭所有人失色。

后来跟她熟悉了些，他才知她从小孤苦无依，比家里尚有一位老父的他更凄苦。

当年她落难，一个人从死人堆里爬出来，他找到她，背着她求医，发现她其实是女子的时候，不是没有愤懑与震惊过。但在满腔怒意平息后，他心中恍惚生出的，竟是欢喜与释然。

他是不孝的。那年老父过世后，他只回乡守孝半年便不顾山高水远地去寻她。

在松山县的日子，大约是他这一生最愉快的时光。

她在衙门做小吏，他在街巷卖字画，他们春日赏花，冬来踏雪。

她渐渐将他视为知己，对他十足信任，竟连她是谢相孙女这样天大的秘密也坦然相告。

他知道她一生至今已走得伤痕累累，束心缚情乃是人之常情，有时候便自顾自地想，就这么做她的知己，陪她一生一世也不错。

直到今日在凭栏处，看着她看向宫楼时，眼中一闪而过的华光，他才知原来这世间也会有让她真正牵挂的人。

这样也好。

晁清想，若心头有了牵挂，从今往后，她也不必那么孤苦无依了。

赵衍问他为何当日要去寻月楼。他望着杯中水，慢慢地说了一句话。

赵衍对柳朝明道："他说，爱而不得，所以自甘堕落，奈何曾经沧海，覆水难收。"

柳朝明沉默了片刻，淡淡地问："晁清人呢？"

赵衍道："他说京师若无他事，他明日便启程去蜀中了。"

柳朝明道："这就要走了？"

赵衍再叹一声："我觉得他是怕拖累苏时雨。他到底是得罪了七殿下的人，留在京师，苏时雨必然会保他，到时他岂不是又将苏时雨置于险境？"

柳朝明吩咐道："令沿途湖广四川两道御史多加护佑吧，左右一个无名小卒，朱泽微的人至多追出湖广便不会跟了。"

赵衍应是。

柳朝明想了想又道："我府上有幅《春雪图》，乃他平生得意之作，明日他走时，你让人交还给他吧。"

赵衍道："行，那我着人先去你府上把画取了。"说着，拾起搁在案头的官帽，转身走了。

钱三儿看赵衍的背影消失在公堂门外，才走上来道："柳大人，这苏晋后日就要离京巡按了，明日可要着他上都察院来，在官册名录上签押？"

柳朝明略一思索道："她后日卯时便启程，明日还有诸多事务要办，你派人把都察院官册名录送到京师衙门让她签押吧。"

钱三儿应了声"是"，须臾，又不无遗憾地道："唉，我只与苏晋打过两回照面，都没能与他好好说上话呢。"

柳朝明端茶的动作一顿。

钱三儿双手一摊："这苏时雨不是被老御史和柳大人您念了好些年吗？连带着我也莫名其妙地惦念了几年，我真是冤。"

柳朝明扫了他一眼："你有什么好冤的？"又道，"罢了，明日就由你将官册名录送去。"然后他深思了一阵，道："对了，你现在就去镇抚司，把许元喆的骨灰罐子和衣冠取回来，明日也一并送去。"说着，眸子微垂，思量着低声道，"她心里大约还记挂着这事。"

公堂里一时十分安静。

柳朝明不由得抬眼看向钱三儿。钱三儿一脸好奇地盯着柳朝明，疑惑道："柳大人，您好像有些不对劲啊。"

柳朝明眸色一寒，放下茶盏。

钱三儿面色一僵，当即弓着身，诚恳地道："明白，三儿这就滚，这就滚。"说着，一步一步退到门口，一溜烟跑走了。

苏晋接了升任监察御史的圣旨后，当夜被周萍与刘义裖拉去吃酒，隔日起得晚了些。

她本打算上午去镇抚司领许元喆的衣冠，下午再去寻阿婆的尸骨，一开门就差点儿被绊住脚——应天府尹杨知畏正蹲在她门口唉声叹气。

苏晋愣了愣道："杨大人，您这是？"

杨知畏见了她如见了救命菩萨，说道："得亏你要去做御史了，再这么下去，本官的膝盖骨都要跪折了。"

苏晋一脸疑惑地跟他打了个揖。

杨知畏颤抖着抬起一只手，十分头疼，道："你去退思堂瞧瞧，你这回又把谁招来了。"

退思堂内，一左一右站了两拨人。

左手排头的人身着正四品云雁补服，身形偏瘦，面容俊秀，一双眼如月牙，双眉也是微弯的，不笑时也仿佛在笑，正是都察院正四品金都御史钱月牵，人称钱三儿。

右手排头的人身着正三品豹子将军服，身形颀长，薄唇似刀，眉目凛然，不苟言笑，这一位也是见过的，正是金吾卫指挥使左谦左将军。

两人似乎不对付，各占了一边。更奇怪的是，钱三儿身后的小吏手上捧了一袭衣冠，上头还摆了一个罐子；左谦身后的侍卫抬着一口棺材。

周萍与刘义褚站在堂中一角，一脸无言地盯着苏晋。

苏晋默了默，刚要上前去拜过二位大员，谁知还没跪下去，便被一左一右地搀起来了。

左谦道："不必。"

钱三儿道："苏御史倘若跪了，可折煞三儿了。"

苏晋甚是无言，只得抬手一揖。

钱三儿的月牙眼更弯了："苏御史，咱们见过，我姓钱名絮，字月牵，如今你我既已是都察院同僚，你同柳大人、赵大人一般，唤我一声钱三儿便好。"

苏晋摇头道："这怎么好，钱大人官拜金都御史，下官不跪已是不敬了。"

钱三儿笑眯眯地道："那就称呼一声月牵兄。"然后回首指着身后人捧着的物件道，"为兄今日过来前，特地去镇抚司取了许郓的骨灰罐子与衣冠为你送来，也为你省了一趟麻烦。"

苏晋心中一喜，拱手拜道："那真是多谢钱大人了。"

钱三儿正满意地点头，不防一旁有人高声道："本将军来，是因十三殿下听闻苏御史在找一名阿婆的尸骨，本将军已派金吾卫搜遍淮水上下，昨日终于找着，今日一早便送来。"

苏晋目色欣喜，也对左谦一揖："多谢左将军。"

岂知她谢过后，钱三儿与左谦并不走，仍是一个笑眯眯，一个严肃地盯着她。

苏晋想了想，道："今日晚些时候，下官再亲自去二位的府上拜谢。"

钱三儿摇头道："不必不必，苏御史接下来要做什么？"

苏晋回头看了周萍与刘义褚一眼，道："下官已与这二位同僚说定，今日要去城外将许元喆与阿婆合葬了。"

左谦道："你一个书生，岂不折腾？"

钱三儿道："说的是，这等小事，就交给我手下的人办吧，苏御史只需跟着就好。"

左谦冷冷地道："交给我。"

钱三儿道："凭什么？"

苏晋无言，一旁的刘义褚觑了觑几人的脸色，凑过来道："一起一起。"

左谦点头，冷着脸转身，钱三儿"哼"了一声，拂袖就走。

众人在淮水边择了一块依山傍水的地，将元喆的衣冠、骨灰与阿婆葬在了一处。

坟草青青，风拂过，像是事过境迁后，有谁在低语。

苏晋、周萍、刘义褚在坟前拜下，左谦带着金吾卫，钱三儿带着都察院小吏，也跟在后头拜下——

故人已去，唯愿六合之外也一处山明水秀之地，能让所有失散之人得以重逢。

安葬完元喆与阿婆，左谦又与钱三儿一起送苏晋回去。

送到府衙门口，二人刚要告辞，苏晋忽然想起什么，道："二位大人稍等。"

她打了个揖，匆匆折回府内又匆匆出来，将一柄墨色油纸伞呈给钱三儿道："这柄伞是柳大人之物，还望钱大人能代下官归还。"

钱三儿狐疑地盯着这把伞，蓦地在伞柄上看到一个手刻的"昀"字，不由得吓了一跳，说："这个还是苏御史自己去还吧。"

苏晋迟疑了一下，道："宫中来人说，监察御史的官印要明日晨才送来，下官眼下无法进宫。"

钱三儿一本正经地道："哦，这没什么，柳大人今日休沐，苏御史可以去柳府找他。"他忽然又道，"我想起来了，我在宫里还有点儿急事，先走了。"说着，疾步走了。

苏晋转头看着左谦，呈上一把匕首。岂知她还未说什么，左谦看了这匕首，也是一惊，道："苏御史，这是殿下之物，还请你自行归还。"

苏晋道："可是下官……"

左谦不等她说完，点了一下头道："我知道，殿下他……"他一顿，喉结上下动了动，"今日也在王府。"

这么巧？

苏晋一愣，还没说话，左谦忽然一个纵跃翻上马背，言简意赅地说了句："告辞。"打马疾驰而去。

一个时辰后，柳朝明一脸淡定地迈进柳府府门。

安然只觉得是太阳打西边出来了，讶异地道："大人，这还没到下值时分，您怎么就回府了？"

柳朝明道："哦，休沐。"

阿留道："可是，大人四更天走的时候没提今日休沐啊。再说了，这么多年下来，大人哪回休沐日真的休沐了？又再说了，大人这一年的休沐日阿留都替您记着呢，不是今……"

他话未说完，忽然一顿，且惊且喜地朝柳朝明身后看去："这不是苏公子吗？"

柳朝明眸光微动，转过身来已是气定神闲，扫了一眼苏晋手里的伞，淡淡地问："有事？"

苏晋见礼，呈上手中的伞道："听闻大人今日休沐，下官特来物归原主。"

柳朝明还没说话，一旁的阿留就好奇地道："苏公子怎么知道大人今日休沐？阿留都不知，而且——"

柳朝明转头看了安然一眼。安然会意，捂住了阿留的嘴。

柳朝明这才道："不必，一把伞而已。"顿了一顿，又道，"武昌府多云多雨，这伞你带在身边也好。"

苏晋抬目，只见他一身墨衣立在廊檐下，人如冷玉，眼似黑曜。

她垂下眼帘，将伞往身后背好，拱手拜下："那便谢过大人了。"又道，"下官明日启程，望大人保重。"

苏晋离开后，安然一松开阿留的嘴，阿留便道："柳大人，那伞可是您当年进都察院后第一回出外巡按，办成大案当日遇到雷雨天，心中喜极买的那一把？我听三哥提过，他还说您最珍爱那把伞，亲自在伞柄上刻了一个'昀'字。可您为什么……"

话没说完，安然伸出手，对柳朝明道："我还是把他的嘴堵上吧。"

另一边，覃照林正蹲在王府正门旁，与王府总管郑允插诨打科。

覃照林被革职后便被朱南羡带来此处，生生从一个六品指挥使混成了看门老爷，还觉得挺滋润。

两人闲扯了一通胡话，忽然瞧见朱南羡一路策马归来，从马上一跃而下，大步流星地迈进王府。

郑允诧异道："殿下不是说要去南昌就藩了，这几日都住在东宫吗？"

朱南羡一看府里尚没甚动静，似是松了一口气，理了理袖袍道："哦，本王回来随便看看。"

覃照林道："这有啥好看的，这儿是殿下您自己的府，您还嫌瞅不够？就说俺家那婆娘，成日里挖苦俺，俺老心烦了，巴不得……"

他话未说完，忽然朝朱南羡身后看去，惊诧地道："这不是苏……苏……"

覃照林知道她是女子，半晌没能喊出什么。

174

朱南羡眉梢一颤，负手回过头，看似十分镇定地问："你……怎么来了？"

苏晋呈上一把匕首，匕首上刻了九条游蟒，说是蟒也不尽然，其实是少了一趾的龙："微臣听闻殿下今日在府上，特来还殿下的匕首。"

郑允见了这匕首，两眼一下就直了。

覃照林道："哎，你咋知道殿下在府上？俺也是刚刚……"

"多话。"覃照林还没说完，就被郑允打断了。

郑允朝朱南羡拱了拱手，十分正经地道："殿下，小的先带覃护卫进府里去了。"

朱南羡"嗯"了一声。

郑允带着覃照林目不斜视地走回府中，走到一半，忽然又转了个弯绕回来，扒在府门后头往外看。

覃照林被他这一通迂回弄得摸不着头脑，不由得问："咋回事？"

郑允在唇上比了个嘘声的手势，再往外看，双眼又直了。

朱南羡走到苏晋身前，抬手将匕首轻轻往回一推："不必，不过一把匕首而已，你留着防身。"

苏晋想了想，没有拒绝。她将匕首收了，又道："殿下，微臣是来与殿下道别。"

朱南羡点了一下头："嗯，本王听说了，父皇着你去湖广武昌府巡按。"

苏晋抬头看他一眼，又将眸垂下，抬手拜下："殿下，那微臣告辞了。"一顿又道，"殿下保重。"

朱南羡看着她的背影，忽然叫了一声："苏时雨。"

苏晋回过头来。

他一身紫衣，眼眸亮得如星辰一般，眼神却在她回头的一瞬间变得有些迷离："这匕首，你记得带在身边。"

苏晋点了点头："好。"

等苏晋的身影消失在街口，郑允一个猛扑跪倒在朱南羡脚边，欲哭无泪："十三殿下，你怎么把九龙匕送出去了？"

覃照林看郑允这副架势，蒙了，茫然地跪下，跟着磕了几个头，才转头问郑允："啥玩意儿？"

郑允道："那可是陛下钦赐的匕首，每个皇子一把，乃宫中皇子身份的象征，见匕首如见皇子啊。"

覃照林傻眼了，抬头看向朱南羡，朱南羡却一副正深思的模样。

半晌，他思有所得，道："她明日一早就启程，也不知盘缠带够没有。郑允，你去备些盘缠。"

柳朝明坐在正堂，有一搭没一搭地拨着茶碗盖，吩咐道："武昌府冬冷夏热，安然，你去太医院领些上好的药材。"

朱南羡抬手摸了摸下巴："官府养的马太次，郑允，你去北大营牵两匹好的。"

柳朝明啜了口茶："巡按的马车岂是人坐的？安然，你去沈青樾那里，跟户部讨一辆舒适的。"

朱南羡负手走了两步，看着郑允道："这一路要走两个月，也不知路上会不会闷，她又是个爱瞧书的，郑允，你去秦淮河边淘些新鲜有趣的话本子。"

柳朝明放下茶盏，看着安然道："我记得我有一本棋谱，上头记了不少古时残局，此去武昌路途遥遥，她闲时钻研棋谱倒是不错。安然，你去找出来。"

朱南羡长叹了口气："她一做起事来就拼命，身边没人保护不行。"

柳朝明揉了揉眉心："平白落了一身伤，她身边没人照顾不行。"

朱南羡脑中灵光一现，目光忽然落到覃照林身上。
覃照林——武艺，很不错，保护人绰绰有余了；头脑，够简单，不怕苏晋治不了他。朱南羡负着手，围着覃照林看了两圈，扬了扬下巴道："你去。"
覃照林又傻眼了："啥？"明白朱南羡的意思后，他愤愤不平地说，"苏……她可是个——""娘儿们"几个字还没出口就被朱南羡的目光逼退。
覃照林垂下头，依旧不服："俺不去。"
朱南羡淡淡地问："去不去？"
覃照林挺直背脊跪得端正，盯着朱南羡的锦靴，仍不忿地道："不去。"又补充道，"殿下您就是把俺的腿打断，俺都不去！"
朱南羡扬眉，高声道："郑允，拿刀来！"
刀锋还藏在刀鞘里，朱南羡握着刀柄，漫不经心地将刀在覃照林的脖子、胳膊、腿上都比了比。覃照林惊出一身冷汗："殿……殿下，您这是要干啥？"

朱南羡手腕一振，"唰"的一声长刀出鞘。他举起刀，刀光映着日晖发出耀眼的光。

朱南羡悠悠道："本王打算先将你这双腿卸了！"话音落，一个纵刀劈了下去，刀锋却在离覃照林的膝盖毫厘处稳稳停住。

覃照林一头砸在地上，险些将地磕出个坑："俺去。"

柳朝明正深思，一抬头，忽然瞧见阿留捧着一摞熏过杜若的衣物自正堂门口路过。余光里扫到门柱上仿佛有一道污渍，阿留不由得扯起袖口揩了揩，又揩了揩，然后看向自己的袖口，叹道："唉，又得洗。"

柳朝明分外满意地勾起唇角，道："安然，把他也送去。"

阿留本已走了，在外头听到此话，又退回几步，探头问："谁？去哪儿？"

安然道："大人让你跟苏御史去武昌府。"

阿留听了此言，一时竟说不出话来，手中的衣物"啪"的一声掉在地上，张了张口，难过地说："大人您……要撵阿留走？"

柳朝明扫了一眼安然，安然会意道："不是撵你走，是委以重任。"

阿留略缓心神，又抚着腮帮子深思道："阿留是很喜欢苏公子，但也不想与三哥、大人分开。武昌府阿留还没去过，去瞧瞧也不错，可是阿留去了，大人与三哥该由谁来照顾呢？唉，真是让人不省心啊。"他说着，眼前忽然一亮，"大人，不如这样，您先将苏公子留下，择一日，咱们三人一起陪苏公子去武昌府吧？"

柳朝明平静地看着他道："安然，拿刀来。"

安然一惊，看了阿留一眼，"大……大人？"

柳朝明不紧不慢地道："你要留下也可以，先把舌头割了。"

隔日一大早，苏晋拎着行囊从京师衙门出来，就看到在一辆端方宽敞的马车前站着的覃照林与阿留。

二人已吵了一早上，脸色都不大好。

原因是覃照林非要卸了阿留马车的马，换上自家殿下命人从北大营牵来的。阿留一个文弱小厮，虽拧不过他，却也念得他耳根子生疼。

二人历经昨夜一夜，都被料理妥当，一见到苏晋，都十分热忱地迎上去。

覃照林接过苏晋手里的行囊道："苏大人，俺奉了十三殿下的命，往后就跟着您混了，您别嫌俺是个大老粗就好。"

阿留扶着苏晋登马车，和气地道："苏公子，阿留奉了柳大人的命，日后都要跟在您身边照顾您，您别嫌我话多、有洁症就好。哦，对了，柳大人还让我一定要告诉您，阿留犯洁症的时候话就少，话多起来就顾不上洁症，他说您可以拿这个治阿留。不过咱们之前就见过，阿留对您一见如故，我三哥说……"

苏晋听他说着，沉默不言地上了马车，沉默不言地拉上车帘。

覃照林跃上辕座，握住缰绳，阿留也坐上辕座。

马车辘辘地跑了起来。帘子外，阿留的声音又絮絮传来："苏公子？您可知我为何叫阿留？当年闹饥荒，我们一家兄弟四个失散了，我与三哥流落到杭州府，是柳大人收留了我们。我二人自小就跟着他，他为我们起名为且留、安然。我嫌阿且不好听，就叫阿留了。您知道为何安然是我三哥，不叫且留却要叫安然吗？这是因为……"

忍无可忍，无须再忍。

车帘忽然被拉开，苏晋一脸郁闷地盯着覃照林，吩咐道："找东西，把他的嘴堵了。"

覃照林已被吵得双眼发直，听闻此言如蒙大赦，立时勒住缰绳道："好咧，俺这就脱袜子堵！"

阿留闻言一惊，趁马车停下的当儿，跳下马车，甩下一句"休想"后溜走了。

他看似文弱，没承想跑起来跟兔子似的。

覃照林意外地"嘿"了一声，一扔缰绳，跃下马车追阿留去了。两个人转瞬间就一前一后地跑出数丈远。

苏晋撩着车帘，甚是无言地看了他二人一阵，收回目光往四周看去。

原来马车已行到山间了，新泥芬芳，道畔的草叶上还凝着露珠，更远处晨光熹微，日光在云团子边镶了一圈金。

苏晋也下了马，负手站在道边，山岚阵阵，拂过她的发丝与衣衫。

她望着即将亮起来的苍穹，忽然觉得岁月如潮，纵有潮涨潮落，仍有归海一刹那的平静，恰如朝阳挣破层云，藤蔓爬上古城墙，醒木惊断一出老掉牙的书段子。世间疾风密雨，总有让人心安处。

第二卷

第十二章　波澜再起

一年半后。

从南往北走，越走越冷。

冬至以后不见落雪，反倒是淫雨霏霏。回京的官道格外泥泞，苏晋一行三人颠簸了两个多月，才堪堪赶到应天城外的驿站。

这时已是景元二十四年的初冬了。

时光转瞬即逝，这一年多来，苏晋先在湖广治理了夏汛，后查出湖广布政使私吞修河款，以身犯险取得实证后上书朝廷。

二十四年开春，圣上着令她巡视苏州府。在那里，她发现一名吴姓人士拿着假的御宝文书，自称是锦衣卫千户，在当地大肆敛财，胡作非为。她当即上表朝廷。圣上震怒，下令将吴姓人士以及当地知府知事一干人等枭首示众。

苏晋一年之内连办三件大事，震惊朝野，老一辈的官员无不感慨后生可畏。

直到今年夏末，京师又传旨任命苏晋为钦差，去广西监察巡按。谁知她走到半路，上头又下了一道圣旨，让她回京复命。

苏晋接到圣旨，竟生出一种恍惚感。春去秋来、东奔西走，原来她已离京岁余，许久未见到故人了。

苏晋一行三人刚在驿站讨了碗水喝，就看到不远处的茶寮内一阵骚动，好像有谁说了句"又死人了"。一时间人心惶惶，不少人往应天城内跑去。

覃照林见此情形，问道："大人，俺们要跟去瞅瞅不？"

苏晋想了想："不急，先找人问问再说。"

阿留闻言，默不作声地掏出官印给一旁的驿官瞧了瞧。

这一年来，阿留已被苏晋管教得十分妥当了，每日闭嘴两个时辰，若实在要说话，开口后一次不能超过三句，总共不能超过三十句。

驿官看了眼官印，发现竟然是回京复命的苏御史，当即跪地磕头道："小的有眼不识泰山，竟未曾给大人见礼，请御史大人恕罪。"

苏晋道："无妨，起来回话吧。"

驿官忙不迭地站起身，弓身道："要说这儿出的事啊，还跟都察院有些干系。几年前，圣上为防民间冤案不达圣听，特地在承天门外设了个登闻鼓，御史大人您还记得不？"

苏晋点了点头。

登闻鼓是景元帝命专人所设，由都察院的御史看守。凡百姓有冤，可上京至承天门外击鼓鸣冤，由皇上直接受理，如有官员干涉，一律重惩，自然，如查明冤屈作假，那击鼓人亦会被处以重刑。

数年来，有人通过击登闻鼓沉冤昭雪，但也有人因击响此鼓被施以杖刑，更有人死在了赶往京师的路上。

"这来击登闻鼓的人无一不是背负了天大的冤屈。可就在前几日，陕西一个知县击完鼓后，也不说自己有什么冤屈，就站在鼓前自尽了。大人您说怪不怪！"

苏晋问道："连诉状也没有吗？"

"没有。"驿官摇了摇头，"更怪的还在后头呢。那知县自尽后，圣上本已着御史去查了，可就在第二日，居然又有一个书生模样的人来击鼓，击完鼓后也自尽了。"

覃照林听到这里，瞪大眼："这知县和书生咋看着像说好的呢？"

驿官道："这下官就不知道了，但听说两人确实曾住在同一家客栈。"然后又道，"出了这两桩奇案后，圣上震怒，命都察院、刑部与京师衙门一起查办，谁知才查了两天，就在刚才，又有人死在登闻鼓下了。"

苏晋眉头一皱，问："这回死的是什么人？"

驿官道："回御史大人，具体是什么人下官不知，但方才听茶寮那头跑腿的说，这回死的是个女的。"

苏晋微一沉吟，负手走向马车道："过去看看。"

一行人进了正阳门，发现众人都在往承天门赶。巡城御史与兵马司只好在各个街口设了禁障，以防止拥堵。

苏晋不得已，让阿留在马车前挂了监察巡按的牌子。

承天门前仍围着许多瞧热闹的人，覃照林大大咧咧地拨开人群，护苏晋来到登闻鼓下。地上果然躺着一具湿漉漉的女尸，女尸旁，已有御史带着几个都察院的小吏来探查究竟了。

御史姓言，名脩。苏晋走上前去，拱手揖道："言大人。"

言脩一抬头，愣了愣，抬手行了一个更大的礼："不知苏大人已至京师，一路辛苦。"

他二人本属同级，但言脩这个大礼施得不是没有来由的——

景元帝久病不愈，唯恐自己驾鹤西去，新皇无人可用，这年年关刚过便擢升了许多大员。都察院内，赵衍被提为右都御史，钱月牵被提为左副都御史。都察院的官职本就有空缺，景元帝这么一提拔，左右佥都御史的职位便没人了。

上头虽未挑明，但朝廷上下都知道景元帝一道旨意令政绩卓然的苏晋半路折回京师，是想擢升她为正四品佥都御史。

苏晋道："苏某本该在驿站歇一晚，明日再回都察院复命，但还在应天城外就听说这里出了事，故而赶来看看。"又问，"现如今是怎么样了？"

言脩回过头，一看小吏们与仵作还有的忙，便将苏晋请到一边，压低声音道："不大好。"他看了看天色，"今日一大早，皇上就把柳大人、赵大人、钱大人还有刑部和京师衙门的诸位大员召到奉天殿议事，眼下天都要黑了，人还没出来。偏偏这会儿又出事了！言某真是，唉，都不知该如何交代。"

苏晋回头看了眼女尸，问道："这个是跳河自尽的？"

言脩道："是。前两个一个撞死，一个拿匕首抹了脖子，小吏都没防住。这个来的时候，那些小吏已十分当心了，但总不能拦着不让人击鼓吧。谁知她刚击完鼓，回头就扎进护城河里去了。"

苏晋道："可溺死之人必定因吃水过多而腹部肿胀，这女子身子依旧纤细，并无此状，可见是一落水便被人救起来了，怎会是溺死的？"

言脩点头道："苏大人所言甚是，仵作也这样说，因此怀疑她早就服了毒，跳河后毒发身亡。眼下仵作正打算将尸体抬回衙门开膛验尸。"正说着，一旁的小吏过来请示，说想立刻将女尸带回京师衙门细细检验。

言脩准了。

几人将尸体抬上板车，盖了白布，一路推着往京师衙门走去。那群瞧热闹的百姓也跟着走了。承天门前这才静下来。

言脩抬头看了眼天色。初冬的天暗得早，申时刚过，已白茫茫一片了。太阳不见了，周遭仿佛也冷了些许。

言脩拢了拢袖口，似面有难色，想了想却道："眼下天色已晚，苏大人离家年余，赶紧回府上与家人团聚才是正经事，明日再来都察院不迟。言某还要去趟宫里，会在那儿逗留些许时辰，到时会带话给柳大人说您已经回来了。"他不知苏晋的身世，才会说出这样的话，其实她哪里有什么家人？

苏晋也没有在意，道："言大人自方才到现在已瞧了两回天色，是有什么急事赶着去做却又被绊住了吗？若如此，苏某倒可以帮忙。"

言脩一听此话，本想推却，但手里的两桩案子确实都是大事，耽误不得，便对苏晋施以一揖道："如此，言某却之不恭了。

"苏大人想必已知道，这头一个死在登闻鼓下的人是陕西鹿河县一名姓曲的知县。言某已查过，曲知县到京师后拜访过一位故友，当时这位故友对他闭门不见。但两日前，曲知县一死，这故友竟说要为他办丧事，非但张罗了三日的流水席，请认识的不认识的都去吃，还专门请了戏班子来为曲知县哭丧，前后态度反差太大，实在蹊跷。"

苏晋算了算日子，明白过来："今日是流水席的最后一日，言大人是想趁这个时机混进去打听一下情况？可登闻鼓下又死了人，您一时走不开，因此觉得为难？"她一顿，说道，"言大人不必忧心，流水席那边，苏某可代您去。"

言脩心想眼下也没别的法子了，便道："那苏大人记住了，那家人姓冯，曲知县的故友正是这一家的老爷——冯梦平。冯梦平家里是做茶叶生意的，住在城东鱼袅巷，门口有两尊石狮子。"

苏晋点了一下头，转身欲走。

言脩叫住她，行了个大礼："如此，便多谢苏大人了。"

苏晋道："言大人客气了。"

言脩直起身来，笑道："苏大人有所不知，两个月前皇上命您回京的圣旨下来后，都察院里里外外都很高兴。钱大人还说，等您回来要寻一日为您摆酒接风，柳大人一向不喜欢热闹，竟也没反对。"

苏晋一听这话，问："柳大人他还好吗？"

言脩道："还是老样子，夙兴夜寐，操劳太过，成日宿在都察院，除了公务就是公务。"说着又笑道，"等登闻鼓这桩案子结了，想必年关就快到了，陛下的寿辰正好在那时。陛下今年高兴，打算好好庆祝一番，早便下了旨，令在藩的诸位殿下回京，脚程快的说不定近日就要进京了。咱们都察院到时也在年关节歇上几日。"

苏晋问："十三殿下也回来吗？"

"也回。"言脩道，"但听人说南昌府那边有些事，十三殿下耽搁了些时间，会晚几日到。"说着又一笑，道，"苏大人您这一年来不在京师，不知道这边发生了多少事，回头得空，言某一桩一件讲给您听。"

苏晋点了点头："那先谢过言大人了。"

天暗得实在快，方才还白茫茫的，眼下暮色四起，大地仿佛笼罩着一团苍蓝的雾。苏晋穿过雾往前走，心里头竟突生一丝怯意。

是近乡情怯。

她头一回有这样的感受。

其实各驿站都有邸报，柳朝明与朱南羡也不是无名之辈，有心者一看邸报便知他们发生了什么事。

所以她知道苏州府御宝文书作假案发生后，柳朝明立即上书朝廷，建议拟制勘合，外派官员出入城镇一律做勘合比对。景元帝看过奏疏，当即龙颜大悦，说柳卿慧极，可惜已位极人臣，无法再升品级，是故令其入了内阁，与一群老臣一起为皇上票拟。从此，柳朝明可谓大权在握。

她也知道朱南羡就藩南昌以后，短短两月就领兵平息了流寇。他开仓散粮，令饱受流寇迫害的百姓有所食；轻徭役，减赋税，亲力亲为，令各农户有田可耕，各商户有物可贩；设立自己的亲军卫，不过半年已成气候。至今年秋，南昌府估出来的税粮竟比去年多了一倍。

苏晋透过雾，看见在巷口等自己的覃照林与阿留。

覃照林问："大人，俺们是回驿站歇脚吗？"

苏晋想起言脩方才的话，摇了摇头，道："不了，我还有事。照林，你一年多未着家，先回去见见家人吧。"又看向阿留道："你也是，先回柳府看你三哥，他应当十分挂念你。"

覃照林与阿留本不愿丢下苏晋一人，但跟了苏晋年余，深知苏晋说一不二的性情，只得走了。

苏晋到冯府时，天已经全暗了。

冯府的门半敞着，外头挂着白灯笼，一片缟素。

府门前有个迎来送往的阍人，见苏晋一身浅青直裰，外罩白色大氅，气度不凡，迎上去见礼道："公子可是我家老爷的故旧？"

苏晋不置可否："听闻冯老爷正为在登闻鼓下自尽的曲知县办丧事，在下敬佩曲知县的胆识，不知可否进去为曲知县上一炷香？"

阍人自然不推拒，哈着腰将苏晋往府里请。

流水席就摆在前院，来吃席的多是些吃闲饭的，脸上没有半分郁色。但冯梦平戏做得很足，非但请来一个草台班子披麻戴孝地跪在前堂哭丧，堂中居然还停着一口棺材——曲知县的尸体早就被都察院抬走了，棺材里躺着的是照着曲知县的模样糊的纸人。

小厮将苏晋请到排头一桌，对冯梦平道："老爷，这位新来的公子说想为曲知县上一炷香。"

冯梦平正招待一名身着月色披风的男子。

苏晋看了眼此人的背影，正觉眼熟，只见那男子听到言语声，回过头来。

两人对上目光，同时愣了愣。

桃花眼下有颗泪痣，不是沈青樾又是谁？

冯梦平看这二人像是旧识，不由得揖道："还未请教两位贵客高就？"

苏晋与沈奚沉默片刻，一同答道：

"不才，区区都察院苏御史扈从。"

"不敢，在下是户部沈侍郎随侍。"

这话一出，苏晋与沈奚无言地互看了一眼，面上虽没什么，心里都知道坏事了。苏晋想着冯梦平家做的是茶叶生意，沈奚一个户部侍郎来此，想必是税粮出了问题，正好谎称与他一伙。沈奚亦做如是想，这丧事是为曲知县办的，都察院不是正查这案子吗？

不承想彼此都是来浑水摸鱼的。

冯梦平的脸色顷刻就变了，富态的脸上一双细眼眯了眯，他忽然笑道："既然当真都是贵人，在外院就席却是冯某怠慢了，不如里面请。"说着，做了个请姿。

沈奚打量了一下他这副"端庄圆润"的相邀之姿，嘻嘻一笑道："不必了，我家青天御史念及曲知县宫门击鼓，或有冤屈，着区区来拜祭，不吃席。"说完，大摇大摆地走到正堂前，合起手，胡乱地对着棺材里躺着的纸人拜了三拜。

苏晋跟着沈奚一起拜过，在冯梦平反应过来之前，前脚跟着后脚，利索地出了府门。

一离开冯府，苏晋与沈奚的表情倏然变得难以言说——当年光禄寺马少卿设局伏杀十三殿下，他二人在事发后表里相应，泼曾友谅一身脏水的默契哪里去了？怎么年余不见，他们就互相拆起了台子？

然而现在不是他们寻晦气的时候，看冯梦平方才的样子，只怕已打草惊蛇了。为今之计，只有先下手为强！

邻巷忽然传来更锣声，沈奚看了苏晋一眼，没来得及解释太多，只问："你的官印呢？随身带着吗？"

苏晋摇了摇头。她知道沈奚此言的用意，回问道："沈大人身上可有信物？"

沈奚略一思索，点了一下头，与苏晋一起赶到邻巷，一把拦下更夫。

沈奚自怀里取出折扇，放在更夫的手里，言简意赅地道："你去一趟应天府衙门，就说户部沈侍郎现在被困在城东鱼袅巷的冯梦平府邸，请府尹杨知畏杨大人立刻带官差前来解救。"

更夫听了这话，顿时傻眼了。户部侍郎，这是什么品级的官来着？他戳在原地呆了半晌，忽然腿一软，登时就要跪下磕头。

苏晋伸手一拦，斥道："什么时辰了还磕头？"一顿，冷言道，"还不赶紧去？耽搁了大事，本官砍了你的脑袋！"

这话果然管用，更夫脖子一缩，丢下更锣撒丫子就跑了。

沈奚与苏晋这才转身，疾步往冯府赶去，生怕晚一刻冯梦平就溜了。

二人一时间也来不及商量，苏晋只问了句："什么罪名？"

沈奚利落地道："随便套一个。"

苏晋一点头："行。"

冯府内，冯梦平果然已将来吃席的人都请走了。小厮正要为府门上闩，只听"砰"的一声，府门忽然被推开。

沈奚与苏晋一左一右负手站着，目光冷冷地看向府内。他二人一时没有说话，大氅在风中向后翻飞，平添三分威仪。

冯梦平眼中闪过一丝恼色，走上前来合手揖了揖："二位不是……"

"冯梦平，"未等他把话说完，沈奚便冷声道，"本官接到密信，说你谎报税粮，特来拿你回户部审讯。"

冯梦平赔笑道："阁下方才不是说自己是御史大人的扈从吗，怎么转眼又成户部的人了？"

沈奚问："本官说什么你就信什么？"说着，他慢条斯理地从袖囊里摸出一张纸，对着纸念道，"此信上说，你们冯府除了茶叶生意，今年一年还接了棉布、绢布生意，合产五万匹。"

苏晋站在一旁，心里还想着沈青樾既有密信，为何不早拿出来，目光往他手里的信纸上一扫，那居然是张银票？

沈奚说完，将"密信"一收，继续胡说八道："棉布一匹折一石粮，绢布一匹折一石二斗，为何你报上来的只有四万石粮？当真是泉台鼙鼓动，惊起老秦兵啊！"

这一番胡诌看似是说给冯梦平听，其实是说给苏晋听的。

苏晋自然也听明白了——

重点有二：其一，沈奚查出今年的税粮有问题，奈何没有实证，这是他来冯府的主要原因；其二，出问题的地方是陕西道，因为"泉台鼙鼓动，惊起老秦兵"正是《长安行》里的句子。

曲知县是陕西人，沈奚这么暗示，大概是怀疑曲知县自刎于登闻鼓下与陕西的税粮有关。

冯梦平听了沈奚的话，冷静下来："一派胡言！你若真是户部的人，当知我冯家百年来除了茶叶生意，从不染指旁的生意。我看你就是来闹事的，来人！"

"本官看谁敢？"不等冯梦平下令，苏晋斥道，"冯梦平，曲知县进京后曾登门拜访你，他都跟你说了什么？"

冯梦平脸上的肥肉颤了颤，似乎十分抵触这个问题，刚冷哼一声，苏晋又道："怎么，你不知道承天门前的登闻鼓都由我都察院御史看守？曲知县既然击了登闻鼓，自然有御史前来查案，冯老爷不想在这里答话，是等着本官将你请到都察院审讯吗？"

这话一出，冯梦平果然让步道："回大人，草民当年考秀才，与曲知县是同年，他来找草民不过闲话家常，没说什么。"

曲知县是撞死在登闻鼓下的，想必当时已抱了必死的决心。一个决心赴死的人怎么会找一个相交寻常的人闲话家常？苏晋这一问实乃诈问，只要冯梦平说谎，就说明他八成是有问题的。

一个普通的茶叶商人，哪怕生意做得再大，只要税粮有问题，凭户部之能，不出三日便能将他查个底朝天。如今户部的人发现税粮有问题却查不出问题所在，还需户部侍郎亲自查问，依苏晋的经验，这里头怕是水深得很，官商相护是跑不了的。

苏晋盯着冯梦平，忽然笑了笑："谁是你在官府的牵头人？"

冯梦平一听这话，目光忽然变得狠厉。

眼前这两人气度不凡，要说当真是扈从、随侍，他是不信的。他知道自己惹不起户部侍郎与都察院御史，原本打算将二位菩萨送走，自己逃出京师避避风头，没承想这两人竟咬死了他不放。眼下看来，他得罪不起也要得罪了。

冯梦平冷冷地道："把这二人捆了，扔到后院柴房去。"

苏晋闻言，立刻自腰间抽出一把匕首，匕身上刻着九条面目狰狞的游螭。

她将匕首托于掌上，原想学沈奚，谎称这匕首乃御赐之物，威吓冯梦平。哪知她一个字还未说出口，冯梦平见了这匕首，眼里已然露出畏惧之色。

苏晋愣了愣，不由得看了匕首一眼。

这时，府外忽然传来杂乱的脚步声——杨知畏带着京师衙门的衙差到了。

杨知畏一见沈奚，当即拜下："下官拜见沈大人。"

沈奚微一颔首，侧目看了眼冯梦平，道："把他捆了，明日一早移交都察院。"

杨知畏应"是"，却在看到苏晋手里的匕首后双眼一直，忍不住要跪。

沈奚拍了拍杨知畏的肩，笑嘻嘻地道："杨府尹捆人去吧，本官有些话要私下跟苏御史说。"

等杨知畏退开，沈奚冲苏晋扬了扬下巴，问："这匕首，你知道来历吗？"

苏晋道："这是十三殿下所赠。"她想了想，又问，"当真是御赐之物？"

沈奚一本正经地道："是不是御赐的本官不知道，但这的确是朱十三珍爱之物。"他说着忽然对苏晋眨眼一笑，"因为从前他总跟我说，每回揣着这匕首去吃花酒，桃花运都十分好。"

苏晋听了沈奚的话，愣了愣，又看了匕首一眼，脸上露出不知所措的神色，似乎不知怎么处置这把匕首才好。

沈奚莞尔一笑，从杨知畏那里取回折扇，甩手走了。

杨知畏捆好人，过来唤了一声："苏御史。"

苏晋这才反应过来，将匕首收了，揖道："下官失礼，还未曾拜见杨大人。"说着就要行见礼。杨知畏连忙将苏晋拦了。

苏晋的身份今非昔比，且不说都察院的御史本就可以越级弹劾，前一阵儿宫中更是盛传，陛下突然召苏晋回京是要擢升她为正四品佥都御史。

杨知畏十分有礼地道："人已捆好了，明日一早本官就着人送往都察院，不知苏御史还有什么交代没有？"

苏晋又是一揖："没有。烦劳杨大人夜里辛苦一趟，下官有愧。"

杨知畏回了句"哪里哪里"，便带着衙差走了。

苏晋出了冯府，一下子无处可去，本来想上接待寺，奈何官印没带在身上，只好找了间简陋的客栈歇下。隔日天不亮她便起身，跟客栈借了匹马，往正阳门骑去——她昨日与覃照林约好五更天在城南正门口见。

苏晋到城门时，覃照林已自驿站取了寄放的行囊等在此处了。

四周还是暗沉沉的，不远处传来马蹄声，苏晋回头望去，借着月色，瞧见浩浩荡荡一群人策马而至。领头的将腰间的令牌拿给城门护卫一看，出城而去。

苏晋觉得有些蹊跷，唤来近旁的巡城御史打听。那御史道："回苏大人，近几日正赶着诸位殿下回京，这些人是养在京师王府的府兵，知道自家殿下已到应天城附近了，出城去接。"

苏晋"嗯"了一声。

覃照林凑上来道："大人，您的官服、官印俺都给您备着呢。"他指了指正阳门，"俺从前是这儿的老大，俺去叫那群小兔崽子给您腾一间空房，您先将官服换了。"

覃照林去后不久，果然有两个小守卫毕恭毕敬地来迎她。苏晋随他们登上门楼，忽然心思一动，朝城门外望去。

不远处的驿站已亮起灯火，借着火光，只见那群巡城御史所说的王府亲兵忽然在岔口分成了两队。

苏晋心中又生起疑虑：若是去接自家殿下的，难道不知道对方从哪条路回京？

苏晋沉声问道："眼下都有哪几位殿下到京师了？"

一旁的守卫道："回御史大人，藩地在北边的几位殿下早已回了，因害怕再拖一阵子大雪封路。眼下也就南面的两三位殿下还未到，十三殿下早已传过信，说会晚几日，余下的好像还有十殿下和六殿下。"

苏晋想了想，又问："那方才出去的是哪个王府的亲兵？"

"是九殿下府上的。"

苏晋蹙眉："九殿下已在京师，还派亲兵出去做什么？"

守卫道："回御史大人，小的不知，但各王府的亲兵时常会借来借去，又或是九殿下派人去接哪位交情好的殿下也说不定。之前山西的三殿下回京，便是十四殿下领着亲兵出城相迎的。"

苏晋点了一下头，淡淡地道："你二人去吧。"等守卫走后，她指了指驿站外的岔道处，吩咐道："照林，你带几个人跟去看看。"

覃照林道："好嘞！"接着又问，"大人，俺该咋看？"

苏晋道："在何处落脚、逗留，说过什么，与什么人接触，任何异动都不能放过。"她顿了顿，看了覃照林一眼，"最重要的是什么？"

"啥？"

苏晋微蹙眉头，轻斥："没长进。"接着问，"我为何让你跟去？"

"去瞅瞅这些人在搞什么名堂？"

苏晋道："他们自称是王府亲兵，去接人。可接人的话，怎么会分道而立？他们打着王府亲兵的名号，八成是要图谋不轨。"她又问，"图谋不轨会怎么样？"

覃照林立刻答道："俺知道，会动刀子，会见血！"

苏晋一时无言，沉默片刻才说："图谋不轨，就是要做见不得人的事。见不得人的事只有在见不得光的地方才能做，这么多人一起动手一定不可能，所以他们必然会化整为零。"她吩咐道，"你带人跟着，他们的人一旦散开，立刻来回我。"

覃照林一巴掌拍向自己的后脑勺："唉，俺这脑子！"朝苏晋拱了拱手，当即动身了。

苏晋在空屋里换好官服，看了眼天色，觉得自己该去都察院复命了。

下了正阳门，看到方才的巡城御史还在城门前等着，她想了想，吩咐道："你着人去通政司取最新的邸报，看看还未进京的殿下都行至何处了。看过后，先不必来回话。几位殿下想必已离应天城十分近了，你再着人根据脚程去四周看看，等确定了殿下在何处，再来回本官。"如此也可避免一场是非。

巡城御史拱手称"是"。

苏晋往前走了几步，忽然又道："对了。"

巡城御史道："大人还有何吩咐？"

破晓时分的风吹得苏晋身上的斗篷往后翻飞，她抬目望向宫楼的方向，道："帮本官备一匹快马。"

安然坐在前院的石桌上，以手托腮听着阿留的絮叨，想着他在苏晋处大约是憋坏了，说了一夜还不停嘴。

这时，柳府的门忽然"吱嘎"一声开了。安然起身望去，诧异地问道："大人怎么这个时辰回来了？"安然随柳朝明走进正堂，帮他脱下氅衣，又道，"大人听说了吗？苏御史已回京了。"

柳朝明淡淡地道："我知道。"目光一扫，看到安然身后又惊又喜地盯着自己的阿留，眉头一蹙："你怎么在这儿？苏时雨呢？"

阿留知道柳朝明虽然一直一副寡言冷语的样子，但除了早年间处置过一个婢女，这些年对府里的下人并不苛刻。他们这么多年主仆情谊，他还盼着他家大人见了他能温和地对他说两句话呢，哪里知道大人一上来就是问责的意思。

阿留一下子委屈得都要哭出来了："大人您怎么这样待阿留？您不知道阿留这一年来有多想您！往常在府里，您最多让三哥堵阿留的嘴，可您知道苏公子对我做了什么吗？苏公子每日给阿留下两个时辰的禁言令。您知道如果阿留犯了禁令，苏公子怎么治我吗？当时我们刚到武昌府外……"他话未说完，柳朝明一个冷冷的眼风扫过，阿留当即吓得闭了嘴。

柳朝明又看向安然。

安然垂下目光，低声道："听阿留说，昨日苏大人一回京师便去承天门登闻鼓处问案，之后说有事在身，命阿留与覃护卫先走了。小的想着苏大人大约会歇在接待寺，便命李护院去接了，谁知……"

柳朝明看向正堂门口的李护院，问："人呢？"

李护院道："回大人，苏大人不在接待寺。"

柳朝明的脸色一下变得十分难看。苏晋本就没有自己的府邸，以前还有个京师衙门可住，现下却只能歇在接待寺。可接待寺里没人，那她能去哪里？客栈吗？

柳朝明厉声问："那她这一夜宿在哪儿？"

安然与阿留听到柳朝明的话，脸色顷刻变了。阿留张了张嘴，竟说不出话来。安然一把拽住阿留的衣袖跪下来，道："大人，此次是安然疏忽了。阿留想得少，不懂事，大人若要责罚，就罚安然好了。"

柳朝明面无表情地看了他二人一眼，径自迈出门槛，冷冰冰地抛下一句："备马车，进宫。"

都察院的小吏将苏晋引进公堂时，赵衍与钱三儿正巧在里头议事。苏晋见了他二人，疾步上前，刚要拜下便被赵衍拦住了。赵衍笑道："不必多礼，在外头就算了，咱们自己在都察院，可不讲究这些虚礼。"

钱三儿也弯着一双月牙眼笑道："苏御史，你这一年来在外头办案，可为我都察院长脸了！"

虽说不讲究虚礼，苏晋仍对着二人一揖："二位大人今日不上朝吗？"

赵衍道："皇上为了登闻鼓的案子召咱们议事，从昨日傍晚一直议到今早四更天，说是乏得紧，停了今日的廷议。"又道，"我早上回来时言脩还在值庐值夜，他说昨晚碰见你后已将登闻鼓案大致的案情向你提过了。"

苏晋点头道："是。昨晚下官还暗访了冯府，奈何遇上了户部的沈大人，两人话头没对上，被冯梦平瞧出端倪。下官怕他跑了，只好让京师衙门的杨大人将人捆了，今日移交都察院审问。"

她往四周看了看，问："既然不必廷议，为何不见柳大人？"

此言方出，苏晋就听外头的护卫道："参见柳大人。"

赵衍往外一指，笑道："这不，来了。"说着便往公堂外走去。

钱三儿也弯眼对苏晋一笑："来。"

两人一前一后走出公堂。苏晋跟在他二人身后，一抬头便瞧见柳朝明进入都察院正门往这边走来。他还是从前的样子，人如冷玉、不苟言笑，只是不知为何目光有些发寒。

赵衍高声道："柳昀，你看看是谁回来了。"

这个初冬已淫雨霏霏了好些日子，这一日难得天晴，阳光格外耀目。柳朝明抬头看到站在公堂门口的苏晋，慢慢顿住脚。

她像是瘦了些，脸色依旧十分苍白，眉目却越发清隽，看到他后眼里露出一丝难得的笑意。

柳朝明怔了怔，方才眸光里的寒色渐次退去，取而代之的竟是些许柔和。

苏晋快步迎上去，提了官袍跪下跟他见礼，双膝要落地时，手肘忽然被柳朝明一扶。苏晋抬头看他，柳朝明移开目光，手自她的肘上收回去，道："不必跪。"

苏晋称"是"，刚要再开口，府门外忽然有人欢喜地唤了一声："柳大人。"

来人是奉天殿的内侍总管吴敞。

吴敞的目光落到苏晋身上。他将拂尘往左手手腕一搭，欢喜的语气里更添三分恭敬："哟，苏大人也在。"

内侍中，有品级的公公将一般的监察御史唤作御史，只有四品以上的才称一声大人。

钱三儿一双笑眼如新月："听吴公公的意思，我都察院有喜事了？"

吴敞笑道："八成是了，左右不能是坏事，咱家先向苏大人道贺，向柳大人与都察院道贺。"说着看向苏晋，做了个恭请之姿："苏大人，皇上召您去奉天殿见驾，这便有请吧！"

苏晋点了一下头，跟柳朝明三人一揖别过，随吴敞去了。

奉天殿。

除了景元帝高坐于龙椅之上，右下首还立着大理寺卿张石山、吏部尚书曾友谅以及中书舍人舒桓。苏晋大拜而下——跪地俯首："都察院监察御史苏晋，参见陛下。"

然而景元帝没有应声。

奉天殿一时寂寂，苏晋只得以面贴地跪着，一动不能动。

大约过了一盏茶的工夫，上头才有声音悠悠传来："苏卿去苏州府办'御宝文书作假'案，好像上过一封奏疏为苏州知府与知事求情？"

苏晋心里一惊："回陛下，是。"

景元帝一边提笔圈画票拟一边道："你的奏疏在路上耽搁了，递到朕的皇案时，苏州那些人已被处死了。但朕记得你的奏疏上仿佛提了一句'罪证所指，涉事者乃吴姓人士及其同党，苏州知府等官员受其蒙骗，慑于其威，不敢僭越，实属牵连'，还请朕'从轻责罚'。"他说着搁下笔，语速仍慢悠悠的，"苏卿这句'慑于其威'，慑的是什么威？"

上十二卫都听命于圣上，吴姓人士假作锦衣卫千户，狐假虎威中的虎，不正是当今圣上？

苏晋记得，当时她查出"御宝文书作假"一案，曾上过两封奏疏，第一封便已说明实情，涉事者只有吴姓人士及其同党，苏州一干官员皆被蒙蔽其中。

没想到宫中的旨意下来，仍要将苏州知府与知事一并枭首示众，她内疚不已，这才上了第二封奏疏为其请命，然而石沉大海。

半个月后，她忽然接到柳朝明的来信，语气严苛至极，斥她有扰圣听，论罪当诛。

苏晋出巡年余，柳朝明只给她去过两回信。第一封是她在湖广道，为取当地布政使贪墨罪证，以身犯险，不幸受伤，一个月后柳朝明发信来问伤，斥她鲁莽行事，但语气尚算温和。然而这第二封，字里行间全是责难，末了还这么提了一段——

　　不会退而求其次者，诛；不会忍常人所不能忍者，诛；不会三思而后行者，诛。道之不行也，知者过之，愚者不及。

苏晋将这两句话放在心中咂摸了一遍，拜道："回陛下，是微臣鲁莽了。先前微臣不解圣意，不明圣心，后来见勘合施行顺利，各地官员一改往日风气，才知陛下处决苏州知府和知事是为天下官员做榜样。他二人……"苏晋以脸贴地，将目中的一丝伤色强忍下去，平静地说道，"他二人死得其所。陛下目光高远，臣犹不及也。"

景元帝深深地看了苏晋一眼，漫不经心地说道："行了，起来回话吧。"遂又问了这一年来发生的案子，以及湖广河道修筑工程的事宜。苏晋一一道来，无一处不妥。

待苏晋离开奉天殿，景元帝才道："张卿，朕听闻苏时雨当年高中进士后，曾跟着你在翰林院修过一阵书，算是你半个学生，你对此人怎么看？"

张石山拱手一拜："回陛下，此子比起往日持重沉稳，光华内敛又不失慧气，可谓大才已成。"略一顿，又怅然道，"竟让臣不禁想起刚入仕那年的柳大人。"

景元帝看了他一眼，摇了摇头："柳昀不一样。他在柳家长大，柳家是怎么教子的？存天理，灭人欲，自小便将人的棱角打磨平滑。若资质平凡，一辈子就这么过去了。可若是奇才，锋芒太盛却不能往外长，怎么办？只能往心里头长。面上好好的，像块水中温玉，一剥开，心里头全长着倒刺。"

中书舍人舒桓道："那依陛下看，柳昀是平凡的，还是不平凡的？"

景元帝冷笑一声："你说呢？"继而将话头一转，"这个苏时雨，一身傲骨！当初朕就在想，他若肯收敛锋芒，磨心磨情，前途必然可观，而今大才初成，舒卿，你这就拟旨，擢他为正四品金都御史吧。"

舒桓应"是"，当即退到一旁的桌案边拟写。

曾友谅道："陛下，这苏晋自从八品知事提为七品御史才不到两年，眼下又连升三级，恐怕不合适吧？再者说，这御史的品级本就不同于旁的大员。"

此言不假，御史掌监察之职，七品可弹劾府一级官员，而这四品金都御史非但可弹劾各部堂官，连皇室宗亲亦可参奏。

谁知景元帝听了这话，自案头拿起一本奏疏，自哼着笑了一声："你还有脸提这话？六年前，苏时雨入仕之初发生过什么，你当朕不知道？"

曾友谅吓得跪在地上："回陛下，若陛下责问的是苏御史当年被贬一事，臣彼时在病中，被蒙在鼓里，后来得知此事也是痛惜不已。"

景元帝将奏折翻了一页，顿了顿，忽又不以为意地道："不过，曾卿说得也有理。"

舒桓听了这话，拿着拟好的圣旨问："陛下，那这旨意是宣还是不宣？"

景元帝扫了眼舒桓手里的圣旨，道："吴敞，拿去都察院。"

吴敞高举着圣旨退了出去。

景元帝放下奏疏："柳昀慧极，进退有度，看似有情，实则无情，朝堂上不能没有这样的人。"说着，长叹一声，"可惜，朕老矣，再过几年你们也该老了，快死了，到时新皇登基，朝堂该由谁做主？这皇皇大殿，终归不能只有一个柳昀。"

"心里头长着倒刺的人，心都被蚀空了，可怖啊！"

苏晋前脚回了都察院，后脚奉天殿的旨意就来了，连带着赏赐了苏晋三百两白银。

吴敞打趣道："这赏赐是并着三桩案子与这回擢升一起拨的，苏大人莫要嫌少。"

苏晋回礼道："吴公公说笑了。"

柳朝明扫了苏晋一眼，淡淡地道："既已升为金都御史，就将官服换了吧。赵衍，你先带她去都察院各处看看，随后一起来公堂见我。"

都察院跟各部衙门差不多，除了几间公堂，还设有供官员值宿的值庐，四位堂官的值庐就在公堂旁边。另外还有卷宗阁、刑讯房、审讯房。

苏晋走到一扇近似牢狱门的屋门前，不由得停住脚步。

门前站着两名狱卒模样的守卫，檐上没有悬匾，门扉左侧悬了一个牌子，上面写着"暗室"。

苏晋问："赵大人，此处是做什么用的？"

赵衍顿了顿才道："也是审讯犯人的。"

苏晋有些诧异："不是已有数间刑讯房与审讯房了吗？"

赵衍移开目光："这……我也不知，总有些案子是要柳大人亲自审的。"

可柳昀亲自审的，到底是什么？曾凭的尸体被抬出来后赵衍去看过一眼，曾凭的十根脚趾只余一根，左手没了，胳膊与腿虽在，但骨头全被敲碎了。

这是要审什么才会用如此重刑？赵衍分明记得曾凭早已认罪画押了。

正当赵衍不知当如何作答时，府门外传来了拜谒之声。苏晋听声音有些耳熟，心中一喜，与赵衍揖道："大人，来人像是下官的故友，下官想去看看。"

赵衍松了口气，点头道："去吧。"

苏晋行至前堂，原来是周萍将冯梦平送来都察院了。

苏晋离京以后，原京师衙门府丞孙印德调任工部郎中，随后周萍受杨知畏保举，接任府丞一职。

苏晋快步走上前去，笑着唤了声："皋言。"

周萍正与御史言脩交涉，闻声看过来，见是苏晋，也是喜极，走上前来握住她的手道："时雨！你不知道，我昨日从杨大人那里听说你已回京，欢喜得一整夜睡不着，今日天不亮就提了冯梦平来都察院，奈何在承天门耽搁了一会儿，险些急死了。"

苏晋的眼里也有雀跃之色："我也是。原本一回京师我就想去探望你，奈何撞上了案子。皋言，你这一年来可过得遂意？"

周萍正要回答，不知何时从公堂踱出来的柳朝明看了一眼被捆来的冯梦平，又看了眼苏晋二人，倏然厉声道："跪下。"

不知柳朝明这话所指，院中大小一干御史齐齐跪了。

柳朝明看了一眼冯梦平，问道："谁拿的人？"

周萍俯首道："回柳大人，此人是下官……"

"大人！"未等周萍说完，苏晋打断道，"下官去冯府查案时不慎打草惊蛇，万不得已只好请京师衙门的衙差帮忙拿人。此事与周府丞无关，还望大人准他先回衙门。"

柳朝明看了身后的两名小吏一眼，小吏会意，将冯梦平带往审讯房。

柳朝明对周萍道："你不是我都察院的人，日后无要事勿登门。"

周萍应"是"，想为苏晋辩解两句，又恐说多了惹恼左都御史，只得走了。

柳朝明这才扫了苏晋一眼，淡淡地道："过来。"到了公堂门前，又顿住脚步，吩咐院中的御史："言脩，你们几人也来。"

柳朝明坐在桌案前，冷声问："为何拿人？"

苏晋将事情的来龙去脉说完后，补充道："原本只想去冯府暗中查访，没承想下官跟沈大人的话头接不上。下官唯恐人跑了，只得先将人捆回来审问。"

赵衍道："原来是亡羊补牢。此事不该怪苏御史。"

柳朝明凉凉地道："亡羊补牢也是亡羊在前，补牢在后。"他看着苏晋道："你方至京师，连案情卷宗都没看过，仅凭道听途说便自请查案，这便是你亡羊之根由。"

苏晋垂眸道："大人教训得是，是下官莽撞了。"

柳朝明这才将语气放缓了一些，问："听你的意思，沈青樾也在查此案？"

苏晋道："是，似乎是户部今年的税粮出了纰漏，查到了冯梦平这里。下官本想今日去寻沈大人问过，但还没来得及。"

柳朝明想了想道："不必了。此案连沈青樾都要亲自查问，想必里头水不浅，你初任金都御史，不便往这里头蹚。"又吩咐道："钱月牵，陕西鹿河县曲知县一案，全权交由你查办，冯梦平也由你来审。"

钱三儿应"是"。

柳朝明补充了一句："带去暗室审。"

钱三儿一顿，又郑重地揖道："下官知道了。"

柳朝明道："言脩，你们几人今后就跟着苏御史，查明日前毙命于登闻鼓下的书生与女子的死因。"

几人齐声称"是"。

柳朝明道："行了，都散了吧。"一干人等正退出公堂，柳朝明默了默，唤了一声："苏时雨。"

旁人见柳朝明像是有话要单独对苏晋说，帮忙掩上门后，都退得远远的了。

苏晋揖道："大人还有何吩咐？"

柳朝明沉默片刻，道："你虽扮作男子，但终非男子，行事处世当注意分寸。"

苏晋细想了想，对他一揖："下官记住了。"

苏晋回到自己的公堂时，言脩已带着数人在堂前等她了。一干人等跟苏晋拜过后，言脩道："苏大人，下官将那名书生与女子的卷宗给您送来了。"

苏晋点了一下头，然后扫了眼这些人官袍的纹样，发现除了言脩还有一名七品监察御史，便道："你二人跟我进来，其余的先散了吧。"

另一名监察御史姓宋名珏，年纪看起来比言脩大一些，唇上留着两撇长须，为人却不如言脩稳重。

苏晋翻了翻案头的卷宗，说道："我看完这些卷宗大约要一日，你二人先按现有的线索去查，查到要紧的，随时来回我。"

言脩称"是"，宋珏却转了转眼珠子，问道："苏大人，这曲知县的案子，咱们当真不碰了吗？柳大人怎么将这案子交给了钱大人呢？"

苏晋抬头看了宋珏一眼，问："不对吗？"

宋珏呆了一下："苏大人您不知道吗？户部尚书钱之涣钱大人正是我们都察院钱月牵大人的父亲。照说这案子跟户部挂钩，小钱大人应该避嫌的。柳大人怎么着他去查了呢？"

未等苏晋说话，言脩便道："柳大人做事自有他的道理。"言脩唯恐苏晋不悦，对她解释道："苏大人，宋御史这人就是这样，好猎奇，闲来无事爱打听各部衙门的闲事，没个正经。"

苏晋摇了摇头："无妨。"却问宋珏："照你这么说，钱大人的身世倒是和户部的沈大人有些类似？"

可同是尚书之子，同样身居高位，沈青樾恣意潇洒，举手投足随性自在；钱月牵虽也温和近人，但与沈青樾一比，少了许多因出身优越而带的贵气。

宋珏道："苏大人有所不知，钱大人与沈大人的身世只是看起来类似，事实上却大不一样。沈大人是沈家嫡长，上头只有三个姐姐，大姐早年过世便不提了，二姐是太子妃，三姐是四王妃。沈大人自幼常往来宫中，跟几位殿下还有重臣之子一起长大，那是贵不可言的主儿。

"至于小钱大人，钱尚书家有八房姜室，十多位公子。小钱大人的亲娘听说连姜室都不是，大约是个丫鬟，生下小钱大人后，还没来得及抬位分就过世了。就说小钱大人的名，据闻他出生那年京师柳絮繁多，惹得钱尚书直打喷嚏，钱尚书十分烦闷，又多出个儿子，觉得儿子跟柳絮一样碍眼，便为其起名为'絮'。听说当年钱府的人都懒得呼其名，因他行三，所以就称他钱三儿。"

苏晋听了这番话，不由得道："那他能走到今日，当真不容易。"

宋珏接着说："哦，还有……"却被言脩打断道："行了！"然后拱手朝苏晋一揖："苏大人，那我二人先告退了，您若有什么事，交给下官去办就行。"

苏晋"嗯"了一声："去吧。"

待到申时末，苏晋看完一半卷宗，便收拾好笔墨，预备离开了——她今日有事要办，不便多留。

临行前，她隔着窗瞧见柳朝明向钱三儿交代了几句话后又回了值房，大约今夜要值宿。

苏晋离开都察院，先去钱庄将三百两纹银兑成银票，然后去了接待寺，将官印拿给寺官验过，说还没找好府邸，要在此借住几日。

那寺官一瞧来人竟是正四品金都御史，忙跟她拜下。堂内一众赴京述职的官员听闻金都御史来了，也齐齐过来拜见。

苏晋还未受过这种礼遇，怔了怔才道："诸位不必多礼。"

寺官将苏晋引到一间上好的厢房，着人备了晚膳。苏晋用过后，洗漱完毕，便和衣而卧。

她心中放不下那日行踪诡异的九王府亲兵，闭上眼也不知是何时睡着的，睡了多久。忽闻外头传来叩门声，她一下就醒了。

来人是覃照林。他虽头脑简单，却有一个好处，不说废话，一见到苏晋，径自道："大人，俺跟着那群王府亲兵到了一个茶寮，也就打个盹儿的工夫，他们就没影了。后来俺细细一瞅，这群王八蛋居然扮成了茶寮的小厮和茶客。您说他们这是要做什么？"

苏晋眉头一皱，回厢房取了斗篷，疾步往外走："你这几日可曾看到哪位殿下回京了？"

覃照林道："昨天一早您一走，俺就瞧见十殿下进城了。十殿下看到这群出城的九王府亲兵，却装不认识，跟瞅不见一样。"

苏晋瞧见不远处的寺官，抛下一句："备马！"然后走出接待寺，牵了覃照林的马翻身而上："我去正阳门，你骑接待寺的马即刻跟来。"

覃照林站在马下问："大人，这群王八蛋是冲十三殿下去的？"

苏晋没答，在马上系好斗篷，扬鞭而去。

眼下尚未进京的只余六王和十三王。六王自十年前便娶妻偏安一隅，等闲不回应天府。这些人不是冲朱南羡去的还能是冲谁去的？

苏晋知道自己就这么急赶着出城怕也无济于事。九王府的亲兵打的是什么主意她尚且不知，如何帮得上朱南羡？她只盼着当日她派去查各位殿下脚程的巡城御史依然在正阳门守着。所幸天无绝人之路，苏晋一到正阳门，那巡城御史便走上前来拜见。

苏晋有些意外，勒马道："你们不是轮换当值吗？"

巡城御史道："回苏大人，是轮换，但下官想着这几日大人可能有事吩咐，怕大人一时找不着下官，便跟同僚调了值夜的日子。"他一顿，又道，"大人，下官手下的人已根据脚程找到了六殿下，只是还未发现十三殿下的行踪。"

苏晋问："你手下的人行至何处？"

"用的是八百里快马，南门外两条官道都跑过了，往来两百里。"

这时，覃照林也纵马赶到了。

199

苏晋言简意赅地吩咐道："你让守卫开城门，我要出城。"

覃照林呆了一下："为啥？"但深知苏晋说一不二的脾性，没等她解答，便按她的吩咐去办了。

眼下已快四更天了，一旁的巡城御史道："大人方升任金都御史，今日当去早朝，有什么事不如交给下官去办，下官一定尽力。"

苏晋回头看了眼宫楼："顾不了那么多了。"又问，"哪个方向？"

巡城御史也翻身上马："下官为您带路。"

苏晋、覃照林、巡城御史三人并辔而行。到了驿站岔口处，巡城御史又道："下官虽不知十三殿下会从哪条官道回京，但殿下自接到圣旨，也就晚了七日出发，赶在腊月前进京是足够的，想来会选左边这条好走一些的。"

覃照林说的茶寮也在这个方向。

苏晋扬鞭打马。马才跑了几步，她忽然觉出不对劲，随即勒住缰绳问："只晚了七日出发？"

"是，虽只晚了七日，殿下仍怕耽误了回京的时日，所以只带了四名护卫日夜兼程赶往京城，余下兵马后行。"

苏晋问："你怎么会知道这些？"

被苏晋一问，那名御史像是悟到了什么，怔了怔才道："回大人，下官是从兵马司那里打听来的。"

原来最关键的问题一直被她忽略了——朱南羡回京不过晚出发七日，何以闹得尽人皆知？

除非，他是故意将这个消息放给有心人听的。

苏晋忽然勒马回头，来到正阳门前，对一名守城护卫道："前一日，你跟本官说十三殿下会晚几日回京。这个消息你是怎么知道的？"

这名守卫正是当日带苏晋上门楼的那位。

"回大人，上个月金吾卫左将军出城时跟属下们提过一句，还吩咐属下们到时要警醒些。"

左谦？左谦堂堂一个正三品指挥使，平白无故跟守城护卫多说什么？何况守城护卫就把守城门这一关，就算是殿下们回京，还能警醒出什么花来吗？

看来朱南羡会"晚回京"，当真是有心为之了。

苏晋想到此，忽然想起她去广西的路上，路过江西道，听当地的监察御史说这一年来十三殿下被行刺过两三回，然而都有惊无险，消息也不曾传至宫里，都被压了下来。

这事听起来离奇，然而苏晋仔细一想，天底下敢害十三殿下、想害十三殿下的还有谁？

宫中各位殿下无一不心思缜密，当初七殿下设局更是异常周密，能干出在别人的藩地行刺这种蠢事的恐怕只有十四殿下了。

苏晋放下心来，问守卫："你们这里可还存着近两个月的邸报？"

邸报确实还余了几份，可大多数因为天冷被他们当柴火烧了。

见守卫支吾不语，一旁的巡城御史道："苏大人，那些邸报下官都看过了。下官不才，有过目不忘的本事，大人想知道什么，尽可以问下官。"

苏晋点了一下头："邸报上通常还记录兵马消息。十三殿下晚七日出发，兵马后行，那后行的兵马，邸报上可提过？"

巡城御史道："不曾。"

苏晋挑眉问："确定？"

"确定。下官翻看邸报时也觉得此处有蹊跷，还来回找了两遍。"

如此看来，连"兵马后行"的消息也是假的了。

说不定朱南羡在接到回京旨意的当日已让自己的府兵出发，他的兵马应当早就到京师附近了。

苏晋垂下眸，唇畔浮上些微笑意。

她极难得才笑一回，只可惜这笑太浅，又浸在沉沉的夜色里，叫人不能瞧清。

三人回到城中，巡城御史在苏晋的身后打揖恭送。

苏晋想了想，勒马回过身来，目光落在这名御史身上。

他看起来很年轻，五官端正，只是右边眉上有一块小凹痕。

苏晋缓缓地问："本官记得你姓翟，叫什么？"

那御史揖得更深了些："回苏大人，下官叫翟迪。"

"可有字？"

"字启光。"

苏晋点了一下头："你很好，本官记住你了。"说着，策马往宫中去了。

翟迪愕然抬头。夜色之中，他虽瞧不清苏晋远去的背影，可仍在原地站好，郑重地拜下："多谢苏大人。"

这一日早朝除了众朝臣，诸位皇子也在。景元帝问了户部年末的税粮黄册，着令礼部加紧备办年关事宜，末了，正要说登闻鼓的案子，一名内侍匆匆自殿外而来，报喜道："禀陛下，十三殿下回来了——"

朱景元喜怒不形于色的脸上露出一丝难得的愉悦："果真？"

"回陛下，十三殿下已到承天门外。"

景元帝点了一下头，对左首下方的一干皇子道："南羡年余辛苦，却劳有所获，这说做什么便做好什么的性子，你们都当好好学着。"言罢起身，大手一挥："朕的十三子回来了，众爱卿随朕一道去迎接一下吧！"

第十三章　龙生九子

景元二十三年的初春，细雨纷纷。朱南羡自西北回宫的那天，是一个人带着郑允进的承天门，那日只有沈婧和沈昊来迎他。

景元二十四年初冬，老皇帝总算有了为人父的心思，特许朱南羡带着自己的亲兵卫，自奉天门打马而入。

这一日天晴，苍穹上干净得连一朵云也没有。

奉天门骤然打开，分列两侧的虎贲卫齐齐拜下。朱南羡高坐于马上，马缓缓踏入。他身着月色蟒袍，肩披玄色大氅，眸子明亮如昔，微扬的嘴角带着些恣意的笑容，阳光歇在眉梢。

苏晋举目望去，只见日晖倒山倾海一般大肆洒落在他的身上，令她不得不移开视线，却又在暗处无声惊叹。

朱南羡健步如飞地登上墀台，撩袍跪地："儿臣参见父皇。儿臣在南昌日夜思念父皇，无时无刻不盼望父皇日月昌明、松鹤长春。"

景元帝看着他，目光里露出难得的慈爱之色。这个乱世枭雄、开国君王已双鬓苍苍，上前两步，宛如寻常老父一般弯腰将朱南羡扶起，伸手拍了拍他的肩膀："朕亦十分思念吾子。"

此话一出，诸皇子神色各异。

景元帝大手一挥："三法司留下，其余的人散了吧。"然后跟众位皇子道：

203

"朕要议登闻鼓一案，你们一起来听，出些主意。"

至殿上，右都御史赵衍将案情讲了一遍后，说道："现已查得第二个自尽的书生姓徐，与曲知县乃忘年之交，故里在山西。二人当年上京赶考时结识，同年落第，之后虽各自回乡，但多年来仍有书信往来。至于徐姓书生此次上京的目的，都察院已发急递着陕西和山西两道巡按御史去打听了。"

他接着道："离奇的是后来死的这个女子，眼下只打听到她在敲响登闻鼓的前一夜在一家客栈留宿。客栈的掌柜说，听她的口音也像是山西人，不过奇怪的是——"赵衍环顾四周，"臣命人查过京师户籍，此女子并没有在京师落户，八个城门也没有她的出入记录。甚至臣命人将她的画像张贴于城门，悬重赏，但除了那家客栈的掌柜与跑堂，没有人见过这名女子。"

景元帝看向诸位皇子："你们怎么看？悯达，你是长兄，先说说。"

朱悯达弓身一揖，问道："赵大人，照你的意思，这名女子像是凭空出现在京师？"

赵衍道："可以这么说。"

朱悯达又问："那么她的死因呢？本宫听说是溺毙？"

赵衍朝朱悯达一揖，看了苏晋一眼。苏晋点了一下头，接话道："回太子殿下，并非溺毙，而是中毒。"

今日一早，刑部已将验尸的卷宗送来，苏晋来早朝前看了一遍。

"这名女子所中之毒乃番木鳖，也就是俗称的马钱子。服用此毒者，初时只是头晕目眩，数个时辰后胸闷气胀，伴有惊厥症，呼吸不畅。她应当是毒发时犯了惊厥，而后身体失衡，跌入水中，窒息身亡。"

朱悯达点了点头，对景元帝回禀道："父皇，儿臣认为，既有人下毒，那么毒药从何而来一定有迹可循。药局对京师的药材出入都有记录，都察院可以从这马钱子的源头查起。"

景元帝道："是一个法子。"又看向其余皇子："你们呢，可有不同见解？"

这时，十四王朱觅萧忽然越众而出："回父皇，儿臣认为，第一个敲响登闻鼓的人毕竟是陕西的曲姓知县，说明一切因他而起，若能将此案的重点放在他的身上，或许更易查明真相。"

景元帝有些意外，脸上浮上些微赞许之色："不错，难为你这回深思熟虑。"

他收回目光，忽见诸位皇子中竟有一个闭目打盹儿的，不由得怒喝一声："朱稽佑！"

朱稽佑被惊得一抖，忙不迭跪下磕头道："父皇，儿臣知错了、儿臣知错了。"

却说龙生九子，子子不同。景元帝的众位儿子中虽不乏出类拔萃之辈，但也有缺心眼的废物。

废物之首当数三殿下朱稽佑。

朱稽佑此人年纪虽长，但自小好逸恶劳，幼时在宫里被约束着还好，自从封藩山西大同府后，骄奢暴佚，白日宣淫，实在为人所不齿。

景元帝原想借登闻鼓一案考考众位皇子，被朱稽佑这么一闹，顿时没了兴致，斥了一句："朽木不可雕也。"摆了摆手道，"罢了，你们都退下吧！"

诸皇子齐齐拜下，景元帝道："悯达，你与南羡今晚来明华宫，与朕一起用膳。"

朱悯达与朱南羡同时称"是"。

景元帝又对殿中站着的臣子道："各部堂官留下，其余臣工也散了吧！"

众皇子退出奉天殿，下了墀台才停住脚步。朱悯达说道："诸位皇弟许久不见，不如一并去东宫叙叙旧？"

话音刚落就有人应道："行，我与十三当真是有年头不见了，等下要借大皇兄的院子跟他切磋一下武艺。四哥，到时你来判个胜负。"说话之人是十二皇子朱祁岳。

宫中有三位皇子尚武，即四皇子朱昱深、十二皇子朱祁岳和十三皇子朱南羡。因此，朱南羡除了住在东宫的两位同母兄弟，便跟此二人走得最近。

朱昱深淡淡地说："你刚从岭南边关回来，历练不少，但十三这年余都在南昌府励精图治。你眼下说要与他比，于他有些不公。"

朱沢微笑道："四哥，你这就错了。十三虽在南昌府待着，可有人不愿让他太闲，时不时就派人过去跟他切磋比斗。是故十三的武艺是一日也不能生疏，他只怕一刻不练就没命了呢！"

这话一出，众皇子都不答话了。心中有数的不愿搭腔，心中没数的不敢搭腔。

须臾，忽有一人道："七皇兄这话是什么意思？"

问话的人是十七皇子。年余，他的个头拔高了些许，清秀的眉目间多了一分肖似朱南羡的英武气质。

朱沢微似乎有些意外："十七你可是住在东宫的，竟什么都不知道吗？"

他柔声道："这么说吧，你问问你十三哥，他此次回京的路可走得坎坷，在城外附近的茶寮是不是险些遇害？"说着又弯起唇角道，"得亏你十三哥如今长了心眼，否则也不知你今日是否能见到他。"

朱十七虽不明这宫中暗斗,但从小到大,谁最爱招惹朱南羡他还是知道的。是故他看向朱觅萧问:"是你的府兵?"

朱觅萧双手一摊:"跟本王有什么关系?"

朱悯达早知此事,奈何一个月前朱南羡传信让他不必担心,他便没有再管。

此刻,老七既已开了头,朱悯达便顺势道:"十三,有人在城外设伏?"声音瞬间冷了三分:"是谁?不站出来,别怪本宫查到后不客气!"

冬日长风起,墀台下的诸皇子默然而立,各怀心事。

忽然,九王朱裕堂双膝跪地,浑身颤抖地道:"回……回大皇兄,是皇弟的府兵。"

一见他跪下,朱觅萧蓦地瞪大眼。九王不过是个未晋位分的宫女之子,若不是当年被寄养在皇贵妃膝下两年,这宫里或许都没人知道这号人物。而朱十四正是皇贵妃之子,这宫中谁不知道九王是他的人?

朱祁岳笑道:"九哥自小谦让怯事,哪里来的胆子支使人伏击嫡皇子?恐怕这背后另有其人吧?"

朱觅萧打定主意撇清关系,不温不火地道:"十二哥这话是什么意思?难不成还是本王……"

他话未说完,左脸忽然挨了一拳。朱十七愤然道:"朱觅萧,事不过三!你以为我不知道你这一年来屡次派人去南昌府干了什么?你若再动我十三哥一次,就别怪我捅到父皇跟前去!"

十七虽文弱,但一拳全力砸过去,朱觅萧的左腮瞬间肿了起来。

苏晋与几位臣工自奉天殿退出来后,见众皇子还未离去,只好在不远处站班子。眼下皇子们竟动起手来,四周之人全跪了。

朱觅萧一时气极,他好歹是皇贵妃之子,生母乃后宫之尊,朱十七这个自小没娘的东西也配在他跟前耀武扬威?他慢慢点着头,一步一步逼近十七:"好……好!你父皇!你皇兄!那本王问你,你朱十七是个什么东西!"他舔了舔后槽牙,吐出一口血,忽然抬起手来,"狐假虎威,你也配?!"

朱觅萧的手抬到半空便被人一把握住。朱南羡一把推回他的手腕,冷冷地道:"你动十七一下试试?"巨大的力道令朱觅萧趔趄了几步才站稳。

朱觅萧心中憋着一团怒火,在原地站稳,深深地吸了一口气,四下一望,看到不远处还有几位弓身站班子的大员,其中一个,可不正是朱南羡最看重的苏晋?

朱觅萧一笑,点头道:"是,我动不了十七。"他忽然走向苏晋,狠厉地道,"但这宫中,总有本王动得了的人!"

然而就在他走到苏晋跟前的瞬间，朱南羡大步跟上，抓住他的手肘反手往身后一撇，将他掀翻在地。朱觅萧还没来得及爬起来，一柄刀鞘已架在了他的脖子上。

朱南羡缓缓地道："只要本王在，你谁也不能动。"

他沉默了一下，回头看向苏晋，问："你没事……"

话未问完便戛然而止，因为苏晋也向他看来了。二人对上目光，皆怔了怔，然后同时移开了目光。

不知从何处而起的长风忽然自耳畔灌进心里，有一瞬间，朱南羡的心跳简直要停止了。

很快，他身后传来苏晋的声音，也是低低的："微臣没事，多谢殿下。"

朱南羡垂着眼帘，抿了抿唇，轻轻地"嗯"了一声。

"都闹够了没有！"朱悯达喝道，看了眼架在朱觅萧脖子上的刀鞘，对朱南羡道："十三，把'崔嵬'拿开。""崔嵬"正是朱南羡为佩刀起的名字。

朱南羡一声不吭地将刀收了。

朱悯达又道："十四，你看清楚了，你眼前站着的可是都察院的金都御史，你若不放尊重些，莫说父皇，本宫现下就治你的罪。"

朱觅萧方才一时气极，竟没注意到苏晋已升了品级，今非昔比。他一眼扫过苏晋身上的云雁补服，心中突生一计。

他从地上爬起来，眼中狠色未退，笑意却起，一时间神情显得古怪、狰狞："大皇兄错怪皇弟了，皇弟正是听闻苏御史高升，想亲自为他道贺。"说着，他忽然回过身道："啊，对了，三哥不是说近日得了一对'金翅鸟'，邀本王今晚去你府上赏玩吗？这样，你顺便摆个席设个宴，请苏御史也一起过来。素闻苏御史高才，说不定还能为你那一对'金翅鸟'赋诗一首，更添意趣呢！"

三王朱稽佑骄奢淫逸，脑满肠肥，众皇子都不屑与他为伍，也就是朱觅萧为了壮大自己的势力，不惜将此等货色纳入麾下。

朱稽佑听了朱觅萧的话，咳了一声，郑重地道："苏御史，本王与十四王一起相邀，你不会不赏这个脸吧？"

他们已将皇子的架子端了出来，还要她如何拒绝？

苏晋只得一揖称"是"。

朱觅萧开怀一笑，故作热忱地道："诸位皇兄、皇弟还有想来的吗？"

没人理他。

朱觅萧望向一旁的朱南羡，不无遗憾地道："可惜了，十三皇兄要随大皇兄一起去陪父皇用膳，不然凭十三皇兄与苏御史的交情，若能一起来赏三哥新得的

'金翅鸟'，那才叫有趣！"

朱南羡一言不发看了朱觅萧一眼。

这时候，朱悯达道："苏晋，你既要赴宴，就不必站班子了，先回都察院吧！"

苏晋弯身应了声"是"，退到百尺开外，折身走了。

被朱觅萧一闹，众皇子都觉得扫兴。朱悯达又道："十三、十七，我们也走吧。"

三人一路无言，行至东宫垂华门外，朱南羡唤了一声："皇兄。"

朱悯达回过身道："我知道你想说什么。父皇那里我会找借口帮你遮过去，为兄只问你一句话，你可有把握制得住十四？"

朱南羡点了一下头，斩钉截铁地道："我要让他再也不敢妄动！"

朱悯达大笑一声："好！为兄信你！"

朱觅萧这回做得实在太过，连行刺之事都干出来了。若非看到父皇寿辰将近，身体每况愈下，他堂堂东宫太子，要了十四的命都是轻的。

不过塞翁失马，焉知非福，当年朱南羡就藩前曾恳求朱悯达无论如何都要保苏晋一命，并承诺日后定会助朱悯达登基。如今看来，一个苏晋，一个朱十四，换他的十三皇弟旷若发蒙、一日千里，不可谓不值。

朱悯达伸出手："日后险阻，有你与为兄同行，幸甚！"

朱南羡沉默片刻，抬手反握住他的手掌。

朱十七左看一眼，右看一眼，以为他二人只是在说朱觅萧的事，也将手放于他二人交握的掌上，说道："大哥、十三哥，还有我！"

朱南羡扫了他一眼，扬唇一笑，抬手打开他的手："你凑什么热闹？"

朱悯达也笑了笑，负手道："走吧，你们皇嫂该等急了。"

墀台下，朱悯达三人走后，其他皇子三三两两地也散尽了。

已至未时，一大早还十分晴朗的天慢慢蓄起云团，没了倾洒而下的阳光，四周顿时添了几分寒意。朱泽微的马车在一间茶楼旁停下。他掀帘看了看，周围的人无不拢起袖子缩着脖子，步履匆匆。

他又在马车里坐了半晌，直到茶楼里的跑堂过来通禀说里头的客人已来来回回换了一批，才下了马车，上了二楼隔间。

隔间内，一个黑袍人正凭窗远眺，听到脚步声，黯然道："这宫中的格局怕是要变了。"

桌案上摆了一盘残局，朱泽微看了一眼，温和地一笑，坐在棋盘一侧执白："哦，怎么变？"

黑袍人道："十三回宫，今非昔比。现在难道不是大皇兄一方独大？何况大皇兄手下人才济济，刑部沈拓、大理寺张石山、翰林院诸位学士。还有兵部的龚荃，虽不站边，但一向拥立正统。"

朱泽微落下白子，漫不经心地道："不过是一帮老头子。"

黑袍人叹了一声："所以你该庆幸，户部沈奚虽是大皇兄的内弟，却是一个凡事都留三分余地的人。否则凭他的才干，若当真全心辅佐太子，你的日子便不好过了。"

朱泽微拿指尖敲了敲棋盘中腹的位子，笑道："沈青樾的性情和柳昀有些相似，他们绝不会真正臣服于任何人，只忠于自己的心，所以本王根本用不着担心这一点。"

黑袍人道："那都察院的苏晋呢？不到两年便从八品知事升任四品佥都御史，实在有些本事。"

朱泽微看着棋盘，半晌，摇了摇头："此人不简单，身上像是藏了秘密。"又冲黑袍人扬了扬下巴，示意他在棋盘对面坐下，"当年苏晋落水，十三连夜送了两名侍卫出宫，我觉得蹊跷，派人去抓，抓到一个，另一个跑了，可惜什么也没问出来。后来我又派人去杭州查苏晋的身世，总也查不详尽，像是里三层外三层地裹了一团雾。"他说着一笑，"不过这个苏御史，做起事来有股狠劲，为人机敏透彻，确实有本事。"

黑袍人落下一子："可要趁他根基未稳，将他拉拢过来？"

朱泽微道："我从不用不知根底之人。"他盯着棋盘，忽而一笑，以一枚白子吃掉数枚黑子，"不过，可以利用。"随后唤来一旁的随侍，吩咐道："派人去告诉老九，让他跟朱十四请罪示弱，然后一起去老三府上吃宴席，看'金翅鸟'。"

他说到这里，屈指敲了敲额头，蹙眉深思："还有，当年应天府的府丞叫孙……孙什么来着？就是投诚本王的那个。"

随侍道："回殿下，叫孙印德，后来殿下让曾尚书将他调去工部任郎中了。"

朱泽微颔首："是了，十四手下的衙门里，值钱的也就一个工部了。"

他对黑袍人一笑，道："你不是说我手底下的人不如大皇兄多吗？这个姓孙的是个蠢货，刚帮老三在山西建了行宫。巧了，眼下苏晋正在查登闻鼓下冤死的山西书生跟女子……"说着，转头吩咐随侍："你去告诉老九，让他在宴席上将孙印德在山西修行宫的事透露给苏晋。"

黑袍人听他这么说，问道："怎么，这姓孙的工部郎中跟苏晋有过节？"

朱泽微笑道："当年他们在士子闹事案时结下了梁子，苏晋恨不得弄死他。"又执起一子，摇了摇头，"千里之堤，溃于蚁穴，姓孙的就是那只蚁。凭苏晋的本事，定能顺藤摸瓜，从姓孙的那里打开决口，将工部这颗牙从十四的嘴里拔出去。"

黑袍人执起黑子："你既然知道那死去的书生与女子与山西道老三有关，大皇兄怎会不知？"

朱泽微冷笑一声："他当然知道。他就等着我和十四为登闻鼓的案子斗起来，他正好隔岸观火呢！"又落下一子，"再说了，老三修行宫的事，都察院柳昀、户部沈青樾，他们谁不知道？还不是各有各的打算。老三呢，废物一个，于时局没有影响，让他在山西折腾，总比将这块宝地让给一个有野心的人好。"

黑袍人摇了摇头："所以择盟友，一定要擦亮眼看准了。十四连三哥都要，这不是搬起石头砸自己的脚吗？"

朱泽微以为英雄所见略同，粲然一笑，眉间朱砂殷红似血："所以我只选了你，你我兄弟一文一武，岂不正好？"

苏晋知道朱觅萧不怀好意。她下值后回接待寺换了便服，坐在桌前略一思索，随后将朱南羡赠给她的匕首揣在腰间。

到了三王府附近，她又嘱咐覃照林："你牵两匹快马在巷口等我，若我到亥时仍没出来，你便吩咐一人去正阳门，找一个名叫翟迪的巡城御史，让翟迪跟兵马司借兵，以盗匪潜入三王府的名义入府搜查。另外，你再亲自去找柳、赵、钱三位大人中的其中一人，将实情相告，然后告诉他们，到时可以以'听闻苏御史在三王府中受伤'的名义，强行将我带出。"

覃照林道："可俺瞅着你没受伤哩。"

苏晋道："给自己一刀还不容易？"

三王府府前有婢女相迎。

苏晋方入府内，就瞧见一旁的石径上有两人走来。她仔细一瞧，走在前头的那位竟是今日在宫中见过的九殿下朱裕堂，连忙拜下。朱裕堂伸手将她一拦，笑道："同是三哥府上的客，苏御史不必多礼。"

苏晋称"是"，直起身，视线扫向他身旁之人，不由得愣住了。

五短身材外加一双鱼泡眼，不是孙印德又是谁？

孙印德时任五品工部郎中，比苏晋已低了一级。然而他仗着是跟朱裕堂一起来的，既不跪也不拜，反而趾高气扬地道："苏御史，许久不见，恭贺高升啊！"

苏晋懒得理他，站在原地待朱裕堂先行。

朱裕堂也没走，反而对孙印德道："原来孙大人与苏大人是旧识。"

孙印德冷声冷气："旧识说不上，微臣怎么敢高攀苏御史，也就是当年同在京师衙门任职，见过几回罢了。"

朱裕堂笑道："孙大人当真相交遍天下，本王还当你这一年来在山西大同府监管行宫修筑，并不认识宫中新贵呢。"

苏晋听到行宫二字，眼中闪过一丝异色——圣上勤俭，明令各皇子就藩后，除了自己的府邸，不可再修筑宫宇殿阁。

她看了孙印德一眼，暗自将此事记下。

筵席设在水榭，四方摆宴，中有数名穿着清凉的女子伴着笙歌翩翩起舞。

朱稽佑高坐上首，一左一右拥着两名金发碧眼的女子，正笑着吃她们喂来的酒。

苏晋跟在朱裕堂与孙印德身后要入席，谁知刚走过栈桥，水榭前的两名侍卫持刀将她拦住。一名婢女自二人身后款款走出，举着一方托盘朝她跪下，托盘上摆着三杯颜色各异的酒。苏晋不解，抬头看向座上。

朱稽佑吃完酒又凑过去舔碧眼女子的纤纤玉手，三人正尽欢事，好像没有看到这边发生了什么事。

朱觅萧举着酒杯缓步走来，看苏晋一脸疑惑，勾唇一笑道："苏御史头一回来三哥的筵席，恐怕不知这里的规矩。这三色酒是三哥亲自酿的，初来乍到的人都要在其中选一杯饮下。"说着将手一抬，比了个请姿，"苏御史，请吧。"

水榭里传来了淫靡的笑声。

苏晋想，自己已是砧板上的鱼，为今之计只能多拖一刻是一刻了，便问："酒里放了什么？"

朱觅萧又笑了笑，倒也不跟苏晋绕弯子："这个苏御史大可以放心，三杯酒里只有一杯是毒酒。御史如果运气好，死不了。"

苏晋又问："另两杯呢？"

朱觅萧道："通常另两杯一杯是清酒，一杯里放了媚药。不过，苏御史极难得才肯赏脸赴宴一回，因此今夜这两杯酒里，都放了媚药。"

苏晋目光一寒："媚药是给女人吃的，殿下拿来赏微臣是什么道理？"

朱觅萧笑道："是给女人吃的。但御史大人容貌俊秀，许多貌美女子比之不如，谁知不是有断袖之癖的人呢？苏御史若非凭着这张脸，以色侍人，又如何在短短两年内从一名小小的知事升任金都御史？又如何得本王的十三皇兄再三庇护？本王今日正是要借此酒探一探苏御史平步青云的真正缘由。御史放心，服下

211

此酒，无论你是好龙阳还是好脂粉，三哥这里有的是娈童侍女供你享乐。"他说着回过头，看向正跟两名碧眼女子纠缠的朱稽佑，笑得更加愉悦，"哦对了，本王险些忘了，这里还有一对'金翅鸟'呢。"

金翅鸟原是古籍中的神鸟，苏晋万万没想到朱觅萧所说的"金翅鸟"竟指的是那两名波斯女子。

朱觅萧的言语粗俗不堪，苏晋不想再听下去，刚转过身，就见栈桥另一端大步走来一名身着月色蟒袍、肩披玄色大氅之人。他脚下像履着劲风，来到苏晋身边，一挥手将那托盘掀了，酒水洒落湖中，泛起层层波纹。

朱南羡冷冷地注视着朱觅萧，忽然扬眉一笑："不用试，本王就是喜欢她。"

朱觅萧看到朱南羡，脸色有些难看："十三皇兄不在宫中陪父皇用膳，怎么来三哥府上了？"

朱南羡不理他，牵了苏晋的手腕，对持刀拦在跟前的两名侍卫道："滚。"

两名侍卫连忙收刀拜下。

水榭中的舞女见此态势，也纷纷退到一旁跪拜。苏晋看了一眼这些舞女，心想：朱稽佑确实会享乐，连舞女都挑形貌相似的。

朱稽佑在两名碧眼女子的搀扶下摇摇晃晃地站起身，来到朱南羡跟前："十三弟来了？"他双颊酡红，目色迷离，一张嘴满口酒气："来人，给本王的十三皇弟上酒！"

一名婢女呈上酒来，酒杯旁还有一个丹药瓶。

朱南羡皱眉问："这是什么？"

朱稽佑打了个酒嗝道："这是寒食散，吃了以后……"他看了一眼朱南羡握住苏晋手腕的手，"嘿嘿"笑了一声，道："来人，给苏御史上一杯'赭水'。"

另一名穿着清凉的婢女呈上酒来，酒水呈赤红色，与方才三色酒的其中一杯一般无二。

朱南羡一声不吭地松开苏晋的手腕，端起那杯"赭水"，晃了晃，对献酒的婢女道："赏你了。"

那婢女抬头看了朱南羡一眼，顿时双颊飞红，从他的手里接过酒杯，慢慢饮尽。

酒性发散得极快，不过须臾，那名婢女便呼吸急促，玉颈之间竟渗出细汗。

朱稽佑看了这场景，忍不住舔了舔唇。

一旁的朱觅萧对婢女道："愣着做什么，还不赶紧好好伺候十三殿下？"

婢女应了声"是"，也不知是酒性催发还是确有情动，不顾礼仪地往朱南羡身上贴去。

朱南羡侧身避开，扫了托盘上的寒食散一眼，淡淡地道："三哥这里除了这些下作的东西，就没别的了吗？"这话俨然将朱稽佑与朱觅萧一起骂了进去。

朱稽佑在山西大同府称王后，谁见了他不是俯首帖耳？他几时受过这种谩骂？他脸皮子抖了抖，就要发作，一时又念及朱南羡是嫡出，父皇偏宠得紧，生生将这口闷气忍了下去。

朱觅萧心中亦恨极了，眼中的狰狞之色几乎要掩不住，却还笑道："三哥，咱们险些忘了，十三皇兄自小尚武，眼下又好龙阳……你府上不是养着些会剑舞的公子吗？"

朱稽佑听明白了他的意思，惺惺作态道："是养着些舞剑公子。可刀剑无眼，九弟、十三弟、苏御史都是贵客，只怕那些个不中用的一个闪失，伤了他们如何是好？"

朱南羡听了这话才瞧见对面还坐了一个九王朱裕堂。

朱觅萧道："这有何妨？我等又不是没见过世面，见剑指来，还不会自行避开吗？请吧！"

须臾，水榭外走来十二名身着白裳、敞胸露腹的持剑公子。鼓瑟起，持剑公子踩着鼓点，或攀山揽月，或素手摘星，倒真有几分练家子的样子。

笙歌再起，鼓点加急，忽然间，十二名持剑公子三人一列，朝四方刺去。

朱觅萧不知何时已退到苏晋身旁，正要抬手将苏晋推向那刺来的剑，却被她一个闪身避开。

与此同时，朱南羡右手持刀，刀鞘打偏剑锋，刀柄在手里挽了个花忽然往下反压，突如其来的力道将剑柄从对方的手里震开。三名持剑公子猝不及防，手中剑齐刷刷地落在地上。

朱南羡回过头，一把抓住朱觅萧的胳膊往回一折。只听"咔嚓"一声，朱觅萧发出一声惨叫，胳膊肘歪成一个不可思议的角度，竟是脱臼了。

朱南羡这才收了刀，淡淡地说道："花拳绣腿，不看也罢。"

朱稽佑与朱裕堂惊得说不出话来。他们算是看出来了，十三今日是冲着十四来的。

好半晌，朱稽佑才道："十……十三弟。"

朱南羡抬头看他一眼，朱稽佑一抖，咽了口唾沫继续道，"胳……胳膊。"

朱南羡浑不在意："嗯，胳膊。"然后拧着朱觅萧的手往回一送，又将胳膊给他接了回去。

朱觅萧哪里受过这种罪，疼得直冒冷汗，好不容易缓过来，再不掩恨意："好，朱十三，你等着，本王……"话未说完，朱南羡抬脚将方才落于地面的长剑一挑，右手接住长剑，转身便朝他刺来。

一道寒芒自朱觅萧的眼旁闪过，长剑擦着他的右耳，扎进了一旁的地面。

水榭中寂静无声，朱南羡将长剑从地上拔出，放在手里把玩："怎么，还要让本王给你全身都松松筋骨？"

豆大的汗珠从朱觅萧的额间渗出。耳边不过破了一道口子，他却觉得疼得钻心刺骨。

朱觅萧这回真的有些怕了，心有余悸地道："本王与你无冤无仇，你不请自来，到底想怎样？"

"无冤无仇？"朱南羡听了这话，拿剑指向朱觅萧的脖子，冷冷地道，"本王在南昌府不过年余，你派了五回刺客；本王回京，你命府兵在茶寮伏击。你次次想要本王的命，这叫与本王无冤无仇？"言罢，将剑尖更往里送了些许，朱觅萧的脖颈上出现了一道细微的血痕。

朱裕堂见此情景，跌坐在一旁，忍不住劝道："十三，算了。"

朱觅萧挣扎着道："你既然将计就计让你的兵马先行，早就设下埋伏，将那群刺杀你的府兵全抓了，就该知道他们不是本王派的，而是……"他一顿，看了朱裕堂一眼，"他们是九哥府上的。"

朱南羡将剑收了，也看向朱裕堂，问："你还帮他说话吗？"然后自袖囊里取出一封信，往地上一扔，问朱觅萧："那这个呢？"

朱觅萧想去拾信，奈何左边胳膊动弹不得，只得催促朱裕堂道："快念给本王听！"

朱裕堂刚念到一半，朱觅萧便听得心惊，这竟是自己去年指派刺客刺杀朱南羡时写给对方的亲笔信。朱觅萧再也顾不上胳膊疼痛，一把夺过信件，以牙代手，将信件撕得粉碎。他又抬头环顾四周，朱裕堂不敢看他，朱南羡一副无所谓的神色，倒是苏晋，眼中似乎有些微讥诮的笑意。

朱觅萧已是草木皆兵，问道："你这副样子是什么意思？"

苏晋道："回殿下的话，殿下的密信不浇火漆吗？"

是了，密信都会加浇火漆，以防事先被人拆毁。而方才这封信，上面并无火漆痕迹，应当是朱南羡命人仿写的。

朱觅萧真是恨透了这二人，握拳捶地道："三哥，让你的亲兵卫将这两人抓了，就地正法！一切后果本王来担！"

朱稽佑愣愣地说道："十四，这……这可是十三弟和金都御史。"

朱南羡不以为意，四下看了看，道："三哥府里才养了几个亲兵卫？便是添上你十四王府的也不过数百人。"

朱觅萧瞪大眼道："你什么意思？"

朱南羡道："没什么意思，只是想告诉你，本王既然敢单独来，怎么可能会怕你区区几百亲兵卫？"他扬起嘴角笑了笑，"你是不是想知道你的亲笔信在哪儿？来之前，本王已交给沈青樾，并且命左谦在巷口守着。只要三哥府里有动静，金吾卫就会破府而入，与此同时，沈青樾也会将你的信交到父皇与大皇兄的手里。到时人赃俱获，你们这里的人还能活几个？"

朱觅萧深吸一口气，半晌才道："本王知道了，你是故意的，故意不将我派人刺杀你的事回禀父皇，好抓我的把柄；故意谎称兵马后行，好捕我的府兵。就连今日，你也是趁我不备设下陷阱，并以此来威胁我。"他一顿，怒吼道，"朱十三，你到底想做什么？！"

朱南羡道："想做什么本王已经告诉你了。本王想护的人，你一根毫发也不能动，否则，后果自负。"说完，他再不理朱觅萧，向苏晋伸出手，轻声道："来。"

苏晋知道他的用意，垂眸将手放入他的掌中。

水榭里一场明斗，他们竟未察觉外间世界已落起雪。

细雪微微，二人一起出了三王府。府外是寂静的，巷陌尽头只有郑允与覃照林等着，没有左谦，亦没有金吾卫。

想来也是，朱南羡刚回京师，金吾卫的领兵权还在景元帝的手里。朱南羡此刻若妄动，岂不落人口实？朱南羡方才那套说辞不过是诓朱觅萧罢了，但朱觅萧做贼心虚，不敢不信。

掌心的温度有些烫人，苏晋低声唤了一句："殿下。"

朱南羡一怔，慌忙将手松开，垂眸道："是我怠慢了，我方才那么说是因为……因为……"

苏晋点了一下头道："臣知道，殿下这么说是为了臣好，让十四殿下再不敢对臣轻举妄动。"

朱南羡抿了抿唇，想说什么，又忍住了。

两人并肩而行，往巷陌走去。

雪粒子纷纷扬扬地洒落，像是将时间变慢了。

过了一会儿，朱南羡问："做御史……很好吗？"

苏晋"嗯"了一声道："拨乱反正，守住内心清明，不必再浑噩度日。"

朱南羡沉默了一会儿，最终道："你喜欢就好。"

落雪沾地即化，却仍将天地染上素色。

巷陌里有棵老树，冬来，树叶落尽，只余枝丫。

朱南羡仰头望向老树，忽然道："苏时雨，你看。"

苏晋却别过脸看向他，他英挺的侧颜俊朗无双，雪簌簌落下，有一粒就歇在他的长睫之上。

睫毛微微一动，朱南羡像是意识到什么，也别过脸来，轻声道："你等等。"

说完，他纵身而起，脚踩树干借力，跃上一根粗枝。

枝头像是有什么东西被惊得落了下来，朱南羡一手攀住一根枝丫，一手卸了腰间的长刀，足尖点在粗枝上，倒身而下，伸出刀柄接住那被惊落之物——竟是一只拳头大，毛都没长齐的雏鸟。

朱南羡单膝跪立在粗枝上，将雏鸟置于掌心，俯下身伸出手："岁末天寒，候鸟南飞，它虽被遗下，却能独自挺过这些日子，定是一只福鸟。送给你！"

苏晋抬头看他，他剑眉下的一双眼好看极了，眸子像缀了星一般明亮，又带着温柔的笑意。

苏晋垂下眼帘，轻轻"嗯"了一声，伸出双手。

朱南羡小心翼翼地将雏鸟放在她的掌心，又道："你读书多，为它起个名字吧！"

她的手有些凉，那鸟儿离开朱南羡温热的手掌，像打了个寒噤似的缩了缩脖子，片刻后，又呆头呆脑地四下张望起来。

苏晋的唇角噙起一抹极淡的笑意，低垂的眸子里流转着平日少见的柔光。她认真想了想，抬起头来，道："臣想将它唤作阿福。"

苏晋儿时寂寞，少时流离凄苦，伶仃了小半生，眸子里常年是燎原的灼灼烈火。然而现在，她的眼中浮现的是无限明媚的淡薄春光。

朱南羡心跳如擂鼓，一时移不开眼，只能怔怔地看着她。半晌，他才垂下眸子，忽然瞥见她别在腰间的匕首，愣了愣道："你还带在身上。"

苏晋顺着他的视线看去，低低地应了句"是"，然后忍不住道："臣听说这把匕首对殿下极其珍贵，因此时时带着，不敢怠慢了。"

朱南羡移开目光看向一旁："你听谁说的？不过是寻常之物罢了。"

苏晋道："是沈青樾沈大人说的。"她看向朱南羡，"他说，殿下每回揣着这把匕首去吃花酒，桃花运都很好。"

朱南羡怔了片刻，低声道："他的话你也信。"

想起苏晋方才微凉的指尖，朱南羡解开氅衣的系带，自树上一跃而下，抖开墨色大氅罩在她的身上，微微抿了抿唇，解释道："本王至今，是去过两回那种地方，但只在门厅坐了坐便走了，带匕首，也只为了防身。"

苏晋不知当回什么才好，只得道："天色已晚，殿下该回府了。"

朱南羡"嗯"了一声，仰头看了眼越下越大的冬雪，对等在巷陌的郑允道："把马车让给覃照林。"

送走苏晋后，朱南羡一言不发地牵起系在巷陌的老马的缰绳，往街巷另一头走去。郑允紧追两步，不解地道："殿下，走错了，咱们王府在东边。"

朱南羡道："本王不回王府，去沈府！"

郑允更不解了："这个时辰去沈府？"

朱南羡咬牙切齿地道："去找沈青樾！本王今天非要将他碎尸万段不可！"

第十四章　针锋相对

花开两朵，各表一枝。

沈奚这头被苏时雨告了黑状，隔一日，也有人匿名上表参了三殿下朱稽佑一本，说他在府上豢养姬妾，大肆铺张。

朱稽佑愚不可及，居然将这笔账算到了苏晋与朱南羡头上，当庭就要对质。还好朱十四将他拦住了，说三王府确有数名姬妾，却不是三殿下养的，是这次回京以后不知谁塞到府上的，应当问责掌宾礼、主接待的礼部。

礼部自上而下都是"三不开"，平时最怕事，平白无故背了这么大一口黑锅，从尚书到侍郎，全趴在地上磕头喊冤。朱稽佑见此，不甘示弱，也跪，也哭，和礼部比着嗓门扮窦娥。

好好的一个早朝被闹得鸡飞狗跳，景元帝拂袖而去，倒也没问谁的罪。

沈奚昨晚被朱南羡提着刀追了一夜，早朝一散，便回到公堂打盹儿。这时，户部右侍郎杜桢蹑手蹑脚地走进来，在沈奚的案头翻翻找找。沈奚掀开眼皮看了一眼，漫不经心地从手边捞了一本册子扔过去，笑嘻嘻地道："杜大人，这儿呢。"

这是陕西道的黄册。

秋收后各地上报税粮数目，沈奚身为左侍郎，查南方各道；杜桢身为右侍郎，查北方各道。但为防贪墨，每份黄册上都需有三位堂官的署名。

杜桢被沈奚逮了个正着，却也不慌，堂而皇之地翻开黄册一看，讶异地道：

"哟，沈公子还没落笔呢？"

沈奚不署名，他就交不了差；他交不了差，就要等着皇上问责；皇上一问责，三法司就要查，若真查出什么，那他就完了！

沈奚抬手在后脑支了个枕，脚伸到公案上头，懒洋洋地道："杜大人这么急，是不是听说姓冯的茶商被都察院拿了，洗钱销赃的人没了，上赶着来沈某这儿灭火？"

杜桢知道他危言耸听，笑道："沈公子玩笑开过了。"然后将黄册放在案上摆正，回身就要走。

沈奚又调笑道："杜大人莫慌，沈某这就上都察院帮你问问冯梦平招了没。"

杜桢头也不回地抬脚走了。

沈奚最后这话没开玩笑。冯梦平已让都察院拿去两日了，苏时雨至今没给沈奚捎信，沈奚是该去问一下了。

沈奚到了都察院，苏晋居然不在。他随意唤了个御史过来，对方说苏晋去承天门查问登闻鼓案中中毒的女子的事情了。

沈奚挑眉问："她不审曲知县的案子了？"

那御史道："回沈大人，柳大人已将此案转给了钱大人，苏大人眼下查的是后两桩。"

沈奚顿觉不妙。钱三儿一直唯柳朝明马首是瞻，所以柳朝明这是亲自过问这桩案子了？

他不再说话，转身去刑讯室找人，里头却空空如也。沈奚脸色变了，若冯梦平真叫柳昀劫了，那自己这一番辛苦岂不泡了汤？

他想到这里，径自往暗室走去。一路上众御史、小吏见户部侍郎面色不快，都不敢拦阻，只在道旁见礼。

沈奚还没进暗室，暗室的门就开了，钱三儿从里头出来了。钱三儿眼下已是副都御史，与沈奚同属三品。两人一见，相互一揖。

钱三儿弯着月牙眼，十分和气地道："沈大人来都察院怎么也不请人通传一声？三儿好去正堂迎一迎。"

沈奚看了他一眼，忽然也笑了一声，指了指他身后的暗室道："只怕钱大人迎我的这会儿工夫，里头就闹出人命了。"

钱三儿道："沈侍郎说笑了。都察院行的是监察审讯权，怎么会随随便便闹出人命！"

沈奚负手，轻描淡写地说："你们都察院拿人也要讲求真凭实据，捉拿冯梦平的证据呢？"

钱三儿弯着一双笑眼，不说话。

沈奚又道："当日拿冯梦平，是因本官接到了一封密信，说他谎报税粮数目。可本官如今发现——"他一顿，从袖囊里取出一张银票夹在指间，嘻嘻一笑，"本官当日瞧走眼了，竟把银票看成了密信，错怪了冯老爷，还望钱大人将人请出来，本官好当面跟他赔个不是。"

钱三儿听了这话，眼中的笑意才渐渐消失。真是人不要脸天下无敌。浑水摸鱼，作假拿人，当众翻供，他沈青樾真是什么缺德做什么。

沈奚见钱三儿仍不说话，往前走了两步，凑近了些道："三儿，你跟着柳昀这么久，怎么没将他万无一失的道行学到手呢？"然后他又笑了笑，伸手点点自己的右颊，"这儿的血还没擦干净呢！"

钱三儿脸色一僵，伸手往同样的位置摸了一把，可手指上并没有沾到血渍，原来是沈奚借机诈他。

沈奚已然瞧出了究竟，将笑容收了，淡淡地道："怎么，小钱大人审冯梦平审得如此卖力，可是想将钱尚书的把柄握在手里？不过依本官对柳昀的了解，他怕是只让你审，不让你上表吧，如此你心里可是滋味？本官给你出个主意，你把冯梦平和他的供词交给本官，本官一定帮你参你爹一本。"

沈奚说话、做事从来留三分余地，可不留余地时锋锐难当。

钱三儿与钱尚书虽是父子，但彼此之间势如水火。钱三儿平生最恨旁人拿此事做文章，而沈奚非拣着这个说，看来是认定柳昀与钱三儿劫了他的证人不还，当真动了怒。

正在这时，暗室的门又开了，柳朝明一脸冷漠地看着沈奚道："若把冯梦平交给沈侍郎，侍郎便会惩奸除恶？难道不是先将此人攥在手上，权衡利弊，留好退路，等待良机再做打算？"他说完这话，看了钱三儿一眼："让人都散了吧。"

钱三儿朝二人一揖，带着中院一干御史退了出去。

沈奚轻哼一声，走进抄手游廊，抱臂坐下："柳御史把可利用的人都挖得一干二净，恨不能将天下人的秘密全当筹码握在手里排兵布阵。这样的立身之道，又比我好到哪儿去？"

他从袖囊里摸出一把折扇，敲了敲一旁的廊椅。

柳朝明却并不跟过来。

沈奚又笑了笑，望着不远处的宫楼，似乎想到了什么，忽然"啧"了一声道："去年朱沢微在马府设局伏杀十三殿下，你赶去昭合桥头，命锦衣卫把那帮刺杀十三殿下的暗卫全杀了，不单单是为了帮苏时雨遮掩身份吧？"

柳朝明扫他一眼："何以见得？"

沈奚打开折扇摇了摇，不疾不徐地道："若只是为了遮掩身份，你大可以留一两个活口，等他们当众供出朱泽微后再杀。这些暗卫是朱泽微刺杀十三最直接的证人，你却在太子赶来昭合桥之前叫锦衣卫来杀了他们。你是不愿让太子借此机会打压七王，任东宫独大，所以毁了罪证。"

柳朝明听了这话，不置可否，往前院走去。

沈奚恍然一笑："这么说，苏时雨的身份倒给了你一个绝佳的掩护，甚至连朱悯达都将注意力放在了苏晋的身上，以为你是为了庇护苏晋而动的手，没觉察出你的真正目的。"

柳朝明顿住脚步，回过头来淡淡地道："朱悯达没察觉出，沈侍郎怎么察觉出了？"

沈奚道："凡事可一不可二，登闻鼓下，陕西曲知县之死，八成是因为陕西的税粮出了问题。我在户部，那些被贪墨的税粮去了哪里，是谁捣的鬼，我比你清楚。户部尚书钱之涣是谁的人，我也比你清楚。我缺的……只是一个实证。你从苏时雨那里听说我在查陕西税粮的事，于是将冯梦平扣下隐瞒不报，为的是什么？你是怕登闻鼓一案牵扯出钱尚书，朱泽微因失去户部这棵摇钱树而倒台吗？"沈奚说到这里，自己却摇头笑了，"但你不可能是朱泽微的人。"

他站起身，来回走了几步，将折扇往手里一敲："啊，我知道了。制衡是帝王之术，你承老御史之志，承柳家之学，何须玩弄这一套？让我来猜一猜，你此生最重诺言，所以你努力维系七王与太子的平衡局面，一定是——"他回过身，抬起折扇指向柳朝明，神色蓦地变得严肃无比，"与宫中其中一位殿下有盟约，可对？"

天边挂着寡淡的云，庭中野草青青，即使在这个万物萧条的冬日依然茂盛，仿佛从未经历兴衰。

柳朝明看着沈奚，忽然慢慢地笑了起来。

都说左都御史柳朝明不苟言笑，可此时此刻，挂在柳朝明唇边的笑容极其自然，仿佛他与生俱来就该是笑着的，仿佛这才是他真正的样子。而这一笑，他那不为人知的冷厉、杀伐、不甘与孤寂同时从眸中渗了出来。

柳朝明抬手将沈奚支在自己身前的折扇慢慢压了下来，勾着嘴角道："知我者，青樾也。"

沈奚冷冷地看着他道："这位殿下不是太子，不是七王，不是东宫三位殿下里的任何一人，也绝不可能是狂妄自大的十四王。他是谁？你究竟承诺过他什么？"

如果苏晋、赵衍抑或任何一个认识柳昀与沈青樾的人在此，一定会万分诧异：他二人仿佛一刹那互换了面孔，那个总是温言笑语的人成了柳朝明，而清明自持、淡漠孤傲的人变成了沈奚。

两人却同时锋芒尽显。

柳朝明漫不经心地理了理袖口："沈侍郎打听这些，是觉得时不我与、害怕格局失控吗？那你当初悲天悯人地助朱南羡就藩，是嫌这宫中还不够乱？你可知你的一时善意，看似帮了朱悯达，实际上却给了那些野心勃勃之人更多选择。反正谁做皇帝，我是无所谓的，你呢？"

沈奚双眼微合，须臾，淡淡地道："是吗？但愿你能一直无所谓。"言罢，不再说什么，转身往院外走去。

两人一前一后出了中院，没走几步，只见宋珏迎面走来。宋珏目含焦急之色，一时来不及见礼，匆匆禀报："不好了，柳大人，礼部那里出事了！"

柳朝明问："何事？"

宋珏道："今天早朝，三殿下因豢养姬妾的事与礼部起了争执，眼下礼部的几位大人都在喊冤，正闹着上吊明志呢。"

沈奚本已走到院门口了，一听这话，迈出去一半的脚立刻收了回来，回过身问："死人了吗？"

宋珏道："哪儿能啊，八成是做戏呢！"

这也不是头一回了——去年士子闹事，礼部也这么闹过一次，目的就是等着旁的衙门来管闲事，然后将麻烦往管闲事的衙门身上一推，自己落个清净。

沈奚道："没死人你急什么？等真正死了人再说。"

柳朝明吩咐道："把院门闩上，礼部的人来找，一律不见。"

宋珏听了这话，急忙道："不能闩、不能闩。"他欲哭无泪，"方才苏大人不是去承天门问案吗？回来的路上被礼部的江主事截了。"

柳朝明与沈奚同时一顿。

宋珏补充道："就是礼部最能哭的那个。他在路上拦着苏大人，拽着大人的官袍不让大人走，一把鼻涕一把泪地往上揩，下官也是好不容易才跑回来报信的。柳大人、沈大人，你们行行好，去礼部瞧一眼苏大人吧，大人真是倒了八辈子血霉。下官回来前还回头望了一眼，苏大人怕是连想死的心都有了。"

苏晋原有一百种法子回都察院避祸。但是巧了，她此刻有求于礼部。

苏晋早上在承天门外查案，仔细瞧了眼张贴在城门外的死者画像，突然觉得最后死去的那名女子十分眼熟。

之后早朝，三殿下与礼部因豢养姬妾的事闹起来，苏晋这才记起这名死去的女子跟朱稽佑府上那群舞女的模样相仿。

苏晋原想循着这条线索往下查，可昨日才得罪了朱稽佑，今日便去他府上问案，等于自寻死路。

回都察院的路上，苏晋见礼部江主事四处哭诉，忽然心生一计。

如今有人参了朱稽佑豢养姬妾，此案必得有人查，礼部不愿蹚这摊浑水，一定会将案子往外推。只要她以都察院的名义接手此案，不就可以名正言顺地传朱稽佑府上的舞女来问个究竟了吗？倘若她运气好，说不定可以就此查出登闻鼓下那位中毒女子的身份。

一念及此，苏晋吩咐宋珏："你回都察院找柳大人或赵大人过来，就说我被江主事截住了，想死的心都有了，请他们速速过来救命。"

都察院到底不是她做主，礼部就算请了她管闲事，也未必会依她的吩咐做事，但倘使柳朝明或赵衍来了便不一样了。

宋珏一时摸不清状况，只好按照苏晋的吩咐去做。结果不仅柳朝明去了礼部，连沈奚也跟着去了。

礼部内乱作一团，搭台子的有，唱戏的也有，挑大梁的不是旁人，正是礼部尚书罗松堂与侍郎邹历仁。

苏晋到礼部时，罗松堂已经被人从梁上放下来了。

她凑近一看，吓了一跳。罗松堂这回当真对自己下了狠手，脖子上一圈血印，躺在榻上气若游丝，看来是真踢了凳子。若罗松堂再晚一刻被放下来，恐怕就真出事了。

礼部侍郎邹历仁坐在一旁，泣不成声，俨然一副失了主心骨的模样。

于是礼部众大员见金都御史来了，都来请示苏晋的意思。

苏晋看了罗松堂一眼，问："请医正了吗？"

一旁一个年纪稍轻的穿五品补服的人道："回苏大人，医正已在来的路上了。"

早年礼部还有一个小侯爷任暄能镇场子，去年吏部郎中曾凭没了后，景元帝便将任暄调去了吏部。苏晋四下望去，如今的礼部，除了"老油条"，就是不经事的年轻人，没一个有正行的。

她吩咐一旁的小吏："先将房梁上的麻绳取下来。"

小吏带着赶来的侍卫爬到高处，按苏晋的吩咐做了。

苏晋又看着地上几张上吊时踩的矮脚凳，问："你们礼部这样的凳子还有多少？全部找出来。"

等矮脚凳与麻绳全集中在一处后，苏晋对一旁的侍卫道："全部抬出去，放把火烧了。"

这话一出，众人都愣了。

邹侍郎哭到一半，打了个嗝，问："苏御史这是何意？"

苏晋道："罗大人与邹大人既然将这里的大局交给下官主持，那么下官首先应当保证的是礼部今日不出人命。"

罗松堂原本还奄奄一息，听苏晋这么一说，挣扎着看了邹历仁一眼。

邹历仁会意，惺惺作态地泣道："苏御史烧了这些有何意义？若三殿下真的来找我礼部的麻烦，我等纵然不吊死，也可撞死、溺死、拿刀抹脖子死。左右是将死之人，难道还要精心选个死法不成？"

"邹大人此言差矣，你们礼部难道不应该最讲究死法吗？"邹历仁话音刚落，公堂外便有一人接话道。

半掩的门吱呀一声开了，沈奚与柳朝明前后脚迈进公堂。

沈奚弯下腰，拾起一根麻绳，笑嘻嘻地道："溺死要选择有水的地方。抹脖子虽然干脆，但一刀下去人就超生了，连个话都留不了。撞死也是一闭眼的工夫，可倘若没死成反撞得痴傻，岂不赔了后半辈子？唯有上吊，前前后后一出安排，摆凳子、绑绳子，最能折腾。若叫人拦了，哭闹个三天三夜都死不成，说不定还能等来个有菩萨心肠的人，救人于苦海。邹大人，我要是礼部的人，也选上吊。"

邹历仁被沈奚戏谑得说不出话来。

柳朝明看了一眼地上的麻绳与矮脚凳，言简意赅地吩咐道："烧了。"

不多时，太医院的医正来了，先为罗松堂请了脉，又开了个补气养生的方子，说道："罗大人虽无大碍，但年事已高，这么闹一回，有伤根本。"顺道又为邹历仁号了脉，道："邹侍郎忧伤过度，亦不可操劳，若能回府休养数日是最好。"

罗松堂与邹历仁应了，着人送走了医正。

下头的人熬好药，罗松堂吃过，似乎精神了些许。他眨着布满血丝的眼睛，先望了望柳朝明，又望了望沈奚，大约觉得这二位得罪不起，于是看向苏晋，哀声道："苏御史，您也听到了，老夫与邹侍郎身体不济，礼部这事，要不……您给支个着儿？"

苏晋原就是为这事来的，当下也不推托，径自道："这事若叫下官来看，最好的办法便是罗大人与邹大人能退一步，亲自跟陛下请罪。"

此言一出，罗松堂一愣，泫然欲泣。

邹历仁道："苏御史，您这不是将礼部往火坑里推吗？三殿下府上的姬妾我等见都没见过，何来请罪一说？"又向柳朝明二人打拱："柳大人、沈大人，您二位评评理。"

柳朝明没接话，问苏晋："如何请罪？"

苏晋回身走到桌案前，研墨提笔，须臾便拟好一封请罪书，呈给柳朝明等人看。

请罪书上一通大论，归纳起来共三个意思：其一，礼部对三王府上养姬妾一事确实不知情；其二，礼部掌宾礼、主接待，三王府上出了这样的事，确实是礼部的过失；其三，礼部愿弥补过失，着人将三王府上的姬妾清走。

苏晋道："罗大人，您可命人将此请罪书誊录一份，呈给圣上。圣上若命您派人去三殿下府上拿人，您只需露个面，镇个场子便好，余下的人由我都察院出。拿人、交涉，都由我都察院的御史来办。"

以退为进，倒不失为一个好办法。

然而罗松堂仍不放心，问："三殿下府上养了许多姬妾，若全给他清走，岂非惹他不痛快？"

苏晋道："也不必全清走，带走两三个人，做做样子便好。"

罗松堂再一想，他们礼部认个错，三殿下折三两个姬妾，两边各退一步，何乐而不为？于是罗松堂便应了。

大事已了，苏晋与罗松堂别过，跟着柳朝明、沈奚一起出了礼部。

行至轩辕台，苏晋想起一事，唤了声"沈大人"，拱手道："据下官所知，各藩王府每年都会跟户部上报一年来的用度开支。敢问大人，这几年山西大同府可曾出过差错？"

沈奚一愣，不由得莞尔，问："你问这个做什么？"

苏晋道："实不相瞒，下官听闻三殿下似乎在山西修筑行宫。筑宫修殿耗银巨大，圣上提倡勤俭，是明令禁了的。下官身为御史，听闻此事，该当过问。"她说到这里，心知沈奚此人七窍玲珑，凡事瞒不过他，又补了一句，"是九殿下说的。下官虽是无意听来的，却觉得九殿下像是有意告知，因此才有些上心。"

沈奚想了想道："既然你提了，那本官姑且帮你查一查。但你要知道，各藩王府天高皇帝远，历年来，明面上的账目都不会出岔子。各府私下有自己的账目，倘若谁真想敛财，法子多的是，势必不会摆到台面上。"

苏晋点头："下官明白。"又问柳朝明："大人，山西道的巡按御史可曾回复此事？"

柳朝明淡淡地说道："提过，但不甚详尽，你若想查，可再去一封急递。"

苏晋道："好，那下官这就命人去通政司传信。"

她见他二人似是有话要说，于是不停留，一揖别过。

等苏晋走远，沈奚脸上的笑容立刻消失了，轻飘飘地说了句："柳昀，你可真不是个东西。"

柳朝明轻笑了一声："彼此彼此，沈侍郎干的缺德事不比在下少。"

沈奚将扇子在掌心一敲："朱稽佑在山西修行宫，你三年前就知道得一清二楚，锁在你柜子里的密函没有上千也有百十了。都察院若想上表，早就能将朱稽佑连带着整个工部掀个底儿掉。怎么，将这个当作筹码握在手里，等待买家以物换物？"

柳朝明看他一眼，轻描淡写地道："沈侍郎手里除了户部明面上的账目，难道没存着各藩王的私账？朱稽佑与工部如何敛财，他又何时修行宫，打点了多少人，侍郎大人难道不是早就握有证据？隐瞒不报，等待良机，留条后路，这倒是你一贯的作风。"

两人话不投机半句多，各往各的衙门走去。

走了几步又顿住，沈奚回过头，忽而笑道："柳昀，象走田，马走日，车走直路炮翻山。你对人对事犹如手中棋，分格而置毫不留情，楚河汉界泾渭分明，难道不怕有朝一日，有人偏不按你的规矩来，直接将军？"

柳朝明笑了笑："是，沈侍郎不得贪胜，入界宜缓，弃子争先，舍小就大，彼强自保……就不怕有朝一日，有人颠覆你盘中黑白，令你无所遁形，只好从头来过？"

苏晋亲自拟好发往山西的急函，着人带去通政司。

回到中院后，她见左手头一间的值房门户紧闭——柳朝明不知何时已经回来了。

苏晋面容沉静地望着房门，半晌，对守在中院的一名小吏道："你去正阳门，请巡城御史翟迪进宫面见本官。"

小吏称"是"，匆匆去了。

苏晋思索了半晌才上前叩门。须臾，里头传来柳朝明的声音："进来。"

柳朝明正提笔写着什么，苏晋把门推开，他也不曾抬头，只问了句："有事？"

苏晋道："大人，我已将送往山西道的急递发了，特来回禀一声。"

柳朝明"嗯"了一声，抬头看她一眼，见她回身将屋门掩了，又问："还有何事？"

苏晋略一沉默，问道："大人这一年来过得可好？"

柳朝明将手里的一封奏疏写完，又自案头拿了十二道传来的外计信函，打算以青笔批阅。

苏晋见状走上前去，默不作声地将搁在案头的笔放在笔洗里洗净了。

柳朝明一边看信函，一边问："你问这个做什么？"

苏晋取了一块青墨沾水磨好，取笔蘸墨："下官不该问？"

柳朝明看了笔一眼，狼毫尖上的一抹绿仿佛初春将发的新芽："你该问？"

苏晋将笔呈给柳朝明："于公，大人是都察院掌院，对下官有知遇之恩；于私，大人曾多次救时雨于危难，更是祖父故旧之后，待时雨如兄长。时雨投桃报李，因此关心大人，难道不该问？"

柳朝明持笔在信函上慢慢圈出一个错处，悬腕批注："我一直是老样子，没什么好与不好。"但苏晋的意思他还是听出了几分，于是搁下笔，看向她道，"说吧，你还有什么事？"

苏晋迎向他的目光："时雨想向大人讨一个人，巡城御史翟迪翟启光。"

柳朝明微一蹙眉，半晌，似乎想起此人是谁，颔首道："嗯，明敏多思、见微知著，是个可造之才。"又道，"你是佥都御史，有用人之权，日后若要调用都察院中人，跟赵衍打声招呼，他会支人去吏部做备录，你不必再来问本官了。"

苏晋拱手一揖："多谢大人。"说着就要退出去。

柳朝明又提起笔，虽未抬头，却问了一句："做御史……很好吗？"

一模一样的问题，朱南羡也问过。

彼时苏晋的回答是拨乱反正，守住内心清明，不必再浑噩度日。

可同样的问题由柳朝明来问，意思仿佛不一样了。

苏晋想了半晌才道："大人为何会有此一问？"

柳朝明写字的动作一顿："本官不该问？"

苏晋沉默了一下道："难道不是大人教给下官，做御史，当如暗夜行舟，只向明月吗？"她一顿，看向柳朝明缓缓地道，"大人不记得了吗？大人之志，亦是时雨之志。"

苏晋合上门，在庭院中驻足良久。院中有棵老树，苍劲的枝丫映衬着冬日苍白的天，显得院落更加幽静了。

苏晋仰头盯着这棵老树看了一会儿，须臾，往院外去了。

柳朝明推开屋门。一旁的小吏走过来道："柳大人，方才苏大人命人去宫外传了巡城御史翟迪，小的可要查上一查？"

柳朝明看向那棵老树，笔直的枝丫伸得极长，临到尾了忽然一左一右两边分开，仿佛一路并行着的人一下子分道而驰。柳朝明心里一沉，想起沈奚那句"就不怕有人直接将军"。

将军吗？

他沉默了一下，道："不必了，以后苏御史要用谁，都不必过问。"

苏晋回到自己办事的公堂，翟迪已在里头候着了。她命人将屋门掩了，又将翟迪带到里侧的书阁，开门见山道："本官已命人查过了，你是蜀地人士，原姓陈，弱冠之龄。你自小聪颖，十七岁就考取秀才，又中解元。可惜你兄长好赌，贪了你老父医病的银子，令你父亲不治身亡。你气不过，失手弑兄，后才逃到杭州，改名翟迪。考取举人后，你怕风头太盛，被人查出你的真正身份，不敢再考进士，便来了都察院做巡城御史，对吗？"

翟迪愣了愣，年轻的脸上写满诧异，秀气的双眼低垂，看不出更多情绪。

苏晋斟了盏茶递给他，淡淡地说："本官还知道，你眉上的凹痕就是你弑兄时留下的伤疤。"

翟迪心中大震，没敢接茶，径自跪下道："下官有罪，请苏大人处置。"

苏晋将茶放在案头，看着翟迪："本官不会处置你。"她略一停顿，然后说，"本官看中你性格坚忍、处事周密、见微知著，想问问，从今以后你可愿跟着本官？"

翟迪愕然抬头："大人？"

苏晋双目灼灼如有烈火，令人不敢直视："但本官对你有个要求，两个字，忠心。"

翟迪愣了愣，道："下官过往虽有不韪，但自从入了都察院，自问不曾出过差错，一直忠心耿耿。"

苏晋却道："本官说的忠心既不是忠心于都察院，也不是忠心于左都御史，更不是忠于这个王朝、忠于当今圣上，而是只忠心于我。"

翟迪愣怔地看了苏晋半晌，垂下目光。

苏晋道："本官不会让你行悖逆道德人伦之事。如今朝廷各方势力林立，日后必不可能一马平川。倘若铁索横江，锦帆冲浪，你我或许就会倒在洪流之下。本官只能保证，日后，若我苏晋有一杯羹，必不会短了你一勺；若有我苏晋一寸立足之地，必不会少了你一分。"她说着语气一沉，"自然，本官只是四品御史，根基薄弱，跟着我或许不是一个好选择，甚至不如谁也不跟的好。你再仔细想想。"

言罢，她走出书阁，往承天门问案去了。

苏晋承谢相之学，自小机敏透彻，洞若观火，不到十七岁便高中进士，历任翰林编修、县衙典簿、府衙知事，又做御史巡按年余，不是看不透这宦海沉浮，有人摇桨亦有人掌舵。

修筑行宫这样大的事，凭沈奚之智、柳朝明之能，他二人怎会不知？甚至连这回登闻鼓的案子，外间看起来扑朔迷离，实际不过是宫里几个始作俑者故弄玄虚。

柳朝明与沈奚分明知道，却按之不表，秘而不发，为的是什么？

苏晋明白这朝廷势力林立，牵一发而动全身，所以每走一步都要顾全大局。

她甚至能理解沈奚因家人之故，深陷时局之中，所以谋定而后动，凡事要留三分余地。

可是她看不透柳朝明。

那个暗室是什么？他所求的又是什么？

苏晋做不到对所有的案子缄默不言。

她想起晏子言临行刑前对她说的话——

这天下万马齐喑，终归要有人发出声音。但愿我死后，终有一日，有御史、有闲人，为我提上一笔，让晏子言、许元喆这样的名字能早日在青史中重见天日。

苏晋自承天门问完案，回到都察院时已是酉时了，天早已黑透，宫门各处都掌起灯火。她迈进书阁，打算将案宗稍做整理，忽然发现翟迪站在远处等着她。

见到苏晋，翟迪大拜而下："良禽择木而栖！下官翟启光，这一生愿为大人鞍前马后，九死不悔。"

苏晋沉默着看了他一阵，然后将手里的卷宗和登闻鼓案的中毒女子的画像交到他的手里，将三殿下与礼部的纠纷简略地说了，接着道："你跟着礼部去三王府拿人，三殿下与本官有些不睦，知你是本官派去的，必会为难于你。但本官仍限你在半个月内找出与画像相似的女子，且查清事件缘由，你能做到吗？"

翟迪恭敬地对苏晋一揖："最难做的大人已做了，余下的不过照章办事。若下官连这都办不好，日后也不必跟着大人了。"

苏晋回京后原住在接待寺，可以她眼下的身份，留宿此处实在不合适。好在覃照林路子广，不出几日，便为她在城东置好了一间两进院落的宅子。覃照林将他的妻子接过来打点膳食，又雇了一个唤作七叔的管家。苏晋这才算有了落脚之处。

苏晋回府后，又将登闻鼓案的卷宗看了数次。其中许多疑点要等山西的巡按御史回函后才有答案，但有一点她怎么想都不明白：登闻鼓案里，曲知县与徐姓书生是敲响登闻鼓后故意在鼓下自尽的，可最后一名女子的死，分明是被人下毒所致。中了马钱子之毒的人数个时辰后才会毒发身亡，具体发作时间因人而异。可这名女子为何如此赶巧，等到承天门击过登闻鼓后才刚好毒发呢？

到底是哪个环节出了问题，才造成这样的巧合？是女子赶去击登闻鼓的路上，登闻鼓本身，还是承天门外的护城河？

这一日，苏晋下值后先去承天门细细查看了登闻鼓，又来到护城河前，蹲下身去瞧河水。言脩与宋珏本与她一道下值，见苏晋仍在查案，不敢躲懒，只好与她蹲成一排，不明所以地盯着河水看。

覃照林已赶着马车来接苏晋了，看他三人这样，自一旁探头问："大人，这河水有啥好瞧的？"见苏晋没应，又道，"大人，您想沐浴了？那回府后，俺让俺媳妇儿给您烧热水。"

苏晋摇了摇头，站起身："去跟守卫借一个木桶和一根麻绳。"

覃照林照办。

覃照林将东西拿来后，宋珏嫌他粗手粗脚，自己将麻绳往木桶上系了，探出大半个身子去打水。

一行人正仔细盯着河水，这时，覃照林忽然叫了一声"殿下"。

宋珏闻声抬头一看，只见护城河对面有两个人高高地骑在马上，正是十二殿下朱祁岳与十三殿下朱南羡。宋珏心中一惊，跪地拜见时重心失衡，身子往前一倾，带着在一旁扶他的言脩一齐栽入水中，引得朱祁岳一阵大笑。

护城河的水只到脖颈，淹不死人，奈何冬日寒凉。承天门的守卫连忙过来捞人，谁知他二人的衣袍不知何时缠在了一处。

朱祁岳又笑了起来，自腰间摸出一把匕首："接着。"

两人接过匕首，将衣袍割开，这才爬上岸，先跟朱祁岳与朱南羡见了礼，然后跪地呈上匕首。

苏晋与覃照林的目光落在匕首上，二人都愣住了。匕首上刻着九条游蟒，蟒面狰狞，与当初朱南羡赠予苏晋的那一把十分相似。

朱祁岳在马上弯腰一捞，将匕首取回，说道："跪着做什么？你二人先将这一身湿衣换了，省得染病。"他眉飞入鬓，双目狭长，与朱南羡虽同为尚武的皇子，但身上少了几许身为皇嗣的贵气，却多出几分属于江湖的侠义气概。

目光扫向覃照林，朱祁岳挑眉道："覃指挥使，几年不见，找个日子打一场？"

覃照林摆摆手，嘿嘿笑道："回殿下，俺现在已经不是指挥使咯。"他说着，直勾勾地盯着朱祁岳手里的匕首，心中忽然想起郑允说过，这匕首叫九……九啥玩意儿来着？好像是御赐之物。

覃照林跟着苏晋一年多，榆木脑袋总算转了一转。御赐之物等闲不能送人，可十三殿下当年为何把自己的匕首送给了他家苏大人呢？

覃照林这么想着，也就这么问了："十二殿下，您手里头的这把匕首能送人不？"

朱祁岳嘴角一勾，悠悠地道："这可是御赐之物，每个皇子一把，乃我大随皇子身份的象征，岂能送人？"说到此，忽然眉头微蹙，转头看向表情难以言喻的朱南羡，"啧"了一声："十三，我似乎记得，当年大皇兄得了这匕首，转头便送给了皇嫂，这好像是他二人的定情信物？"

朱南羡双手握紧缰绳，耳根子烫得像要烧起来，额间不知何故渗出细汗，半晌没说出一句话来。

覃照林看了看朱南羡，又看了看一旁垂眸而立、一语不发的苏晋，挠挠头道："这咋不对哩，那十三殿下……"

"照林！"未等他说完，苏晋忽然开口喝道。她跟朱祁岳与朱南羡拱手一揖，垂着眼帘道："十二殿下、十三殿下，照林无状，还望二位勿怪。"沉默了一会儿，她又说，"二位殿下，臣……还有急案要办，殿下若无他事，请恕臣先告退。"

朱祁岳愣了一下，不由得看了朱南羡一眼。他记得当日在奉天殿外，十三为了这名苏御史，将刀架在了十四的脖子上。怎么眼下这二人看上去似乎不太熟？

朱祁岳没想明白，转而以为或许是当日朱觅萧做得太过，竟想对十七动手，十三才动怒的。思及此，朱祁岳勒转马头，大大咧咧地笑道："那便不耽误苏御史办案了。"又对覃照林道："老覃，改日来本王府上比试比试！"言罢，与朱南羡一同打马入承天门去了。

苏晋对着二人深揖拜别，转头扫了覃照林一眼："走了。"

这一眼却看得覃照林一愣。苏晋长年操劳，面容一向苍白，可眼下她的面颊上竟浮现一丝绯红，还挺好看的。

不过，苏晋到底好不好看不归覃照林考虑。他刚知道她是个娘儿们时，心中着实别扭了一段时日，后来跟着她辗转奔走，亲眼见识了她的坚决果敢、智计无双。在覃照林眼里，苏晋早非寻常人可比，哪还管她是男是女？

他亟亟跟上，关切地问道："大人，您是不是不舒服，咋脸红了哩？"

苏晋没理他，攀住车辕上了马车，撂下一句："回府。"

231

覃照林"哎"了一声,挥手扬鞭,马车辘辘地跑了起来。

青石板路并不全然平坦,苏晋坐在车中,颠簸之间,藏在腰间的匕首如烙铁一般烫人。

其实当日沈奚亦真亦假地提起这把匕首不寻常时,她已猜到其来历非凡,本想归还朱南羡,后不知怎么,犹豫再三,又假装不谙内情,仍将它带在身上。

但方才朱祁岳已挑明这是御赐之物了,她若再将其据为己有,是怎么也不合适了。

苏晋想到这里,撩开车帘道:"照林,折回去。"

朱南羡与朱祁岳命内侍将马牵走,一路步行至轩辕台。朱祁岳忽然想起一事,道:"十三,我就不随你去瞧麟儿了。明日是岑娘娘的祭日,四哥约我一起去七哥那里瞧一眼,看看有没有能帮上忙的。"

这三个尚武的皇子在众兄弟中一向吃得开。朱南羡小时候也与朱沢微走得近,可惜长大后,东宫与七王势不两立,朱南羡与朱沢微也因此疏远。

朱南羡微一点头,任朱祁岳去了。

他在原地默立了一阵,忽然想起数年以前,朱悯达将九龙匕交给沈婧时,他就坐在一旁的老树下愣怔地看着。当时他似懂非懂,只记得大皇兄说了一句"非卿不娶"。

他一辈子也没有几回像现在这样无措。

他受教于沙场,素来讲究迎难而上,可此时,一瞬间十分想去见她,想将心里的话说明白,下一个瞬间,又只想做个逃兵。

这么犹豫、挣扎了一会儿,他一咬牙,转身刚要往宫外去,却见不远处两个身影迎面走来——是苏晋与覃照林。

这日风轻云淡,至黄昏时分,天边一片火色霞光。

苏晋走近后,抿了抿唇,跪地呈上九龙匕:"殿下,微臣不知这匕首乃御赐之物,受之有愧,还望殿下收回。"她面颊上一抹微红未退,清雅秀逸的五官被灼灼霞光映衬着,不是绝色竟也倾城。

朱南羡心跳如擂鼓,片刻才道:"你先平身。"

苏晋犹疑了一下,与覃照林一起站起身来。

朱南羡抬起手,与之前初夏二人见面时一般,将匕首轻轻往回一推,低声道:"本王既已将它赠你,断没有收回来的道理。"

苏晋听出他语气坚定,道:"可是……"

然而她还没"可是"出个所以然,一旁的覃照林便道:"殿下,这咋行?您把匕首给俺家大人了,以后娶王妃送啥?"

朱南羡动作一僵，别过头来，一脸无言地看了覃照林一眼。

覃照林挠挠头，见朱南羡似有不解，于是解释道："俺的意思是，殿下您看，太子殿下将匕首给了太子妃，这说明啥？说明这匕首是送媳妇儿的。俺家大人往后又不娶媳妇儿，您把匕首赐给她，她找谁送去？再说了……"

"覃照林！"朱南羡终于忍不住怒喝道。

覃照林闻声一抖，立刻跪下，却犹自茫然地挠挠头："咋了，俺说错话了？"

朱南羡一脚踩在一旁的矮桩上，俯下身，咬牙切齿地吩咐道："你日后不必跟着苏御史了，本王明日就跟左谦打招呼，让你滚回兵马司。"

覃照林听了这话，惊愕地道："俺不，俺就要跟着苏大人！"

朱南羡扬眉。

覃照林道："俺算是瞧明白了，就俺这脑袋，不跟着苏大人，随时会性命不保。"然后他转头看向苏晋，嘿嘿一笑："大人，您说是不？"

苏晋没答话。匕首还在她的手中，她还也不是，不还也不是。

覃照林唯恐朱南羡又像上回一样要拿刀卸了他的腿，于是催促道："大人，天晚了，俺们赶紧回家喂鸟儿吧。"

岂知苏晋听了这话，握着匕首的手忽然收紧，眼中掀起一丝波澜，似乎有些无措。

朱南羡像是意识到什么，咽了咽口水，轻声问了句："鸟儿？"

覃照林大大咧咧地道："俺家大人不知从哪里弄来一只拳头大的雏鸟，可宝贝了。"

朱南羡愣了愣，转头看向苏晋，眼中浮现欣喜之色，轻声问："是阿福？"

"对，就叫阿福。"覃照林道，"殿下您咋知道？您可别说，俺跟着俺家大人一年多，大人瞅俺的次数还没瞅那鸟儿多，还命俺……"

"覃照林，"苏晋终于忍不住了，沉声道，"你去守马车。"

覃照林挠了挠头，见朱南羡未阻止，莫名"哦"了一声，从地上爬起来退走了。

薄暮的风吹来，一缕发丝从苏晋头上的簪中脱落，拂过她低垂的眼帘。

朱南羡安静地看着她，过了一会儿，也慢慢垂下眸子，嘴角微微动了一下，弯起一个十分柔和、几不可见的弧度。

他的动作悄无声息，仿佛他唯恐哪怕一丁点儿动静便会惊散那一抹刚淌进他心底的、似是而非的温柔月色。

这样的月色，是他多年来做的一场杳渺之梦。

霞色不知何时已褪去了，仿佛就是一瞬之事。苏晋仍立在原地，脸色比起平日更加苍白，不敢抬头，也没有动，双手将匕首握得十分紧，连指节也发青了，似乎握的并非匕首，而是水中的一根浮木。

朱南羡看她这副无措的样子，伸手轻轻将匕首从她的手里取出来，然后摊开她的掌心，重新将匕首置于其上，轻声道："这匕首本王既赠了你，便归你所有。至于旁的什么，你若不愿意想，便不必多想。"然后道，"你……回吧。"

苏晋抿了抿唇，低低地应了一声"是"，略一犹疑，打揖拜下："微臣告退。"

苏晋刚走了没几步，就见轩辕台的另一端有一名内侍哑哑跑来。那人见到朱南羡，匆忙行了个礼，道："十三殿下，不好了，小殿下在宫前殿像是被什么魇着了，抽搐不止。"

这内侍口中的小殿下正是朱悯达与沈婧之子，皇孙朱麟。

朱南羡闻言大惊，转身大步往宫前殿走去，边走边问："传医正了吗？"

内侍道："已经传了，因见殿下您在附近，先过来回禀殿下。"

苏晋听了他二人所言，不知何故，竟觉得朱麟的症状听起来有些耳熟，略一犹疑，跟了过去。

第十五章　同室操戈

今日圣上一早就去了昭觉寺祈福，离宫之前着人传令，命太子与太子妃去明华宫与圣上共用晚膳。

朱悯达正午时分便去咸池门外等候圣驾了。沈婧原带着朱麟在宫前殿暂歇，眼下却不见人影。

朱南羡赶到宫前殿时，医正已经到了。他大步走过去，只见朱麟一人蜷缩在卧榻之上，医正在其人中、合谷、涌泉等穴位施了针，朱麟的状况似乎微有缓和，但面颊仍旧苍白。

朱南羡一到，殿里殿外的内侍宫女跪了一地。医正原也要跟他见礼，他抬手一拦，问："怎么好端端的魇着了？"

医正道："回十三殿下，皇孙殿下乃急惊风之症，所幸并不严重。微臣已命人为他熬了顺气止惊的药汤，皇孙殿下服下后，若子时前能醒，当无大碍。"

朱南羡略微放心，又问："为何会犯急惊风？"

医正道："回殿下，倘使急惊风伴有热症，通常乃疾病所致。然皇孙殿下并无发热迹象，故原因有三：外感六淫；疫毒之邪侵体，尤以风邪、暑邪、湿热疫疠之气为主；偶亦有暴受惊恐所致。"

朱南羡愣了半晌："什么玩意儿？"

医正道："所谓六淫，乃风、寒、暑、湿、燥、火。而疫毒，正如《素问刺法论》中所提及……"

"他的意思是，小殿下的急惊风，或受寒受湿，或中毒，或受惊吓所致。"苏晋站在殿外，听那医正拉拉杂杂说个没完，忍不住打断道。

朱南羡看了苏晋一眼，对守在屋外的羽林卫道："外间寒凉，让苏御史进殿。"

他想了想，唤来宫前殿的管事牌子，吩咐道："麟儿碰过的所有物件一律不要动，命宗人府将东宫及宫前殿所有内侍与宫女的名录呈来，传令太医院将麟儿今日的膳食残羹以及用过的器皿全部验过。"

一干人等领命退下。

朱南羡又唤来守在一旁的宫女问："皇嫂呢？"

这名宫女叫作梳香，乃太子妃的贴身侍婢。她道："回十三殿下，太子妃适才被皇贵妃娘娘一道急令传走了，因小殿下正在熟睡，她命奴婢等留在此处照顾。"

朱南羡又问："照顾麟儿的除了你还有谁？"

另一名妇人答道："回十三殿下，还有奴婢。"

朱南羡剑眉微蹙，"啧"了一声。此人是朱麟的奶娘，与梳香一样，日日照看小殿下，等闲不会出岔子。

他的目光掠过苏晋。见她欲言又止，他温声道："你有话便说，不必有顾忌。"

苏晋想了想，问那奶娘："小殿下所患既是惊风症，为何方才去通传十三殿下时，那内侍说是魇症？"

惊风亦称惊厥，与魇症相似，但魇症乃睡梦中发作，而急惊风正如那医正所说，多为外邪侵体，或受惊吓所致。

苏晋原来并不知道这些医理，但最近为查登闻鼓案翻过医书。登闻鼓案中，最后死去的那名女子所中之毒乃马钱子，此毒发作后就伴有惊厥症状。

奶娘道："回御史大人，奴婢以为魇着就是惊风症呢。"

"既然不是魇症，那么便不该是梦中发病。你们方才说太子妃离开时小殿下正在熟睡，那么太子妃走后，小殿下可曾醒来过？"

奶娘与梳香互看了一眼，有些难言地道："太子妃殿下走后不久小殿下便醒了，大约是想去找殿下，一个劲儿地往外跑，我和梳香便跟着他进了抄手游廊。后来也不知怎么了，我二人说话的工夫，小殿下就犯病了。"

苏晋又问："可曾命人四处查过？"

梳香道："羽林卫已查过了，可抄手游廊四周就是花苑，冬日里一览无余，实在瞧不出什么端倪。"

苏晋看向朱南羡。朱南羡微一点头，吩咐道："带本王去看看。"

朱麟发病的那一段抄手游廊呈拱状，是凌空架着的，四下望去确实一览无余。

天已黑尽了，侍卫举着火把照明。苏晋似乎想到什么，忽然蹲下身子，隔着栏杆朝外看。朱南羡见状，心中恍然大悟，是了，朱麟不过两岁小儿，所见之景未必与他们相同。

朱南羡接过一旁侍卫的火把，与苏晋一同蹲下来，正对着视野的是一排厢房，其中一间窗门微掩，像是被人故意打开的。

朱南羡与苏晋对视一眼，同时起身，往那间厢房走去。

到了厢房门口，朱南羡将火把交给羽林卫，上前一把推开厢房的门。

夜风伴着推开的门涌入屋内，屋中空无一人。突然间，只听"砰"的一声，像是有什么重物撞在门上。朱南羡抬头一看，只见一名衣衫凌乱的女子凌空朝他扑来，模样狰狞可怖。

朱南羡毫不迟疑地往一旁退去。那女子前后晃了几下，悬在原处渐渐不动了——竟是一具吊在半空的女尸。

周围胆小的宫婢见了这一幕，惊叫出声。朱南羡回头看了眼苏晋，见她尚算镇定，这才举高火把朝那女尸看去。

那女尸长舌吐出，面颊发绀，双眼翻白布满血丝，确是缢死无疑。

因这女尸就悬在离门最近的房梁上，朱南羡一推开门，她就被门带到了梁后，随后又被系在房梁上的绳头扯了回来，这才令人产生她是凌空扑来的错觉。

朱南羡命羽林卫将女尸放下后，问宫前殿的管事牌子："这是你们宫前殿的宫女？"

张公公犹疑了一下，壮着胆子细细看了一眼，大惊失色："殿……殿下，这女子好像是……是延合宫的璃美人！"

此言一出，周围的人都倒吸了一口凉气。

延合宫乃朱泽微的母妃岑妃的故居。数年前，岑妃惨死，尸体在宫梁上悬了五日才被发现，发现时已腐烂发臭。宫里的人觉得不吉利，延合宫因此荒弃下来，直到两年前才有人迁入，迁入之人正是璃美人与其贴身侍婢。

明日就是岑妃的祭日，而今日延合宫的璃美人竟莫名吊死。这样的巧合就像是有什么不干净的东西在作祟一般，令人不寒而栗。

朱南羡微微皱眉，按说像璃美人这样有位分的人，等闲是不能离开后宫的，为何会出现在此？

张公公道："十三殿下，太子殿下与太子妃想必已在来的路上了，您看出了这么大的事儿，可要派人去通禀陛下？"

朱南羡道："你去安排。"然后像是想起了什么，看了苏晋一眼道："既然是后宫事宜，苏御史留在这里不太合适，先退下吧。"

苏晋明白他这话的意思，点头道："是，臣这便告退。"她想了一下，又道，"殿下，方才殿下跟臣打听南昌府的外计，臣想起一个紧要处，不知眼下是否方便相告？"

朱南羡命众人在原处待命，然后将苏晋带到花苑另一侧。

夜色沉沉，苏晋的眼中布满疑虑："殿下，这不对劲。"

朱南羡道："我知道，皇嫂既然留麟儿在宫前殿，那么羽林卫一定会严加守备。宫前殿中能贴身伺候麟儿的只有东宫的人。在这样的防备下，麟儿犯病，璃美人枉死，一定是东宫或者羽林卫本身出了问题。"

苏晋道："是的，臣不信巧合。璃美人之死大约是守卫本身出了岔子，但小殿下的急惊风不一定是受惊所致。小殿下还不到三岁，远远瞧见一个人吊死，即便那人面目可怖，但被吓出惊风症也太牵强了。殿下您一定要命人仔细探查，自己也要多加小心，臣觉得这整件事……"她顿了顿，"并非表面看上去这么简单，更像是一个局，看似漏洞重重，实则是请君入瓮。"

这件事跟去年朱沢微在马府的那一出有些像，但更加扑朔迷离。起码彼时她能看透自己是饵，朱南羡是鱼。而今日的局更像是一盘棋，她是棋子，朱南羡也是。那么执棋者是谁？那个人的目的是什么？

苏晋的眉间渐渐浮现浓重的忧色，自别后重逢以来，朱南羡还从没在她的眉间看到这样的神色。

苏晋再一犹疑："殿下，我担心……"

未等她说完，朱南羡忽然伸手，将自她簪中脱落的一缕发丝别到耳后，温热的指尖从她的颊边滑过："你什么都别想，只要记住，此事你不知情。"他顿了顿，轻声道，"你快走吧。等我大皇兄与父皇到了，势必要里里外外搜查，到那时你再想脱身就不容易了。你放心，我不会有事的。"

苏晋忍不住抬头看他。

他朝她笑了一下，沉默地看着她退到苑外，然后转过身，沉声吩咐道："羽林卫，把守各宫门，自此刻起，任何闲杂人等不得出入宫前殿！"

苏晋慢慢往承天门走去。

这是出宫的路，她每走一步，那夜色中的殿宇楼阁便离她远一分。

她却越走越心惊，顿住脚，仰头看向夜空。月与星已经不见了，苍穹覆上层云，厚重得像一只搅动风云的手。

而她，或许只是这只手里的一枚棋子。

苏晋记得，朱稽佑在山西修筑行宫的线索是九王无意中透露给她的。那么巧，给朱稽佑修筑行宫的人正是当初与她有仇的孙印德。

而今日，她本来还疑惑最后敲响登闻鼓的女子是如何在鼓下毒发身亡的，便有人做给她看了。

急惊风。

马钱子之毒发作后有急惊风的症状，而急惊风又容易被诱发。那么，倘若那名女子在敲响登闻鼓后看到了什么可怕的、令她畏惧的事物，诱发了体内的惊风症，从而导致毒发，不就能刚好死在落水的那一刻吗？

苏晋不信巧合，今日朱麟身上的惊风症，就像是有人正对她抛砖引玉，对她投木桃以求琼瑶为报。

可这个人是谁？太子？七王？还是十四王？或者每个人皆有参与，甚至还可能有别的人——她瞧不见的、躲在暗处的人。

苏晋心中有个荒诞的猜测。她觉得有人想让她尽快破了登闻鼓之案。那人借九王之口将朱稽佑在山西修筑行宫的事透露给她，甚至让小殿下急惊风，只为告诉她最后死的那名女子是如何恰好在登闻鼓下毒发的。

苏晋想要证实这个猜测，因此越走越快，几乎要跑起来了。

到了承天门，她唤来一个守卫："登闻鼓最后一个案子案发时当值的都有谁？即刻让他们来见本官。"

不多时，当日当值的守卫都到了。

苏晋问："最后一案案发时，可曾有谁路过承天门？"

其中一名守卫答道："回御史大人，小的记得那女子敲完登闻鼓后，三殿下的仪仗恰好自承天门进宫，一旁还跟了个五品大员。"

苏晋问："你可记得那五品大员的样貌？"

守卫有些迟疑："只记得身材矮瘦。"他想了想，"小的若见到，一定认得出。"

苏晋微一沉吟，着人取来笔墨。

笔落于纸上，须臾，她勾勒出一幅人像，五短身材，鱼泡眼，下巴上有颗黑痣，正是前京师衙门府丞、时任工部郎中的孙印德。

那守卫一见画像，愕然道："回御史大人，是此人不错。"

苏晋半晌说不出话来。

登闻鼓之案就像一份四分五裂的谜谱，而现在，她已凑齐了其中之三。谜谱之一，死去的女子听口音是山西人，且形貌与三王府中的姬妾相似，八成是从三王府中逃出来的；谜谱之二，孙印德帮朱稽佑在山西修筑行宫，说不定见过这些形貌相似的姬妾；谜谱之三，死去的女子事先被下了马钱子之毒，此毒毒发伴有惊厥症状，她敲完登闻鼓后正好撞见朱稽佑与孙印德进宫，大惊之下引发惊厥，导致毒发身亡。

苏晋眼下只需要查明两点，这桩案子便可破了：其一，死去女子的真正身份，以及三王府上的姬妾为何形貌相似；其二，这名女子敲响登闻鼓的目的是否与朱稽佑修筑行宫有关。

近半个月来，翟迪已借着朱稽佑与礼部的纠纷，清查出三王府豢养姬妾的名录。现在苏晋只要寻个契机，将其中几名姬妾带回都察院审过，那么最后的两点疑惑就能破解了。

可现在，苏晋有些不敢破此案了。

如果一个人的所行之路是一条河，那么此时此刻，她足下的这条路正不断地被人注入泥沙。此举虽不如巨石落水，一刹那激起千层浪，但久而久之，足以令川流改道。

她要走的每一步都被人算计好了。

她不知道长此以往，倘若按照他人的意愿走下去，会酿成什么后果。

天幕在上，云积得太快，连月光都照不透了，又一场大雪将至。

苏晋回到都察院公堂，提了笔要写奏表，可仅仅写了数行便将其胡乱揉成一团。

做了一年多的清明御史，一路走来不是没有坎坷，可她始终谨记柳朝明的那句"守心如一"。苏州"御宝文书作假"一案累及知府、知事惨死，她也曾扪心自问，后来明白皇权之下的黑与白并非泾渭分明，于是一敛浑身锋芒，学会了以退为进，但到底还行在自己认定的道路之上。

可时至今日，倘若她要走的路成了上位者、谋权者手中的一步棋，前路迢迢，尽头的明月化作海市蜃楼，那她该退吗？

外头有人叩门，进来的是言俏、宋珏与翟迪三名御史。

翟迪呈上一份诉状："大人，下官方才已将三殿下府里的两名姬妾带回审问，她们与在登闻鼓下身亡的女子的确相识。据她们所说，身亡的女子姓卢名芊芊，乃山西济阳县人。今年三月，卢芊芊被掳去山西大同的三王府。至于被掳的因由，下官在状书上做了详录，大人可要先看看？"

苏晋沉默了一下，问："可是与工部郎中孙印德有关？"

翟迪三人互看一眼，露出讶异的神色。

翟迪道："大人如何得知？可是查出了什么？"

苏晋摇了摇头，接过诉状看了起来。

宋珏问过案后，犹自义愤填膺，斥道："所以说龙生九子，子子不同。太子殿下胸怀韬略，有治世之才；四殿下与十二殿下镇守边关，可谓一代名将；可这个三殿下，叫我说句大不敬的，实在罪大恶极，好色便罢了，偏巧还能好色出花头来了。"他说着，左右一看，见言脩与翟迪都默然不语，更加激愤难平，"之前九殿下也好色，掳过一名知县夫人做小。下官以为这已十分出格，谁知三殿下更过分，竟找了画师依他的描述先画了一幅美人图，再比着这幅美人图，派人去找形貌相似的女子，找不出就要挖人膝盖骨。我说三殿下的府上怎么有那么多长相相近的美人呢，原来这后头不知堆了多少人的膝盖骨。"

苏晋放下诉状，抬头问道："之前发去山西的急递，山西巡按御史回函了吗？"

言脩道："已回了。他们在徐书生的故宅里找出一封遗下的书信，正是他上京前写给曲知县的。上头说，当朝工部刘尚书、马江两位侍郎以及司务郎中孙印德卖放工匠，收受贿赂，大力征召壮丁为三殿下修筑行宫，用以……"他一咬牙，"安放这些三殿下掳来的美人。"

朝廷的工匠每年都要服劳役，而所谓卖放工匠，则是私底下收受工匠的贿赂，免除他们的劳役，再找旁的工匠抑或违令征召的壮丁来代替。

苏晋看完诉状，忍不住将状纸往案上一拍。

朱稽佑与这些工部官员实在是罪恶滔天，真是死一万次都不够！

而收受的贿赂去了哪里，苏晋不用想都知道。朱稽佑与工部都是十四的人，除了日常开销与上下打点的费用，余下的自然进了朱觅萧的口袋。

宋珏看苏晋也是义愤填膺，立刻道："大人，咱们既已握有状书与证人，可要根据三殿下府上那两名姬妾的供词，缉拿工部郎中孙印德回都察院审讯？这个孙印德下官接触过，十足的小人，从他这儿不怕问不出工部尚书和两位侍郎贪墨的证据。"

苏晋点头，提起青笔就要作批，然而笔落纸上的一瞬间顿住了。她想起今日之事，想起这重重宫阁背后，那些搅弄风云的看不见的手。

一滴青墨落在诉状上，苏晋执笔的手在空中停了半刻。她慢慢将笔搁下，抬手捏了捏眉心："我再想想。"

宋珏大惑不解："大人，事实已经摆在眼前了，还有什么好想的？"他有些不忿，一时间口不择言，"难道大人是怕得罪权贵，不再为民请命了？"

"宋御史，说什么呢！"言侑见宋珏口无遮拦，立即将他喝住，"大人这年余所办之案，哪一桩哪一件没有权贵牵扯其中？大人何时退缩过？"

翟迪仔细看向苏晋，只见苏晋的眉宇间，除了带着与他们三人一般无二的愤然，更有迷惘与彷徨，似乎她所顾忌的不单单有此案所牵扯进来的人，还有其他事情。

翟迪沉默片刻，温声道："大人，宋御史心直口快，您别将他一时的激愤之言放在心上。下官、言御史及宋御史既然跟了大人，肯定是相信大人的，也相信大人行事一定有自己的道理。大人您放心，您如何吩咐，我们便如何去做，除此之外，绝无二话。"他说着，看了眼宋珏与言侑，"大人，那下官们先告退了。"

苏晋淡淡地"嗯"了一声，看他们三人退到门口，像是想到什么，忽然问了句："柳大人已回府了吗？"

言侑道："方才下官路过柳大人的值房，里头还点着灯，柳大人今日大约是要留宿都察院了。"

待他们三人走了，苏晋沉吟片刻，推开门朝柳朝明的值房走去。

外头不知何时已落起雪，苏晋叩开柳朝明的门时，他正给一封急信写回函。听到她的声音，他没抬头，淡淡地问了一句："怎么没回府？"

天冷气寒，苏晋掩上房门，并未往里走，只站在门口道："大人，下官好像查明白登闻鼓的案子了。"

柳朝明"嗯"了一声，抬头看了她一眼，复又落笔："这是好事。"

苏晋站在门槛边，垂下眸："是好事。"却不再说话了。

屋内烛火微微，外间世界雪落无声。柳朝明沉默片刻，问："你怎么了？"

苏晋想了想道："大人，我……不知是否应当上表弹劾。"

柳朝明听了这话，也不作声，依旧悬腕回函，直到写下最后一句"书不尽意，余言后续"，才搁下笔，自竹架上取了氅衣，推开门道："随我出去走走。"

落雪如絮，廊檐宫阁尽染苍凉的白。

自都察院去轩辕台要走过一条深长的甬道，苏晋与柳朝明错开半步往前走着。不远处有内侍提着宫灯走过，见了他二人，遥遥一拜。

柳朝明问："为何不上表？"

苏晋仰头看这满天的雪，道："时局危矣，牵一发而动全身。"然后她低低一笑，"大人，我是一枚棋子。"

柳朝明不置可否。

苏晋又道："所以我有些担心，倘若我听从安排行事，结成恶果了该怎么办。"

柳朝明看了她一眼,这才道:"你跟我说这些是想知道,现如今谁才是那个执棋人?"

苏晋摇了摇头:"执棋的人太多了,太子、七王、十四王,甚至更多人。他们或是高高在上的殿下,或是位高权重的朝臣,我人微言轻,只想知道身为棋子应当怎么做。"

柳朝明道:"既然身为棋子,那便做你该做的。"

他穿过甬道尽头的门,拾级而上,广袤的轩辕台一下子映入眼帘,满天满地都是纷纷落雪。

"在这乱局之中,执棋者众,这是坏事,也是好事。沧海横流,谁又能真正做到把控全局?"

苏晋垂眸一笑:"大人的意思是,执棋者众,所以执棋人有时亦是棋子?"她一顿,问道,"这可是大人的切身体会?"

柳朝明没答这话,而是反问:"你身为女子却深陷危局,为何?"

苏晋愣了愣,片刻就明白过来。

是了,她身为女子,却执意踏上仕途,其目的或许比天下的男子单纯许多。

她不为加官晋爵,也不为千古流芳、名垂青史,若非心怀明月,想以一苇渡江,何至于将自己置于险境?

柳朝明抬头望向这漫天落雪,说道:"所谓坚守本心,从来不会是一条坦途,你所往之处横亘山川河流,目之所及或有乌云蔽日,但你胸怀坦荡,何须在意谁会搅弄风云?只要心中明月常在,总有揽月之日。"

苏晋沉吟许久,轻声道:"大人是说,但行好事,不问前程?"

柳朝明淡淡地道:"你若这么想。"

苏晋又思索了一阵:"所以不交僧道,便是好人?"说着,忽然自顾自地笑了,"大人做棋子时,可是将佛经、道经都抄过不少?"

柳朝明眉心微微一蹙,觉得她又将那副巧言令色的花头端了出来,可别过脸去看,却见她脸上笑靥未退,竟像是真的找到乐子了一般。

柳朝明一时怔住了。

他还记得初遇苏晋是暮春,她眼中苍茫如秦淮连天的风雨,绵延不绝。直至她升任巡按御史离开京师,他也只见她真正笑过一回,是在得知晁清还活着之时,而那个笑容也是转瞬即逝的。如今不知是否他的错觉,苏时雨自巡按归来,脸上的笑容忽然多了起来,像是被忽然袭来的带着暖意的清风消融了心中的冰雪,抑或有苍穹倾洒下日光洗去眉间萧索。伶仃小半生,她的眸子里火色渐退,染上半壁春光。

他只是不知，她的光风霁月从何而来。

柳朝明看着苏晋的笑颜，淡漠的目光倏尔变得柔和。他回过头，没什么表情地说道："佛经、道经抄得不多，账倒是记了不少，头一条便是京师衙门的苏知事欠了我都察院二十大板，至今未曾上门来领。"

苏晋听了这话，不由得怔住，好不容易才想起士子闹事当日后，她因未能平息态势，有负柳朝明所托，确实欠了都察院二十大板至今未能兑现。

苏晋细细思量了一阵，刚想说什么，只听远远有人说了一声："柳大人留步！"

轩辕台尽头，有个人端着拂尘急匆匆地赶来。离得近了，苏晋才发现原来是宫前殿的管事牌子张公公，心中浮上不好的预感。

吊死在宫前殿的璃美人死相可怖，至今还如一道阴影笼在她的心头。

可璃美人是后宫之人，出再大的乱子也该由皇上或皇贵妃来审，张公公跑来找左都御史做什么？

难不成又出了别的乱子？

果不其然，张公公一到柳朝明跟前便跪拜道："柳大人，宫前殿出大事了。皇贵妃娘娘、淑妃娘娘、几位殿下与大人都来了，眼下那头指明让您和金都御史苏大人过去。"

柳朝明眉头一皱，皇贵妃与淑妃均在，何以让他这名外臣过去？

张公公见他似乎有些不悦，忙将事情的缘由细细道来，随后解释道："发现璃美人的尸体后，十三殿下便将宫前殿封锁了。后来太子殿下来了，命羽林卫逐一自查，谁知竟在羽林卫同知钱煜钱大人的身上搜出璃美人常用的簪花。之后太医院的医正为璃美人验尸，说她临死前被人凌辱过，而她的身上也搜出了钱大人的令牌，是故太子殿下怀疑……怀疑是钱煜大人将璃美人凌辱之后杀害了。"

柳朝明淡淡地道："既是这样，拖去宗人府审问便是。"

张公公道："是这个理没错，但大人您也知道钱大人是什么身份。钱尚书一得知此事，立刻便赶来宫前殿申冤了。"

苏晋甫一听这张公公提起钱煜，还在感慨这朝中何以如此多姓钱的，户部尚书钱之涣是一个，左副都御史钱月牵是一个，这位羽林卫同知钱煜又是一个。而今听说钱之涣赶来申冤，她才反应过来，敢情这还是一家子。

她又想起宋珏说过的，钱尚书家有十多位公子，其中嫡长子在羽林卫任职，想必正是这一位羽林卫同知钱煜了。

柳朝明又问："陛下呢？"

张公公道："十三殿下早就命咱家去请过陛下，可陛下听闻皇孙殿下出了事，一时急火攻心，实在起不来身。"他说着，又道，"宫前殿已乱作一团。小殿下到现在都未醒，究其原因，到底是太子妃没在小殿下跟前才出了岔子。太子妃又是被皇贵妃娘娘的一道急令请走的，而方才太子殿下一问，那急令竟不是什么要紧事，又怀疑到皇贵妃娘娘的头上去了。"

柳朝明听完这话，并未立时动身，沉默了一会儿问："眼下都有谁在？"

张公公道："回柳大人，后宫的人中也就皇贵妃娘娘、淇妃娘娘与太子妃在。大臣里头，吏部的曾尚书是陪户部的钱尚书一起来的。因为小殿下出了事，小殿下的舅父户部小沈大人也到了。"

柳朝明颔首，又问："都有哪几位殿下在？"

张公公道："十三殿下是原本就在的，太子殿下也不必提了。因为是延合宫的璃美人出了事，延合宫是当年岑妃的故居，明日又是岑妃的祭日，所以有人说……有人说是岑妃的魂魄作祟，于是七殿下也来了，跟七殿下一起来的还有十二殿下与四殿下。"

"哦，还有十四殿下。皇贵妃娘娘来了不久，十四殿下带着三殿下、九殿下、十殿下也赶过来了。"

说到这里，他皱眉想了想，似乎怕人太多，将自己也说绕了进去，半晌才又道："虽然眼下在宫前殿的都是这宫里头最金贵的主儿了，但是他们当中，每个人都和今天的案子有瓜葛，都洗不清干系，一时就找不出一个能公允审案的人。原本说要去寻刑部尚书沈拓沈大人，可他毕竟是小殿下的外祖，怕太过偏袒。"再细细一想，"哦，对了，后来还是十殿下跟众人提议，说要请左都御史大人您去审。"

苏晋听完张公公的话，也是理了半晌才理顺。

现如今在宫前殿一共有三拨人，为首的分别是皇贵妃娘娘、太子殿下与七殿下。与皇贵妃娘娘一头的是十四殿下、三殿下、九殿下与十殿下；与太子殿下一头的是太子妃、十三殿下和沈奚；与七殿下一起过去的，则是十二殿下与四殿下。

除此之外还有两名大臣，吏部曾友谅与户部钱之涣。

小殿下犯了急惊风，说到底是太子妃不在身边所致。皇贵妃传走太子妃，有坑害小殿下的嫌疑，所以她不能主持审案。被指杀害璃美人的钱煜是羽林卫同知，羽林卫是听令于东宫的亲军卫，所以朱悯达一行人也应当避嫌。而璃美人今日之死状与昔年在延合宫自缢身亡的岑妃如出一辙，鬼神之说虽不可信，但此事若由岑妃之子朱沢微来审，也是怎么都不合适的。

圣上缠绵病榻，皇后早亡，宫里出了这样的乱子，这审案人最后竟只能落到左都御史头上，也是荒唐。

只是不知这多出来的淇妃是什么来头。

柳朝明听完张公公的话，迈步往宫前殿走去。

苏晋正思量着这里头的事，张公公忽然凑过来讪讪地道："苏大人，太子殿下方才震怒，将宫前殿的奴才一个一个严加审问。咱家怕惹事上身，便将您在宫前殿逗留过一阵子的事说了出来。您人正不怕影子歪，就算被叫过去问两句话也是小事，咱家给您赔个不是，您千万莫怪罪。"

其实他不必解释，苏晋也能猜到她这厢被叫去宫前殿是为何。她摇了一下头道："无妨。"

张公公看了眼她的神色，又问："苏大人，您可是在奇怪这淇妃为何会在宫前殿？"

苏晋只顾着往前走，没说是，也没说不是。可这宫里头的管事牌子哪个不是将察言观色的功夫练到极致的？张公公当下便道："这说起来又是一段谈资。先头不是说岑妃故去后，延合宫空了好些年才住进去璃美人与其侍婢吗？虽说住进去的是主仆，但那婢女姿容出色，恰好遇到醉酒的皇上，被临幸了两回便有了身孕，眼下已被封为淇妃，正是如今延合宫的主位，可谓后来居上。"

雪越下越大，不远处，宫前殿高耸矗立。

苏晋抬头望去，忽觉纷飞的大雪好像一张巨大的渔网，朝眼前的殿阁扑袭而去。太子、七王、十四王，还有那些她看不见的、躲在暗处的众人各执渔网一角，都在等着他们的那条鱼。可是，他们太贪婪，想以静制动，想后发制人，所以让柳昀来做这个收网人。

柳朝明走到宫前殿外，停住脚步。张公公会意，退到一边去了。

柳朝明看着这被落雪包裹的宫阙，忽然对苏晋道："兵部、礼部是不站边的，其余各部尚书什么情况你心中应当有数。"

苏晋"嗯"了一声，工部尚书是十四王朱觅萧的，吏部的曾友谅是七王朱沢微的，而刑部尚书沈拓乃太子妃沈婧之父，是东宫党无疑。

柳朝明道："唯一复杂的是户部，尚书钱之涣与右侍郎杜桢都是七王的人。但沈青樾太厉害，把这两人的把柄握得牢牢的，却不揭发。"

苏晋道："这是沈大人的作风，凡事留余地，所以户部反而是相互牵制的局面。"

柳朝明道："今日之局，户部尚书钱之涣是朱沢微的人。钱煜是钱之涣的嫡子，按理应该跟钱之涣一起追随朱沢微，却在太子手下的羽林卫当值。你说，朱悯达可会对这个人放心？"

苏晋不解："大人为何要与我提这个？"

柳朝明看了她一眼，嘴角带着一抹似是而非的笑："你不是想知道如何做一枚棋子？"

他说完回过头，沉静地望向眼前的宫阁，于纷纷落雪中，迈入殿门。

因为有后宫的女眷在，宫前殿当中隔着一层看人影影绰绰的纱帘，左右上首分列二人——太子朱悯达与皇贵妃。

柳朝明进得殿中，与苏晋一起向这二人见礼。

朱悯达道："柳大人既来了，此案便交给柳大人断吧。"他四下扫了一眼，点了一人："曾尚书，就由你将案情说与柳大人听。"

曾友谅一揖称"是"，然后道："柳大人，今日宫前殿共发生两桩案子。第一桩，是延合宫的璃美人惨死在宫前殿厢房。现已查明璃美人系缢亡，死前有被凌辱的痕迹。因为宫前殿的侍卫在璃美人的身上搜出了钱煜大人的令牌，随后太子殿下命羽林卫自查，从钱煜大人的身上搜出了璃美人生前用的簪花。就目前的情况来看，钱煜大人杀害璃美人的嫌疑最大。

"第二桩案子，是皇孙殿下的急惊风。今日午后，皇孙殿下与太子妃一起在宫前殿等候太子殿下。之后，太子妃被皇贵妃娘娘一道急令传走。皇孙殿下醒来后，因不见太子妃，出门四处寻找，随后在宫前殿的抄手游廊上犯了急惊风。方才十三殿下已查明，皇孙殿下犯急惊风的游廊，正对着璃美人惨死的厢房，疑小殿下可能是看到了璃美人的死状，受惊犯病。"

柳朝明道："疑受惊犯病，便是说，小殿下真正的病因尚未得到证实？"

曾友谅道："是。"

柳朝明道："医正何在？"

为朱麟探病的医正弓身出列，道："回柳大人，方才十三殿下已下令，命医正们将小殿下今日的膳食残羹、用过的器皿全部验过，想必就快验完了。"

柳朝明听了这话，看向朱南羡，二人对面一揖。

随后，柳朝明对朱悯达道："既然小殿下的病因还有待查明，臣请先问璃美人的案子。"

朱悯达还未答，皇贵妃忽然道："此案不必审了，毕竟是后宫之事，是谁做的本宫心中已有数，柳大人只需将那些恶贯满盈的人依法惩治了便是。"

这话一出，跪在殿中的钱煜便忙不迭地磕头哭喊道："柳大人，下官冤枉，下官实在冤枉啊——"

柳朝明听出皇贵妃话里有话，问道："那么依皇贵妃娘娘之见，这些恶贯满盈之人都有谁？"

皇贵妃乜斜着钱煜，"哼"了一声道："他只是其中一人。"然后抬起染着鲜红蔻丹的指尖指向一旁的淇妃道，"她，才是罪魁祸首！"

淇妃一听这话，眼中露出惊惶之色，跪倒在地："姐姐何出此言？"说完捏着绢帕拭起泪来。

淇妃生得楚楚动人，又身怀六甲，这么一下子跪在地上，伤了她自己的身子是小，伤了龙嗣才是真正的罪过。

殿中女眷太少，宫女与嬷嬷们都慑于皇贵妃之威，不敢上前搀扶。还是沈婧于心不忍，将淇妃扶到一旁的椅凳上坐下，轻声道："娘娘当心身子。"

皇贵妃道："今日陛下去昭觉寺祈福前，曾传旨让本宫、淇妃、太子殿下与太子妃晚上去明华宫陪陛下用膳。接到旨意后，淇妃便来见本宫，说想带璃美人一起去见皇上。本宫还当淇妃良心发现，想要为旧主谋个福分，哪里知道她存的竟是这等害人念头！"

淇妃啜泣道："妹妹要带璃姐姐去明华宫，的确是为了璃姐姐着想。当时皇贵妃姐姐还斥妾身不懂分寸，婉拒了妾身的请求。"

皇贵妃厉声道："本宫是婉拒了，可随后你不是让她扮作你的婢女，随你一起去前宫？"

淇妃惊恐地睁大眼："姐姐怎知？"她又自椅上起身，隔着纱帘半跪着向柳朝明哭诉道："大人明鉴，璃姐姐是妾身旧主，妾身出此下策，只是为了报恩，断没有要害她的心思。"

柳朝明揖了揖："娘娘请起，娘娘与臣君臣有别，臣当不起淇妃娘娘大礼。"

淇妃点了点头，起身又道："妾身是带了璃姐姐来前宫，但妾身走到一半腹痛难忍，恐胎儿有恙，便回延合宫请医正诊治了。后来璃姐姐去了哪里，妾身并不知道。"

柳朝明问："你们此行，可是往宫前殿来的？"

淇妃含泪道："前宫之中只有宫前殿无主，可供妾身这样的后宫中人逗留。"

柳朝明又问："敢问淇妃娘娘犯腹痛是何时？"

淇妃道："应该是上午，妾身一犯腹痛就折回延合宫了。医正为妾身诊完腹痛，刚好到正午，皇贵妃姐姐还命人为妾身送了膳食，可惜妾身用不下，命侍婢拿去送给正在前宫的璃姐姐，谁知道……"她话未说完，已然泣不成声。

柳朝明又看向沈婧："敢问太子妃，您带小殿下到宫前殿是什么时辰？"

沈婧想了想，道："午后，是在东宫用完午膳后过来的。"

柳朝明愣了愣："这么说，璃美人比太子妃先一步来宫前殿？据臣所知，宫中亲军卫行守备之责前，应该先将守备的地方上下搜过一遍，何以当时没人瞧见璃美人？"

难道当真是羽林卫出了问题？众人不约而同地把目光投向了钱煜。

柳朝明问："璃美人来宫前殿时，可有侍婢跟着？"

早已跪在殿中的一名宫婢怯怯地说道："回大人，奴婢跟着。"

柳朝明问："璃美人惨死，你怎么解释？"

宫婢伏地贴面，急声道："回大人的话，美人到了宫前殿后说不要人伺候，奴婢原就是淇妃娘娘身边的侍婢，美人又说了这话，奴婢就折回延合宫伺候娘娘去了。后来发生了什么，奴婢实在不知啊！"

柳朝明又问："是谁让你跟着璃美人的？"

宫婢道："回大人，是淇……淇妃娘娘。"

柳朝明道："这就是了。"然后他淡淡地道："拖出去，杖杀。"

整个宫前殿仿佛沉默了一瞬，两名侍卫上来将宫婢拖走了。

柳朝明又问："在璃美人身边伺候的人都有谁？"

须臾，四名内侍与宫婢出列，止不住地发抖道："回大人，是……是奴婢。"

柳朝明言简意赅："杖杀。"

他吩咐完，回身隔着纱帘朝皇贵妃一揖："敢问皇贵妃娘娘，您是如何得知淇妃娘娘让璃美人扮成自己的侍婢，往宫前殿去了的？"

皇贵妃冷冷地道："这怕不是大人该过问的吧？本宫执掌后宫，该知道的事，自然有人来回禀本宫。"

柳朝明道："那么照娘娘的意思，延合宫守卫、娘娘所居的重华宫守卫与侍婢皆有重责。"

皇贵妃柳眉倒竖，厉声道："左都御史这是要做什么，不分青红皂白地杀人吗？"

柳朝明淡淡地道："不知皇贵妃娘娘能否透露，今日圣上传诸位一起用膳，可提过要商议何事？"

皇贵妃并未答话。

这时，沈婧看了朱南羡一眼，略一犹疑，道："这倒没什么，父皇说……想议一议十三的亲事。"

柳朝明道："既然如此，明华宫的晚宴上便不该有不合身份的人在，譬如璃美人。臣之所以处置这些内侍与宫婢，是因为他们知道璃美人扮成婢女随淇妃前往前宫却不拦阻，这也是造成璃美人惨死的根由。"

皇贵妃问："那此案的真凶呢？此案的内情左都御史不问明白吗？"

柳朝明还未答话，朱沢微忽然笑道："皇贵妃娘娘，此案的真相不是已明摆着了吗？璃美人就在宫前殿歇息，羽林卫来之后却没人说见过她，说明羽林卫中一定有人隐瞒不报，且此人身份不一般，否则不可能在羽林卫的重重搜查下将一个大人藏起来。今日在宫前殿，有这等权力的除了钱煜不做第二人想。在他身上还搜出了璃美人的簪花，真凶不是他，还能是谁呢？"

皇贵妃听了这话，指着淇妃愤然道："可是她明摆着没安好心……"

"本宫与老七所见相同。"不等皇贵妃说完，朱悯达忽然道，"柳大人，此案由你全权处置，你不必有任何顾忌。"

柳朝明继而道："重华宫和延合宫的所有守卫、侍婢及内侍杖责三十。至于淇妃——"他转首对皇贵妃道："璃美人之死，淇妃娘娘有教唆之责，但娘娘身怀六甲，臣不便处置，此事还当交给皇贵妃娘娘。"

皇贵妃听了这话，神色略有缓和，"哼"了一声，不再说话了。

"羽林卫同知钱煜。"柳朝明看向一脸凄惨的钱煜，沉默了一下，倏尔厉声道，"凌辱及残害后宫妃嫔，论罪当诛钱氏满门。"

此言一出，众人皆怔住了。

钱之涣大怒道："柳昀！你不问明因由，只顾自保，当真不忠不义，简直……"

"但钱尚书一家都为朝廷效力，"柳朝明没等钱之涣说完，朝朱悯达与朱沢微一揖，"其功至伟，臣请赦钱氏其他人的死罪，改将钱煜一人斩立决。太子殿下与七殿下以为如何？"

朱悯达沉吟片刻："本宫会照你的意思，向父皇请示。"

钱之涣双膝一弯跪倒在地，看了看朱悯达，又泫然地望向朱沢微，道："殿下？"

朱沢微迟疑片刻，避开钱之涣的目光，低声道："就这么办吧！"

一干侍卫上来将钱煜与泣不成声的钱尚书带走了。

宫前殿一时寂然无声。苏晋沉默地看着眼前这一出草草收尾的戏码，终于明白柳朝明进宫前殿前说的那句话是何意了。

户部尚书钱之涣是朱沢微的人，其嫡子钱煜却在太子手下的羽林卫任职。钱煜在羽林卫一日，朱悯达就一日不能对羽林卫放心。同理，对朱沢微而言，钱之涣爱子心切，只要钱煜还在太子手下，钱之涣的户部就无法全心归属他。是故钱煜这个人，朱悯达与朱沢微都不愿意保。

所以柳朝明处死了钱煜。

苏晋心中惘然。

这便是柳朝明说的棋子之道吗？他参透人心，参透处境，然后走出令所有人满意的一步。

可其中的是非黑白，他就不管了吗？

她不信璃美人是钱煜杀的，若当真是钱煜所为，之后朱麟的急惊风又该怎么解释？总不能真是惊吓所致吧？

苏晋又将案情细想了一遍。

今日一早，璃美人与淇妃一起来前宫，走到半途，淇妃腹痛，让侍女陪着璃美人先去宫前殿。午后，沈婧带着朱麟来宫前殿歇息，当时羽林卫搜查阖宫，没人发现璃美人的踪迹。沈婧被皇贵妃召走，朱麟小睡醒来，要寻沈婧，随后便犯了急惊风。

据仵作所言，璃美人死于未时二刻到三刻之间。也就是说，羽林卫到后不久，璃美人便死了。倘若璃美人不是钱煜杀的，又是谁，有这个本事在羽林卫的重重守备下藏一个人，再杀一个人，然后令朱麟犯了急惊风？

苏晋心中总算有些了然。

要做到这些，仅凭一人之力是行不通的。今夜之事是一个局，有人牵线，有人引线，有人穿针，有人收网。换言之，引璃美人来宫前殿的，杀璃美人的，瞒下羽林卫将璃美人藏起来的，最后让小殿下犯急惊风的，或许是不同的人，但他们一定都听命于同一个人。

可是这个人，又是谁呢？

苏晋抬头望去，诚如张公公所言，今夜大随最金贵的主儿都在宫前殿了。能在深宫里布下这样的局，这个人一定是这重重宫禁中的上位者，不会不在这大殿中。

可他若是在，会是谁呢？

跟着朱悯达的有朱南羡，跟朱泽微一起来的有四王和十二王，九王和十王儿时养在皇贵妃膝下，长大后也与三王一样追随十四王。

可是，这些殿下彼此之间合纵连横，哪有面上看着这么简单？

苏晋觉得可怖。她知道这个布局人的最终目的是夺位，可看不透经过今夜一局，这个人究竟能得到什么。

一念及此，苏晋又看向柳朝明，忽然有点儿明白柳朝明为什么要处死钱煜了。因为这个案子他根本审不下去，总不能把这些殿下一个个拖去严刑拷问吧。

杀钱煜，的确是最能平息此案的方法。

但苏晋又想了想，觉得这也不对，柳朝明沉潜刚克，对公务极为认真，草率结案从来不是他的作风。倘若他只为了平息事端，大可以先做样子把钱煜拖下去审一审，这么干净利落地下了处死令，是为了什么？还是说，柳昀其实……也不干净？

苏晋忽觉这雪夜中的深殿仿如一艘沉入深海的大舶，风潮汹涌，龙骨碎尽，她已深陷旋涡之中。

不多时，太医院掌院进殿了，道："禀太子殿下、皇贵妃娘娘，今日小殿下碰过的物件、用过的器皿，以及膳食残羹已全部验完，并没有查出可致惊风之症的东西，故而……微臣以为，小殿下的惊风症大约确是受惊吓所致。"

殿内一时无声。

片刻，一个十分清脆好听的声音道："怎么会是惊恐所致？游廊与厢房离着三丈远，麟儿一个不到两岁的孩童，便是亲眼见着璃美人被害，都未必明白发生了什么。"

苏晋循声望去，说话之人是十殿下朱弈珩。

古人常用"颜如宋玉，貌比潘安"来形容一个男子姿容美，而十殿下朱弈珩完全当得起这八个字。苏晋看着他，忽然想到提议让柳朝明来审案的正是这个朱弈珩。

朱悯达沉声道："再验！将麟儿今日碰过的没碰过的，用过的没用过的物件通通验过！"

见他已有动怒之势，太医院掌院悚然一颤，连忙磕头请罪。

朱沢微温声道："老十所言甚是，麟儿一个一两岁小儿懂什么，平素里还不是只知听从皇兄、皇嫂之言？实在怪了，皇嫂就走开那么两个时辰，麟儿怎么就犯病了？"他隔帘朝皇贵妃揖了揖，道："不知皇贵妃娘娘所为何事，竟在这个关头以一道急令请走皇嫂。"

皇贵妃杏眼一睐，愠怒地说道："怎么，老七怀疑到本宫头上来了？"

朱觅萧顿时怒不可遏地道："朱沢微，杀钱煜得钱之涣，今日之事你受益最大，你也无法置身事外！"

朱稽佑原不明所以，听见朱觅萧的话，也跟着起哄道："十四说得是！朱沢微，你坏事还做得少了？本王看今日死的几个人跟你们一帮人脱不开干系，说不定就是……说不定就是你过世母妃的鬼魂作祟！"

此话一出，朱沢微原本柔和的面色立刻变得冷寒无比。

他还未开口，四王朱昱深便道："三哥，死者为大，岑娘娘是我等的长辈，你说这话实在是大不敬。"

朱稽佑自小就惧这个老四，被他一说，撇了撇嘴，不敢言语了。

朱觅萧冷哼一声，道："不然怎么解释璃美人莫名吊死？你们都是傻子吗？真当是钱煜一人所为？谁信？"

九王朱裕堂怯声道："算……算了吧！此案柳大人不是已经结了吗？就是钱

煜做的，与咱们都……没什么干系吧！"

十二王朱祁岳却冷笑道："怎么解释？十四这话真是说到点子上了。你们不如先解释解释今日皇嫂本在麟儿身边守着，却被一道不明所以的急令传走是怎么回事！"

一众皇子吵得不可开交，朱悯达也懒得管，只冷眼看着。反是沈婧出来对着上首的皇贵妃盈盈一拜，然后对众人道："其实皇贵妃娘娘急传臣妾，正是为今日父皇召我等商议之事——十三的亲事。"

朱南羡听了这话，眉心微微一蹙。

朱祁岳挑眉看了朱南羡一眼，道："他的亲事拖了不是一天两天了，便是要议也不差这么一会儿。"

皇贵妃似乎懒得再跟这群晚辈费口舌，淡淡地道："那是因为本宫近日得知十三早已属意一人，所以传沈婧过来问明白，想在今日吃晚膳时与陛下提一提。毕竟十三老大不小了，又是嫡皇子，正妃之位悬而未定，先纳个侧妃也是好的。"

朱祁岳闻言更好奇了："早已属意一人？是谁？"

皇贵妃看了一眼一旁的贴身侍婢，那侍婢应了声"是"，上前对着众人福身拜下："回诸位殿下的话。是这样，皇贵妃娘娘前阵子翻阅宗人府的出纳载录，在'拾遗'一栏中发现一年多前有人自云集河里拾到一块女子用的玉佩，当时那枚玉佩与十三殿下的佩玉纠缠在一起，于是拿去问十三殿下……"她顿了顿，看了一眼皇贵妃，见皇贵妃点头，才继续道，"殿下说，那名女子用的玉佩也是他的，是他专程找人所制，要送给心上人的。"

一年多前，云集河。

苏晋听见这两个关键点，深觉不妙。

她原有一方玉佩，那是祖父留给她的唯一的东西，一直贴身带着。直至一年多前，她被追杀落入云集河，这枚玉佩才遗失不见。

当时她本想回头找，又怕惹人生疑，只好作罢，此刻听到这宫婢所言，才知道……

朱祁岳伸手推了推朱南羡，乐道："好啊，十三，这么多年我对你可是无话不谈，你却将这么大的事瞒着我。什么玉佩？快拿出来让我瞧瞧。"

朱南羡只道："那玉佩本王没带在身上。"

皇贵妃不咸不淡地道："左右璃美人的案子审完了，麟儿的病因还要等太医院细查。十三，你身份尊贵，立妃纳妾事关皇嗣绵延，现在便说说那女子是谁，本宫为你做主！"

她看向朱南羡，像是想起什么："本宫记得，那玉佩上似乎刻着一个'雨'字。"

宫前殿仿佛静了一瞬。

须臾，朱沢微"咝"了一声，像是想起了什么不得了的："本王记得苏御史的字好像唤作'时雨'。当年十三跳云集河，似乎就是为了救你。那这玉佩……难道是十三要赠予御史的？"

朱觅萧方才还跟朱沢微吵得不可开交，听了这话立刻附和道："啊，照七皇兄这么说，十三皇兄到现在还未娶妻该不会是因为……？"

"放肆！"不等他说完，朱悯达便喝道，"十三为母后守孝耽搁了自己的亲事，一片赤子之心，岂容你等猜疑侮辱？"

皇贵妃淡淡地道："你们也不必乱猜，那女子是谁，太子妃心里自然有数。"然后看向沈婧道："你来说。"

沈婧迟疑地看了朱南羡一眼。朱悯达凡事不瞒她，她自然知道那刻了个"雨"字的玉佩是苏晋的，更知道苏晋其实是女子。可她若实话实说，苏晋便是死罪，眼下她只能想一个权宜之计。

"是中军都督府左都督戚无咎的四妹戚绫，她的闺名里有个'雨'字。门楣虽过得去，却是个庶出，故而臣妾与太子殿下一直未曾准允这门亲事。"

皇贵妃道："戚无咎的四妹，本宫知道此女。她虽是庶出，但才貌俱佳、秀外慧中。"皇贵妃对朱南羡道："十三，你若喜欢，本宫可将她收为义女，如此做你的侧妃是足够了。"

朱南羡刚欲说话，太医院的掌院巫巫进得殿来，扑跪在地道："禀皇贵妃娘娘、禀太子殿下，微臣……微臣在小殿下的内衫里找到了酥饼残渣，上头含有些微的夹竹桃粉。"

夹竹桃乃剧毒之花，误食些许便会要人性命。

朱弈珩问："怎会在内衫里发现酥饼残渣？"

殿中久无人言。

朱悯达的眉间笼上震怒之色。沈婧忧心地说道："平日有亲近之人给麟儿东西，他若喜欢，便会藏在衣裳里贴身收着。"

说起来朱麟的这个习惯还是跟朱悯达学来的。

朱悯达与沈婧青梅竹马，少年时若得了沈婧相赠之物，便会贴身收着，久而久之成了癖性。

沈婧又道："他虽不会说话，但十分认人，见过的等闲不忘。可是只有亲近之人给他东西，他才可能这么收起来。"说罢，沈婧神色转冷，看向跪在殿中的太医院掌院，问道："小殿下如今怎么样了？"

掌院怯声道："回太子妃，小殿下脉象虚浮，但情况尚算平稳，所食夹竹桃粉应当不多，没有危及性命。但小殿下究竟如何，还要醒来后才知。"

沈婧闻言，转而看向朱麟的奶娘，寒声问："今日都有谁给过麟儿东西？"

岂知这奶娘忽然目露惊慌之色，当即便跪在地上："奴婢……奴婢恳请太子妃责罚。"

沈婧秀眉一蹙："是你？"

"不，不是奴婢！"奶娘以面贴地，身子颤得如一片风中落叶，"回太子妃，要说亲近的人，小殿下自醒来后……只见过一位。"

沈婧冷冷地问："谁？"

奶娘慢慢别过头，惊惶地看了朱南羡一眼："是十三殿下。"

沈婧听到这话，当即痛斥道："你在说什么胡话！"

奶娘却忙不迭地磕起头来，哭诉道："回太子妃，奴婢说的都是实情。今日小殿下醒来后，外头的天看着要落雪，梳香怕殿下着凉，回东宫为他取小袄去了。当时大约是酉时初，只有奴婢一人陪着他。小殿下因知道十三殿下要来看他，便自顾自地往宫前殿外面跑，恰好看到十三殿下在轩辕台与一名大人说话。

"奴婢是后宫的人，轩辕台那边有外臣在，奴婢不敢靠近，只得远远地站着，看见小殿下走到了十三殿下身边。后来十三殿下将小殿下抱起来，跟他说了一会儿话，又像往他的手里塞了什么，奴婢也没瞧清。小殿下回来后，奴婢与梳香随他在宫前殿刚走了几步，他就犯惊风症了。"

朱南羡听她说完，眉头一皱。

酉时初，轩辕台？岂不正是今日苏晋还他匕首之时？

他几时见过朱麟了？

朱南羡正要开口，沈婧却怒斥道："胡说八道！来人，给本宫掌嘴！"

"慢着——"皇贵妃悠悠地道，然后看向朱南羡："朱十三，你安的是什么心，连你的亲侄子也想害死？"也不等朱南羡解释，立时高声喝问："今日酉时，把守宫前殿正门的都有谁？"

外头进来四名羽林卫。皇贵妃道："本宫问你们，今日小殿下醒来后可曾出过殿门？"

四名羽林卫齐声称"是"，其中一名更是上前一步道："回皇贵妃娘娘，小殿下自出了殿门，便往轩辕台的方向去了。"

话音落，满堂哗然。

皇贵妃道："朱十三，你好大的胆子，身为皇子却要谋害皇孙，还不跪下领罪！"

朱南羡淡淡地道："本王行得正，坐得端，凭什么跪？"

朱沢微笑了一声："十三，本王看这事你还是先跪下来解释清楚为好。麟儿是嫡皇孙，你是嫡皇子，你害他是存了什么心思，以为别人瞧不出来吗？"朱沢微这话摆明了是往朱南羡的身上泼脏水。

然而朱南羡不甚在意，目光在诸皇子的身上扫过，忽而扬起嘴角笑了一下："此事本王解释不清。不过本王知道，你们当中倒是有人能解释个清楚。"

朱觅萧似是大惑不解："十三皇兄这话是什么意思？难不成害麟儿的人还在我等之中？我等可是庶子，说句大不敬的话，便是太子与嫡皇孙都没了，那大殿上的宝座也轮不到我们呀！但十三哥就不一样了，你可是父皇最宠爱的嫡十三子呀！"

这时，九王朱裕堂怯怯地道："其实……要查清这事不难，十三不是在轩辕台吗？唤今日轩辕台的守卫来问过便是。"

朱弈珩温声道："九哥是久不在宫里忘了这宫中的规矩？今日是双数日，在轩辕台值守的是金吾卫。"

朱稽佑添了一句："谁不知道金吾卫左谦是他朱南羡的走狗？"

皇贵妃听到这里，双目一眯，高声喝道："府军卫！"

戒备在宫前殿外的府军卫破门而入，齐声跪地道："在！"

"十三皇子毒杀皇孙，给本宫将他拿下！"

"是！"

"谁敢！"府军卫还未上前，朱祁岳怒喝一声，与朱昱深同时站在朱南羡身后，一人拔剑，一人握刀。

三人与诸皇子对峙而立，人虽少，但朱昱深镇守北疆，朱南羡领兵西北，朱祁岳挂帅岭南，丝毫不输气势。

府军卫将三人团团围住。朱南羡却不甚在意，抚了抚腰间的长刀，忽然大喝一声："金吾卫！"

幽静的雪夜里，不知从何处传来一声"在"，转眼间，数名头戴凤翅盔、身穿锁子甲的兵卫自殿外鱼贯而入，将府军卫围了起来。

殿中宫人们看了看这重重兵卫中的龙子们，片刻后，竟都朝朱南羡的方向拜下。

深殿之中剑拔弩张，众人都屏息凝神，仿佛一个声息便会引来大祸。然而在这重重兵卫之外，数名朝臣默然无声地立着。

沈奚自进殿起便觉得不对劲。他深知璃美人之死，钱煜被问罪，不过是一个引子，然而凭他之智竟也无法全然参透今日之局。就像一幅早已着墨好的水墨山川，方才还是太子、七殿下、十四殿下三足鼎立，倏忽间风云变幻，再望过去却成了十三殿下与七殿下、十四殿下对峙了。

这幅水墨山川，正是沈奚心中的棋盘。

而一年多前，自他助朱南羡就藩，就料到有今日了。

诚然朱悯达是嫡长子，是储君的不二人选，但朱南羡亦是嫡皇子，还在南昌有了政绩，赢得了民心。最重要的是，朱南羡有兵权，擅长带兵，有西北的军心，朝中的武将都服他。

皇权最是弱肉强食。而今的朱南羡，再不是昔日依凭在东宫之下的太子胞弟了。

这宫中的格局，已经变了。

沈奚忽然想起柳朝明的话：就怕有朝一日，有人颠覆你心中黑白。

沈奚不由得抬眸看向朱悯达，只见他微合双眸，神色冷厉至极，却一言不发地注视着眼前的一切。沈奚心中一沉，当机立断地往前迈了一步，与他同时动作的还有两人。

三人来到殿中，撩袍拜下。

"臣，左都御史柳朝明。"

"户部侍郎沈奚。"

"佥都御史苏晋。"

"恳请太子殿下明察秋毫，全权定夺此案。"

第十六章　满盘棋子

　　殿上的气氛略有缓和。朱悯达这才道："没规矩了是吗？父皇尚在卧榻之上，你们就要同室操戈？"他看了看殿中剑拔弩张的府军卫与金吾卫，微微蹙眉，唤了一声："十三。"

　　朱南羡沉静地一抬手，金吾卫齐齐向他一拜，无声地退了出去。

　　朱悯达又道："府军卫。"

　　数名兵卫单膝跪地，也撤出殿外。

　　宫前殿又回到方才的平静，然而在这平静之下，似乎有什么东西不一样了。

　　朱悯达不是信不过朱南羡，可眼下诸皇子皆在，罪证直指十三，他若存心袒护，对十三的嫌疑置之不理，此事势必会捅到父皇跟前，到那时更难收场。

　　于是，朱悯达对柳朝明三人道："三位大人平身。"然后问朱南羡："十三，你在轩辕台见的人是谁？"

　　朱南羡垂眸不言。苏晋往前一步揖道："禀太子殿下，是微臣。"

　　朱觅萧顿时笑了一声："方才还说十三皇兄与苏御史走得近，眼下又叫人抓个现行。"他看向皇贵妃，揖了揖："母妃，您该好好问问十三哥那枚刻了'雨'字的玉佩究竟是给谁的，省得错点了鸳鸯谱。"

　　朱悯达冷冷地看朱十四一眼，问："十三，你在轩辕台见苏御史所为何事？"

　　当时是苏晋要还朱南羡九龙匕，而他没收。

朱南羡张了张口，刚要答，可倏忽间又缄默不言了。

如果方才无人提玉佩这茬儿，他大可以谎称这九龙匕是自己借给苏晋，她前来归还的。可是，那一枚刻着"雨"字的玉佩已经让众人对自己与苏晋的关系生疑，倘若自己实话实说，苏晋是可以为他做证，称他们在轩辕台未曾见过朱麟，但自己以九龙匕相赠的事曝光于人前，岂非坐实了他对苏晋的情意？这样一来，苏晋做证，有用吗？非但无用，还会置她于险境。

见朱南羡沉默不言，朱觅萧又笑了一声："怎么，十三皇兄果真给麟儿递了毒食，做贼心虚了？"

朱悯达看向苏晋："你说。"

今夜之局周密万全，暗伏重重，胜过昔日马府之局百倍。苏晋知道自己实话实说，那些居心叵测之人未必会信，可她若不为朱南羡做证，不为他赢取些许时间，那么便是有人有心相救，怕也没工夫想辙了。如今，她只能尽量拖延时间了。

苏晋思及此，正欲编造个由头跪地请罪，朱南羡却抢先一步道："本王见苏御史，不过是想问些南昌府外计事宜。"

外计乃三年一次的外官考核制度，由吏部负责，都察院复核。

曾友谅道："南昌府的外计结果臣早已呈给十三殿下过目了。殿下有疑虑，不来问我吏部，怎么反倒问起苏御史了？"

朱南羡淡淡地道："都察院复核外计结果，本王想问苏御史，不行吗？"

朱沢微笑道："自然是行的，之前本王想问凤阳府外计事宜，也是跟都察院打听的。"他说着忽然"啧"了一声，"不过本王记得，都察院复核外计的只有柳大人与赵大人吧？苏御史不是在忙登闻鼓的案子吗，十三你怎么找他问？"

朱稽佑哑哑嘴道："这有什么好疑惑的？外计就是个借口，他心中有鬼呗。"

朱弈珩温声道："本王似乎记得这宫前殿的管事牌子说，璃美人的尸体正是十三找到的。"

角落里的张公公听了这话，连忙诚惶诚恐地拜下："是，十三殿下疑小殿下犯病是受惊所致，与苏大人一起四下寻找线索，之后就发现了璃美人的尸体。"

朱觅萧笑道："原来还是合谋啊！"他朝殿上一拜，讥讽道："大皇兄，您还瞧不明白吗？跟在您身边长大的十三哥翅膀硬了，眼下正贼喊捉贼呢。"

这时，苏晋道："诸位殿下有所不知，十三殿下回京后与微臣提过对外计审核结果存疑。微臣是都察院御史，有权翻看外计的复核结果，帮殿下查一查也没什么。"

早在发现璃美人的尸体时，苏晋就觉得今夜之事颇有蹊跷，彼时便以外计为借口将朱南羡唤至一旁道出心中疑虑。为保万无一失，回都察院后，她又跟赵衍讨了南昌府外计名录看了。

苏晋对上首的朱悯达一揖，径自背道："南昌府知府于萍，守清才长政勤年壮，列一等；南昌府布政使章磊，守勤政勤才平，然力不及，年迈患疾，列三等；南昌府府丞……"她素来过目不忘，此番将三十多名官员的查核结果背下来，竟无一处不对。

朱悯达看向曾友谅，问："曾尚书，苏御史所言可有误？"

曾友谅毕恭毕敬地对朱悯达一拜："回殿下，苏御史博闻强识，在下佩服。"

朱悯达道："好，苏晋，你当时既然与十三在一处，那么本宫问你，你可曾见过朱麟，可曾见十三递给麟儿吃食？"

苏晋思索一阵，刚欲答，沈奚忽地上前两步，笑嘻嘻地唤了声："姐夫。"

朱悯达眸色一冷。

沈奚顿了顿，有模有样地拜下道："太子殿下，臣忽然想到一桩事，想要问一问太医院的李掌院。"

朱悯达准允道："问吧。"

"李掌院，你方才说在小殿下的内衫上找到了酥饼残渣，是什么酥饼？"

李掌院道："是枣花饼。"

沈奚又问："你是只找到了残渣，还是找到了整块枣花饼？"

李掌院道："只有残渣。"

沈奚道："那么依你看，倘若一整块枣花饼吃下去，小殿下可还有命在？"

李掌院骇道："这……夹竹桃粉乃剧毒之物，倘若皇太孙殿下将整块饼吃下去，怕是早已……一命呜呼了。"

沈奚合袖对朱悯达一揖，振振有词道："太子殿下，臣与十三殿下一起长大，深知他为人坦荡，从无害人之心，臣不信他会加害小殿下。依李掌院所言，小殿下未曾吃下整块酥饼，而是将余下的大半块酥饼藏在了内衫中。可是之后为什么没人发现这半块酥饼？一定是有人将酥饼从小殿下的内衫里拿出来了。小殿下自犯了惊风症后，宫前殿几乎无人离开，唯一一个离开过的苏御史根本没有机会近距离接触到小殿下。那么容臣揣测，这余下的枣花饼应当仍在这宫院之中。枣花饼乃此案最紧要的证据，臣请——"沈奚一顿，"搜宫！"

朱觅萧嘲讽道："沈大人这一番话不过是自己的揣测，既无凭证，又无实据，这便要搜宫？动静闹得大了些吧？为了一块不知真假的枣花饼，难不成还要将宫前殿翻过来吗？再者说，此事十三皇兄既然做了，那这枣花饼早就不知被他藏去哪里了。哦，说不定就在他身上呢！沈大人既要请搜宫，不如先请搜身？"

"十四这话未免放肆，皇子之身可是能随意搜的？"朱昱深道。

260

"四哥所言甚是。"朱祁岳笑道,"怎么?老十四不愿让沈大人搜宫,是怕被人找出蛛丝马迹吗?"

这时,沈婧轻声道:"殿下,臣妾信得过十三,请殿下准允青樾之言,命羽林卫和府军卫一起搜宫,还十三清白。"

朱悯达听她这么说,微微颔首道:"好。"然后看向沈奚道:"青樾,就由你带人去搜,本宫给你一个时辰。一个时辰后,你若找不出枣花饼,本宫便要治你扰乱视听之罪。"

沈奚拱手一拜:"臣领命。"

他退后两步,转身往宫外走去,路过苏晋身边时脚步忽然一顿,道:"苏御史,若要人不知,除非己莫为,本官早知你三番五次接近十三实属心怀不轨。本官不管你有何目的,又是受何人指使,只想告诫你一句话,倘你今日胆敢故弄玄虚陷十三于不义,本官定要你好看!"

苏晋愣了愣。她什么时候故弄玄虚了?她怎么可能会陷朱南羡于不义?

再一看沈奚的神情,如此大义凛然,怎么看都不像平日里的沈青樾。

苏晋细细思量,旋即明白了沈奚言中的深意,面色平静地对沈奚一揖:"沈大人放心,下官见到什么便说什么,绝不构陷于人。"

沈奚点点头,退至殿门,朝上首一拜,再看柳朝明一眼,径自走了。

朱悯达道:"苏御史,你现在可以说了,你与十三在轩辕台时可曾见过朱麟,可曾见十三递给他吃食?"

苏晋还未答话,皇贵妃道:"此案再由太子来审,怕是不合适了吧?"她冷笑一声,"太子妃罔顾事实,竭力保全十三。倘使太子问话,苏御史又怎敢以实情告之?"

朱弈珩道:"正是,此案若再由大皇兄审,苏御史怕是见到什么也不敢宣之于口了。"

朱昱深淡淡地道:"方才璃美人一案,左都御史杀伐果决,依本王看,此案可交给柳大人审。"

诸皇子互看一眼,齐齐地看向朱悯达。

朱悯达道:"柳大人,请吧。"

柳朝明朝殿上揖过,看向苏晋:"苏御史,且将你所见所闻实话道来。"

苏晋垂眸而立,似是十分犹疑,过了一会儿,忽然往殿上一跪,郑重其事地道:"回柳大人,小殿下来找十三殿下时臣的确在场,确实见十三殿下喂给小殿下一块枣花饼。"

这话一出,宫前殿再次哗然。

261

朱悯达震怒道："苏晋！十三待你不薄！"

苏晋道："臣说的都是实话，臣还看到小殿下拿了枣花饼要往内衫里藏，是……十三殿下将他拦住了。"

皇贵妃厉声道："朱十三，这回你还有什么话好说！"

朱南羡目光深沉，别过脸看了苏晋一眼，没什么表情。他走到殿中，撩袍对着朱悯达跪下，低声道："皇兄，我是跟在您身边长大的，此事是否我所为，您心中难道不知？"

朱悯达的眸中闪过一丝不忍，他刚要说话，只闻朱沢微道："十三，你与大皇兄感情甚笃，这我们知道。但你总不能让他因与你的兄弟情，罔顾你伤害皇嗣之罪吧？何况你加害的还是大皇兄的儿子，当朝的嫡皇孙。"他说着，朝上首的朱悯达一揖，朗声道："还望大皇兄秉公处置！"

朱沢微起了个头，余下的三皇子、九皇子、十皇子和十四皇子，齐齐向朱悯达拜道："请大皇兄秉公处置！"

朱悯达看着朱南羡，低低地叹了一声。他再抬起头时，眸中伤色已散，又成了那个眉目冷酷、杀伐果决的储君。

他高喝道："羽林卫！"

"在！"

"把十三皇子拿下。"

"殿下！"不等羽林卫动作，沈婧忽然提起裙摆往朱南羡身边一跪，笃定地道，"殿下，臣妾信十三。"

皇贵妃冷笑道："太子妃这是要做什么？为了一个小叔子，连自己亲生骨肉的命都不顾了？"

"麟儿还好端端地活着！"沈婧忍不住道，"他只是……只是还未醒。"

她望向朱悯达，轻声道："殿下，一切等麟儿醒了再做定夺，好吗？"

朱悯达看着沈婧，她绝美的眉目间愁思与柔韧交织，右眼下的泪痣在灯色的映衬下盈盈闪动。

十三是他的胞弟，她却拼死相护。她是怕他若真的伤了十三，有朝一日会后悔吗？

朱悯达看她这副样子，心中实在不忍，走下台阶，将她扶起来道："好，我们一起等麟儿醒来。"

朱觅萧看到这一幕，讽刺道："大皇兄一家子还真是和和美美，就不知如今躺在卧榻上的小殿下……"

"羽林卫！"朱悯达冷厉地吩咐道，"朱十四再多说一个字，便以扰乱视听之罪将他拿下。"

殿中终于安静下来。

外头的风雪更大了，隐隐间竟有呼啸之声。过了一会儿，殿门被推开，沈奚站在殿门口，四下望去，忽而一笑："找到了。"

这时，一名兵卫将一个托盘呈到了苏晋跟前，托盘上放着大半块冷硬的枣花饼。

苏晋将枣花饼拿起来仔细看了看，然后对朱悯达拜道："禀太子殿下，像是这块枣花饼。"

朱悯达看了眼柳朝明。柳朝明微微颔首，目光落在角落里的奶娘身上，道："让她也认一认。"

奶娘接过酥饼看了半晌，说道："禀大人，奴婢隔得远，瞧不太清，大约……大约是这一块吧。"

柳朝明问沈奚："这是在哪儿找到的？"沈奚漫不经心地弯下身子，勾手拾起一个花纹精致的锦盒："正是在这个盒子里。"

柳朝明问苏晋："你见过这方锦盒吗？"

苏晋转身望去，当即斩钉截铁地道："回柳大人，下官见十三殿下时，他手里正提着这方锦盒。那枚枣花饼，便是从这盒子里拿出来的。"

柳朝明看了一旁的兵卫一眼，兵卫便将盒子拎到奶娘的身前放下。

柳朝明对奶娘道："你认一认，是这个盒子吗？"

奶娘看了看，怯声道："像……像是。"

柳朝明厉声问："什么叫像是？"

奶娘不由得打了个寒战，道："奴婢不确定。"

柳朝明蹙眉道："语焉不详，焉知你不是诬蔑栽赃？来人，上刑——"

"回大人，是……是这个盒子。"

柳朝明淡淡地问："你确定？"

那奶娘微微抬起头，看了苏晋一眼，又看向眼前的锦盒，沉默了一瞬，坚定地道："回大人，正是这方锦盒。"

此言一出，沈奚眉头一挑，苏晋的神色也随之一缓。

柳朝明朝殿上一揖："太子殿下，余下的就由苏御史来审吧。"

朱悯达颔首道："苏晋，平身吧！"

苏晋走到奶娘身前，顿了顿，沉声道："你撒谎，根本就没有什么盒子！"

苏晋知道，这奶娘敢当众诬蔑十三殿下，定然是不想要这条命了。既然如此，苏晋即便当庭责问奶娘甚至用刑，她也一定不肯招认，因此苏晋只能用计策让她露出破绽。

当时大殿之上有闲工夫想计策的只有沈奚一人。饶是沈奚足智多谋，也需要时间才能想出一个万全之策。是故苏晋假借外计事宜当场背出南昌府三十多名官员的复核结果，为沈奚争取时间。

沈奚与苏晋虽说不上多么信任彼此，但相信对方绝不会加害朱南羡。

沈奚在离殿前莫名说了一句"故弄玄虚陷十三于不义"，事实上正是在提点她做假证。而苏晋那句"绝不构陷"，是告诉沈奚，自己已经明白怎么做了。

奶娘听了苏晋的话，惊恐地睁大眼："可……可是……"

苏晋却不再理她，而是对殿上二人道："禀皇贵妃娘娘、太子殿下，臣自到轩辕台，直至与十三殿下说完话，其间从未见过小殿下，也不曾瞧见什么装着枣花饼的锦盒。这奶娘竟声称见过这锦盒，摆明了是受人指使，想栽赃陷害十三殿下。"

皇贵妃冷笑一声："苏御史这一会儿黑脸一会儿红脸，究竟唱的是哪一出？黑的白的都由你说了算吗？你说没见过这锦盒，那眼下这装了枣花饼的盒子又当如何解释呢？"

话音刚落，诸皇子神色各异。藏不住心思的如朱十四，眼底已浮上恼色。朱沢微面上虽没什么，心中却在冷笑，觉得皇贵妃真不愧是老十四的母妃，两人竟蠢到一处去了！

沈奚笑嘻嘻地道："禀皇贵妃娘娘，这锦盒是微臣随便捡来的。"

皇贵妃面色微僵，随即怒道："沈侍郎如此，未免太过儿戏！"

沈奚却未答她的话，反而朝朱悯达一揖。

朱悯达颔首："传羽林卫指挥使伍喻峥、府军卫指挥使梁阗。"

殿门再度被打开，两名腰别长刀、身穿豹子甲的武将单膝朝朱悯达与皇贵妃拜下。

沈奚朝这二人拱了拱手，说道："有劳二位指挥使大人为沈某做个证，说说这锦盒究竟是在哪儿捡的。"

伍喻峥与梁阗互看了一眼，似乎有些尴尬。片刻后，梁阗往前一步道："禀皇贵妃娘娘、太子殿下，方才沈大人说是去搜宫，却带着臣与伍指挥使径自去了奉天殿，找殿外内侍随便讨要了一个锦盒。那锦盒便是眼前这个。"

伍喻峥道："正是，此事奉天殿吴敞吴公公也可做证。"

吴敞乃景元帝身旁最得力的内侍，此事有他做证，想必假不了。

皇贵妃面色沉郁，不再说话。

朱悯达微眯着眼，看向今日把守宫前殿正门的四名羽林卫："午后时分，你们可曾亲眼看到麟儿去轩辕台见十三？"

其中一名羽林卫道："回太子殿下，出了宫前殿只有一条路，前方花木奇石，看不见远处的场景。"

朱悯达又看向为首的一名羽林卫，缓缓地问道："方才是你多说了一句，小殿下往轩辕台的方向去了？"

那名兵卫跪地，浑身抖得如筛糠，答不上话来。

朱悯达不再问了，淡淡地吩咐道："拖出去，斩了。"然后他又看了一眼同样抖得如筛糠般的奶娘，对柳朝明与苏晋道："余下的便交给二位御史了。"

柳朝明颔首，问沈婧："敢问太子妃，今日在宫前殿的人当中，小殿下除了肯接受十三殿下的吃食，还肯接受谁的？"

沈婧道："除了十三，便只有奶娘与我的贴身侍婢梳香了。"

苏晋道："张公公，宫前殿是无主之殿，平日里膳食如何你心里应当有数。宫前殿近日，可有人做过枣花饼？"

张公公上前拜下，道："回苏大人，不曾。咱们宫里的人都不爱吃甜腻的，且每日的吃食，咱家都会在卯时去膳堂验看。"

苏晋又问沈婧："敢问太子妃，今日您带小殿下下来宫前殿时，可带了吃食？"

沈婧道："是备了一些羹汤，但枣花饼是绝对没有的。"

这么说，这枣花饼一定是在今日卯时以后被有心人送进来的。

可今日往宫前殿送过东西的，只有一人。

柳朝明转头看向淇妃，淡淡地道："本官记得方才审璃美人案子时，淇妃娘娘说自己腹痛，午时前便回了延合宫。后来皇贵妃为您送午膳来，您用不下，想到璃美人还在宫前殿未曾用膳，便着人为她转送过来。"

淇妃怯怯地道："是有这么一回事，但皇贵妃姐姐着人送午膳时，太医院的医正在为妾身探脉，那食盒里的东西妾身根本不曾见过。"她想了想，忽然道，"不对！大人，那食盒里装着的确实是枣花饼。当时妾身的侍婢掀开食盒看过一眼。因妾身一吃枣就起疹子，她便提议说，不如将枣花饼拿去给宫前殿的璃姐姐。"

柳朝明问："送枣花饼去宫前殿的便是那名侍婢？"

"是。"

"她现在在何处？"

淇妃道："她回到延合宫后，便没离开过。"

柳朝明看了一旁守着的侍卫一眼。侍卫领命，随即便去延合宫拿人了。

苏晋看向奶娘，问："所以你来了宫前殿以后，早知璃美人在殿中一处厢房里歇息，却不声张，从延合宫的侍婢手里接了有毒的枣花饼，然后喂给了小殿下？"

　　奶娘闻言，哭诉道："求大人做主。奴婢……奴婢都是受淇妃娘娘指使，是她让奴婢拿着送来的枣花饼去害小殿下，也是她让奴婢栽赃给十三殿下的。可奴婢是看着小殿下长大的，怎么下得了手？喂了一丁点儿便停了。"

　　淇妃睁大眼，道："你胡说！"她转头看向柳朝明与苏晋："二位大人明鉴，妾身区区一名妃妾，一无家人倚仗，二无子嗣撑腰，不过受陛下些许怜爱才怀上肚子里这个，积德都来不及，为何要加害小殿下，为何要诬蔑十三殿下？"

　　她二人一时相持不下。

　　柳朝明见此情形，看向府军卫指挥使梁阖："烦请将军去宗人府，将方才受刑的延合宫与重华宫的宫人带过来。"又对太医院李掌院道："烦请李掌院让今日为淇妃看病的医正进殿回话。"

　　不多时，一干人等便被带到了。

　　因他们中不少人已受过杖刑，柳朝明问什么，他们便立刻答什么，不敢有半句妄言，生怕再挨一顿板子。

　　据几人交代，皇贵妃今日的确派人送了枣花饼去淇妃宫里，但食盒只送至宫外便被拦下。因淇妃吃了枣会起疹子，她宫里的侍婢便将这枣花饼拿去给了璃美人。

　　这时，方才赶去延合宫的侍卫回来了，回禀道："柳大人，今日给璃美人送枣花饼的侍婢找到了，但是……人已在半个时辰前服毒自尽了……"

　　畏罪自尽。

　　看来，今日令朱麟犯急惊风之症的枣花饼，果然是由淇妃宫里的这名侍婢送来宫前殿的。

　　事情到现在已十分明了。朱麟只会将亲近之人所赠之物贴身收藏，既然那枣花饼不是朱南羡给的，那么只能是朱麟的奶娘了。

　　苏晋看向奶娘："你现在可以说实话了吗？你究竟是受何人指使？"

　　奶娘小声抽泣道："奴婢方才……说的都是实话。"

　　苏晋怫然，厉声道："冥顽不灵！本官知道你既然敢指认十三殿下，想必已抱了必死的决心，也知道你这么做必有自己的原因。但是，容本官提醒你一句，大随除了杖杀枭首的刑律外，还有——诛九族。"

　　奶娘听到"九族"二字，浑身一颤。这时，一名宫婢疾步走进殿里，道："禀太子殿下、太子妃，小殿下已经醒了，医正为他瞧过，说是并无大碍。眼下小殿下正急着要见二位主子呢。"

　　朱悯达看了沈婧一眼，只见她眉间忧思满溢，便急切地道："将他带来。"又对柳朝明与苏晋道："麟儿虽不会说话，但旁人的话大多听得懂，且分外认人。二位御史倘若有疑问，可以问他。"

过了一会儿，殿门再度被推开，一名宫婢抱着一个水灵灵的小人儿出现在门口。

朱麟脸色不好，颊边还染着并不健康的潮红，一看到殿上的朱悯达与沈婧，一双水汪汪的眼里便露出高兴的神采。他挣脱宫婢的怀抱，迈着小碎步，蹒跚又急切地朝二人走去。

他右手握着一截短小的梅枝，上头孤零零地开着一朵五瓣梅。五瓣梅花色很好，艳丽如春，似乎是他在来的路上支使人折来的。

到了沈婧身前，他收住蹒跚的脚步，规规矩矩地跪地一拜，然后自顾自地爬起，伸出右手，将梅枝递给沈婧。

沈婧眼里温暖有光，正要去接，朱麟蓦地收回手。

他抬起圆乎乎的手挠了挠头，然后垂下头，认真地自梅枝上掰下一片花瓣放入沈婧的掌心。沈婧一笑，柔声道："多谢麟儿。"

朱麟似乎更开心了，又转身跟朱悯达规规矩矩地拜了拜，掰下另一个片瓣递到他跟前。朱悯达从来严肃，可这一刻，目色里盈着难得的温柔。朱悯达自朱麟的手里接过梅花瓣，不由自主地笑了一下。

朱麟再看向手里只余三瓣的红梅，似乎有些困惑。

半晌，他抬起头，迈着小碎步来到朱南羡跟前，摘下一片花瓣递给他。朱南羡弯腰单手将他抱起，扬唇一笑："承你厚礼，日后还你份最好的！"

朱麟掰下倒数第二片花瓣，递给站在一旁的沈奚。沈奚眉梢一挑，伸出手揉了揉朱麟柔软的头发，道："同承你厚礼，当报以这世间最珍贵的琼瑶。"

手中的梅花还剩最后一瓣，朱麟面露苦恼之色。他举目望去，忽然在大殿的角落里瞧见一个分外熟悉的身影。

他愣愣地看着那个方向，似乎不明白她为什么要跪在那里。从前她一见到自己，不是立刻就过来陪自己了吗？

朱麟动了动，似乎想要过去。朱南羡沉默一下，轻轻地将他放在地上。

朱麟手握只余一片花瓣的五瓣梅，一步一步走到奶娘跟前，十分疑惑地看着她，然后伸出手，认真地从梅枝上摘下最后一片花瓣，递到她跟前。

奶娘怔怔地看着朱麟，半晌，垂下头，开始慢慢地、不住地摇头，眼泪如断了线的珠子，扑簌簌地落下来。

朱麟歪着头呆呆地看着她。他太小了，对任何人都没有戒心，不知道谁会害他，更不知道她方才喂给自己吃的枣花饼里放了夹竹桃粉，险些要了他的性命。

他只知道眼前这个人正如自己的母妃、父王、十三叔和青樾舅舅一般，自他出生起就待他十分好，日日夜夜地照顾他。

朱麟蹲下身，将这枚花瓣轻轻地放在奶娘扣在地面的手边。小小人儿仿佛一只懵懂的小兽，团起来想要尽量低下头去瞧她的脸，看看她到底怎么了。

沈婧终于忍不住，轻声唤了一句："麟儿，过来。"朱麟回过头，歪着脑袋想了想，听话地回到沈婧身边去了。

宫前殿极其安静，好像所有的云谲波诡、明争暗斗在这一刻被小小的、单纯无垢的赤子涤荡干净。

看着沈婧将朱麟揽进怀里，朱悯达这才对柳朝明与苏晋道："二位御史，继续审吧。"

苏晋看向奶娘："还不说实话吗？"

奶娘泣不成声，片刻后缓缓地道："回大人，奴婢招了，奴婢其实……是受皇贵妃娘娘与十四殿下指使。"

皇贵妃杏眼圆睁："贱婢，你竟敢信口开河诬蔑本宫！"

奶娘咬了咬牙道："是真的。皇贵妃娘娘已经布局很久了，好不容易才等来今日。她说她会把太子妃支走，让奴婢谋害小殿下，然后栽赃给十三殿下。倘若栽赃不成，就推给刚怀了龙嗣的淇妃娘娘。

"她还说淇妃娘娘身边有个侍婢是她的人，到时她会送一盒有毒的枣花饼去延合宫。淇妃娘娘不能碰枣，但璃美人爱吃，那名侍婢会借机提议将枣花饼送来宫前殿，拿给奴婢。"

"不错。"朱祁岳道，"方才审案时，皇贵妃娘娘的确对淇妃宫中的动静了如指掌，想来是知道璃美人在宫前殿的。而将枣花饼先送去延合宫，由淇妃身边的侍婢拿给璃美人，大约是为了留一手，若栽赃十三不成就推到淇妃身上。"

朱觅萧勃然大怒道："你们都没脑子吗？此事若是我母妃做的，费如此大的功夫布这么一个局，为的是什么？"

朱沢微不温不火地道："为的是什么？你方才诬蔑十三时不是早已透露了吗？"

朱觅萧素来以半个嫡皇子自居，朱麟若死，必引得朱悯达与朱南羡内斗。等他们两败俱伤后，剩下的朱十七根本不是朱觅萧的对手。那大殿上的宝座，岂不就是朱觅萧的了？

朱觅萧咬牙切齿："方才栽赃十三，你朱沢微也出了不少力，怎么，现在见脏水泼到了本王的身上，你又来落井下石？"

朱祁岳道："本王倒是觉得七哥的话有些道理。"他说着，朝殿上一拱手：

"还望大皇兄明察。"

朱觅萧目中的阴鸷之色浓郁得如将起的风暴："好啊，你们现在都把矛头指向我了，那你们呢？"他抬手指去，"你们当中，又有哪一个没有起异心？哪一个不是巴望着朱悯达跟朱南羡同室操戈？"

"朱觅萧，你听听自己都在说些什么！"朱悯达道："羽林卫，将他拿下！"

"是！"

两名羽林卫上前，一左一右将他制住。朱觅萧还欲说话，一名羽林卫上前，竟拿布巾将他的嘴堵了。

朱悯达冷眼看向众人："此案审至此，嫌犯、涉案者之众，品级之高，已不是本宫可以决断的了，一切当交由父皇定夺。然而父皇龙体抱恙，本宫今日只做大致处置——

"府军卫。"

"在！"

"护送皇贵妃、十四皇子回重华宫，把守宫门，在此案水落石出前，任何人不得出入。"

"是！"

"宗人府。"

"臣在。"

"将皇孙的奶娘以及后宫涉案人等一并押解回府，连夜审讯。明日一早，本宫要见到供状。"

"臣领命。"

"羽林卫。"

"在！"

"钱煜残害后妃，罪不容诛，将他押往刑部，命沈拓亲审，辅以都察院柳大人、苏御史之见。此案不简单，限三日，务必问清全部案情。"

"是！"

朱悯达看向诸皇子，厉声说道："老三、老九、老十，你三人与重华宫走得太近，宗人府、刑部、都察院问案势必会问到你等。本宫命你们从实招来，不得拿藩王的架子，更不可妄言。"

三人互看一眼，低声应"是"。

宫前殿的案子到此算告一段落，起码台面上有了结果，内里细因，便要交由下头的人去审了。

朱悯达叹了口气，似乎有些疲乏，道："已晚了，各自回吧！"

随后他唤了一声："十三，青樾。"当先带着沈婧、朱麟出殿而去，朱南羡与沈奚紧随其后。

见朱悯达走了，各皇子、臣工皆未多言，径自离开。

外头还在落雪，宫阙楼阁已覆上皑皑白雪。

雪太大，内侍们彻夜扫雪，也只扫干净了宫前殿至东宫的一条道。

朱悯达深知今夜之局并非表面上看到的那么简单，如此周密之布局，他不信是愚蠢狂妄的朱觅萧所为。

可是，这案子明面上已是再也问不下去了。

雪落无声，身旁的内侍拼命高举华盖，想要为朱悯达遮去风雪，可是仍时有冰凉的雪粒子伴着风飞扑到他的脸上。

该来的总是挡不住。

十三就藩归来的那一日他就知道，这宫中的格局已经变了。

他不是不信朱南羡，可父皇病重，朝局混乱，人心浮动，就算朱南羡不会对帝位起异心，他们一个太子、一个嫡子、一个嫡孙同处于一个屋檐下，难保有心人不会借此做文章。

今日朱悯达也看到了，十三并非没有人心。他自小善良坦荡，不摆架子，宫中的人大多喜欢他。他虽不好诗书，却精于兵道，身为皇子却不畏艰苦，在西北领兵五年，朝中武将无一不服他，甚至连老四跟十二都愿意在危急关头支持他。

倘若日后，他身后再有几个文臣呢？

若真有动荡的一日，除非十三自己放弃，否则恐怕他朱悯达也抢不过十三。

果然是"夫唯不争，故天下莫能与之争"。

又有雪粒子扑入华盖之内，朱悯达蓦地顿住脚步，道："十三，你也看到了，好好的一桩案子竟闹成这副样子，等年关过了，为兄也不留你，你……尽快回南昌府吧。"

朱南羡愕然地抬起头，有些茫然地看着负手而立的朱悯达，不解他言中深意。

然而须臾之间，朱南羡又明白过来，觉得自己是可以理解大皇兄的顾虑的。

于是朱南羡点了点头，郑重地答了一句："好。"

朱悯达听得这一声"好"，心中突生不忍。他遣散了周围的宫人，回过身看向朱南羡，又说："你这么多年了都放不下苏晋，为兄也看在眼里。你若实在喜欢她，为兄想个办法，等年关过了，将她送去南昌府，你看如何？"

明明是连月都瞧不见的雪夜，可朱南羡听到这句话，整双眼都亮了，眼中一片夺目的光。

他似乎很高兴，连嘴角都忍不住扬起。但是片刻后，他又垂眸，轻声道："不必了。我问过她，她说做御史能守住心中清明，这是她一生之志。她也做得很好，便让她留在京师吧！"

朱悯达看着朱南羡，恼怒之色浮上眉梢："你真是……"他说到一半，又顿住了，十三将苏晋放在心中多年，对她珍之重之，难道错了吗？

沈婧心中亦有不忍，柔声道："十三，苏时雨毕竟是女子，心中所思所想未必肯全然告之于你。年关宴过后东宫还会过一次年，你把她带来，皇嫂帮你再问问她，好吗？"

朱南羡想了想，点头道："好。"

漫天的雪丝毫不见停歇之意。朱悯达仰头看了眼天幕，对沈婧道："阿婧，你先带麟儿回宫吧，我与十三、青樾还有话要说，稍后还要去看父皇。"

沈婧点了点头，将早已睡熟的朱麟抱在怀里，带着一干宫婢走了。

朱悯达这才松了口气，对沈奚道："青樾，你将手中钱之涣贪墨税粮的罪证理一理，明日一早交给你爹，让他三日内参钱之涣一本。"

沈奚诧异地问道："为何？"

朱悯达冷笑一声："璃美人的案子无论怎么审，钱煜都活不了了。钱之涣素来最宠钱煜这个嫡子，必然因此颓靡不振。倘若赶在这个关头参他一本，他势必节节败退。到时就算父皇不罢他的官，恐怕他自己也没有再斗下去的心了。老七手上没了这个户部尚书帮他敛财养兵，还拿什么跟本宫斗？"停了一会儿，他又淡淡地道，"到那时，户部尚书由你来做。"

沈奚想了一下，却道："不行，钱之涣不能参。"

朱悯达不悦地道："你是给人留后路留上瘾了，老七那边的人你也要帮？"

沈奚从来嬉皮笑脸，可眼下脸上竟连一丝笑意也无，眼角的泪痣看着分外清冷。他道："姐夫当真以为今夜之局是朱十四做的？"

朱悯达"哼"了一声："本宫还没那么蠢。"他眯了眯眼，"老七、老三、老十还有其他几人，统统有份！"

沈奚道："不，绝对没有这么简单。"他思索了一会儿，道，"先不看全局，单说麟儿的奶娘这一个人。姐夫您还记得她的来历吗？"

朱悯达冷冷地道："麟儿身边人的来历，本宫自然不会忘。"他一顿，"她是你们沈府的人。"

沈奚道："不错，是沈府之人，且是自幼跟在二姐、三姐身边长大的丫鬟。后来她出嫁不到一年夫君便过世了，又身怀六甲，这才回来沈府，被阿姐选来麟儿身边做奶娘。她原就是沈家中人,饶是如此,我与我爹还将她的身世、夫家的境况乃至于她所有接触过的人查了个一清二楚。甚至连她的小儿,我沈家也帮她养在府内,这才放心将她送入宫中。这么一个人,若要令她行伤害麟儿之事、让她悖逆东宫,需要多么缜密的心思与长久的布局才做得到?"

朱悯达道:"你想说什么?"

"我想说,费尽周折地挑了这么一个人,布局也如此周密,就是想借麟儿来挑拨姐夫与十三的关系,那为何不做到底?为何会有'喂毒喂了一半于心不忍,导致真相暴露'这样的失误?"沈嶷目光灼灼地盯着道畔的积雪道,"只有一个解释,醉翁之意不在酒。"

朱悯达沉声问:"那在哪里?"

沈嶷摇了摇头:"此人心思太深,我猜不出。"

说着,沈嶷转身自道旁拾起一根枯枝,在一旁的雪地上左右交叉一笔,画出一个叉。

这个叉将沈嶷面前的雪地分成四块,他在其中三块里分别写上"东宫""七""十四"几个字,然后在最后一块里画了一个圈,接着道:"再来看今夜之局的结果。"

他先拿枯枝点在"十四"二字上,径自一横画掉:"今夜之局,他可说是将黑锅背尽,所以此局算计了他。"枯枝移向"七"字,"钱煜的事,表面看对朱沢微有利,因为这样一来钱之涣便不必顾忌在羽林卫任职的儿子,可以毫无顾虑地一心为朱沢微办事。但往细里想想,钱之涣眼睁睁地看着钱煜被问罪,而自己效忠的七王无动于衷,难道不会对七王心生嫌隙吗?朱沢微不是傻子,我手上有钱之涣贪墨的证据,他是知道的。难道他不怕钱煜折了以后,钱之涣一蹶不振,东宫乘胜追击,令他失了户部尚书这棵摇钱树?朱沢微之所以势大,在财力,在兵力,在用人之权。他何至于费尽心机布这一个局?伤敌不成,自损八百。所以此局非但不是他所为,更狠狠地算计了他。"

沈嶷说着将"七"画掉,又将枯枝移向"东宫",然后抬头看向朱悯达道:"倘若太子殿下您不是我姐夫,倘若我不知您对麟儿的感情有多深,我几乎要以为今夜之局是东宫所为。"他垂下眼帘,再次看向"东宫"二字道,"今夜之局,最后得利的便是东宫。宫中的局面是东宫、七王、十四三足鼎立,而此局到了最后,麟儿有惊无险、钱煜被问罪、羽林卫得以肃清。更有甚者,十四将因此倒台,七王的生机全在姐夫您一念之间,就算到时我们参不倒钱之涣,朱沢微往后的日子也不会好过。唯一的变数就是十三——"

沈嶷顿了顿,转头看了眼朱南羡,道:"我把话敞开了说,自今夜始,所有人都可以看出十三已有夺储之力。但我知道，东宫不会因此不信十三。"

朱悯达沉默良久，点了点头："是，十三跟在本宫身边长大，他的秉性，本宫不会不知道。"

若朱悯达真对朱南羡起疑，便不会让他提早回南昌府，而该趁着他在京师想办法卸了他的兵权。

朱悯达只是不愿有人再拿他们储君、嫡皇子、嫡皇孙的身份做文章。

朱悯达一生的软肋便是家人。这家却不是这巍巍宫阁下的皇室之家，而是他东宫真正的家，他的家人是沈婧、朱麟、十三、十七，还有沈青樾。而今夜朱麟在重重宫禁内中毒，这让他有些怕了。

沈奚望着枯枝下莹白的雪，轻轻将"东宫"二字也画去："今夜之局，虽东宫获利最大，却不是东宫所为，那么只能是他了——"他将枯枝往下移，指向最后那个圈，抬头看向朱悯达与朱南羡，道，"这个人是谁呢？"

朱悯达与朱南羡皆不语。

良久，朱南羡道："谁都有可能。"

沈奚沉默片刻，轻声道："是。"然后在那个圈中写上了几个字——三、四、九、十、十二。

"此局缜密，自麟儿中毒、璃美人之死，至钱煜被问罪，嫌疑从十三转至淇妃最后到十四，当中多少环节，若一环出错就一发不可收拾。所以我信这个布局人一定在场，否则何以把控全局的走向？"他顿了顿，将枯枝一扔，又摇了摇头，"且不去想这布局人是谁，因为无论是谁，他一定不愿东宫因此获利，毕竟姐夫你是这皇位名正言顺的继承人，而此局的目的很明显——夺储。"

沈奚抬头再次看向朱悯达："所以我猜测这一局尚未结束，还有后手。若姐夫您按照这一局铺好的路往下走，将钱之涣扳倒，岂知不会落入另一个陷阱？所以我在想，给朱沢微留一条生路，维持面上的平衡是否会更好一些。"说到这里，他那双分外好看的、洞悉世事的桃花眼里头一回露出些许迷惘的神色，"自然，这一切只是我的猜测，无凭无据，但愿是我杞人忧天了。"

朱悯达看着沈奚，良久，伸出手拍了拍他的胳膊，温声道："青樾，本宫知你智巧无双，旁人莫及，可你的心……终究还是太软了。"他负手看向这漫天落雪，"父皇施行封藩制，各皇储实力非凡，皇土看似完整，实际四分五裂。本宫在这样的情形下被尊为太子，早知登基之路必将染血。前途坎坷难行，时日却不再多，眼下大好时机，我岂肯浪费！扳倒朱沢微，起码登基之后少一人与我兵戈相向。就算不是为了我，为了麟儿，我也要这么做。即便当真有陷阱，大不了兵来将挡，水来土掩。本宫至今踩过的陷阱还少吗？"

朱悯达叹了一声，继续道："你的话自然也有道理。这样，你先把钱之涣贪墨的罪证交到东宫，本宫细想过后再做决断。"

随后他看了眼朱南羡，说道："十三，你随我去看父皇。今日医正为他探诊过后说圣躬违和，已……大不如前了。"

朱南羡一愣，眉峰浮上忧思之色，微微点头，跟着朱悯达走了。

寂寥的宫道上，只余沈奚一人。

这条宫道是被人扫过的，朱悯达遣散宫人之后，大雪纷纷落下，片刻又将眼前的青砖黑地染成了白色。

沈奚心中又响起了柳朝明的那句话："侍郎就不怕有朝一日，有人颠覆你盘中黑白？"

他慢慢地在这片雪地中蹲下身，盯着那根被他拿来分画天下棋局的枯枝。

风雪太大，枯枝已被积雪掩盖了大半截，而方才雪地上的字迹、危局、宫中大势，也被一阵夜风拂没了踪迹。

沈奚看着看着忽然笑了一下，不是平日里嬉皮笑脸的笑，而是无声的，一闪即逝的。

他生性潇洒，恣意度日，奈何被卷入这旋涡之中。这便算了，他还妄想凭一己之力、一己之智扭转乾坤，实在高看自己了。

沈奚想，或许自己只是被风雪掩去的一笔，多少年后，也要付于渔樵闲话之中。

风雪更大了，天地间都起了呼啸之声。沈奚盯着那根枯枝，也不知看了多久，直到它慢慢地从一截变为一小段，再变为一个小小的黑点。沈奚看着这黑点，忽然意识到了什么。是了，若说今夜之局环环相连，那么一定有一条线将这些环串联起来，正如将军征战，排兵布阵时一定有一个阵眼。

只要找到这条串联起所有环的线……

只要找到这条线……

沈奚脑中灵光乍现，奶娘是给朱麟喂毒之人，也是停毒之人，指认十三的是她，后来栽赃给淇妃的是她，最后招认是皇贵妃与朱十四的也是她。最重要的是，璃美人是未时死的，而那盒有毒的枣花饼中午就送去了宫前殿。所以，即便其他人没见过璃美人，奶娘取了璃美人的酥饼，一定是见过璃美人的，且见到时璃美人还没死。

奶娘是自此局一开始便在的，而非小殿下中毒之后。奶娘所做的每一件事都是此局最关键的部分，所以只有她知道这幕后之人究竟是谁、真正的目的何在。

沈奚想到这里，忽然自雪地中站起身。

积在肩头与发间的雪被他这一动震得扑簌簌落下。

而他在原地只怔了一瞬，蓦地转身，不管不顾地往宗人府的方向疾奔而去。

宗人府得了朱悯达之令，正连夜审讯后宫一干涉案人等，见沈奚这个外臣来了，本欲拦阻，一想到他与东宫的关系，便睁一只眼闭一只眼地任他入内。

然而沈奚刚走了两步便顿住了。

他看见有人抬着一具裹着白布的尸体从里头出来，那张脸他认得，是朱麟的奶娘。

沈奚的身后有人唤了一声："沈大人。"

是苏晋。她是外臣，被人拦在宗人府外，目光扫过奶娘的尸体，亦露出忧色。

沈奚道："让她进来。"

他没笑，也没多寒暄，转头问一旁的内侍："你们主事呢？"

宗人府原设宗人令与宗正，由皇子担任。后来诸皇子各自就藩，余下的朱十七等又少不更事，堂官出缺，偌大的宗人府便由几个主事管着。

堂中亟亟迎出来一人，正是今夜从朱悯达处领命的胡主事。

沈奚开门见山地问："这奶娘怎么死了？"

胡主事知道眼前这位身居要职，又是东宫之人，不敢怠慢，毕恭毕敬地道："回沈大人，她是自尽的，刚画完押，一个没留神就一头撞死了。"

苏晋问："她可有交代犯案经过，可有留什么话？"

胡主事道："已经交代了。那盒有毒的枣花饼下官也命人找着了，被她埋在宫前殿外一株梅花树下。具体案情宗人府会向三法司各呈一份供状，只是……"他说着神情变得犹疑起来，"这奶娘死前断断续续地说了一句话。这话十分奇怪，下官怕太子殿下听后震怒，不知沈大人、苏大人可否代为传达？"

沈奚与苏晋对视一眼，齐声问道："什么话？"

胡主事还是有些迟疑。他还记得这奶娘将死之前的眼神。他从未见过这样复杂的眼神，像是悲切与决绝交织，又掺杂着悔恨与释然。

胡主事缓缓道："她说什么都是假的，这一生对不起小殿下，虽死，也不能赎罪。"

已是丑时时分，风雪小了一些。苏晋与沈奚离开宗人府，往前宫走去。

黑沉沉的夜被洁白的雪点亮了些许，可这样暗白的光亮像一团雾，将整个深宫殿阁罩于其中。

沈奚走到一处废旧的宫门前，顿住脚步。他似乎累了，慢慢地在门槛上坐下，自袖囊里取出折扇，敲了敲身旁空着的地方。

苏晋沉默了一会儿，走到他身边坐下。

沈奚问："你怎么来宗人府了？"

苏晋想，事到如今也没什么好瞒着他的，便道："是登闻鼓的案子。有人想让我尽快查清案情，置三殿下、十四殿下与工部于死地，是故不惜借小殿下的惊风症来提醒我登闻鼓下最后一个死者卢芊芊的死因。我想不明白此人为何要置十四殿下于死地，其实十四殿下……"她顿了顿，"只是看着势大，若到时真的有夺储之争，他谁也抢不过。我想小殿下的奶娘或许知道这个人是谁，所以过来问问，没想到晚了一步。"

沈奚"嗯"了一声，问："那你觉得是谁？"

苏晋摇了摇头："我不知道……依沈大人看，会是谁？"

沈奚一时没有作答。

须臾，他俯下身，用食指在雪地上写了几个字——"四""十二"，说道："朱昱深与朱祁岳各自领兵北疆和岭南，有实力夺储。"然后写上"三"与"九"，道，"朱稽佑与朱裕堂，表面上依附于朱十四，实际借由工部修筑行宫，卖放工匠，大肆敛财，加之在封地盘踞已久，也有实力夺储。"

最后沈奚抚平雪地，写上一个孤零零的"十"道："其实我第一个想到的是他，朱弈珩。他智不外露，尤在另外四人之上，心思沉稳，敛而不发，看似超然物外，但若有心要争，就是另外一个朱沢微。可是……"沈奚顿了顿，微微蹙眉，"正因第一个想到他，我又否决了他。若答案如此昭著，那便不用防了。何况这些年我查过他，他在封地政绩平平，连亲兵卫都零零散散不成样子。"

苏晋低声问："沈大人为何要与我说这些？"

沈奚收回被积雪冻红的手指，忽然仰身往身后的雪地里一倒，看着漫天飞扬的雪粒子平静地道："我觉得要出事，你信吗？"

苏晋没有答话。

沈奚沉默片刻，又道："我七岁时，有一天想吃桑葚，大姐宠我，亲自去淮水边采。那是个初夏的清晨，我睡着了，醒来后，雨伴着惊雷下得昏天黑地，我突然心慌，觉得大姐要出事。三日后，有人在淮水边找到她的尸体，听说她是采桑葚时跌入了湍流中，与她同去的两个丫鬟也不见了。

"我十四岁时，三姐被封为县主。我陪她进宫那天，烈阳高照。明明是秋日，我却觉得那日头炙如刀锋，像是要人命似的。后来我与三姐在琼花苑被人追杀，明明有宫人路过，那些人却像看不见我二人一般。我当时觉得自己跟三姐这辈子是要交待在这儿了，最后还是十三赶来，救了我二人的性命。

"再有就是今日，这个我看不透的局。我的直觉一向很准，我觉得要出事，却摸不清源头在哪里。我希望是我错了。"

苏晋听了他的话，想了想，低头一笑道："原来这世上还有沈大人参不明白的事。不知怎么，觉得幸甚。"

沈奚转头看了她一眼，也轻笑起来："倘世间诸事我皆可参破，那还待在这儿做什么？在街边支个摊子不是更好？"

苏晋诧异地回望他。

沈奚抬起胳膊在雪地里支了个枕，轻巧地道："支个算命摊子，上书十六个大金字。"他举起折扇，在空中虚点数下，一本正经地道，"能断生死，可批祸福，一字千金，胜造浮屠。"

苏晋愣了愣，然后同样一本正经地道："是，待日后这摊子一支，上至将相王侯，下至黎民百姓，无一不挤在沈大人的摊子前求批字。大人一视同仁，统统请去排长龙，自己却一笔一画地慢慢写。到那时大人还做户部侍郎干什么，当神算子就行，不出一载便富可敌国。"

沈奚将折扇一收，自雪地里坐起身，看着苏晋嘻嘻一笑："不错，苏御史如此会说话，本神算子先赐你一卦姻缘，你自去琢磨。"也不等苏晋回话，径自又道，"先说前半卦。去年春你被朱泽微的人追杀，落入云集河中，是十三救了你，他发现了你是女儿身。当时与十三一起跳入河中的还有两名承天门守卫，你与十三的玉佩就是这二人捡到的。十三怕他们对你不利，连夜命人将他们送去西北，谁知这二人居然在半道上失踪了。"

苏晋沉默了一会儿，垂眸道："是，柳大人与我说过这事。"

"后来我与柳昀查过，其中一人被七王掳了去，但看样子此人不知道你的身份。重点在另一个失踪的人身上。"

苏晋思量一阵，道："大人想说，另一名失踪的守卫被今夜的布局人掳去了？"

若不是，何以有人无缘无故地提起一枚刻了"雨"字的玉佩？想必那名布局人早已捕获了另一名守卫，并从他那里得知玉佩的事，更知道了苏晋其实是女子。

苏晋经沈奚一点拨，忽然明白过来。她只是不解一点，此人知道她的身份却不当众挑明，只假借玉佩之事说给有心人听，这是何意？

沈奚看出她心存疑惑，却没有理会，续道："再说后半卦。今夜之局让我姐夫彻底明白十三已有夺储之力。他怕有人再从中作梗，为挑拨他与十三的关系不惜伤害东宫中人，是故命十三年关一过便回南昌府。"

苏晋听他提及朱南羡，一时不语。

"你知道十三的为人，他自然应了。我姐夫觉得有愧于他，就说等年关过了，要把你送去南昌府陪他。此事，你怎么想？"

苏晋愣了愣，垂眸道："我没想过。我一直以来只想好好做一名御史。"

沈奚笑了一声："那你知道十三是怎么答的吗？"

苏晋怔怔地看着他。

沈奚眨了眨眼道："我不告诉你。"然后站起身，颇为随意地拂了拂沾在衣襟上的落雪，笑嘻嘻地道，"好了，这一卦颇费口舌，算你在我这儿赊了万金。不过本神算子心情突然又好了，不跟你计较。你将上下卦合一合，自己去琢磨吧！"

奉天门外有一处梅园。早些年，此处莫名惨死过数名宫婢，故此地人迹罕至。

柳朝明离开宫前殿后，没有回都察院，独自来了此处。

雪未止，他撑伞等在梅间，不知是否因沾过血，这里的红梅一年胜一年地鲜艳。

也不知过了多久，有人踏雪而来，在柳朝明身后合袖一揖，毕恭毕敬地说道："柳大人，殿下着咱家来还残玉了。"

来人是一名年轻的内侍。倘若宫前殿的张公公在此，必能认出此人是去年才转来宫前殿，常在膳房帮忙的内侍。

柳朝明并未回身，只是淡淡地问："今夜之局，殿下布了多久？"

内侍道："殿下知道大人会有此一问，命咱家告诉大人——十年。"

柳朝明眸色一沉，道："用十年等一个契机，的确是他的作风。"

内侍又道："殿下还让咱家谢过大人。大人明达高智，能立时参破全局，将此案往他想要的结果上审。"

柳朝明听了这话却厉声道："难道他以为凭沈青樾之智会看不出端倪？今夜之后，沈青樾势必会阻止东宫打压钱之涣，为朱沢微留一条后路。"他顿了一下，又道，"他想把七王逼上绝路，是手里还有什么筹码吗？"

内侍道："殿下说，其余的大人就不必管了，毕竟殿下与大人之间不过一玦盟约。"他说着伸出手，将手中的残玉向前递去。

这已经是第二块残玉了。

柳朝明撑伞回身，看着这块色泽古朴温润的玉石，忽然慢慢地笑了起来。他这么一笑，人比月色还柔和，可眼中透出杀伐之气。他忽然伸出手，径自扼住内侍的脖子，狠厉地道："方才在殿上，故意提起苏时雨的玉佩，为何？威胁我？"

柳朝明把力道控制得很好，让人既说得出话，又能感受到他的力道若再重一分，自己便会命丧黄泉。

内侍憋红了脸，努力保持镇定，却仍被他冰凉且充满杀意的眸光震慑住，好半晌才道："殿下……殿下只是想告诉大人，他相信大人是有诺必践之人。当年大人承诺老御史要护苏时雨一生，定不会失约。而当年殿下与大人的盟约，大人也千万莫忘。"

柳朝明缓缓地放开内侍道："你告诉殿下，我柳昀……从不食言！"

内侍犹自惊惶，双手奉上残玉，不敢答话。

柳朝明自他手里接过玉石，温凉熟悉的触感令他的眼神在一瞬间变得哀伤。

内侍恭恭敬敬地道："殿下最后让咱家带给大人一句话，殿下与大人一样，都是有诺必践之人，汲汲营营多年，从未有一日忘却初衷。"

柳朝明"嗯"了一声，道："知道了，你回吧。"

内侍悄无声息地走了。

落雪如絮，不远处梅枝横斜，血色红梅绽放出如火如荼的异彩，像是妄图要将这暗夜点亮一般。

柳朝明盯着这不自量力的梅，摩挲着手中的玉石，须臾，将残玉往手心紧紧一握，往梅园深处走去。

恰逢雨连天

沉筱之 著

下册

青岛出版集团 | 青岛出版社

第十七章　破军孤星

　　天亮些的时候，内阁发来公文，说圣上抱恙，今日早朝由太子朱悯达主政，召内阁、七卿于奉天殿议事。

　　现在已是岁末，这年的年关宴与万寿宴要一起办，因而再过些日子，赶在小年以前，各衙司就要停政了。

　　苏晋这夜歇在值房，卯初起身后，想起登闻鼓的案子，写了一份诉状，这才动身去公堂。

　　刚至都察院前院，苏晋就看见中庭雪地里候着十数名御史。众御史由宋珏领头，一看到她，高呼一声："跪——"

　　十数人齐齐撩袍，朝苏晋拜下。

　　苏晋愣了愣，问道："你们这是做什么？"

　　宋珏呈上一份请命书，决然道："下官宋珏，带京师十二名监察御史，诚请苏大人彻查三殿下朱稽佑、工部尚书及郎中于山西道修筑行宫、卖放工匠一案。"

　　他们这算是……"逼宫"？

　　苏晋看了眼宋珏身后的十二名御史，言脩与翟迪不在其中。

　　她面色不快，唤了一声："言脩、翟启光。"

　　中庭另一侧的公堂里出来二人，齐声与苏晋拜过。苏晋问："他们是什么时候在这儿候着的？没人管吗？"

翟迪道："回苏大人，寅时便在这儿了。下官与言御史都劝过，无济于事。"

苏晋问："柳大人与赵大人没回来过吗？"

言脩道："赵大人一进宫便去奉天殿议事了。柳大人回来过一趟，后来接到内阁公文，又匆匆走了，路过时看到他们还问了一句'都站在中庭做什么'。"说着一顿，似乎觉得好笑，"他们可会瞧人脸色了，柳大人问后，他们一下子全散了，待柳大人走远了又回来候着。"

这时，公堂门"吱嘎"一声开了。原来是钱月牵听到外头的动静，打算出来瞧个究竟，谁知一见竟是如斯场景。苏晋一句"钱大人"还没喊出声，只听"咔嚓"一声，门便被闩上了。

这是个懒得管闲事的。

宋珏见此情形更加有恃无恐，呈上一封信函道："苏大人，昨日半夜接到自山西传来的急递，这三殿下与工部无恶不作，寒冬腊月还掳掠工匠修筑行宫，冻死冻伤数人。下官恳请苏大人莫再姑息，立刻上奏圣听！"言罢，他将请命书与信函放在身前的雪地上，双手伏地，磕下头去。

宋珏身后的御史见状，也磕头齐声道："恳请苏大人莫再姑息恶行，立刻上奏圣听！"

苏晋扫了眼雪地上暗黄的信函，良久，厉声问："本官说过不彻查吗？"

宋珏听了这话，不由得抬头看她："苏大人？"

苏晋却不理他，将手里的诉状递给翟迪，淡淡地道："本官已署名了，但缉拿七品以上官员须副都御史或都御史准允，你去请钱大人将这状子签了。"

翟迪接过诉状，叩了叩一旁的公堂门。

片刻后，钱月牵将门开了一道缝，伸出一支青笔签了状子，又将门合上。

苏晋继续说道："言脩、启光，你二人即刻带人去工部，将工部郎中孙印德缉拿回都察院问讯。"

两人齐声称"是"，朝苏晋一揖，带着一干御史走了。

宋珏见状大喜，还以为是自己说动了苏晋，道了声："多谢苏大人。"刚要起身，冷不防被苏晋喝住："跪着！"

苏晋像是动怒了，声音冰冷至极。宋珏与身后的御史一时不敢动作，又在原地跪好，愣怔地看着苏晋。

苏晋面无表情地问："是谁告诉你们可以这样威胁本官的？"

宋珏沉默片刻，即刻认错道："回大人，下官知错了。昨个儿夜里，下官接到自山西来的急函，一时心急，怕……"

"怕就可以忘了自己的身份，忘了自己的职责？你们宁肯耽搁正务，也要带着一干御史来逼迫本官？"苏晋斥道，"你们可是觉得本官新官上任，好欺负？"

宋珏心中一颤，当即又往地上磕了个头："回苏大人，下官绝对没有这个意思。"

苏晋淡淡地道："你没有吗？那本官问你，此案若换作柳大人来审，你可敢带着人跪在中庭？"

宋珏听了这话，将头往雪地里埋得更深，道："苏大人，下官知罪，求大人责罚。"

苏晋道："本官现在不想看到你们，都去都察院大门外跪着吧。跪到午时后，若有人想明白了，再依次到本官处领罚。"

宋珏再不敢冒犯，恭恭敬敬地应了声"是"，带着身后数人齐整整地朝都察院外走去。一干人等走到门外还没站好，忽然朝一个方向拜下，口中呼道："参见十三殿下。"

苏晋闻声心中一惊，朝院外望去。然而大门丈许宽，她并未瞧见什么。

朱南羡其实来了有一会儿了，因不知如何解释玉佩一事，便徘徊在院外梳理言辞。他没想到都察院内会忽然出来一帮人齐刷刷地向他下跪，被吓了一跳，以为出了什么事，当即问道："怎么了，苏时雨呢？"

排头的宋珏愣了愣，半晌才反应过来"时雨"二字乃苏晋的字，答道："苏大人眼下正在衙门里头，殿下可要传他？"

朱南羡刚要说话，抬头一看，苏晋已立在院门口了。

她昨夜本就未休息好，在墨绒大氅的映衬下，脸色看上去分外苍白。见了朱南羡，她低垂着眼眸拜道："臣苏晋，参见十三殿下。"顿了一顿，又问，"殿下寻臣有事？"

其实朱南羡也并非有什么要紧事。

他不知如何解释，喉结动了动，最终"嗯"了一声。

苏晋沉默片刻，轻声道："好。"

接着她站起身，扫了宋珏一干人等一眼，没再多说，与朱南羡一起走了。

距六部与都察院衙署不远处，一条短径的尽头有个六角亭，若是春来，花木扶疏，别是一番好景，然而眼下正值岁末，万物凋敝，只算得上是个僻静处。

朱南羡站在亭中，良久，将手中一物往前递去，迟疑道："我来……其实是为还你这个。"

——是苏晋那枚刻了"雨"字的玉佩。

朱南羡不是个夺人所好的人，想到自己无缘无故将这玉佩据为己有近两年，实在觉得难以启齿。

他十分好看的眉峰微微拧着，试图解释道："到今日才还你，是因为……"

因为什么呢？怕旁人发现这枚玉佩是女子所用，怀疑她的身份？可他不是早找了借口搪塞过去了吗？自落水后，他见过她数回，每一回这枚玉佩都贴身藏在他身上。可他为什么就是不还？

雪后的日光洒进亭中，将苏晋笼罩在如织的光影里。她看了眼朱南羡手里的玉佩，并未接过，反而问："殿下知道这玉佩上为何刻了一个'雨'字吗？"

朱南羡轻轻"嗯"了一声："时雨是你的字。"

苏晋却摇了摇头，轻声道："我出生不久，父母便相继去世，祖父一人把我养大。祖父遭难那年，我尚未及笄，所以也没有字，只有阿雨这个小名。"她说着垂下眼帘，声音听不出悲喜，"故居的一切被焚毁，只余这枚玉佩。这是祖父留给我的唯一的东西，我一直贴身带着。"

朱南羡听了这话，眼中露出愧疚之色，道："对不起，我不知它对你如此重要。"将玉佩往前递了些许，道，"你收好，日后不要再弄丢了。"

可他再想了想，又笃定地道："便是再弄丢了也无妨，不管丢在哪里，本王都为你找回来。"

苏晋眸光微动，不由得抬头看他一眼。须臾，她再次垂下眼帘，露出一个短促而清浅的笑，问："殿下也喜欢这玉佩？"

朱南羡不解其意："嗯？"

苏晋轻声道："倘若殿下喜欢，就收下吧。"

仿若有山岚自虚无处穿山过海而来，将他足下所履之地化作云端山岗。朱南羡悬在身侧的手不可抑制地颤了颤，可目色还犹自凛然。

他收回握着玉佩的手，点了一下头，镇定地道："那好，本王先替你保管。"

朱南羡的脑子里一片空白，他全然忘了昨夜沈婧交代之事，忘了问苏晋年关宴后是否愿去东宫见他皇嫂一面。他只知道，自己再这么与她相对而立下去，不知道会发生些什么。

是以他咽了口唾沫道："本王先走了。"转身走了没两步，一头撞在亭柱之上。

苏晋蓦地一笑。

朱南羡轻咳了声，掉过头，再次大步流星地往外走。岂知他才走了两三步，没留神亭前的台阶，一脚踩空。

他在雪地里趔趄了两步才站稳，却不敢回头，踌躇地顿了顿，然后疾步离开。

苏晋回到都察院后不久，孙印德便被缉拿了回来。

午后的冬阳暖融融地照在中庭的积雪上。孙印德到了都察院后，双臂一振，甩开架着他的侍卫，轻慢地道："你们苏御史呢？让他来见本官！"

孙印德到底是工部司务郎中，且尚未定罪，眼下虽被一纸诉状传来问话，但这么要起浑来，一干御史还真拿他没法子。

苏晋从公堂里踱出来。孙印德扫她一眼，像是没瞧见一般，又道："工部刘老儿把本官推出来挡刀子，那是他有眼不识泰山。就凭你们想抓本官？那还嫩了些。不信就去问问你们苏御史，本官后头的靠山是谁。"

他扯起胡话来嘴上也没个把门的，言脩听不下去，走上前去唤了声"孙大人"，试图与他解释。不料孙印德借此机会，蛮横地挥起胳膊。

言脩险些被推倒，孙印德却一屁股坐在雪地上，扯开了喉咙嚷嚷："怎么，都察院还动起手来了？你们就是这么对待朝廷命官的？"

周围一干御史都傻了眼，无赖还要三分脸面呢，这姓孙的简直没脸没皮。都察院与六部衙署相隔不远，孙印德这么一嚷嚷，想必邻着的几个衙司的人都听见了。

几名御史想要去扶他，都被他甩胳膊挡开。

苏晋冷眼看着，不拦不劝，过了会儿才吩咐道："去把大门关上，任他闹，看他能闹多久。"

孙印德是五短身材，虽然这一二年得了工部的肥缺，但身材仍是精瘦的。现下他精瘦的身子被宽大的官袍罩住，显得格外臃肿好笑。

他看苏晋一副打定主意要收拾他的模样，立刻四处张望，最后目光落在中庭一角大水缸上。他从地上爬起来，抱着那水缸道："苏时雨，不要以为你品级高了就能随意栽赃本官，反正本官不听你问讯，也绝不画押，有本事你现在命人拿枷子把我铐了。不过本官有言在先，你的人胆敢碰本官一下，本官立刻一头撞死在这水缸上，到那时，自有人去告你谋害朝廷命官。"他冷笑了一下，继续道，"你可别忘了，御史犯法，罪加一等！"

这话倒是真的。若堂堂五品郎中在罪名查实前死在都察院，尤其是赶在年关将近这么个吉利的时候，指不定景元帝一动怒，就要问苏晋一个不轻不重的罪。

宋珏早上犯了错，心中觉得愧对苏晋，生怕这个无赖一个想不开拉着他们苏大人同归于尽。他犹疑了一下，走上前去想要拦，不承想苏晋淡淡地道："让他撞。"

她看着孙印德，不温不火地道："孙大人，你若早有以死明志的决心，何至于落到今日这种田地，不早该在十二年前强掳你外侄的结发妻子做小，令她为保贞节悬梁自尽时羞愤至死了吗？"

当年孙印德莫须有的一句许元喆舞弊该死，令许元喆的阿婆投河自尽，那时苏晋便下决心要整治孙印德。她这两年没闲着，联合周萍和刘义褚，将这恶贼的老底查了个透。

孙印德听了这话，不以为意："她嫁给本官是因为贪慕荣华，自尽是后来自己想不开，关本官什么事？你少将这屎盆子往本官的头上扣。"他到底在官场浸淫多年，眼见苏晋像是已查过他了，反而冷静下来，理了理官袍，半是威胁半是妥协地道，"苏时雨，你在京师衙门任知事时，本官是府丞，做了你两年上级，教你规矩，为你指点迷津，也算于你有师恩。你就是这么尊师重道的吗？这传出去不好听吧！"

苏晋听了这话，忍不住笑了。她下了台阶，一步一步往孙印德身前走去："哦，孙大人教会了本官什么？是摆官威，还是收受贿赂？是不分青红皂白杖责下官，还是阿谀奉承谄媚上级？是上值时分偷奸耍滑，还是旷职在秦淮河岸醉生梦死？是贡士失踪时畏惧权贵不允我查，还是士子闹事时避于街巷不顾百姓安危？"言罢，一下子收住笑容，厉声道："来人！"

"在！"

苏晋负手回身："把他捆了，送至刑讯房！"

"是！"

一干侍卫上前就要把孙印德五花大绑起来。

其实这是不合规矩的——孙印德好歹官拜五品郎中，这样的职衔，在有确凿的证据前只能审，不能动刑。几名御史心知肚明，但有了早上的教训，都不敢置喙。

正在这时，柳朝明、赵衍、钱月牵三人自外头回来了。孙印德看到都察院三位当家的，趁着身旁侍卫拜见的工夫一下子奔上前去扑跪在三人脚下，哭诉道："求柳大人、赵大人、钱大人为下官做主啊！苏御史他……他不分青红皂白就把下官掳来，眼下还想对下官用刑，简直是公报私仇，罔顾国法刑律！"

柳朝明冷冷地看着孙印德，没说话。倒是钱月牵弯起一双月牙眼，笑道："这不是当年应天府衙门的孙府丞吗？"

孙印德眨着鱼泡眼欣喜地问："副都御史大人还记得下官？"

钱月牵本就眉清目秀，一笑起来更是和气："记得，当年孙大人上值时分吃花酒，本官还着人去应天府衙门请孙大人来都察院回话。没承想孙大人没来，倒是吏部的曾尚书来替你找了个借口搪塞。怎么，孙大人这回又是在哪儿吃酒被请来了？"

孙印德喊冤道："哪能啊！下官这一二年在宫里当值，无一日不勤勉，这回是苏知事因往日龃龉给下官安了个莫须有的罪名，非要抓下官回来审问。"

赵衍听他一会儿一个"苏御史"，一会儿一个"苏知事"，心中不悦，道："我都察院的金都御史官拜正四品，孙大人区区郎中，唤一声苏大人不为过吧？"

钱月牵笑眯眯地道："正是这个理儿。"

孙印德见他二人有心祖护苏晋，不愿相帮，只得看向柳朝明，恳求道："柳大人，您为下官说句公道话？"

柳朝明径自绕开他往公堂走去，路过苏晋时抛下一句："自己料理妥当。"

苏晋对柳朝明一揖，弯唇称"是"，随即厉声吩咐道："还不赶紧捆了？"

两名侍卫连推带搡地将孙印德带进刑讯房。苏晋指着一旁的刑架，对里头的狱卒道："把他吊上去。"

狱卒称"是"，也不顾孙印德拼死反抗，当即将他双手绑在一起吊了起来。

苏晋道："给我打！"

这话一出，屋中一干狱卒和御史都愣了一下。言脩上前来对着苏晋拱了拱手，迟疑地说道："大人，好歹是审讯，可先要问些什么？"

苏晋看向对自己怒目圆睁的孙印德道："不问，先打一顿。"她似乎想到了什么，又吩咐道，"别打死打残，待会儿本官还有事与孙大人商议。"言罢，径自出了刑讯房，往都察院正堂走去。

自早上奉天殿议事完毕，各衙司一众堂官又被召去商议年关事宜，柳朝明、赵衍、钱月牵三人正是因为这事才从外头回来的。他们在正堂里坐了不过一盏茶的工夫，苏晋便到了。

赵衍看到她，端着茶笑道："这不，说曹操曹操到。"

苏晋行完礼，问道："赵大人有事与下官相商？"

赵衍颇和气地问："也不是什么要紧事，就是想问问你在家乡可有妹妹？"

苏晋闻言呼吸一窒。

当年谢相遭难后，她一人流落至杭州，找到谢相一苏姓故友，自此改姓苏，自名为晋。为掩藏身份，她对外称是这家人的养子。又因家中只有苏老爷知道她的真实身份，其他人对她这个来历不明的人颇有微词。苏晋素来不爱给人添麻烦，所以在苏府只住了半年，落好户籍便独自走了。

想起往事，苏晋面上倒没什么，颇自然地道："下官自幼失怙，寄养在叔父家，家里是有一个小妹，但因下官离家早，已久不来往。"

赵衍道："那她现如今人在哪里？杭州吗？"

苏晋道："正是。"想了想又道，"是我这个做兄长的有错，因与她不亲，也不知她出嫁了没有。"

赵衍叹了一声道："没出嫁也没用，杭州太远，赶不及喽。"见苏晋眼露惑色，他解释道，"这回年关宴与万寿宴一起办，铺排得大，当朝凡四品及以上的都得去不说，还要带上家眷。"

苏晋愣了愣："下官不明白。"

赵衍端着茶碗啜了一口，笑道："我猜你就不明白，不然怎么到现在都是孤家寡人。"他瞥了柳朝明与钱月牵一眼，继续说道，"这明面儿上说是带家眷，实际上大家心知肚明，这是要选皇妃呢！"

苏晋垂眸不语，过了一会儿抬头问："是……给十三殿下？"

赵衍道："主要是给十三殿下，但别的皇子亦无不可。东宫至今只有一个正妃；七殿下、十殿下除了侧妃，也就养了几个侍妾；三殿下的姬妾倒是多，但都不成体统，他想必也会找个悍妻管束着，反正多多益善。咱们陛下讲究一家亲嘛！"

这话还有个深意，陛下讲究一家亲，封藩将皇土与诸皇子分一分，将臣子之女嫁入帝王家，也算巩固皇权的好法子。

苏晋道："所以这家眷指的是待字闺中的女子？"她想了想，蹙眉道，"但朝臣是朝臣，后宅是后宅，总不能混在一起吃宴吧。"

赵衍道："总有法子的。吃宴归吃宴，吃完了，曲水流觞、诗词歌赋、舞刀弄剑、下棋弄弦，这不都是方法吗？听说倘若皇上身子好转，还要去冬猎呢。你还真当女子无才便是德，两头没交集呢？后宅里传遍了一首打油诗，我家夫人都晓得，前两句是什么'文臣有沈柳，武将有戚卫'……"

赵衍说着，忽听钱月牵咳了一声，抬头一看，见柳朝明面色不悦，讪笑着道："单说你们仨，一个都没着落，我都替你们心急。这下好了，旁的衙司子孙满堂，都带着如花似玉的女儿攀龙附凤去了，咱们都察院却是半个和尚庙。"他一顿，忽然眼前一亮，看着苏晋道："苏御史年方几何？"

苏晋道："年关一过便二十有三了。"

赵衍乐呵呵地道："那赶巧，你也不小了！我有两个闺女，大的十八，小的十七，你看到时我带来让你见上一见？"

苏晋怔了半晌，垂下眼帘："赵大人，下官没想过这事。"

赵衍还欲再说，却被柳朝明打断道："家常放到日后再叙。"然后看向苏晋，淡淡地问："你不是在审人吗，来这儿做什么？"

苏晋来到堂中，撩袍对柳朝明拜下："大人，下官是来向您请罪的。"她一顿道，"下官罔顾刑律，尚未审讯，先对孙印德动了刑。"

柳朝明淡淡地问："还有呢？"

苏晋沉默了一下，再次朝他拜下道："还有……下官想让他改供状，隐瞒证据。"

堂上三人都没说话，苏晋抬眼一看，赵衍与钱月牵已埋头吃茶去了。

柳朝明走到她跟前，居高临下地看着她："接着说。"

苏晋应了声"是"，迟疑了一下道："其实之前已与大人提过了，下官觉得这案子背后像是还藏着些什么，有人……想让下官尽快查明这案子。倘若因此事将工部尚书和侍郎全部拉下马，我们极可能中计。且四品以上大员虽由皇上钦点，却是由吏部推荐名额的。七殿下盯着工部这块肥肉已久，下官怕他安插进自己的人马。久而久之，岂不又是一个贪墨成风、官官相护的工部？"

赵衍听到这里，将茶盏一放，想了想道："曾友谅是七殿下的人。照你的意思，是七殿下想让你查清这案子，好将自己的人安插进工部？"

苏晋道："下官不知，一开始觉得是，后来又觉得不像是。"

柳朝明平静地看着她，良久，道了句："你起身回话。"

苏晋应了，站起身继续道："工部的刘尚书其实是个颇有作为的人，因嫡女是十四殿下的王妃，才不得不效力于十四殿下。所以下官想将状子上刘尚书的罪名暂且抹去，依然留他在工部。到那时，即便七王安插人进来，也能两头互相牵制、互相监察。短时间内，工部必然不会再出卖放工匠、贪墨受贿之事。"

赵衍听到这里，思量了一阵，摇头道："不妥，都不是好人。届时这两头若同流合污还好说，就怕闹得不可开交，七殿下那头的人参你一本，说你包庇刘尚书。你这不是引火烧身吗？"

苏晋道："这个只是权宜之计，现在是紧要关头，若此事动静闹得太大，下官担心会动摇根本。"

她言辞模糊，但上头三人都是人精，听得明白。

所谓紧要关头，正是新旧皇权交替之时——景元帝病重，朱悯达即将登基，各皇子皆对帝位虎视眈眈。倘若在这个时候都察院一连弹劾三、九、十四三位皇子，将工部连根拔起，那么宫中格局势必因此改变。倘若此事被有心人利用，不知会闹出什么样的事。

苏晋接着道："自然，弹劾以后仍是要继续查的。"她抿了抿唇，似乎难以启齿，"下官会让人将刘尚书贪墨的罪证归于一处，等时局稳定后再拿出来，到那时……倘若刘尚书仍不知悔改，就把过错推到孙印德身上，说孙印德收了刘尚书好处，私藏罪证。反正到时已死无对证。"

这正是宫前殿一案中柳朝明教她的。

在这乱局之中，哪怕身为棋子，也要有执棋人之心，利用好手中的筹码，这样才能走出最合时宜的一步。

苏晋学以致用。

钱月牵嗤笑一声："怕是到时孙印德的棺材板都要摁不住了。"

赵衍觉得苏晋的提议有些冒险，但非常时期用非常手段，他也明白这个道理，左右都察院当家做主的又不是他。他端起茶来啜了一小口，去看柳朝明的脸色。

柳朝明脸上什么表情都没有，过了一会儿，莫名地问了句："你近日诗歌集看多了？"

苏晋不解。

柳朝明冷冷地注视着她，心想她上回找他要翟迪，先笔墨伺候，再问一句过得好不好；这回要隐瞒证据改供状，先跪地领个刑讯出错的轻巧罪名。

于是，他淡淡地道："日后有事直说，不必起兴。"

赵衍与钱三儿听了这话都笑出了声。

苏晋弯腰作揖，一脸坦然："大人教导的是，那下官先告退了。"

刑讯房的狱卒鞭子使得得心应手，既没伤着孙印德的筋骨，又叫孙印德疼得死去活来。

孙印德见苏晋回来，顿时声泪俱下地把什么都招了，说自己确实是被朱稽佑安插进工部的。朱沢微早就晓得朱稽佑在山西修行宫，原想让孙印德在工部捅出个娄子，将朱稽佑的把柄抓牢，一锅端了，自己这头再安插人去工部。是故孙印德进工部不久便自告奋勇地前往山西大同府，明面上的由头是修建寺庙为大随祈福，实际是帮朱稽佑盖宫阁。

没想到这个朱稽佑，活脱脱一个色迷心窍的王八羔子。

孙印德道："拿美人像寻美人，挖人膝盖骨这事御史您已经知道了，下官就不提了。三殿下府上，里里外外数百姬妾。人太多享受不过来，怎么办？一晚上翻二十来张牌子，更衣的一个，打帘的一个，整理卧榻的一个。哪几个将他伺候舒服了，他就临幸哪几个。说句大不敬的话，这过得比圣上还逍遥。"

苏晋听了这话不由得皱眉，命狱卒将孙印德从刑架上放下来，让他慢慢说。

一旁的翟迪问道："这是三殿下的私事，你怎么知道？"

孙印德自觉身家性命都握在这一干御史的手上，问什么答什么："殿下他不避讳，还常拿出来炫耀，说自己是大黄蜂，要采百花蜜呢。"又道，"这件事宫中不少殿下知道，且中途九殿下与十殿下还来过山西。九殿下也不是个好主儿，就是为捞油水来的，临走还向三殿下讨了几名好看的姬妾。反而是十殿下看不惯这些，另寻了个清静处住下，眼不见为净。"

经宫前殿一事，苏晋对宫中格局了解已深——三王、九王、十王都是十四王的人。三王与九王一个骄横，一个懦弱，而十王朱弈珩看着倒是个翩翩君子，只因自小寄养在皇贵妃宫里，才与十四王走得近。

孙印德见苏晋若有所思，以为自己的话说到了点子上，挖空心思又想到一个十分要紧的，继而道："左都督戚无咎有几个颇为出众的妹妹，苏御史知道吗？"

戚无咎，安平侯之子，官拜正一品，其母是朱景元之妹连妹长公主，身份贵不可言。

苏晋没答这话。

孙印德继续说道："早几年戚家大小姐戚寰及笄时，说是要选去宫中给十三殿下做皇妃，当时的京师，里里外外传的都是郎才女貌的佳话。可咱们这位十三殿下，先是守孝，后又去西北领兵，一直不方便。原说着先将亲事定下来，后来不知怎么，十三殿下自西北写了一封信回来，求太子妃帮他把亲事推了。"

孙印德这话说到一半，也不知后头还藏着什么。

宋珏是个一听闲话就被带偏的，饶是在审讯，也忍不住接了一句："这事我知道，戚大小姐后来被指给十二殿下了，听说与四王妃一样，眼下都有了身子，怕旅途奔波，这次都没回京师。"

孙印德道："是，眼下十三殿下领完兵，就完藩，又回来了，怎么着都该娶亲了。可十三殿下什么身份，不是一般女子配得上的，放眼瞧去，也就沈家、戚家可以。沈大人上头两个倾城倾国的姐姐早已嫁了，下头没有妹妹。戚家倒还有个嫡女，但今年才十二，十三殿下就算要纳她当正妃，不得再等三年？所以挑来挑去，就还剩了个戚家四小姐。"

苏晋知道他说的是谁——戚绫，闺名中也有个"雨"字。

"戚绫虽是庶出，但是名动京师的美人，才情甚高，秀外慧中。寻常女子念书只念'女四书'，顶天的读个《论语》《诗经》，这戚四小姐四书五经都念得通透，小时候还随左都督跟着晏太傅做过一阵学问，就是去考科举，不说进士，想必也能中个秀才、举人。下官……"他一顿，咽了口唾沫，"府里还收着她的蝇头小楷，字写得好看极了。你说这样才貌俱佳的美人，谁人不爱？"

苏晋有些明白了，原来沈婧借口说那枚刻着"雨"字的玉佩是朱南羡要给戚绫的，不单单因为戚绫的闺名里有个"雨"字，而是戚绫的身份、名声足以堵住众人的嘴。

苏晋想了想，淡淡地道："你无故提起戚家，是想告诉本官什么吗？"

孙印德咧嘴一笑："下官想拿一个秘密跟苏御史换自己的性命。"

苏晋面上没什么表情："你说。"

孙印德道："苏御史这是答应了？"

苏晋道："说不说在你，取不取你的命在我，你若继续磨蹭，本官正好秉公办理。"

孙印德连忙道："下官今早听人说，十三殿下私下藏了一枚玉佩想要送给戚四小姐，大约是对她有意。可之前三殿下进京，赶巧见过这戚四小姐一面，也瞧上她了，还想让她做填房呢。"他说着嘿嘿一笑，"三殿下平日里虽糊涂，但在色字一道上绝不含糊。这不赶着要年关宴了吗？皇上命宫里各大员都带女眷去，谁不知暗地里是为十三殿下挑王妃呢？三殿下自知抢不过十三殿下，大约早已想好什么损招在前头等着了。下官琢磨着苏御史一向与十三殿下走得近，正好可以去提点十三殿下一句。您若能在十三殿下跟前立一功，定能再升一级，官拜副都御史。"

苏晋短短两年间自一名从八品知事升任四品金都御史，宫里什么样的传言都有，但传得最离谱的还是她以色侍上，与几位殿下和身居要职的大员走得过近。

她不在意这些飞短流长。人心难测，无论她怎么拼命地做好一名御史，都有人不问缘由地去诽谤她。苏晋知道孙印德言语背后挟带着的是什么，盯着窗外一棵落满白雪的树看了一会儿，回过头来问："你想活命？"

孙印德一双鱼泡眼中露出大喜之色："苏大人这是应了？"

这还是他头一回称呼苏晋为大人，原来"活命"二字有这等立竿见影之效。

苏晋看了言脩一眼，示意他将房门掩上，道："那你便照我说的去做。其一，七殿下既派你去抓三殿下的把柄，那你私下定藏了不少罪证，限你今日内，把所有的罪证交给本官；其二，口述一份供状，将前因后果交代明白——宋珏，他说你记；其三，招一份假的口供，把工部刘尚书的罪名抹去，翟御史会教你怎么做；其四，"她将桌案纸张扯下一份递上前去，"这里有一份空白状纸，你先署名画押。"

孙印德不知苏晋意欲何为，但想到自己费尽口舌才自她的手里保住小命，不敢有违，一一应了。

苏晋审完孙印德，自刑讯房出来，此时中庭落雪纷纷，满世界素白。她安静地看着落雪，许久未动。翟迪三人出来时，她仍站在廊檐之下，不知在想什么。

翟迪见此情形，微微思量后，走上前去一揖："大人有烦心事？"

苏晋听了这话，睫毛微微一动，垂下眸去。她的脸色如雪一般苍白。过了一会儿，她转过身来，平静地摇了摇头："没什么。"

翟迪猜不出她在想什么，却明白她不愿多说，于是呈上手中的供状，问："大人真的要饶孙印德一命？"

苏晋接过状子，看着左下角孙印德的署名与手印，思绪被拉了回来。当年晏子言慷慨赴义，元喆与阿婆惨死，她对着淮水河边未寒的尸骨，曾立誓要雪恨。

暗沉的眸子深处一下子升腾起灼灼烈火，苏晋道："怎么会！"

她仰头看向匾额上的"公明廉威"四字，忽然问道："翟启光、宋珏、言脩，绯袍可在？"

三人闻言，都怔住了。

大随臣子的官袍从低品到高品的颜色自水蓝到墨色逐渐加深，而御史还有另一种袍服，只在要弹劾上表时穿，即绯袍。

绯袍加身，意示天子赐权，可无视品级，只求悬明镜于天下。

翟迪三人相顾无言，眼中露出狂喜之色，然而下一刻，这喜色忽然不见了。他们齐齐朝苏晋拜下，庄重而严肃地道："回大人，绯袍在，公允存，下官自登闻鼓案伊始，无时无刻不在盼着这一天。"

其实苏晋没穿过绯袍。

她自升任监察御史后，便至各地巡按，这是此生头一遭。

她倒是见柳朝明穿过一回。他那如无瑕冷玉般的眉眼在绯袍加身的那刻生出近乎妖异的柔和与冷厉之感，却也如海一般沉静。

苏晋道："好，明日早朝，你三人随本官一起，弹劾工部左右侍郎、工部司务郎中，以及圣上第三子——山西大同府三王朱稽佑。"

景元二十四年腊月十八，雪落至二更才停。忽然来了一阵狂风，将奉天殿前的灯笼打落一盏。

管事牌子吴敞命人掌灯时，像是意识到什么，抬头往天幕望去。

雪后漆黑的天幕如洗，星辰点点，一颗破军格外明亮。

破军星，悍不畏死，孤军深入。

吴敞摇了摇头，看着掌灯人手持长杆，被冻得摇摇晃晃，叹了一声道："你们去歇着，咱家来吧。"

破晓之前，宋珏总算将登闻鼓一案的证人带进宫中。

他们当中，有翟迪从三王府中带出的两名姬妾，有自登闻鼓案伊始由山西巡按御史护送进京的工匠三人，有山西徐姓书生的老父，还有山西道转运使。

苏晋问："请过文远侯了吗？"

言脩道："下官在文远侯府前自昨夜等到今日二更雪止。他家的扈从说侯爷要再想想。"

文远侯乃昔日翰林院掌院，博学多才，其独女齐钰秀外慧中，及笄后便许给三王朱稽佑为妻。两年前，三王妃病逝，文远侯忧思难解，偏安于侯府，足不出户。

翟迪将卷宗、供状、证物、书信重新点了一次，又与言脩一起与其他人再对了一次证词。

寅时末，宋珏进来揖道："大人，妥了，孙印德这恶贼当真贪生怕死，说只要大人能私下保他一条小命，待会儿在大殿上，大人让他说什么他就说什么。"

苏晋道："你可有交代他，他若多说一句不该说的，本官便判他凌迟之刑？"

宋珏道："说了，他说只当自己没长嘴。"

外头仍是夜色沉沉。苏晋深吸一口气，看向翟迪、言脩、宋珏三人道："今日早朝，我等要弹劾的不仅是朝臣，还有藩王。虽证据确凿，但巍巍皇权在上，我等生死皆在圣上一念之间。若成，可还世间清明，可佑一方百姓数年安稳；若不成，我等将沦为阶下囚、俎上肉。本官最后问你们一次，要退吗？"

翟迪三人同时拜下："回大人，下官绝不退！"

苏晋点头，道："好，换绯袍！"

冬日的卯时，天是不该亮的，然而盏盏灯火映在满世界的昭昭白雪上，竟似是破晓。

奉天殿开启前，诸位皇子朝臣已候在大殿前了。

众人远远瞧见自墀台下走上来四人，为首的是苏晋，她身后跟着的三人却是生面孔，大约是都察院的御史。早朝只有四品以上的大员才可进殿，这三张生面孔给宁静的冬晨平添了几分不安。

四人皆着墨绿大氅，瞧不出什么，走近后，奉天殿吴敞带着数名内侍上前问询。苏晋简略地回了一句，吴敞目色怔忪，随即带着内侍恭敬地对苏晋行礼。

几名小火者上前帮苏晋四人脱下氅衣，露出一身明艳绯袍。

众人见此情形，面面相觑。四品御史着绯袍，不知是哪个朝廷要员要被拉下马了。

正在这时，殿中内侍唱道："皇上到——"

奉天殿门应声而开。众皇子朝臣鱼贯而入，依品阶分立两旁。苏晋因着绯

294

袍，率翟迪三人最后进殿，跪地觐见。

景元帝看了一眼，不动声色地道："既然穿了绯袍，便不必再跪。"

苏晋应"是"，然后呈上一封奏疏，站直了身道："臣金都御史苏晋，奉命审理登闻鼓一案中山西道案情，现已审查结束。此案案情重大，牵连甚广，臣特率都察院监察御史翟迪、言侑、宋珏三人，弹劾山西大同府知府、山西布政使、山西提督、通政司右通政、工部司务郎中孙印德、工部右侍郎马砻、工部左侍郎江庭，以及山西大同府藩王——皇上的第三子朱稽佑！"

此言一出，满堂哗然。自景元帝开国至今，见过弹劾各部堂官的，也见过弹劾开国元勋的，甚至当年孟老御史还与柳朝明一起弹劾过一品都督与驸马爷，可这一来就要弹劾皇子的，还是前所未闻。

这不是当庭驳圣上颜面吗？

景元帝面色不快，淡淡地扫了一眼站在龙椅下方的中书舍人舒桓。

舒桓点了点头，对苏晋道："苏大人弹劾者甚众，请先说明案情。"

苏晋道："今冬十月十二日至十四日，有三人死于登闻鼓下，现已查明其中两名山西人为山西鹿河县徐姓书生和山西济阳县卢姓人家幼女。下官自十月中发急递往山西，不日收到回函，现已证实此徐姓书生敲响登闻鼓，是为山西大同府知府、山西布政使联合工部郎中、工部左右侍郎卖放工匠、收受贿赂一事。"

她说着，看了翟迪一眼。

翟迪对众人一揖，朗声道："朝廷的工匠每年要服劳役，山西道的卖放工匠，便是私下收受工匠贿赂，免除他们的劳役，再以征募官兵的名义自民间挑壮丁服役。单去年和今年两年，山西道受贿已达白银三十万两。不止如此，年初工部报的预算之中还有一笔慰劳服役工匠的款项，数额达十万两。可既无工匠服役，何来慰劳？臣等已查实，此十万两已被山西布政使联合工部郎中孙印德用来上下打点，是以算起来山西道所贪数额为白银四十万两。"

景元帝一听这话，厉声问："户部呢？可有此事？"

沈奚道："回陛下，有！年初工部报预算，说山西那边劳役重，开国三十年辛苦有加，要用十万两慰劳工匠。这笔账目是臣批的。今年岁末工部倒是返来一笔明细，十万两花得一钱不剩，但依明细来看，银子并未给工匠，而是拿去盖寺庙去了。臣问过工部，但工部言辞含糊，是故臣一直未在明细上署名。"

景元帝抬手扶了扶龙椅，问道："马砻、江庭，你二人做何解释？"

马砻乃工部右侍郎，当即跪在地上喊冤道："皇上，这事定是沈大人记差了。我等确实跟户部报过预算，但也说明了这银子是给工匠们建工匠寺用的。这些工匠服役少则数月，多则几载，修建此工匠寺，是为了给他们一个容身之所，可谓有功于国祚啊！"说着，像是想起什么，又道，"其间确实有工匠不愿服役，拿着几两银子去贿赂山西布政使，这事工部上下都知道，但布政使当场就拒了。"他一顿，忽然看向苏晋，恶声道："却不知苏御史安的是什么心，明明是积德行善的功德一桩，偏要无中生有说成贪墨受贿！"

左侍郎江庭道："苏御史新官上任，实在沉不住气，事还未查明便急着弹劾，是将这一身绯袍当儿戏了吗？"

苏晋道："敢问江大人，你这工匠寺是几时开建的？"

江庭道："今年开春。"

苏晋又问："既然是收容工匠的工匠寺，那么当建在哪里？"

江庭甩袖负手："自然是山西太原府。"

江庭说完这话，脸色忽然一变，他中苏晋的计了。太原府隶属山西布政司，容纳工匠的工匠寺是应当建在此，可是——

苏晋看了言脩一眼。言脩将一份旧函递与管事吴敞："禀陛下，微臣翻看去年的公文，发现开春时节三殿下特地请旨，要在大同府修筑皇家寺院为大随祈福，当时征召了山西道全部工匠，但寺院至今未建好。"他回身看向江庭，问："敢问江大人是哪里来的人手，能忙里偷闲地在太原府修一座工匠寺呢？"

江庭的额间渗出细汗，他一时不知该如何回答。

苏晋抬手一揖："陛下，由此可见，江侍郎所言有假。臣已从工部郎中孙印德处取了实证，证明户部拨下的十万两……"

"父皇——"还不等苏晋说完，三王朱稽佑便往殿上一跪，惭愧地道，"父皇，这都怪儿臣。儿臣见这几年父皇久病，日夜盼着能早日修好寺庙为父皇祈福，可惜进度实在太慢。今年年初，儿臣与工部相商，私自将这十万两白银扣下，许诺工匠们若能赶在明年入秋前将寺庙建好，便分发赏银，以资鼓励。此法甚是有效，这几月的进度竟比之前快了许多。"

朱稽佑虽然是个蠢货，在敛财与好色两道之上却极为精明，对此早有准备。

他自怀里摸出一本账册呈上，道："这便是那十万两白银的去向，儿臣分毫未取，请父皇过目。"他双目低垂，露出忧伤之色，"儿臣做了欺瞒父皇之事，日日不能安宁，所以怀里一直揣着这本账册。儿臣本想等寺庙建成，父皇的身体有所好转后才来请罪，如今看来是不能了。"

景元帝平静地看着朱稽佑，没有答话。他一统天下，坐拥江山近三十年，此间真相为何，不是瞧不出。朱稽佑说得声色俱佳，实际是立着孝字牌坊，请他从轻责罚。若换作从前，他定然严惩不贷，而今他是真的老了，不知还有几个月可活。他嗜血好杀，那是对着外人，但殿中跪着的到底是他的儿子。

这时，苏晋问道："敢问三殿下，这皇家寺庙是由谁监管修建的？"

朱稽佑没理她。

马砦道："是本官。"

苏晋又道："那么马侍郎一定对修筑庙宇殿阁之事很了解了？"

马砦冷哼一声："定然不会让苏御史失望。"

苏晋道："所取梁木为何？"

马砦道："皇家寺庙所取梁木自然是云贵山中最好的柏木。"

苏晋道："但本官已查明，那殿阁正殿和偏殿的梁木都是自海上运来的乌木。"她不等马砦回答，又问，"大殿规格几何？"

马砦道："庙宇规格大小不一，苏御史这话让本官如何作答？"

苏晋道："庙宇规格是不一，但此庙建在山西大同府，三殿下乃此地藩王，为何据本官所查，这庙建得比三殿下的府邸还大？"

马砦哑口无言。

苏晋再问："本官着人查过，此庙后殿前有一莲池，池中供着一尊金身佛像，三殿下日日去拜。你可知那佛像值多少银子？"

马砦冷笑："苏御史这话是什么意思？难道那修筑佛像的银两，苏御史也要当成是铺张、贪墨的不成？"他说着对上头的景元帝一揖拜下："禀圣上，臣以为那尊金佛像正是三殿下对陛下的一片赤诚孝心。之前三殿下还提过，那佛像已在送来京师的路上，正要给陛下……"

朱稽佑忽然目露惶恐之色，打断道："马侍郎！"

苏晋笑道："哦，这么看来马侍郎尚不知那佛像早就送来京师了。可惜三殿下觉得这么供着浪费，已命人将佛像凿成金块，再铸旁的物件了。"

她说着神色一变，严肃地对众人道："人人皆有敬畏之心，倘若这佛像当真受过庙宇香火，便是破铜烂铁所铸，又有谁敢凿坏？这庙宇之所以用材极其奢华，规格宏大，那是因为它根本就不是什么庙宇，而是三王拿着这些年贪墨的银两私自修筑的行宫！"

苏晋自宋珏的手里取过一份状子，呈给吴敞，然后撩袍在殿中跪下。她身后的宋珏三人也随她跪下。

苏晋道："陛下，此乃工部司务郎中孙印德所招供词，其中所列罪状之多远不止臣所言的十倍。山西官官相护，贪墨成风，令百姓饱受疾苦。家有壮丁的，被拉去修筑行宫，连寒冬腊月也不停工，冻死冻伤无数。"她俯首拜下，"陛下，证人皆在殿外，请陛下允臣传一干人等入殿，以证明臣所言不假。"

景元帝平静而淡漠地看着苏晋，须臾，将手一挥道："不必了，朕心里有数。”又问，“依苏卿看，当如何治罪？”

苏晋道："通政司右通政，按下奏表不报，当杖百下；山西大同府知府、山西提督，贪墨受贿，当处以流放；山西布政使主持卖放工匠，当处以枭首；而工部司务郎中、工部左右侍郎，欺瞒圣听，罔顾国体，贪墨之巨，当诛九族！"

景元帝沉默片刻："便照你说的做。"

苏晋又道："陛下，臣以为，工部左右侍郎与郎中的诛九族之罪可改枭首。"

景元帝问："何故？"

苏晋抬起眼，双目灼灼地注视着景元帝："因他们不是罪魁祸首，罪魁祸首当属陛下的第三子，三王朱稽佑！"

第十八章　何为御史

奉天殿中寂然无声。

景元帝原是靠着九龙椅背坐着的，突然向前倾去，凤目微动，目光如利剑，仿佛要将眼前这个不知天高地厚的御史穿透。他伸掌一拍皇案，勃然大怒道："大胆！"

这个已近枯朽的老皇帝将内心的温柔都留给了家人。这是他朱家的天下，这江山是他的，他对子女严苛，那是性情使然，是作为父亲应尽的职责。但他可以责难自己的儿女，别人不可以。

苏晋此番正是触了他的逆鳞。

景元帝厉声道："苏御史言下之意，是要诛朕的九族吗？"

苏晋拜下："微臣不敢。"一顿，又道，"三殿下是君，微臣是臣，微臣无权也不知当如何处置三殿下，但他所犯之罪的确属实，还请陛下明示此事当如何收尾才好。"

景元帝道："他所犯之罪？证据呢？"

苏晋直起身，笔挺地跪着，平静地道："山西修筑至大半的行宫，是臣的证据；山西处于水深火热中的工匠，是臣的证据；藏在行宫里的百余无辜女子、无数侍卫的膝盖骨，也是臣的证据；还有此刻大殿上，知道内情而不肯言说的人，那些被拒于大殿之外的证人，他们都是臣的证据。"

景元帝不明白苏晋这是在做什么，苏晋是要逼着他杀子吗？

虎毒尚且不食子。

他厉声道："朕要的是切切实实的证据，证明稽佑才是主谋的证据。你说的这些，只能证明他知情不报、懦弱无能。"

他忽然直起身，神色在一瞬间变得平缓而镇定。

熟悉景元帝的人都明白他这是真的动怒了。

他这样的神情，那些已在大殿上站立数年、久经风霜的老臣见过数回——废相之时，诛杀功臣之时，把老御史下诏狱之时。这位君主，纵然勤勉清廉，纵然励精图治，却也嗜血好杀。他太强势了，强势到不容任何人侵犯皇家的威严。

这个他半生征伐、半生守护的江山是他全部的心血，他要将它狠狠地握于掌中，哪怕捏碎，也只给他的家人——他的子女。任何人都不能凌驾其上地斥责他的家人半句，言官也不行。

景元帝平静地道："你说的，朕自会去查，但在朕还未看到行宫之前，你今日之言，便是无凭无据地以下犯上，犯我皇室一族。"景元帝淡淡地扫视下方，一字一顿地道，"当庭杖杀！"

虎贲卫忽然自大殿两侧拥入，以长矛为棍，向苏晋四人的后腰打去。苏晋扑倒在地的同时，另有两支长矛一左一右交叉在她的肩头两侧，令她动弹不得。

腰间火辣辣的疼痛竟让苏晋的视野模糊了一瞬。外头的天已亮了，她恍惚地朝前看去，不知是否错觉，殿中暗影竟晃了晃，像是往回缩了半寸。

这是什么意思？

苏晋有些想笑，心想这挪后半寸的影子是在提醒她知难而退吗？

可她已经退了。否则的话，她会连着工部尚书、吏部尚书，连着九殿下、十四殿下，包括让人给卢芊芊投毒、逼卢芊芊去敲登闻鼓的七殿下统统参完。

但她没有。她只是不想放朱稽佑回山西。有朱稽佑在一日，一方百姓何以安宁？

朝廷正值非常时期，她是可以让步。但身为御史，纠察百官、拨乱反正、还天下清明，是她一生所守的底线。

无规矩不成方圆。她不能无条件地往后退，哪怕要以死明志。

景元帝道："打！"

虎贲卫高举起木杖。

"父皇——"朱南羡双膝轰然落在地上，身子深深地伏了下去。

其实在额头触到冰凉的地面的那一刻，朱南羡便知道自己冲动了。他不该让人知道苏晋是自己的软肋，不该露出哪怕一丝情绪。

可虎贲卫这么几杖下去，寻常男儿都难以撑住，遑论苏晋一个女子？

他不能看着她死。

朱南羡自暴自弃地想，他认命了！自二人初遇的那天起，她就成了他的软肋。便是所有人都知道又如何呢？他愿意用一切去守护她。

想到这里，朱南羡释然了一些，又觉得有这样的软肋很好。

他方才看到她穿绯袍的样子，看到她仗义执言、为民请命的样子，简直移不开眼。她清冷的气质、端秀的眉目，被这样一抹明艳的颜色衬着，像是广博的白雪人间里燃烧着一簇灼灼烈火。

这簇火也自他的心头烧开。

朱南羡任凭五脏六腑被这烈火焚烧殆尽，轻声道："求父皇三思。"

大殿之上，苍老的帝王看着自己最疼爱的十三子以这样的姿势跪于龙椅之下，忽然意识到了什么。

他想，南羡不是个任性的孩子，胸怀坦荡、包容大度，从不会让他这个做父亲的为难。

景元帝再次看向苏晋，眼神已与方才不一样了，是带着疑虑的震怒之色。上回南羡不娶妻便要赴藩，这个苏时雨是在场的吧？再之前，沁微设局害南羡，似乎就是利用士子失踪的案子、利用苏时雨做饵？所以南羡迟迟不纳妃，是因为这个御史吗？

景元帝想到这里，颓然地跌坐回龙椅之上。

他有铁腕手段夺江山、治江山，但对自己的子女还是太纵容了，简直可称作妇人之仁。看着他们相争，他不闻不问；看着他们作孽，他舍不得伤害任何一人。事到如今，连他最疼爱的十三子也要走岔路了吗？

子不教，父之过。

景元帝目光里的震怒渐渐消失，眼里满是担忧与哀伤，近乎叹息地唤了一声："南羡。"他想让朱南羡抬起头来给自己看看，想看清楚这个儿子到底在想什么。

这时，朱祁岳终于意识到不对劲，悄声唤了一声"四哥"，随后与朱昱深连带着朱十七一起往前迈了一步，学着朱南羡一样伏地磕头，说了句同样的话："请父皇三思。"

朱悯达这才松了口气，于是也拜道："父皇，苏御史奉命审查登闻鼓一案，眼下证据确凿，据理弹劾是她职责所在，理所应当。至于老三，山西一带官员唯他马首是瞻，至于他究竟是失察还是主谋，还待再审。他毕竟是山西藩王，此事说他是祸首，也不算太过。"他微微一顿，镇定地继续道，"苏御史秉公办案，还请父皇三思。"

景元帝看着同样跪在地上为苏晋求情的几个儿子，不由得愣住了。

是自己想多了吗？

或许南羡先跪只是因为他心地更善、更通透，就像逝去的皇后，她总是为人着想。

或许只是得道多助，失道寡助？

柳朝明见此情形，合袖一揖："陛下，苏御史弹劾是臣肯允的，请陛下三思。"

柳朝明知道，他的话不能说得太过。就像方才，在虎贲卫举起长矛时，他迈出半步的步子在他看到朱南羡跪下后，又慢慢地收了回去。与他同样收回这半步的，还有户部沈奚、大理寺张石山、都察院的赵衍与钱月牵。

他们都知道，这是个受不得胁迫的皇帝。既然皇子已跪，大臣便不能再跪。倘若两头一起跪地求情，在景元帝的眼里，等同于逼宫。

若是逼宫，等着苏晋的便只有死路一条了。

沈奚随同柳朝明揖下，说了句不轻不重的话："请陛下三思。"

景元帝的思绪在这个空当冷静下来。他有些后怕，因为在祁岳与昱深跪地之前，他想的是倘若南羡这个逆子胆敢对当朝御史动情，那便将两人一起打，一个打死，一个打得长记性。而现在，老皇帝慈悲满怀地想，是自己太老了，是自己多想了。

他摆了摆手，说道："罢了，都平身。"虎贲卫见了这手势，无声地退下。

但是，这个苏晋该怎么处置呢？景元帝想了想，心下忽然一狠，再起杀心，唤了声："刑部——"

就在沈拓迈步而出的当口，殿外忽然有人通传道："禀陛下，文远侯进宫求见！"

苏晋伏在地面，浑身上下如同绷紧的弦，直到听到"文远侯"三个字，那条勒紧心脉的弦才断了。

文远侯齐帛远，她的最后一个证人。他不仅仅是昔日的翰林院掌院、三王妃的生父，更是当年跟在景元帝身边征伐天下的三位谋臣中现在唯一活着的人。

苏晋在知道此案与三王相关之后便去文远府投帖拜谒，可每回都被小厮以一句"侯爷避世已久，不见俗世中人"为由拦在府外。

她等到今日，再也不能等了。年关将近，眼见着就要停政，等正月十五一过，三王就要动身回山西，那时她该拿什么来拦？更莫说山西行宫不停工，这个年关节又要死多少人？

景元帝听到"文远侯"三字，目光竟呆了一瞬。

齐帛远？他们多少年没见了？自他将齐帛远的独女赐婚给稽佑以后吗？

景元帝抬起手，不自觉地拢了一下鬓边苍白的发，这才道："请。"

奉天殿要比外头暖和许多，殿门左右全开，一股寒气袭来，而进殿之人的眉目间像也带着风霜。他的双鬓与景元帝一样业已苍白，眸中的淡然却始终未改。

便是老了，他也是个清癯的书生。

文远侯合袖一拜，然后跪地磕头，一套动作行云流水、妥妥当当。

可景元帝看着不是滋味。他们兄弟相称、把酒言欢的日子已过去几十年，再也回不来了，被他亲手毁了。

文远侯挺直背脊，自袖囊里取出一物托于掌上，平静地道："禀陛下，老臣受苏御史所托，特来为三王朱稽佑修筑行宫、掳掠民女、纵容工部卖放工匠一案做证。"

他手中之物是书信模样，吴敞连忙顺着台阶走下来，先对他行了个礼，这才取过书信呈给景元帝。

文远侯继续说道："此乃小女去世前写给老臣的家书，信中字字血泪，斥三殿下为敛财，不惜纵容工部卖放工匠，伤害平民；贪色好逸，甚至想修筑行宫以安放掳掠而来的民女。小女心志高洁，一心认为黎民之所以饱受疾苦，乃她相夫之失，是故忧思成疾、郁郁而终。"

景元帝听完文远侯的话，愣愣地看着手里的书信。

其实信上写了什么，他一个字都没看进去。

他只是想到数年前，他决定把文远侯之女嫁给稽佑时，这个从来不为外物所动的书生流着泪跪地求他："钰儿心志太过高洁，染不得一丝尘埃，将她嫁给三殿下是害了她啊！"

彼时朱景元不以为意。稽佑一直喜欢齐钰，他知道。

尔后几年，朱稽佑纵然不成体统，浪荡了些，但待齐钰还是好的，走到哪里，得了什么新鲜的、宝贵的，都想着齐钰。

景元帝只是觉得，谢煦死了，孟良又是一根筋。他既不想身边的人一个个远去，又不想他们功高盖主，是以找了个自己觉得两全的法子，用一个不那么出色的皇子、用一桩姻亲牵制齐帛远。

但他真的没想到会害死齐钰。

景元帝握着齐钰所写的最后一封家书，指尖抑制不住地颤抖起来。

朱稽佑再次扑跪在地，泣声道："父皇、岳丈，儿子……儿子纵然荒唐了些、好色了些，但待钰儿一直是很好的。有回她说想看昙花，我亲手给她栽了一株，夜夜不睡地守着，就为让她看上一眼。我从来就没想过要害她……"他抽泣了一下，眼泪掉了下来，是真的思念齐钰，"自她病了以后，我忧心极了，找了许多大夫为她看诊。我一心想着要与她一起长命百岁，与她……"

"逆子！"景元帝忍不住自皇案上拾起一方砚台向朱稽佑砸去。

砚台在朱稽佑跟前的地面上碎裂，浓墨溅了他满脸。深黑的墨渍混在泪水当中，变得混浊不堪。

朱稽佑看着对自己忍无可忍的父皇、不为自己反为苏晋求情的兄弟，忽然觉得孤立无援。他更想念齐钰了，那个心志高洁、端庄秀丽的三王妃。

龙生九子，老七、老十、十三，个个挺拔俊朗，于文于武都胜他百倍，只有他，生来就胖。他从小便十分自卑，从未想过齐钰嫁过来以后会一心一意地对他好、会喜欢他。这么多年，他一直活得像美梦成真一般忘乎所以，却给不了她想要的。

这世间，许多女子毕生所求不过是夫君待自己好。可齐钰不一样，她要的是满目清明、皓皓乾坤。

这些他给不了。他是个真正的恶人。

景元帝看着朱稽佑哭得涕泪纵横，忽然觉得无力，抬了抬手道："文远侯平身吧。"然后看了苏晋一眼，沉默片刻，又道："苏御史也平身吧。"

苏晋终于重新站起来了，微微一顿，转身朝文远侯一揖。

文远侯下意识地看了眼她的脸，然后合袖回了个揖。

在旁人看来，大约会觉得文远侯回礼只是他为人谦恭所致。但苏晋知道，这个一品侯爷朝自己回礼，是已经认出她了——谢相避世得早，他的儿媳即苏晋的母亲，景元帝没见过，但文远侯与孟老御史是见过的，他们曾至蜀中探望过两回故友。

景元帝护短好杀，苏晋今日既弹劾皇子，便是抱了必死的决心。

可行舟至半途，黎明未至，她又怎么能不拼命为自己寻一条生路？而这条生路，便是文远侯。

景元帝护的人里，有与自己血脉相连的皇子，更有昔日与自己有袍泽之谊的故人。他老了，对儿子的护犊之情越深，对昔日因一念之差而薄待了的故人也越愧疚。

苏晋昨夜让言脩给文远侯带去一句话：悟已往之不谏，知来者之可追。

这话表面看没什么，但昔日谢相致仕归隐，离开京师前对文远侯说的最后一句话便是"悟已往之不谏，知来者之可追"。

苏晋知道文远侯会来。她等到了。

苏晋默立于殿上，良久，只听景元帝道："既然证据确凿，便由苏御史提议当如何处置朕的这个逆子吧！"

攻心为上，也许只有故人之女憾死才能令这位老皇帝不再姑息这名承他骨血又作恶多端的第三子吧。

苏晋道："是。"然后转首看向朱稽佑，无悲无喜地道，"臣以为，当撤三殿下藩王封号，召回京师，永生不得再赴山西，此其一。"

"其二，收回三殿下在山西及京师的府邸，遣散所有姬妾，并将此两处的家产变卖。所得钱财，可用来弥补贪墨亏空，抚恤被掳掠的女子、无辜冻死之人的家眷，慰劳那些被强行征来服役的壮丁。"

苏晋再朝龙座揖下，道："陛下，臣相信三殿下本性纯良，有此行径实是受人蛊惑所致。但此案案情甚重，死伤无数，不罚不足以服天下。因此其三，"她顿了顿，负手道，"将三殿下圈禁于宫中，待来年开春，着工部营缮司郎中、营缮所官员数人及都察院监察御史前往山西查明行宫具体规模、所耗人力物力，以及可有人枉死。将案情查明后，再由陛下定夺三殿下的罪名，昭示天下，以显陛下仁德公允，对万民苍生一视同仁之心。"

苏晋没有咄咄逼人地置朱稽佑于死地。凡事适可而止，过犹不及，她明白这个道理。何况，她心中还另有所求。

苏晋言罢，奉天殿内一时无声。良久，景元帝冷淡得仿佛心里未起一丝波澜地应了句："准奏。"然后又唤了一声"刑部尚书"，对俯首行礼的沈拓道："此案由你主审，限来年三月之前结案。至于那些证据确凿的，该杀该剐，就依方才苏御史所谏之言定刑。"

其实此案案情如此严重，有三品以上大员涉案不说，更牵扯一位藩王，为保廉明公正，当由三司会审。

但倘若真是三司会审，朱稽佑的安危就不能保证了。

这是老皇帝最后的一点私心。他盼望着这个与文远侯同为皇家岳丈、皇妃生父的刑部尚书能网开一面，留他的第三子一条性命。

沈拓领命后，景元帝看向苏晋，分外淡漠地问了句："苏御史还有什么要谏言的吗？"

苏晋沉默了一下道："陛下，臣还有个不情之请。"

"讲。"

"臣想请立一方功德碑，为天下读书人，为寂寂无闻的义士。"

苏晋说这句话的时候，脑中闪过无数画面，有她传胪听封时的欣悦，有她在松山县与晁清慷慨解囊却救不了身边疾苦的憾恨，更有许元喆临死前血誓"来世

305

不做读书人"的悲怆，最后却定格在刑部暗无天日的甬道里，晏子言九死不悔的背影上。

苏晋目光微黯，轻声道："下官已查过，此徐姓书生不过一介举人，并无官职傍身。山西修筑行宫、卖放工匠一案原本与他无关，但他不忍看身边黎民饱受疾苦，上递十余请命书，无一不被通政司压下。万般无奈，他只能上京敲响登闻鼓。他怕敲响登闻鼓后守鼓的御史不将状书呈于陛下，这才自尽于鼓下，引来皇上雷霆震怒，以将此案追查到底。"

"这是他的义举，是他一个人的孤勇。"苏晋抬眸，清亮的目光深处似有烈火，"是以微臣想请立一方功德碑，为徐姓书生，为天下所有不惜性命为民请命的义士，也为此案能结一颗善果。"

殿中龙涎香淡淡，焚尽霜雪滋味。

某个瞬间，偌大的奉天殿静得连呼吸声都听不到了。

苏晋又想起了晏子言，在他慷慨赴死的一年又七个月之后。

时至今日，令她记忆犹新的已不是他行刑前宁溘死以流亡兮的决绝，而是他淡笑着接过一盏杏花酿，既遗憾又坦然地说："可惜前日受刑，不知怎么舌头坏了，已尝不出味道了，是以酒虽好，我却品不出是什么酒。"

这才是真正的大义，苏晋想，纵心有憾，却无悔。

所以她愿意用朱稽佑的一条性命去换哪怕一丁点儿为时已晚的公道。

景元帝看着殿上这名以退为进、一步百算的年轻御史，看着皇皇大殿上静默而立的朝臣。是没有人再为苏晋说话。可是，有人为自己说话吗？有人为他朱景元无上的皇权，讨伐这名口出狂言的御史吗？也没有。

他看向立在苏晋一旁的齐帛远，他的袍泽旧友，一身书卷气，风骨犹存，却终是老了，与自己一样，双鬓斑斑、满脸褶皱。

也许属于他们的时代就要过去了。

景元帝觉得累极了，忽然有些期盼年关节快些到来，这样便不用再理会这浑浑噩噩的朝廷，可以好好享几日天伦之乐，有童稚盈室，儿孙绕膝。

于是他摆了摆手，放任自流地道："随你吧。"景元帝再次看向大殿诸臣时，目光已十分淡然："文远侯与柳卿留下，其余的人退朝吧！"

齐帛远与柳朝明俯首揖下，其余皇子臣工行稽首礼，依品阶顺次退了出去。

苏晋带着翟迪三人走在最后，发现那些因景元帝护短而未能进殿做证的人已被刑部带到墀台下候着了。

沈拓上前道："请苏御史今日至刑部一趟，将登闻鼓山西道一案的卷宗与证据一并移交。"

苏晋称"是"。

沈拓看了墀台下一眼，数名证人中有一名身着五品白鹇补服的官员，正是工部郎中孙印德。沈拓道："这名孙郎中虽是此案的证人，但据本官所知，他所涉之罪极其严重。且他方才说苏御史曾承诺他，若他肯将案情据实相告，苏御史愿救他一命。"沈拓说着朝着奉天殿遥遥作拱，"既然方才圣上也交代了，要依苏御史所谏之言定刑，那御史便给个话，要如何处置此人？"

苏晋听了这话，也转过头，淡淡地扫了孙印德一眼。

他们相隔不远。孙印德能听到他二人的对话，正一脸讨好地看着她。

苏晋收回目光，道："沈大人，此人罪大恶极，还望大人秉公办理，决不轻饶。"

孙印德如遭当头棒喝，一双鱼泡眼上下翻了翻，勃然大怒道："苏时雨，你什么意思？你要出尔反尔吗？是你让我抹去证据，是你让我包庇工部尚……"

他的话还未说完便被沈拓怒声打断："奉天殿外也敢喧哗，你是不要命了吗？可是要让本官现下就处死你？"

孙印德听闻"处死"二字，膝头一软，跌跪在地，愣愣地瞧着墀台上的二人。

苏晋自袖囊里取出一份状书，呈给沈拓："有劳沈大人了，此状书上写有孙大人为官二十年来所犯罪状三十四条，便是今日登闻鼓一案做证立功，此功也抵不过其罪万分之一。士子闹事时，他带走衙差躲避于巷陌；当年马少卿设局杀害十三殿下，也正是此人去王府报信引殿下涉险。因此，若要由臣为孙郎中定刑……"

苏晋说到这里却顿了顿。

她是个说一不二的人，而她当年的原话是：我苏晋……总有一天会让你跌下来，摔得粉身碎骨，给那些平白冤死的人陪葬。

于是，她继续道："当处以……车裂。"

苏晋的话恍若一声惊雷在孙印德的头上炸响，他的脑中突生一阵嗡鸣之声，待他再回过神来时，苏晋已自墀台走了下来。

滚烫的涕泪自孙印德的眼鼻涌出，他不顾侍卫拦阻，跌跌撞撞地上前一把拽住苏晋的绯色衣袖道："苏……苏大人，我……不，小人知错了，小人从前不该得罪您。"他浑身抖得如筛糠，抹了一把泪又道，"许元喆和他阿婆的坟，我夜不成寐时是去拜过的，还有晏少詹事、裴阁老，我都一一去拜祭过，我还……"

苏晋再也听不下去了，扯回自己的袖袍道："你也配？"

两名侍卫上前，将孙印德架着走了。

苏晋自一条窄道往都察院走去。

天上依旧层云如盖，目之所及是皑皑白雪，这一场弹劾生死一线，让她仿佛自九幽里走了一遭，而世间的苍茫依旧未改变。

或许她所做的，真的微不足道。

苏晋垂首往回走，却在一刹那顿住脚步。她回头望去，目光穿过正南方，穿过厚重而斑驳的城墙，穿过积了灰的光阴，看到了昔日午门之外那群抛头颅、洒热血的义士，也看到了当初满眼失望的自己。

彼时的她说，这是万马齐喑的朝廷，上之所是必皆是之，上之所非必皆非之。那么行舟守志至今，她拼死请立的这一方功德碑，算不算自己在这个风雨连天的时代发出了一丝喑哑的、微不可闻的声音呢？也许有一天，她还能请人将许元喆、徐书生、晏少詹事的名字镂刻于石碑之上。

"苏时雨。"墀台不远处，有人唤了她一声。

苏晋循声望去，是沈奚。

沈奚身着墨蓝官袍，依旧不改倜傥，嘴角含着恣意的笑，眸中却是冷清的。

他在苏晋面前站定，顺着她方才的目光深深地往巍峨城墙处看了一眼，许久不曾移开视线。他再回过头来时，嘴角的笑意没了，整个人变得冷厉而肃穆。忽然，他抬起双袖，合手无声地向苏晋作揖。

茫茫天地间，满是呼啸的风声。苏晋沉默地看着沈奚，抬手回以一揖。

两人直起身。沈奚没再说什么，或者说他不需要再说什么，径自离开，袍服大氅随着他的转身带起一股清冽之气。

赵衍与钱月牵在沈奚离开以后来到苏晋跟前，与素来恣意、偶尔认真的沈侍郎一样，合袖无声作揖。

天风凛冽，盘旋在宫禁中。

然后是大理寺卿张石山、中书舍人舒桓、刑部尚书沈拓……

十二王朱祁岳与四王朱昱深来到苏晋跟前时，墀台上的人已散得差不多了。两人学着那帮文臣向苏晋作揖，揖到一半时，见苏晋撩袍跪下，说道："殿下们是君，微臣是臣子，微臣是万万受不起殿下之礼的。"

朱昱深伸手将她扶起来，淡淡地道："犯颜直谏，为民请命，以死明志，今日的苏御史……仿佛让本王看到了昔日老御史的风采，没什么受不起的。"

而墀台另一端，朱悯达看着立在一旁默然远望的朱南羡，问了句："你不过去吗？"

朱南羡摇了摇头，语气里有挣扎、犹疑："不去了。"

他过去，该说什么呢？夸她一两句吗？可自己一个习武之人，便是夸上几句，又能翻出什么花儿来？要是说的不中听了怎么办？

或者学沈青樾，跟她揖一揖？可旁人都揖完了，自己这才磨磨蹭蹭地过去，岂不是显得很没诚意？

朱悯达又看朱南羡一眼，将他看了个明白，骂了一声："出息。"然后抬手拍了拍他的左臂，抛下一句，"你没看走眼，她的确是个好御史。"说完便走了。

也就这么一会儿工夫，白雪皑皑的墀台下臣工散尽。苏晋抬头四下望去，终于找到远远地站在一端进退两难的朱南羡。

她对身后的翟迪三人道："你们三人先回去。"然后提着绯色袍服，踩着雪，一脚深一脚浅地朝朱南羡走去。

苏晋走到朱南羡跟前，撩袍便要拜。朱南羡"哎"了一声，抬手虚拦了一下，轻声道："不必。"

其实苏晋并没实实在在地要跪下，被他这么一拦，从善如流地直起身，认真地打了个揖："多谢殿下！殿下又救了时雨一回。"

她没有自称臣，这很好。

大而化之的朱十三总算捕捉到了一些事关紧要的细节，暗喜之余又生出些情怯。他握拳掩鼻，掩耳盗铃般地清了清嗓子道："哦，本王也没做什么，是文远侯来得及时。"

苏晋却道："倘若没有殿下帮忙拖的那半刻，时雨不被打死也是重伤。"说着抬头看他，眼里含着淡淡的笑意。

其实外人眼中的苏御史是不苟言笑、和气而疏离的，虽不及左都御史沉潜刚克，却自带一股清冷之感。

而此时此刻，苏晋眼中的笑意真切极了，像一夜春来、蛱蝶振翅一般轻柔且令人动容。

朱南羡的耳根一下红了，脑中一片空白。那种感觉又来了，那种他若再不走便不知道下一刻会发生什么的感觉……

可这回他走不了了，这抹淡淡的笑仿佛一簇烈火，转瞬之间刻于心头、流入血脉，滋生出疯长的藤蔓，将他牢牢困于方寸之间。

朱南羡的心被藤蔓搅扰着，被烈火焚烧着。他不自觉地张了张口，竟唤出一声："阿雨。"然后眼睁睁地看着苏晋眸中的笑意逐渐消失。

苏晋有些错愕，过了一会儿，分外沉静地"嗯"了一声。

朱南羡简直要崩溃了。

他再一次自暴自弃地想，择日不如撞日，要不就趁现在把自己的心意挑明吧！反正她这么聪明，一定是知道了，反正满世界的聪明人都知道了。

朱南羡将垂在身侧的手握紧成拳，终于鼓足勇气道："阿雨，其实我……"

"皇兄！"墀台远处，忽然有人高声唤了他一声。

朱南羡木然地转过头，看着尚站在老远老远的墀台上，就非要叫自己一声的朱十七，忍了许久，才忍住自腰间拔刀的冲动。

朱十七见他看到自己了，颇兴奋地招招手，像是有什么事，疾步走下台阶，朝他走来。

一鼓作气，再而衰。朱南羡收回目光再看向苏晋时，方才蓄满力气就要脱口而出的那句话已随着淬剑时的雾气发散到九霄云外去了。

他思量许久，正琢磨着该怎么找回场子，没想到这回苏晋竟不依不饶了。她问："其实什么？"

朱南羡愣了半晌，看着苏晋清澈而认真的目光，不知怎么忽然自灵魂深处攫了一把力气道："其实我一直很……"

"苏御史。"朱十七的声音再次传来。

朱南羡将手放在了刀柄上。

朱十七人还在七丈开外便向苏晋遥遥作揖。他方才也在朝堂上，见识到了着绯袍的苏御史悬明镜于天下的气魄，心中很是佩服。

等朱十七走近了，苏晋回揖道："二位殿下既然有事，臣便先告退了。"

朱南羡没答话。

朱十七看了他十三皇兄一眼，嗯，皇兄的脸色似乎不太好。于是他后知后觉地问："苏御史，本王方才是不是打扰你与十三哥说话了？"

苏晋道："殿下哪里的话。"

朱十七撑着下巴，若有所思地道："本王方才听皇兄说什么'其实'。"他转头问朱南羡："皇兄，其实什么？"

朱南羡握紧刀柄。

朱十七福至心灵："啊，本王知道了！"他十分和气地对苏晋道："其实皇嫂昨日还提过这事，年关宴后，东宫会再过一次年，让十三哥邀苏御史一起来。"

其实东宫自家过年，等闲不邀外人，但苏晋并不知这因果，还以为是寻常宴客。可寻常宴客，怎么由太子妃来请？

苏晋不明所以，问："太子妃邀臣去东宫是有事吗？"

朱十七想了想道："大约是年关过后，本王即将满十七岁，需要赐字的事吧。"

这是景元帝定的祖制，大随皇子年满十七前只有名没有字，将满十七之时，由翰林拟字数个，皇上亲自择定。

朱十七继续道："翰林院前阵子拟过几个字送来东宫，大皇兄看了不甚满意，说要请个学富五车的人来拟字。皇嫂当时还提了苏御史一句呢。"

苏晋沉默了一会儿，看向朱南羡，问："殿下是要说这事吗？"

朱南羡看着睁着一双忽闪的大眼、满脸期待地望着自己的朱十七，深深地觉得这一年来十七虽长得挺拔了一些，但光长了个子没长脑子。

而朱南羡活了二十三年，头一回觉得脑子可真是个好东西。

十七都把话说到这份儿上了，他还能说什么？

于是他"嗯"了一声，道："是吧。"

苏晋点了点头，与朱十七一揖："冒昧地问一句殿下的生辰八字。"

朱十七见她应了，兴奋地道："我是丁酉年九月十九生的，深秋时节，桂子都谢了。当年北有北凉蛮夷犯境，东有海祸，父皇御驾亲征的时候，母后刚怀上我不久。等父皇回来，我已经一岁了。父皇曾说我是他凯旋后上苍赐给他的最好的礼物。"

他一股脑儿地说了许多，苏晋安静地听完，回道："好，臣便在这几日为殿下仔细拟几个。"

朱南羡知她是个诸事都认真以待的人，怕她费心操劳，忙道："随便拟一个便好，十七就是个毛头小子，拟个字哪儿有那么多讲究，凑合着念出来舌头不打结就行。"

朱十七心中一凉，满腹委屈地瞪大眼道："皇兄，你还是我亲皇兄吗？"

苏晋淡淡一笑："殿下说笑了，能为十七殿下拟字，是臣的荣幸。"她说完，再度朝二人揖了个辞行礼，退了几步，转身走了。

满地都是积雪，苏晋走得并不快，还未走远便听到朱十七对朱南羡道："皇兄，今日已有许多画像送来宗人府了，十皇兄让我来与你说一声。我随你去挑吧！"

朱南羡怔了一下，看着苏晋并未走远的身影，不由得道："说什么呢！"

朱十七道："是各臣工家女儿的画像，这不是急着给你选皇妃吗？"他说完竟看到朱南羡眼底的恼色，以为朱南羡生自己的气了，委屈地道，"年关宴臣女进宫，你身为宗人府左宗正，左右也是要一个一个见的，眼下先挑几个看得上眼的怎么了？"

宗人府是掌管皇家及后宫事宜的官署，其堂官宗人令、左右宗正由皇子担任。自各皇子就藩后，宗人府堂官出缺，许多事宜已由礼部代劳。今年因年关宴与万寿宴一起办，是个天大的盛事，一日前皇上便下了圣旨，命十殿下朱弈珩暂领宗人令，朱南羡与朱泽微分任左右宗正。

苏晋昨日还想，既然要命几位殿下暂领宗人府，为何这圣旨要等年关将近，诸事已定了才下来。听朱十七这么一说，她才明白过来，原来圣旨是个幌子，皇上让朱南羡任左宗正不过是为了让他有个名正言顺的由头，在年关宴上挑一个他心仪的皇妃。

都说景元帝最宠十三子，如今看来还真是。

苏晋在原地顿了顿，待走到扫开雪的路径上，便加快脚步往都察院的方向去了。

朱南羡看着苏晋的背影，默立片刻，负手回身往奉天门的方向走去。

朱十七追着朱南羡走了几步，看他竟是要出宫的样子，不由得道："皇兄，宗人府那头还等你回话呢！你不看画像了？"

朱南羡道："不看，你给胡主事带句话，让他把画像烧了。"

奉天门的侍卫明白十三殿下这是要去北大营了，连忙牵来一匹快马。

朱十七赶忙道："那纳妃的事怎么办？你到时现挑一个吗？"

朱南羡翻身上马，看着奉天门侍卫手中的长矛，矛头缠着的红缨就像方才皇皇大殿上的那明艳的绯袍。

那抹绯色烈火只怕要在他心中焚上一生一世了。

他笑了一下，道："不纳，本王这辈子都不纳妃。"然后扬唇再一笑，又道，"自明日起，你搬去沈府住。"

朱十七一头雾水："为何？"

朱南羡扬鞭一挥，纵马而去，抛下一句："你去找沈青樾，让他教你怎么长脑子！"

柳朝明自奉天殿出来，刚好看到苏晋往都察院的方向走去，一片绯色衣角折入拱门，带起半斛明媚春光。

拱门也是朱色的，唯墙上青瓦已覆上白雪。

柳朝明沉默地看了一阵。没过多久，文远侯也自奉天殿出来。两人合袖对揖。

齐帛远无声地比了个请姿，柳朝明点了点头。二人并肩自墀台下来，一路往宫外走去。

穿过奉天门、宫前殿，行至广袤无人的轩辕台，齐帛远才问了一句："陛下最后说的那句话，你怎么看？"

那句话是："帛远、柳卿，倘若朕现在下令削藩，还来得及吗？"

其实这话看似在问，实是在叹。朱景元心中已知道答案，因此不等这二人作答，便道："柳卿，你退下吧。"

柳朝明淡淡地道："侯爷当明白，陛下这话并不是问我。我在大殿上不过是个影子，他想问的人是影子背后含恨而终的师傅。"

齐帛远道："因此本侯现在要问你。"

柳朝明勾起嘴角笑了笑，目中讥讽之意毕现，吐出四个字："昏聩无能。"接着道，"当初下旨要封藩，多少臣工、多少书生义士进言相劝，他杀了多少人，堵了多少人的嘴！现在他后悔了，想要弥补了？我平生最恨亡羊补牢。"

齐帛远看了柳朝明一眼，心中喟叹：多少年了，他还是这样。

旁人只道这位年轻的左都御史沉潜刚克、铁面无私，如老御史一般，但齐帛远知道，这其实是自雾里看花看到的表象。

当初柳昀拜入孟良门下时，还不到十二岁，只是个半大的孩子。

其实孟良一度是不收门生的，柳朝明能拜他为师，据说还是受人所托。然而孟良收下柳朝明后，竟意外发现此子天资极佳，是百年难得一见的好苗子。

那已是大随开国第十年间的事了。

齐帛远记得那一年江南桃花汛，入秋后，浙北一带颗粒无收，饿殍遍野。加之中原腹地流寇四起，东海倭寇扰境，孟良忙得几乎衣不解带，但仍然将柳朝明带在身边，宁肯少睡或不睡，也要每日教他一个时辰学问。

少时的柳朝明个头长得慢，十二岁的少年，有的已挺拔如竹，他却慢条斯理地一年蹿半寸，如他寡淡的性情一般。

有回他得了寒症，身子怎么也暖不起来，孟良只好一边批改公文，一边将他抱在怀里暖着。孟良说，后来柳朝明醒来，自怀里默默地看着他。他本以为这孩子要说些什么，谁知柳朝明就说了一句"我会好的"，闭上眼又睡了。

柳朝明就是这样的，明明是个孩子，性情却无波无澜得像一汪深不见底的潭水。

孟良脾气耿介，见此便将原因归咎于自己，以为言传身教不得当。

柳昀十三岁时，孟良觉得他太孤僻，想让他去翰林院进学，学会与人相交。恰好那年湖广闹匪盗，据说是官盗勾结，孟良作为御史前往巡按，走的那一日，将柳昀送去了时任翰林院掌院的齐帛远府上。孟良是一个不愿多说的人，把柳昀送去时只交代了一句："这是为师至交，你在他的府上住一阵子。"

齐帛远记得，当时十三岁的柳朝明站在府内中庭，十分安静地看着孟良离开。他面上没什么表情，但眸底像有一团雾气，眼睛深沉如古井，整个人动也不动。

　　齐帛远走上前去，温声道："我听说你叫柳朝明，是柳家后人？"然而这话如石沉大海，毫无回音。过了好一阵，柳朝明才转过身来。他微仰着下巴，眼帘却是垂着的，看着像是在极力忍着什么。须臾，他才淡淡地道："我不喜欢朝明二字，也没有家。你若不介意，可以唤我柳昀。"

　　齐帛远尽量放轻语气："好，柳昀，这两年你便跟着我，过一阵子我会带你去翰林院进学。"他说着回身往内府走，再一次温声道，"来。"

　　齐帛远已快走到回廊了，身后却没有脚步声。他回头看去，柳朝明仍站在远处，望向府门的方向。

　　柳朝明那时到底还是年少，哪怕心思再深，也不愿被人轻易放弃。他想，自己明明已孜孜不息，尽全力跟着恩师做学问了，可……

　　齐帛远问："你这是怎么了？"

　　柳朝明沉默片刻，忽然缓缓地、无助地笑起来，那双十分好看的眸子里忽然起了一阵风暴，吹散了眸中原有的雾气，所有的情绪——惊诧、难以置信、愤怒与难过，尽现眼底，甚至连他的语气都是讥讽的。当时，他道："孟先生不教我了吗？他怎么可以出尔反尔？"

　　齐帛远震惊地看着这样的柳昀。

　　旁人笑的时候都如春风般和煦，可柳朝明一笑，一眼望去还好，若仔细看，就会发现他所有深埋于心的不甘、不忿都自眼中暴露。

　　齐帛远听过柳家"存天理，灭人欲"的家教，亦知柳家人都是不以物喜，不以己悲的，可没想到这样的家风竟会将一个资质当世无双的孩子逼成这样。他恍惚想起，柳昀在拜入孟良门下之前好像是独自从柳家逃出来的。

　　昔日景元帝身边的三位谋士，谢煦才情锦绣、机敏高智；孟良忠义耿介、是非分明；齐帛远与他二人不一样，是真正的书生，性情里自带一股温和儒雅的悲天悯人之感。

　　齐帛远看着这样的柳昀，轻声道："孟良只是外出办案，怕耽搁你进学，才将你放在我这里。你资质这么好，他怎么舍得不要。"

　　柳朝明的眼里全是不信："是吗？"

　　齐帛远道："你可以回孟府住，等他回来。但你要记得，这段时间我是你的先生，你当日日与我晨昏定省，一日也不可耽搁。"

　　柳朝明听到这里，一刻也不停顿地往府外走。

　　他还没走出去，齐帛远又叫住他说："柳昀，其实你还是常笑些好。日后在我这里，你不必掩饰自己。"柳朝明将信将疑地看了齐帛远一眼，径自走了。

时隔经年，当初那个性情无波无澜得像一汪潭水的少年已成为静如深海、泰山崩于眼前都不动的都察院首座，唯有在齐帛远面前，丝毫不掩饰自己。

柳朝明接着方才封藩削藩的话头，继续道："就算朱悯达能顺利登基，接下来也免不了要动干戈，征伐战乱，民生刚稳固一些又要堕于水火。真不知朱景元当初抢江山来做什么，为了看他哪个儿子打起来更厉害些吗？"

齐帛远却敏锐地捕捉到他话里的重点："'就算'？什么意思？"

柳朝明笑了一下，讽刺道："文远侯不避世了？"

齐帛远叹了一声："罢了。为了一点儿旧情，陪几个故友争了半辈子江山，非我所愿也。日后的，就留给你们吧。"他说着，忽而淡然一笑，"知道你离开奉天殿后，陛下单独问了我什么吗？"

柳朝明想了一下："苏时雨？"

齐帛远道："他问谢煦除了一个孙女，可还有什么后人。"

柳朝明眉头微锁。

齐帛远道："其实你昨夜不必特意派人送信。苏时雨早已托人与我带了话，道明她是谢煦的孙女了。"他笑道，"你担心过头了。她到底是谢煦之后，虽身为女子，但承她祖父之学，加之多年官场历练，已可独当一面。或许有一天，她能如谢煦一般算无遗策。"

柳朝明冷笑道："倘若谢相当真算无遗策，当年'相祸'将起，他为何避于蜀中不逃？是算漏了自己会给家人带来横祸吗？"

齐帛远道："这世间障眼法，大都脱不开一个'情'字。谢煦是重情重义之人，不信皇权会彻底改变一个人的心，所以避而不逃，想看看朱景元会做到什么地步。"他说着忽然看了柳朝明一眼，淡淡地笑道，"你也一样。以你的智谋，难道看不出苏时雨早留了后手？可你还要多此一举地知会我一声，为什么？仅仅因为你与孟良许下的诺言吗？"

柳朝明未答这话。

当初他发现苏时雨是女子，让她避于杭州时，她也问过一句："大人图什么？是因为老御史临终前，大人承诺过要照顾我？"

彼时他心中觉得是，可现在，又觉得不像是。

柳朝明是明达之人，大抵猜到那一丝"不像是"意味着什么。可他也是寡情之人，这所谓的"不像是"恰如刚落入河池的一片浮叶，风来了，被圈圈涟漪荡开数尺，等风停了，便缓缓沉入水底。他只要不在意就好。

他一直以为，刻在苏晋骨血中的坚忍与通透最终会令她走上与老御史一样的路，但直至今日，当苏时雨穿着绯袍以退为进，要请立一方功德碑时，柳朝明才发现自己错了。她就是她。今日的事，若换成老御史，大约会以大随律令请圣上将朱稽佑绳之以法。而苏时雨是谢相之后，走的是自己的路。

绯袍的明媚朱色像半斛春光，照进他心中久不见天日的河池，昔日沉入水底的浮叶突生根蔓，长成一片莲叶田田。自此，他再也没办法漠视了。

柳朝明在那一瞬间很无措，忽然想起沈奚那句话："难道不怕有朝一日，有人偏不按你的规矩来，直接将军？"

其实深埋于柳昀骨血中的倒刺令他早已厌倦了这十数年的按部就班。在那个瞬间，他甚至想，将军也好。

然而他很快又冷静下来。他早已选择了一条独来独往的路，当是身无负累，杀伐不留情的。

可惜啊，在这条路上，他不该生妄念、有所求。

齐帛远临上马车前看了柳朝明一眼。柳朝明敛着双手站在那里，脸上的笑意已经没了，眼底罩着雾气，带着些许茫然与惋惜。

齐帛远道："孟良去世前说你凡事都压在心底，这样不好。我虽避世，却不是什么人都避而不见，你若有什么想不通的，不必怕叨扰，来侯府寻我便是。"

柳朝明没正面答这话，却恭敬地合袖施礼："学生恭送先生。"

明明还未至午时，天空却暗了下来，天地间刮起呼啸长风，承天门外连半个行人都没了，是急风骤雪将至。

齐帛远登上马车时抬头看了眼天色，叹道："山雨欲来啊。你既知前路，先找一寸矮檐避上一避吧。"

第十九章　山雨欲来

年关将近，至腊月二十，各衙司陆续停政。都察院年末事宜繁多，一众御史一直忙到腊月二十九才得以喘息。

此时距苏晋弹劾三王朱稽佑已过去十日，震动朝野的登闻鼓山西道一案渐次平息，却引来一丝染着桃花色的余韵。

苏晋才名在外，年纪轻轻官拜正四品金都御史，原就不是寂寂无闻之辈，登闻鼓案后，苏御史之名更是传遍京师。加之苏晋为人谦和有礼，长相清雅标致，一时之间想嫁她的女子无数。单说她当夜回府以后，也就歇下来吃口茶的工夫，便有媒婆上门，来头还不小，手里拿的是大理寺卿张石山幺女的八字。

苏晋好不容易将她打发走，没过半炷香的时间，又有人拿着钦天监监正家六小姐的八字来了。她深感不妙，以身体不适为由送了客，收拾好行囊漏夜赶回宫中，一头扎进都察院，死都不出来了。

这就苦了副都御史钱三儿钱月牵。

却说姻亲一事乃父母之命，媒妁之言，苏晋上已无高堂，其人避于衙司不出，那些求亲的走投无路，只好去找她都察院的同僚。

都察院内官衔比苏晋高，勉强能为她做主的也就柳朝明、赵衍与钱三儿。柳朝明不消说，没人敢拿这事去烦他。赵衍巴不得将自家的两个女儿全塞给苏晋，这是对手，也没人会找。于是大家算来算去，只有一个钱大人。

钱三儿在钱府如一根野草般长大，有了功名后便搬出来自立门户。前几年也有许多人家保媒拉纤，不想他一句"一心向佛，等在都察院干累了就致仕出家"让诸臣工无可奈何。钱三儿于是恬淡无欲地过了好些年，岂知这几日，府上门槛都快被踩破了。

钱三儿手里捏着一沓被朝中各大员硬塞来的写着各家小姐八字的纸张，深思着要怎么样既妥善而又不伤及各臣工颜面地将此事解决。

让苏晋自己挑一个？钱三儿摇摇头。且不说眼下苏晋根本无心娶亲，就是有心，对着这十余个迥然相异的八字，哪里辨得出良缘、孽缘，总不能抓阄吧？

钱三儿心想：这可愁死本官了。

花开两朵，各表一枝。钱三儿这头正发愁，赵衍那头已张罗起来。赵衍拿了苏晋的八字跟赵婉、赵妧的合过，皆是良配，一时喜上眉梢。然而过了一会儿，赵衍又懊恼没把婉儿与妧妧的画像带来，让苏晋自己挑。若苏晋看着觉得合意，说不定他们今日就能把亲事定下来，省得外头那群豺狼虎豹跟他赵衍抢女婿。

腊月二十八那日，宫里有只老猫死了，阖宫上下都惊了一跳。

这猫是已过世的淑妃养的。淑妃出身卑微，当年只是个选侍，诞下十王朱弈珩后，因皇贵妃尚无子嗣，便将朱弈珩寄养在皇贵妃宫里。

彼时淑妃饱受生离之苦，成日以泪洗面，便是景元帝将她封为婕妤也难以解忧，直到后来养了只猫才缓过来。

死了的便是这只老猫。

一开始有人说，这是只通人性的灵猫，不然怎么婕妤一养了它，就心境纾解、气色渐佳了呢？没过几年，婕妤生下十二王朱祁岳，被晋为淑妃，又有人说这猫是只福猫，不然淑妃怎么能诞下两位龙子呢？

这猫的灵、福之名不胫而走，便是景元帝也默许了它的存在，明令各宫人不可捕杀。

于是此猫便在宫里优哉游哉地活了二十余年，活成了一只长命百岁、有猫跟班的老猫，一直到前一日——腊月二十八。

老猫是淹死的，大约是年纪太大了，辨不得路掉进水里了，捞上来时还有一口气，可惜没撑住。

后宫中人生活百无聊赖，闲来无事，便信神信佛信些有的没的，聊作寄托。于是，有关猫的传言很多。有人说这宫里每一只猫身上都附有一个冤死之人的灵魂；有人说若被猫抓伤，七日之内必有大祸临头；更有人说倘有猫枉死，那一定是有不干净的东西作祟。

腊月初璃美人惨死宫前殿的各种流言还未消弭，腊月末这一只人人都以为它会千年不死的老猫溺毙，为本来不平静的后宫笼上一层阴影。传得最多的说法是，那不干净的东西是昔日岑妃的冤魂。

于是掌管后宫事宜的宗人府一下子忙成了陀螺。领着宗人令与左右宗正的三位殿下还好，苦的是下头办差的。

年关临近，老猫一死，人心惶惶，阖宫上下都要熏艾草驱邪，却只有两日时间了。宗人府各要员忙得脚不沾地，尤其是胡主事。胡主事不但忙，还觉得十分糟心——他一边嘱咐着各宫熏艾草的事宜，一边盯着堆在十三殿下案头的各臣工之女的画像。画像都快积灰了，可十三殿下不看不说，对此事的态度更是极差，只留一个字：烧。

胡主事哪里敢真烧？他万般无奈，只得托人找太子妃告黑状，可东宫那头根本不回话。

这日清早，朱南羡进了公堂，看到早该付之一炬的画像又端端正正、层层叠叠地摆在了自己的案头，终于动了怒。他叫来胡主事，直言道："若本王明日来还看到这些画，就把你当柴火和它们一块儿点了。"

胡主事吓得磕头，嘴上说："微臣这就烧……这就烧。"但等到带着两名内侍将画像从朱南羡的案头一股脑地清出去后，他又想了想，若自己真的将画像烧了，也不必等十三殿下动手，圣上、东宫、礼部，谁都能索自己的命。哦，还有个什么都管、什么都能参一本的都察院。

一想到都察院，胡主事福至心灵，恰好身后的内侍也从旁提点："大人，要不咱们先将这些画像藏起来吧？"

胡主事决定将画像藏到一个十三殿下想不到、找不着也不怎么敢动的地方去。

胡主事与都察院二当家赵衍乃多年旧友，早些年两人各领七品衔时，便给儿女定了一门娃娃亲。后来赵衍官运亨通，按理说胡主事是高攀不上。然而赵衍为人正直、恪守承诺，仍到胡主事的府上提了亲，两家人从此结为亲家。

胡主事想，眼下能帮他这个忙的，大约只有右都御史赵衍赵大人了。

他命人用裹艾草的麻布将画像裹了，带着两名内侍一路行至前宫，来到都察院外求见赵大人。

赵衍听说胡主事的来意，觉得十分不成体统，本想婉拒，可转而一想，自己眼下不正缺两个闺女的画像吗？胡主事真是瞌睡来了递枕头。

况且明日就是年关宴了，苏晋往日可以躲在都察院里头，明日总不能不见人吧？到时候皇亲贵胄、达官能人少不了要拉着她说亲，自己抢不过怎么办？

于是赵衍道："好，我就帮亲家保管一日，亲家明日记得把画像拿走。"

两名内侍跟着赵衍一路穿过中院，行至值房前，却不料赵大人蓦然顿住脚步。原来赵衍的值房前正站着两位不速之客——柳朝明与钱三儿。

钱三儿知道柳朝明与苏晋大约沾了点儿亲故，正为了苏晋的事来找他，可惜还没说出个所以然，就撞见赵衍了。

赵衍身后的两名内侍见到左都御史大人，吓得跪在地上，自报家门乃宗人府属下。可怜手里的画像实在太多，他们一时拿不住，裹在麻布里的美人图便落在地上，一一滚了出来。

柳朝明与钱三儿知道赵衍跟宗人府的关系，一见这么多画像，大约猜出了因果。

钱三儿在办公时讲规矩，私底下却不爱画方圆。他方才还在愁怎么让苏晋自他手中的十余个八字里选出一个心仪的，看了这许多盖了宗人府印的画像，心生一计。

钱三儿弯起月牙眼，和颜悦色地走到那名身体抖如筛糠的内侍跟前，弯下腰帮他将画像一一拾起，温声道："没事了，你二人退下吧。"

两名内侍如蒙大赦，一溜烟儿地跑了。

钱三儿又笑眯眯地对赵衍道："赵大人，那三儿这就帮您把画像拿去您的值房搁着？"

赵衍觉得钱月牵纯属黄鼠狼给鸡拜年，他这话的意思难道不是反正真出事了有自己顶缸？赵衍一脸忧郁纠结地跟着钱三儿进了值房，没留神柳朝明也进来了。

值房挺宽敞，三位堂官对着一桌子的美人图，一个窃喜，一个郁闷，一个面无表情。

都察院一年也闲不了几日，公事上大多能通力协作，难道这好容易闲下来的时光，他们要糟蹋在"钩心斗角"上吗？赵衍更加郁闷了。

他能猜到钱三儿的目的，钱三儿自然也能猜到他的，但两人都绷着，谁也不先开口，毕竟不是什么光彩事。

这时，苏晋叩了叩值房的门，问："赵大人，您找我？"

赵衍找苏晋做什么，自不必言说。他看了眼赖在他值房不走的二位，对苏晋道："苏御史，借一步说话。"

钱三儿眼中笑意如涟漪，话里话外全是套："赵大人有话不能在此处说吗？咱们都察院何时这么见外了？"

赵衍回头看钱三儿一眼，牙缝里蹦出两个字："私事。"

苏晋听到"私事"二字，心里惊了一下。她这些日子虽身在都察院，但并非不闻窗外事。御史这官职，职责就是监察弹劾，上至家国天下，下至鸡零狗碎，不管大小都要监察。是以哪户人家去钱三儿府上了，不消苏晋亲自查，她手底下的几名御史自会告诉她。

苏晋深觉对不起钱三儿，但也没办法。这几日她已在百忙中抽空将不娶亲的理由罗列了无数条，其中最好的一条已被钱三儿用了。若她再称问道修佛，便会让人觉得是故意推托了。余下的理由都一言难尽。苏晋想，总不能声称自己身有隐疾吧？她终归还是要脸的。

苏晋知道赵衍为何找她，一时不知如何是好。

这时，钱三儿又道："正是私事。"他满眼笑意地从一案的画卷里翻出两卷写着"都察院赵氏"的递给苏晋，转头对赵衍道："赵大人，您不是要给苏御史说亲吗？拿着两个八字他能瞧出什么？不如请他看看画像。"然后十分和蔼可亲地对苏晋说了句："我排个队。"

这话的意思是倘若苏晋对两位赵家小姐不满意，钱三儿的手里还有其他佳丽。

赵衍没想到钱三儿竟敢将这层意思挑明了说，不由得斥道："放肆，这臣工之女的画像岂是我等随意看的？"

可见画已经到了苏晋的手里，赵衍心中又生出期盼。他是真的巴望着苏晋能从两幅画里挑一幅。苏御史年纪轻轻，前途无量，为人谦和不浮躁，如果自己能得这样的贤婿，岂不美哉？

而苏晋听到"臣工之女"四字，忽然意识到什么。她看着画卷上宗人府的印戳，不由得问："敢问赵大人、钱大人，这是……各臣工送去给十三殿下选皇妃的画像？"她顿了一下，"怎么到都察院来了？"

赵衍解释道："宫里那只老猫不是死了吗？各宫要熏艾草。宗人府怕将画像点着了，这才拿来都察院放一日。"

苏晋将信将疑。

赵衍刚直不阿了数十年，这一回又是徇私又是扯谎，十分忐忑，见苏晋面有疑色，忍不住道："罢了罢了，此事就当我不曾提过。"

谁知苏晋扫了眼堆满案头的画卷，微微沉吟，回道："那就……都看看吧。"

此言一出，早就在屋中坐着的柳朝明愣了愣，别过头看了苏晋一眼，须臾，又埋下头吃茶去了。

赵衍默不作声地将房门掩了，回过头，忍不住又问了句："咱们这样……是不是不太合适？"

苏晋与柳朝明皆不答话。

钱三儿道："过年了，违次禁，怎么了？谁还没个出格的时候？"

赵衍心道也是。都察院三位堂官公事上各司其职，私下里办起事来倒没那么多讲究。

要把画卷展开时，赵衍看了柳朝明与钱三儿一眼，忍不住道："这会儿是我给苏御史说亲，你俩也看着算怎么回事？"

钱三儿道："你说亲，不得有一个保媒拉纤的？"示意自己可以，"不得有个长兄帮着出主意？"示意柳朝明。

赵衍用眼神问柳朝明：是这个意思吗？

柳大人终于放下他那金贵的茶盏，道："看吧。"

两幅画卷展开，分别是赵家大小姐赵婉与二小姐赵妧。

苏晋的眼神在赵妧的画上多停留了半刻，只见赵妧眼如春杏、眉似新月，一身水绿衣裙沾着点儿春来的生机。

赵衍其实是希望苏晋能瞧上赵婉的，但一看苏晋这模样，不由得道："妧妧是好看些，虽然人有些怯生，又是庶出，但性情是好的。"

苏晋却未表态，只道："有这样两个女儿，赵大人好福气。"

看完赵衍那头的，钱三儿将手里写了八字的纸张交给苏晋，自书案上找出画来一一展开。他虽受人之托，忠人之事，却不似赵衍为自家女儿说亲那般详细，须臾就给苏晋瞧了个七七八八。

苏晋一一看了，只觉大家闺秀有之，小家碧玉亦有之；样貌出众的有之，声名在外的才女亦有之。

画像还剩最后两卷，钱三儿见苏晋不说好，也不说不好，便道："余下这两卷，其中之一，"他拾起其中一卷递给苏晋，"是出身最好的。"

苏晋徐徐展开画卷，只见锦花丛中立有一女，额点梅花、头戴金钗，一身宫装华服，年纪尚轻，但凤目里隐隐能观出不可一世之态。

苏晋的眼神落在画像一旁的四个字上——郐乐郡主。

她知道此人。

郐乐郡主名朱郐乐，其父乃故皇后的表弟，虽然战功平平、政绩一般，但因着这层宗室亲故，景元帝便赐了他一家皇姓。朱郐乐虽是郡主，但因宫中并无嫡公主，幼年时又寄养在故皇后膝下两年，自小便有些自视甚高。尤其是当年寄养在东宫时，她曾追着朱南羡左一声表哥右一声表哥地叫，还是朱悯达听了不高兴，觉得她尊卑不分，将她训斥一通后，她才有所收敛。

但朱郐乐喜欢的并不是朱南羡。

钱三儿在一旁好心提醒道："专程拿这画给你看，是因你我同为都察院御史，我徇个私，好心提醒你一句，她虽出身高，但绝非良配。而且她喜欢沈大人，这便罢了，还喜欢得有点儿不依不饶、死去活来的。"

苏晋道："既然如此，怎么八字配到我这儿来了？"

钱三儿轻描淡写地道："哦，这也没什么。沈大人什么性情、什么模样你又不是不知道，但凡女子见了他，少有不动心的。"

柳朝明端起茶盏，看了苏晋一眼，见她脸上没什么异色，垂下眼帘继续吃茶。

钱三儿继续道："当年沈大人还是尚书府沈公子的时候，自秦淮河边一走就要被砸几十条手帕。他未及弱冠，朝中半数以上家有未嫁女的都找沈尚书说过亲。可惜那几年沈公子年少风流，流连烟花之地，无心娶妻。"

苏晋讶异地挑起眉，未承想沈奚还这般荒唐过，但一想他的性情，又觉得合乎情理。后宅不是有句打油诗吗——文臣有沈柳，武将有戚卫。其实这诗后还接了一句胆大包天的：初七看月星十三，不及良月寻梅踪。

初七是指七殿下；如星耀目的自然是十三殿下；十殿下朱弈珩爱梅，单论姿容，乃是诸皇子之最。

当时宋珏将这诗念给苏晋听的时候还提点过苏晋一番，说后头几位的桃花加起来都比不过这排头一号的沈公子。

钱三儿道："扯远了。"又自拣选出来的画卷里拿出最后一幅递给苏晋，"我觉得你会喜欢这个。"

画轴上有四个字：翰林舒氏。

苏晋脑子一时没转过弯来，朝中的那位舒桓舒大人不是中书舍人吗？

中书舍人舒桓官阶虽低，却是景元帝御用的笔杆子。但凡有什么难以决断的，专横如朱景元都愿听他一言。

柳朝明往那卷轴上扫了一眼，顿了顿，微微蹙眉："舒闻岚的妹妹？"又问，"怎么，舒闻岚身子好了？"

苏晋一听"舒闻岚"三字便想起来了。中书舍人舒桓之子舒闻岚，当朝第一才子，经史子集无一不通，上知天文，下知地理，精通蒙古语、西洋语等十余种语言，家事、国事、天下事无一不晓。

可惜造化弄人，舒闻岚虽有经天纬地之才，却生来就是个病秧子，自小就染上哮喘，一操劳就犯病，腰间永远挂一个草药囊。这还不算，但凡天转寒、转暖，他都能病上一阵，病痛长年缠绵不去，故而一年十二个月，有七个月仰躺在卧榻上半死不活，只能看书做学问。

赵衍道："听说先头入冬前，舒桓找了位神医给舒闻岚瞧病，入冬这俩月舒闻岚已没犯过大病，也就一个喘症，拿药草囊闻一下便过去了。"

苏晋展开画卷，图中女子眉若远山，眼有薄暮寒烟，虽非倾城国色，淡然慵懒间却带一丝灵气。画卷下方题着四个字：舒氏容歆。

苏晋愣了愣，比起之前十余美人图，还是这个看着顺眼些。

钱三儿道："舒桓对儿女姻亲一事颇为淡然。我特地选出来这幅，倒不是因为舒闻岚亲自到我府上来求八字。你大约不知，你今冬回京师那日，这个舒容歆见过你。"钱三儿一顿，"听舒闻岚说，她确实对你有意。"

柳朝明再一次放下了手里金贵的茶盏。

苏晋有些窘迫，垂眸又看了眼画上眼含薄烟的舒容歆，轻声道："我不记得见过她。"

钱三儿道："我也没问出个所以然，不过，你明日可以亲自问问舒闻岚。"他又将月牙眼弯了起来，"年关宴的席次是按品级排的，你与舒学士同列正四品，本就离得近。听说他昨日还拖着病恹恹的身子亲至礼部，让罗尚书开个后门儿，把你与他的座儿调在了一处。罗尚书你是知道的，生怕舒闻岚一个不合心意在他礼部犯病咽了气，当下就应承了。"

苏晋听了，将手中的画像卷起来道："有劳钱大人了。"

她其实早该想到的，自己身为女子执意入仕，迟早要过姻亲这一关，眼下躲了数日，劳烦了钱三儿，心中十分过意不去。苏晋起身先对赵衍揖道："多谢赵大人好意，容我回去后再想想。"再对钱三儿揖道："有劳钱大人，日后倘再有同僚为下官婚娶一事找去大人府上，请大人让他们来苏府，我自己向他们解释。"

赵、钱二人见苏晋无心此事，当下便不再讨结果。几人合袖对拜，自值房离去。

苏晋走在最后，看着三人的背影，轻声唤了句："柳大人。"

一地积雪，柳朝明听见冰碴子在脚下碎裂的声音，眸光微动，回过头来时眉间已疏阔无物，淡淡地应了声："嗯。"

苏晋垂首揖下："方才竟忘了谢柳大人，劳大人为时雨费心，时雨……"她微微一顿，忽然想起柳朝明日前说的"不必起兴"，于是将前面的话掐了径自问，"想问大人有没有什么好法子对付这婚娶一事？"

她长年操劳，面色因此苍白，好在有一股韧性撑着，看上去疲而不倦。这几日她大约歇得好了，颊上染了一抹恬淡的好气色，眼底清澈有光。

柳朝明避开她的目光，淡淡地问："你这些年可曾去信给杞州故里？"

杞州不是她的故里，苏晋知道柳朝明问的是当初收留了她半年的杞州苏家。

她微微摇头："不曾。"

她不是不愿。当初苏家人对她这个来历不明的寄养子十分不满，以为是苏老爷在外头折腾出的私生子。苏老爷本来有个好名声，为了昔日与谢相的情谊竟将计就计，默认了私生子这回事，为苏晋落了户。

苏晋借住苏府的半年，整个宅邸如一口煮着滚滚沸水的锅。几个夫人、姨娘成日为她的事吵得不可开交，大约是怕被她这个多出来的"少公子"分走家业。

后来有一日，苏晋听见她们私下称她"野种"。

苏晋自小承家学，三岁能诵，五岁成诗，经史子集过目不忘，一身傲骨下藏着的是锦绣才情。她能容忍别人嘲讽、侮辱自己，却不能忍旁人辱她的家人。

苏晋想，她不是什么野种。她是谢相之后，而她的祖父……在她的心中就如东升的旭日。

隔一日苏晋便收好行囊，辞别了苏老爷。这个与人为善的老先生深谙谢相心性，是以知道谢氏阿雨不可挽留，默不作声地送了她五里，塞给她一张银票，说了句看似绝情，实则慈悲的狠话："我家被折腾成什么样，你也看到了。你走吧，日后不必再来信。"

柳朝明的声音听不出悲喜："今岁入冬，苏老爷去世了。"

苏晋愕然抬头，眉间渐渐浮上哀色。她摇头自责地道："我……竟不知。"

若不是赶在这个紧要当口，柳朝明定是要瞒着她的。但此时，他道："你若实在避不过各臣工求亲，可以回乡丁忧。"一顿，没忍住添了句，"明日年关宴过了便走。"

明日过了便走？这么急？苏晋不由得深思。

宫前殿一事如一道暗影笼罩在她的心头。当日沈奚卧于雪上问她："我觉得要出事，你信吗？"其实苏晋想说信，因为她心中同样不安。可她与沈奚一样，摸不清源头在哪里。

她希望是她错了。

苏晋抿唇道："也不急在这一时半刻。"她想了想道，"我先去信一封，待开春诸事已定再启程。"

柳朝明不知她所说的"诸事已定"是指什么，苏晋也没再多说，只是说自己要将给十七殿下拟的字送去翰林院，与他作别，匆匆走了。

天是苍青色的，明明无云，日光却照不透。四下白雪交相映照，在人间折射出一道道刺目的亮白之色，天像个假晴天。

柳朝明的神色淡了下来，一旁一名小吏上前道："大人，那位公公已候了多时。"

柳朝明"嗯"了一声，道："让他出来。"

片刻，自偏院的耳房里走出一名年轻内侍，正是宫前殿事发后，柳朝明在梅园见过的那位。内侍一袭黑衣，斗篷遮住了眉眼，对柳朝明拜下："见过柳大人。"

柳朝明道："你擅长用毒。"他不是在问，而是笃定地陈述。

当日在宫前殿，就算是朱麟的奶娘喂的毒，可她并不懂毒。小儿身子骨娇弱，且日日都有不同，若非有高人从旁指点，恰到好处地控制服食枣花饼的量，一个不慎就会拿捏错了轻重。这样一来，岂非弄巧成拙？

此事沈奚与苏晋想不透，但隐隐窥见真相的柳昀能明白。

内侍自谦地说道："咱家只是略懂。"

柳朝明道："本官要一帖药，人吃过之后乏而无力，有风寒侵骨之状，缠绵病榻，非足月将养不可去之。你能做到吗？"

内侍道："大人想置身事外？"

柳朝明的眸色蓦然转寒。

内侍心中一惊，脖间隐隐传来当日被锁喉时的窒息感，连忙揖道："能。只是依大人所诉症状，药力必然生猛。倘前一刻大人还好好的，服下药后便人虚体乏，宫中医正医道精深，定能瞧出此乃药物所致，对大人生疑。"

柳朝明道："你自去备药，日落前交与本官，其余的不必管。"

中夜风雪又至，于屋中也能听到外头如猛兽过境般的呼啸之声。隔日却是真正的好晴光。

一众朝臣卯时随景元帝至昭觉寺祭天，午时用过斋饭返程，回府携了家眷赶赴年关宴。

其实景元帝的寿辰是腊月二十四，依往年的规矩，当是小年这日焚香祭天，随后一日是万寿宴，待寿宴散了便停政，年关当日该是各自在府中过。而今岁众人聚于一堂，其中因果众朝臣面上不提，心中有数。

自奉天殿审登闻鼓一案后，景元帝日渐怠政，凡有要事，无一不交给朱悯达处置，已隐约有禅位之意了。是故这年的年关大约是朱景元作为帝王与众臣子一同过的第一个，也是最后一个。

宴席开在琼花苑，苑中有一条窄河，左边是臣工，右边是女眷。

窄河名为瑶水，河面支了个露台，到时笙箫歌舞，便尽在这台上了。

待到酉时初，各臣工女眷分次入席。

筵席是一人一桌的小几，小几下放着红泥火炉，作取暖之用。苏晋一旁的几下有两个火炉，大约是给舒家那位病秧子备的。

各皇子中，被圈禁于内宫的朱稽佑与朱觅萧也来了，听说是圣上格外开恩，想让他的三子与十四子过个好年，直至冬猎后才再行禁足。

苏晋没有家眷，入席得早。不多时，舒闻岚也到了。

回到京师不久，苏晋曾远远地见过他一回，彼时舒学士与一群翰林走在一起，衣着要比寻常人厚上许多，个头十分高，人却瘦削。

舒闻岚见了苏晋，对她躬身施以一礼："苏御史。"

苏晋起身回了个礼："舒学士。"

离得近了，苏晋能闻到舒闻岚身上的药味。他整个人被厚不透风的狐裘大氅包裹着，模样清癯，颧骨很高，眉眼倒是好看的。

须臾，琼花苑一头，有三人同至。众人转头看去，静了一瞬。此三人正是如今暂领宗人府的十殿下、十三殿下与七殿下，也是景元帝众皇子中生得最好的三个。

正如后宅那句胆大包天的打油诗所言："初七看月星十三，不及良月寻梅踪。"七王似月，朱南羡如星如阳，良月为十月，十王朱弈珩最喜梅花。

他们三人领宗人府，接待完众女眷后自瑶水另一畔过来。朱沢微与朱弈珩还好，唯朱南羡脸色有些微难看，也不知发生了什么。

苏晋正想着，身旁有一个声音道："我猜是跟明日的冬猎有关。往年冬猎，各皇子间都要比试谁猎的兽禽多。今年十殿下掌宗人令，大约是想出了些新花头。"

说话的不是旁人，正是舒闻岚。他见苏晋别过脸来，对着她淡淡一笑，继续道："应该是跟对岸的女眷有关。苏御史以为呢？"

苏晋道："苏某是头一遭在宫中过年，殿下的想法，倒是猜不出。"

舒闻岚到底饱读诗书，说起话来张弛有度："七王妃五年前就殁了，十殿下至今未纳正妃，十三殿下就更怪了，府内就养了个侍妾，听说那侍妾还是自被抄了家的马少卿府上捡来的。后来十三殿下就藩，也未曾把这个侍妾带去南昌，为什么？"

苏晋道："舒学士这话可把苏某问着了。殿下的事，我等为人臣子的岂敢多打听。"

舒闻岚道："御史大人莫要误会，舒某可不是在问，"一顿，"是在跟你套近乎。"

他个头很高，腿也长，坐在这小几前似乎不大舒服，偏生畏寒还要蜷起来。他伸手在小火炉上暖了暖，不疾不徐地道："舒某身无长物，因病痛缠身长年偏居一方，实在没什么拿得出手的，就是闲得慌，将宫里宫外的琐碎搜罗了一箩筐。苏御史虽行监察之责，但这宫中秘事、臣工家事和街头传闻未必知道得一清二楚。御史倘有不明，可以问舒某。情谊自话头出，咱们先做朋友，等到时机得当，才好更进一步。"

苏晋也不知舒闻岚这更进一步是要进到哪里去，总不该是真想把他的妹妹嫁给自己吧，这苏晋可万万受不起啊！

舒闻岚见苏晋不答，便接着方才的话头道："舒某听说，是因为十三殿下早就心有所属。"

苏晋心中微微一惊，生出些警觉，不料舒闻岚接着说道："是戚家的四小姐。"

有内侍过来掌灯，二人将话头掐了。等内侍走远，舒闻岚才继续道："这是有因可循的。十三殿下那枚刻了戚四小姐闺名的玉佩大伙儿都知道，不必提，就说当年……"他话未说完，琼花苑一头便有内侍唱道："皇上驾到——"

瑶水两旁的臣工、女眷分立于一侧，对着拱桥的方向拜下。景元帝大步走来，身旁有人高举华盖，天子仪仗威势煊赫。

朱景元将养了数日，气色已好了许多。他走至上首，待众人齐声呼过万岁，就开宴了。

菜肴是一道道上的，由各内侍、宫婢分发，分量适当，琳琅满目。

一时笙歌起，只见瑶水之上有数名女子踏水而来。苏晋仔细看去，原来是有木桩藏于水下。

这些女子身覆纱衣，手执各色绸缎，随着笙歌起舞，将手中的绸缎交错缠绕，结成一个硕大的花球。其中一名女子伴着一声琵琶铮鸣，凌空将花球一抛，花球不偏不倚地挂在了瑶水畔最高的树枝上，像是枯木开出了繁花。

人群中爆发出一阵叫好声。

朱悯达越众而出，执杯对景元帝道："儿臣率众皇弟，祝父皇万寿昌明、松鹤无疆。"自他身后，一众皇子也齐声呼道："祝父皇万寿昌明、松鹤无疆。"

景元帝崇俭，早在几日前便下旨让诸皇子、臣工不必送礼祝寿。然而此时，三王朱稽佑忽然往前一步，小声道："父皇，儿臣……儿臣有寿礼进献给父皇。"

景元帝脸上的笑容敛了敛，眼中隐有不悦之色。

朱稽佑连忙拜下说："不是什么物件。"他怯声道，"山西有剑舞一道，儿臣在府上养了几个公子，都是练家子，持剑舞起来煞是好看。儿臣进京前曾来信说要让他们舞剑给父皇看，父皇还记得吗？"

其实朱稽佑为何有此举动也不难猜测——景元帝护短，朱稽佑大约是想在他父皇面前表示些孝心。待开春后，登闻鼓一案判下来，这孝心或可救他一命。

朱南羡听了朱稽佑的话却愣住了，剑舞？该不是朱稽佑府上那几个花拳绣腿的持剑公子吧？朱南羡正想着，须臾只闻鼓点起，十二名持剑公子自瑶水两侧涉水而来，挽剑似花，霍如羿射九日落，矫如群帝骖龙翔。

其实这样的剑舞在朱南羡这等真正习武的人看来没什么意趣，但落在旁人眼中便是柔中有韧、刚柔并济，剑术高超了。

一曲舞罢，景元帝悦然道："不错，赏！"

朱祁岳扬唇道："这有什么好瞧的！"朝上首一揖，"父皇，儿臣愿为您献上真正的剑术！"

景元帝大笑道："好！你来！"

朱祁岳身上有一种难得的江湖侠义之气，自腰间取剑握在手中，朝皇子与群臣望来，扯长音线道："不过儿臣要挑对手。"他的目光落在朱昱深的身上。

朱昱深道："不成，三妹怀着身子，本王承诺过入夏前不动刀兵。"

朱祁岳"喊"了一声，皱眉道："四哥怎多讲究。"视线又移向朱南羡，一扬下巴："就你了！"

朱南羡早知他会挑自己，一看他手里的剑，点了一下头道："好。"吩咐一旁的内侍："十二哥的'青崖'出鞘了，速去东宫取本王的'崔嵬'来。"

内侍应声退下，一转身与上来斟酒的另一名小火者撞了满怀，引来一阵哄笑。

舒闻岚在这哄笑声中收回目光，对苏晋道："昔日圣上兵马中原，攻吞城时，曾在淮水一战。彼时敌众我寡，圣上决意借东风，用一艘快船直驶入敌船当中，随后自燃其船，引来大火，使得对面未战先乱。此乃后来人人称道的'淮水之役'，想必你也听说过。"

苏晋道："嗯，若非此役使吞城守将败走，当年戒备森严的金陵城也不会在短短三个月内被攻破。"

舒闻岚看了她一眼，手在炉子上暖着，又道："当时那艘快船上有三名将士，他们明知是赴死，仍愿慷慨捐躯。你可知道他们叫什么？"

苏晋转头问："叫什么？"

舒闻岚淡淡一笑道："我也不知道。但我知道后来圣上命人打扫战场时，在被焚得只剩龙骨的快船上找到这三名将士的兵器。两剑一刀，经烈火灼烧，焚而不毁。圣上感慨之余命人将此三样兵器重新淬过，冠之以名。殿下们长大后，圣上将'世上英'赐给了四殿下，将'青崖'赐给十二殿下，唯一的一把刀'崔嵬'则留给了十三殿下。"

苏晋道："铮铮铁骨，该当有人承先人之志。"

舒闻岚道："可惜如今只有'青崖'与'崔嵬'还在。数年前，四殿下一个不慎将'世上英'弄丢了。"

苏晋道："怎么会？四殿下沉稳持重，不像是马虎大意的人。"

舒闻岚道："这我就不知道了，听说是丢在了河里，当时还命许多将士下水去找，可惜后来谁都没再见过这把'世上英'。圣上知道后震怒，赏了四殿下五十大板。"舒闻岚本是久病之人，面色比苏晋还苍白，此刻眉梢眼角透出笑意，却丝毫不见病色，自带一股浑然天成的书卷气。他继续道："不过后来有个传言，说四殿下其实是将这柄剑赠给了沈三妹，也就是如今的四王妃。"

苏晋讶然，脑子转了一转，才反应过来这所谓的沈三妹正是沈奚极少与自己提及的沈家三小姐。

舒闻岚又添了句："但是依四王妃的性情，'世上英'若在她那里，她定是日日别在腰间招摇过市。所以呢，这个传言不可信。"

这时，那名去东宫取"崔嵬"的内侍已将刀带到。刀鞘黑如夜，色泽沉郁，仔细看去，才能辨出鞘身上以暗色金线淬着的云纹。

朱祁岳指着悬于高枝上的绸子花球对朱南羡道："看那朵花，谁先摘下算谁胜！"

朱南羡将"崔嵬"握于手中道："好！"

言讫，二人先后纵身，足尖自水岸轻点，朝露台跃去。

景元帝高兴地道："朕的十二子与十三子要比武，众爱卿不必拘谨，可以凑近些去看。"

一旁的内侍是个会来事儿的，景元帝话音方落，他便扯着嗓子道："十二殿下与十三殿下比武啦，快来看呀——"

而露台旁侧的一众乐师见了此场景非但不退，反是跟着刀剑出鞘之声，吹出一阵高亢的笛音。

欢畅之音令人心头为之一快。少顷，瑶水两旁便当真有人起身凑近去看，方才还有些拘谨的人渐渐放开怀来。

水岸上点着花灯，或悬于树上，或浮于河面，那棵撑着花球的树足有七八丈高，粗枝细丫横生交错。

伴着笛音和鼓点，"青崖"与"崔嵬"转瞬间便交手了七八个回合。朱南羡趁朱祁岳不备，足尖在一旁的矮树上借力，跃上一根高枝，惊落一树雪。

落雪映着灯火，好像绽放的烟花。

与此同时，兵部尚书龚荃并着五部尚书与柳朝明朝景元帝拜下："陛下，臣倚老卖老，特率六卿祝陛下福如东海、春晖永绽！"

十殿下朱弈珩举着杯朝朱昱深、朱泽微遥敬道："四哥镇守北疆，七哥治理凤阳，这些年弟弟几次回京都与二位皇兄错开，久未谋面，以后，还要多来往才是。"

朱泽微含笑道："老十这句话见外了，大家都是兄弟，日后若你想聚，便来信一封，为兄定备上薄酒，赶赴广西与你对饮。"

朱昱深举起杯，三人各自遥遥相敬，仰头一饮而尽。

朱南羡比朱祁岳快出半个身子，先登上树，眼见伸手就能够到枝顶的花球，却忽然扬唇，抽刀道："十二哥，小心了！"说着纵刀往朱祁岳攀住的那根树枝上劈下。

朱祁岳一个失力，往下滑落数步，好不容易才在一根粗枝上稳住身形，气得仰头大笑："你小子，居然使诈。"

朱南羡伸手将那花球揽于怀中，也笑道："正是兵不厌诈。"

朱祁岳高声道："说得好！"他忽然挑剑挽花，自树梢头纵身跃下，"十三，你也得当心了。"

淬过血火的剑身古朴无光，却无坚不摧。朱祁岳跃下树梢的同时，将剑架在了朱南羡足下丈远的细枝上，将他下方的枝干剃了个秃噜。

朱南羡大笑一声，踩住最后一根枝丫，倒身而下，然后将"崔嵬"往树身里一送，稳住身子。谁知朱祁岳正钩着脚在下方等他，伸手往他的怀里探去，拽住花球。

另一边，礼部侍郎邹历仁凑到沈奚的小儿旁殷切地唤了一声："沈公子？"

沈奚听这语气不对劲，眉梢一挑，笑盈盈地将手中的酒杯递过去："邹大人是来我这儿讨酒喝吗？"

邹历仁忙道："不讨……不讨。"他犹疑了一下，小心翼翼地从怀里摸出一帖八字，"我听说沈公子跟苏御史私交甚好，您看是不是……"后半截话他没说出来，但沈奚应该能懂。

邹侍郎家的这位小姐样貌平平，也无才名在外。邹历仁原也想着去找钱三儿帮忙说亲，可一打听，钱三儿府上的门槛都快被踏破了。邹历仁觉得抢不过，这才狠下心来找沈奚，巴望着苏御史能看在与沈公子的交情上，允了这门亲事。

邹历仁也知沈青樾素来不爱管闲事,若非他家闺女年纪大了,实在没法子,他也不会出此下策。岂知沈奚瞥见他手里的八字帖竟毫不见外,道:"邹大人想跟苏御史说亲?"然后放下酒杯,眼里的笑满得要溢出来,"那敢情好,您随我去,我帮您问问她。"

朱南羡与朱祁岳一时相持不下,两人各自用力,只闻裂帛之声,那花球自中间散开,早埋于绸中的梅花瓣自树梢洒落,像是凌空降下一场花雨。与此同时,不远处传来一声鸣响,瑶水桥头,一众内侍在花雨洒下的瞬间点燃烟火。

烈焰接连不断地蹿上苍穹,伴着笛声鼓声,炸出一片玉树琼花。

天地间都是缤纷的颜色。

朱南羡仰头看向这华彩,心思微动,不由得朝河岸望去。苏晋也正自这烟火灼色中收回目光,朝朱南羡看去。

可惜,这一眼连一刹那都没有。

下一刻,朱南羡就眼睁睁地看着沈奚领着礼部邹历仁来到苏晋身边。几人对拜过后,邹历仁便自怀中取出一张八字红帖,讪笑着递给了苏晋。

朱南羡与朱祁岳打了个平手。

景元帝赞扬道:"好!朕的儿子该当个个踔厉风发。吴敞,将朕的昆玉弓拿来赐给南羡。"

吴敞应诺,小声向一旁的内侍吩咐了几句,内侍匆匆离去。

景元帝看向朱祁岳,想了想道:"你这些年在岭南挂帅,连前年曹将军过世也没能回京师祭拜,这次既回来了,就多住一阵子。朕听安平侯说戚寰不日也要回京,你便在宫中等她,一起住到入秋再走。"

十二王妃戚寰乃安平侯府戚家大小姐,左都督戚无咎之妹。依大随习俗,正妻诞下嫡长子后坐完月子,可回娘家住上半年。

朱祁岳称"是"。

景元帝又道:"听说你回京后日日跟着南羡往北大营跑?嗯,你如今要在京师住上半年,没个正经职务也不好。"他说着,忽道:"左都督、龚尚书。"

戚无咎与龚荃齐声应道:"臣在。"

景元帝道:"将鹰扬卫交给祁岳暂领。"又见朱祁岳眸中露出惊诧之色,笑起来道,"他是个急性子,凡事等不住。正好明日冬猎,你二人帮朕一个忙,天一亮便将虎符给他。"

鹰扬卫是上十二卫之一,虽不比羽林卫与金吾卫,但朱祁岳是庶皇子,能统领亲军卫实乃莫大的殊荣。

朱景元将一生之爱都给了故皇后，可若要说他这辈子亏欠谁最多，便是朱弈珩与朱祁岳的母妃淑妃了。淑妃原是臣工之女，出身不低，然而入宫后不久其父便因罪下狱，她也被降为选侍。她诞下十皇子朱弈珩后虽被晋为婕妤，但亲生儿子被抱去了皇贵妃宫里，直到后来诞下朱祁岳，才被封为淑妃。

朱祁岳与朱南羡一样，自小尚武。可惜淑妃是罪臣之女，朱祁岳受限颇多，而随各将军去营中修习武艺是嫡皇子才有的特权。朱祁岳很小的时候，日夜都盼着朱南羡自军中学了东西，来他的宫里教他。也许他从未察觉，当他看着在自己眼前比画得认真的朱南羡时会露出羡慕的目光。

这样的目光落在淑妃的眼里，便是她心中的一道伤。

这个性情平和如水的女子一生几乎从未求过朱景元什么，就连当初朱弈珩被抱走，她也只是默默地流着泪看着，唯一的一回便是央求景元帝让十二跟着小十三一起去军营，结果却未能如愿。

彼时朱南羡一身三脚猫功夫，教了半年连自己也整不明白了。小小的人儿抱头蹲坐在地上，想了半日，忽然仰起脸，展颜道："十二哥，不如我去求父皇，让你跟着我去军营吧？"

朱祁岳摇了摇头，道："没用的。"他的母妃已经去求过了。

朱南羡那双眼自小就明亮如星，他坚定地道："下月初是我的生辰，父皇说过，我要什么他都会允诺。我帮你去求他。"

一个月后，当朱祁岳站在马蹄扬尘、铁甲森然的军营时，他才明白人与人之间真的是不一样的。有的东西对他而言比摘星还难，但对十三这个嫡皇子来说，不过是一句话。但小小的朱祁岳又想了，他想习武便可习武，求仁得仁，其实也不错。何况十三虽身份尊崇，但从未在他跟前摆过架子，自小到大一直敬他为兄为友。

朱祁岳撩袍跪地，深深地磕了三个响头："儿臣……谢父皇隆恩。"

这厢事毕，翰林院吴掌院呈上一张金帖，上书十余个为朱十七拟的字。景元帝拿起来一扫而过，目光忽然在"旻尔"二字上顿住。

翰林为皇子拟字都有讲究，不是与其出身息息相关，便是要对其人生、对江山社稷寄予厚望。朱十七是嫡皇子，金帖上的字无一不是对景元帝的丰功伟绩歌功颂德的，除了"旻尔"。

旻是秋。朱景元记得十七是九月十九的生辰，深秋时节，桂子都谢了。而那年他正是在这样的时节凯旋。朱景元初见十七时，十七业已一岁，皇后也等了他快两年。

"旻尔"二字里既没有挥笔泼墨的锦绣江山，也没有悲悯的孺人情怀，可"尔"之一字像有无限长的尾音，慢吞吞地道出他这些年对故皇后的思念。

这个字，拟到了他的心底。

景元帝问："'旻尔'是你们当中谁拟的？"

吴掌院愣了愣，连忙拜下："回陛下，这字不是臣等拟的，是都察院苏御史昨日送过来的。"

众臣都在等景元帝给十七殿下赐字，站得错错落落，一听这字竟是苏晋拟的，立刻将目光投向人群中，找了半晌，才找到与沈奚、邹历仁站在一处的苏晋。

朱景元的声音一下便冷下来了："你是都察院的人，怎么帮着翰林院拟字？"

苏晋上前拜下，还未作答，朱十七便抢着道："禀父皇，是儿臣听闻苏御史高才，请他帮忙拟的。"他实在忍不住满心欣悦，弯下腰恳请道，"父皇，儿臣喜欢旻尔这个字，求父皇为儿臣赐字旻尔。"

朱景元面无表情地看着苏晋，半晌才扫了朱十七一眼，冷笑着斥道："没出息。"然后面无表情道，"你也就配旻尔二字。"

朱景元提了朱笔在金帖上圈定，站起身道："悯达，今晚你多操持一些，明日冬猎的事宜由你定夺。等卯时要动身了，朕再过来。"

朱悯达道："父皇放心，儿臣自会将一切安排妥当。"

景元帝静静地看着朱悯达，少顷又道："冬猎过后，正月初七昭觉寺祈福、正月十五城门楼迎春、开朝后巡视三军，都由你代劳吧。"

此言一出，连朱悯达都愣了一瞬。历朝历代，开年后的国运乃重中之重，因此年关后的祈福、迎春、巡军，无一不是由帝王亲自操持。而朱景元将这些事宜全交由储君，大约是等开春巡军过后就要传位了。

朱悯达毕恭毕敬地行了个礼："儿臣遵命。"

景元帝端起酒杯，对着座下的众人遥遥一举："朕乏了，尔等尽兴。"仰头饮尽，扬长而去。

方才诸臣工俱已开怀，眼下景元帝走了，更要尽欢，或有不拘小节者，已左一杯右一杯地行起酒令来。

朱南羡神思不定地饮罢几位皇兄递来的酒，眼见着礼部邹侍郎又摸出那张八字红帖递到苏晋跟前，正要冲过去，奈何胳膊被人拽住。朱旻尔忽闪着双眼看着他："皇兄，我们去皇嫂那边看麟儿好不好？"

朱南羡的目光黏在那张红帖上，他有些不耐烦："你自己不能去吗？"

朱旻尔分外难为情："那里都是女眷。"

朱南羡看他一眼，道："那你去找九哥下棋。"

朱旻尔眨巴着眼望着他道："方才九哥与三哥一起去对岸了，皇兄没瞧见吗？"

朱南羡这头记挂着苏晋，也没多想朱稽佑与朱裕堂去女眷那边做什么，就看着邹历仁滔滔不绝地说完，又要将红帖往苏晋的手里塞。

朱南羡不胜其烦，那姓沈的王八蛋就晓得看戏，也不知拦上一拦！他再也等不了，抛下一句："你去找大皇兄，让他陪你找乐子！"

就在苏晋接过红帖的一瞬间，眼前一道人影一闪，红帖突然从她的指尖被人抽走。

朱南羡稳了稳气息，仿佛很平静地将手中的红帖看了看，咳了一声，端出三分严肃之色问道："邹侍郎这是在做什么？"

邹历仁有些吃惊。怎么，十三殿下当了左宗正，连臣女婚嫁这等闲事都要管了吗？难道殿下是嫌自己没跟他打招呼？

邹历仁于是小心翼翼地道："回殿下，臣是在为自家长女与苏御史说亲。"

朱南羡脑仁儿一疼，脱口而出："大胆！"

邹历仁一脸蒙，似乎没明白自己是怎么个大胆法。

这时沈奚忽然"啊"了一声，分外讶异地上下打量了邹历仁一番，拱手鞠了个大礼："这可真是要恭喜邹大人了！"

邹历仁的脸上写着七个字：这都什么跟什么？

沈青樾十分耐心地解释道："敢问邹侍郎，邹大小姐今日可来了？"

邹历仁道："来了呀！"

沈奚道："看来明日冬猎，十三殿下决意带去的女子正是令千金了。那照这么看来……"他故意顿住，等邹历仁将心提到嗓子眼了，似乎揣测着又道，"十三殿下想纳的妃岂不也是……"

"沈青樾！"朱南羡忍无可忍地打断了沈奚的话，一副"你再多说一句我就把你碎尸万段"的表情。随后他稳了稳心绪，对邹历仁道："邹大人莫要误会，本王不是这个意思。"

邹历仁的心这才从嗓子眼落下。

在他看来，福泽太深未必是好事，能跟苏御史说成亲那叫万事大吉，可倘若跟朱家结亲，做皇亲国戚，那便有些无福消受了。

就好比天上掉馅饼，倘若是张金饼，只会将人砸死。

沈奚愕然道："不是这意思？"他再细细一想，"啊，我又知道了。"他笑嘻嘻地说："邹大人,殿下这是要为令千金与苏御史作保啊!"

朱南羡一摸腰间,才想起方才已经将"崔嵬"交给一名内侍了,平静地问:
"本王的刀呢?"然后四下望去,看样子是要去找刀。

朱南羡尚未走远,苏晋便在身后唤了句:"殿下。"

她对着邹历仁一揖:"多谢邹侍郎美意,只是下官近日有亲人离世,打算待
开春后回乡里一趟,暂无心娶亲。"

邹历仁到底是知礼之人,听苏晋这么说,便道:"原来竟发生了这样的
事,怪邹某这亲事说得不是时候,苏御史节哀。"说着,对苏晋回以深揖,转身
走了。

等邹历仁走远,朱南羡才问:"你……有亲人去世了?"

苏晋道:"正想与殿下和沈大人说这事。其实不是亲人,是当初收养我的一
位叔父。"她看了二人一眼,解释道,"但也不急在这一时走。我昨日已去信一封,
等杞州有人回信了,再看要何时动身,终归……要等诸事已定之后。"

沈奚知道苏晋万事自有一番定夺,于是道:"好。"又道,"你也不必勉强,若
有需要帮忙的,自可与我提。"

他知道苏晋的"诸事已定"是指什么。宫前殿一事如同不散的阴影笼罩在他
二人的心头,沈奚心中同样不安。

朱南羡深思一阵,说道:"杞州在广西道。不如这样,年关过后,我走得早,
初七就动身回藩,到时候先南下去你在杞州的故里看看,有什么事派人送急信回
来,你也好放心。"

苏晋抬头看向朱南羡。她从不愿劳烦旁人什么,本该拒绝的,可这次竟一反
常态,不想拒绝了。

这一丝触手可及的温暖像寒冬过后开春的第一缕阳光,足以破冰。

苏晋不由得笑了笑。但她还没来得及说什么,就见河对岸忽然一阵骚动,伴
随着几声轻微的惊呼。一名内侍自瑶水桥上匆匆跑来,对着朱南羡拜下道:"殿
下,戚四小姐出事了!"

朱南羡蹙眉道:"你去找十皇兄,他领宗人令。"

内侍看十三殿下不悦,跪在地上磕头道:"十殿下已过去了,他说因这事与
三殿下及戚四小姐都有关,所以请您一并过去。"

朱稽佑怎么又搅到里头去了?朱南羡觉得头痛:"怎么回事?"

内侍有些难以启齿:"听说……听说是三殿下轻薄了戚四小姐。"

苏晋听到这里,忽然想起审登闻鼓案时,孙印德曾说朱稽佑自进京后便看上
了戚绫,在年关宴上会有动作,还让自己给朱南羡提个醒。

可是登闻鼓一案后，朱稽佑被圈禁，今日费了这么大功夫，好不容易才讨了陛下欢心。如今他保命都来不及，怎么能在这个当口出这样大的岔子？他就算是色迷心窍，也不该是这种迷法。

苏晋觉得此事并不简单。

她看朱南羡似乎有顾虑，便对他道："殿下，这不是小事，殿下还是赶紧过去看一眼为好。"

朱南羡听她这么说，便点了一下头道："那好，我将事端弄明白了立刻回来。"然后大步流星地往对岸走去。来通禀的内侍刚要起身跟着，不承想朱南羡冷冷地扔下一句："跪着！"

四下里热闹非凡，到处都在行酒令，可外间的雪夜世界是冷清的。也许是要顾及女儿家的名声，方才的事并没有被人大肆宣扬。众人猜测对岸的骚动或许只是女眷之间在嬉戏，很快就不当回事了。

沈奚脸上的笑意全没了，对内侍道："你起来，看着本官回话。"

那名内侍站起来，眼中有一丝难以言喻的恐慌感。

沈奚问道："三殿下轻薄戚四小姐，是怎么被发现的？"

"回沈大人，是侍卫搜柏树林时发现的。三殿下似乎是醉糊涂了，要去解戚四小姐的斗篷。"

苏晋去过朱稽佑的府上，深知他是个成日饮酒之人，方才至多喝了几杯，如何会醉糊涂？她将这个疑问放在心底，举目望向对岸郁郁葱葱的柏树林，问道："为何好端端的要搜林子？"

内侍听她这么问，愣了一下，那丝难以言喻的恐慌之色更甚了："回苏大人，宫里……宫里有鬼……"

苏晋与沈奚皆不语。

"不知二位大人是否知道，前几日宫里有只老猫死了，正是当年淑妃娘娘养的那只活了二十来年、颇具灵性，还有好几只猫跟班的老猫。"内侍咽了口唾沫，继续道，"因宫里有流言说，有猫枉死，定有不干净的东西作祟。宗人府的胡主事觉得这老猫赶在年关节这个时候死了，实在不吉利，前天就带着我们一干内侍将老猫埋在了宗人府后的林子里，还给砌了一座石头坟，日日上香。谁知方才……"他说到这里，似乎想到什么可怖的东西，竟说不下去了。

随后他缓了缓心神，换了个头绪道："这又要说到戚四小姐身上了。戚四小姐本来是和赵府的二小姐一起的。"他朝苏晋揖了揖，补充道，"正是都察院赵衍大人的二千金赵妧小姐。后来戚四小姐说有私事，就去柏树林子里了。赵二小姐等了半刻，没见她回来，有些担心，就和舒家小姐一起去找，谁知……就发现了那只老猫……"

沈奚蹙眉道:"那猫不是死了吗?"

内侍道:"该说是老猫的尸体。那猫原是淹死的,可眼下这尸体竟被剥了皮,发臭的血肉与皮囊搁在一处。"他再一次咽了口唾沫,"不知沈大人与苏大人可曾听说这样一件事,昔日七殿下养过一只小白猫,有一日,小白猫病了,七殿下担心它,便没去翰林进学,当日,岑妃就将这只小白猫剥皮杀了。前阵子璃美人吊死在宫前殿,宫中都说是岑妃冤死的魂灵不安。眼下这猫死了已经够不吉利了,谁知又……又叫人剥了皮。"

内侍看向沈奚与苏晋:"出了这样的事,太子妃便下令搜苑,这才在柏树林子里找到了正要轻薄戚四小姐的三殿下。"他似乎想求个心安,忍不住问道,"二位大人都是饱学之士,依大人们看,这猫当真是……"

他说不下去了,话锋一转道:"其实那猫尸并不在什么僻静处,方才那里还有人走动,本是什么都没有的,也就一盏茶的工夫,便多出来了。"

沈奚道:"猫尸只是小事,有人故弄玄虚罢了。至于三殿下轻薄戚四小姐,把事情问清楚便可,你们为何要把十三殿下叫去?"

内侍道:"因为……方才戚四小姐提了一句,说她去林子里原是要去见十三殿下的。"

苏晋一愣,想问什么,却又问不出口了。

沈奚道:"不对呀,十三自回京后从未跟戚家接触过。你仔细想想,还有没有什么漏掉的?"

内侍正想着,河对岸忽又传来一阵骚动。这回的动静似乎比上回更大,连几名行着酒令的半醉之人都忍不住侧目看了一阵。

骚动只持续了一瞬,片刻又平静了下去,然而沈奚心里更不安了。可惜他是外臣,即便跟东宫有密不可分的关系,也是不能轻易去女眷那方的。

他对内侍道:"你去对岸看看,弄明白发生了什么,然后即刻来回本官。"

内侍应诺,匆匆去了。苏晋与沈奚还未等半刻就见那内侍仓促地跑了回来,跪倒在二人跟前,上气不接下气地道:"回……回二位大人,是太子妃……太子妃被猫抓伤了!"

沈奚的眉目间蓦然染上一层寒霜。

内侍眼下的这副神色他真是似曾相识。

他想起来,七岁那年大姐出事时,那名回来通禀找到大姐尸体的小厮似乎就是这样的神色。

苏晋看了沈奚一眼,对内侍道:"你慢慢说,太子妃怎么了?"

内侍道："因为有好些个女眷被吓着了，太子妃想查明原因，就让赵二小姐带她去瞧那猫尸。后来也不知从哪里蹿出来几只疯猫，将太子妃抓伤了。"

沈奚怒道："十殿下与十三殿下不是在对岸吗？他们人呢？"

内侍怯声道："他们在琼花苑一旁的殿里问三殿下的事。三殿下喊冤，说有人陷害他，闹起来了，是太子妃不让人去惊动他们的……"他顿了顿，忍不住又小声道，"沈大人，要不您过去瞧一眼吧？那里一群女眷，太子妃受了伤，也没个主心骨，且宫里有传言，说这被猫抓伤的人，七日内……"

苏晋斥道："宫里这么多猫，时不时就有人被抓伤，这流言实属空穴来风。你再胡说本官就问你的罪。"

沈奚沉默片刻，对苏晋道："我过去看看，但担心这里……"他话没说完，转头朝还在四下敬酒喧闹的臣工望去。

满眼繁华，假意欢畅。

苏晋道："这里有我。"

沈奚点了一下头："多谢。"他不再迟疑，疾步朝河对岸走去。

苏晋对内侍道："若待会儿有人质问沈大人为何在河对岸，你就说是你奉十三殿下之命请他过去的，明白吗？"

内侍忙不迭地称"是"。

那处柏树林在筵席后方，灯色照在雪上，昏沉幽暗。猫尸是在林子边发现的，一众女眷站在一处，嘀嘀咕咕也不知在说什么。

已有医正过来为沈婧瞧伤了，她被几名侍卫隔开，正歇在筵席一隅。

沈奚大步走过去，拨开侍卫一看，沈婧的手背上果有几道血淋淋的抓伤。他眉心一蹙，当机立断道："我去请姐夫。"

沈婧这才发现沈奚来了，心知他是心忧所致，倒也没问责，温声道："陛下已经回了，你再把太子请到这里，这宴席岂不叫人吃不下去了？我不过受了些皮肉伤。已有人去请老七了，只是不知老七为何还没来，你不必担心。"

她虽这么说，但沈奚仍放心不下，当下也不顾男女之别，走到女眷处拨开人群，径自问了句："那几只伤人的猫呢？"

沈公子从来笑意盈盈，眼下却一身寒意，昔日孟浪风流的劲头尽数敛去，如画的眉眼间只余清冷。可他立在这雪柏间，眸子里仍含着万千月色，如谪仙一般。

一众女眷见了他，竟一时说不出话来。

野猫被内侍捉进了笼子里，此刻都蔫头蔫脑，没什么气力的样子。沈奚看了野猫一眼，眉心一蹙，问："怎么回事？这就是伤人的猫？"

有一平眉凤目、穿宫装华服的女子道："青樾哥哥，我知道是怎么回事。"她眉宇间有不可一世的神色，正是那名喜欢了沈公子多年，颇有死缠烂打之势的郡主朱邰乐。

"是有人故意的。"她伸手指向一名身着水绿斗篷的女子，"是赵妧，是她将沈婧姐姐引来此处才叫姐姐受伤的，那猫也是她找着的。依本郡主看，她就是故意的！"

沈奚顺着朱邰乐指的方向看去。那是赵衍家的二千金，猫就是她找着的，沈奚方才听内侍提过。

谁知赵妧对上沈奚的目光后愣了愣，垂下眸子，一时竟没出声辩解。还是赵妧身旁的女子道："照郡主的意思，猫是阿妧杀的，那几只疯猫也是阿妧安排的？"

沈奚认得此人，是舒闻岚之妹舒容歆。

舒容歆看着朱邰乐道："郡主方才受惊时不是一直说有不干净的东西作祟吗？怎么沈大人一来，郡主就变卦了？"她说起话来慢吞吞的，动作也慢吞吞的，语气跟她的病秧子哥哥有些像，倒是什么都敢说。

朱邰乐一下被激怒了，口不择言道："你信口胡说！依本郡主看，此事就是你们俩居心不良，你们定是想借此把十三表哥和青樾哥哥招来！"她一边说一边看了跟在身旁的几名女眷一眼："你们说呀，方才是不是咱们都不敢去看猫，只有她们俩带着太子妃姐姐去了？"

这帮女眷闹得不可开交，沈奚想问的话一句也问不出。他沉下心来想了想，又朝赵妧望去。赵妧脸色不太好，一只手扶着胳膊，动作像是在捂着伤口。

沈奚径自走过去，拽过她的胳膊抬起来看："你受伤了？"

赵妧的耳根一下红了，她摇了摇头道："不碍事。"

其实方才情形混乱，赵妧也无意间被猫抓伤了。因为沈婧也受了伤，赵妧心中有愧，自觉是因为自己带太子妃来看猫才令她受伤的，是故也不敢提自己的伤势。

冬日衣裳厚，寻常的猫抓伤人，伤口哪儿有这般狰狞的？沈奚心中越发不安，却抬头一笑，道："你是姑娘家，留下伤疤就不好了，我帮你瞧一瞧。"说着将赵妧的衣袖掀开，将她手背与腕上的伤看得更清楚一些。奈何到处都是血渍，他一时竟瞧不清，不禁眉头微微一皱。

赵妧忽地将手腕自他的掌心一缩，轻声道："沈大人爱洁净，我……我擦干净了再让大人看伤口。"

沈奚这才又看了她一眼："你叫赵妧？是赵大人家的二小姐？"

赵妧原是垂着头的，听他这么说，微微愣了一下，既诧异又茫然地看向他，少顷，低声道："是，我叫赵妧。"

沈奚回头望过去，正好医正已经为沈婧看好伤了。他走过去道："蒋大人，赵府的二小姐受伤了，劳您过去帮忙瞧一眼。"

蒋医正称"是"，收拾好药箱过去了。

沈奚又将一干侍卫、宫婢支走，这才对沈婧的贴身侍婢梳香道："找几个靠得住的去太医院请掌院，去京师衙门请仵作。跟他们说，不管用什么法子，给本官查清楚这些猫是怎么回事。"

沈婧看向他，问道："怎么了，有什么不对劲吗？"

沈奚冷冷地道："赵府的二千金也受了伤，我方才借着给她瞧伤扯开她的衣袖仔细看了看伤口，不像是寻常的猫抓的，应当是被灌了药的疯猫。我怕再等一时半刻那群猫死了，平白错过线索。"

沈婧听他说这话，不由得愣了愣，笑道："你怎么这样！那是赵府的阿妧，她小时候还来沈府住过一阵。当时三妹日日跟你吵架，吵完你气不过，就去逗阿妧寻开心。你不记得了？"

沈奚蹙眉想了想，没想起来："芝麻绿豆的事，哪儿能记得这么多？"唤来一个宫婢将沈婧扶着，道，"我去看看十三，他那里约莫有些麻烦。"

沈奚和沈婧刚到琼花阁，朱南羡一行人就从里头出来了。戚绫跟在朱南羡身后，影影绰绰的灯火下，脸上有一抹动人的绯色，可朱南羡的神情不太好看。

一行人拜见过沈婧。朱沢微道："皇嫂莫怪。今日之事到底与三哥有关，大家都是皇子，我与老十不怎么好处置，因此皇嫂命人来传我后，我正是去明华宫问父皇的意思了。方才听人说皇嫂被猫抓伤了，皇嫂的伤可还要紧？"

朱南羡听了这话，愕然问道："嫂子被抓伤了？"

沈婧温声道："不要紧，只是皮肉伤。"又问，"你这里弄明白是怎么回事了吗？"

朱南羡一时郁结，没有答话。

十王朱弈珩道："回皇嫂，已经明白了。"他看了朱南羡一眼，言语里没什么责备的意思，"此事十三也有过错，是他托人将信物交给戚四小姐，说有话要私下与她说，却在对岸吃酒吃忘了时辰，叫戚四小姐好等。戚四小姐这才遇到了醉酒来林中的老三。"

沈婧心中不信这说辞，看向朱南羡："十三，真是你的信物？"

朱南羡沉默了一下，十分简略地答了句："是。"

戚绫轻轻地道:"太子妃莫怪十三殿下,是……臣女不懂规矩。"

"三哥是醉糊涂了,幸而侍卫发现得及时,未酿成大错。父皇罚他禁足,他明日冬猎是去不成了。"朱泽微说着一笑,又看向朱南羡道:"十三你也实在是粗心,想与戚四小姐说话,日后有的是机会,何必急在这一时?连女儿家的颜面都不顾了吗?皇嫂,您真应当好好敲打十三才是。"

他这话说得露骨,戚绫听了,脸红得快要滴出血来。

然而沈婧道:"七弟的话不假,此事确是十三的过错。他从小粗枝大叶,做事前未必会考虑明白,但也未必会有旁的意思。"她再看向戚绫,和声道:"十三初七就要回藩地,这几日又要冬猎,脱不开身。这样,等年关一过,本宫与沈奚亲自去安平侯府登门致歉。"

戚绫还未答话,朱泽微道:"皇嫂的身份何等尊崇,若叫皇嫂登门致歉,却是有些过了。再说此事虽不堪,但结果还是好的,总算叫人晓得了十三的心意。方才父皇已下旨,说是夜色已深,让十三送戚四小姐回东宫跟着皇嫂歇上一夜,明日再带上戚四小姐一起去冬猎。"

沈婧心中叹了一声,道:"既然父皇已经下了旨,那便这样吧。"

这时,沈奚道:"敢问七殿下,臣听说方才九殿下与三殿下是一起过来的,眼下三殿下被禁足,九殿下人呢?"

朱泽微道:"本王这个九弟是什么性情,沈大人难道不知?他最胆小,一见闹出这么大乱子,嚷着头疼就先走了,左右也没他什么事。"

他说着与朱弈珩一起朝沈婧揖了揖,道:"皇嫂无事,本王与老十也就安心了。"接着他又拍了拍朱南羡,笑着添了一句:"下回可不许如此不像话,如花美眷因你受惊,你可要担起责任。"

几人把话叙罢,朱泽微与朱弈珩便往对岸去了。

对岸仍是笙箫乱耳,觥筹交错。朱南羡隔着瑶水,遥遥地望了一眼,却瞧不清苏晋在哪里。

沈婧轻声道:"十三,父皇既下了旨,你便先与我一起送戚四小姐回东宫,回头再过来不迟。"然后看向沈奚:"你怎么说?"

对岸喧哗不止,沈奚心里烦乱,哪儿还有工夫酬酢周旋?他巴不得找个僻静处将事情想想明白,于是道:"我也去东宫,待会儿再与十三一同过来。"

朱南羡回头看了戚绫一眼,低声道:"你……跟着本王。"

戚绫敛衽盈盈一拜:"是。"

雪夜不好行路,宫婢、内侍举着华盖提着灯,走了小半个时辰才至东宫。

沈婧和沈奂先去了正殿。朱南羡命两名宫婢引着，为戚绫安顿好住处才屏退左右，低声道："本王有话与你说。"他顿了一下，径自道，"你手里的剑穗，不是本王给你的。"

戚绫生得一双剪水秋瞳，映着这单薄的夜色，看着楚楚动人。

她轻声问："这剑穗不是十三殿下的东西吗？"

朱南羡道："应该是。"又道，"沈家的三姐旁的不会，就爱打络子编剑穗，沈青樾又是个习文的，那些年她给四哥、十二哥和本王打了百十个剑穗。本王多得没处放，遗失一两个也是有可能的。"

戚绫垂下眸，缓声道："投我以木桃，报之以琼瑶。百不为多，一不为少。这剑穗对殿下来说不算什么，对如雨而言却如珍宝。""如雨"正是戚绫的闺名。

朱南羡听到这个"雨"字，微微蹙眉，说道："你没明白，本王的意思是剑穗不是本王给你的，本王也从未命人约见你。今夜之事，应当是有人拿了本王的剑穗以本王的名义约见你，你中计了。"

戚绫愣了愣，有些茫然地看着朱南羡。

长夜寂静，朱南羡格外沉静，继续道："方才本王没当着人说出实情是因为你是姑娘家，本王若再驳你颜面，那么此事传出去，你的名声便没了。"

确实如此，倘若他当众否认，旁人会怎么想她？便是她称自己是被人骗了，又有谁会信？旁人只会觉得她是故意引三殿下轻薄自己，被发现了又故意贼喊捉贼。到那时，她才是真的百口莫辩。

直至此时，戚绫才有些明白朱南羡话里的意思了。可她仍是茫然的。他少年时常来戚府，一帮小姑娘里，他不是只跟自己说过些话吗？之前不是说，他将一枚刻着"雨"字的玉佩贴身藏了两年，打算送给自己吗？戚绫有些不甘，于是道："殿下言重了，若非如雨心中盼着与殿下私下见上一面，何至于中计？"

朱南羡沉默了一会儿，道："本王言尽于此，与你说这许多是希望你不要误会。"

戚绫还想问明白"误会"二字究竟是何意，他是有心上人了吗？可这些年，她从未听说他跟哪个女子走得比她更近。

可没等她再说什么，朱南羡已经大步流星地走了。

殿中太暖和了，沈奂倚柱坐在廊下，拾了根枯枝，随意地撩动着一地雪碴子。

梳香方才已经来回过话了，那些猫之所以伤人是因为有人给它们灌了疯药。

这疯药药性太猛，那些猫眼下都已奄奄一息了。

沈奚又将心中的头绪理了一遍。

今夜的事，大致可分为两桩。其一是老猫与疯猫的死。这事表面上看不算大事，但其流言与昔日宫前殿璃美人之死一脉相承。此事若当真与宫前殿的案子相关，那么当中因果牵扯复杂，他只得暂搁在一旁。

其二便是三殿下轻薄戚绫的事。这事表面上看也不复杂，朱稽佑本就是好色之徒，美色当前见色心起也不怪。然而沈奚往细处想想，如今的朱稽佑已不是昔日的藩王了，他眼下性命难保，今日费这么大功夫讨景元帝欢心，就是为了让皇上保他一命。

既然如此，他何必要在这个关头招惹戚家？这不等于是找死吗？所以此事看似合理，事实上一定不是朱稽佑的本意。

登闻鼓一案后，朱稽佑被剥权削藩，等同一枚废棋。那么会是谁，要利用这枚废棋来做事呢？

沈奚心中渐渐生出一个念头：既然是废棋，那么这事的重点一定不在朱稽佑身上，后头一定还有事发生。对，这枚废棋的作用说不定就是声东击西！

沈奚想到这里，蓦地站起身。可他还没往琼花苑走，就见朱悯达回东宫了。朱悯达与身旁的羽林卫交代了两句，抬头看到沈青樾，顿时厉声道："方才命人到处找你，你怎么躲到这里来了？"

沈奚心中顿觉不妙。这才亥时，往年的小年夜都闹到子时末才散，朱悯达身为太子，这么早回东宫，一定是出事了。

他心中这么想着，脸上却端出一副笑嘻嘻的神色，问："姐夫这个时辰回来，是哪个不体己的惹您动了气，叫您吃不下宴了？"

朱悯达懒得看他摆花架子，抛下一句："你跟本宫进来。"到了殿中，他才又道："柳昀受伤了，筵席提前散了。"

仿佛有人将巨石抛于河中，沈奚已经微漾的心中终于掀起波澜。

他问："是柳昀？"

他说的不是"柳昀"，而是"是柳昀"。

然而朱悯达没注意这一字之差，只道："登闻鼓一案后，老三气不过，觉得苏时雨毁了他，今日便在那群持剑公子里安排了一个刺客。那刺客原是要去杀苏时雨，刚好柳昀在边上，帮忙拦了一拦，就伤着自己了。"

沈奚笑了一声："哦，三殿下今日可真闲，这头有工夫调戏戚四小姐，那处还有闲心安排刺客。他是真的不要命了？"

朱悯达道："刺客当场就被抓了，确实是常年养在老三府上的一名持剑公子。"他顿了顿，问，"你在怀疑什么？"

沈奚脸上还挂着笑，眼底却寒意毕现："那柳昀呢？什么事这么巧，竟要劳烦他左都御史大人出来挡刀子？他可不是这样的人。"

朱悯达目不转睛地看着沈奚，觉得他的情绪似乎有些不对劲，沉默了一会儿才道："他似乎是病了，今日开宴后，脸色一直不太好。"

沈奚冷笑道："是吗？难得左都御史犯病，我可要去关心一下才好。"他说完，不等朱悯达再吩咐，迈步朝殿外走去。可等他走至殿门，忽又回过头，笑嘻嘻地道："姐夫，今日出了这么多事，不吉利。要不您跟陛下请个旨，这冬猎咱们改日择个吉日再去？"

朱悯达厉声道："你倒是想得出。冬猎是父皇定下的祖制，岂能因为区区一臣子受伤而随意更改？天家颜面还要不要了？"

沈奚听了这话，静静地站在殿门口，脸上的笑意彻底收起来了。整个大殿的灯火都照在他的身上，那颗夺目的泪痣带着一丝黯淡与隐忧。过了一会儿，他低低地"嗯"了一声，回过身走了。

朱南羡往大殿走去，迎面看见沈奚疾步与他擦肩而过。

朱南羡愣了一下，似乎从未见过这样冷厉、阴沉的沈青樾。待他再回头想看明白时，沈奚的衣角已擦着朱门消失了。

等见到朱悯达，朱南羡问："皇兄，我听说柳大人受伤了？"他顿了顿，"我想去看看。"

朱悯达知道他想见的人其实是苏时雨，当下也没拦着，只道："青樾似乎有些不对劲，我怕他会闹出什么事端，你跟去看看也好。"

琼花阁内有一个暖阁，柳朝明闭目半卧于榻上，任医正为他包扎伤口。

宫前殿那名内侍给他的药他是在开宴前吃的，方才只是有些不适，眼下大约因为受了伤，药力发散开来，五脏六腑如被烈火焚烧，灼痛之感几欲夺魄。

等医正包扎好伤口，为其诊完脉，柳朝明的额间已渗出细细密密的汗。

苏晋看他这副模样，不由得担忧地问："方大人，柳大人这病症可还要紧？"

方医正眉头紧锁："柳大人这是风寒侵骨之症。按说寻常的风寒不会如此来势汹汹，老夫猜测可能是受伤引起的。柳大人伤虽不重，奈何失血有伤本体，又或因连日操劳，这才彻底引发体内病气。是故柳大人脉象沉而无力，乃重症之兆。"

苏晋听了这话，竟一时说不出话来。

方才沈奚离开后，她又以亲人去世为由拒绝了几位来求亲的同僚。后来还是舒闻岚这个病秧子过来提点了一句,说柳朝明的脸色似乎不太好。

苏晋举目望去,只见柳朝明正自喧哗的人群中慢慢走出,脸色岂止是不太好,已可称作惨白无色了。她走过去刚问了两句话,一个内侍就垂着头过来斟酒。

苏晋回京后去过一次三王府,见过朱稽佑府上的十二名持剑公子。这名斟酒内侍唇红齿白,她瞧着眼熟,心中陡生疑虑,刚要拉着柳朝明退避,谁知酒杯之下寒光一闪。柳朝明先一步反应过来,拽住她的手腕将她掩于身后,自己的胸部却中了内侍刺来的一刀。庆幸的是内侍还未刺深,手中的短刀便被眼明手快的锦衣卫同知韦姜挑飞了。

左都御史在年关宴上遇刺,这筵席还叫人怎么吃得下去?且不少去过三王府的朝臣已认出这名行刺的内侍正是那十二名持剑公子之一,都猜测是朱稽佑记恨苏晋,故派人刺杀她,没承想左都御史为她挡了这一刀。

朱悯达过来命人将行刺之人收押后,便将筵席散了。

直至此时,苏晋的心仍是悬着的,胸中虽有自责与内疚交织,偏生还布了疑云,千思万虑自眸中渗出,化作一眉头的萧索。

方医正见她如此,还以为她心忧柳朝明,劝道:“苏大人不必愁虑,柳大人此病虽看着凶险,但于性命无碍。老夫这就为大人开一剂调理风寒的药,再佐以止血化瘀的药汤服下,只要将养足月,大人必可痊愈。”

苏晋道:“有劳方大人了。”

方医正收拾完药箱,还未退到门口,便见沈奚带着一身寒气径自闯入暖阁之中,对着屋内一干忙里忙外的内侍道:“都滚出去。”

内侍们见他来势汹汹,不敢有违,无声地退到阁外。

沈奚又对苏晋道:“苏时雨,你也出去,我有话要问柳昀。”又添了句,“你若不放心,可以在外间守着。”

柳朝明其实并未睡去,听到动静,微微睁开眼,有气无力地对苏晋说了句:“我没事,你出去吧。”

暖阁里烧着炭火,在这寂静的雪夜噼啪作响。

沈奚见柳朝明一脸疲态,仿佛当真病入膏肓的样子,冷笑道:“怎么,这就开始称病了?”他负手来回走了两步,停下来问,“朱家老九朱裕堂,是不是你的人?”

柳朝明听了这话,少顷才缓缓地答了句:“沈大人说笑了,九殿下贵为皇子,怎么可能是我的人?”

沈奚冷厉的眉间似有将起的风暴,语气冷得好像结了冰一样:“难道不是你命朱裕堂将朱稽佑引去对岸女眷处，这头再安排刺客故意自伤？好一招调虎离山！反正朱稽佑不在场，事后若被问责，也是百口莫辩。"

柳朝明看了他一眼，待瞧清他的模样，忽然笑了一声："哦，沈侍郎这是着急了？"

沈崀三步并作两步来到榻前，一把揪着柳朝明的衣领道："我昨日看你还好好的，今日你怎么可能病成这样？你从来运筹帷幄，若真有刺客，难道不是早在百步之遥便已全身而退？你利用朱稽佑这枚废棋，不惜借刺杀苏时雨的名义布局自伤，费尽心机想要置身事外，为什么？"

柳朝明原是坐卧于榻上的，被沈崀揪起衣领，体内的灼痛之感在这震荡间翻江倒海。他还未说话，便自胸腔里震出一阵剧烈的咳嗽。

被衾自他的肩头滑落，沈崀眸子一垂，只见柳朝明已包扎好的伤口又渗出血来，浸湿小半块衣衫。沈崀愣了愣，心头更是怒火中烧，揪在柳昀领口的手往回一搡，任他倒在榻上。

柳朝明却笑出声来，剧烈地咳嗽令他的脸上浮起一抹病态的潮红，眼底尽是讥诮之意："朱裕堂明里投靠朱十四，暗里却听朱沢微差遣，阳奉阴违的事不知做了多少。朱裕堂的命悬在刀尖上，他自然要寻人庇护。他有求于本官，便该帮本官办事。至于朱稽佑，恶事做尽，死有余辜。我拿朱稽佑布局，不过是提前送此人上路。怎么，沈侍郎是何时学会了慈悲为怀，连一颗弃子的性命都要过问？"

沈崀知他在顾左右而言他，正要发作，外头忽有人叩门。一名内侍怯声道："沈大人，小的奉太医院方大人之命，为柳大人送熬好的汤药。大人说了，柳大人的病情耽搁不得。"

沈崀没答这话，那内侍便当作是默许，推门而入，一边将药汤放在暖阁当中的六角桌上，一边微微侧目往卧榻处看了一眼。

柳朝明大半发丝已自髻中滑落，映着潮红的颊、苍白的唇及冷玉般的眉眼，竟如画中妖一样摄人心魄。他歪歪斜斜地卧于榻上，胸前的衣衫又渗出血渍，人却在笑。那是一种无悲无喜的笑，仿佛这世间的七情六欲都变成了他眸中的讥色。

内侍一时看傻了眼，直到沈崀说了句"还不快滚？"才连滚带爬地退了出去。

沈崀走到六角桌前，端起药碗闻了闻，冷笑出声："还真是治病救人的良药，给你用真是可惜了。说吧，你大费周章置身事外，到底想要做什么？"

柳朝明喘息着嘲弄道："沈青樾，你是急糊涂了吗？若你与我异地处之，今日欲置身事外的岂知不是你？"他又笑起来，"自然，你这么着急也情有可原。你是万事留一线，自以为能换得狡兔三窟，全身而退，直至今日避无可避，才想回头摆弄棋局。晚了，你仔细看看手中黑白，是不是早已被人颠覆了？"

沈奚呼吸一顿，少顷，垂下眼帘，眸中覆上一层霜雪，轻声道："够了，不必说了。"

柳朝明却没有理他，继续道："其实我知道你为何要凡事留条后路，因为在你心里，朱悯达并非这皇位最好的继承人。他刚愎自用，护犊护短，把自家江山看得比天下万民更重。他与朱景元太像了，虽然也许会励精图治，但苛政、酷刑、屠戮，不会比景元年间少。

"你心里无时不盼着能有一个明君治世，能破旧立新，令民生富饶，可又受时局所迫，因家人而不得不辅佐朱悯达。你困于本心，两难之下进退维谷，只能在狭小的天地中辗转腾挪，盼着能凭你的无双智计破山穿海，挖出一条明路来。"

他别过脸看着沈奚，一字一句地说道："破山穿海势必鲜血淋漓，是你不够心狠才……"

柳朝明还没说完，只闻"轰"的一声，沈奚抬手将六角桌掀翻在地，上头的汤药、青花瓷瓶、笔墨与镇纸全都跌落在地。

巨大的声响令整座楼阙仿佛都颤了一颤。与此同时，暖阁的门被推开，苏晋站在门口看着这狼藉的地面，又看向柳朝明，眉心微微一蹙，对身后的医正道："快去为柳大人看伤。"

"都给本官站着不许动！"不等方医正进屋，沈青樾怒喝道。

方医正见此情形，无声地退到阁外。

沈奚转头看了一眼苏晋，指着柳朝明厉声道："苏时雨你看好了，你真以为这个人是帮你挡了一刀？你真以为他是病了吗？他利用朱裕堂引开朱稽佑，利用朱稽佑对你的恨安排刺客在筵席上行刺，然后借机为你挡上一刀。他的病来势汹汹，你岂知不是他在自己的身上动了什么手脚？！"

外头有宫人听到响动，进入阁内。

沈奚眸中的霜雪结成坚冰："都滚出去，没有本官的吩咐，谁也不许进来！"他负手冷冷地看着柳朝明道："本官倒要看看左都御史这病是真的还是假的，说不定就这么放着不管，再过一时半刻自己就好了呢？"

这时，退出屋外的下人忽然喊了一声："十三殿下。"

朱南羡走进暖阁，看到屋中的场景，皱了下眉，当即吩咐道："方医正，你去给柳大人的伤口换药。"

方医正称"是"，正要上前，不妨沈奠又冷冰冰地道了句："站住。"

方医正脚步一顿，眼巴巴地回望朱南羡。

朱南羡道："只管过去，不必理他。"然后他上前两步，一把拽住沈奠的胳膊，压低声音道："跟我出去。"

沈奠的声音寒意不减："滚。"

朱南羡道："你忘了那年你和你三姐被人追杀后，你承诺过什么吗？"

沈奠听了这话，神色一下子变得有些茫然。少顷，他垂着眸子，从朱南羡的手里扯回胳膊，绕开朱南羡走了出去。

朱南羡这才看向苏晋，微微一顿才道："柳大人这里交给你，我就守在琼花阁，若有事，尽管命人来寻我。"

医正为柳朝明重新包扎好伤口，没一会儿新的药也煎好了。送药的内侍将汤碗搁下，正要上前去伺候柳朝明吃药，便听苏晋道："你退下，这里交给本官。"

苏晋知道柳朝明最不喜生人，便要亲自将他扶起来。谁知苏晋的手一碰到他的肩头，他蓦地一颤，有些愕然地睁开眼，顿了一下才问："你做什么？"

苏晋想起他说过男女授受不亲。她虽也这么照顾过晁清与周萍，但他们不知道她是女子，而柳朝明知道。她解释道："我知道大人不习惯有生人伺候，只是想扶您起来吃药罢了。"

柳朝明的眼中好像蓄满了秋日浓浓的雾气。少顷，他垂眸道："我自己来。"

苏晋在他身后支了个软枕，他一只手撑着坐起身来。

冬日的药凉得快，也就这么一会儿工夫，已不烫手了。柳朝明自苏晋的手里将药接过，仿佛丝毫不觉得苦，仰头一饮而尽。然后他就坐在那里，不再躺下，也不再说话了。

苏晋也不知当说什么才好，将药碗搁在一旁，蹲下身去收拾方才内侍未来得及清理的笔墨。

屋中的炭盆烧得噼啪作响。柳朝明沉默许久，侧目看她映着火色的脸——清雅的眉间满是萧索。他方才就注意到这点了，轻声问："你是不是也不信我？"

苏晋拾起笔纸的手微微一顿："我知道大人想置身事外。"她沉默一下，又说，"大人也许利用了我，但我相信大人不会伤害我。"

柳朝明勾唇笑了一下，笑意很快消失："不怕我骗你？"

苏晋站起身，将纸放于桌上，拿镇纸压好。纸上不知谁的笔迹疏狂潦草，写着一行"深恩负尽，死生师友"。苏晋背对着柳朝明，良久才平静地道："大人对时雨而言是家人。"所以哪怕她便是怀疑，也要相信。

柳朝明掩于被衾内的手蓦然收紧，他别过脸不再看她，道："你走吧，我累了。"

苏晋低低地"嗯"了一声。

等她行至门口，却听柳朝明又道："你跟东宫走得太近，这不好。"

苏晋没有回答。

她明白柳朝明的意思，藩王割据，形势危急，而今景元帝病重，传位在即，倘若当真出事，东宫乃众矢之的。

可是人都是血肉之躯，总免不了被束缚于心的感情或被深埋的欲望驱使着，走上一条茫茫道路，在不及反应时已前行很远，再无回头路。

苏晋只是道："我已命人安排安然进宫来照顾大人。"

言下之意，她明日还是会去冬猎。

无论发生什么事，她都不会置身事外。

第二十章　风雪忽至

苏晋自暖阁里出来，宫楼外忽然传来辞旧迎新的号角声。

她这才意识到景元二十四年已在这一夜纷扰中过去了。三短一长的角声吹出令人唏嘘的刀兵气，回荡在深宫中。又是一岁枯荣。

到了琼花阁殿，朱南羡问："柳大人好些了吗？"

苏晋道："他已服了药，但病势太急，一时半刻无法缓解，只能先将养着。"

朱南羡"嗯"了一声："明日冬猎，大皇兄还有事务要交代，我先回东宫，丑时一定再过来。"他有些不放心地回头看了沈奚一眼，又对苏晋道，"如果有事，命人来东宫寻我。"

苏晋道"好"。待朱南羡走了，沈奚这才别过头看她一眼。沈奚似乎已清醒些了，像是在思量什么，少顷，道："我们出去说。"

琼花阁外有一处中庭，这里人迹罕至，连积雪都未曾清扫。

沈奚垂眸看着这满地的雪，轻声道："今夜怪我，是我不够冷静。"他忽然俯下身，自地上捧了一把雪仰头覆于面上，任冰冷刺骨的雪粒子擦过自己的面颊，然后甩了甩头，摇掉一身冰霜雪意。

那双洞悉世事的桃花眼终于重归清明。

沈奚道："时间紧迫，你我先看局势。"

他走至庭院一角，一边自树梢折了一枝蜡梅一边道："宫前殿一案结束至今，

351

十四王失势，三王倒台，当日我们所说的可能布局的皇子里还剩四人——四王、九王、十王、十二王。"他半跪于雪地，用梅枝在积雪上写下一个"九"字，"首先排除九王，因为他是柳昀的人。"

苏晋垂眸沉吟道："依今夜柳大人遇刺之际，九殿下被授意引三殿下离开来看，九殿下的确为柳大人所驱使。"

"不只如此。"沈奚道，"朱老九之所以能为柳昀所驱使，是因为柳昀手里早已握有他的把柄。"他用梅枝点向"九"字道："这个把柄是他朱裕堂背叛朱十四的实证。"

"我那里有一本私账。朱稽佑自就藩山西，便与朱十四一起大肆敛财，乃至于后来修行宫、卖放工匠。朱裕堂虽与他们一伙，但一直未曾染指这些恶事。直到景元二十三年夏，朱裕堂忽然放开手脚，有点儿破罐子破摔的意思。所以我猜，一定是当时发生了什么不可挽回的事。"沈奚抬眸看向苏晋，"你可还记得，景元二十三年发生过什么？"

苏晋记得，一辈子都不会忘。

景元二十三年暮春，士子闹事。至初夏，朱景元处死晏子言等一批朝臣义士，南北士子案草草收场。

沈奚道："后来发现士子闹事是七王的人顺水推舟刻意闹大的，然而策划这场闹事案的罪魁祸首里，只有吏部曾凭被处置了。"

苏晋道："当日在奉天殿，陛下最后把曾凭交给了柳大人。"

"是，曾凭是朱沢微的人。柳昀得了曾凭以后，一定通过种种手段审出了朱老九背叛朱十四、投诚朱沢微这一事实，令曾凭招供画押，随后拿这份供状去威胁朱老九。朱老九不得已，只好归于柳昀这个臣子之下。这也是在曾凭死后，曾友谅数次讨要曾凭生前供状，都察院置之不理的原因。因为这份供状，柳昀要拿来驱使朱裕堂。"沈奚说着拿梅枝在"九"字上一画，在旁边写上一个"柳"字，"一个会被臣子驱使的皇子，不可能有实力与能力精心布局夺储之事。"

沈奚吸了口气，又在旁边一处雪地上写下"四"与"十二"，道："宫前殿一案的布局人，我最怀疑的是此二人。我一直疑心柳昀深陷此局是因为他跟一位殿下有所合谋，而我若是他，一定会在这两人中选。"

他在"四"之下写了一个"沈"，在"十二"之下写了一个"戚"："自然，以姻亲来看，四王妃是沈筠，十二王妃是戚家大小姐戚寰，他二人若得沈、戚两家的支持，实力不弱。然而，沈家不必提，是站在东宫一方的。戚家作为开朝元勋，之所以在朱景元诛杀功臣后还能枝繁叶茂，是因为从不参与争权。"

"没了沈、戚二府，十二王与四王若要夺权，须有文臣相佐。六部当中兵部与礼部不站边，其余四部势力划分已明朗。别的文臣我虽非个个都能看清，但要论这余下当中实力最强的——"沈奚枯枝一动，指向方才写的"柳"字，"非柳昀莫属。"

"若我是柳昀，要与这二人中的一人合作，"他用枯枝在"四"字上画了一个圈，"我选他。"

苏晋道："若柳大人当真蹚了这浑水，四殿下性格持重沉稳，确实是个比十二殿下更好的人选。"

沈奚抬头看向苏晋："可也未必。柳昀这个人心思深沉，心志过高。朱老四身为皇子放这么一个人在朝中，自己却在边疆守江山，不怕赚来的锦绣山河被这个人抢了吗？"

他最后在雪地上写下一个"十"，道："他是一个变数。如果只有以上三人，那我的答案已经确定无疑了。"沈奚道，"可偏偏多出来一个朱弈珩，我看不透这个人。"

苏晋知道沈奚的意思——各皇子各自为势，或精于兵道，或强于文儒财资。而苏晋对朱弈珩的印象只有一个美姿容。

朱弈珩貌如珠玉，说话得体，可除此之外，再没有别的了。

沈奚道："朱弈珩虽与朱祁岳同是淑妃之子，小时候却被寄养在贵妃宫中。他曾与朱老九相依为命，又一同受教于四殿下半年。他不受宠，就藩的旨意还是朱十四帮他讨的。"

"就这么一个人，把这水搅得混浊不堪，多出来太多合纵连横的可能性，让我看不清。"沈奚蹙眉道，"朱弈珩没有兵力，政绩平平，为人看似平和，实则心气甚高，心机之深比朱泽微更加莫测。夺储是实力之争，若时日还长，有十年或数十年，作为人臣大可以选择朱弈珩这么一个好苗子一同慢慢培养势力。可眼下连一个月都没有了，谁会选择辅佐他？便是强如柳昀也不该选。而作为皇子，谁又愿与这么一个毫无实力又心思莫测的人合作？"

"柳昀之所以宁肯自伤也要置身事外应当也是因为这个十王。柳昀尚无法看清局势，所以宁愿隔岸观火，伺机而动。"

沈奚将梅枝往地上一扔，盯着雪地上潦草的字迹继续道："我有种直觉，真正的答案就在这里面，但我想不出。我一定是有什么看漏了，算漏了。只要能参破那点，我就能看透这其中因果，防患于未然。"

苏晋看着这一地棋局，也辨不清方向。她隐隐觉得沈奚说得对，答案就在这里。可她与这几位皇子不过片面之交，此事连沈奚这个长在深宫的皇亲国戚都看不透，她又如何能看透？

朱南羡是丑时正刻回来的。

苏晋垂眸看向雪地上这个对朱南羡而言残忍的棋局，忽然半跪，俯身以长袖将雪痕一拂："既然已经没有时间从全局与源头找答案了，那我们便从事件的结果往前推，能推多少便算多少。"她拾起被沈奚掷于地上的梅枝，说道，"现在所有的线头都引自宫前殿的案子，但手里真正的线索只有一个。"

她在雪地上写下一句话：什么都是假的。此生唯对不起小殿下，虽死也不能赎罪。

这是朱麟奶娘的遗言。

苏晋道："她作为案子的核心，引出这么大一个局，那么临终时留下的这句话势必有深意。"她俯身圈出一个"假"字，"什么都是假的，从结果来看很简单：其一，小殿下所中之毒不是皇贵妃指使人下的；其二，璃美人不是钱煜害死的。可这两点便是奶娘不说这句话，我们也能想到，所以重点不在'假'字上，而在这两个字上。"

苏晋又用梅枝圈出"什么"二字。

"既然什么都是假的，那么此案的结果可以是假的，此案所酿成的后果也可以是假的。宫前殿一局所牵连的有三方——东宫、朱十四和七殿下。其中朱十四与七殿下被人设计陷害，暂可以不管。最大的获利者在东宫。"

沈奚道："昔日羽林卫同知钱煜一直是姐夫的心腹大患。宫前殿一局让姐夫趁机除掉钱煜，之后再以清理钱煜余党之名肃清羽林卫。"他说到这里一顿，忽然知道苏晋想说什么了。

苏晋在雪地上写下了"肃清羽林卫"五个字，然后抬头问道："倘若这个结果是假的，会怎么样？"

朱南羡沉默了一下，道："羽林卫指挥使伍喻峥自十年前便跟着大哥。你的意思是，羽林卫当中，被设计问罪的钱煜实际上才是真正效忠大哥的？而留下的伍喻峥或是旁的同知与首领，才是问题所在？"

苏晋道："我不知道，因为这一切都是我的推论，也许这下面还藏着许许多多我看不清的东西，但我眼下想不到。"

沈奚道："这虽是推论，但我们不得不防。何况明日就是冬猎，倘若羽林卫叛变东宫，后果不堪设想。"

三人一时不言。

其实眼下最好的办法是朱悯达能撤换羽林卫。

但即便他们现在就去提议也于事无补。朱悯达刚愎自用，若要让他因一条推论撤换自己的护卫，对他而言无疑是一个笑话。

更何况，若他撤换了羽林卫，冬猎之时又当由谁来保他安危？

金吾卫吗？堂堂太子殿下居然要十三殿下所领的亲军卫来保护？储君的颜面何在？

这时，朱南羡自腰间抽出长刀，以刀鞘为笔，在雪地上画出一道起伏山脉："冬猎在封岚山，圣驾有虎贲卫随行，羽林卫只去三十骑，其中跟去林中狩猎的至多十二骑。既然如此，我命金吾卫提早出发，进山暗中保护大哥，倘随行羽林卫有异动，一举灭了。"

苏晋问："冬猎前不会搜山吗？"

"会。"朱南羡道，然后以刀鞘在山脉左侧画了一长一短两条线，指着那条长线道，"自这条线往西是禁区，搜山只搜林场以内，禁区外是不管的。"然后又指着那条短线道："这是条掩于禁区的捷径，可直接通往林场。我可命左谦带金吾卫在禁区外驻留，等搜山过后，再自这条捷径潜入林场。"

他说着看向苏晋与沈奚，道："你们放心，这条捷径是陡壁，是当年冬猎时我与左谦发现的，只有我和他知道。"

沈奚问："你能让金吾卫做到悄无声息地潜入林中吗？"

朱南羡想了想道："能。"他用刀柄在山脉当中画下八个叉，说道，"封岚山依山脉走势、水流流向分布八个岗哨，我可命其中三十二名金吾卫穿岗哨服徘徊在岗哨附近。四人一组，倘若发现大哥的踪迹，分两人留守，两人做巡逻状跟踪。大哥一旦遇到危险，可鸣角告之。"

沈奚道："这样好，既不用打草惊蛇，又可自暗地里看看这些羽林卫是否真的忠心。"

朱南羡点头道："因各皇子进山时机不同，有这三十二名金吾卫在，我进山后也可自他们处随时得知大哥所在。"他垂眸略略思索，又道，"可时间太紧，我来不及提前部署。眼下突然调动金吾卫三十二人，黎明时分北大营点兵，势必会有所察觉，上报兵部。何况这么多人赍夜出城，也必定瞒不住城门守卫与巡城御史。"

沈奚道："兵部郎中何苋是我的人，北大营发现少人虽要上报兵部，但他作为郎中，帮忙压个一两日还是没问题的。"

苏晋道："殿下召集金吾卫后可命他们从城南正阳门出，再绕行往西去封岚山。覃照林从前是城南兵马指挥使，我属下御史翟迪曾总领城南御史，合他二人之力，令三十二金吾卫出城的事再瞒上两日总该不是问题。"她说着看了眼天色，"事不宜迟，我们先去各自安排。寅时正刻，我在承天门口等殿下与沈大人。"

苏晋言罢便先行告退，走了没几步就听沈奚在身后唤了声："苏时雨。"

他垂着眸，右眼下的泪痣闪着清冷的光，道："这是东宫的危局，其实你……不必卷进来。"

苏晋却道："大人多次助我，殿下待我恩重，我非草木，岂能无动于衷？"她说着，蓦地浅浅地笑了笑，"翟迪今晚值夜，我先去都察院找他。殿下与大人若得空，帮我去苏府把覃照林提进宫来。覃照林功夫好，冬猎时由他护着我也安心。"

黎明将至，朱泽微站在茶楼上，看着不远处的承天门。伴着一声金角长鸣，门楼上亮起灯火，像是在暗夜里点亮一颗颗星。

朱泽微知道，那是冬猎伴驾的亲军卫在点兵了。

身后传来轻稳的脚步声，朱泽微没有回头，仿佛早就知道这个人会来，十分自然地开口道："前日老十来投靠我，你知道他的见面礼是什么吗？"

他身后的黑袍人没有答话。

朱泽微笑了一声："他说他有办法帮我保住钱之涣，保住户部。如果一切顺利，他还能将刑部拆了送我，聊表诚意。"

刑部尚书正是沈奚之父沈拓。

黑袍人诧异地道："他竟能动沈家？"

朱泽微低低地笑道："说出来真是吓死人了。老十说他在都察院有同伙，能帮我拿到钱之涣贪墨税粮的实证，还能做做手脚栽赃沈家。"

黑袍人道："钱之涣贪墨税粮的实证是从登闻鼓曲知县一案得来的。都察院能接触到此案的人，官职一定不小。为首四人，柳昀、赵衍、钱月牵、苏时雨，个个不简单。朱弈珩说的人是谁？"

朱泽微颇为无奈："不知道，他不愿意说。"

黑袍人沉吟一番，似乎抱了一丝希望，道："既然能保住户部，那你是不是不用在冬猎上动手了？"

朱泽微："笑话，你没听到昨晚父皇说了什么吗？冬猎过后，朱悯达要代天子祈福迎春。照这个意思，等十五巡完军朱悯达就该准备登基了。

"朱悯达若继位，头一个要杀的便是我，我就是有命回凤阳再率兵打进来，也是名不正言不顺。何况朱南羡占南昌要地，又能号令西北卫所，若存心要护他大哥，便是你我二人合力，至多与他战个平手，想攻入应天府是难上加难。"

他说着冷哼一声："而且老十不知道要搞什么，说还需再部署几日才能将他从都察院得来的证据给我。我哪来的几日给他？我一日也不想给！"

黑袍人似乎有些失望，低声道："冬猎前搜山的侍卫里有你的人，你已在林场里安插了暗卫？"

朱沢微"嗯"了一声："这些暗卫都是死士，无名无姓，无根可寻，等事毕直接死个干净。何况，除了他们我还藏了一着暗棋。"他说到这里，阴柔好看的脸孔上闪过一丝狠厉之色，"他们在宫前殿做局设计我还嫌不够，又搞了几只猫来故弄玄虚，告诉我他们手里有我天大的把柄，我命不久矣。我算是想明白了，不管宫前殿那个布局人是朱悯达还是别的人，反正我有一枚暗棋能制胜，先把皇位抢到手里才是正事。到那时，我定要这些设计我、陷害我的人一个一个不得好死。"

黑袍人问："若抢不到皇位，你该怎么办？"

朱沢微淡淡地道："这有什么好问的？成王败寇，抢不到不就是一死？"他顿了顿，"鹰扬卫的虎符到手了吗？"

黑袍人却不答这话，想了一下道："父皇不日就要传位，你眼下动手实在仓促。其实若由大皇兄继位，你也不一定会死。我帮你去找十三，他从小心善，又是个言出必行的人，若他愿在大皇兄的手下保你我一命，想必……"

朱沢微怒从心头起，转身讥讽道："找朱南羡做什么？为了苟延残喘地活着吗？这么多年，我已苟延残喘地活够了。"

黑袍人道："可是七哥……"

"你就知道十三！十三对你很好吗？你是真不明白还是假不明白？你朱祁岳这些年得到的都是他朱南羡不要的，顺手塞给你的。"

一阵风过，将黑色兜帽往后掀开些许，露出朱祁岳一双狭长好看的眼睛。他的眼角似燕尾上翘，眼中带着些许愕然之色。

朱沢微冷笑道："难道不是吗？你小时候想学武，你母妃怎么求，父皇都不肯允。而朱南羡就在父皇跟前说了一句话，便把你拉去军营做陪练。那群狗眼看人低的将士谁把你这个成日跟在十三殿下身后的庶皇子当回事？

"你当初喜欢戚绫，心心念念要娶她，结果朱十三一句不愿娶妻，想在西北领兵，父皇便为他辞了与戚寰的婚约，又为了保全戚家的颜面，把戚寰硬塞给你。

"学武的皇子都要外出历练。当年曹将军要带朱南羡走，可是这宫中上上下下，父皇、朱悯达、太子妃个个觉得曹将军太严苛，怕咱们的十三殿下跟着他吃苦。后来怎么办？不是又把你塞过去？"

朱祁岳垂眸低声道："当初将军要带十三走是因为他母后仙逝，将军怕他闷在宫里日日难过。将军虽严苛，我却能跟着他学真本事。十三也是知道这个，才跟父皇请旨让我代他去的。"

"那又怎么样？你落入山匪手里性命垂危时，不是我赶来找官兵救了你？你腿骨折裂，险些不能习武时，不是我背着你一家一家去求医？你在军营受人欺辱的心酸、你被迫娶戚寰时的哀思、你命悬一线以为自己此生不能习武时流的泪，这些朱十三都知道吗？他不知道。

"因为你不敢让他知道。

"因为早在他一句话便可让父皇打破规矩，准许你去军营习武时，你便明白朱南羡与你是不一样的，朱家十三与朱家十二之间，是有尊卑之分的。"

朱祁岳道："那些都是旧事了，我自小学武，尽我所能未曾耽搁一日。将军待我如子，将一身本事倾囊相授。那回将我遗失在山匪手里，他直到故去前都还内疚。还有寰寰，她很好，成亲这几年，我已慢慢学着喜欢她了。"

朱沢微不可置信地看着他，几乎要笑出声："你是跟曹稚那个草莽将军混久了，竟然学来一身侠道凛然？你真当自己是个江湖人，凡事都要讲讲情面、讲讲义气？你好好看清楚，你是皇子，这是夺嫡，不够狠心只有一个结果——死。"然后他收起一脸嘲讽之意，淡淡地又一次问，"鹰扬卫的虎符到手了吗？"

朱祁岳沉默片刻，转身没入茶肆暗处："兵在我手里，我只用来保你，不想伤人。"

朱沢微盯着他的背影冷哼一声："幼稚！沧海横流，玉石同碎，只怕到时就由不得你了。"

封岚山位于应天府以西，山势呈西南走向，直入湖广地界。

冬猎的一行车马卯正从皇城出发，沿途由虎贲卫开道，途经岙城，至酉时才行至封岚山脚下，随后安营扎寨。

照往年的规矩，冬猎共有三日，即开年的初二到初四。其中头一日为皇子间的比试，之后两日随行臣工也可进林场行猎。若皇上尽兴，多待几日也是可以的，但总归要初六回到京师，否则赶不上初七去昭觉寺祈福。

这两年景元帝圣躬违和，不便行猎，各衙司跟来的臣子便少了些，大多只为伴驾助兴，是以重头戏便放在了皇子之间的比试上。

而因前几年比试夺魁的都是朱南羡，他此次狩猎非但要带上戚绫，还被安排在最末一位入林。

初二这日早晨，众皇子先抓阄决定入林顺序。

结果出来，头一个进入林场的是十四皇子朱觅萧。只见他一身劲装越众而出，对景元帝拱手道："父皇，儿臣有一个不情之请。"他环顾众皇子，笑道，"儿臣是第一个入林的，平白比诸位兄弟多出些优势。儿臣不愿胜之不武，愿效仿十三皇兄，带上一人入林。"

景元帝道："随行鲜有女眷，你要带的人只能从众臣工中选。你已有亲兵，再带上一人岂非多一分助力？"

朱觅萧的目光扫过圣驾周围的众臣，落到苏晋的身上："禀父皇，儿臣想带的人是——苏御史。"

萧疏的风自山林吹来，朱南羡垂在身侧的手蓦地握紧。但他没有动，也没有出声，只安静地听朱觅萧又道："苏御史是朝廷新贵，又是头一回来冬猎，随儿臣入林，儿臣少不得要分神照顾他。况且——"他一笑，"儿臣素来仰慕御史高才。听闻这两年来，十三皇兄正是跟他讨教不少，才有此长进，因此儿臣也想趁冬猎向苏御史求教一番。望父皇肯允。"

景元帝听了这话，"嗯"了一声道："容朕想想。"景元帝说这话的时候，目光有意无意地落在朱南羡的身上，见他没甚反应，微一展眉，正要开口回绝。不承想这时朱旻尔忽然越众而出，揖道："父皇，不如让苏御史跟着儿臣吧？"朱旻尔想了想，又说了一个理由，"苏御史为儿臣拟字，儿臣还未来得及感激他。"

然而话音落，上头却无回应。

朱旻尔不由得抬头望去，只见朱南羡仍垂眸站着，一副无动于衷的样子。反是站在景元帝旁边的沈青樾此刻一改嬉皮笑脸的模样，眸色清冷地看着他，眉间似有忧色。

朱旻尔有些茫然。他知道苏晋与他十三哥走得近，也知道朱十四从来不安好心。他原想着帮忙拦上一拦，眼下看来，却是好心办坏事了吗？

还没等他想明白，只听朱景元缓缓地道："旻尔，你是幼，你十四皇兄是长。你好端端的跟你皇兄抢什么？"然后朱景元一眼扫过朱十四，道："觅萧，就听你的吧。"

朱觅萧眼中闪过一抹异色，恭恭敬敬地应道："是。"

各皇子可带八名亲卫进入林场。其中，朱悯达带羽林卫指挥使伍喻峥随行，朱南羡带金吾卫指挥使左谦随行。

朱南羡是最后一个动身的，此时距朱觅萧带苏晋入林已过去一个时辰。

封岚山下长风凛冽，山上林中积雪皑皑。朱景元看着前方静默无声的密林，双眼微合，忽然悠悠地说道："虎贲卫。"

"在！"

"再过三刻整饬入林，若谁胆敢对朕的太子动手，格杀勿论！"

"是！"

朱南羡是自西南方进入封岚山的，一入林中，便率左谦直奔最近的岗哨。

他早前在岗哨里安插的金吾卫有两名留守，另两名行追踪之责，直到进入下一个岗哨范围内，互通完消息再返回。

留守在西南岗哨的金吾卫见朱南羡纵马而来，拜见过后道："禀十三殿下，属下这里并没有发现太子殿下的踪迹。"

朱南羡勒住缰绳，马蹄在原地徘徊几步："朱十四呢？你们可有看到他？"那名金吾卫道："回殿下，也没有。"

朱南羡眉头紧锁。他分明记得方才朱觅萧也是从西南方入口进山的。岗哨在高处，金吾卫自此往下瞭望，何以会没见到？

朱南羡心中有种不好的预感。他勒马转身一观山势，随即吩咐身后的金吾卫："你等即刻去其余七处岗哨查明太子与朱十四的踪迹，任何蛛丝马迹都不可放过，其中西北、中部、极西三个岗哨为重中之重。本王就在这里等，尔等速去速回！"

"是！"

几名金吾卫走后，朱南羡看向在不远处等着自己的戚绫，对左谦道："本王把她交给你。一旦发现大皇兄的踪迹，由你带所有金吾卫暗中跟着，以护大皇兄周全。"

左谦虽已猜到他的意图，仍问了句："殿下要独自去找苏御史？"

朱南羡"嗯"了一声："她是因为本王才卷进来的，本王不能不管她。"

左谦道："林场危机四伏，殿下独自行动恐有危险。"他略一思索，又道，"殿下不如带上金吾卫随行。林中各岗哨附近还有早前布下的金吾卫在，末将带阿山暗中保护太子即可。"

朱南羡道："不行，羽林卫不是等闲之辈，倘若他们当真叛变，你与阿山如何以寡敌众？就算林中还有我们的人，但远水救不了近火。"

左谦见他心意已决，便道："好，那便让阿山跟着殿下，末将带其余金吾卫去保护太子殿下。"他一拱手，"殿下放心，末将会拼死护太子殿下周全。"

封岚山大致以岚水为界，以内是林场，以外是禁区。林场很大，人若摸不清方向，在里头困十天半个月也是有的，是以朱南羡派去的金吾卫虽是自岗哨间直来直往，也需花上小半天工夫。

朱南羡一直从辰时等到午过，金吾卫才陆续回来。

朱悯达的踪迹已找着了，左谦带着金吾卫正打算跟去，忽见有一名小将气喘吁吁地回来，正是方才左谦口里的金吾卫小旗阿山。

阿山一见朱南羡便道："殿下，不好了，属下从极西岗哨处得知，十四殿下自进入林中便绕行往西，跨过岚水往禁区去了！"

朱南羡的瞳孔猛地收缩："驻守在禁区边的侍卫没人拦着，也没人禀报父皇吗？"

阿山道："没有，至少属下这里没接到消息。"

朱南羡眉间浮现些许愕然。少顷，他似乎想明白了什么，眼底竟涌出一丝伤色——是父皇默许了。

他镇定地勒转马头，对阿山道："即刻上马随本王去追。"

然而两人还未行得两步，就见戚绫也打马追来。她一身白裙红袄，在这凛凛早春娇艳得像绽放的红梅："殿下要去哪里？"

朱南羡心急如焚，不愿多说："你去跟着左谦。"

戚绫摇了摇头。她只觉有事发生，始终放不下心："不，臣女要跟着殿下。"

朱南羡"啧"了一声，皱起眉头。

戚绫又道："殿下，臣女会骑马，一定不会拖殿下后腿。"

朱南羡抬头看了眼天色，不远处的云团子已蓄得很厚了。他心知情况不好，只得道："那你好生跟上了。"又吩咐阿山："倘若她落下，你便带她出林，不必再来寻本王。"

苏晋知道朱觅萧没安好心，可惜她与覃照林只有两个人，如何抵挡得过朱觅萧手下的八名亲兵？

一到禁区，朱觅萧便命人将刀架在了她的脖子上，覃照林反抗不得，被人捆了。

一行人等沿岚水往西行数里，远离林场，直至未时才至一处林间停下。

苏晋举目望去，发现这是一处灌木林，林子不疏不密。奈何初春寒潮未退，天边层云如盖，更远处的山岗似罩上一团雾气，已迷迷蒙蒙看不清了。

朱觅萧命人将苏晋与覃照林背身捆于一棵树上，吩咐道："把东西拿来。"

只见一名亲兵自马背上取下一个沾血的麻袋，掏出一块血淋淋的肉扔在他们跟前的地上。

苏晋心下一凛，脱口问道："你想做什么？"

朱觅萧冷冷地道："宫前殿的案子本王已经彻底想明白了，户部钱之涣是老七的人，没了钱之涣这株摇钱树，老七是亏的。而东宫借此局肃清羽林卫，打压本王与老七，这布局人不是朱悯达与朱南羡又能是谁？"他轻慢地笑了一声，"自然，里头也少不了你与沈青樾从中掺和。沈青樾本王逮不住，但朱十三不是说他喜欢你吗？他敢拿本王做饵，设局陷害本王，逼疯本王的母妃，本王今日就要拿你做饵，让他看着你惨死。你说到那时，他会不会也疯了？"

苏晋听到"做饵"二字，心头蓦然收紧。她默不作声地看向此刻已有些癫狂的朱觅萧，心知自己无论怎么解释，都会激怒他，让他的杀心更重。

朱觅萧看苏晋抿唇不言，心中有了得逞的快感，冷嘲热讽道："多亏了父皇，千想万想总算明白他宠了二十余年的十三大约是个断袖，也想将你处之而后快，便没让禁区边的守卫拦着本王。否则本王今日之计怕是没那么容易成功。"言罢勒转马头，带着一行人马浩浩荡荡地走了。

覃照林看着朱觅萧一行人离去的背影，问道："大人，他说的是啥意思？俺没整明白。"

苏晋却没答这话。

天已彻底阴了，静谧的丛林深处传来些许令人不安的气息。苏晋紧盯着不远处那块足有盆口大小的肉，心想什么样的猛兽才需用这样大的一块肉做饵？

血肉的面上光滑发亮，似是被人刷了一层油。她心下正狐疑，恰好一阵风吹来，送来一股隐隐的甜腻香气。

苏晋愣了愣，脑子蓦然间像是要炸开一般。她的心狂跳起来——不，这不是油，是蜂蜜！

"照林，快……快想办法脱身！"

覃照林奋力挣扎了几下，烦躁地说道："不行，这牛皮绳韧性忒好，没有刀子俺扯不开！"

苏晋道："我身上有刀子！"她沉了口气，"我后腰处缝了个暗囊，里面有匕首，你来拿。"

覃照林道："这咋行？你是女的，俺咋能随便……"他话未说完，树林深处忽然传来沉重的响动，又似伴着一声猛兽的低吼。

苏晋的瞳孔不由得放大，她急道："命都要没了还管什么男女？赶紧拿匕首！"

覃照林"哒"了一声，心道不管了，保住小命才是正经。他当下屈着腿，矮身将手肘反撇成一个几欲折裂的角度，满头大汗地去苏晋的腰间摸匕首。

林中的响动越来越沉重、清晰，须臾，竟变成震地的疾跑声。

苏晋目不转睛地盯着丛林深处。覃照林终于够到她腰间的匕首了，以拇指撬开鞘身，反手一握，也不顾因空间狭小而被锋刃划伤的手掌，立时将绳索割开，又回身迅速去割苏晋身上的绳子。

这时，树林深处一团黑影快速奔来。一头足有一人高的黑熊大吼一声，扑向他二人眼前沾了蜂蜜的肉。

熊的吼声令整个林子都震荡了一瞬。这黑熊似乎饿极了，一块肉根本不够，狼吞虎咽地吃下后，抬头恶狠狠地盯向苏晋二人。

苏晋身上的牛皮绳刚好在这一刹那被割开。覃照林道了句："跑！"立刻拽了苏晋狂奔出去。苏晋被他拖拽得连滚带爬、狼狈不堪，却也不敢慢了步子。

可他们终究是人，怎么可能快得过猛兽？

低吼声越来越近，覃照林咬牙回头一看，当下啐了一口唾沫，猛地伸手摁住苏晋的头。两人矮身下趴，与此同时，覃照林一个错身稍稍挡在了苏晋身后。

黑熊前扑的一掌恰好抓在覃照林的后背。熊掌穿过厚实的冬衣，在他的背部撕出几道皮肉翻卷的血口子。

苏晋摔出去丈余，也顾不得酸痛，一回头，只见那黑熊张着血盆大口就要向覃照林咬去，不由得惊呼："照林当心！"

覃照林正被方才一掌震得头晕眼花，听到苏晋这一声疾呼，下意识地就地一滚，自熊口下躲开。

黑熊怒吼一声，后肢顿地，竟像人一般站起，举起双爪又欲再拍向覃照林。

谁知覃照林并未爬起，而是以足蹬地往一旁扑去。

这是寒意未退的初春，枯草下结了一层浅浅的冰，覃照林这一掠便滑出去数尺。同时，他举起匕首，往黑熊的腰间一刺，随着自身平移，拉出一道尺长的血口子。

黑熊发出一声巨啸。

然而伤口虽长，与它庞大的身躯一比并不致命。

覃照林趁着这个当口艰难地爬起身，说了句："大人快走！"然后不躲不避，就这么站着与黑熊怒目而视。

苏晋看着覃照林血肉模糊的背身，心头一阵酸楚，不由得唤了声："照林……"

"别管俺！"覃照林怒道，然后顿了顿，压低声音添了句，"赶紧给老子滚。"

他已长得五大三粗，但这黑熊犹在他之上。

覃照林知道，以自己一人之力一定拼不过这巨熊，眼下只能为苏大人拖延时间了。

他方才被这黑熊撕开的皮肉在冰上这么一磨，估计都废了。不过那又怎么样？命都要没了，谁还在意皮相？覃照林头脑简单，四肢发达，可生在军中、长在军中，一生至今只认一个道理：若效忠谁，便誓死效忠！

黑熊怒啸一声，举掌将覃照林猛扑在地，张口便要咬下去。在这千钧一发之际，忽有一发箭矢破风而来，直直命中黑熊的眼睛。

苏晋朝箭矢飞来的方向望去，只见朱南羡将长弓往身后一背，纵马而来。

离得近了，朱南羡解下碍手碍脚的斗篷往地上扔了，自马上矮身而下，以长鞭缠住覃照林的脚踝，借疾马之力将他用力往左一拖，令他堪堪避过黑熊暴怒之时拍下的一掌。

朱南羡是听到方才那一声熊啸才辨别了方位，一路快马加鞭地赶来，总算没有来迟。

熊掌错开覃照林，拍在了马背上。马匹嘶鸣一声，不由得矮下身去。朱南羡抬脚在马上借力，整个人弃马而去。

他迅速抽出"崔嵬"，与随后赶来的阿山一前一后将黑熊围住。一时只见熊影刀光。那黑熊体形虽大，却有些笨重，朱南羡自小习武，身形极快，险险避过黑熊的扑袭。

其实合朱南羡与阿山之力是斗得过这头黑熊的，奈何阿山要分心照顾覃照林，数个扑闪腾挪间，竟伤了右腿。幸而此时黑熊身上已处处挂彩，行将不支。

眼下不过申时，林中已昏暗一片，狂风自四周呼啸而起，黑云厚重得仿佛就悬在头顶，随时可以摧木毁林。

朱南羡曾在寒冷的西北之境领兵，知道这是暴风雪将至之兆，倘若再拖下去，他们几人都将被困在这风雪林间。他自己倒还好，可极寒之下如果找不到躲避之处，余下的两名女子、两个伤兵能不能撑过去就难说了。他们不能再拖了！

满身的刀伤似乎让黑熊彻底愤怒了。它怒吼一声，像是抱着同归于尽的决心，再一次向唯一站着的人扑去。

朱南羡的心中只有一个念头——一击制胜。于是在黑熊袭来的这一刻，他不退不让，一双星眸沉静得像月下无波无澜的湖。

黑熊的巨掌朝朱南羡的前额挥来，就在这一刹那，他偏头一避。熊掌自朱南羡的额角上方一寸掠过，打落他的发冠。

一头青丝如瀑洒下，与此同时，他反握"崔嵬"，纵刀向前，往黑熊的怀里扑去，稳准狠地将整把刀都送入了熊的心脏。

黑熊发出一声悲啸，使尽最后的力气挥掌震开了朱南羡，然后轰然倒在地上。

朱南羡退了好几步才站稳，喉间涌上一股腥甜，吐出一口血。

苏晋见此情形，还没来得及过去扶他就见戚绫自地上拾了朱南羡的斗篷与冠帽走到他身旁，担忧地唤了声："殿下。"

朱南羡的嘴角有血渍，一头青丝披在肩上，原本俊朗无双的眉眼平添三分英气与邪气。目光落在戚绫手里的斗篷上，他说了声"多谢"，随后接过斗篷，三步并作两步走到苏晋身边，将斗篷罩在她身上。对上苏晋忧心的目光，他不由得轻声回了句:"我没事。"

覃照林与阿山已相互搀扶着站起身来了。

朱南羡见冠帽已不能再用,便自衣摆割下一条残布,将披了满肩的青丝绑了,束成一个马尾,然后朝四下望去。

狂风呼啸不止,鹅毛大的雪片已缓缓落下,天地一片混沌。

朱南羡皱了皱眉,沉声道:"怕是要不好了。"

三年前的冬猎,朱南羡也遇到一回暴风雪。那时他在林场内,附近都有岗哨,可以随时安营扎寨。而眼下,朱南羡回身一看,身后两名女子、两个伤兵,若不及时找个躲避之处,只怕他们撑不过去。

好在方才来的路上,他看到附近的山脊上有个山洞,像是被人凿出来的,供误入禁区的人歇脚。

朱南羡对苏晋与戚绫道:"你们把他二人扶上马,我们往东走。"然后独自走到熊尸旁,拿刀迅速将熊背剖开,取了一块肉用布囊包了。

风雪忽至,雪片密得叫人睁不开眼。一行人沿路在尚未被殃及的灌木下捡了些干柴与细木桩子,到了山洞,先将柴火搁在洞内,才将覃照林与阿山从马背上扶下。

洞口很大,外头一间洞穴大约作望风之用,穿过一条短小的隧道往里走,才是一间不大不小的石洞。

石洞里很暗,朱南羡吹燃火折子,捡了几块石头砌了个槽,把一部分干柴堆在槽内,用火折子引燃枯草得了火种,这才将火生好。

这山洞果然是供人歇脚的,里头还有前人留下的几张草垫子。

苏晋将覃照林扶到一张草垫子上坐下,接过朱南羡递来的水囊饮了一口,转头见戚绫脸色苍白、嘴唇紫乌,知道她养在深闺,没吃过这样的苦,便将水囊递给她。

戚绫盈盈一拜:"多谢大人。"

那头朱南羡已在为阿山看腿骨了。阿山是骨裂之伤,若在宫里,这样的伤好治,可眼下一无药材二无医师,朱南羡只能把方才捡来的木桩子削成木板,一左一右帮他将腿骨夹了,先将伤处固定好。

阿山疼得满头大汗,却仍忍不住要起身来拜:"属下未能为殿下分忧,还要殿下分神来照顾,实在罪过。"

朱南羡将他一拦:"都是行伍之人,不必多讲究。"

这是实话,从前朱南羡在西北领兵,遇到过比这还险的困境。那时几人挤在一个狭洞之中，合盖一张毛毡，哪里还分什么皇子庶民？

阿山虚弱地笑了一下，从腰间取下酒囊道："覃将士是外伤，这酒想必对他有用。"

一旁的草垫子上，苏晋已帮着覃照林将上衣脱了，就着火光看去，只见覃照林的伤处皮肉翻卷、伤口颇深，有些地方血肉模糊。

朱南羡拿着酒囊走过去，说了句："老覃，忍住了。"当下用拇指把酒囊嘴撬开，往覃照林的背上一淋。覃照林疼得惨叫出声。

朱南羡四下望去，冲戚绫扬了扬下巴："把你头顶那根最细的簪子拔下来。"

这是一支小巧的梅花金簪，朱南羡拿刀柄把簪头砸了，从自己衣袍的裂口抽出线头，缠在簪身上，然后问戚绫："你……会缝伤口吗？"

戚绫看着覃照林背后皮肉翻卷的样子，有些骇然，怯声道："臣女只会女红，未曾在人身上穿过针。"

苏晋沉吟一下道："我来吧。"

戚绫眼明心细，方才与苏晋一起帮覃照林脱衣衫时便发现苏晋动作有些不便，不由得问道："苏大人手上的伤不要紧吗？"

苏晋摇了摇头："劳四小姐费心，我不要紧。"

朱南羡听了这话，道："给我看看。"然后握住苏晋的手，撩开她的袖子。

苏晋的手腕有一些乌青红肿，大约是方才摔出去时扭到的。

朱南羡眉头一皱："没事，只是摔伤了有瘀血。"然后微一抬眸，轻声问，"疼吗？"

苏晋垂眸道："小伤而已。"

朱南羡想了一下，看向戚绫道："劳四小姐去外头取些雪回来。"

戚绫坐在火堆旁，眼下已暖和些了，听朱南羡这么说，当下点头应"好"。

朱南羡才又回头看向覃照林背后的伤口，想了一下，道："本王亲自来。"

覃照林吓了一跳："殿下您来？您从前做过这种事吗？"

朱南羡有些心虚地"嗯"了一声，道："前几年在西北领兵，帮人缝过一回。"朱南羡没说那之后整个卫所的伤兵见了他都退避三舍，只是添了句"不过本王手重，你得忍着点儿"。

然后他抬起手，一簪子下去，覃照林的额角渗出汗珠，脸蓦地涨红。下一刻，覃照林哀号出声："殿下您这手忒重了！您这怎么比熊挠得还疼？"

朱南羡摸了摸鼻子："你哪有这么多废话！本王给你瞧伤已是你的福气了。"说着拉了线头要再戳一簪子。

覃照林惊得要躲开："俺不要您弄了，要苏大人！"

朱南羡"啧"了一声，没理他。

眼见朱南羡又要一簪子刺下去，苏晋道："还是我来吧。照林也是为了救我才受的伤。"

覃照林连忙道："对，俺都是为了救大人。"然后往苏晋边上挪了挪，规规矩矩地将姿势摆好道，"大人，俺坐好了。"

苏晋自朱南羡的手里接过簪子，犹疑了一下道："我也不怎么会。"她认真地看了一下覃照林的伤口，举簪刺进去，听他"咝"了一声，又道，"忍着，如果疼就想些别的。"

覃照林的心里还真装了一点儿别的事，苏晋这么说，他便径自问出口："大人，为啥刚才朱十四那个王八羔子说十三殿下喜欢您？"他朝洞外努努嘴，"俺咋听说殿下要娶戚家那位小姐呢？"

苏晋手里的动作一顿。

朱南羡刚要开口，戚绫已经兜着雪回来了。他不便多说，割下一角衣衫，做了一个雪囊递给苏晋冰敷。

时已近晚，待苏晋为覃照林缝好伤口，朱南羡便将熊肉烤了与众人分食。戚绫身子骨娇弱一些，受寒后吃了熊肉，惹了燥气，脸色变得更不好了。

苏晋用阿山的凤翅盔盛雪煮了热水递给她，正要抬手去碰戚绫的额头，却被她一躲道："大人，男女授受不亲。"

苏晋道："可是你……"

苏晋话未说完，戚绫抬目望见朱南羡朝她二人这边走来，脸上一红，轻声唤道："殿下。"然后垂下眸子，向苏晋解释了一句："大人，臣女是殿下带来冬猎的。"

苏晋愣了愣，回身看了朱南羡一眼。她想起覃照林方才说的那句话，一下子明白了戚绫话里的意思，于是道："是本官逾矩了。"

她站起身，将盛有水的凤翅盔往朱南羡的手里一递，道："劳烦殿下照顾戚四小姐。"说着去火堆旁取了火把，就要往外间洞穴走去。

朱南羡愣住了，问："你做什么？"

苏晋的语气淡淡的："这石洞没有退路，总该有一个人在外头守着。殿下是君，戚四小姐是女子，照林与阿山受了伤，合该由臣去守。"言罢，径自往洞外去了。

朱南羡看了余下三人一眼，将手里的凤翅盔交给阿山，叮嘱道："本王去守夜，你照顾戚四小姐，有事唤本王即可。"

外间洞穴不比里头暖和，自洞口可看到外头呼啸的风雪，像是为山洞拉上了一席白茫茫的帘。

苏晋学朱南羡的样子捡了几个石头砌成一个浅槽，用余下的干柴生了火，还未找到干净处坐下便见朱南羡来了。她愣了一下，不由得往他身后的石洞看了一眼，问道："殿下怎么出来了？"

朱南羡没答话，而是朝洞外满天满地的风雪望去，须臾，说了一句："不知大哥怎么样了。"

苏晋道："殿下早已做好万全的部署，且太子殿下吉人自有天相，殿下不必忧心。"

朱南羡"嗯"了一声，扬唇一笑道："大哥比我聪慧百倍，想必不会有事。"

苏晋看了他一眼，自洞穴的角落里捡了些干草铺好，问："戚四小姐可好些了？"

朱南羡道："大约是风寒，我已让阿山照顾她了。等明日侍卫在山里找到我们，请医正为她瞧过便是。"

苏晋轻轻"嗯"了一声，在干草上坐下，忍了忍，还是没忍住，问了一句："殿下怎么带她来冬猎？"

石槽里的火烧得正旺。朱南羡沉默片刻，捡了根木枝将火拨小了些许才在苏晋身旁坐下，道："年关宴当日，因三哥的事，我把她带回了东宫，父皇命我带她来冬猎。"

苏晋垂下眸，淡淡地道："可是我听说，年关宴上被十三殿下选去冬猎的女眷，日后是要被殿下纳为妃的。"

苏晋说这句话的时候，心中其实是茫然的。她不知道自己究竟怎么了，她从来不是这般不懂克制、不知进退的。

是劫后余生的后怕感令她心里滋生出一丝贪念，令她开始盼着要在这风雪飘零的世间有一丝依傍吗？

她将眼帘垂得很低，似乎想看清自己的心，嘴上问道："殿下要娶她吗？"

朱南羡别过头看向她。

火光闪烁，苏晋脸色苍白。

其实他知道她想问什么。那答案被他搁于心尖小心轻放，多年以来已成佳酿。直至此时，当他将它从饱受岁月浸染的光阴深处捞起，将要倾吐而出时，那答案却化作贪婪的一问："你希望我娶她吗？"

苏晋笑了一下："殿下身为皇子，早该纳妃，如此拖着实在太不该了。我身为臣子、身为御史，早该进言直谏。殿下为天家嫡系，娶妃生子事关江山社稷。这些年臣常与殿下往来，一直未能劝谏，实是臣失职，未能尽忠职守，真是……"

她说不下去了。

那被横生老藤交错束缚着的心不知何时得了一缕春晖，固执地自根底结出花苞，想要盛放。

于是，她别过脸来看着他道："我不希望。"

她也是肉体凡胎，也盼着被所信之人信之，所爱之人爱之。

她一字一句地道："我不希望殿下娶她。"

朱南羡生来一副好样貌，高挺的鼻、英气的眉，但最好看的还是那双眼，如星辰一般明亮，越往里看越有山河风光。正如他这个人，真诚坦率中自带光风霁月，不知不觉令她神往。

苏晋说完这句话，又有些丧气了。

她不希望又能怎么样呢？她这一生已经没了坦途，早知心中这莫名滋生的情愫是不该不能的，两年来从未有一次纵容自己去细想，直至今日放纵自己直面这场劫难，才发现原来自己一直以仰望之姿惊叹着他的坦诚与明亮。

苏晋心里觉得好笑，平生第一次发现自己也有卑微的一面。她还以为自己这一身铮铮傲骨下除了志与义，别无其他呢。

她摇了摇头，轻轻地笑了一下，道："微臣失言了。"然后站起身，想往石洞里走去，可手腕忽然被人一拽。

她足下失衡，转身便跌入一个温暖的怀抱。

朱南羡道："我这一生，除了苏时雨，谁也不要。"他沉默片刻，又道，"小时候我就想，我父皇是皇帝，我皇兄日后也是皇帝，那我长大后就去带兵，为他们守江山。直到后来遇见你，我什么想法都没了，只想要好好保护你。"

朱南羡一直粗枝大叶，这小半辈子下来，唯一细细揣摩过的，大约就是苏时雨。

他想起她那年落水，他救起她时看到她一身的伤疤。他当时是真心疼啊，觉得那每一道浅的、深的、狰狞的、蜿蜒的伤疤如同烙在了自己的身上，每一道都让他在无数个午夜梦回里感同身受。

因此，他用尽全力想要去了解她的悲喜以及隐于这表面悲喜之下的跌宕人生。

朱南羡道："你从前受过苦，我知道。我想尽我所能，令你不再孤苦无依。你曾伶仃小半辈子，那些缺憾和不甘，此生往后，都由我来弥补。你尽管按照你想要的方式活着，我会守着你、照顾你。自今日起，你不必再担惊受怕、彷徨不安，因为我会一直在你身边，只要我活着一日，便守着你一日。"

大片大片的春晖伴着细雨洒落，那朵固执地开在心头的花一下怒放，攀着藤蔓盘桓而上。

苏晋低低地笑了笑："倘若陛下逼着殿下纳妃怎么办？"

朱南羡道："那我就躲，躲不过我就跑，跑去南昌、跑去西北。"他扬唇一笑，"等跑远了，风头一过，我就回来找你。"

直至此时，他也没有要强迫她去南昌。

朱南羡又道："我都想好了，等我皇兄继位，等藩王割据平息，我也不在南昌待了。我把南昌府还给皇兄，然后回京师领几个府兵。你在京师做御史，我就跟皇兄请旨做个闲散王爷；你要查案，我就陪你去查案；你要去各地巡按，我便陪你踏遍五湖四海，到那时……"

苏晋道："到那时，天下昌明，海晏河清。殿下要做王爷，阿雨便做御史；殿下要领兵，阿雨便去军中谋职；倘若殿下要游山玩水，阿雨也跟在殿下身旁，扈从也好，随侍也罢。殿下深恩，阿雨当以此生为报。"

第二十一章　封岚深处

后半夜，风雪稍小了些。朱泽微正在营帐中与朱祁岳对弈，外头忽有小兵来报："禀七殿下、十二殿下，山下有个人朝这边来了。"

朱泽微动作一顿："谁？"

"瞧不清。"小兵道，"他刚好站在我们暗中布置的戒防线外。"

朱泽微沉默了一会儿，放下手中的棋："我出去看看。"

借着火光，侍卫可以看见来人一身鸦青斗篷。那人站在山腰上一动不动，等到朱泽微从帐中走出后才微微抬头，自风雪里张了张口，声音混在呼啸的风声中几乎听不见。但朱泽微辨出他的口型："七哥。"

朱祁岳在帐中问："是谁？"

朱泽微道："老十。"

朱祁岳道："我去里头。"

朱泽微"嗯"了一声，听到帐里传来嘈嘈切切的响动，大约是朱祁岳在收棋盘，道："不必收，不怕被他瞧见。"

言讫，朱泽微才从侍卫的手中接过火把，往山下走了几步，像是才把朱弈珩认出来，弯起双眼笑得柔和："老十，怎么来我这里了？"然后一抬手，四周的亲兵将长矛更往里收了收。

朱弈珩浅浅一笑，这才三步并作两步走上来："我听到一个十分要紧的消息，急着赶来告诉七哥。"

朱泽微眉间朱砂映着火光，火光倒映在眼波，为他平添三分俊逸。他温声道："总不好站在这风雪里，有话进帐子里说。"说着，亲自为朱弈珩撩开帘子。入帐后，他又为朱弈珩斟茶暖手。

帐子里烧着火炉，比外头暖和许多。朱弈珩把斗篷摘了，露出一身茶白蟒袍，腰扣上嵌着一颗色泽光润的稀世玛瑙。可惜玛瑙与他的人一比，相形见绌。

朱泽微引他在火炉一旁的案几上坐了，和声道："十弟有什么话非要赶在这个时辰过来说，等明日风雪小一些再说不好吗？省得惹上寒气，倒叫七哥为你担心。"

朱弈珩神色淡漠，样子倒有几分认真："七哥是不是安排了暗卫去刺杀大皇兄？"又问，"除了暗卫，还有后招吗？"

朱泽微的脸上还是如方才一样挂着淡淡的笑，但他没有回话。

朱弈珩道："七哥不必有戒心，十弟终归是站在七哥这边的。"视线微垂，他思量一阵，复又抬眸，"大皇兄继位在即，七哥再不动手就晚了，但择在今日动手是大错特错了。七哥若信得过十弟，即刻派人把暗卫还有您藏着的后招撤回来。"

朱泽微盯着他看了良久，忽而失笑道："十弟说的这叫什么话。为兄平日里与大皇兄是有些龃龉，但他终归是太子，我心里是尊他、敬他的。而今父皇圣躬违和，大皇兄能为父皇分忧，七哥我高兴都来不及，何故要对他动手？"

朱弈珩长睫一颤，望着杯中茶，有些失望地道："七哥还是信不过我。"

他就着火炉坐着，火色将他白璧无瑕的面庞映得半明半晦。

"七哥还记得今日随行的虎贲卫来了多少吗？"

朱泽微神情一凛。

朱弈珩道："往常冬猎，随行骑兵不过三十至五十骑，步兵五百。但今年冬猎，骑兵有八十骑，步兵只有四百。"

朱泽微明白朱弈珩的意思了。朱泽微原以为今年跟来冬猎的臣子太少，是以减少百名随行步兵，现在再想想，冬日山路积雪，马匹难行，既要减少随行兵马，何不减少骑兵呢？

朱弈珩继续道："恐怕父皇早已料到有人要在冬猎时对大皇兄动手，多带这些骑兵是因为林场甚大，方便及时追捕救援。且……"他微一顿，燕尾似的眼梢染上一抹忧色，"我还怀疑那跟来的四百步兵也是假象。是故入林后，我命一名亲兵扛了十王的旗往林中走，自己绕去林场入口守着。果然，十三进入林场三刻之后，父皇召出早已埋伏在营寨外的两百名便装虎贲卫，随那八十骑一起进林子了。"

他说到这里，似是有些不安，双手握紧茶盏，低声道："我听到父皇下令，说若有人胆敢对大皇兄动手，格杀勿论。"

朱沢微听他说着，噙在嘴角的笑容慢慢消失，但神色仍是和缓的。他伸出手，取过朱弈珩紧握在手里的茶盏，轻声道："茶凉了，七哥帮你另斟一盏。"说着，他顺手将茶水往一旁的火炉上一泼，炉中银炭沾了水，发出吱吱的声响。然后他提起茶壶，说道："十弟不必忧心，七哥不是莽撞的人，凡事自有分寸。"

朱弈珩见他不愿与自己多说，只得垂眸接过茶盏，仰头饮尽后起身作别道："既然如此，十弟先告辞了。"言罢自去一旁的木架上取了斗篷，掀帘要走。

朱沢微颇意外地道："十弟不在七哥这儿歇下吗？"他放下手中的茶盏，走到营帐口，就着朱弈珩掀开的帘往外看了看，"雪还未停呢，你这时候走，不是叫我这个做兄长的平白操心吗？"

朱弈珩浅笑了一下："冬猎的规矩是诸皇子各自行猎。我在七哥处歇下，岂不落人口实？"他又垂着眼帘轻声道，"不瞒七哥，我入林后身旁只留了两名亲兵，其余的被派出去打探消息了。眼下他们也该回了，我这就回去问问，要真出了事，也好帮七哥看看有什么转圜的法子。"言罢，他将兜帽罩上，折入风雪中，那身影就像一株误入仙林的玉树。

朱沢微盯着他的背影，蓦地唤了一声："十弟。"然后笑了笑，问道，"上回你说在都察院有个盟友，可以帮你拿到钱之涣贪墨的罪证，然后栽赃给沈家。你说的盟友是谁，柳昀吗？"

朱弈珩似乎有些意外，须臾，黯然道："七哥说笑了，柳御史这样的肱股之臣，怎么可能瞧得上我这种无权无势的皇子？"但他很快又道，"我那盟友只肯将实证交给我，手脚还得我自己来做。好在眼下沈青樾忧心东宫安危，无暇他顾，七哥若信我，不妨再给我几日，我一定不让七哥失望。"

朱沢微笑了笑，叮嘱了一句："天黑了，仔细脚下的路，回吧。"

待朱弈珩的身影消失在风雪里，朱沢微脸上的笑意也彻底消失了。他默不作声地掀帘回帐，在一旁的卧榻上坐下来，半晌没说一句话。

朱祁岳已从里头的帐子里出来了，见朱沢微面色郁郁，不由得问道："七哥，十哥说的都是真的？父皇当真派了虎贲卫……"

朱沢微打断道："恐怕是。怪我操之过急，看着父皇自登闻鼓一案后日益怠政，还以为他要彻底放手不管了呢。现在想想，年关宴后，冬猎、祈福、迎春、巡军本是一体。父皇身子已不好，何故将之后的事都交给朱悯达，偏偏要跟着来冬猎呢？"他说到这里，眼中狠厉之色毕现，"原来这个老不死的东西是做了一出怠政的戏来为朱悯达保驾护航，借冬猎的契机暗中做好部署，让虎贲卫盯着，把所有对朱悯达有不臣之心的人斩草除根！"

"七哥慎言。"朱祁岳微微蹙眉，"父皇他……待我们还是很好的。"

"很好？"朱沢微冷笑，"是很好。但那要看跟谁比。老东西护短，跟众臣子比、跟百姓比，我等皇子自然占上风。可他一直偏宠东宫，在他眼里，朱悯达、朱南羡甚至朱旻尔那个废物不比我等金贵百倍不止？他还做了这么大一出戏把他所有的儿子骗了过去，为的不就是赶在入土之前，找个理由让我这个一直与东宫对着干的皇子陪葬吗？"

朱祁岳道："既然十哥所言是真，七哥不如立刻派人阻止那些暗卫与事先布下的'暗棋'对大哥动手。"

朱沢微摇了摇头："晚了。我怕迟则生变，早已叮嘱他们子时三刻务必要取朱悯达的性命。且为防惹来嫌疑，我一入林便跟他们切断了联系。眼下已是寅时，朱悯达恐怕早已成一具尸首了。我这会儿派人过去，岂非自投罗网？"

朱祁岳怔住："大皇兄他……当真已经死了吗？"

朱沢微"嗯"了一声，道："我这枚'暗棋'当是万无一失的。"他一顿，抬手抚了抚额角，又道，"朱悯达也有万分之一的可能被虎贲卫救下。但他死也好，生也好，我布下'暗棋'杀害朱悯达的事若被虎贲卫瞧见，我便活不了了。"

朱祁岳听了他的话，思虑许久，然后问："七哥说的暗棋……可是羽林卫？"

朱沢微看了朱祁岳一眼，觉得事到如今也没有隐瞒的必要了，"嗯"了一声："宫前殿一案中被问罪的钱煜根本不是我的人，伍喻峥才是。我安排暗卫动手，只为扰乱视线，真正下手的是贴身保护朱悯达的羽林卫。"

朱祁岳一时愣住了，这么一来，虎贲卫若当真进了林子，那朱沢微暗杀朱悯达的事便瞒不了了。朱祁岳沉吟片刻，道："等天一亮，我陪七哥往禁区走，绕过岚水，自湖广界再折往凤阳府。"

凤阳是朱沢微的藩地，兵强马壮，到了那里，朱沢微想必便安全了。

朱沢微笑了笑："没用的，你我一共两人十六名亲兵，脚程再快，在这密林之中，怎么可能逃得过虎贲卫八十铁骑的追捕？"他说着抬眸看了朱祁岳一眼，顿了顿，又将视线移开，"你走吧，此事与你无关。我的部署与谋划你也不是全然知晓，你只是为了帮我罢了。"

烛火幽微，朱沢微眉间的朱砂暗沉无光。他笑了一下："等天一亮你就出林，七哥等你出去半日后再动身，不会牵连你的。"

岂知朱祁岳却自腰间卸下"青崖"剑搁在桌上："我不走，等明日午过，我随七哥一起出林。"朱祁岳在一旁的矮凳上坐下，态度坚决，"反正鹰扬卫在我的手里，我说了要用我手里的兵护你，大不了到时我们一起杀出一条血路来。"

苏晋是在朱南羡怀里睡过去的。

她一生从未睡得这样好过，没有令人心惊的梦境，没有纷乱悲怆的旧事，那些颠沛在世间风雨里的日子都在这一寸一寸的温暖里消弭于无形。

她紧锁的眉间被人抚平，身体里那根紧绷了十数年的弦慢慢变松，以至于隔日醒来就病了。

病症来势汹汹，她头晕目眩，浑身发烫，走路如踩在云端，自草铺上站起来时，一个踉跄险些栽进眼前的火堆里。

还好朱南羡眼明手快地拉住了她，抬手在她的额上一摸，眼里的忧思简直无处安放，当下一个横抱把她抱入石洞内，对还趴在草垫子上打呼噜的覃照林道了句："起来。"

覃照林迷迷糊糊地睁开眼，看到朱南羡怀里已病得神志不清的苏晋，也顾不上背上的伤，爬起来便问："俺家大人这是咋了？"

朱南羡听到"俺家"二字，分外不满地"啧"了一声，小心翼翼地把苏晋放在草垫子上，吩咐覃照林："给本王看好了。"

朱南羡自角落里拾了两张草席，搁在离火堆不远处，贴着石壁摆好，又自外头山洞捡了干草回来，夹在草席中间，隔开地上的寒气。

睡在石洞里的戚绫听到这番响动也醒了。她看着朱南羡重新把苏晋打横抱起，小心翼翼地搁在那张松软的草席上，不由得起身跟过去，敛衽拜了拜，唤了声："殿下。"

朱南羡正忙着拿自己的斗篷将苏晋仔仔细细地裹个严实。

戚绫看他似乎没听见，又问了句："殿下，苏大人这是怎么了？"

朱南羡这才注意到有人与自己说话，一双好看的眉皱了起来："不知怎么就病了。"

他回过头看戚绫一眼："醒了？你身子好些了吗？"

戚绫脸上微微一红，垂下眼帘道："回殿下，已经好些了，多谢殿下关怀。"

"这很好。"朱南羡点点头，起身道，"那你去外头取些雪回来，本王想为阿……苏御史煮热水。但本王要守在一旁照顾她，实在脱不开身。"

戚绫愣了愣，又看了他身后的苏晋一眼，道："是，臣女这就去。"

朱南羡怕苏晋睡得不舒服，将外袍脱下来，为她支了个软枕，然后就不知道怎么办了。他是天家嫡子，自出生起便集无上尊荣于一身，从小到大，只有旁人紧着赶着伺候他。他实在是不怎么会照顾人。

朱南羡一脸无措地坐在苏晋身旁，抬手在她的额上轻轻探了探，还是烫的。

他小心翼翼地将她的手腕从斗篷里挪出来，试着为她把脉，却把不出个名堂，只好再小心翼翼地搁回去。他一时又想纵马去林场外请医正，可这一来一回足足要一日。且不说覃照林三人能不能好好照顾苏晋，封岚山中危机四伏，他这一去暴露了行踪，叫人找到这里，要对她不利该怎么办？

朱南羡目光一黯，昨日朱十四之所以敢这么明目张胆地伤她，一定是父皇默许的。

阿山实在不忍看他家殿下这么一副苦大仇深、唉声叹气的样子，独自撑起一条腿，跳到苏晋边上凑近瞧了瞧，对朱南羡道："殿下，苏大人这样子……像是在散病气。"

朱南羡一愣："散病气？"

因粗手粗脚而被勒令在一旁待着的覃照林听了这话，道："哎，还真像。"他觑了朱南羡一眼，稍稍凑近些，只见苏晋一脸潮红、双目紧闭，神志似已不清，"昨儿还好好的。这是遇着啥事了，咋散得这么厉害？"

"属下家乡有个说法，说一个人倘若一直辛苦操劳着反倒没什么，最怕突然松缓下来，什么都不去想，什么都不去管，体内绷紧的那根弦一断，积压着的病气就全浮上来了。所以您别看有的人前一刻还好好的，可能下一刻就病倒了。"阿山说着，又锁眉看向苏晋，"奇怪，寻常人散病气至多染个风寒、患个热症，极少看到像苏大人这般一倒下就神志不清的。"

朱南羡转头看他，忧心地问："要紧吗？"

阿山道："既是散病气，只要将这病气散出来就好了，不要紧的。"他笑道，"早听说做御史的操劳，苏大人这一倒下，竟像是要一下子把积攒了十来年的病气全散出来一般。兴许是被那黑熊惊着了，又或是昨晚遇到了别的什么，大人忽然就卸了心防，殿下知道吗？"

朱南羡一时怔住，沉默地看向苏晋，少顷，低声道："她从前过得不好。"然后伸出手去，隔着斗篷将她的手握在掌心，平静而坚定地道，"以后不会了。"

阿山知道十三殿下与苏御史乃挚友，否则昨日也不会舍命相救，于是劝道："殿下不必忧心，其实能这么病一回是好事，把体内积压着的病气全散出来，日后身子骨还会更好些呢。"

朱南羡问："当真？"

阿山道："属下不敢欺瞒殿下。不过，要是御史大人到今夜还不醒，一直这么睡下去，怕就是旁的病了。"

朱南羡忙问："那她要怎么才能醒过来？"

阿山道："属下看看。"说着要去摸苏晋的额头，却被朱南羡当空一拦。

朱南羡移开目光说道："本王已摸过了，很烫。"

阿山点头道："那就是热症了。既然是热症，出了汗就好。"

他四下望去，道："可惜咱们这儿什么都没有，只能就这么捂着，再喂些热水。麻烦的是这出汗后，"他一顿，"御史大人出过汗，一定一身濡湿，眼下天冷气寒，必须得里里外外换过一身，擦干净才是，否则湿气入体，落下病根就不好了。"

朱南羡点头道："本王明白了。"他站起身，抬手要解衣衫。阿山急忙拦下他，道："殿下已经将斗篷与外袍都给了御史大人，若再少穿一件，冻病了，谁来照顾大人？"

覃照林道："那穿俺的。"说着正要脱衣服，没承想扯到伤处，痛得"嗞"了一声。

"穿我的吧。"戚绫取雪回来看到此景，又见苏晋身上盖着的、头下枕着的都是十三殿下的衣服，沉默了一下，自脖间解下海棠红的斗篷道，"好歹可以抵御一时严寒。"

朱南羡接过斗篷，认真地道了句："多谢。"接着看向戚绫取回的雪，用凤翅盔舀了些，将其架在火上煮着，想了想又道："阿山，你与四小姐去外头山洞歇脚。"再对戚绫说了句："有劳四小姐了。若再需要雪，本王自己去取。"

火上白雪渐渐融化，戚绫看着朱南羡亲力亲为地操持着，忽然毫无来由地觉得不甘心。她心中生了些许困惑，却又羞于当着这几人的面问出口，只得与阿山去外头山洞了。

朱南羡解下自己的中衣放在一旁。待煮好雪水，他洗净一片冬青叶，把苏晋揽在怀里，用冬青叶舀了水，一点儿一点儿喂给她。他每次喂得不多，来回喂了五六次，然后用袖口小心翼翼地帮她把嘴角揩干净。

他原想让她再躺下，可耐不住自己的本心，挣扎了一下，怎么也不愿放开她。他用斗篷将她裹紧，任她卧在自己的怀里，然后又去看她的额角是否开始出汗了。

覃照林戳在一旁目瞪口呆地看着朱南羡为他家大人忙里忙外，终于明白了一桩事：十三殿下约莫是瞧上他家大人了。

苏晋从前教过覃照林，倘若他心里有疑惑又不确定答案，其实可以问问旁的事，旁敲侧击地将答案试探出来。他陪苏晋在外巡按年余，数回看她问案，不过几个问题，真相便水落石出。

他跟在苏晋身旁两年，总算没白费时光，道："殿下，俺饿了。"

朱南羡道："你皮糙肉厚的又饿不死，忍着。"

覃照林仔细看了看他的脸色，又一本正经地问："那待会儿俺家大人醒了，没东西吃可咋办？"

朱南羡愣了愣，这才将苏晋轻轻地放在草席上，自角落里拾起长弓，将箭囊背在背上，交代道："本王一个时辰就回来。你在跟前守着，但不许碰她，明白吗？"

覃照林呆若木鸡，心想，咋这么容易就试出来了？

他犹自不信，再说了句："殿下，俺受了伤，又要照顾苏大人，不能没力气，您帮俺打只山兔子呗？"

朱南羡不悦："兔子是你说有就有的？"他十分不放心地看了苏晋一眼，想了想，又添了句，"本王找找看吧。"

因往年冬猎皇子间的比试只有一日，诸皇子至多到第二日清晨就陆续从林场出来了。

眼下已是第二日午时过，朱沢微隔着密林望去，营地内似乎没什么动静。他心下生疑，按说储君身死，整个封岚山乃至岚水以外的禁区都该戒严，何以如此风平浪静？

难道是他布下的那招"暗棋"未得手？

朱沢微觉得十分蹊跷。

更早一些的时候，朱祁岳提议说，由他先出林场，将鹰扬卫安排在各个隘口，到时一旦事发，他二人可夺马从隘口的窄道撤退。

想到已有了退路，朱沢微当下也不再迟疑，自地上捡了一块坚石，往手臂上狠狠一砸，撩开袖子等到紫乌的瘀血浮上来，这才扶着手臂，慢慢地走出了林场。

营地的侍卫一见朱沢微，便上来拜见道："七殿下，陛下命您出来后立刻去大营之中。"

朱沢微四下望去，笑了笑："怎么不见本王的诸位兄弟？是出什么事了吗？"

侍卫道："禀七殿下，昨日夜里禁区守卫来报，十三殿下跨过岚水往封岚山深处去了。陛下心急，命虎贲卫去找，因遇上暴风雪，至今一点儿下落也无。"

朱南羡去禁区了？想必又是为了那个苏时雨。

朱沢微"嗯"了一声。到了大营，一旁的侍卫帮他撩开帘子，朱沢微一进到里头便愣住了——父皇右下首站着的人不是太子朱悯达又是谁？

难道是羽林卫失手了？可是，羽林卫贴身保护朱悯达，即便失手，朱悯达身上为何一点儿伤也无？

朱沢微心中虽困惑，但也明白现在不是细究这个的时候，当下朝皇上拜道：

"儿臣出来得晚了，求父皇责罚。"

景元帝道："听说你受伤了，可还要紧？"

朱泽微道："多谢父皇关心，儿臣不要紧。可惜因为受伤，非但耽搁了出林场的时辰，这回猎的猎物也实在不多。"

景元帝回了句"无妨"，顿了一顿，却问："泽微，你出来这么晚，可曾看见南羡了？"

原来父皇方才问伤只是走个过场，果然在他的眼里，什么都比不上朱悯达、朱南羡这些嫡皇子重要。

朱泽微似是一愣，往四周看去，诧异地道："怎么，十三最擅行猎，眼下竟还未出来吗？"

景元帝没答这话，似乎是心焦所致，脸色非常难看。

这时，虎贲卫指挥使时斐来报："禀陛下，末将已命虎贲卫搜遍了整个封岚山林场，并没见到十三殿下的踪迹。想必殿下自越过岚水进入禁区后，便再没有回过林场。"

景元帝听了这话，正待问询，不想心急之下一口气卡在嗓子眼，剧烈地咳嗽起来。他就着一旁吴敞递来的绢布抹了抹嘴，绢布竟沾上了血。

朱悯达见此情形道："父皇还是先去歇着，将这里交给儿臣吧。若余下的侍卫再找不到十三，儿臣便亲自去北大营调兵。哪怕搜遍整个封岚山，也定要把他寻到。"

景元帝却摆了摆手："不，朕便在这里等他。"

朱景元将朱南羡失踪于禁区的过失归咎于自己——他分明知道朱觅萧不安好心，却纵容朱觅萧带苏晋入林场。

可他真的没想到朱南羡竟会不顾危险，独自越过林场去找苏晋。那里猛兽横行，又是冷寒的风雪天，饶是朱南羡善武，倘若孤身在禁区，也难保不遇到危险。

而这个苏晋……

朱景元又想到登闻鼓一案后，自己单独留下齐帛远问的那句话——谢煦除了一个孙女，可还有什么后人？

这句话不是毫无缘由的。

当年他征伐天下，身边的三位谋臣中，要论文才，齐帛远其实是不输谢煦的。可谢煦之所以能成为当世第一大儒，成为他身边的第一谋士，是因为谢煦的锦绣才情中自含一种兵行诡道般的机巧之感，算无遗策且总能以奇招制胜。

这样的诡谲可敬、可叹，亦可畏，因为谢煦仿佛是无所不能的。

是以在平定江山数年后的"相祸"中，即使谢煦早已远避蜀中，朱景元看着诛杀令上的"谢煦"二字，提起朱笔，最终没有画去。

朱景元命锦衣卫追到了蜀中。他侥幸地想，以谢煦的智计，定能算到会被"相祸"牵连，说不定早就带着孙女逃往云贵边境之地去了。这样也好，谢煦走得再远些，远到再不能威胁到朱家的皇权后，便可以好好地在云贵待着，安度余生。

可朱景元没想到谢煦居然没有走。

谢煦就像拿自己的命在等一个笑话。

谢家公子才情无双，却始终有一个执念：他要看一看这个他视为一世知己的人，曾相扶相持的人，是否真的会对自己痛下杀手。

可惜啊，皇权最终污了人心，谢煦这一生忠义终归成为荒唐一场。乃至于朱景元在此后数年的梦中总是听见自己对谢煦许诺过又辜负了的那句话：有朝一日江山在我之手，当许你半壁。

朱景元还记得，谢煦致仕是景元三年的暮春。他对自己说，他远在蜀中的独子为他添了个分外伶俐可人的孙女。他陪自己抢了半辈子江山，累了，日后打算将这一身才学都传给这个孙女，教她做个醒世明目之人。

当时朱景元说："你这个孙女年纪正好，又受教于你，等日后长大了嫁来朱家，给朕做个儿媳。"

彼时谢煦只是笑，浅淡的春晖落在他清雅舒展的眉间，浮起苍茫之色，细看去，反倒有些落寞。

登闻鼓案那日，当朱景元看到苏晋一身绯袍站在皇皇大殿之上，上指苍天，下斥奸恶，负手振臂为黎民苍生请命，为忠正义士正名之时，只觉得苏晋眉间的苍茫之色与昔日那名无双谋士一般无二。

于是，他动了杀心。

而当朱南羡双膝落于地上为苏晋求情的那一刻，朱景元甚至不敢去计较苏时雨这一身御史绯袍下是不是女儿身，是不是他所辜负的故人口中那个伶俐可人的孙女。他怕知道那个令人心惊的答案。

直到方才，在知道自己最心爱的十三子为了苏时雨孤身犯险时，他有些悲哀地想，这就是报应吧，是他昔日辜负谢煦的报应。

封岚山深处猛兽横行，南羡一直不肯出来，是当真遇到了危险，还是在怪自己默许觅萧对苏时雨动手？

深重的忧思在五脏六腑中结成郁气，朱景元撑着最后一丝清明的神志勒令道："昱深、祁岳。"

"儿臣在。"

"朕命你二人各率一百名虎贲卫、一百名鹰扬卫，分别自林场西南、东南入封岚山搜寻南羡的踪迹。"

"是。"

"左谦、伍喻峥、时斐。"

"末将在！"

"你三人带余下的金吾卫、羽林卫、虎贲卫，自林场正南、封岚山西南、封岚山东南入山，务必找到朕的十三子。"

"末将领命！"

苏晋醒来后，身上只着一件中衣。她掀开盖在身上的斗篷一看，居然不是她自己的。

她的额角鬓边有清爽的湿意，身旁的火堆暖意融融。苏晋看过去，火堆另一旁不知何时用树枝搭了个木架子，她之前穿的衣裳被清洗干净，搭在上头已快烤干了。

朱南羡正在木架下头熟练地取雪水。

苏晋不由得轻声唤了句："殿下。"

朱南羡动作一顿，蓦地抬头隔着烈火望过来。他将手里用果壳新制的碗钵一扔，三两步来到她身边，抬手在她的额间一探，松了口气道："已经没那么烫了。"又问，"你可还觉得哪里不舒服？"

苏晋摇了摇头，就着他的手撑着坐起来，往四下望去，这才发现石洞内除了她这一方小小天地，余处都狼藉不堪。

不知从哪里捡来的果壳、枯草、木枝四下堆放着。煮好的雪水泼得到处都是，连朱南羡浑身上下都不可幸免。他的衣衫、袖口、裤脚上都有大片小片的水渍，细碎的额发及绑在脑后的青丝马尾上也沾了水。

苏晋沉默片刻，大约猜到发生了什么，垂眸道："辛苦殿下了。"又问，"什么时辰了？"

朱南羡在她身边坐下，揩了一把额头上的汗道："寅时，已快天亮了。"

苏晋记得她睡过去的时候大约是前一日寅时。这么说，她睡了一天一夜。

她眉头微微一蹙，自责地道："我病得真不是时候。"

朱南羡就地捡了根木枝在火堆里拨了拨，让火烧得更旺了些，须臾，轻声道："你辰时就睡过去了，一直未醒，半夜里开始出汗，浑身上下都湿透了，我……"他一顿，沉静的双眸映着烈火，尚能看出一丝未退的忧色，"我怕你受寒落下病根，自作主张拿温水帮你擦了身子与头发，还帮你换了衣裳。你不要往心里去。"

苏晋披着斗篷，苍白的脸颊上染上一抹红。她垂下眼帘："无妨，也不是头一回了。"

朱南羡听到"无妨"二字才懊恼自己似乎说错话了。她要往心里去才最好。

他自一旁捡了果壳，洗净后重新取了煮好的雪水递给她，说道："我问过阿山，你刚醒，立刻进食不好，先缓缓。"

苏晋接过雪水饮罢，然后抱膝坐在火堆前，似在思量着什么，不再说话了。

她披着那件海棠红的斗篷，被他擦洗过的长发顺从地滑落在肩背，鬓边的发丝沾了一滴水，映着火光晶莹剔透。她清雅好看的眉眼是沉静的，眸光中流转着常人难以企及的智慧和灵气。

朱南羡一时看呆了。

苏晋沉吟一番道："我在想，倘若我们之前的推测是对的，羽林卫有反心，这回冬猎恰逢风雪，羽林卫真要对太子殿下动手，最好的时机应当是在第一日天黑过后的风雪夜，因为风雪可以形成一道天然的屏障，对他们加以掩护。

"左将军常年带兵，一定能想到这一点，势必会在风雪夜前召集金吾卫暗中保护太子殿下。羽林卫只有八人，应当不能成事，可是……"

苏晋眉头微微一蹙："无论羽林卫成事与否，亲军卫叛变这个消息传到陛下的耳中后，陛下必定会自北大营调兵入驻封岚山戒严，且勒令各皇子出山。眼下已是初四了，没有人找到我们这里，只能说明陛下尚未从北大营调兵。以此往回推，那就是羽林卫没有叛变？"

"如此看来，竟是我算错了。那小殿下奶娘那句'什么都是假的'究竟是何意呢？"苏晋思忖道。

"阿雨，"朱南羡道，"你还病着。"

苏晋愣了愣，转头对上他的眼，垂眸道："我知道。"又轻声添了句，"我只是想为殿下分忧。"

身旁有灼灼烈火，她长睫低垂，像是在颊上洒下花影，俯眼望去，能看到流转在她眼底的月华，霞色轻染脸庞。

朱南羡的脑子蓦地一片空白，满世界都寂静了，他只听得到自己的心跳声。

这种不知道下一刻将要发生什么的感觉，他太熟悉了。

眼里、心里像是燃着一团火，他不自觉地伸出手，在未反应过来之前，修长的手指已穿过她的发丝，轻轻钩住她的后颈。

他俯下头去，双唇触上渴盼已久的温柔之地，整颗心仿佛都软下来了。

然而下一刻，石洞外忽然传来轻微的脚步声。

戚绫一进石洞就见朱南羡站在烈火旁，一脸凛然地看着她道："你怎么来了？"

戚绫怔怔地道："臣女方才听殿下对罩将士说，想将鹧鸪汤重新热过。臣女看殿下忙着照顾苏大人脱不开身，就……"

她话未说完，忽然看到站在朱南羡身后的苏晋。

这名原本就清雅标致的御史身上罩着海棠红的斗篷，一头青丝洒落双肩，好看的五官与面颊的霞色相映生辉，一时之间竟难辨男女。

苏晋就这么负手站着，面容沉静地看向戚绫，眸子里透出冷厉之色，清冷的样子令人心生敬畏。

戚绫想起一个词——官威。这样凛凛的官威让她觉得苏晋身上那一抹似是而非的柔美或许只是海棠红斗篷带来的假象。

她连忙放下手中的碗钵，敛衽拜下，道："臣女失仪，冒犯了殿下和大人。"

朱南羡没说话。

苏晋"嗯"了一声，淡淡地道："出去吧。"

火光在石洞壁上映出一圈圈光晕。

两人虽一碰即分，可那柔软的触感仿佛始终停留在唇边，烫人心扉。

苏晋沉默半刻，说道："陛下虽未从北大营调兵，但也该知道殿下进禁区了。殿下不回营地，陛下定会派人来搜，算算时辰，今日午前应该会有人找来。"

朱南羡点了一下头，走去木架旁，摸了一下晾在上头的衣衫，道："已经干了，你先换好衣裳。"

苏晋刚换好衣裳，罩照林便自外头进来了，探了个头，问道："大人，刚才是出啥事了？"

苏晋正拿着发带束发，似是泰然自若地问："怎么了？"

罩照林道："刚才殿下黑着一张脸从里头出来，捡刀的时候还瞪了俺一眼。俺觉得他想一刀劈了俺，可俺没做做啥事啊！"他挠了挠头，添了句，"也就是殿下让俺看着洞口的时候，俺不小心打了个盹儿。"

苏晋束发的动作一顿，微微蹙眉，扫了他一眼。

罩照林呆了一下，道："大人，俺又说错话了？咋你也不高兴了？俺真的啥都没折腾。"

苏晋不欲与他多说，自草席上拾起朱南羡的斗篷与外袍，撑开来抖了抖，仔仔细细地叠好，问："殿下呢？"

罩照林在她身旁蹲下来，道："刚才殿下去还戚四小姐的斗篷，四小姐说有话要对殿下说，他俩到洞外头说话去了。"

苏晋闻言，眼帘微垂，"嗯"了一声。

覃照林看了眼苏晋的脸色，忽然又想起十三殿下瞧上他家大人这事。他原想问问苏晋的意思，但又琢磨着他家大人毕竟是女的，不好直说，只能用试十三殿下的法子来试试他家大人了。

是以他问："大人，俺以前当指挥使的时候听巡城御史说，御史就是管规矩的，品级越高的御史管得越多。像您这样的，是不是连皇帝老儿的家事也管？"

苏晋一边就着朱南羡煮好的雪水净了手，一边回了句："有话直说。"

覃照林道："您看您跟十三殿下走得这么近，他这个年纪还不成亲，你咋不谏言呢？"

苏晋一顿，转头看了覃照林一眼，将他上上下下打量了一番，说道："本官首先是个人，然后才是御史，只要不违逆德行、超出底线，可以自私。"

覃照林挠了挠头，咋又不明白了哩？

开春的卯时，天边只有一丝微光。出了山洞，寒气迎面扑来，朱南羡回身看向戚绫："你有什么话要对本王说？"

晨风将戚绫的衣裙向后撩去，在这晦暗的山腰，那衣裙的颜色似娇艳的梅。她道："臣女听说殿下初七就要动身回藩地了。"

朱南羡道："嗯，初七一早便走。"

戚绫道："殿下连祈福迎春都不等吗？臣女听说，等迎春过后，陛下还要为殿下赐……"

"不会赐婚。"朱南羡打断她的话，负手看着她，一身月白劲装如染冰霜，"冬猎之所以带上你，是因父皇授命。父皇身子不好，本王不欲当面顶撞他，但冬猎过后自会向他解释明白。至于戚家，本王的皇嫂会亲自登门致歉。你的亲事更不必忧心，本王皇兄继位后会将你收作义妹，亲自帮你寻一门好亲事。"

戚绫愣怔地看着朱南羡。

她忽然想起他少年时来戚府的那个花灯节。

她自石桥上过，新做好的花灯险些跌落水中，还是他伸出刀柄将花灯凌空一挑，递还给她说："灯这么好看，当心些。"

她从未见过这样英姿勃发的少年，一双眼明亮得仿若将浩瀚星辰都纳入其中。

戚绫垂下眸，轻声道："可是殿下说的都不是如雨想要的。"她顿了顿，忽然有些卑微地道，"殿下终归是要纳妃的不是吗？殿下是嫡皇子，是藩王。如雨不求做殿下的正妃，侧妃也不必，只要能常伴在殿下身旁，哪怕做个侍婢，这也不行吗？"

朱南羡摇了摇头："不行。"

他身旁只有一个位置，早已留给了他心中之人。

"可如雨听说，殿下有一方刻着'雨'字的玉佩，收在身边两年，是……要送给如雨的。"

朱南羡道："你误会了，这玉佩是本王最珍贵的东西，上面的'雨'字与你无关。本王此生都不会将它送给任何人。"

白雪皑皑的山脚忽然闪过一星光亮，朱南羡不再与戚绫多说，三两步走到山道边望了望。那一星光亮逐渐变成一道蜿蜒的长龙，借着火光，隐约可见一行身穿黑胄甲、头戴飞鹰冠的人——是鹰扬卫。

朱南羡扬唇一笑，高声道："十二哥！"

朱祁岳已看到朱南羡了，当即翻身下马，带了几名亲兵疾步上了山腰。朱祁岳借着火把的光上下打量朱南羡，伸手拍了一下他的手臂："你小子，既然好好的，为何不早些出来？叫父皇在外面分外担心。"

朱南羡道："林中遇到危险，其他人有病有伤，我一时走不开。"又问，"父皇可还好？"

"大约是旧疾犯了，我出来时已被人扶下去歇着了。"

他二人说着话，几名亲兵已将阿山从山洞里搀扶出来。苏晋上前与朱祁岳见过礼，略一思索："敢问十二殿下，陛下既然病了，那眼下营中是由太子殿下做主吗？"

朱祁岳点了一下头，道："自当由大皇兄做主。"

苏晋心中思忖，听朱祁岳的语气，朱悯达非但没出事，而且一点儿危险都没遇着。那是她之前所料的出了差错吗？可这差错究竟出在哪里了呢？

罢了，她眼下身处深山之中，耳不闻、目不及，纠结此事实属无益，待出林场后，问过沈青樾与左谦再思量不迟。

朱祁岳找到朱南羡后便命人去给其余几支亲兵卫传了信。

风雪已止，山中的路虽好走一些了，但因带了伤兵与女子，他们也不能走得太快。一行人当夜在岗哨处扎寨，直到第二日晨时才出了林子。

朱悯达已率众皇子与朝臣在营寨外等着了，一见朱南羡出来，先是松了口气，接着责备道："你这回实在是不像话，平白让父皇与本宫担心。"然后仔细看了看他，"可有受伤？"

朱南羡道："皇兄放心。"

朱悯达微微颔首，扫了眼跟在朱南羡身后的苏晋，回身看向朱觅萧道：

"十四，冬猎前是你自请要带苏御史行猎的，何以未能护她周全？"

朱觅萧轻慢地说道："大皇兄这话可就错怪皇弟了。皇弟不是早已说了吗？苏御史到林场后，觉得新鲜有趣，后来追一只兔子追没了影儿，皇弟也是命人寻了半日工夫呢。"

朱旻尔听了这话怒道："朱十四，你信口胡说。苏御史是读书人，何以会去追兔子？若不是你心怀不轨将他带往禁区，他何至于到现在才出来！"

朱觅萧轻蔑地一笑，道："本王该解释的已解释了，随你怎么想。再者说，苏御史眼下不是好端端地……"

他话未说完，一柄刀便架在了他的脖子上——是朱南羡的"崔嵬"。

凛冽的春风拂过漆黑的刀鞘，流转出肃杀之气。四周都是皇子、朝臣，却没一个人上前拦阻，因他们从未在朱南羡的脸上见过这样森冷的寒意。

朱南羡道："还记得在三哥府上，本王叮嘱过你什么吗？"

彼时朱南羡独闯三王府的酒宴，掰折了朱觅萧的手骨，也提醒过他，下一回就不是松松筋骨这么简单了。

而朱觅萧竟让阿雨险些丧命于猛兽之口。

朱南羡不敢想，倘若自己去晚了一步会怎么样。

朱觅萧望着朱南羡眼中的冷意，那冷意中带着轻视，忽然觉得被击中痛处——他与朱南羡之间原就是嫡庶不同、尊卑有别的，朱南羡若真想惩治他，他也无计可施。

朱觅萧心中突生怯意，道："本王不过与父皇提个议，若不是十七多话，父皇也不会准允……"

不等他说完，只听"铮"的一声长刀出鞘，刀自他的肩头削下，鲜血迸溅而出。朱觅萧还来不及反应，胳膊已横飞出去。

四周静若无人。

朱南羡看着面色惨白、疼得跪倒在地的朱觅萧，淡淡地道："从今往后，你与本王手足之情尽断。你少了一只手，日后见了本王无法行揖礼，便将就用这双腿跪着迎送吧。"

他收刀入鞘，径自从朱觅萧的身边走过，足底踩过地上的鲜血，唤了声："刑部。"

沈拓没来，随行伴驾的刑部侍郎方槐连忙出来稽首跪拜。

朱南羡道："本王就藩南昌两年，朱觅萧三番五次派人行刺，本王命你回京师后来本王府上取证，将罪证、状词直接呈递奉天殿皇案，一刻都不得耽搁。"

第二十二章　古钟悲鸣

朱景元的病情令三军耽搁到下午才拔营。大军沿途在呑城歇了一夜，直到第二日近晚才回到京师。

苏晋病未痊愈，一路上又风尘仆仆，到了苏府后仰头倒在榻上，径自睡到了初六清早。

朱南羡初七就要走了，苏晋醒来的时候想。

天未透亮，云端还染着干净的苍蓝色。初春已至，冬雪融化，气温比前几日低了些。苏晋本已出了府门，奈何寒风迎面袭来，便又回府添了件衣裳。

她与沈奚说好午后到东宫一叙，眼下时候尚早。她心中记挂着柳朝明的病情，便先到了柳府。她叩门时还是阿留过来开的门。

阿留见到苏晋一喜："苏公子，您是来瞧阿留的吗？您回京师许久都不曾来瞧阿留，阿留还以为您将我忘了呢。阿留刚备了……"

苏晋抬手打断他的话，问道："柳大人起了吗？他的病可好些了？"

"大人这回病得不轻，医正叮嘱了等闲不能下地走动。大人因此一直不曾回府。"

苏晋怔了怔："还没见好吗？"她垂眸想了一下，道，"那我去宫中看他。你有什么要捎给他的？"

"有！"

阿留跑回府内，不久又匆匆出来，将一摞包好的衣物、一个笔洗交到苏晋的手中："大人的笔洗每五日阿留就为他替换一个干净的，还有这些衣衫，阿留都用杜若熏过了。"想了想又道，"可惜还有几卷大人常读的书，先前被大人拿去书房了。"

苏晋道："那你去取，我等你。"

"阿留是不能进大人的书房的。"他目中露出些许惧色，"全府的人，除了三哥谁都不能进大人的书房。从前有个婢女就是因为进了大人的书房……"

他话说到一半，忽然咽了回去。安然叮嘱过他，不能将柳朝明当着府内上下的面命人杖毙一个婢女的事说出去。

所幸苏晋也不在意，点了一下头道："那好，我先进宫，待看过大人后，命人来与你报个平安。"

阿留喜道："那真是多谢苏公子了！"

安然刚自公堂取了公文回值房，便见苏晋自中庭走来。她一身青色氅衣，襟口绒边衬得她肤白似雪，却面带病色。

安然连忙下了石级见礼："苏大人冬猎回来了？"

苏晋点了一下头道："我去过柳府，听说大人病不见好，放心不下便过来看看。"她扫了一眼安然手里的公文，眉头微蹙，"大人既病了，为何还要看公文？"

安然笑道："苏大人又不是不知我家大人闲不住的性子，安然还盼着苏大人能帮忙劝上两句呢。"

苏晋将阿留捎的衣物与笔洗交给安然，待他归置好，与他一起进了值房。

屋内一股浓重的药味，里间燃着炭火，柳朝明正靠在榻上，手里握着一卷书。他见苏晋来了，吩咐了句："安然，看座。"

安然在卧榻不远处给苏晋支了个椅凳，苏晋坐下后道："听说大人未曾病愈，这几日都歇在都察院，不能下地走动。时雨有些不放心，所以过来看看。"

柳朝明合上书，淡淡地道："也不是重病，只是见不得风罢了。"

他手里的书是一卷《大随要律》。苏晋看了眼案头堆积如山的公文，不由得说："大人既病着，便不该这般操持。左右都察院还有我、赵大人及钱大人。"

柳朝明没回这话，抬眸看向苏晋，顿了顿道："你脸色不好。"

苏晋道："是，冬猎时受了寒，病了一场。"

柳朝明"嗯"了一声，自案头端起茶，道："你也该好生歇着才是。"

柳昀有一点像孟良，事若关己便不愿多说。苏晋与他又叙了几句闲话，见他似是乏了，便起身告辞。

苏晋走到门口回过身来揖礼时，忽见屋正中的方桌上还搁着一盏热气尚未消退的茶水——柳朝明的茶在他自己的手里，安然在屋外，她进来时没有讨茶，那这杯刚沏好不久的茶水是谁的？

苏晋下意识地看了一眼屋里的那扇青竹屏风，沉默片刻，说道："大人身体抱恙，自当多歇息才是。茶是醒神之物，大人这几日还是少吃一些的好。"

柳朝明自卧榻上悠悠地望过来，忽道："本官有一封急函要发给北平巡按史，还未写好。你既然闲着，明日一早来都察院取信，帮本官送去通政司吧。"

"明日一早？"苏晋愣道。

柳朝明淡淡地扫她一眼："怎么，你有事？"

明日是初七，朱南羡正是明日一早离开。苏晋答应了要去送他。

苏晋道："是有些私事，但明日下官可让翟迪来跟大人取信。"

柳朝明淡漠地道："你信得过的人，本官未必信得过。"

苏晋想起北境常年战乱征伐，柳朝明赶在年关节发急函，大约是形势紧急、事关民生，于是点头道："那好，时雨明日寅时三刻便过来，还望大人今日便将信函写好。"

柳朝明"嗯"了一声。

炭火盆将密不透风的里屋熏得燥热。苏晋离开后，青竹屏风后绕出来一人。他身着鸦青蟒袍，腰带上嵌着一颗东珠，人却比东珠更耀目几分。

朱弈珩就着方才苏晋的椅子坐下，吃了口茶，浅浅地笑道："方才本王要收这盏茶，大人不让，平白卖了个破绽给苏御史。大人是嫌这些年踽踽独行实在无趣，想要给自己添些乐子吗？"

柳朝明没答这话，将盖在腿上的被衾掀开，披衣下地，似乎是嫌热，提起桌上的茶壶将炭盆浇灭，这才道："殿下投诚七殿下，七殿下怎么说？"

朱弈珩道："本王无权无势，若不是以刑部与户部投诚，七哥未必愿与我多说两句。"他顿了一下，继续淡淡地道，"不过他这回当真是被逼急了，竟然问本王在都察院的盟友是不是柳大人。"

柳朝明顿了一下，将茶壶搁在桌上，绕到窗前去推窗："本官听说钱之涣今日致仕了。你做的？"

朱弈珩点点头，然后有些失望地道："七哥想不明白置之死地而后生的道理，今日一早因为钱之涣致仕，跟本王发了好一通脾气。"

柳朝明漫不经心地道："你承诺要把户部给他，他的户部尚书却在这时致仕，他急了也是情有可原。"

"户部没了钱之涣，好歹还有一个右侍郎杜桢。七哥不明白，想要户部，关键不在是否能保住户部尚书，而在是否能除掉沈青樾。"朱弈珩浅笑道，"只是本王对沈青樾了解不深，所以有个颇为棘手的问题想向柳大人讨教。依沈青樾的智计，在这两眼一抹黑兼之又被冬猎虚晃了两招的情况下，他大约需多久才能想明白这浮于面上的第一层因果。"

柳朝明想了想道："两三日吧。"

"这么快？"朱弈珩一愣，又问，"加上苏时雨呢？"

柳朝明道："折半。"

朱弈珩琥珀色的眸子里闪过一丝异色："苏时雨不过初涉朝局两年，在大人眼里，竟能比肩沈青樾吗？"

柳朝明看了他一眼："沈青樾天赋异禀，可惜自恃聪明。他自踏上这条路就已无路可退，却妄图扭转乾坤，以一己之力与这时局洪流抗衡，所以必定会从根源处寻答案，会去算这浑局背后有多少势力，谁是执棋人，谁是布局者，有谁合纵连横，有谁心怀鬼胎。

"想必他眼下已算到你，且离真相只一步之遥了。但这一步看似近，实则远，因为他这个人实在太骄傲，这样的骄傲令他一叶障目。

"但苏时雨不同。她虽与东宫走得近，却仍是一个旁观者。她会直接绕开浑局之中林立着的各方势力，从事件的结果往回推论，找到她想要的答案。"

柳朝明说着笑了一声："本官听说此局已布了十年。怎么，如今还会因为沈、苏二人功败垂成吗？"

朱弈珩放下茶盏，自袖囊里取出布帕擦了擦手，垂眸思量片刻，道："两三日折半就是一日。"他偏头看了眼窗外，时值正午，日光正浓，"一日够了。"

苏晋到宗人府递了官印，东宫的管事牌子尤公公已经在外头等着她了。

在将苏晋引往东宫的路上，尤公公道："太子殿下与十三殿下去明华宫看望陛下了。十七殿下不知犯了什么事，冬猎一回来，十三殿下便将他撵去了沈府，说让他跟着小沈大人学着长长脑子。"

苏晋问："沈大人已到东宫了吗？"

尤公公道："正午一过便到了，眼下正在垂华殿教小殿下念书呢。"

年关已过，化雪天虽寒冷，却抵挡不住蓬勃的春意。垂华殿门外的榆树抽了新枝，树梢簇新的嫩叶绿意盎然。

越过树梢望去，沈奚正坐在殿内吃茶，朱麟蹒跚着步子凑到他膝前，举起手里的薄册子。

沈奚扫了一眼书名道："《千字文》有什么好念的？"他将茶盏放下，倾身看向朱麟，"阿舅给你念一折《白蛇传》吧。"

朱麟将书册收回来，仰起脸似懂非懂地望着他。

沈奚循循善诱："就是一条白蛇幻化成人，为报恩嫁给一名穷书生的戏折子。想听吗？"

朱麟忽闪着眼，点了点头。

沈奚刚要开口，沈婧在一旁笑道："你仔细教坏了麟儿。叫你姐夫知道了，该要斥你将花架子耍到麟儿身上了。"

沈奚往椅背上一靠，懒洋洋地道："那我该教他什么？经史子集，翰林院詹事府那帮夫子日后自会逼着他念。人生在世，天道无常，人之所以畏这无常，是因逃不开吃喝拉撒的束缚、七情六欲的羁绊。"

他冲朱麟眨眨眼，道："舅父看似讲白蛇，实是说红尘。等你参破三分红尘，日后便可在这混沌世界鹤立鸡群，活得满目清明。这才是生而为人的俗世正道。"

沈婧听他满口歪门邪说，笑着将朱麟拉开。

尤公公引着苏晋过来了。苏晋青色氅衣里一身四品补服，与沈奚那身挺像。

朱麟歪着小脑瓜盯了苏晋一会儿，大约是觉得她亲切好看，挣开沈婧的手，将手里的《千字文》认真翻开，翻到"天地玄黄，宇宙洪荒"那一页，递到苏晋跟前。苏晋不解其意。

沈婧矮下身，柔声道："苏御史与舅父有话要说，待会儿母妃念给你听好不好？"

朱麟想了想，乖巧地点了点头。沈婧这才牵了他的手，对苏晋温声道了句："十三今日要在明华宫陪父皇用晚膳，御史若无事，不妨在东宫多留一些时候。"

殿内点了提神醒脑的苏合香。沈婧带朱麟离开后，沈奚屏退左右，对苏晋道："钱之涣致仕了，你知道吗？"

苏晋道："过来的路上听说了。"

沈奚撩开衣摆，在一旁的棋盘前坐下，拈起一颗白子替换了小目上的黑子："所以我在想，我们是不是将目标弄错了。钱煜的事，重点不在羽林卫，而在他的父亲——户部尚书钱之涣身上。"

苏晋出了封岚山后便听左谦提过，冬猎时朱悯达其实是遇过险的。但要伤朱悯达的并非羽林卫，而是一群潜藏在林中的暗卫。

暗卫足有二三十人之众，若非羽林卫拼死保护朱悯达，无法拖到金吾卫与虎贲卫赶来增援。可惜这帮暗卫乃一众死士，一经捕获，纷纷吞毒自尽，还是伍喻峥拼命遏住两人的喉咙，才留下活口。

苏晋手执黑棋，细细一想，落子道："当初奶娘留下的那句话是'什么都是假的'。照大人的意思，羽林卫既然对太子殿下是忠心的，那么这个'假'字便落在了别的地方。"

宫前殿一案中钱煜被问罪，其实有两个后果：对于太子来说，是肃清了羽林卫；但对于七王朱沢微来说，则是重创了钱之涣，令七王几乎失去了户部尚书这棵摇钱树。

既然前一个后果是真的，那么第二个后果，也许便是假的。

沈奚沉吟道："眼下姐夫即将继位。他继位后，一定不会留朱沢微性命。朱沢微若想活命，只有两条路可走，一是派人去行刺太子，二是赶在太子登基前回到藩地凤阳府。

"行刺太子他已试过，冬猎时的暗卫想必就是他的手笔，但是他失败了。那么他现在只剩第二条退路——回凤阳。"

苏晋道："让七殿下回凤阳无异于放虎归山，太子殿下必定会想办法将他困在京师。"

"对。"沈奚点头道，"姐夫已经安排下去了。原本打算一开春就用我手里的证据参倒钱之涣，问罪朱沢微，没想到钱之涣在这个时候要致仕归乡。"

他眉头微锁，道："也不知他致仕的原因到底是什么。他是为保朱沢微顺利回凤阳，所以急流勇退？"

苏晋道："倘若真是这样，事态反倒还好。即便钱之涣回乡了，开朝以后太子殿下主持朝政，想个办法留住七殿下也不难。至于其他的，日后再徐徐图之。"她说到这里，又问，"既是如此，太子殿下从初七到十五祈福、迎春与巡军时，他的安危由谁来护卫？"

沈奚道："伍喻峥在冬猎时为保护姐夫受了点儿伤，但眼下姐夫只信得过他，之后的祈福至巡军，便由他带兵跟着了。但巡军之际，北大营二十个卫所十万将士，也不知哪一卫会有异心。十三今日一早已向陛下请命，巡军之际，让金吾卫也跟着姐夫。"

苏晋自袖囊里取出一张图纸道："我命翟迪自五城兵马司取了年关节期间应天府的各兵卫的守备时刻表。自祈福的昭觉寺，到迎春时的八个城门，沈大人与我再过目一遍。"

其实这样的分兵时刻表，要由朱南羡来看才最为明朗，沈奚与苏晋只能对着人手多寡来推算。

两人一直说到夜深，宫婢来报："禀沈大人、苏大人，太子殿下回来了，传二位大人去正殿。"

沈奚是在东宫常来常往惯了的，听了这话，心中仍惦记着钱之涣致仕的事，想了想道："本官还有事没想明白，就不去了。"

苏晋原想见朱南羡一面再走，谁知到了正殿，却从朱悯达的口中得知朱南羡今日因拒了戚家的亲事，被景元帝罚跪在明华宫，还不知何时能离开。

苏晋在心里盘算了一下时辰，想到明日天不亮还要赶去柳朝明处取信，当下也不再多留，起身告辞。

正殿内灯火辉煌，朱悯达看着她，忽然问了句："你日后愿随十三去南昌府吗？"

苏晋不知当怎么答，这毕竟是她心里百思难解的念想。

所幸朱悯达并没有急着要一个答复，而是道："本宫从前确实对你起过杀心，但这么多年十三是怎么对你的，本宫也看到了。你毕竟是女子，纵然天资过人，身在庙堂终是不妥。十三宅心仁厚，又愿尽他所能庇护于你，今日在父皇跟前受的一通罚是为了谁更不必提。本宫望你能好好想想，莫要辜负了他。"

苏晋垂眸道："承蒙太子殿下教诲，微臣自会想过。"

朱悯达不再多说："行了，你回吧。"

待苏晋离开后，沈婧才从一旁的耳殿中走出来。她看了眼苏晋远去的身影，问道："殿下，她应了吗？"

朱悯达温柔地道："你放心，该说的我已与她说了，且看她能不能想明白吧。"

沈婧"嗯"了一声，却往殿外走去。

朱悯达一愣，温言唤了声："阿婧，明日还要去昭觉寺祈福，天色已晚，不去歇着吗？"

沈婧自殿外的宫婢手上接过一袭外袍，道："我想去看一眼青樾，有些担心他。"

朱悯达点头道："嗯，青樾这阵子有些不对劲。他自小就这样，凡事想不明白，便跟自己过不去。你去看看也好。"

中夜清凉有风，沈奚待在殿中一时烦闷，便挪到檐下的台阶上坐着。

天幕一轮月弯弯，他仰头望去，也不知望了多久，身旁忽然传来一道轻柔的声音："这么晚了，怎么还不睡？"

是沈婧。她一身藕色衣裙，手持风灯，眉目盈盈的样子仿佛误入人间的仙娥。

沈奚摇了摇头："不睡了，我想不明白钱之涣致仕的事，总觉得只是参破了表象，心中像被人使了障眼法一般。"

沈婧莞尔一笑，将手里的外袍为他披上道："你总是这样，万事不上心，可一旦有事往心里去了，就非要掰开揉碎看得通透彻底。得过且过不好吗？"她说着，顺着沈奚的目光也望向天上尚半弯的月，"三妹不日就要临盆，今日殿下答应我，等他登基以后，天暖和一些，便准我带着麟儿去探望三妹。到时你与我一起去吧，我们姐弟三人已好些年没团聚了。"

沈婧从来悲喜有度，但说这话的时候十分开心。

他们姐弟三人自小亲近。沈筠嫁去北平府已数年，中途只回来过一次，当时沈奚还南下去了杭州，不在京师。沈婧盼团圆已盼了很久。

可惜沈奚记挂着钱之涣的事，总觉得哪里有纰漏，当下也没太在意，只是回了句："再说吧，日后有的是机会。"

沈婧只好无声地叹了叹，轻声道："那好，你也不要太忧心了。"言罢又看他一眼，提了风灯，转身走入夜中。

那脚步声轻且柔，不知怎么，就落到了人的心尖上。

沈奚别过脸朝沈婧望去，那单薄纤瘦的背影竟让他品出一分落寞。

他不自觉地抬了抬手，想要唤住她，跟她说倘诸事已定，便是一家人在北平团圆也无妨，却终是将手放下，又陷入方才的沉思当中。

他觉得来日方长。

苏晋这夜歇在了都察院，寅时起身，自安然那里取了柳朝明的信函，便急忙赶到正阳门外的短亭。朱南羡已立马在亭外等她了。

此时已是卯时时分。亭外野草露水凄清，苏晋下得马来，见朱南羡身后还有府兵，便跟他行了个礼。

朱南羡看她行色匆匆，道："你是有事？"又问，"可用过早膳了？"

苏晋道："已用过了。"她垂眸又道，"是有事在身。都察院有一封急函，我需亲自送去通政司。"

朱南羡愣了愣道："通政司每日辰时就要分发信函，你最晚辰时要赶到。那你是现在就要走吗？"

苏晋抿着唇道："是，我怕去晚了耽搁了大人的要事，眼下也只能抽出这么会儿时间来送殿下。"她抬眸看向朱南羡，眸中有不舍之意，"其实还有些话想与殿下说，可惜实在赶不及。阿雨算过，依殿下的脚程，三日就该到杭州府了。我今日送完信，把想说的话写成急函发往杭州，殿下到时记得去杭州府通政司取。"

她说话的时候连气息都不曾平稳，一缕发丝自髻中脱落，被风吹过额前，令她的双睫不由得颤了颤。

这一颤竟颤到了朱南羡的心底，她真的是赶着来见他的。

朱南羡不由自主地道："那我陪你去通政司。"

苏晋愕然道："这怎么行！"

他是藩王，出行时要提前算脚程。平时他耽搁半日便罢了，现在是才开春的化雪天，路险难行，若一个意外落到前不着村后不着店的地方怎么办？

可朱南羡这么说便这么做了，道："无妨。"回身一踩马镫跃至马上，勒住缰绳，冲苏晋扬唇一笑，"还不走？别耽误了你的要紧事。"

天尽头日破云出，苏晋仰头望去。

晨光兜头浇下，朱南羡高立于马上，他唇角的笑容春晖千丈。

自城门短亭去往通政司至少要一个时辰，苏晋终归还是迟了半刻。这还是她生平第一回险些因私事耽误了正事。还好朱南羡打急马去追，帮她把通政司分信的衙差自半道上揪了回来。

等回到正阳门的短亭处，已近午时了。城外一川烟草，早上还浓烈的日光到了眼下却清淡宜人。

苏晋下了马，对朱南羡道："昨夜我细想过一番，总觉得钱之涣致仕有些不对劲，但也说不出缘由。如今太子殿下继位在即，等各藩王回藩地后，不知何处会有异动。殿下的势力在南昌，在这个关头，当即刻回南昌整饬府军，倘若一旦兵起也好进京勤王。至于阿雨叔父过世后杞州苏府的情形，殿下派个人帮阿雨去问问即可，不必亲自去了。"

朱南羡道："好，事有轻重缓急，但我一定派一个信得过的人去杞州帮你打听明白，你放心。"他有些伤怀，还未别离已生了离思，"皇兄与我提过，他继位后势必要削藩。重压之下必有反者，我此次回南昌需整军待命，等闲不能擅离，你……记得常给我来信。我不善文墨，但一定每封都仔细读，每封都仔细回。"

苏晋听了这话，突然低低一笑："平白叫殿下将白日时光都折在了案头书墨当中，这怎么好？"

初春的风是寒冷的，但朱南羡头一回在苏晋的眸中看到这样暖融融的笑意。

她轻声道："阿雨已经想过了，等太子殿下继位，朝局稳定一些，阿雨便去跟柳大人请命，让他把阿雨遣去南昌做巡按御史。这样阿雨日后就能陪着殿下了。"

朱南羡愣愣地望向苏晋，半晌才道："你说真的？"

苏晋点了点头。

朱南羡的嘴角动了一下，他像是很高兴，却又不敢情真意切地表现出来，似乎怕惊扰这一美梦。他咽了咽口水，才将那要浮于唇边的笑咽了大半下去，目光亮如星辰，道："好，等天再暖和些，路再好走一些，我便跟皇兄请旨，离开南昌来京师接你。我快马日夜不停地赶路只要十日，带你回去时，我就陪你慢慢走……"

然而他这话终究是说不完了。

自苍茫的风声里，自城西的古刹处，忽然传来一声老钟悲鸣。

悠悠钟声回荡，一共十二下。

朱南羡记得这钟声，那是置于城西昭觉寺佛塔顶楼的一口老钟了。每有和尚撞钟，都响彻应天城。

一下是撞晨，两下是撞暮，三下是春来，四下是雁归去，七下是谷雨纷纷，八下是霜降授衣，九下是清明祭故人，十下唯愿国祚绵长，而十二下，是国丧。

国丧是天家嫡系去世三日后才当有的仪制。

今早父皇尚在宫中。那这沉重的、悲切的，带着些许慌乱与警醒的钟音又是为谁撞响的呢？

朱南羡一动不动地听着钟鸣。高空有烈阳，亭根荒草长，凛冽的春风拂过他的衣袍，他眸中闪烁二十余年的星光忽然熄灭。

第
三
卷

第二十三章　一步之遥

景元二十五年正月初七，朱悯达携家眷到昭觉寺祈福。

那一天，他离皇位只有一步之遥。

清晨进寺门的时候，他仰头看了眼位于佛塔顶楼的老钟。老钟的钟身要五人合抱才能围得过来，每撞一次钟，钟鸣便会响彻整个应天城。

应天、应天，应天而生，应天为王。

当年朱景元占领金陵，改金陵为应天府时曾对朱悯达说："悯达，你看，这天下就该是我们朱家的。我是应天而生的王，救黎民于水火，而你，就是这江山的下一任主人。"

时至今日，朱悯达已记不清为什么走上了这样一条鲜血淋漓的路。他只知道，他生下来就是储君，那些狡诈的、阴狠的、狂放的庶子想要夺他的储君之位，终究是抢不过他的。

因为父皇说过，这皇位就是他的。

羽林卫整军而入，把守住昭觉寺各院门。寺中住持前来相迎，合手行的是佛礼。朱悯达回礼时下意识地回身看了一眼。小小的朱麟正学着他的样子，双手合十，也规规矩矩地行了个佛礼。

朱悯达淡淡地笑了一下。

清晨的风很凉，裹挟着熟悉的香火气袭来，令他想起多年前的事情。

十三是景元二年初春出生的，彼时朝纲已定，天下民心渐归于一处。等十三会说、会跑，有自己的主意时，父皇与母后便带他来昭觉寺祈福了。

那是景元五年的事了。十三与自己并排立在帝王、帝后身后，人小小的，就如现在的麟儿一般，但行礼的时候也是规规矩矩、有模有样的。

朱悯达一直觉得遗憾，十七到了能来昭觉寺的年纪时，自己已与阿婧成亲无法伴驾了，他们兄弟三人还未曾一同随父皇、母后祈福过。

进了昭觉殿，他们先对佛祖拈香叩首，然后由小僧引着去后头的庙宇焚香诵经。

香是檀香，诵的是《妙法莲华经》。

一切万物，如是因，如是缘，如是果，如是报。

殿宇不大不小，除了朱悯达一家三人，沈婧的贴身侍婢梳香也跟来照顾朱麟了。

朱悯达、沈婧、朱麟跪在佛案前，左右两旁各燃着一百零八根香烛，香烛后各坐着十八名僧人。

朱悯达点香时不经意地往僧人处扫了一眼，忽然觉得不对劲。

一名僧人的袈裟里头像是有什么亮色，在烛火的映照下闪过一道刺目的光——那是银甲的颜色。

朱悯达心中一凛，上十二卫中只有羽林卫身着银甲。

他记得冬猎后曾质问过沈奚，为何要让金吾卫跟着自己而不去保护陷于禁区的朱南羡。

沈奚那时便提了，称怀疑伍喻峥与羽林卫有异心。

彼时朱悯达一笑置之。他在林场遇刺时，若不是羽林卫，恐怕早已丧命了。这支兵卫跟了他十年，他不信他们会另择其主。

殿宇外头传来沙沙的脚步声。

朱悯达小时候也在军中待过，熟悉这样的声音，这是有人在秘密整军。

今早临行前，他登上皇辇时，青樾还来拦过自己。青樾站在辇车下，表情有些无助："姐夫，您今日能不去祈福吗？您这几日能与二姐、麟儿就在宫里，哪里也不去吗？"

彼时朱悯达还觉得可笑，冬猎后祈福、迎春与巡军，是大随开朝后数十年的规矩。而他作为即将继承皇位的第二任君主，难道要废了祖制？

沈奚右眼下的泪痣仿佛凝结了一川忧思，他已不再是素日嬉皮笑脸的样子，整个人清清冷冷地站在那里，说："姐夫，我好像……好像被人障了目。您再给我两日，让我好好想想，行吗？"

而今朱悯达想，自己该信青樾的。

殿外整军的脚步声好像微雨声，若自己在诵经，必定是听不见的。

朱悯达似是不经意般打落了手中的经文。跪在殿后的梳香起身想帮他拾起来，朱悯达摇了摇头道："本宫自己来。"

他端着烛台拾经文时，透过模糊的纸窗往外看了下，羽林卫的布防果然较之前不同了。

朱悯达眸光一黯，不由得朝身后的沈婧和朱麟看去。麟儿一脸懵懂天真，沈婧的目中却已有伤色。她到底是沈家人，虽安于现状不愿多思，但也是机敏聪颖的。

朱悯达沉默着对沈婧微一摇头，镇定地走到佛案前，将烛台搁在上头，拾起一旁的念珠。

这串念珠是由一百零八颗绿松石制成的。朱悯达将它紧紧地握在手里，用力左右一扯，绳丝崩断，绿色的念珠迸溅弹出，嘈嘈切切滚了满地。

这响动顷刻惊动了殿外的守卫。伍喻峥的声音隔着门扉传了进来："太子殿下，出了何事？"

朱悯达淡淡地道："没事，念珠断了。"

他知道这些大逆不道的羽林卫在等，等他念诵完十如是，等殿宇里的僧侣都退出去的时候，他们便会动手。因为这样便没有人能目睹他们的恶行。

他只剩这一刻了。

朱悯达冷眼环顾四周，斥道："愣着做什么？还不给本宫捡珠子？"

端坐于两侧的僧侣连忙跪着满地去寻念珠。朱悯达俯身去扶沈婧时，在她的耳畔轻声道："你快走。"

沈婧的眼里满是哀伤，她张了张口，似乎想说什么，垂在身旁的手忽然被一只小小的、软乎乎的手握住。

是朱麟。他正蹒跚着从蒲团上爬起身，一只手牵着沈婧，又伸出另一只手要来牵朱悯达。

朱悯达苦涩地笑了笑，抬起手在他的头上摸了摸，又看了沈婧一眼，然后冷声斥道："地上乱七八糟的像什么话？梳香，你扶太子妃与皇孙去一旁的耳房里歇息片刻。"

梳香愣怔地看着他，须臾明白过来。她当下将朱麟抱起来，稳着声线道了句："太子妃、小殿下，奴婢伺候你们去歇息。"

朱悯达看着他们三人的背影，转过脸，努力不表现出一丝异样。

他知道耳房上头有一个高窗，沈婧聪颖，知道该在什么时机离开最好。她会护麟儿周全。

满地一百零八颗念珠，数十人帮忙拾捡，凑齐全也不过片刻。

一名僧侣用丝线将念珠重新串好，捧到朱悯达面前。朱悯达想，这一刻来得真是太快了。

他镇定地接过念珠，然后抬手猛地推开殿宇的门。

大片的春光自洞开的殿门洒入，将他一身朱红描金龙的袍服照得云纹涌动。

朱悯达迈步而出，脸上没有丝毫惧色，扫了一眼殿外左右列阵待命的羽林卫，冷笑一声："怎么，这就要反了吗？"

他负手刚要往前走，眼前寒光一闪，两柄长矛交叉架于他身前，挡住了去路。

前方，高立于马上的伍喻峥黯然道："对不住了，殿下。"

春光倾泻于前，苍穹高高在上，四下里涌起无尽的寒风，就像被一双双看不见的手搅弄着、翻覆着风云。

朱悯达听到这一声"对不住"，忽然觉得累了。他想，没什么对不住的，这一生，不过是成王败寇。

沈婧与梳香从高窗翻出殿外，眼前是后院的高墙与庙宇间的墙隙。她二人带着朱麟躲在这墙隙中，一直等到守在佛院中的侍卫往前院跑去。

沈婧知道，这是因为朱悯达未诵完经便走出殿宇惊动了他们。她心中空落落的，像少了什么东西，但她咬唇不去想，目光落在朱麟身上，尽力让自己冷静下来。

她每年都来昭觉寺，逢佳节便至此为父母求平安，为青樾积功德，为三妹问吉凶。

眼下四方正门都有人把守。沈婧知道，贴墙而行，至后院一个小药圃，从药圃外穿过一条短巷，便有一扇小门。那是僧侣平日里私下出入用的，他们也许可以从那里逃出去。

沈婧带着梳香和朱麟来到药圃，隔着墙往短巷一看，巷末也有羽林卫把守。

唯一的生路也没了。

沈婧回过头，瞥见药圃一处有个给草药松土的小和尚正直起身，愣怔地看着她们。

她细想了想，忽然脱下朱麟的一只鞋，扔在了药圃通往短巷的小径旁，转身看着梳香道："你先抱着麟儿躲在药圃里，我将后院的羽林卫引开。你务必带他从后门回到方才我们诵经的殿宇中，然后在佛案附近找地方躲起来。"她顿了顿，"会有人来救你们的。"

沈婧知道，羽林卫发现她与朱麟不在，一定会第一时间搜查方才诵经的殿宇，之后便是要再搜，也当放在最后了。

梳香怔怔地问："那您呢？您之后会来找我们吗？"

沈婧未答这话，反而道："你曾经和我说过，你家乡在蜀中？"她黯然地笑了笑，轻声道，"你若能活下来，日后便带着麟儿去蜀中吧，为他起一个贱名，不要姓朱，也不要姓沈，然后把他养大。这辈子都不要告诉他他究竟是谁、他的父母是谁。"

说完这话，她深深地看了朱麟一眼，像是要把这一生的离愁别绪都铭刻在这一眼里。

朱麟原是早就会喊爹娘的，可惜一岁时被吓过一场，之后连声音都不会发了。

朱悯达曾请无数名医为朱麟看过，都说他喉咙是好的，兴许是被吓着了，日后能不能发声只能看机缘。而就在此刻，小小的朱麟懵懂地看着他的母妃，像是意识到什么一般，忽然睁大眼，伸出手想要去拉沈婧的袖口，口中发出啊啊的喑哑而生涩的叫声。

沈婧的眼眶忽然蓄满了泪。她深吸了一口气，将这泪水抑制在眼底，坚定地道："捂住他的嘴，别让他叫。"

看到梳香抱着朱麟躲入了一间庵堂，沈婧转身走到药圃一角的小和尚跟前。

天正刮着刺骨的寒风，她看向小和尚，笑了一下说："小和尚，你帮我一个忙好不好？"

那小和尚似乎认得她，又似乎觉得她太面善，好看得像画里的观音，不由自主地点了点头。

沈婧仰头，目光越过古刹庙宇，落在最高的佛塔之上："你看到那口老钟了吗？你帮我去撞钟好不好？撞十二下，让整个应天城都能听到这钟声。"

小和尚愣愣地看着她。他是佛家中人，远离红尘，这一刹那，却在沈婧忧悲交织的目中参悟了所谓的俗世七情。他心中突生悲悯之意，双手合十，轻声道："女菩萨不必多礼，小僧这就去撞钟。"

沈婧听了这话，盈在眼眶的泪蓦地滚落下来。她提了裙，对着小和尚跪地俯首，安静地磕了三个头。

对不起，她在心里说，这钟声大约会要了你的命。可这是我作为一个母亲的私心，我希望有人能听到这钟鸣之音，希望有人能赶得及来救麟儿。

沈婧这辈子与人为善，温柔地待这个世间，没想到走到生的尽头，竟要为恶一回了。

这个眉眼清秀、慈悲为怀的小和尚，就要被她害了。等他撞完钟，被羽林卫发现时，会落得怎样的下场呢？

沈婧不敢想。

她自地上站起身，努力扬起嘴角，笑了一下，然后对小和尚道："快去吧。"

小和尚手持木头念珠，认真地对她施了一个佛礼，疾步往塔楼走去。

沈婧觉得，这个佛礼就像要度化她一般。

她忽然有些释然，觉得善便善了，恶便恶了，也不会有谁来为她记上一笔，到头来不过是一抔黄土，计较那么多做什么？

只是她，便是化作一抔黄土，也是要葬在他身旁的。

沈婧抬手抚向腰间，那里藏着朱悯达送给她的九龙匕。

古老的钟声带着一丝慌乱响起，一下一下传得很远，实实在在、浑厚低沉。

羽林卫听到这钟声后一时慌乱不已，却在见到沈婧的那一刻镇定下来。

沈婧踩着钟鸣之音，衣裙被风吹得往后翻飞，沉静得就好像自九天踏云而下的仙女。她刚走进殿宇便看到三根长矛刺入了朱悯达的身体。鲜血从朱悯达的嘴角涌出，他闷哼一声，抬起头时却怔住了。

他看到她了。

朱悯达先是惊讶，然后是震怒——她怎么回来了？不是让她逃了吗？她不要命了吗？

可随着鲜血流逝，他一点点地失了神志，眸中的惊怒逐渐化成一丝哀恸。

他的视线已模糊不清了，可他还想再看看她。看着她向自己走来，他是有些高兴的，他还以为他们这一生便要就此分开了呢。

阿婧自小便跟在他身边，他守着她，看着她从一个垂髫小姑娘长到豆蔻年华。他等着她及笄，看着她一天一天长大，眉清目秀，倾国倾城。然后他便娶她为妻了。

朱悯达抬了抬手，想拥住她，奈何身上有长矛支着，动弹不得。他看到沈婧走到自己面前，温柔地笑了起来，嘴唇翕动，像是在对他说着什么。可惜他已听不大清楚了。

她说完之后又看了他一眼，用他送她的九龙匕扎入了自己的胸膛。鲜血迸溅而出，迷了他的眼，那殷红之色好像惊艳了整座城的春花。

朱悯达在合上眼的那一刻，想起多年前，阿婧就快要嫁给自己的那个暮春。

东宫的垂华园开了一片艳色海棠。他将自己的九龙匕送给阿婧，她的脸比海棠还红。

那年的春光真好啊，有石桥流水，有落英缤纷。青樾嘴里衔了一根狗尾巴草，坐在一旁的大石头上，嘻嘻地笑着。十三刚练完武，持刀靠树坐在那儿扬眉看着他们。三妹在一旁打络子编剑穗，俨然不懂发生了什么，还在说："二姐你帮我看看，这结打得对不对？"

还有十七，那时十七还小，蹲在池塘边玩水，脚底一滑险些栽下去。还是十三两步过去用刀柄勾住他的衣领，将他捞了回来。

十七委屈得要哭，青樾就撵他走："去去去，这么吉利的日子，眼泪都给我咽回肚子里去。"

十三哈哈大笑，拎着十七的后衣领道："走了走了。"

三妹便将满地的丝绦胡乱地往衣裙里一兜，追上去道："捎上我捎上我，我要去找四哥。"

那时，弟弟妹妹们还是少年，笑闹着走在海棠花缤纷而落的石径上。阿婧及笄两年，红着脸，即将成为他的妻。

不知怎么，那片春色满园忽然就长在了朱悯达的心里，变成了他这满腹铁石心肠中唯一柔软的归处。

朱悯达想起那一日只剩他二人时，沈婧站在海棠树下对他说的那句话。他这一生还没听过这好听的话，好听到他似乎只能看到她翕动的唇瓣。而这翕动的唇瓣，与她方才笑着说最后一句话时一模一样。

朱悯达最后闭上眼时是满足的，因为他听见她在说什么了——阿婧要生生世世都跟着殿下，不再与殿下分开。

他们没有分开。

充斥在朱悯达三十二年生命里的兵戈战乱、明争暗斗，如飞鸟扑棱掠过苍穹，倏忽之间了然无痕，在一场纷乱的春雨后，最终纳入了他心中那个温柔的归处。

他们终于再也分不开。

第二十四章　千里之隔

　　沈峩是辰时自宫门守卫那里夺了马，一路往昭觉寺去的。

　　各军卫兵马都有自己的安排，他这么做实在不合规矩。承天门几个守卫追在后头喊了半晌，他就像没听见一般。

　　后来户部两个主事追出来，听守卫说了情形，摇摇头："方才不知怎么，沈大人像是想到了什么，突然间就跟疯了似的。"

　　这是年关节还未开朝期间，各衙司只安排了一两个人值勤，以防有紧急公务。

　　更早一些的时候，户部这两名主事正坐在公堂里闲磕牙，看到沈峩来了，便把煮好的茶给他斟了一杯。其中一人问："沈大人，钱大人致仕这件事您听说了吗？"

　　沈峩敷衍地"嗯"了一声。

　　另一名主事道："钱大人怎么就致仕了呢？他入冬时还说，等开年圣上南巡，他要讨个旨伴驾，亲自去看看浙南的禾麦收成。"

　　沈峩听了这话就愣住了。

　　他忽然想明白了一件事——圣上的身子不好也不是一日两日了，可是在入冬宫前殿案子发生之时，没有人认为皇上会退位。

　　可以说，朱景元退位的念头，是在年关节前苏晋弹劾朱稽佑之后才产生的。

昨日听说钱之涣致仕，沈癸还在想，会不会宫前殿上钱煜凌辱璃美人的案子根本就是朱泽微一手操纵的？冬猎上伏杀朱悯达的风险实在太大，所以朱泽微留了后手，先设局害死钱煜，令钱之涣心灰意冷，致仕返乡。这样一来，朱悯达即便一开朝就登基，也无法第一时间通过钱之涣拿到朱泽微贪墨的把柄。他便可以借着这个空当儿，回凤阳整兵。

可经户部主事这么一提醒，沈癸突然反应过来，钱煜的死根本不可能是朱泽微设计的，因为在宫前殿一案发生的时候，谁都不知道朱景元即将禅位，钱之涣甚至还打算开春以后随景元帝南巡。高枕无忧的朱泽微为何要挑这个时候平白寒了户部尚书的心，自断一臂？

既然朱泽微料不到钱之涣会致仕，那么在这个时候，这位户部尚书突然辞官，对朱泽微而言意味着什么呢？

沈癸心跳如擂鼓。

只要朱悯达登基，朱泽微便非死即反。而这个时候，钱之涣致仕在朱泽微看来，就是东宫开始对他下手的信号。

被逼到绝路上的七殿下会做什么？

沈癸忽然想到了羽林卫。

早在苏时雨在雪地上写下"什么都是假的"的时候，他们便开始提防羽林卫了。

可他们因为羽林卫冬猎时忠心护主，因为接踵而至的钱之涣致仕之事，将注意力放在了后者身上，忽略了羽林卫。也许羽林卫在冬猎时的表现只是虚晃一招的障目之计呢？

是谁让钱之涣在这个时候致仕？是谁设局障了他沈癸的目呢？

沈癸想不明白，也来不及深想。他只知道，这个人既然只给了他一日去思量，那么在这一日之内必有大事发生。

今早朱悯达去昭觉寺祈福，是由羽林卫护卫的，倘若羽林卫真的有问题……

沈癸倏地站起身。在去东宫的路上，沈癸一直希望是自己想错了，希望奶娘临终时的那句话不过是一个玩笑。

可叹他从来一步百思、运筹帷幄，到了此时，竟开始心存侥幸。

他还未到东宫，就看到宫里的管事牌子尤公公急匆匆地向他行来，脸上隐有慌乱之色："小沈大人，东宫怕是不好了。"

沈癸愣怔地看着他，半晌，才听见自己有些飘忽的声音："出了什么事？你说。"

"冬猎过后，伍喻峥伍大人不是抓来了两个行刺太子殿下的暗卫吗？殿下原让羽林卫将他们关在暗房里细审，可是今早咱家去送饭，那两个暗卫已死了，是……是叫人一刀抹了脖子。"尤公公一顿，有些慌张地道，"咱家已查问过了，今日早上只有羽林卫去审过那两名暗卫，再没其他人进过暗房。"

言下之意，那两名暗卫正是被羽林卫灭口的。

宫阙高阁遮住了光，在深长的甬道上打下一道长长的暗影。

尤公公说完话，就见沈奚站不稳似的往后退了一步。

沈奚整个人像是失了神，一步一步往甬道深处的暗影里退，然后蓦地转过身，仿佛连命都不要了，一直往宫外狂奔而去。

他方才的侥幸心理与自欺欺人的念头在这一刻被碾成齑粉。

羽林卫一定是有异心的，否则不会杀那两名暗卫。他们一定是怕有人从这两名暗卫的口中问出什么。而他们既然敢在今日肆无忌惮地杀人灭口，说明他们不再畏惧朱悯达的权威了，说明他们今日一定有异动。

沈奚知道，这浮浮沉沉的表象下，一定还有更晦如夜的谋算、更深如海的真相，可是他没法再往下忖度了。

像是有人一把攫去了他的思绪，他心中只剩一片荒凉。

他想，今早再坚持一下就好了，再坚持一下，哪怕以肉身拦皇辇，哪怕让车辇从自己的身上轧过去……

他已算到了。他早已想到了！可是他被谁，不知被谁，一时障了目啊！

他骑马急奔于城西荒道上，在离昭觉寺尚有五里路时，遥远的古刹中忽然传来悲切的钟鸣之声。

沈奚蓦地勒住缰绳，或许是因为动作太急，马匹竟在坡道上失了前蹄。沈奚自马上跌落在山道上，道旁的岩石硌得他手肘生疼，但他顾不上这股疼痛的感觉了。

他茫然地望向昭觉寺的方向，一下一下数着这钟声。

撞钟十二下，国丧之音。

朱南羡与苏晋赶到昭觉寺时，整个寺庙已是一片寂静了，不知是谁大开杀戒，四处横亘着僧侣的尸体。

朱南羡扶着寺门，安静地看了片刻，一言不发，绕开尸体，往昭觉殿的方向走去。

有一瞬间，朱南羡与跟在他身后的府兵是没有声音的。

这个曾香火鼎盛的寺院像是在竭力秉持着慈悲之姿，以无尽的风度化着这一场罪孽，却吹不散过于浓厚的血腥气。

朱南羡走到诵经的佛殿前便看到了。

朱悯达被三根长矛扎着，整个人是立着的，头却低低地垂下来，已没有气息。

沈婧就在他的身旁，殷红的血染透了她的衣裙。她就这么静静地躺着，像一朵伴他而生，伴他而死，怒放后又凋零的花。

沈奚比朱南羡早一刻到。他跌坐在沈婧身旁，整个人看上去茫然无措，直到听到朱南羡的脚步声，才转过头来。他看了朱南羡一眼，又看回沈婧，声音低低地、喑哑地说："我被障了目……"

天上艳阳高照，春光无比灿烂，可这浓烈的日晖照不进朱南羡的眼里。

朱南羡的眼眸从未如此刻一般黯淡过，他咽了咽口水，问了句："麟儿呢？"

沈奚的身躯狠狠地震了一下。

朱南羡垂下眸，半晌，唤了一句："亲军卫。"

"属下在。"

他抬起头，平视前方，眼神有些涣散，不知在看什么："去找朱麟，哪怕把整个寺院翻过来也要找到他。本王生要见人，死要见尸。"

"是。"

亲军卫瞬间分成数列，向四方散去。

朱南羡涣散的眼神慢慢地聚拢在朱悯达身上。朱南羡安静地走到朱悯达身前，伸手握住那根刺穿他胸膛的长矛，狠狠一拔。

长矛哐当一声落地，朱悯达的身体失去支撑，向前倒去。朱南羡伸手将他扶住，让他的头垂靠在自己的肩上，然后抬手拔出刺在他背上的两根长矛。

在朱南羡眼中，大皇兄一直是卓尔不群、威风凛凛的，始终用坚实的身躯为他撑起一片天，让他在这深宫中无忧无虑地长大。他从未想过，有一天他的大皇兄竟会这样疲软无力地倒在自己的怀里，仿佛十分依赖自己一般。

朱南羡将朱悯达轻轻地放下来，让兄长平躺在地上，然后来到沈婧身边，要去拔那柄尚扎在她胸口的匕首。

沈奚像是被惊动了，忽然抬头看他："你干什么？"

朱南羡只低低地道了句："让开。"伸手就要握住匕首，却被沈奚挥手打开。

沈奚的眼里布满了血丝，声音都是嘶哑的："拔了匕首，阿姐就没救了！"

朱南羡见沈奚还想护住沈婧的伤口，忽然间怒火中烧，狠狠地推开沈奚，左手握住匕首柄，一下将其拔出。

早就没有血溅出来了。在这寒冷的早春，血早已凝固。

朱南羡抬头看向沈奚，哑着嗓子道："你看清楚，她已经死了。"说完这话，他解下腰间的水囊递给在一旁静静地看着自己的苏晋，轻轻说了句："劳烦你。"

苏晋点了一下头，取出布帕蘸了水，俯身为沈婧净脸。

朱南羡迈步走进佛殿，握住铺在巨大佛案上的绢布，往外一掀。佛案上供奉着的瓜果、香烛与念珠落在地上。

然后朱南羡就站在殿门口，等苏晋为朱悯达、沈婧都净了脸，俯下身，将兄嫂一一抱进佛殿，放在了佛案之上。

拈香点火后，朱南羡将香插进佛案前的香炉，然后走出去，将沈奚拽入殿中，按在案前的蒲团上。随后，朱南羡跪在另一个蒲团上，缓缓俯下身，对着在佛案上并肩而卧的朱悯达与沈婧，磕下一个响头。

沈奚怔怔地看着朱南羡。片刻后，他平静下来，也面向佛案，与朱南羡一起伏地磕头。

一叩首，谢皇兄皇嫂教我养我，待我如子，为我挡住这深宫中的兵戈暗斗，让我始终活在光亮的世界当中。

二叩首，谢阿姐姐夫信我容我，让我从小到大恣意妄为；谢阿姐姐夫纵我懂我，让我此世至今安乐无忧。

三叩首，愿你二人早登极乐，相伴相随，永生永世不离不分。

悠悠佛香袭来，冲淡了这满殿的血腥气。沈奚在袅袅青烟中直起身，平静地开了口："昨夜阿姐来问我，等姐夫登基、等日子再暖和些，能不能随她一起去北平看三姐。二姐平生什么事都替别人着想，心里只有一个执念，就是盼着家人团圆。我知道她盼团圆已盼了好久。我当时怎么不应她一句好呢？起码能让她那一夜过得开心一些，起码能让她在最后走的时候，心里少留一些遗憾。"

朱南羡没有说话，无声无息地跪着，半晌站起身，沉默着走出了佛堂。

已近未时，日光仍炽，风声不止。

涌动的风让朱南羡的袍角往后翻飞，苏晋站在殿门口看着他。他挺拔的身姿孤零零地立在广袤的殿台之上，显得十分落寞。

朱南羡仰起头，清亮的春光倾泻而下。

他这一生总与日光为伴，是最明亮的那一个。可就在这一瞬间，他忽然觉得洒落在眼角眉梢的春光是刺目的。

他缓缓抬起手，遮住自己的双目。

然后苏晋就看到有眼泪从他的颊边滚落，落在他的下颌处，随即打落在地。

她慢慢地走过去，抬手握住他覆于眼上的手，唤了一声："殿下。"

那只好看的手是潮湿而冰凉的，再不复从前那般温热。可他还是应了她一声。

不远处隐隐传来兵马声，朱南羡的手动了一下，缓缓地放下来。

他朝四周看去，忽然觉得不对劲——方才派出去找麟儿的亲军怎么一个都没回来？

这支军卫是他回京师前自南昌府的府兵中挑出来的，一定不会有问题。那么他们是在哪里出了事吗？

向来大而化之的朱南羡几乎是一瞬长大，异常敏锐地猜出了因果，当下便对苏晋道："你快走。"

苏晋也反应过来了，但看着朱南羡眼中未退的湿意，摇了摇头道："不，阿雨陪殿下一起。"

兵马声越来越近，朱南羡知道，那些即将到来的人要围追堵截的是自己——在朱悯达死后，下一个成为众矢之的的嫡皇子。

若他随他们一起走，只怕所有人都逃不了。若他留下，可能会为跟着自己的人、为苏晋与沈青樾换来生机。

苏晋看着朱南羡，眼中竟似有暖意，轻声道："大不了阿雨陪殿下一起死。"

朱南羡愣住了。少顷，他似乎想对她笑一笑，嘴角动了一下，却笑不出来。他伸手将她揽入怀中，俯下脸，在她的额上轻轻一吻："你不明白。"他哑声道，"若再没了你，我也活不下去了。"

然后，他将她推开，仿佛想让她放心一般，努力弯了弯唇角，再一次对她道："快走。"

兵马声已经到寺院门口了。朱南羡抬头望去，整军而入的先是羽林卫，再是鹰扬卫，随后是朱沢微。

此外，四哥、九哥、十哥，还有十二哥也来了。

这些人，都是来分一杯羹的吗？

朱南羡沉默地垂下眼帘。他现在是谁也不信了。

鹰扬卫在五名皇子的身后列阵，整军之声响彻庙院。羽林卫迅速从四方围住朱南羡。羽林卫指挥使伍喻峥朝朱沢微单膝跪下道："禀七殿下、禀各位殿下，方才祈福时，正是十三殿下率府兵杀害了太子殿下。末将虽率羽林卫拼死抵抗，奈何仍没能护住太子殿下，连太子妃都一并殒命。"

呼呼的风声在耳边响起，朱南羡听着这黑白颠倒的言论，心中冰凉得掀不起任何波澜。

朱沢微高高坐于马上，漫不经心地看了朱南羡一眼，故意道："伍喻峥，你好大的胆子，本王的十三弟怎么可能杀害大皇兄？他可是大皇兄的同母胞弟。"朱沢微顿了顿，又问，"你说十三弟谋害皇兄，可有什么证据吗？"

"有。"伍喻峥一挥手，"带上来！"

片刻便有几人由羽林卫押解着来到众人面前——是方才朱南羡遣去找朱麟的亲军。

朱南羡明白了。原来他们方才来到昭觉寺时，羽林卫并没有离开，而是默默地潜伏在寺庙当中，伏击了他的亲兵。

也怪他自己，一时伤心分了神，竟没有听到响动。

只是眼前的这支羽林卫究竟是为谁效力呢？朱沢微吗？

伍喻峥道："禀七殿下，方才正是十三殿下率亲军在太子殿下祈福之时突然闯入。因十三殿下与太子殿下感情甚笃，末将以为十三殿下或有要事，便没有阻拦，叫十三殿下他们得了先机，杀害了太子殿下与太子妃。"

被押解着的亲军统领听了这话，睁大眼道："你血口喷人！十三殿下是在城外听到钟鸣之音后才率我等疾马赶来昭觉寺的。我们是为救太子殿下而来的！"

"城外？"朱沢微像是有些诧异，"十三，本王记得按照你今日的行程，卯时便该出应天城了吧？钟声是正午时分响起的，你当时怎么会还在城外？"

是啊，按照他的行程，到正午时分早该远离应天城了。可是，他今天先陪阿雨去通政司送信了。

伍喻峥道："禀七殿下，他们假装出城，其实早在昭觉寺设伏，等太子殿下祈福之时破门而入。"说着似是不忿地道，"十三殿下领的兵个个骁勇善战，我等险些不敌，折损将士百十人，拼了命才将这统领擒住！"

被押解的统领目眦欲裂："分明是你们羽林卫趁我等四散找寻小殿下之际设计擒住我等，分明是你命那百十名羽林卫自尽做成被屠戮之象，却反过来诬赖十三殿下！"

伍喻峥闻言怒极反笑："末将身为羽林卫指挥使，怎会让跟了自己数年的部下自尽？"他向朱沢微一拱手："七殿下，您都听到了，事实摆在眼前，此人已开始说胡话了。"

朱沢微淡淡地"嗯"了一声，似乎想到什么，有些担忧地道："啊，麟儿呢？你们看到他了吗？"

伍喻峥惭愧地道："禀七殿下，末将罪该万死。十三殿下谋害太子殿下之后，四下乱成一片，末将虽尽力搜寻，仍未能找到小殿下。"

朱沢微别过脸看向朱祁岳："十二，父皇听到钟鸣之音后病倒不起，看来虎贲卫是来不了了。眼下只有你有上十二卫的领兵权，速让鹰扬卫把守住昭觉寺各院门出口，命令其余人等立刻去找麟儿。祈福的正殿、诵经的庵堂，这寺院的任何角落都不可放过！"

朱祁岳依朱沢微之言吩咐下去。

朱沢微随后一叹："伍喻峥，你先让你的兵卫在此处看住十三。"左右看了一眼道："诸位兄弟这便随我去看大皇兄吧。"

众皇子翻身下马，从朱南羡身旁走过，往诵经的殿宇去了。

朱南羡这才看向被押在一旁的统领，声音沙哑地问："麟儿呢，你找到他了吗？"

统领一脸痛恨地摇了摇头。

朱南羡的目光是沉静而哀恸的，他见统领如此，怔了怔，眼神更黯了几分。接着他忽然看向伍喻峥，眸子里闪着的不再是星光，而是恨意毕见的灼灼烈火。

朱南羡以迅雷不及掩耳之势抽出腰间的"崔嵬"，举刀劈向伍喻峥。他的动作太快了，即便伍喻峥已反应过来要躲，也没躲开。

可是，这样快极怒极的动作，意味着朱南羡几乎是不设防的。

统领一句"殿下当心"还没说出口，一旁早就盯着朱南羡的羽林卫已狠狠地挥矛，合力打向朱南羡的后背。朱南羡闷哼一声，半跪着倒地，长刀虽未脱手，却也无力劈砍，只在伍喻峥的前胸处拉出一道长却浅的口子。

"岂有此理！"朱南羡的身后传来一声暴喝。

朱沢微并未走远，见此情形，大步走到朱南羡身前，怒斥道："大哥尸骨未寒，你这是要将目睹你作孽的证人宰了吗？"

羽林卫交叉长矛，架在朱南羡身侧，令他不得起身。

朱南羡就这样以屈膝之姿，像是臣服一般跪在朱沢微身前，对朱沢微怒目而视。

不多时，方才被朱沢微遣去找朱麟的鹰扬卫回来了两名，其中一人怀里抱着一个身着袈裟的少年的尸体——正是那名爬上佛塔顶，帮沈婧撞响古钟的小和尚。

他是被当胸一剑刺穿的，早已没了气息。可他的面目十分平和，也许早在答应沈婧撞钟的那一刻，他就知道自己会为此丧命了。但出家人慈悲为怀，若能以己身度化这世间的痴人，也不枉此生心向如来。

又有鹰扬卫陆陆续续回来。在最后一名兵卫回到佛殿台前后，鹰扬卫指挥使黯然地禀报道："回十二殿下，回七殿下及各位殿下，末将已命鹰扬卫仔仔细细地搜遍昭觉寺，并没发现皇孙殿下的踪迹，恐怕……"他顿了顿，"是凶多吉少了。"

跪倒在地的朱南羡听了这话，忽然自喉间发出一声悲鸣。他抬头看向那些所谓与他有骨血之亲的兄长，朱沢微、朱祁岳、朱弈珩，还有朱昱深和朱裕堂，心中只剩源源不绝的悲痛。

撑在地面上的手倏尔握紧"崔嵬"，他拼尽全身力气挣开架在身上的长矛，嘶声道："我杀了你们——"也不顾羽林卫的长矛狠狠地打在自己的前胸与后背上，举刀往前劈砍而去。

就在刀锋要触及朱沢微眼梢的那一刻，一把利剑铮鸣出鞘，将朱南羡的"崔嵬"拦了下来。

是朱祁岳的"青崖"。

朱祁岳的神色亦是黯淡的，他别开脸，不敢直视朱南羡，低声道："十三，算了。"

朱南羡怔怔地看着朱祁岳，这个从小到大，除了大皇兄和十七，与自己最亲近的十二哥——朱南羡与朱祁岳年纪相仿，一起长大，一起习武，一起立誓从军，一起镇守边疆。

什么叫算了？朱祁岳也觉得大皇兄和皇嫂该死吗？

就在此时，又有一名羽林卫挥矛打在朱南羡的脊背上。

朱南羡再也支撑不住，再一次跪倒在地，也不知是伤势过重还是过于悲愤，喉间一阵腥气，呛出一大口血来。

可他的手依旧没有放开"崔嵬"。

朱南羡恶狠狠地看向朱沢微，看向他们每一个人，眼中恨意毕现。

朱沢微对上朱南羡的眼神，一时竟有些心惊。

是，羽林卫是他朱沢微的。这支羽林卫正是他潜藏了数年，不到绝境绝不会用的一枚暗棋。

而朱悯达即将登基，这便是朱沢微的绝境。

冬猎之前，朱沢微本已安排妥当，非但在林中布下了暗卫，还嘱咐羽林卫指挥使伍喻峥，在冬猎第一日入夜便伺机刺杀朱悯达。

这支羽林卫是朱悯达最信任的兵卫，是贴身保护朱悯达的兵卫，朱沢微想，他们怎么都不可能失手。所以为防惹上嫌疑，朱沢微一入林子便跟他们切断了联系。

直到当日雪夜，老十来找他，说虎贲卫也入林场了，他才知道大概是坏事了。

他能想到在冬猎时刺杀朱悯达，他那个坐守江山数十年的父皇怎么会想不到？

一旦羽林卫失手让虎贲卫擒住，退一步说，就算他们得手，但让虎贲卫擒住，叫父皇审出自己的恶行，那自己还会有命吗？所以朱沢微当日才与十二计划着一起杀出去。

之后，他出了林场，却发现朱悯达好端端地站在他眼前，连一处伤都没有。

朱沢微后来才知道，冬猎当日，羽林卫一名兵卫在帮朱悯达追猎物时迷路了，竟意外发现了虎贲卫的踪迹。这名兵卫回来后，暗自将虎贲卫入林的消息告诉了伍喻峥。

伍喻峥当时已与朱沢微切断了联系，只好自作主张，非但没有刺杀朱悯达，还演了一出贼喊捉贼的戏，将本来与他们同气连枝的暗卫一举捕获，并生擒住两个活口以显忠心，使得朱悯达对这支羽林卫更加信任了。

朱沢微看着满腔怨愤的朱南羡，知道十三这回是当真想要自己的命了。

其实他也不惧十三。眼下父皇卧床不起，他手握吏部，等沈家倒台后，户部与刑部也将是他的。他还有羽林卫及十二的鹰扬卫，十三能拿他怎么样？

然而，他怕夜长梦多。何况宫前殿一局后，朱沢微总有一种感觉——宫中的局面并不像表面看起来那么简单。

罢了，他既已杀了朱悯达，又何须顾忌再多杀一个朱南羡？而且就算在场其他皇子瞧见了又怎么样？谁都别想逃脱干系。

朱沢微想到这里，下了狠心："羽林卫！"

"在！"

"十三皇子朱南羡在祈福之际谋害当朝太子，屠戮皇家寺院，且不知悔改，意图再杀本王与诸位皇兄、皇弟灭口，实乃罪大恶极，当就地——正法。"

"是！"

四名羽林卫上前缚住朱南羡的手脚，一名羽林卫举矛刺向朱南羡的心肺处。正在这时，一个人影闪过，提刀一挥，打退这名举矛的羽林卫。

是四王朱昱深。

另一旁又有一名羽林卫挥刀砍来。朱昱深抬手一拦，只闻"铮"的一声，刀锋竟劈在朱昱深左手的铁护腕之上。与之同时，朱昱深右手一震，长刀出鞘，横挥竖劈间，将其余几名羽林卫击退。

朱昱深提刀而立，挡在朱南羡身前，淡淡地道："老七这是疯了吗？"

他一身劲衣如松，眼神极其深邃，左右两侧的袖口都扎入铁护腕当中，腰间没有佩玉，而是悬着一支古朴的羌笛。

朱沢微看着朱昱深，意外地扬眉，笑道："我记得年关宴上，四哥说沈三妹即将临盆，承诺她不动刀兵。眼下见了血，这是不是有些不吉利啊？"

朱昱深没有理他，看向朱祁岳道："十二，你忘了这些年十三是怎么对你的？你就这么看着老七动手？"

朱祁岳的眉眼间流露出一抹哀伤之色。

朱昱深所言不假。朱祁岳小时候想习武,十三帮他去求父皇;他想跟着曹将军去游历,十三将机会让给了他。纵然他曾在军中受辱,曾被迫娶不爱之人,可这些与十三有什么关系呢?这些年十三敬他为兄,一直以赤诚之心相待,不该是这样的结局。

朱祁岳沉默地提着剑,站到朱南羡身旁,垂着眸子道:"七哥,回宫吧。"

朱沢微心中虽怒不可言,语气却还是缓缓的:"朱祁岳,你要反我吗?"

朱祁岳低声道:"无论七哥要做什么,我都会帮七哥,只有十三……"他顿了顿,"我不会命鹰扬卫拦着七哥,但七哥若要取十三的命,便先取了我的命吧。"

朱沢微真是被朱祁岳这身可笑的江湖义气气到了,吩咐道:"羽林卫,给本王把他们——"

"七哥,"这时,一旁传来朱弈珩沉静的声音,如清风一般能抚平人的心绪,"十二说得对,回宫吧。再拖下去,等父皇醒来怕是不好了。"

朱沢微扫了他一眼:"十弟这是什么意思?"

朱弈珩温声道:"父皇病倒不起是心忧大皇兄安危,若醒来后大皇兄还没消息,怕是要命虎贲卫来昭觉寺了。再者说,眼下父皇病倒,各衙司乱作一团,宫中无人做主。七哥难道不趁年关节未开朝期间,赶紧回去坐镇吗?"

朱沢微听明白老十的意思了——老十在劝自己趁着朝中无人坐镇,回宫将大权揽在自己手里。

老十说得也对,眼下朱悯达既已死,当务之急是立刻向沈家下手。只要他朱沢微将刑部和户部原有的势力彻底瓦解,把权力握到自己的手中,再以勤王的名义从凤阳调兵进京,便是父皇醒了,也难以奈何他几分了。

何况那个老东西被这么一打击,怕是大限将至了。

朱弈珩又浅笑道:"至于十三,七哥手里已握有实证,回朝后让刑部或者三法司再审,还天下一个公道不是更好吗?也省得让旁人说三道四。"

朱沢微听了这话,点了一下头道:"也好。"随即吩咐羽林卫:"收了他的'崔嵬',将此处打扫干净。"

手中的刀被夺走,朱南羡伏在地上良久,一直等到奔涌在四肢的血凉透了,才跌跌撞撞地自地上爬起来。

他受了极重的伤,脚底一个趔趄,再次跌倒在地。

他跪伏在地上,以手撑地,想再次站起来。一旁的朱祁岳看了,心中不忍,想要伸手去扶,却被他挥臂挡开。

朱南羡仰起脸,像是不认识朱祁岳一般看了他一眼,嘴角露出一个笑容。

那是一个悲哀的、失望到极点的笑容。

朱祁岳怔住了，随后缓缓地移开目光，转身离开。

朱南羡终于能撑着站起身的时候，羽林卫已经清扫完寺庙了。不远处有人抬着朱悯达与沈婧的尸体走过，朱南羡蹒跚地走了几步，似乎想要再看看他的皇兄、皇嫂。

可就在这时，他忽然听到身后传来利刃扎入肉身的声音。朱南羡心中一惊，蓦地回过头，方才跟着自己的几名亲军正被羽林卫用长矛穿胸而过。

血溅三尺，在他的眼前铺出一地夺目的红，艳得让春光都黯然失色。

朱南羡再也忍不住，慢慢地自喉间发出一阵喑哑的悲鸣之音。他仰头看向苍天，胸口几起几伏，呛出大口鲜血的同时终于嘶喊出声。

随后他双眼一黑，栽倒在地不省人事了。

第二十五章　一玦盟约

快入城时，苏晋忽然感到一阵心悸。

这一路上她都在提醒自己不要回头看、不要回头看，只有往前走、一直往前走，才能找到出路，才能救他。

可就在这一刻，突如其来的心悸之感几欲取魂夺魄，苏晋蓦地回过身，往昭觉寺的方向望去。

古刹早已隐没在苍苍远山之中，天际残阳仿佛吸饱了众生的悲苦，殷红如血，染透云层。

沈奚就跟在苏晋身边。

离开昭觉寺的时候，他已异乎寻常地冷静下来了。

是他带苏晋避开羽林卫的伏击，告诉她羽林卫将兵力安置在各庵堂伏击朱南羡的亲军，所以药圃短巷外的小门处一定无人把守。

苏晋知道，沈奚眼下看着冷静，却并非镇定，而是一种茫然无措的近似于颓唐的压抑与孤凄。

两人一直走到山脚下的驿站才借到马。上马前，沈奚握紧缰绳，近似喃喃地低语了一句："十七。"

东宫已成危境，朱泽微既已决定谋害朱悯达，那么在钟鸣之音响起后，宫中一定有兵卫暗地里守住东宫。

所幸在冬猎之后，朱南羡将朱旻尔撵去了沈府，阴差阳错地让他避过了一劫。

日暮时分，正阳门外依然行人如织，苏晋与沈奚一路策马到沈府。府内总管沈六伯已经在府门外焦急地候着了。

六伯一见沈奚便道："少爷，十七殿下一听到钟声便嚷着要去昭觉寺，还好今日十三王府的总管郑允郑大人来了。老奴实在不得已，与郑大人一起把十七殿下强行锁进了屋内，您看是不是……"

他话未说完，见沈奚神情迷茫，不由得看向沈奚身旁的苏晋，行了个礼："老奴见过苏大人。"

沈奚昨日听闻钱之涣致仕，便让人自宫里带话回来——未经沈奚准允，便是天塌下来，也不得让朱旻尔离开沈府半步。

苏晋未多做解释，只道："那便请六伯着人备好车马，将郑允与十七殿下请出来，赶在天黑之前出城。"

沈六伯听她语气急切，不敢耽搁，忙应了要去准备。沈奚忽然问："六伯，我爹呢？"

"老爷听了钟鸣之音，怕宫中有变，赶着进宫去了。"

暮色映照在沈奚右眼下的泪痣上，让他的眼神看起来更加黯淡。他"嗯"了一声："你去吧。"

不多时，朱旻尔便随郑允自府内出来了。

一见苏晋与沈奚，他迫切地问："青樾哥哥、苏御史，我方才听到昭觉寺那边传来钟声，是我大皇兄与皇嫂出了什么事吗？"

苏晋看了眼天色，走到马车前撩开车帘："郑允，你驱车带十七出城，连夜赶往南昌府。"

朱旻尔不明所以，反倒是郑允听出了些不对劲，问道："为何要去南昌府？为何小的也要一起走？是……十三殿下也出事了？"

苏晋没答这话，等朱旻尔上了马车，自沈六伯的手中接过行囊递给郑允，又道："出城后，你要连夜赶路，前两日一刻都不能停。等到了苏州府，才可稍做歇息。"

郑允应了，勒住缰绳正要赶马，没承想坐在车内的朱旻尔忽然反应过来，掀开车帘："我大哥与皇嫂在昭觉寺出事了是不是？我十三哥听到钟声赶去救他们，随后也落难了是不是？"他说着一脚踩住车辕就要往下跳，焦急地道，"我不走！我不去南昌，要进宫找父皇救大哥和十三哥！"

他还未跳下马车，沈奚忽然抬手抵住车沿，声音寒冷无比："你找你父皇有什么用？你的脑子呢？你父皇若还清醒着，听到钟鸣之音，早已分派三军戒严整座应天府了！可你仔细看看，沈府这么长一条巷子，有一个兵卫吗？"

朱旻尔闻言一愣，下一刻，推开沈奚的手，不管不顾地跳下马车，一边往巷外走一边道："那我更应该回宫。大哥、十三哥落难，我好歹也是皇子，是嫡皇子，若真有谁对他们不利，我还能为他们说上两句话。"

沈奚三两步追上他，拽住他的手肘将他用力往回一带。

朱旻尔被扯得猛地撞在车上，还未来得及叫疼，便对上沈奚一双冷若霜雪的眼眸。

"你是嫡皇子有什么用？你无权无势，不过依附于你大哥与十三。你在朝中有人辅佐吗？你有政绩军功吗？你能让王侯将相、文臣武官臣服吗？你有自己的领地吗？你有财力和自己的兵马吗？你没有！没有你大哥与十三庇护，你连一个庶皇子都不如。你回宫就是送命！"

朱旻尔一下子红了眼眶，心中巨大的恐慌感令他说出的话都是颤抖的："没了我大哥和十三哥是什么意思？他们出了事，我……我不能去救他们吗？"

那双与朱南羡有些相似的明亮眼眸中渐渐蓄起了泪。

苏晋静静地看着他，少顷，道："十七，太子殿下与太子妃已经死了。"她顿了一下，强忍住心中的迷茫无助，看似平静地道，"十三殿下他……也生死未卜。"

朱旻尔听了这话，眼泪一滴一滴地落了下来。他慢慢跌坐在地，仰头看看苏晋，又看看沈奚："为什么？我前两日瞧见他们都好好的。"

苏晋只道："十七，你听好了，现在只有一条路可以走——去南昌。殿下就藩南昌虽仅两年，但把那里打理得很好，那里有钱粮，有兵卫，有臣服他的百姓与臣子。你去了那里后，帮他守好这份基业，执政、练兵、屯粮，一日都不可懈怠。若你十三皇兄能活下来，那儿便是他唯一的退路。"

朱旻尔茫然地看着苏晋，有些木讷地点了点头。他自顾自从地上爬起身，想要强作坚强，却在登上马车的一刻原形毕露。他拽住苏晋的袖口道："可是苏御史，我什么都不会，什么都不懂。我既没有领过兵，也没有执过政，去了那里该做什么、该怎么做，我一点儿也不知道。"

苏晋静静地看着他，轻声道："你去了那里，头十日，什么都不要做，先认人，认得明白彻底。切记，视其所以，观其所由，察其所安。

"凡事多思多想，向你心中的有识之士请教。南昌巡按御史是我的人，你若实在陷于困境，求助于他。但你不能依赖他，不能依赖任何人，否则便无法在南昌府、在江西道立足，无法帮十三殿下守住基业。那里的百姓与将士们臣服的是'朱南羡'这三个字，而不是其他任何人。"

朱旻尔垂着头，揪住苏晋袖口的指节因紧握而有些发白。他强忍住心中的不安，慢慢将手松开，眼泪却打在手背上："我知道了。"

然而就在马车起行的一刻，他忽然掀开车帘又问："苏御史、青樾哥哥，我到了南昌后能给你们来信吗？"他的语气近乎恳求，"我只想报个平安。"

马车渐行渐远，朱旻尔的脸已有些瞧不清了。沈奚隔着暝色看着，心中竟生出一个十分荒唐的念头。他想，十七会不会是那个曾容他、纵他的东宫在日后的岁月中，唯一能活下来的人？

他心中突生眷念，竟不由自主地追了两步："你若真要来信，不必亲自送，交给南昌巡按御史，他会把信送给苏时雨。但你切记，不必再给沈府来信了。"

朱旻尔张了张口，似乎想问为何不能给沈府去信，可是马车已绕过巷口，他已看不见沈奚与苏晋的身影了。

天边霞色渐收，一轮明月自云端若隐若现。沈奚看着朱旻尔远去，仿佛被人抽了脊梁骨，一下跌坐在门槛上。

他的神色是清冷的，映着沉沉暮色，幽暗的泪痣凝成忧悲："我怕是要不好了。"

苏晋明白他的意思。

朱悯达身死，朱南羡落难，朱旻尔出逃，东宫一夕之间落败。那么眼下即将把大权握于手中的朱沢微最容不下的就是沈家。因为只要沈家这股势力在，东宫就尚有绝地反击的机会。

若她所料不错，今日沈拓入宫后之所以至今未返，便是被朱沢微暗中留下的兵卫扣下了。

沈奚将双手搭在膝上，缓缓地道："不只我父亲的缘故，还有钱之涣身上贪墨税粮的案子。我现在怀疑，他们趁我分神东宫无暇他顾之时，利用这桩案子摆了沈家一道。钱之涣致仕，应当不仅仅是要障我的目，还想将罪名一并推给沈府。否则，若无把握将沈府连根拔除，朱沢微一定不敢明目张胆地将刑部尚书扣留于宫中。"

沈奚说着慢慢抬手撑起额头。他要试着再想想，想想他们会如何利用钱之涣对付他以及他的父亲。可是自昭觉寺出来后，他的思绪似乎被人用剪刀一下子剪断了，他每回一往深处想，便会瞧见那朵开在沈婧身上的殷红夺目的血花。

苏晋道："钱之涣贪墨税粮一案，便是陕西曲知县上京敲响登闻鼓鸣冤之案，是由都察院钱大人审的。我明日清早便去寻钱大人，试试看能否从他那里获取实证。"

沈溪却摇了摇头，如画的眉眼在暝色中好似谪仙，却满是茫然。少顷，他轻声道："我好像……早在走上这条路的那一刻，就料到自己会有今日了。"他从怀里取出一封信函交给苏晋，继续道，"这是我这些年在各衙司安置的暗桩。东宫之劫、沈府之难，终归与你无关。你日后可用这信上的人在宫中自保，应当绰绰有余。"

苏晋接过信函，仔细看了一遍，将里头的人名都记在了心里。

离开沈府前，她对沈溪说："开朝后，七殿下必会找机会审沈大人，到那时，我或许不会为二位大人求情。"

她要先自保，然后才能救他们。她不是不知恩图报之人，为了晁清尚可豁出性命，何况是与她推心置腹的沈溪以及对她施以深恩的朱南羡。

苏晋想，无论如何，哪怕是要爬上这权力之巅，她也要救他们。

最多不过成王败寇。

苏晋走过一条长巷，将信函上的人名在心中默诵了一遍，然后取出火折子，将手中的信函点燃。

天就要全暗了，她手中的火光仿佛成了这世间的最后一缕微光。

纸灰从她的指尖往前飞去，顺着风，带着星火点点，像要把她引向一条晦暗不明的路。

她往前走着，将最后一撮纸灰攥于掌中。

苏晋不知自己攥着这飞灰要做什么，又或许是那一握的灼烫感能让她获得片刻安宁。

月色越来越明。苏晋抬头望月，有个瞬间在想自己若始于此又当止于何方呢？她不知道这个，只知道自己不后悔。

她绝不后悔。

柳朝明提灯站在值房外，看着天际最后一丝日晖被黑夜吞没，分外淡漠地道："吴公公这时来寻本官，不觉得不合适吗？"

在中院不远处立着的人正是奉天殿的管事牌子吴敞。

景元帝开国时，为防宦祸，立牌明令"内臣不得干政，犯者斩"。自此，妄议朝政或与朝臣走得过近的宦官一律被处以极刑。而今日太子身死，各宫上下人心惶惶，这个常伺候于朱景元皇案前的宦官竟出现在了都察院，实在令人匪夷所思。

吴敞道："按理咱家不该亲自来此，但事态实在紧急。大人可知，今日在昭觉寺内，有人已因大人的一念之私闯下大祸了？"

柳朝明眉心微微一蹙："怎么？"

"长话短说，殿下到昭觉寺后发现十三殿下竟也在里头。七殿下将计就计，把谋害太子的罪名推到十三殿下身上。殿下无奈，暗中派人带话，说他只能让七殿下先将十三殿下带回宫，保住十三殿下半条命。这余下的半条命能不能保住，就看柳大人您了。"吴敞又添了句，"七殿下大约戌时就回宫了，柳大人；您只余不到半个时辰了。"

柳朝明一怔："朱南羡没走？"

吴敞道："大人不知今早十三殿下起行回南昌，只允了苏御史一人去送吗？"

柳朝明愣住了。

他不知道。他只知苏晋近日一直在为东宫奔波，怕她想明白前因后果后与沈奚一起赶去昭觉寺，这才以送信为由将她支开。

柳朝明问："朱南羡是因陪苏时雨送信才耽搁了行程？"

"正是。"吴敞道，"殿下之所以择初六让钱之涣致仕，除了为迷惑沈青樾，更因为此局的重中之重是要等十三殿下离开京师后才能让七殿下动手。大人既已决定置身事外，何故又因苏时雨横插一手？大人可知，正是因大人这一念之私，殿下十载筹谋，我等累年心血，就将功亏一篑？"

柳朝明垂下眸，看着手里风灯微微晃动的烛火道："这话是殿下让你与本官说的？"

吴敞摇摇头："殿下大肚能容，并未责难大人半个字。这话是老奴代殿下，代所有为此局呕心沥血的人说的。"

"这些年来，殿下对大人信之敬之，大人既然也走上了这条路，哪怕仅因一纸盟约，也当知道此路险狭，容不得大人动私念、留余地。难道以大人之智，还看不明白沈青樾这个前车之鉴吗？"吴敞说着，弓身朝柳朝明施以一个深揖，"老奴言尽于此，大人再想置身事外怕是不可能了。余下的，就看大人能否力挽狂澜吧。"

夜更深了些，柳朝明负手看向远方，方才还有些晦暗的月色随着这越来越沉的黑夜明亮起来。月华浸染云端，连它周遭的星子都要被吞没了。

有那么一瞬间，柳朝明其实是犹疑不决的。

他入都察院，从一名监察御史升任至左都御史，承的是老御史之志。

纵然他的求存之道、立身之则，甚至真正的信念都与老御史有出入，但他只想秉持着自己的初衷走下去。

身为都察院首座，权力至此是恰到好处——旁人伤不了他，动不了他，他亦能在自己掌控的范围内按部就班。可若他以今日为起点，再往前走，往这旋涡的深处走去，那么他手中握着的将不再是朝臣大权，而是极权了。

这样的极权，就如天上那轮正在吞没星辰的明月，一旦招惹上身，他便再也甩不掉了。

柳朝明不知这汹汹极权会将自己推向何方。

可他有什么办法呢？他因一己私念促成今日危局，难道要看着朱沢微一步登天，坐上这天下帝位吗？这岂不是与他的初衷背道而驰？

他必须手握极权来制衡极权。

柳朝明在走出都察院的瞬间回头望了眼匾额上气势雄浑的"都察院"三个字。

映着煌煌灯火，他忽然想起老御史，想起苏时雨，想起她当日在暖阁里对自己说"大人对时雨而言是家人"。

"家人"二字对他柳昀而言，真是个既遥远又陌生的词啊。

四岁的时候母亲去世，他跪在灵堂里为她守孝，每落一滴眼泪，父亲便拿戒尺打他一下。父亲告诉他，柳家人，当不以物喜，不以己悲。

后来老御史虽对他好，却从不曾将这份好宣之于口。

说来可笑，他此生还是头一回听见有人说将自己视为亲近之人。

于是他忽然就抑制不住心中的私念了。浮叶落湖生根长成的莲叶田田对他而言是最好的美景，他想留住这好景年华，所以忍不住提点她，不要与东宫走得太近，甚至以送信为由让她避开可能会遭遇的劫难。

他也是人，一个人走得太久了，也盼着有人能明白自己，理解自己的喜悲。

那年隔着风烟雨幕望过去，他不是没有期盼过这个被老御史念了许多年的苏时雨就是自己的同路人。

可惜穷阴杀节，急景凋年，好不容易在心头长成的田田莲叶在这一夕之间因一己私念枯萎败落，化作这独行之路上的衰草芊芊。

他不该再有所求，不该徒生妄念。

想到这里，柳朝明再次抬起眼来，目中的凄清之色已尽数消失，只余淡漠。

"安然。"

"大人可是要安然去北镇抚司请卫璋卫大人？"

柳朝明看了眼天色："来不及了。"

昔年"相祸"牵连太广，锦衣卫因恶名昭著，一度被废，近几年虽复立，却只能驻留于镇抚司，非传召不得入宫。

"你去值卫所找金吾卫左谦，让他立刻在明华宫外等候本官。他若不明所以，你便问他还想不想救朱南羡的命。"

"是。"

待安然离开，柳朝明又唤了一声："言脩。"

这个常跟在苏晋身侧，脾气温和的监察御史自夜色中走出，恭恭敬敬地对柳朝明一揖："下官在。"

"你分派人手，去镇抚司让卫璋自称奉圣上口谕，率两千锦衣卫直入奉天正门。"

"下官领命。"

"与此同时，命人去京师各府，传中极殿大学士、建极殿大学士、文华殿大学士、武英殿大学士及文渊阁大学士即刻进宫听旨。"

"是。"

"另外。"柳朝明抬头看了一眼不远处的翰林院，"找个人把舒闻岚给本官弄过来，圣上的笔迹，只有他仿写得别人辨不出真假。"

言脩迟疑道："可是初春天寒，舒大人一向坐在府中围炉烤火，怎会在翰林院中？"

柳朝明冷声道："舒闻岚是什么人？今日出了这样的乱子，他就是搭上半条性命，也会在宫中等着看热闹，大不了在太医院叫个医正看着自己，好叫自己不要稍不注意一命呜呼了。"

言脩道："是下官疏漏了，下官这就吩咐下去。"

柳朝明知道，所谓朱南羡余下的半条命，并非是指他伤重难以支撑，而是指他虽能自昭觉寺保得一命归来，但回宫后朱沢微大权在握，他能否在这情形下活下去。

而今朱景元生命垂危，至今未醒；朱悯达身死，东宫败落，皇权便落在了朱沢微这个势力最强的皇子身上。

朱沢微手里有兵马，有能臣，有钱粮。朱十二手中鹰扬卫的领兵权甚至可令朱沢微不惧朱景元再醒来，因为朱沢微大可以利用这唯一的亲兵卫领兵权抽调人把守住明华宫，封锁住之后景元帝醒来的消息。反正他朱沢微连当朝太子都杀了，还有什么做不出来呢？

因此在朱沢微回宫之前，这宫里急需形成一股足以与他抗衡的势力，这样才能确保他日后无法为所欲为。而且只有这样，才能让朱南羡在朱沢微那几乎一手遮天的权势下活下去，活到返回南昌，再率兵回来与朱沢微争夺皇位的那一天。

而纵观今日这宫中，能成为这股势力并且取信各方的，只有柳昀自己了。

夜色沉沉，朱泽微打马行在回宫的路上，望着越来越近的巍巍宫阁，还觉得难以置信。

几日前，他还想着如何从这危局当中脱身，如何举兵入京，甚至如何从崇山峻岭中杀出去，保住一条性命。而今时今日，他即将要站在这宫阙之巅，成为这里的主人了。

这种如梦似幻的感觉让朱泽微不由得自问，难道这里的主人不该是他吗？难道那高高在上的帝位不该是他的吗？

对，那帝位就该是他的。

他的母妃从小便教他，若你想要什么，便要努力去争、努力去抢。父皇的宠爱如此，无上的权力如此，有时候连自己的命，也要争抢才能保住。

朱泽微拼了半辈子去争，与朱悯达争到了你死我活的地步。他付出了这么多心血，这一切凭什么不是他的？

羽林卫与鹰扬卫列阵，在他的率领下气势煊赫地踏入承天门。两旁的侍卫见势行礼，说那一句"恭迎七殿下"时都比以往恭敬许多。

朱泽微想，他下一步要让鹰扬卫把守住明华宫，这样无论那个老东西能否醒来，在世人眼中都是再也醒不过来了。

哦，对了，他还要杀了朱南羡。等到正月十五，城门迎春该由他去，巡视三军也该由他去，再之后，他就该紧锣密鼓地奉天命、承大统了。

铁马声声在他身后如同颂音，朱泽微忍不住勾起唇一笑。

又过正午门，近了，他离那个位置越来越近了。

暗夜之中，奉天门带着一丝古旧的气息在他眼前开启。朱泽微噙着笑，缓缓策马而入。然而下一刻，他的笑容就僵在了唇畔，因为他看到了那个站在墀台下等着他的人。

自奉天殿到墀台，金吾卫举着火把分立两侧，将整个宫阙照得如同白昼一般。柳朝明身穿仙鹤补服，手握明黄圣旨，率着一众朝臣一步一步朝他走来。

走近了，柳朝明不跪亦不拜，而是抬手将圣旨展开，淡淡地道："七殿下、诸位殿下，下马接旨吧。"

圣旨就在眼前，朱泽微下马听旨的时候五脏六腑都含着一团怒火，偏偏还发作不得。

"奉天承运皇帝诏曰，朕身染重疾，恐不能久理皇案。今诏令诸子朝臣，凡事关国体社稷，皆由左都御史领内阁拟出票拟，由七卿共议定夺。"

柳朝明念完旨意后淡淡地道："七殿下回得正好，这就代诸位殿下与臣工接了这份圣旨吧！"

朱沢微眼中阴沉沉的，原本柔和的脸看上去狰狞无比，再也笑不出来了。

他缓缓地接过圣旨，唤了一声："来人，即刻去明华宫请内侍吴敞，去城西舒府请中书舍人舒桓进宫面见本王。"

大理寺卿张石山道："七殿下要去请吴公公与舒大人是何意？"

朱沢微将圣旨徐徐展开，一行一行地看过去，似是漫不经心地道："本王离宫前还仔细问过医正，说父皇忧思深重引发旧疾，数症并发病入膏肓，若能明日醒来已是奇迹。怎么这才半日光景，父皇非但醒了，竟还有力气亲笔拟旨了？"

刑部侍郎方槐道："昭觉寺古钟骤鸣，陛下心系太子殿下，申时时分确曾醒过来片刻。得知太子殿下薨殒，陛下强忍哀思与病痛立下这份圣诏，正是为防朝中纷乱无人坐镇，百姓疾苦无人顾暇。"

朱沢微的目光自朝臣中一众内阁学士身上掠过，最后落到柳朝明身上："景元十一年，父皇废相，'相祸'历时十年牵连甚广，不正是为防这天下大权落于歹人之手，不正是为天下苍生着想？"他说着笑了笑，"我等诸王都废了吗？父皇哪怕醒来要传旨，也会将国体大权交到我等诸王手中。内阁由他左都御史来领，七卿中左都御史也占了一头，此道旨意等同于把家国大事的一半决议权交到了柳大人手中。父皇这是要在废相十余年后，亲手扶起来一名宰相？"

"七殿下慎言。"刑部侍郎方槐对他一揖，"陛下之意，岂容我等妄自揣摩。"

"妄自揣摩？"朱沢微又笑了一声，"恐怕这并非父皇本意吧！"

他将手负于身后，看着柳朝明道："年关宴上，柳大人被刺伤后风寒侵体，听说非将养一月不足以病愈。怎么，这才短短七日大人的病就好了？柳大人怕不是假意称病伺机而动，趁诸皇子不在，逼宫拟诏，想一举夺权吧？"他一顿："羽林卫——"

"在！"

"左都御史柳朝明制伪诏，意图谋反，给本王把他拿下！"

"是！"

数名身着银甲的羽林卫自朱沢微身后鱼贯而出，将柳朝明与一众朝臣包围起来。两名羽林卫上前正要挟住柳朝明，夜色中，忽闻左谦一声高呼："金吾卫！"

只见原本分列墀台两侧的金吾卫忽然向中间包裹而来。左谦一个疾步掠至柳朝明身前，拇指自刀柄上一撬，如寒冰般冷硬的刀身露出锋芒，挡住了袭来的羽林卫。

柳朝明不疾不徐："七殿下这是要抗旨？"

广袤的墀台上只闻"噌噌"声，竟是羽林卫与金吾卫同时拔刀。

锋刃在黑夜中交织出肃杀凛冽的气息，四下里剑拔弩张。

敌人的敌人就是盟友。朱泽微在看到左谦的那一刻，便知道金吾卫为了救朱南羡已与柳朝明联手。

不过，这又有什么关系呢？眼下朱景元昏睡着，这朝中还有谁的兵力能强过他朱泽微？

朱泽微冷笑一声，淡淡地唤了声："十二。"

朱祁岳点了一下头，高喝道："鹰扬卫！"

今日前宫宫禁由鹰扬卫把守，除了朱祁岳带去昭觉寺的五百名兵卫，这宫中还余三千名鹰扬卫。

随着朱祁岳这一声呼喝，暗夜中有人遥遥应了几声"是"。

一时间，只闻急促的脚步声自宫楼各处响起，三千身着黑胄甲的鹰扬卫迅速集结在奉天殿墀台上，将两侧的后路堵得水泄不通。

夺权之路危机重重，拖一刻便多一分变数。朱泽微想，金吾卫在宫中的人数至多千名，其余的尚在北大营，便是他们再骁勇善战，也无法在人数如此悬殊的情形下以寡敌众。

一念及此，朱泽微不再迟疑，高声道："鹰扬卫、羽林卫听令！"

"在！"

"给本王拿下这群犯上作乱的金吾卫！"

"是！"

"羽林卫精锐听令！"

"在！"

朱泽微盯着柳朝明，徐徐道："不必管其他，直取左都御史柳朝明的首级——"

他的话未说完，站在他对面的柳昀忽然唇角微弯，慢慢地露出笑容。

朱泽微识得柳朝明数年，只知这名高深莫测的御史寡言少语，从未见他笑过。然而这一刻，柳朝明唇畔的笑极自然、极柔和，仿若一枚稀世好玉沾染了月色。可惜玉石折射出的光极冷，因他眸中流露的并非善意，而是一种让人无比心颤的讥诮与嘲弄之意。

正是此时，奉天门外忽然传来马蹄之声。

震天动地的声响几欲将这深宫楼阁置于横枪跃马的沙场，所有人在听到这马蹄声的一瞬停下了动作。

下一刻，原本紧闭的奉天门轰然开启。一名身着飞鱼服、腰别绣春刀的将领策马踏入，朗声道："臣锦衣卫指挥使卫璋奉圣上口谕，自今日起，重返宫禁，与其余十一卫一起守卫随宫！"

他抬手做了停止的动作，让身后的两千骑锦衣卫候命于奉天门外，独自驱马而入。

方才还打得不可开交的兵卫不自觉地为他让出一条道来。

卫璋来到柳朝明跟前，下马单膝跪地："末将一接到圣上命柳大人代传的口谕，便即刻率两千骑锦衣卫赶来宫中，未想还是迟了，请大人莫怪。"

柳朝明没答这话，负手看向眼前的刀光剑影，淡淡地道："锦衣卫卫璋听令。"

"末将在。"

"自此刻起，妄动干戈者，杀；犯上作乱者，杀；抗旨不从者，杀！"

"是！"

堞台上夜风呼啸，双方人马在柳朝明一声喝令后竟无人敢动，寒夜里只剩锋刃冷光。

朱沢微也看到在奉天门外候命的两千骑锦衣卫了。

到底是锦衣卫，瘦死的骆驼比马大，这样精锐的两千铁骑，怕是除了虎贲卫、金吾卫与羽林卫，便没有卫所用得起了。

而朱沢微手上虽有兵卫四千，奈何大多卸了马，要与两千骑锦衣卫外加千名金吾卫为敌，怕是不能抵挡。

正在这时，自宫门一侧忽然跑来一个满头大汗的小火者。他抬头看了眼朱沢微，又看了眼柳朝明，一时竟不知该先给谁行礼，只好左右胡乱一拜，跪地道："禀七殿下与柳大人，奉天殿吴公公与中书舍人舒大人已到了，他二人被阻在这外头，让小的先来通报。"

朱沢微吩咐道："传他二人即刻过来面见本王。"

兵卫自左侧让出一条长道，须臾，吴敞与舒桓便来至众人跟前。

朱沢微抬起手中的圣诏："吴公公，你是伺候在父皇跟前的，这份圣旨你拿去看看，可是今日父皇亲笔所拟？"

吴敞称"是"，抬手刚要去接圣旨，忽又将手收回并贴于身前："禀七殿下，圣上立牌明令'内臣不得干政，犯者斩'，咱家未得圣上准允就私碰私看圣旨，实属违逆禁令，大逆不道。但——"他想了想，抬目小心翼翼地觑了眼朱沢微手里的圣旨，"这绢帛下头的云纹咱家记得，傍晚的时候，陛下曾苏醒过一阵，命咱家去都察院传柳大人见驾。柳大人来了以后，咱家确实看陛下以此云纹绢帛拟了一道旨意交给大人。"

朱沢微眯眼看他一眼，又将圣旨递到舒桓跟前："舒大人常代父皇拟旨，又擅辨别笔迹，便请舒大人看一看，这份圣诏可是本王的父皇亲笔？"

中书舍人舒桓正是翰林学士舒闻岚之父。

舒桓接过圣旨展开一看，先是愣了愣，随后才一个字一个字地看过去。

呈上圣旨的时候，他犹疑了一下，道："回七殿下，这道旨意确实是出自陛下亲笔不假。"

朱沢微冷冷地道："但本王看你似乎并不确定。"

舒桓道："回殿下的话，微臣并非不确定，而是这圣旨上的字迹轻而浮，不似从前苍劲有力。微臣猜想，这当是陛下病中悬腕所写。微臣只是心忧陛下的病情罢了。"

朱沢微听了这话，面色阴沉地自舒桓手里收回圣旨。

事已至此，他再多计较已是无益，何况锦衣卫两千骑一来，无论这圣旨是真是伪，自己今夜是制不住柳朝明了。

也罢，柳朝明并非朱家正统，便是有心夺权，至多也就位同宰辅。柳朝明若想要帝位，诸王众臣又有谁会服他？何况等春深入夏，凤阳的府兵一到应天府，这京师上下便再无人能与自己抗衡。当务之急，解决自己的心腹大患，杀了朱南羡这个嫡十三子才是要紧之事。

朱沢微思及此，对跟在自己左右的朱奕珩与朱祁岳道："我们走。"

然而他还未走出两步，便听柳朝明在身后道："七殿下留步。"

朱沢微负手转过身，轻轻笑道："怎么，柳大人还有什么吩咐不成？"

"不敢。"柳朝明道，"只是微臣听说今日十三殿下也去了昭觉寺。敢问七殿下，十三殿下人呢？"

朱沢微似乎才想起这世上还有朱南羡这号人物，哀伤地道："想必柳大人还未曾听说吧。今日本王的大皇兄身死，正是十三带府兵将其杀害的。可叹大皇兄素日来待十三最为亲近，到头来十三竟以怨报德，真真令人扼腕。"

说完这话，朱沢微再次转身欲走。没承想柳朝明向他走近了两步，冷玉似的眸子径自看入朱沢微的眼，连声音都寒了三分："本官问的是，十三殿下他人呢？"

"柳大人没听清吗？"朱沢微面色阴沉地看着柳朝明，"十三谋害当朝太子，本官自然已命人将他押往刑部。"

他说着看向方槐："怎么，方大人身为刑部侍郎，今夜只顾着为柳大人鞍前马后忙进忙出，不知刑部接了一位贵客吗？"

方槐还没说话，柳朝明道："既如此，左将军，你即刻率金吾卫去刑部。"

"是。"

"慢着。"朱沢微抬手一拦道，"柳大人这是何意？十三谋害太子，罪大恶极，大人难不成还要将他迎回东宫？"

柳朝明道："圣上开朝之初曾立国策，储君之位当有嫡立嫡，无嫡立长，而今大殿下薨殒，十三殿下作为行二的嫡皇子，理应承袭东宫主位，继任储君。七殿下不过是藩王，就算手握罪证指认十三殿下，未经我三法司查明因果，也无权审理、扣留、押送十三殿下，更莫提将他关入刑部大牢。"

朱沢微听他说完，勾唇笑了："那么左都御史的意思是今夜就要问案是吗？好。"他点了点头，"也不必左将军去请人了，十二，你这便命鹰扬卫疾马赶去刑部，将十三从大牢里提出来。"

朱祁岳应了声"是"，随即便吩咐下去。

夜更深了，皇城外遥遥传来三声梆子声，承天门楼的灯火应声熄了大半，只有奉天殿外还亮着，火色淬了刀影血气，看上去竟是微暗的红色。

少时，一辆粗陋的马车在奉天门外停下。

朱南羡躺在马车内。帘子一掀开，他便被这浸着血的火光灼了眼。

他下意识地抬起手挡住双目，五脏六腑却如被火焚烧一般，眼前虽暗下来了，冲天的血色又自心头腾升而起。

有内侍上来想将他扶下马车，哪知才碰到他的袖腕，就被他挥手打退。

朱南羡重新躺回去。

他在等，等着那群兵卫上来将自己拖下马，正如他们先前几近暴虐地将他拖行于山道上时一样。反正在他们看来，他是个要死的人。

可是朱南羡等了许久，外头除了烈火燃烧的声音，竟无一丝声响。他这才将手缓缓从眼上挪开，似乎要与强光抗衡一般，撑开眼皮看过去。

车外一名内侍正弯腰拉开车帘，千百兵卫似乎怕惊动他，早已跪了一地。左谦已来到马车前候着了，见他睁眼，轻声唤了句："殿下。"

原来他竟回到了宫里。

他还以为那群吃了豹子胆的东西要将他拖去荒郊野岭草草杀了埋了呢。

左谦又伸手去扶他，这才发现朱南羡的左手正牢牢地握着什么，整个左臂因使尽力气已然僵直不堪。左谦垂目一看，依稀辨得他手里握着的是一方玉佩。

玉佩中间镂空刻着一个字，一个"雨"字。

朱南羡的衣袍皆已破损，背心处还透着血痕。他就着左谦的手走了两步，连步子都是虚乏无力的。两旁的内侍见状要来扶他，他却摇了摇头，连左谦的手也一并推开了。

前方灯火辉煌，朱南羡隐隐见有人向他走来。他顿了顿，慢慢将玉佩收入怀中，小心放好。他掌心深重的褶痕处几欲渗血，大概因他如握着自己的生念一般牢牢地握了玉佩一路。

到朱南羡跟前后，柳朝明行了个礼，随即吩咐道："左将军，你即刻将十三殿下送回东宫，传医正为殿下诊治。"

朱泽微听了这话颇为意外，笑道："怎么，柳大人将十三迎回宫中，竟只是为了将他送回东宫？他谋害太子殿下的血案呢，大人不审审吗？"

刑部侍郎方槐接过话头道："禀七殿下，三司会审须由都察院、刑部和大理寺主理，但若无陛下旨意，我等亦无法立行。眼下且不说陛下病重未愈，就是依方才的圣诏，也得召集七卿决议之后才能开始问案。"

朱泽微仍挑着嘴角："柳大人是这意思吗？"

柳朝明淡淡地道："倘若七殿下想连夜追究问责也无不可，但该说的话本官已说了。此案兹事体大，未经我三法司查明因果，一切拟定的罪名都是栽赃陷害，重则，以谋逆罪论处之。"

朱泽微听了这话，脸上的笑容倏尔收起，道了声"走！"便甩袖负手，带着朱祁岳与朱弈珩扬长而去。

集结在墀台上的三千名鹰扬卫在朱祁岳离开后如潮水般无声散去。少顷，锦衣卫与羽林卫也相继撤离。方才还剑拔弩张的墀台上彻底静了下来。

左谦上前两步为朱南羡引路："殿下，末将送您回东宫。"

朱南羡正要离开时，宫门外忽然传来一丝细小的骏马嘶鸣声，似乎有人在正午门外卸马。

就像是感应到什么一般，他不知怎么就回过头了，往正午门看去，可惜隔着广袤的墀台，只能望见一个人影。

朱南羡静静地看着，随后垂下眼，不声不响地离开了。

柳朝明吩咐："去看看是谁在那里。"

一名内侍应声去了，片刻后回来道："回柳大人，是都察院的苏大人来了。原说是提了几名证人回来，可问了咱家今夜的情形后，忽又说没事了。"

柳朝明沉默了片刻，只问了句："她已经走了吗？"

"是，苏大人带着几名证人一并走了。"

柳朝明"嗯"了一声，折身往都察院走去。

一众朝臣见左都御史要离开，不约而同地拜下。一名小火者忙不迭地提着风灯赶来他身前，顺从地为他引路。与此同时，身后有人高呼："恭送御史大人。"

这便是极权在手?

柳朝明看着风灯中只能照亮寸尺前路的火光,心中掀不起一丝波澜。

其实苏晋带这些证人进宫来做什么,他不用想也知道。

今日朱南羡是去送信才耽搁了回南昌的行程,那么通政司必定有人见过他。哪怕朱泽微派人将通政司的嘴都堵上,将跟着朱南羡的亲军卫全杀了,还有在城门口见过十三殿下的百姓与侍卫呢。

朱泽微诬陷朱南羡谋害太子,终究是站不住脚的。

苏晋奔波至深夜才回宫,想必正是赶在朱泽微之前,自各处提了证人,想要将他们安置在都察院以保安危,等来日为朱南羡洗冤吧。

可她最后将人带走了。

她是不再信都察院,不再信他了吗?

柳朝明想到这里,忽然又觉得情有可原,毕竟他前一日还病得起不来身,后一日就发动宫变大权在握。他这样的人,凭什么叫人相信?

而柳朝明保下朱南羡,也不过想利用朱南羡嫡皇子的身份,引他与朱泽微相斗,最好能落个两败俱伤的结果。所以,他柳朝明本来也没安好心,一直以来都没安好心,活该苏时雨不愿再信他。

柳朝明回到都察院,内侍吴敞已在中院内候着了。留守在院内的言脩见他回来,无声施以一揖,退入夜色中去了。

吴敞这才双手一合大拜而下,呈上一块残玉:"老奴奉殿下之命,谢大人救大局于危时。"

这是第三块残玉了。

柳朝明垂眸看着这块色泽古朴的玉石,摇了摇头:"此次的危局本就是我因妄动私心而一手造成的,一念之差,险酿大错。我今夜所为亦不过是亡羊补牢,没道理向殿下讨回残玉。"

吴敞道:"殿下早知大人会有此一说,便让老奴带一句话给大人——人非草木,孰能无情。

"殿下还说,大人今日之失没什么错不错的。只怪他布局失策,算了人心却未算人情,竟要劳大人以一己之力挽狂澜于既倒。这块残玉,大人受之无愧。"

柳朝明沉默了一会儿,自吴敞手里取回残玉。

吴敞继续道:"殿下那里只剩最后一块残玉了,是以殿下还让老奴问一句,殿下当年给大人的信物,大人可有好好保管?"

玉石的触感温润而熟悉,柳朝明用手指摩挲着它,不由得想起当年玉玦破裂时，那人与自己说的话。

"你我之间君子一诺，虽有信物依托，说到底，靠的不过是一个'守'字与一个'信'字。

"柳昀，本王知你清高孤傲，让你臣服反倒折了心性，因此只想问，你可愿随本王赌一局，将皇权、骨血乃至自身都算入局中，披肝沥胆，粉身碎骨，在所不惜？"

柳朝明将残玉一握："殿下所予信物弥足珍贵，倘来日功业初成，我柳昀必定完璧归之。"

朱泽微一路打马回了七王府，面色越来越沉。他不顾跪在府外迎他的姬妾，径自步入正堂，接过丫鬟递来的湿帕子净了脸，然后背着手在正堂内来回走动。

有小厮来送茶水，见了朱泽微的样子，不敢上前。还是朱弈珩斟了一杯茶水递过去，温声道："七哥，不急着气，先吃口茶。"

朱泽微停下脚步看了他一眼，挥手将茶盏打落在地："你当本王是傻子？"

滚烫的茶水溅湿朱弈珩的袍角，他有些吃惊地看着地上四分五裂的茶盏，抬头望向朱泽微："七哥这是何意？"

朱泽微冷笑一声，眼中全是肃杀之气："在昭觉寺本王要杀朱南羡，是你劝本王回宫做个样子后再杀。岂知这头柳昀就逼宫夺权，把十三截了下来。你当本王看不出来你与柳昀早已结盟了？此次柳昀保下朱南羡就是要让朱南羡与本王相斗，等两败俱伤了，柳昀便扶你上位称帝。本王半生苦心，倒是为你和柳昀二人作嫁衣了！"

朱弈珩琥珀色的眸子里先是惊诧，随后变成难过，好看的嘴角微微下垂，抿成一个隐忍、沮丧的弧度。

少顷，他有些失望地道："七哥怎么又不信十弟了？"

朱泽微心头窝着一团怒火，当下也懒得跟朱弈珩多费口舌，往厅堂正中的紫藤交椅上一坐便道："等十五开朝后，你即刻回广西。"

厅堂内静下来，外头的小厮趁着这个当口儿进来将碎裂的茶壶碴儿收了。

朱弈珩盯着地上未干的水渍，半晌，问了句："七哥还记得吗？景元二十一年，七哥来桂林府看过十弟一回。"

那是三四年前的事了，朱泽微还记得。

当时广西天灾，连着三年大旱后民生无以为继，朱泽微便奉景元帝之命去广西巡视，途经桂林，去朱弈珩的府上小住。

朱泽微原以为这个十弟纵然从小不成气候，但好歹是个藩王，府上怎么着也比官府张罗的那些粗陋的下榻之地体面。谁知堂堂一个十王府也就府门恢宏气派，往里一瞧，竟破旧得不成样子。屋舍简陋得已称不上是楼阁，后头一大片荒着的地没建亭台水榭不说，反倒被开垦，错落有致地栽着些将死不死的蔬果。偌大的王府内莫说府兵，连伺候的下人都没几个。

朱泽微是个心思颇深的人，甫一瞧到这场景，还没生出几分同情就起了疑，觉得朱弈珩落魄成这样实在诡异。回到京师后，他命钱之涣翻看了广西近年所有的账册，将朱弈珩彻彻底底地查了个清楚。

查出来的结果令他瞠目结舌——朱弈珩就藩得早，初至广西时，朱景元其实是命户部拨了一大笔安置费的，朱弈珩起初也正是用这笔钱财筹建府邸，招募府兵。

谁知后来天灾连年，财资耗尽，奴仆与府兵养不起了不说，朱弈珩每月还要将自己的俸禄往里贴补，是真的过得极其艰苦。

后来朱泽微回到凤阳，不日便接到朱弈珩的来信，信中言辞愧不能当，大意是七哥好不容易来瞧他一回，他却未能尽好地主之谊。

朱泽微此人是但凡不触及自身利益，能大度且大度，接到这样的来信，一时便想起自己临行前，朱弈珩在府门外散府兵的情形。

原本的千余名府兵被老十散了一批又一批，最后只余不到三十人。偏生朱弈珩还怕他们离了自己，生计没着落，给散出府的兵卫每人凑了二两银子。

朱泽微想到这二两银子，动了一点儿无伤大雅的恻隐之心，回信的时候非但附上了一张银票，还颇为隐晦地提点了一句——朝廷赈济的银钱虽说是给百姓的，但十弟你好歹是藩王，是桂林府的颜面，若你自己都镇不住场子，那这偌大的广西何时才好得了呢？

这信一去如石沉大海，一直到隔年春，朱泽微才接到朱弈珩的回信。朱弈珩在信上对他嘘寒问暖既亲又敬，末了还附上一笔账目，正是他前一年那张银票的数额。

朱泽微一笑置之，没有细看，但这笔账目像给他提了一个醒，此后每一年，他都命钱之涣通过户部的账册将桂林府的底子摸得一清二楚。

朱泽微想到这里，语气放缓了些："你想说什么？"

朱弈珩道："七哥既去过桂林府，就该明白十弟这个藩王不过是个空架子。我无权、无财、无势、无兵，柳昀这样的人物，七哥您也看到了，连锦衣卫都愿听他号令，他凭什么要与我结盟？"

朱泽微笑了一声："这就要问你自己了。"

"因一无所有，我遇事便更小心谨慎，总要比旁人多思量几步，心眼儿也更多一些。"朱弈珩说着，似是无奈地笑了一下，"但也正因为此，柳昀更不可能选我。"

"我知道七哥在想，柳昀或许是想扶植一个无权无势的皇子，自己来做这江山真正的主人。可七哥您细想想，柳昀若要这么做，为何要选我这样一个心思深、心眼儿多的人呢？他就不怕我一朝得了帝位，暗自摆他一道吗？对他而言，扶植一个心思单纯、年纪尚小的皇子不是更好吗？"

朱弈珩说到这里叹了一口气："七哥您仔细想想今日事端。您疑心十弟，才是让那真正能坐收渔翁之利的人得以喘息。"

茶香盈室未散，随着朱弈珩说出最后这句话，忽然就被朱沢微吸入鼻中。朱沢微满腹疑团被这茶味冲散，神思一下清明许多。

方才朱弈珩用了一个字，不是"想"坐收渔翁之利，而是"能"坐收渔翁之利。

是了，眼下柳昀夺权已成定局，然而，便是柳昀与朱弈珩联手又如何？等到自己的凤阳府兵一来，他二人也无法与自己抗衡。而余下的人中，只剩老九和老四了……

朱沢微这才抬目看向朱弈珩："你的意思是让我防着老四？"

朱昱深身为四皇子，实力本就不弱。他是戚贵妃之子，手握北境数万雄兵，若非常年为边关战事所累，早该是诸皇子中最有能力一争帝位的人。

朱弈珩摇了摇头："我也不知。"他顿了顿，看向朱沢微，"七哥，您知道我今日回宫时，见了柳大人的第一个念头是什么吗？"

"什么？"

朱弈珩好看的眼眸中染上疑色："他不是还病着吗？"

朱沢微听了这话，不自觉地抬手抚上案几上放着的"梅雪争春"，灵璧石嶙峋的质感硌得他指腹生疼。

过了半晌，朱沢微道："本王知道了，你先回吧。"

朱弈珩似是欲言又止，过了会儿，应了声"是"，转身离开了。

又有小厮泡好新的茶水端进来，朱沢微自己斟了一杯刚要吃，想了想，抬手递给一旁一直不发一语的朱祁岳："十二，你怎么看？"

朱祁岳道："十哥最后那句话的意思是，真正跟柳昀结盟的人是九哥？"

是啊，柳昀病着。

但柳昀病着是因为年关宴上被老三派去的人刺伤，后来老三虽几度喊冤，但因他当时被老九带走了，无从辩驳。

当时朱沢微就怀疑过——老九怎么会受柳昀驱使？

朱沢微将茶盏往案几上一放，目露阴鸷之色："不知道，他一时说本王最该提防的人是老四，一时又说跟柳昀结盟的人是老九，偏偏每一句话都有理有据让人不得不信。我已快被这个老十搞糊涂了。"

朱祁岳道："十哥不是说他在都察院有盟友吗，七哥怎么不问问究竟是谁？"

"这还用问？"朱泽微道，"他早就言明高攀不上柳昀了，赵衍与苏时雨肯定不是，余下的，除了钱月牵还能是谁？本王若追问，他不管真的假的，先将钱月牵搬出来混淆视听，岂不显得本王愚不可及？"

朱祁岳道："既然这样，七哥便依之前的意思，等十五开朝之后，让十哥回广西吧。"

"不，本王改主意了。"朱泽微道。

他看向洞开的堂门，树影楼台被夜色笼罩着，看着模糊不清。他说："这个朱弈珩，和稀泥的本事堪称登峰造极，我要将他留在京师。等杀了十三，本王下一个要杀的就是他。"

朱祁岳听了这话，眸色不由得一黯："七哥一定要杀十三？让他回南昌不好吗？"

朱泽微失笑出声："你当朱南羡是老十，说打发走就能打发走？他本就是帅才，在南昌府有精兵五万不提，西北军也听他号令。我放他走是天高任鸟飞，海阔凭鱼跃，等着他筹集好兵马，就该回来取我首级了。"

他说到这里，似乎有些乏力："不说这些了。"指着左手旁的灯挂椅，将语气放得分外和缓，"祁岳你且坐，七哥有几句私心话要问你。"

朱祁岳依言在一旁坐下。

朱泽微笑了笑道："七哥问你，如今你心里还有戚家的四小姐戚绫吗？"

朱祁岳听了这话，燕尾似的眼梢稍稍一颤，耳根子处竟浮上一抹红："七哥莫要说笑了，我娶了寰寰已几年，她很好，我就快要喜欢上她了。"

"七哥上回问你，你的答复是'就快要'；上上回问你，你的答复是'慢慢学着要喜欢她了'。"朱泽微看着朱祁岳，叹了一口气，"七哥知道你是个重情且深情的人，哪有这么容易改变心意？你的事七哥一直记在心头，你若觉得不好开这个口，等戚寰来了，本王去跟她提，将戚绫配给你做个侧妃。反正她与戚寰是两姐妹，效仿娥皇女英也不失为一段佳话，你觉得呢？"

朱祁岳刚要开口，朱泽微抬手一拦，唤了一声："暝奴。"

厅堂外出现了一个女子，楚楚动人的眉眼竟与戚绫有几分相似。她敛衽福身，轻唤了一声："殿下。"

朱泽微对朱祁岳道："你近日累了，今夜就在七哥府上住下，让暝奴伺候你安歇吧。"说着，不等朱祁岳推辞，对暝奴道："还不赶紧将本王的十二弟迎下去？"

　　暝奴闻言，莲步轻移，至朱祁岳面前屈膝行了个礼，抬手将他手中的茶盏收走，袖口处露出一段雪肤，肤上描画着一朵寒梅，仿佛散发出阵阵清香。

　　也不知是雪肤上的寒梅太动人，还是入鼻的幽香令人想起少年事，朱祁岳的四肢百骸忽然升腾起一团说不清道不明的热意。他几乎有些狼狈地将欺身而来的暝奴推开，对朱泽微抱拳道了一句："多谢七哥美意，我今夜便不多留了。"便离开了。

　　暝奴看着朱祁岳离开，脸上的错愕渐渐变成惶恐。她忙不迭地朝朱泽微跪下："暝奴有罪，竟未能留住十二殿下，请殿下责罚。"

　　朱泽微看了看朱祁岳离开的方向，又看了看他方才溅了一地的茶水，淡淡地道："不必，这样就够了。"

　　"是。"

　　朱泽微想了想又道："他既已认得你了，那么两日后东宫吊唁，毒杀朱十三的重任本王便交给你了。"

　　"是，暝奴一定尽己所能，不让殿下失望。"

第二十六章　当世诸葛

　　苏晋自宫里出来后，将几名证人安置在了京师衙门，等回到府里已是亥时了。

　　今天化雪，白日里仅存的热气都被积雪吸了去，到了夜里更凉了三分。

　　她没有回屋，披了件衣裳在廊前坐下，想起方才在正午门那名来迎她的内侍所说的话——"眼下这宫里是柳大人在做主了。"

　　宦官最机灵，知道她与柳朝明交情匪浅，细细长长的声音听起来就像在报喜。

　　但喜从何来呢？苏晋想。

　　其实她一直知道柳朝明的信念与自己的信念是有出入的。但当他在老御史的故居问她可愿暗夜行舟之时，当她跪在他面前许下一生之志时，她以为那稍许的不同之处不影响他们最终殊途同归。

　　可如今他夺下这江山的一半大权是何故？仅仅是为了制衡朱沢微吗？

　　若是如此，他何须设局被刺，煞有介事地病一场？他早知内情，只是秘而不宣。但他苦心经营的又是什么？

　　苏晋自一旁拾了根枯枝，想学着沈奚的样子在地上画几笔，可因心中纷乱如麻，手下不自觉地用力，枯枝"咔嚓"一声折断了，声音在这暗夜听起来格外令人心惊。

她有些颓然地将断枝扔在地上，一时又想起沈桀，想起他提的登闻鼓税粮贪墨案。

苏晋放心不下，翌日早早起身，去钱月牵府上拜访。来应门的小厮说："钱大人说自己近日干了桩缺德事，去庙里烧香念经了，等十五开朝后才回来。"

苏晋碰了个软钉子，思来想去只有去宫里了，还没到都察院，就看到柳朝明从六部衙司里出来，似乎有什么要紧事，前头是一行引路的内侍，后头是一众毕恭毕敬的朝臣。

苏晋忙退到一旁行礼。没承想柳朝明在她身前顿住脚，冷冷地唤了声："苏晋。"

不是苏时雨。

"下官在。"

柳朝明平视前路，语气是冷淡的："身为金都御史，宫里的规矩也不懂吗？"

苏晋不知他提的是哪门子规矩，只好抿唇不语。

一旁有礼部的人提点道："禀苏大人，太子新丧，自今日起，当着青衣皂带来上值了。"

太子新丧，正午报丧，但她今日来此不过是有事寻赵衍，问问便走。

然而她也未多解释，"嗯"了声，道："记得了。"

柳朝明道："明日再来，记得换一身行头，开朝后，自己去赵大人处领罚。"

苏晋看他前簇后拥的样子，一时抑制不住心中的失望与疑虑，不知怎么就回了句："多谢大人教诲，下官这就回府换一身行头。"

柳朝明的声音更冷了："那还站在这儿干什么？"

说来可笑，苏晋的一身青衣原是为朱景元备的，覃照林的媳妇儿覃氏前两日才为她制好。她没想到今日穿来竟是为了朱悯达。

苏晋换好衣裳时已近午时，一路往宫里走去，还未到承天门，就听到门楼上遥遥传来号角声，三长一短，吹了三回。

一行官兵身着丧衣自承天门处御马而出，将素纸伞搁于京师各宅院前。

这是秦淮一带的传统，人们看到这样的纸伞，便知道宫中有皇嗣薨殒，会去承天门前看白榜。

太子薨殒的仪制只比帝王低一等。

先在东宫停灵七日，十五开朝后，由诸王众臣小出殡送入梓宫，停灵半年，等地宫建成，再大出殡送去皇陵。

号角声罢，有冥钱自承天门的高台上一把一把地撒下。

春日的阳光暖融融的，雪早已化了，可这漫天白纸又为天地染上素色，仿佛寒冬还未过去。

没两日便有朝臣陆续返朝了，大概是听到宫中出了大事，要么像钱月牵一样躲得远远的，要么早早回来作壁上观。

初十这日清早，苏晋醒来后眼皮一直跳。她已细细想过了，朱泽微诬陷朱南羡谋害太子终究是站不住脚的，朱泽微若想早日掌权不受非嫡非长的身份挟制，定会赶在开朝之前设法除掉朱南羡。

她心中不安，却因朱南羡被软禁于东宫，里外都有鹰扬卫把守，一时无计可施。她思来想去只有去找赵衍，托他请宗人府的胡主事行个方便。

胡主事听闻苏晋的来意，虽也肯帮忙，却道："宫中规矩是内外有别，东宫分属内宫，棺椁在东宫停灵的这几日，只有皇嗣亲眷、嫔妃臣女能来吊唁。苏大人虽与十三殿下是莫逆之交，但到底是外臣，要吊唁得等小出殡之后了。眼下莫说是去东宫内殿见十三殿下，您就是在东宫外殿露个脸也是不合适的。"

苏晋问："那书信呢？抑或旁的信物，可有法子递到十三殿下手上？"

"没有。"胡主事道，"苏大人您是不知道，内殿里有几名鹰扬卫是一日十二个时辰轮番守着的，就连进去送个吃食也要里里外外搜身。下官去过一回，看那几名鹰扬卫的样子，倒不像是要害十三殿下，反而将其他人送去的每样物件都拿银针与药粉验过。想来他们是听十二殿下的吩咐，在暗地里护着十三殿下。"

苏晋听他这么说，仍不放心。

朱祁岳愿意护着朱南羡是因昔日交情，可他终归是朱泽微的人，朱泽微想在他的身上动心思、钻空子，实在太容易了。

胡主事见苏晋仍锁着眉头，便道："这样，下官命几名信得过的内侍在东宫盯着，一旦有异动，即刻去都察院禀报大人。外臣虽等闲不能入内宫，但东宫是储君之宫，到底不同。若出了事，大人闯进去过问，至多也就被问个逾矩之责。"他说到这里，有些过意不去，"就是要劳烦苏大人，日夜都在都察院内守着了。"

"这无妨。"苏晋听胡主事这么说，略微宽心，但转念一想，如果真出了事，待她赶去东宫可还来得及？未雨绸缪总好过见兔顾犬。

她正思忖着别的法子时，听到宗人府外头传来女子细碎的低语声。有一名小火者将数十名女眷引来正堂，禀报道："胡大人，今日去东宫吊唁的臣女过来记名了。"

苏晋这才想起今日是众藩王妃与臣女一同进宫吊唁太子与太子妃的日子。

她与赵衍往堂后的阴影处退了退。待胡主事布好笔墨，小火者便引了两名女子进来，其中一人苏晋还认识，正是戚家的四小姐戚绫。

目光与苏晋撞上后，戚绫略微福了福身。待记完名退出去，她身旁穿胭脂裙的女子小声问道："戚姐姐，堂后那个冷着脸的大人就是传闻中的苏大人吗？"过了会儿，又道，"他这么好看，要是能笑一笑就好了。"

她虽压低了声音说话，但四周十分安静，这话还是传入了苏晋的耳中。

苏晋眉心微微一蹙，心里叹道，原来在旁人眼里她竟是这样疏离的，她还以为自己待人接物都谦和有度呢。

不过半刻，众女子便记好名，由内侍引着往东宫走去。苏晋思来想去没寻着好法子，便跟胡主事告辞，打算再去礼部问问。

走到宗人府门口，苏晋发现外头有人等着自己，原来是戚绫。戚绫敛衽一拜："赵大人，苏大人。"

赵衍见状也不多留，与苏晋对揖作别。待他走远了，戚绫才道："敢问苏大人，您今日来宗人府可是为了十三殿下？"

苏晋不言。

戚绫道："臣女知道十三殿下与苏大人是至交，出了这样的事，苏大人为殿下奔波也在情理之中。臣女只是想问大人，可有什么话或者信物要转交给殿下？臣女可以代劳。"

苏晋心中诧异，面上却不动声色："殿下身在东宫内殿，你此去吊唁，能见到殿下？"

"不瞒苏大人，臣女今日一早去求过姐夫，"戚绫道，"他便是十二殿下。殿下准允我趁今日吊唁去内殿探望十三殿下。"说着，像是怕苏晋不信一般，自绣囊里掏出一件东西递与她看——竟是朱祁岳随身携带的令牌。

苏晋见了这令牌，不再迟疑，说道："我没什么东西带给殿下，怕带去的东西他用过后，搁在一旁被有心人做手脚。只有几句话，你切切记住。"

"大人请说。"

"你且告诉他，用过的，不可再用；信过的，不可再信；亲眼所见，不一定是真相；亲耳所闻，也不一定是事实。"

东宫有朱祁岳的鹰扬卫相护，朱沢微若想害朱南羡，通过暗杀是不太可能的，最有可能的便是用毒。

被递给朱南羡的物件事先都有鹰扬卫验过，但朱南羡自己也不可能不防。在这样的情形下，唯一能让人疏忽的法子便是先制造一个以假乱真的假象。

戚绫道："是，臣女记住了。"说着转身欲走，又顿住脚步，"能否请苏大人将方才的话写成字条？"她颊上微红："吊唁时要跪在正殿念两个时辰的佛经，臣女怕念完经文忘了大人的叮嘱。"

苏晋点了一下头："好，你且等等。"

戚绫看着苏晋折入宗人府的身影，眸中闪过一丝黯然之色。

这其实是她难以启齿的私心——自年关宴到冬猎，十三殿下已直言拒绝她两回了。如今他遭此大难，她听鹰扬卫说，他夜里听到一点儿声响便醒，常在廊下坐到天明。她便忍不住想去看他，又怕他瞧不起自己，这才想到来找苏晋。

戚绫知道朱南羡待苏晋跟其他人是不一样的。她想，若自己能向苏晋讨得一样信物，哪怕是一张字条，等见到十三殿下，他或许就不会在意她有多卑微，甚至还愿与她说上两句话。

苏晋将写好的字条交给戚绫，问："你可是带了银针？"

戚绫道："是带了。苏大人怎知？"

苏晋道："那好，你将银针交与他时，记得告诉他若事有蹊跷，银针也是不可信的。还有，让他看过这字条后便将其烧了。"

戚绫向苏晋福了福身："臣女一定转告殿下。"

吊唁在东宫正殿，排头由戚贵妃、喻贵妃、淇妃引着念诵佛经，后头才是众妃嫔女眷。戚绫去得晚，在殿前先跟戚贵妃磕了个头，轻声唤了句："姑姑。"等戚贵妃点头了，才回了自己的位置。

这是后宫的规矩，吊唁自辰时到午时，先念诵两个时辰的佛经，正午用过斋饭，自未时到酉时，再静跪两个时辰。

午时时分，嬷嬷来分发斋饭，戚绫刻意等到最后才取。那嬷嬷看了她一眼，随后将斋饭与一枚腰牌放在她的托盘里，道了声："去吧。"

这是朱祁岳事先交代好的，这枚腰牌可令她行至东华殿侧门外。

刚入春的午时，日光柔和而温暖，戚绫隔着垂花门看过去，见朱南羡坐在殿外的台阶上，手里像是摆弄着什么，身旁还放着许多剑穗。

戚绫见过这些剑穗，是沈三妹编来送与他的。

朱南羡自剑穗里抽出一根根红色的丝绦，缠在手里的东西上，似乎是想打个结，日后好挂在脖子上，置于衣衫内贴身藏着。但他实在手笨，怎么缠也缠不好。

朱红色的丝绦在他修长的指间慢慢绕着，阳光洒下来，将他手中的东西折射出一道光。原来是那枚刻着"雨"字的玉佩。

戚绫见状，将手中的托盘放在一旁的石桌上，轻轻走过去，唤了一声："殿下。"

朱南羡愣了一下，抬起头来看到是她，目光黯淡下去，垂下头"嗯"了一声。

戚绫想了想道：“这丝绦还是臣女帮殿下缠吧。”

朱南羡动作一顿，将丝绦与玉佩收进怀中，回了一句“不必”后，起身要走。

戚绫见他欲离开，便道：“臣女受嬷嬷所托，为殿下送来斋饭。”又低声道，“还有些话，苏大人让臣女务必转达给殿下。”

朱南羡的脚步蓦地顿住，他似乎想问什么，却欲言又止。

戚绫自绣囊里取出朱祁岳的令牌给近旁的鹰扬卫看了，待他们退到远处，才将字条递与朱南羡，道：“苏大人还说，殿下看过这字条后便将它烧了。”

明媚的阳光照在纸上，为浓墨镶上金边。

短短一句话，朱南羡反复看了数遍才将字条放进袖囊里收好，对戚绫道了句：“多谢。”

他为兄嫂戴孝，不过几日已瘦了许多。

戚绫垂下眸，又取了银针递上前去：“这是臣女带给殿下的。这里虽已戒备森严，但殿下多防范些总不为过。不过苏大人还交代了，若事有蹊跷，便是连银针也不能信。”

朱南羡又道了句：“多谢。”

然后戚绫便不知该说什么才好了。

她是女子，天生敏感细腻，直觉朱南羡对苏晋的感情是不一样的，而这种不一样，几乎超过了所谓的至交之情。

戚绫心中有惑，却问不出口，回头朝院中的石桌看过去，劝道：“殿下用些斋饭吧。”

鹰扬卫已用银针验过她方才送来的斋饭了。朱南羡“嗯”了一声，走过去将筷子头往桌上一齐，默不作声地吃起来。

天气好像一下子就暖了，四下里焚着香，檀香味浓得像要将春光凝成雾。

朱南羡吃得很慢，也很仔细，仿佛全世界只有这碗斋饭值得他认真相待，连吞咽也是缓缓的。

但戚绫知道这是因为他吃不下。

她不知怎么越发难过起来，想要为他做些什么，却不知他心中所求，于是只好将方才的疑惑问出口：“殿下珍之重之的那枚玉佩，是与苏大人有关吗？”

朱南羡手里动作一顿，还未来得及说话，正殿方向忽然传来女子此起彼伏的惊呼声。

东华殿与东宫正殿相去甚远，他们在这里都能听到喧哗，那儿想必是出事了。

大部分鹰扬卫被勒令留在内殿把守，一时间面面相觑，不知谁走谁留。这时，垂花门外进来一人吩咐道："此处留下四人，其余的跟本王走。"

来人正是朱祁岳。

其实他方才就到内殿外了，未进去是因为实在不知该怎么面对朱南羡。

朱祁岳看了朱南羡一眼，跟戚绫交代了一句："你也留在此处。"便带着数名鹰扬卫往前院走去。

众人还在甬道上，便听到了"咝咝"的声响。几条青纹蛇自树梢探下半截身子，张口对着众人吐芯。几名鹰扬卫要拔刀斩蛇。朱祁岳心中一惊，当下道了句："别管这里，快去正殿！"

正殿内已乱作一团了，鹰扬卫横挥竖劈。满地都是蛇尸，却还有蛇自各个方向爬行而来。这些蛇身带青纹或黑斑，有的蜷曲成一团，有的扭动身子到处乱爬，且大小不一，小的只有筷子粗细，大的几欲成蟒。

这么多蛇却不能放火烧，因这里是太子与太子妃的停灵之所。

一众女眷惊慌失措地挤在一处，有胆子小的已然泣不成声。戚贵妃倒还冷静，将身怀六甲的淇妃护在身后，吩咐殿中的内侍："拿烛火将它们吓退！"

内侍闻言，慌忙自香案上取了烛台。那些蛇见了火，虽不再上前，却犹自徘徊没有退开。这时，殿旁一侧无人注意的角落里，一条身覆黑纹的蛇直起半截身子，紧盯着前方一个无暇他顾的内侍，忽然"咝"的一声扑咬过去。

内侍手腕剧痛，手中的烛台一下落地，可那黑纹蛇紧咬不放，长而有力的蛇尾竟要朝他的身上卷去。

朱祁岳一到前殿便看到这一幕，腰间的"青崖"铮鸣而出，欲将蛇身凌空截断。

那蛇倒也机警，仿佛感受到了剑气，蛇尾往回一缩，朝反方向打去，可惜没快过朱祁岳的剑。

眨眼间锋刃已至，蛇身在这一收一挥之间竟自蛇尾被纵劈裂开。大蓬鲜血迸溅而出。这蛇犹如不甘心一般，竟驱着裂成两半的身子往人群处卷去，却在半空中僵住，跌落在地。

一众女眷见了这恐怖的场景，竟有人当场昏厥过去。

正在此时，宫墙外传来一阵刺耳的笛音。蛇群听了这笛音，忽然像疯了似的，再不顾刀光火色，自四面八方朝众人扑咬过去。

蛇群如潮，无孔不入，鹰扬卫虽已将女眷层层护住，但仍有几名女子被咬伤。

这些女子不是后宫妃嫔、藩王妻妾，便是京师贵女。朱祁岳心道不好，一面挥剑斩蛇，一面吩咐道："去外面把吹笛子的人给本王揪出来！"又对身后几名鹰扬卫道："想个办法把棺椁抬走。"言下之意，若蛇群不退，他便要放火了。

幸而这群蛇疯咬了一番后，像是疲惫了，攻势弱了不少。朱祁岳趁着这个当口儿命鹰扬卫齐攻而上，一时之间也不知斩了千条还是百条蛇，满地都是蛇尸。

身后有胆大的女子见形势缓和，问了句："你没事吧？"

朱祁岳回头一看，发现说话的人是舒闻岚之妹舒容歆。因舒闻岚是个病秧子，这舒容歆久而久之倒成了半个大夫。

她正捉了赵妩的手背细细看去，见那伤处只是流血，并无肿胀异象，便问了句："你可觉得伤口发麻？"

赵妩摇了摇头："只是疼罢了。"

舒容歆见此，又看了其他几个女子的伤处，松了口气的同时又起了疑虑："这么多蛇，竟都像是没毒的。"

说者无心，听者有意。

这些蛇分明是被有心人放进东宫的，闹出这样大的阵仗，竟全是没毒的蛇？这只能说明一点——调虎离山。

朱祁岳当即连斩数条蛇，吩咐鹰扬卫道："将各位娘娘、小姐保护好，跟本王一起去内殿！"

朱祁岳还没到内殿便听到沙沙的蛇行之声与刀剑的铿锵劈砍声，疾步冲进院中，只见朱南羡一剑斩断三条蛇，另一只手已取枯枝引了火，往蛇的身上烧去。

朱南羡的左手似乎被咬伤了，素白的袖口渗出血来，但他没避于殿内。不知为何，离他最近的殿门是关着的，外头还倒着一名鹰扬卫的尸体。

这些蛇与殿外那些一样，在听到笛音扑咬过一阵后，此刻已经力竭，再被火一烧，顷刻便被赶来的鹰扬卫斩得七零八落。

奈何方才留在内殿的人实在太少，一众人等包括戚绫全都受了伤。

朱祁岳看着殿前那名鹰扬卫的尸体，皱眉问道："这是怎么回事？"

一名鹰扬卫答道："回殿下，方才您走了不久，这些蛇便来了。我等本想护十三殿下与戚四小姐避入殿中，谁知罗子竟先一步将殿门合上，要行刺十三殿下。我等被罗子与蛇挡了退路，又奈何人手太少，护力不周，竟让十三殿下与戚四小姐都受了伤。请殿下责罚。"

朱祁岳摇头："不怪你们，是本王考虑不周。"

这时，一名鹰扬卫拎着一个身着内侍官衣的人进了院内，将他往地上一扔，禀报道："十二殿下，这便是那名驱蛇人。"

驱蛇人生得矮小，脸上有一种病态的乌青之色。他似乎极其惊惧，跪在地上看了朱祁岳一眼，整个人不住地颤抖。

朱祁岳分外不耐烦地道："拖出去杀了。"看鹰扬卫已将驱蛇人拎到了门外，似乎想起什么，又道，"等等，先将他捆到一旁，本王待会儿还要审。"

朱祁岳嘴上这么说，心里却想着，这还有什么好审的？这驱蛇人是受谁指使，想要杀谁，不是显而易见吗？但他又觉得困惑，七哥想杀十三，他是知道的，但七哥下手从来狠辣，怎么会放进来些没毒的蛇呢？

朱祁岳是个懒得动脑子的人，想不通就不再想，又欲去看朱南羡的伤势，朱南羡却独自一人走到廊下坐了下来。

不多时，太医院的医正到了。医正为朱南羡与被咬伤的女眷瞧了伤口，回禀道："十二殿下、十三殿下，这蛇确实像是没毒的，但以防万一，微臣等仍需将被咬处切开，让沾了蛇毒的血排出来，再在伤处敷以驱毒的伤药。"

朱祁岳点了一下头："就照你说的做。"想了想，怕出意外，说道，"你等先为内侍切伤用药。"

几名医正于是让受伤的内侍分至一旁，自药箱里取出银制小刀与药粉欲开动。一旁忽有人轻声唤了句："十二殿下。"正是前几日朱沢微府上，那名容貌与戚绫有几分相似的暝奴。

暝奴今日是陪七王的侧妃前来吊唁的，此刻跪于地上，拿着一个药囊道："禀殿下，奴婢乃云南人氏，那里多蛇虫瘴气，奴婢身上常带着解蛇毒的药粉，殿下可拿这个给众位贵主用。"

朱祁岳自她手中接过药囊，目光不经意间落到被捆在一旁的驱蛇人身上，见他正转过脸来，惊疑不定地瞧着暝奴。

朱祁岳将药囊打开，凑于鼻尖闻了闻，又瞧着暝奴手背上的伤口，轻飘飘地说了句："本王见你也受了伤，怎么不自己先用？"

暝奴诚惶诚恐地道："回殿下的话，众位贵主都还伤着，奴婢怎么敢——"

然而不等她将话说完，朱祁岳一把拽住她的手腕，将药粉往她手背上的伤处一倒。"刺"的一声，雪白的粉末接触到伤口后，原本只是淌血的伤口顷刻间肿胀变大，流出黄色的脓来。

朱祁岳高喝道："鹰扬卫！给本王将她拿下！"

几名医正为内侍处理完伤口，又为女眷看了伤。朱祁岳等了半碗茶的工夫，见一众人等都无异色，这才放下心来，亲自拣了一瓶方才用过的伤药放到朱南羡身边，随意点了一名医正："来这里上药。"

医正跪地向朱南羡一拜，将药箱放在他身旁："殿下，劳您将手腕放在药箱上头。"

朱南羡"嗯"了一声，正要挽起袖口，袖中的字条突然刺了一下皮肤。

他忽然想起苏晋写在字条上的那句话——用过的，不可再用；信过的，不可再信；亲眼所见，不一定是真相；亲耳所闻，也不一定是事实。

朱南羡抬起手将医正一拦，拿起放于一旁的药瓶，自地上捡了把剑，四下望去，在角落里找到一只受了伤的白耗子。

这耗子是被一条细小的蛇咬伤的，此刻已奄奄一息。

朱南羡将瓶口撬开，将药粉撒在耗子身上。只见原本还渗着血的伤口沾了这药粉后突然发黑，这耗子软绵绵的身体像被冻住一般，白色皮毛下透出紫灰色，竟顷刻毙命了。

四周众人目瞪口呆地看着这一幕，又不约而同地去看方才用过同样药粉的内侍与女子，他们分明还好好的。

朱南羡垂着眸，没有说话，只是将药瓶盖上，原封不动地放在一旁。

这时，前院有人来报："禀十二殿下，都察院的赵大人、苏大人及金吾卫的左将军听闻东宫出了事，不顾鹰扬卫拦阻，往内殿这头来了。"

东宫的蛇尸来不及清扫，四下里散发着一股难闻的血腥气。

赵衍一行人一到内殿便被守在门前的鹰扬卫拦下。

朱祁岳问道："赵大人怎么来了？"

赵衍带着苏晋与左谦向他行礼："臣等听闻东宫莫名出现许多蛇，想到眼下尚未开朝，怕十二殿下人手不够，又恐这些蛇唐突了故太子与故太子妃，这才赶过来看看能否帮忙查个究竟。"

他这话说得妥当，借着帮忙之由，将私闯内宫的罪名盖了过去。

朱祁岳心中却想，这还有什么好查的，连他都知道这是他七皇兄做的，难道赵衍猜不出来？

春光淡淡的，苏晋随赵衍见过礼，便朝院中望过去。

院中嘈杂，前来吊唁的女眷、在殿内伺候的内侍、太医院的医正，还有鹰扬卫全都聚于此。苏晋寻遍人群，却不见朱南羡，收回目光时才看见独自倚在廊下柱子旁的他。

他正朝她望过来。

两人隔得太远，她本该什么也瞧不清，却自那孤零零的身影里辨出了几分萧索之意。

苏晋心里有些难过，却知这情绪不该示人。

她回望朱祁岳："敢问十二殿下，东宫闹蛇的根由已有眉目了吗？"

朱祁岳点头道："宫墙外的驱蛇人本王已抓到了。"他没提暝奴，因暝奴是朱沢微府上的。

左谦问："可有谁受伤？"

朱祁岳知道左谦虽这么问，但他与苏晋真正关心的人是朱南羡，便道："是有几人受伤，好在蛇是没毒的。十三也被蛇咬伤了，你二人若不放心，可过去看看。"

苏晋与左谦拜谢过朱祁岳，绕开人群，朝朱南羡走去。

离得近了，苏晋才看见朱南羡的额间绑了一条素色抹额。不过短短几日，他就瘦了许多，手腕处的伤口还渗着血，面色苍白，唇上一丝血色也没有。

她这才知他远避人群倚柱而立，并非嫌人群吵嚷，而是因在昭觉寺受伤过重，久立不住。

苏晋心中难过极了，满腹的牵挂到了嘴边，化作轻声一句："殿下。"

朱南羡动了动嘴角，想对她笑，让她放心，可想到自己眼下的处境，又怕这样做会对她不利，便一抿嘴角，将这相逢的悲欢全都藏于心底，再渗入骨血，最后自眼眸流淌而出，化作一抹几不可见的、久违了的星光。

他摇了摇头道："我没事。"

苏晋听他这样说，更难过了。他生于荣光，坠于尘埃，繁华凋敝，命悬一线，怎样才可堪称一句"有事"？

她开始痛恨自己的无能为力，心中像有无声的雨点落下，雨丝如雾，在不见干戈的战场、在她的心底激荡起一股又一股硝烟。

苏晋握紧拳头，提醒自己当务之急是尽快查清此案的真相，知其然，才能知其所以然。

不多时，鹰扬卫为内殿撒上雄黄粉，将未受伤的女眷请入殿阁。

苏晋叫来几名宫婢内侍盘问一番后，跟赵衍低语了几句，得了他的首肯后，向朱祁岳一揖："敢问殿下，方才所有被蛇咬伤之人，无论是在正殿受伤的还是在内殿受伤的，用了那药粉后都无异象，对吗？"

"正是。"

苏晋点了点头，蹲下身，仔细查看地上的白鼠，只见它浑身僵直，伤口处凝固着的血是黑色的，白毛皮下也透出暗紫色。

她细想了想，回头看了朱南羡一眼，再看向他身旁的医正："有劳蒋大人为殿下取一些血。"然后提点了一句，"左腕。"

那医正一听这话便知道苏晋要做什么了，自药箱里取出一个盛药用的小碟，让朱南羡往里头滴了几滴血，然后将方才清蛇毒的药粉往碟里撒了些许。碟里的血一接触到药粉就与那白鼠的血一样发黑，随后凝固。

苏晋见此情形，朝朱祁岳合袖一揖："十二殿下，臣有个不情之请，望殿下给臣一个时辰。在这一个时辰之内，臣有办法问明此案真相。"

朱祁岳不知她说的是哪门子真相，难道是要抓七哥的把柄吗？

他正犹疑着，一旁的鹰扬卫指挥使道："苏大人是多此一举了。此案的真相显而易见，那条咬十三殿下的蛇是有毒的，丧命的白鼠也正是为同一条蛇所咬的。"

苏晋摇了摇头："不对，若那条蛇本身就是有毒的，为何方才医正为十三殿下验伤时却是无毒的？何况驱蛇人是在宫墙外驱蛇的，试问他要有何本事，才能自单一的笛声中驱使唯一的一条毒蛇进入东宫内殿找到十三殿下？这根本是行不通的。"

她说到这里，对朱祁岳一揖："不知殿下可有注意，方才蒋医正为十三殿下取的血并非出自殿下被咬伤的右腕，而是左腕。这说明殿下中毒，与蛇无关，应当是他吃过什么、用过什么抑或接触过什么，才导致这原该祛毒的药粉只对他一人有毒。"

朱祁岳听了这话便明白过来了——这世上有些东西原本是无害的，但与它物混在一起，便成了剧毒之物。

朱祁岳指着地上那名阻了朱南羡进殿中躲避的兵卫的尸体道："再搜一次身。"

一名鹰扬卫却道："殿下，罗子不可能下毒。他这几日都候在内殿外，今日蛇出现后，他才进入院中，没近十三殿下的身就死了。而且这几日鹰扬卫互查，罗子是我与曹四查的，我等以性命担保，他身上绝无异物。"

这是上十二卫的规矩，鹰扬卫行守卫之责时，须日日互查三次，若是被发现挟带私物，则以重罪处之，互查之人同罪。

朱祁岳又吩咐其余的鹰扬卫："把今日十三用过的东西全部找出来。"

这时，院中一名平眉凤目的女子道："十二表哥，我知道是谁下的毒！"说话人正是那飞扬跋扈的郡主——朱郐乐。她抬手朝戚绫一指："就是她！"

朱祁岳眉头一皱，还未来得及拦阻，朱郐乐已振振有词地说道："今日午时，我等用过斋饭后都在正殿歇着，只有戚绫向嬷嬷多要了一份，然后端着斋饭去了东宫内殿。我当时还道她要做什么，谁知她居然图谋不轨。一定是她在斋饭里下了毒，所以十三表哥的血见了药粉才会发黑！"

"不对。"另一名眉若远山的女子道，"那斋饭你也吃了，你也受伤了，为何不见你用过药粉后毒发呢？"

这女子正是舒容歆。她说话时慢吞吞的，言罢还看了苏晋一眼，轻声道："望苏大人明察。"

朱郤乐道："这还用问？斋饭本无毒，但戚四小姐在去的路上做了什么就未可知了。"

戚绫百口莫辩。今日她得了朱祁岳的令牌来内殿，鹰扬卫也未搜过她的身，而她送来的斋饭，朱南羡确吃了。

她想到这里，愧疚难当，也不知是否当真是自己马虎大意，让有心人做了手脚。她没为自己辩解，反而自石桌上捧了那碗还剩一半的斋饭，朝苏晋拜下："便请苏大人将这斋饭、这个碗，连同戚绫今日所携的东西都让人验一验吧。"

"不必。"苏晋听她这么说，摇了摇头道，"不是你。"

朱郤乐冷笑道："怎么，传闻中刚直不阿的苏御史也怜香惜玉，包庇起美人来了？"

她这话粗鄙不堪，引得苏晋微微蹙眉。

"倘若斋饭有毒，那如何解释白鼠也会中毒呢？这白鼠可没吃斋饭。"苏晋说着朝朱祁岳一拱手："十二殿下，其实答案已显而易见了。正月初七，十三殿下回到东宫当夜，鹰扬卫与金吾卫曾一起将东宫的所有事物验过一遍，以确保十三殿下的安危。所以，若有毒物，一定是在初七以后放进来的。今日是初十，在这三日之内，这内殿里有什么东西是以前没有，现在却理所当然地有了的呢？"

苏晋说完这话，目光落在院中一侧的香炉鼎之上。

太子与太子妃去世，朱南羡被软禁于内殿无法吊唁，朱祁岳便命人为他抬了这香炉鼎进来，供他每日上香三次，为兄嫂诵经。

戚绫一见这香炉鼎也想起来了。她刚到内殿时还觉得此处的檀香味浓于正殿，浓厚得像要起雾。眼下香味被蛇尸的血腥气掩盖，她倒忘了这茬儿。

朱祁岳对鹰扬卫道："将这香炉鼎验彻底了。"

鼎上焚着香，鼎中的烟灰还是发烫的。鹰扬卫拿剑柄在烟灰中翻找起来，不过须臾，便找到一团黑色的、凝膏状的东西。

蒋医正见了这东西，倒吸一口凉气，走上前去用手捏起来细看，忽然低呼一声，跪倒在地："禀……禀十二殿下，这是长生散。"

长生散原不叫长生散，而是叫凝焦。

前朝悼宗皇帝沉迷于长生之术，在宫中召集道士炼丹，炼出丹药"长生丸"。此丹药乍服之，会令人心神愉悦，容光焕发；久服之，却会令人失魂丧志，暴毙而亡，且听说死后血色乌黑，如墨一般。

而"长生丸"里最重要的一味药，或者说一味毒，便是凝焦。

蒋医正道："凝焦的毒虽来得慢，却来得狠。一枚'长生丸'里所含的凝焦如微粒一般，且潜于人体内，若非遇到草河灯，就是七叶莲，发作通常要等大半年后。"他说着看了看手里拳头大的凝焦，摇了摇头，放在一边，"这下毒之人十分歹毒，竟弄来这么大一块长生散放于香灰当中。长生散受热挥发，被殿下吸入体内。难怪殿下的血遇到微臣的药粉会发黑，那草河灯正是解蛇毒的良药。"

苏晋问道："蒋大人，你算算这样大的凝焦，通过焚烧挥发的法子要多久才能在人体当中变成致命之毒？"

蒋医正犹疑了一下："需要两三日吧。"

香炉鼎是初八被抬进内殿的，今日才初十，两三日的话，那这枚凝焦是初八当日被人放进来的？可初八当日，东宫内殿已然戒备森严了。

苏晋想到这里，当即朝朱祁岳一拜："还请殿下命鹰扬卫把守住内殿，不要让任何人出去。"

朱祁岳道："苏大人何出此言？"

苏晋负手而立："因为臣已知道真正的下毒之人在哪儿了。"她的目光扫过众女眷，落在微合的殿门之上，道，"她就在这东宫内殿之中。"

朱祁岳顺着苏晋的视线看向微合的殿门——苏晋的意思是，这下毒之人是来吊唁的女眷？

朱祁岳细想了想，苏晋方才说凝焦是正月初八被人放进来的，可正月初八是停灵的第一日，后宫只有几名位分高的嫔妃前来吊唁。

难道真正的下毒人……是父皇的嫔妃吗？

朱祁岳正困惑不解时，苏晋道："臣方才已问过了，初八当日来过东宫内殿的除了鹰扬卫，还有几名内侍。既然上十二卫行守卫之责时必先互查，那么这凝焦就不是鹰扬卫带进来的，而是这几名内侍中的一人带进来的。

"东宫守卫森严，凡内侍宫婢，进入东宫后都会被搜一次身。也就是说，这名内侍来东宫的时候，身上其实是'干净'的。

"既然他身上是'干净'的，那么这凝焦一定是他进入东宫后取得的。然后他再进入内殿，趁人不备，将凝焦投入香炉鼎之中。"

"不可能，初八当日来东宫吊唁的只有几位娘娘，难道那凝焦是一位娘娘从外头带进来，交给那名内侍的？"鹰扬卫指挥使道，"而且从东宫正殿到内殿，沿途都有鹰扬卫把守，他们绝无机会私相授受。"

"私相授受不一定要当面进行。"苏晋道，"倘若一名内侍只是停下来歇个脚，你们会起疑吗？"

朱祁岳道："苏御史的意思是，有人先将凝焦带入东宫，藏在正殿到内殿的路上，之后一名内侍自藏匿处取了凝焦，带入内殿院中，放入香炉鼎？"

"正是。"苏晋道，"这真正的下毒之人，便是初八当日将凝焦藏在正殿到内殿路上的这个人。"她说着，朝朱祁岳一揖："请十二殿下仔细想想，当日除了鹰扬卫和几名内侍，还有谁来过东宫而未被搜身？"

只有那几名前来吊唁的嫔妃了。

朱祁岳听到这里，全然明白过来。

初七宫变夜之后，宫中人心惶惶，以至于初八当日只有几名位分高的嫔妃来东宫吊唁。其中戚贵妃与喻贵妃是该来的——皇贵妃被软禁后，后宫事务皆由她二人主理。其余几个嫔妃他没什么印象了。但是淇妃身怀六甲，竟也来吊唁，他觉得有些奇怪。

朱祁岳想到这里，眉心微微一蹙。是了，他当时还觉得奇怪，淇妃怀着龙嗣，为避冲撞，按理是不该来的。

苏晋看到朱祁岳这副样子，问："十二殿下心里已有数了对吗？您怀疑的那个人，她是谁？"

朱祁岳眉头紧蹙，正迟疑着是否要说出淇妃的名字时，身后微合着的殿门忽然被推开。一名身着素色宫装、眉眼清冷的妇人自殿内走出，淡淡地道："苏御史是外臣，既已帮忙问明了此案因果，便到此为止。至于下毒之人究竟是谁，本宫自会查明。"

这名妇人正是戚绫的姑姑，四王朱昱深的母妃戚贵妃。

苏晋听了这话，却不肯罢休："回贵妃娘娘，此案虽发生在内宫，但下毒之人要谋害的是十三殿下。十三殿下是藩王，是我大随正统，谋害他罪同谋逆，事关国体社稷，难道下官不该追查到底？"她说着，再次看向朱祁岳："臣知道殿下心中怀疑的人是谁。臣有一个极简单的法子，殿下只需传初八当日东宫正殿的守卫，问问有谁在吊唁之时离开过——"

"苏晋，够了。"这回是赵衍在唤她。

可苏晋只是略略一顿，紧盯着迟疑不决的朱祁岳，问："殿下为何踌躇？"不等朱祁岳回答，又问，"殿下心中可也生了疑虑？是不是在想自己已严防死守，为何还有疏漏？是不是觉得自己像是被算计了？"

苏晋说到这里，径自走到奄奄一息的暝奴身旁："这个女子，殿下可是事先就认识？"

朱祁岳愕然道："你怎么知道？"

"殿下为何要命鹰扬卫严守东宫？不正是早就知道那人要加害十三殿下吗？"

苏晋没提那人是谁，但朱祁岳已听出苏晋口中的那人便是自己的七哥——朱沢微。

"那人知道您防着他，所以事先让您记住暝奴的脸，记住暝奴是他府上的人。这样今日事发后，您理所应当便觉得暝奴身上揣的药才是害人致死的毒药，便不会防着太医院的伤药。"

"试问今日如果没有暝奴，没有她拿着另一份毒药声东击西，即便所有人用了太医院的伤药都无事，您是不是仍会起疑？您不明白这么多无毒的蛇究竟要做什么，起码会让鹰扬卫与医正先查过整个东宫内殿，之后才会让医正为十三殿下看伤。甚至，在查出这枚凝焦前，在您的疑虑消除前，您根本不会让任何人用任何药。"苏晋负手而立，"殿下，您的疑虑不是捕风捉影。您之所以有疏漏，正是被那人算计了！"

她的目光自内殿一扫，在身怀六甲的淇妃身上轻轻飘过，最后回到朱祁岳身上。她道："臣不查那人，查不起他！可今日，臣只想在这后宫中找一个他的同盟也不成吗？难道要任他胡作非为，害人性命；任他只手遮天，生杀予夺？若今日的事再——"

"苏时雨！"

"苏御史！"

苏晋尚未说完，便被赵衍与戚贵妃同时出声打断。赵衍的眼底已有愠怒之色，他低声斥道："你也太不成体统了！"

苏晋愣了一下，心中却是意难平，再次开口："可是下官——"

"时雨。"又有人唤了她一声，是朱南羡。

他定定地看着她，眉间有难掩的忧色，终于忍不住问了句："你怎么了？"然后摇了摇头，苍白的唇轻轻一弯，对她笑了笑，又说了一句，"我没事。"

她心中的浪潮涨了千丈万丈，吞天沃日，却在听到这一句"我没事"的瞬间轰然落下，归于江海。

苏晋茫然地朝四周望去。是啊，她这是怎么了？她向来冷静自持，难道不知有些事追究到底有害无益吗？这一场匿于她一个人内心深处，令她咄咄逼人的干戈究竟因何而起？是看到他一身是伤，倚柱而立，还要对自己笑？还是得知十三殿下是在药粉就要触碰到伤口的一瞬间才将医正拦了下来？

苏晋甚至不敢想，若今日没有去宗人府，没有遇到戚绫，没有请戚绫将字条带进东宫，结果会怎么样。

她知道自己能为他做的有限，但没想到，真的会这么有限！

所有人或惊或疑地看着她，苏晋眸中的怒色却逐渐平息。

她独自一人垂首立着，目光静得像无声的春阳。下一刻，她突然双膝落地，朝朱祁岳、戚贵妃、赵衍磕了一个响头："臣无状。是臣好大喜功，心浮气躁，对十二殿下与贵妃娘娘多有僭越，还请殿下、娘娘、赵大人惩罚。"

苏晋说着，又朝朱南羡的方向磕了一个头："也唐突了十三殿下，请十三殿下责罚。"

朱南羡没有说话。他知道，苏晋是怕她的行为牵连了他，于是自请责罚来跟他撇清干系。

可事到如今，这样的表面文章，他做不做又有什么区别呢？

他受制于人，今日能见到她已经很好了。

朱祁岳道："苏御史是都察院的人，今日事毕，便由赵大人带回衙署，依都察院的规矩自行惩处吧。"

赵衍明白朱祁岳是有意放苏晋一马，当即拜谢道："是，多谢殿下与娘娘宽宏大量，臣自会秉公处置。"

朱祁岳这才对苏晋说了句："平身。"又道，"苏御史既已查明真相，那便由你将此案的前因后果叙述一遍。"吩咐一旁的文随："苏御史说，你记。"

等那文随备好笔纸，苏晋便道："凝焦案虽今日才案发，但真正的下毒之日是在正月初八。

"初八当日，有人将凝焦带入东宫，藏匿于正殿到内殿之间的一个隐秘之处。

"当日晚些时候，这枚凝焦由一名内侍取得，随后，他来到东宫内殿，将凝焦放入院中的香炉鼎当中。

"因十三殿下一日三次在香炉鼎前祭拜兄嫂，凝焦在香灰中发散，进入殿下体内。这是整个下毒的过程。"

"至于为何在今日动手，"苏晋想了想道，"原因有三。其一，今日外臣女眷前来东宫吊唁，少不了会有一些生面孔，因此只有今日，这名驱蛇人出现在宫墙之外才不会惹人怀疑。"

"其二，这么多蛇，或原本就在东宫，或隔墙投入宫院，单凭一个驱蛇人的笛音就令它们听从命令当然是不可能的。因此东宫之中应该有人与驱蛇人里应外合，这个人就是暝奴。驱蛇之法微臣不明，但想来应以气味、药粉等物诱之。殿下稍后只要命人审过这驱蛇人即可知晓。

"其三，调虎离山。十三殿下是习武之人，内殿又有鹰扬卫严防死守，便是有再多蛇来，在百余名鹰扬卫的保护下，想必它们也伤不了十三殿下分毫。但若殿外有一群身份高贵的女眷在就不一样了。东宫正殿守卫平平，蛇先在正殿出现，十二殿下来不及抽调人手，必然会将内殿的鹰扬卫带走。此时，十三殿下无人护卫，定然会被蛇咬伤，最后使用太医院的伤药。

"下毒人真正的用意是要让这瓶专治蛇虫咬伤的药粉接触到十三殿下的伤口。换句话说，是要让药粉中的草河灯接触到十三殿下体内的凝焦。这是整个案情的经过。"

苏晋说到这里，停顿片刻，等朱祁岳的文随在纸上收了笔才接着道："除此之外，还有两点则需太医院的蒋大人解惑。"她的目光落在白鼠身上，"一是白鼠为何会中毒？依臣浅见，这白鼠体内原是无毒的，但它因被蛇咬伤而动弹不得，又在香炉鼎近旁，这才不慎将凝焦之气吸入体内。"

蒋医正道："正是如此，虽然凝焦在人体内形成致命之毒需要两三日，但白鼠太小，想必只要这一两个时辰便足以致命了。"

"另有一点，"苏晋道，"十三殿下眼下虽无碍，但凝焦之毒仍匿于殿下体内。不知蒋大人可有什么好法子，能为殿下将此毒解了。"

她说着，朝蒋医正深深一揖："有劳蒋大人了。"

苏晋是正四品金都御史，蒋医正哪里受得起她的礼，揖得更深后才道："苏大人放心，凝焦之毒虽凶险，但解起来十分容易。十三殿下只需服些用葛根粉熬制的清毒汤，不出一日，此毒便可解了。"

不多时，鹰扬卫已将东宫各处清扫干净，四下里也撒上了雄黄粉。今日出了这样的事，众人再诵经吊唁是不成了。几名内侍推开内殿的门，戚贵妃便带着一众嫔妃与女眷离开了。

舒容歆在一行臣女中吊了个末尾，转头一看，却见戚绫仍站在原地，便唤了一声："如雨？"

戚绫过了半晌才应声，问："容歆，你方才可听清十三殿下唤苏大人什么？"

舒容歆道："苏时雨。我听我兄长提过，时雨是苏大人的字。"她说着，撑着下颌想了想，笑了一下，"我从前听兄长说都察院苏御史才智过人时只觉尔尔，今日见了才惊叹不已。这样百转千回的一个局，他竟能在一个时辰内参破玄机，说是当世诸葛也不为过。"

戚绫听舒容歆这么一说，却分外茫然。

戚绫又想起冬猎时在山洞里看到的那个苏晋了，她一头青丝散落，好看的面容与霞色相映成辉，一时之间竟难辨男女。

戚绫的心中有个荒谬的想法，若这当世诸葛是个女子呢？

她不知自己是否看破了苏晋的秘密，但知道如果这件事是真的，确实能要了人的命，不仅能要了苏晋的命，大概也能要了十三殿下的命。

戚绫想到这里，目光落到舒容歆身上，见她还在看苏晋，不由得道了句：

"快走吧。"说完便转身，匆匆离开了。

众臣女离开以后，赵衍也带着苏晋与左谦拜别了朱祁岳。

朱南羡沉默了一会儿，忽然对朱祁岳道："给我半炷香的时间，我有话想单独对苏御史与左将军说。"

这还是自昭觉寺祈福后，朱南羡第一回开口与朱祁岳说话。

朱祁岳愣了一下，点头道："好。"

院中的榆树早已抽了新枝，枝上新叶簇簇。虽然朱祁岳已带着鹰扬卫远远走开，但朱南羡仍带着苏晋与左谦避到了榆树下："这几日，朱沢微可有为难你们与沈青樾？"

苏晋摇了摇头，垂下眸，答非所问："我与沈大人把十七送走了。"

她没有提沈拓被扣留降罪的事，更没有提昨日早上的一道旨意已将户部侍郎沈奚革职的事。

她不愿让他再忧心。

苏晋接着道："殿下放心，是郑允带十七走的。他们日夜驱车，眼下早已过了苏州府。我当日发急函命沿途的监察御史照应他们，也发了急函去南昌府，请殿下在南昌府的亲军去接应十七，十七一定能平安到达。"

朱南羡看着她。不过短短几日，她便消瘦了许多，好不容易抚平的眉间又似乎起了雾。他将目光移开，落在不远处的宫阁上，淡淡地道："我将金吾卫给你。"

苏晋蓦地抬起头来看他。

"左谦。"

左谦一拱手："末将在。"

"本王命你自即日起，只听命于都察院苏御史一人，要把她的性命当成本王的性命一样保护。"

左谦道："苏御史与殿下相交莫逆，此事便是殿下不提，末将与金吾卫众将士也会竭力保护苏御史的安危。"

朱南羡道："倘若有朝一日局面危险，你便送她离开。"

"是。"左谦道，顿了一下又说，"但末将也会拼了性命救殿下出去。"

朱南羡的脸色十分苍白。苏晋原本还想再说些什么，起码要告诉他，只要他在这宫中一日，她就会守上一日，说什么也不离开。可她看着朱南羡的样子，知道他伤重疲乏，眼下已是勉强站着，怕自己说了违他意的话会惹他忧心，于是只好道："我先走了，殿下保重。"

朱南羡"嗯"了一声，点了一下头："你也要保重。"

苏晋与左谦离开后宫后，突然觉得四周有些不对劲。眼下申时已过，寻常到了这个时候，各衙司都已下值，何况眼下尚未开朝，多的是早走的，为何今日众人全都匆匆往一个方向走去？

苏晋心生疑窦，当即拦下一个从旁路过的人，问道："你们这是要做什么？"

此人是刑部一名六品主事，姓吴，名唤寂枝。吴主事愣了一下，发现眼前二人竟是都察院苏御史与金吾卫左将军，连忙行礼道："见过苏御史，见过左将军。方才有人传旨，说今日申时二刻轩辕台上行刑，苏大人与左将军没接到旨意吗？"

苏晋与左谦方才都在东宫，确实没接到什么旨意。

吴主事想到都察院苏御史与沈侍郎相交甚密，不由得道："那苏大人赶紧过去瞧一眼吧，受刑的正是沈奚沈大人，听说要杖八十。"

苏晋一听这话就愣住了，半晌才听到自己有些恼怒的声音："有审才有刑，眼下年关未过、正值国丧且尚未开朝，沈大人犯了什么罪，竟要在轩辕台上受刑？"

谁知吴主事听她这一问，竟也茫然："苏御史是都察院的人，竟不知此案是都察院审的吗？"他一顿，补了一句，"正是陕西道的税粮贪墨案。"

第二十七章　道之所在

　　去年深秋入冬时，登闻鼓曾被敲响过三回，分涉两案，头一桩是陕西的税粮贪墨案，后一桩是山西的行宫修筑案。此两案都由都察院接手，其中，副都御史钱月牵主审贪墨案，佥都御史苏晋主审行宫修筑案。

　　年关节前，山西的行宫修筑案已审结，其中涉案人员工部左右侍郎、山西布政使等均已伏诛，三王朱稽佑在年关宴行刺后被贬为庶人。

　　而陕西的税粮贪墨案迟迟未有消息。

　　苏晋记得，去年她巡按归来，曾受监察御史言脩所托，去城东鱼袅巷茶商冯梦平的府邸探查此案的实情，当时还遇上了来浑水摸鱼的沈奚。

　　后来沈奚对苏晋提过，陕西税粮贪墨案其实是户部尚书钱之涣与右侍郎杜桢所为，所敛钱财全都进了七王朱泽微的荷包。而这个姓冯的茶商八成就是为这几尊大佛销赃的，抓到他，就能抓住七王与钱之涣贪墨的实证。

　　那日夜里，苏晋与沈奚连蒙带骗地把冯梦平堵在了冯府，最后冯梦平被京师衙门的衙差一举擒获。苏晋原想跟柳朝明请命亲自审查陕西税粮贪墨案，谁知隔一日，京师衙门将冯梦平送来都察院后，柳朝明却以行事冲动为由斥责她，将贪墨案交由钱月牵主审。

　　苏晋想到这里，心中已是疑云丛生："陕西税粮贪墨案是由钱大人主审的，钱大人他……"他这几日不是去庙里烧香念经，要等十五开朝后才回来吗？

可苏晋没把这后半句说出口。

钱三儿的话，自己该信吗？他年纪轻轻已官拜副都御史。在这各方势力林立的深宫，他究竟是谁的人，自己清楚吗？

她蓦地想到这位都察院的三品御史钱月牵也是姓钱的，正是已亡故的羽林卫同知史钱煜的三弟，是已致仕的户部尚书钱之涣的第三子。传闻钱月牵在钱府如一株野草般长大，与钱氏一门上下的关系都极不好。

一念及此，苏晋来不及细想，掉头就往轩辕台赶去，可走了几步又折回来，急声问道："那旨意上可有说是什么罪名？"

吴主事道："小沈大人是包庇罪。"

"沈尚书呢？"

"刑部沈尚书与户部钱尚书都是贪墨罪，判处流放，正午过后已由都察院的言俦言御史带衙差押解出承天门了。"

苏晋真是气昏了头："笞、杖、徒、流、死，沈青樾既是包庇罪，便未行贪墨，为何要杖八十？"

吴主事道："因沈大人是户部侍郎，身在户部却包庇他人贪墨，该罪加一等。"他说着，看苏晋着急，又道，"其实原也不是一定要杖八十。下官听方侍郎说，是七殿下下令杖八十，都察院柳大人的意思是杖三十后贬职。两边僵持不下，七殿下就让沈大人自己选，是沈大人自己选了杖八十——"

不等吴主事把话说完，苏晋已急忙往轩辕台赶去。

三品侍郎受刑，纵使仍值年关节，轩辕台上也已围了不少人。苏晋隔着人群望过去，只见沈奚被捆在刑凳上，也不知被打了多久，后腰至大腿处都渗出殷红的血色，整个人已不知生死了。

苏晋心中一凉，疾步走上前去，径自推开交叉拦于身前的长矛，对着行刑的侍卫喝了句："住手！"

长矛的锋刃在苏晋的掌心拉出一道细长的血口子，她却浑不在意。她握紧拳头，对着上首的朱沢微与柳朝明拜道："敢问七殿下，敢问柳大人，沈侍郎究竟是犯了什么重罪，竟要杖八十？"

朱沢微有些意外地一笑："苏御史是在质问本王吗？"又道，"怎么，你也是都察院的御史，柳大人竟没与你提过户部的税粮贪墨案？"

一旁的刑部吏目代答道："回苏大人，小沈大人所犯乃包庇罪。"

苏晋道："好，就算是包庇罪。包庇罪当行鞭笞之刑，沈大人身为刑部侍郎罪加一等也不过杖刑，但杖不上五十，否则等同于处死。七殿下要将沈大人杖八十，是想直接将他杖杀吗？"

朱泽微道："杖不上五十，但包括五十。至于这多出来的三十杖，是沈大人自请代父受过。"他说着又是一笑，"苏御史怕不是忘了，沈拓身为刑部尚书，知法犯法，也应罪加一等。本王念他年事已高，没将流放改为枭首已是额外开恩，但这追加的三十杖是怎么也不该少的。好在沈侍郎孝顺，为令他的老父少受一些皮肉之苦，愿将这多出来的三十杖受了。"

苏晋道："那就将杖五十改为贬职。"她强忍着心中的怒火，拱手向朱泽微一揖，"沈大人痛丧至亲，忧苦难解，困于本心，所下决断不能作数，还望七殿下能准允微臣代沈大人做选择。"

"你与他非亲非故，凭什么代他做选择？仅凭至交二字？方才苏御史不在殿上，不知柳大人与钱大人已然告诫过沈侍郎，说八十杖足以要人性命，但沈侍郎就是执迷不悟，本王能怎么办？"朱泽微不温不火地道，"苏御史若不信，可亲口问问你院内的这二位堂官，看看本王所言是否属实。"

然而苏晋听到他这么说后，目光丝毫未落在柳朝明与钱月牵身上。

朱泽微看苏晋这副样子，再次笑道："苏御史就不问问沈侍郎被贬后，是个什么官职吗？"

苏晋问："什么官职？"

朱泽微的声音带有戏谑之意："太仆寺，典厩署，署丞。"

苏晋听了这话，彻底愣住了。

太仆寺隶属兵部，掌牧马之责。而典厩署就是太仆寺下头掌饲马牛，给养杂畜的官署。其署丞虽也是从七品，但官品是虚的。说白了，朱泽微就是让沈奚去养马。

苏晋抬手指向沈奚，掌心的伤口渗出血，顺着指尖一滴一滴落在地上。她紧盯着朱泽微，一字一句地问道："沈大人满腹韬略、才智无双，你们让他去饲马？"

他这么一个傲然如松、不染纤尘的人，他们让他去饲马？

古有士人，可杀不可辱，可折不可弯。

可这些道理今日到了苏晋这里已通通作不得数。她忽然将手一收，负于身后，毅然决然地道："饲马就饲马！那便让沈大人去太仆寺！"

朱泽微惋惜地摇了摇头："原本去太仆寺是可行的，可惜啊，你说得太晚了。"他忽然收起眸中的笑意，冷酷地道，"苏御史不知道宫中的规矩吗？沈奚的刑罚已经定了，你与他非亲非故却要在此妄自做主，岂非扰乱行刑？来人！"

"在！"

"都察院苏晋擅自扰乱行刑，将他捆……"

朱沢微话还未说完，承天门轰然一声被侍卫推开，朱昱深带着数名兵卫骑马而入。

他应是从北大营匆匆赶来的，一身墨黑劲衣还未来得及换下，两袖处的铁护腕映着霞色，发出灼目的金光。离得近了，他翻身下马，扫了一眼昏迷不醒的沈奚，目光落在朱沢微身上，淡淡地道："本王来替青樾做这个主，老七可准？"

朱沢微的神色虽还柔和，目光里却已然有了阴鸷之色："四哥怎么来了？"

朱昱深道："本王若不来，难道任你以包庇罪杖杀当朝三品重臣吗？"说着，对行刑的侍卫道："把他放了。"

四王妃沈筠正是沈奚的三姐，朱沢微方才既言明只有与沈奚沾亲带故的人才能代他做主，那么眼下朱昱深来了，朱沢微便不能出尔反尔。

朱沢微于是道："也好，那就由四哥将沈署丞带回去，顺道开解开解你这位小舅子，让他不要因一时悲伤钻牛角尖，寻死寻到本王跟前，回头弄得像本王想要他的命似的。"他笑了笑，"四哥是不知道，这八十杖可是沈署丞自己讨的，其实本王也不想将他责罚得太狠了。昨日曾尚书还说太仆寺典厩署新来了百匹良驹，缺人得紧，本王还盼着沈署丞能养好伤早日上任呢。"

朱昱深让身后的兵卫为沈奚松了绑，没理朱沢微。

朱沢微冷冷一笑，带着一行人径自离开了。

两名兵卫想将沈奚背去太医院，可才架起他的半截身子，就见血渗出衣衫，顺着衣角淌在地上。

苏晋看得触目惊心，问一旁的侍卫："已打了几杖？"

侍卫道："回苏大人，已打了五十二杖。"

苏晋只觉胸口空荡荡的，恍惚中听见自己对那两名想架起沈奚的兵卫喝了一句："先别动他！"然后她举目四顾："太医院的人呢？都没长眼睛吗！"

不多时，一名医正提了药箱疾步赶来。此人姓方名徐，苏晋认得，他正是沈奚交给苏晋的暗桩名录上的一个人，当是信得过的。

方徐放下药箱，掀开沈奚的眼皮子看了看，又为他把了脉，这才从药箱里取出半片人参让他含着。

苏晋问："方大人，沈大人怎么样了？"

方徐道："回四殿下，回苏大人，沈大人脉象虚弱，浮而无力，此乃重伤之状，好在尚有一口气在。下官眼下只能以人参将他的这一口气吊着，而后再为他验伤，但在此处不行，要将人抬回太医院。"

朱昱深吩咐一旁的贴身侍卫："阙无，命人用这刑凳将青樾抬去太医院。"

阙无拱手称"是"，随即自兵卫中分出四人，疾而稳地将沈奚抬走了。

朱昱深这才对苏晋道："多谢苏御史，若非御史以命相阻，本王定赶不及救青樾。"

薄暝时分，暮风四起，朱昱深的目光在暮色里深邃得望不见底。他腰间的羌笛古意悠悠，上面还挂着一条剑穗。

这样的剑穗朱南羡也有许多，正是沈奚的三姐，人称沈三妹的四王妃送的。

可就算他是沈奚的三姐夫，自己就该信他吗？

苏晋不由得想，自北大营往返宫禁至少要两个时辰，税粮贪墨案是午时过后才开始审，沈奚自甘领八十杖又是个意外。那么是谁竟能如此及时地将朱昱深从北大营请来代沈奚做主？

一念及此，苏晋道："四殿下行色匆匆，想必尚有军务要办，若脱不开身，待太医院为沈大人看好伤，可将沈大人交给微臣。"

朱昱深看着她，像是已猜出她心中生疑，却并不计较，淡淡地道了句："也好。"说完转身带着众兵卫自承天门取了马，打马离开了。

苏晋这才看向左谦，走到他跟前向他一揖："有劳左将军派两名金吾卫去太医院守着。一旦沈大人可以离开了，叫他们即刻知会我，切莫让四殿下的人抢了先。"

左谦道："苏御史放心。"

苏晋垂眸又想了一下，眸底浮现黯然之色："另外还要有劳左将军再派八名金吾卫给我，我就在此处等着。"

左谦点头道："好，左某这便去值卫所。"

四周的人已快散尽了，朱沢微走后，也没人来问苏晋干涉行刑的罪。苏晋就这么一个人站在广袤的轩辕台上，任暮风袭来，等着天慢慢变暗。

昔日宫前殿之局一下子涌入苏晋的脑海。

钱煜之所以被诬蔑凌辱璃美人，是因为在他的身上搜到了璃美人平日用的簪花。

苏晋知道钱煜是被冤枉的。当时她还觉得奇怪，凭钱煜的身份，有谁能接触到他平日的用度，并将一朵簪花神不知鬼不觉地藏入他的衣衫内呢？后来钱之涣致仕，她也曾困惑，到底是谁有这样通天彻地的本事，让官拜尚书的钱之涣赶在这个紧要关口，说致仕就致仕呢？

现在看来，此人并不需要多神通广大，这位姓钱名絮字月牵的，手握贪墨案实证的都察院副都御史就可以做到——是他将簪花藏入了钱煜的衣衫内，是他拿着贪墨案的罪证逼迫钱之涣致仕，还逼着钱之涣诬蔑沈拓为同盟，拉沈府下水。

苏晋知道钱三儿身世飘零，虽是重臣之子，儿时却过得不如一个下人。他凭着努力与才干，不及弱冠便自立门户，在这官场中闯出一番天地。

可是，究竟是什么让她忽略了这样一个能在宫前殿之局，在钱之涣致仕上起关键作用的人物呢？

是钱月牵天生一双月牙眼，一直都笑脸迎人吗？还是她对这个都察院，对柳朝明以及唯柳朝明马首是瞻的钱月牵过于信任？

苏晋终于知道初七当日，在她提议去找钱三儿拿税粮贪墨案的实证，为沈拓、为沈府洗冤时，沈奚为何婉拒了她。恐怕他早已猜到诬蔑沈府的罪证是出自都察院的钱月牵，甚至柳昀之手。否则的话，就算朱沢微势力再大，也没有底气扣留一个刑部尚书。

而钱三儿根本没有去什么庙里，只是对苏晋避而不见罢了。

那一句"钱大人说自己近日干了桩缺德事，去庙里烧香念经了"也是小厮专程说给她苏时雨听的。

也是，他篡改罪证诬蔑沈府，真是缺德。

不多时，远处有一人匆匆赶来，竟是都察院的一名御史。等离得近了，这御史对苏晋道："苏大人，钱大人让下官跟您说，年关节以来，苏大人一直为东宫的事操持奔波，实在辛苦，这余下几日您就回府歇着，不必当值了。他还说，请您放心，宫里这头他会帮您看着，您上心着紧的事，他会帮您一并上心着紧。"这话里头竟似有歉意。

苏晋听了这话，不由得笑了一声："不辛苦。本官怎么会辛苦？柳大人、钱大人一个缠绵病榻，一个烧香念经都能腾出空儿来办理案子，而且将案子办得让人拍案叫绝。本官这就叫辛苦，岂非堕了我都察院的名声？"

暮色聚于她的眼底，染上霜寒之气。

此时，八名金吾卫已来到轩辕台上。为首一人朝苏晋拜道："属下金吾卫总旗姚江，奉左将军之命，任苏御史调遣。"

苏晋"嗯"了一声："跟我来。"

苏晋记得，去年赵衍带她巡视都察院各处时曾在一间暗室前驻足。当时她还觉得奇怪，都察院内已有数间审讯房与刑讯房，为何还要额外弄出一间暗室来。而赵衍的回答含糊不清，他说总有些案子……是要柳大人亲自审的。

苏晋后来才想起来，柳朝明在把贪墨案的证人冯梦平交给钱三儿时曾说了一句"带去暗室审"。

她一直是个洞若观火之人，在都察院的这些日子，不是不知举凡事关时局的案子，柳朝明与钱月牵大多是在暗室里审的。

证人既在暗室里头，那么这证据，大概也在暗室里头了。

此时已是酉时时分，都察院内只有几名低品御史，他们见苏晋带着八名金吾卫闯入，都不敢阻拦。

苏晋绕过前院，绕过公堂，径自来到中院的暗室前，便要上去推门。

院中一干守卫这才反应过来苏御史要做什么，横臂在苏晋身前一拦。其中一名守卫长道："苏大人，柳大人说过，没有他的吩咐，谁也不能进这间暗室。"

苏晋面无表情地看着他，喝了一句："金吾卫。"

"在！"

"把门打开！"

"是！"

虽然敌众我寡，但金吾卫不是寻常的六部守卫可比的，三下五除二便将这些守卫扣在一旁。

姚江自护卫长身上摸出钥匙，递给苏晋。苏晋开了锁，把暗室的门推开。

暮已四合，暗夜初临，暗室里阴森森的，带着些许潮湿味的血腥气扑面袭来。

借着桌案上的幽幽烛火，苏晋看清了这间所谓的暗室。它其实更像牢狱，长长的一条甬道，左右分了数间暗房，里头摆着各种刑具。

离门最近的一间暗房的刑架上似乎悬着一个人，苏晋心下狐疑，自一旁的桌案上端起烛台，往暗房里走去。

离得近了，她才看清此人身上鞭痕累累，浑身上下已无一块完好的肌肤，右手五指也没了，但胸口一起一伏，分明还活着。

这人原本低垂着头，却在听到响动的这一刻微微一动。他这一动，让苏晋觉得此人有些眼熟。

她将烛火凑近了一些，问道："你是……"

那人蓦地抬起头来，双目空洞地看着她。少顷，他张了张口，从喉间发出一声暗哑的悲鸣，似失了神志一般地道："我招，我什么都招！"

苏晋手中的烛台一下子落在地上，烛火接触到潮湿的地面，"刺"的一声灭了。她连退了数步，直到背心撞到牢柱，才扶着柱子稳了稳心神。

她认出这人来了。他正是那个早该死了的，原户部尚书钱之涣的大儿子，羽林卫同知钱煜。

苏晋知道，钱煜这副样子已是生不如死，柳朝明或钱月牵保下他的命绝不是为了救他。可他们用此酷刑，是想从钱煜的嘴里审出什么？

她的思绪只恍惚了这一瞬便重回清明，她记得自己来这暗室的目的。

苏晋定了定神，走上前去自地上拾起烛台，重新点亮，然后退出钱煜的暗房，往暗室更深处走去。

"你想做什么？"

这时，苏晋的身后传来一个沉静而淡漠的声音。

苏晋不用回头也知道是柳朝明来了。

随他而来的还有数名锦衣卫，他们手执火把，将这暗室照得光亮刺眼，仿佛丝毫不介意这间肮脏的、带着血腥气的暗室暴露于光亮之下。

"在找钱之涣贪墨的实证？想为沈府洗冤？"须臾，柳朝明带着一丝戏谑之意的声音响起。

苏晋心下一沉，回过身来，见柳朝明竟是笑着的。他的笑极其柔和，置身于这夺目的火光中，整个人就像一枚华光万丈的玉。

可苏晋在他的眼底看到了讥诮之意。

她从没看见过这样的柳朝明，可有一瞬间，竟又觉得柳朝明就该是这样的。

"钱之涣贪墨的实证呢？你放在哪儿了？"

柳朝明唇角的笑意未退。他淡淡地唤了一声："锦衣卫，将苏御史从这里请出去。"

两名锦衣卫应声，倒也没动粗，而是跟苏晋比了个"请"姿："苏大人莫要让我等为难。"

苏晋没有作声，径直走到柳朝明身前，微微抬起头，将他眸中毕现的讥诮之意尽收眼底，然后也笑了："柳大人还记得吗？辨明正枉，拨乱反正，进言直谏，守心如一。"她将笑意一收，目光中惊澜忽现，"我要的'正'呢？！"

暗室里阴冷潮湿，柳朝明就像听到了什么好笑的事情一样，揶揄道："怎么，你问我之前没先问问你自己？你的'正'在哪里？"

他自锦衣卫的手里接过火把，扫了他们一眼。

锦衣卫会意，从暗室里退了出去。

柳朝明道："匡扶社稷？救济苍生？那你今日在这儿又是在做什么？"他将火把置于角落里高高架起的火盆上，漫不经心地道，"前日言脩送来的卷宗你没仔细看吗？京郊有七品县令纵下人闹事，查到了鸿胪寺卿头上。苏御史既然这么大义凛然，怎么不亲自过问？仅打发一个七品御史前去问案就够了？苏御史莫不是忘了，察核官常、扶纲立纪才是你的本职，而不是在这儿，在本官面前，为你所谓的至交出恶气。"

火光自四角的火盆里蓬勃升起，将整个暗室照得灯火通明。

柳朝明将火把往一旁的水缸里一扔："再说了，沈青樾很无辜吗？他犯了包庇罪不是事实？他七年前就知道钱之涣贪墨税粮。七年时间，他从一名八品照磨节节高升至正三品户部侍郎，手握把柄已不知几何，足以参倒钱之涣。可他无动于衷，为什么？还不是为一己之私，想给自己留条后路？"

"那沈尚书呢？"苏晋一字一句地道，"沈尚书清正廉洁、刚正不阿，未行贪墨却被你与钱月牵诬蔑贪墨。柳大人可是要告诉我，栽赃朝廷重臣以平衡局势也是身为御史的本职？"

"你既能说出'平衡局势'四字，该知你我如今都在此局当中。为民生刚正、清廉，那是他为官的本分。可抛开民生，自他拥立朱悯达起，他利用刑部尚书的职权做了什么？"柳朝明道，"身在这样的朝局中，谁都不干净，既选了立场，那就成王败寇。今日是朱泽微得势，所以沈府遭难。若换作朱悯达称帝，怕是不将钱之涣、曾友谅诛九族不能善罢甘休吧。"

苏晋道："沈府遭难难道不是柳大人在里头推波助澜？沈尚书好歹刚正，柳大人身为御史如此行事，可配得上'尽忠职守'四字？"

柳朝明笑起来："忠奸二字与我何干？我是否恪尽职守为何要与你分辩？是谁告诉你我柳昀就没有立场，就当在这时局中遗世独立？而你所谓的忠又是对谁尽忠？苏时雨，扪心自问，你今日站在这里质问我，不正因你站在东宫的立场上吗？在此之前，你竭力为东宫谋划，难道在你心中，朱悯达就是明君？你对朱悯达尽忠难道不是因为你与朱南羡、沈青樾有私交？"

"我所谓的忠，"苏晋目不转睛地看着柳朝明，"是忠于苍生，忠于黎民，忠于正道，忠于本心。"

"然后顺便忠于那个与朱景元极其相似的，永远将自家江山置于苍生、黎民之前的储君？你不觉得虚伪盲从，不觉得矛盾可笑吗？"柳朝明道，"你怎么跟沈青樾一样贪得无厌？"

他看着苏晋，冷冷地道："你知道沈青樾今日为何自己甘领八十杖？"

"为何？"

"因为他想明白了，自认该死。"柳朝明道，"早在沈婧嫁给朱悯达，沈府站位东宫的那一刻起，沈青樾便走上了一条绝路。可他不甘心。身后壁立千仞，两侧深渊万丈，他却自恃聪明，以为能找到第二条出路。他不一往无前便罢了，偏偏还要辗转腾挪自毁良机。"

"其实凭沈青樾的智巧，早在升任侍郎的当年便可扳倒钱之涣。两年前的马府之局，他若能下手狠一些，而今的吏部也不当是曾友谅做主。天予不取，必受其咎，东宫本在绝佳之境，沈青樾却处处留后路，万事留一线。仔细想想，他所谓的后路当真是为沈府、为家人寻的？不是，他是为自己留的，为他因实在太聪明而尚且清明慈悲的本心留的。

"他知道朱悯达并非明君之选，所以一面扶朱悯达上位，一面又希望这江山不是朱悯达的，反倒叫人钻了空子。他发现若当初他一心辅佐朱悯达，不生那么多玲珑心思，沈府乃至东宫一家至今仍其乐融融。眼下家破人亡了他才悔不当初，于是自省自咎，觉得沈婧亡故、沈拓流放是自己瞻前顾后所致。于是他觉得自己该死，自领八十杖一了百了。"

苏晋定定地看着柳朝明："足下绝路，身侧悬崖，沈大人无从选择。他因心里的一丝善念落到如今生死不知的地步，这也错了吗？"

"善念？"柳朝明又是一笑，"身在旋涡当中，善念在这浑浊的水里涤一涤，倒过来就成了恶念，就如朱南羡。"

苏晋心中一惊。

柳朝明继续道："他生来是天家嫡子，又得朱景元偏宠，倒是坦荡磊落、赤诚光明。但他自小在宫中长大，难道不明白封藩割据会导致什么样的后果吗？难道看不出朱悯达与朱沢微这么多年争的是什么？难道不知道沈青樾这些年在筹谋经营什么？他都知道，只是懒得去想。他厌恶兄弟相争，厌恶夺储之斗，直至这两年才幡然醒悟，发现若手里无权，掌中刀剑不过是破铜废铁，想护的人护不住，所拥有的也岌岌可危。

"其实朱南羡心思通透更胜他许多兄弟，且领兵出色，不失为天生的帅才。怪只怪他生在帝王家，又是正宫皇后所出，早已身在旋涡中心还妄想远离争斗。但正是这远避争斗的'善念'苦了他那个刚愎自用、不得人心的长兄，他的皇长兄要为一檐之下的三兄弟撑起一片天地，只身面向所有兵戈。当朱南羡终于摒弃所谓的'善念'匆匆赶来与他的皇长兄并肩作战时，已经太晚了。"

夜色深沉，天外月朗星稀，一缕月色透过高窗洒落进来，却被满室的火光焚得支离破碎。

苏晋张了张口，想为沈奚与朱南羡分辩两句——她觉得沈奚因善念而留余地没有错，觉得朱南羡因善念而避争斗没有错，以及此时此刻自己站在这里，想要为沈府洗冤也没有错。可她分辩又有什么用呢？

苏晋觉得柳朝明至少有一点说得对——皇权分割，势力林立，她深陷旋涡，已有了自己的立场。而她既站在自己的立场上，便不该与他分辩何为正、何为善。

身在旋涡，她就该守旋涡中的规则，非常之时行非常之事。

而她所谓的"正"和他所谓的"正"，难道只能存于这旋涡之外吗？

苏晋觉得自己仿佛在行舟时触了礁，被一道暗流卷入了水底。

心中雾色茫茫，人间风雨连天，她曾在暗夜里窥见一抹月色，乘舟奋力而行，摆渡千里万里，却眼看着这抹月色被火光吞没，化作一场海市蜃楼吗？

苏晋轻声道："道之所在，虽千万人吾往矣。大人心中的道在哪里？"

柳朝明别开目光："你我已是道不同。"

苏晋道："当年许元喆冤死，大人曾用老御史之言激励我，告诉我身为御史，只能直面这样的挫折与磨难，纵然满眼荒唐，也当如老御史一般，暗夜行舟，只向明月。言犹在耳——"她顿了顿，一字一句道，"言犹在耳！可当初的明月又在何方？我当大人是同路人，大人呢？大人至今都在骗我吗？"

"你就当我是在骗你。"柳朝明道，冷玉似的眸子里火光乍现，"我倒也想问问，士子闹事时那个义愤填膺的苏时雨哪里去了？许元喆去世时不甘不忿的苏时雨哪里去了？彼时你心中不曾痛恨过那个高高在上的掌权者吗？后来你辛辛苦苦为东宫谋划时，难道忘了朱悯达是一个什么样的人了吗？他对那些无辜枉死的士子，对那些慷慨赴义的义士有一丝同情心吗？他没有，他只顾着怎么利用此事将朱沢微一军，好好巩固他的储君位。你祖父当年废相的惨状你亲身经历过。你是想扶朱悯达这样一个人上位，让杀功臣、诛士子这样的事再来一次？"

"何况眼下藩王割据，广西一带天灾连年，岭南流寇四起，民不聊生。北境、东海、西北边疆，更有外敌虎视眈眈。当年皇上诛杀功臣之后，剩下的能征战之人又有几个？你说朱悯达若上位，是攘外，还是先保住他的龙椅？朱南羡倒是帅才，但朱悯达在这之前，可是命朱南羡回南昌整军待命，若朱沢微打来就进京勤王，等闲不得离开？他准朱南羡去西北征战了吗？"柳朝明说到这里，语气忽然缓和了些，一脸无所谓地笑了笑，"自然，我也不是什么好人。你可以觉得我手段卑鄙、肮脏龌龊、倒行逆施，认为我拿老御史的名声骗了你也无妨。栽赃沈拓是我做的，朱沢微要杀朱悯达，我确实事先知情，没必要解释。你我既已不同路，从今以后，你走的你的阳关道，我过我的独木……"

话音戛然而止，柳朝明嘴角讥诮的笑意也蓦地收住，因为他看见有眼泪自苏晋的眼底滚落，顺着脸颊滑出一道浅痕。

那泪水已在苏晋的眼里蓄了很久很久，她只是竭力握紧拳头，撑着不敢眨眼才没让泪落下来。

可惜当第一滴泪落下后，眼眶便如决了堤一般，须臾就有更多的泪水夺眶而出。

然而苏晋狠狠咬住牙关，直咬得整个人都在微微发颤，任凭泪落得如断线之珠，也没有发出一点儿声音。

苏晋知道自己为何流泪。她想，自己还是撑不住了。自昭觉寺之变之后，她辗转奔波，夜不能寐，却徒劳无功。朱南羡身受重伤依然命悬一线，沈奚受尽屈辱更是生死未卜，而今就连她心中高悬的明月也要坠落了吗？

她泪眼迷离地看向柳朝明，忽然觉得可笑。

孟老御史她没见过。其实在今日之前，她心中御史该有的样子，不是老御史，而是柳朝明。

所以她宁肯信他布局称病只是为了置身事外，手握极权不过是为了制衡。

她曾见过他断案时有多刚直不阿，见过他问讯时有多严谨缜密，知他勤勉克己，甚至觉得他近似于无情的苛刻都是好的。

苏晋那时候想，自己也该成为这样的御史。

然而行舟至今，乍见满室火光，她才发现原来引路人并非月下人。

他端正地立在火光照不到的暗处，立在旋涡中心，立在暗夜最深、最黑暗处。

苏晋这才发现，当初令自己亟亟行舟而往的月下人，不过是幻影。

柳朝明愣愣地看着苏晋的眼神渐渐黯淡，看着她垂下眼帘不再说话，然后转身推开暗室的门，慢慢地走了出去。

柳朝明只觉得胸口像是漏了风，又像有人拿刀劈山断海一般将他心头的思绪齐头斩断，一下子什么念想也没了。好半晌，他才动了一下，脚步不受控制地朝暗室外走去。

原来苏晋没有走远。她蹲在中院的一棵老树下，抬起手，一下又一下，慢慢地抹着眼泪。

柳朝明觉得自己就像被钉在了原地，既不能上前，也无法后退。她每抹一下泪，他就觉得有人在他的心上钉了一根子午钉，一根一根钉在他的心里。

苏晋觉得自己不是难过，只是太失望、太害怕了。其实她很怕东宫护卫不利，朱南羡失去性命；也怕太医院救治不及，沈奚醒不过来。她甚至不知道在这样的朝纲中，在这样的危局下，自己该怎么去守那个忠于苍生、忠于本心、为民生请命的志。她说过今生今世不悔此志的，可她现在陷在这旋涡中，就要喘不过气来了。

人这一生，可能会遇到这样的绝境——举目四顾，发现身边无人可依无人可靠，甚至连心中的信念都要崩塌。这时候，你能倚仗的唯有腿下双足，你要一个人撑着慢慢站起来，然后告诉自己，不要想太多，不能想太多，要走下去，一直走下去。

所幸当年谢相去世，这样的绝境苏晋已遇到过一次。

彼时她躲在尸腐味极重的草垛子里，任拉车人拉着自己远离故居，然后独自从牛车上下来，一个人蹲在荒径旁的老树下流了一天一夜的眼泪。

然后她明白了伤悲无意，忧愤无意，优柔寡断更无意。人这一生，唯有向前。

脸上的泪渍渐渐干了，眼底再无新的泪涌出，苏晋慢慢站起身来。她似乎知道柳朝明就站在不远处，却并不看他，而是平视着前方道："当初许下的志，时雨自己去守；被云遮了的明月，时雨载舟去寻。大人高志，恕时雨不明，但大人的话时雨听明白了。自今日起，你我之间没有正道，没有大义，没有苍生、黎民与初心，只有……立场。"说完这话，苏晋便转身往太医院的方向走去。

守在太医院的金吾卫还没来知会她，可她觉得自己在这都察院一刻都待不下去了。

夜色沉沉的，却并不暗，国丧之日整个宫禁一片缟素，连楼阙下悬着的灯笼也是白色的，远远看去，就像有人在还未化去的雪上点了一簇又一簇野火。

苏晋刚到太医院，就见医正方徐正自里间暖阁里退了出来。

方徐见到苏晋，行了个礼道："苏大人。"

苏晋见他脸上似有忧色，心一沉，问道："方大人，沈大人怎么样了？"

方徐道："下官为沈大人上好药时，沈大人醒过来一回，却只是睁开眼。也不知怎么的，下官与他说话，他竟没反应。下官怕他听不见或看不见，就斗胆提了一句太子妃，随后沈大人就将眼合上，怎么唤都唤不醒了。"

苏晋没说什么，直接推开暖阁的门去看沈奚，只见他合眼趴在卧榻上，脸色憔悴苍白，右眼下的泪痣黯然无光。

苏晋问："喂过药了吗？"

"喂过了，田七做主味的药汤，一日服两回。沈大人的大腿伤得很重，三日后要再换药，之后每七日换一回。"方徐道，"其实下官应当将沈大人留在太医院照顾，只是……"

苏晋知道他在顾虑什么。

太医院人来人往，也不知哪个医正、哪个吏目是朱沢微的人。金吾卫不懂医理，即便能一日十二个时辰轮班守着，朱沢微的人要避过他们下手也很容易。

两人正思虑时，金吾卫总旗姚江也赶来太医院了，对上苏晋眸中的忧色，道："苏大人且放心，柳大人并未与我等计较私闯都察院暗室之罪，只提点了一句，说您应当是来太医院了。"

苏晋没接这话，想了想道："有劳姚总旗分几名金吾卫将沈大人抬去承天门外苏某的马车上。且当心些，莫要令他再受伤了。"又对方徐道："方大人，三日后为沈大人换药，就有劳您随我走一趟了。"

方徐揖道："苏大人不必客气，下官应该的。"

夜已深了，这日为苏晋赶车的不是覃照林，而是苏府的管家七叔。七叔问道："大人，咱们这是回府吗？"

苏晋掀开车帘看了眼沈奚，抬手捏着眉心道："让我想想。"

沈府是去不了了，昭觉寺之变后，沈奚已将沈府众人散了，只留下六伯一人守着空院。苏府也不行，覃照林前日与他媳妇儿一起回乡下过年，要等过了"龙抬头"才回来。覃照林不在，朱沢微的人找来后，他们这边连个能挡的人都没有。

金吾卫虽能用，但上十二卫治军严苛，谁值勤谁出巡，五军都督府记得一清二楚。如今朱南羡落难，朱沢微正愁抓不住把柄整治左谦，若她令左谦分人来日夜守着苏府或沈府，怕是会连累金吾卫。

苏晋正踌躇，忽见不远处一盏灯笼忽明忽暗。她仔细看去，竟是赵衍的二千金赵妧与其丫鬟。

赵妧已在这承天门外等了好几个时辰，见苏晋望过来，咬了咬唇，走上前去盈盈施了个礼："阿妧见过苏大人。"

春来微寒的夜里，赵妧披了一袭湖蓝斗篷，颊上染着一抹红。

苏晋点了一下头道："这么晚了赵二小姐仍未回府，是在等赵大人？"

赵妧摇了摇头，颊上的红更甚了。她轻咬下唇，似是鼓足勇气才道："敢问苏大人，沈奚沈大人可在您的马车上？"她一顿，垂下眼帘，竟不敢看苏晋，"若沈大人没有地方落脚，可以去赵府。"

苏晋听了这话，微微蹙眉，并不作声。

赵妧等了半晌，见苏晋没甚动静，颊上的红蔓延到耳朵根，又道："是父亲与阿妧说的。方才阿妧离宫时，远远看见沈大人在轩辕台上受刑，便跟父亲打听，这才知道沈府出了事。因阿妧家里与沈家有交情，父亲便叹着多提了句，说沈大人在劫难逃，便是活过来也没有落脚处了。"

这交情其实是赵妧的嫡母赵氏与沈奚的母亲之间的。她二人是同乡远亲，分别数载，又一同随夫婿进京，自然常来常往。赵妧幼时还去沈府住过几回。

苏晋淡淡地问道："赵府里便有沈大人的落脚处吗？"

赵妧轻声道："赵府西南角有个别院，专门留给喜清静的客人，有单独的院门，正对着朱雀巷，如今空着。沈大人若无地方可去，苏大人可带沈大人随阿妧去赵府。"

然而苏晋只是静静地看着她，又不答话了。

赵妧这才怯怯地抬头看了苏晋一眼，对上苏晋灼灼的眸光后立刻低下头，道了一句："大……大人放心，这是……这是我父亲的意思。"

苏晋在心里叹了口气，这才道了句："好。便请赵二小姐带路吧。"

赵府位于城南，他们驱马车过去要大半个时辰。赵府的别院不大，但格外清新雅致，院里的春杏已抽了新枝，隐约可见几枚花骨朵。西厢两侧还题着一副对联，那字迹苏晋认得，是赵衍的。

一到别院，苏晋便嘱咐七叔去沈府将沈六伯请来。她与赵府的下人将沈奚安置在厢房的卧榻上，然后对赵妧道："赵二小姐，苏某有话与你说。"

赵妧点了下头，看了身侧丫鬟一眼。那丫鬟会意，带着一干下人退了出去。

苏晋这才道："苏某知道赵大人其实并不知情，将沈大人带回别院是赵二小姐自作主张。"她说着，对上赵妧震惊的神色，又道，"但苏某也知道你不会害沈大人。外头虎狼环视，你若要害他，不管他便可以了，何必搭上你闺阁千金的名声。"

苏晋说到这里，合袖对赵妧揖下："苏某实在是没办法了，想不出比赵府更好的去处。此番当真多谢二小姐，这恩情苏某铭记在心，日后一定加倍奉还。"

若说如今的京师还有什么是朱沢微不敢妄动的，都察院与都察院的堂官当属其中之首。赵衍官拜右都御史，仅次于柳朝明，朱沢微就算发现沈奚在赵府，一时也无计可施。

赵妧盈盈回了个礼，轻声道："苏大人放心，阿妧一定好生照顾沈大人。苏大人若想来探望便只管来，就是劳烦大人不要走正门，要绕到朱雀巷走别院的侧门。"说着又敛衽屈膝，"怠慢苏大人了。"

"无妨。"苏晋道，"只是苏某心中还有放不下之事，要日夜在宫中守着，再来要等三日后。虽说赵大人府上的人苏某等闲不该有疑，但二小姐仍需切记，绝不可让生面孔及来府上少于三年的下人接触沈大人。送给沈大人的任何东西，水、药汤、食物、衣物，只能借你最信得过的人之手，且都需你仔细验过。"

赵妧低垂着眼帘默记了一番，怯怯地道："可否请大人将方才的话写下来，阿妧怕自己会忘。"

苏晋点了一下头，坐在桌案旁，用一壶冷茶磨了墨，将方才说的需注意的事项记下。等她写完，七叔也带着沈六伯进来了。

沈六伯一见苏晋就要拜，一双眼中已噙满泪："老奴多谢苏大人，多谢赵二小姐的救命之恩。"又自责道，"少爷那日自昭觉寺回来已十分不对劲了，说是老爷出了事。这几日他送走了老夫人，遣散了下人，其余的时间就一人坐在院里发呆，一坐一整天，也不说话。今日去宫里前，少爷还跟老奴说，六伯你也走吧。

老奴当时觉得不对劲，想拦着少爷，但又怕耽误少爷宫里的事，就没出声。哪知少爷会出这样的事，半条命都没了。早知如此，老奴说什么都该让少爷离开京师去避避。"

苏晋听他这么说，在心中叹了口气，心想，沈奚哪里能离开？沈奚若离开，当时被扣在宫里的沈拓就不只是被流放，而是被枭首了。

苏晋将沈六伯扶起来，说道："事已至此，伤悲无意。好在行刑的侍卫未下狠手，苏某已问过太医院的医正，说沈大人只要好生将养，日后是可痊愈的。"她顿了顿，像是想到什么，眼神黯了下去，又道，"只是沈大人自责难当，又一身傲骨，平生未受过这样的磨难，怕是没想过连家宅都不能回了。他醒来后应当不愿留下，到时望赵二小姐与六伯多劝劝他，若实在劝不住，记得他的心结是太子妃。左右他身上的伤要紧，心里的也只有慢慢来。"

沈六伯道："苏大人放心，老奴便是不眠不休，也会照顾好少爷的。"

苏晋点了点头，对赵妧道："等这一阵缓过去，苏某一想到法子便将沈大人接走，绝不牵连二小姐。"

赵妧低垂着眼帘摇了摇头："不碍事的。阿妧只知道，苏大人这样聪慧的人都没了办法，阿妧不帮，便没人帮沈大人了。苏大人只管放心，我父亲不常回府，沈大人在这别院里住着，阿妧是可以为他瞒上一阵子的。"

子时已过，苏晋见此间已料理妥当，又叮嘱了几句药汤与药材的事，便匆匆赶回宫里去守着了。

沈奚自梦里隐隐约约听到有人说话，却听不清他们究竟说了什么。周身的伤痛恍若将他置于一缸滚烫的、浑浊的水中，与这个世间隔开。他只是反复、依稀地看见自己六岁那年的桑葚树，听到大姐笑着说"小奚想吃桑葚了，阿姐帮你去淮水边采"。

但他一次也没梦到过沈婧，一次也没有。

沈奚真正醒来是在三日后的清晨，那时天还未亮透，厢房里点着烛火。

他睁开眼，借着微微的火色瞧清倚在卧榻旁的人，唤了声："六伯。"他已数日未开口说话，沙哑的声音令他顿了顿，才又开口问，"这是哪里？"

沈六伯这三日里都提着心，被沈奚一唤便醒了，然而还未来得及说话，便见门被推开，自外间进来一人。

是寅时起身的赵妧亲自熬好药汤送来了。

她不知沈奚已醒，直接将药汤搁在榻前的案几之上，侧过头一看，才发现沈奚的双目是睁着的。赵妧的耳根一下便红了。她抿了抿唇，轻轻道了句："沈大人已醒了。"见沈奚没反应，又轻声道，"沈大人，该吃药了。"

药汤浓浓的雾气扑面袭来，沈奚这才自雾气里转头望过去，分外好看的桃花眼里没什么神采。他上下看了她一眼，又收回目光，淡淡地道："你是谁？我不认得你。"

赵妧敛眸道："这里是赵府别院，我叫赵妧。"她顿了顿，又道，"我知道沈大人不会记得阿妧，但大人日后要在赵府住上一阵子，阿妧会照顾大人，直到大人将伤养好。"

沈奚听了这话，眉心一蹙。他别过脸，冷冷地道："都察院赵衍的赵府？是谁跟你说我要在这里养伤的？"

不等赵妧与沈六伯反应过来，沈奚忽然用双臂撑起身子，将搁在卧榻前的木杖架在腋窝下，就这么没有人扶没有人搀，拖着无力的双腿下了地："六伯，我们走。"

他脸上好不容易养起来的一丝血色迅速退去，唇色发青，豆大的汗珠自额间如雨而下。

沈六伯看着沈奚，眼眶一红，唤了句："少爷。"随后哽咽得说不出话来。

从前的花架子，从前的厚脸皮，到今日他是再也使不出来了。

那时他有贵不可言的身份，有尊崇无比的家世，有一副铮铮傲骨和配得上这副傲骨的才华与谋略，还有信赖他、关怀他、纵容他的家人，所以无论怎么嬉皮笑脸、放浪形骸都不会跌了份儿。

而今一身锦绣褪去，他才发现原来自己所余除了一点儿可怜的傲气，竟什么都没有了。

沈奚不想接受一个女子的施舍，也不想寄人篱下，更不愿连仅存的骄傲都丢了。

赵妧愣愣地看着沈奚拖着无力的双腿拄杖向前。他的唇一直在发颤，他每走一步，脸色便苍白一分。

赵妧又怕又急，慌乱之下想起苏晋提点的那句"记得他的心结是太子妃"，于是脱口而出："是阿婧姐姐让沈大人在此养伤的。"

腋下的木杖忽然一滑，沈奚肩臂脱力，整个人向前栽去，还好沈六伯从旁边扶住了他，才让他不至于跌倒。

沈奚就着六伯的手半跪在地，抬头看向赵妧，眸中竟有如霜雪一般的冷意。

赵妧被这眸光震住，愣了片刻才怯生生地道："沈大人不记得了？阿妧小时候去沈府住过，那时阿婧姐姐总闹着让您帮她起个新名。您气不过，日日与她吵，后来阿婧姐姐便让您来赵府住一阵子，但您没来。"

赵婉口里的阿姝正是沈奚的三姐，四王妃沈筠。

沈筠原名沈姝，只长沈奚一岁。她儿时嫌"姝"这个字太娴静，闹着让沈拓给自己改名，沈拓不理。后来等沈奚长大了些，满腹经纶，沈三妹就来折腾沈奚了。二人吵了半年，沈奚拗不过沈姝，败下阵来，自《礼记》中为她选了一个"筠"字，其意为"其在人也，如竹箭之有筠也"。

沈奚忽然想起年关宴上，沈婧被猫抓伤后，自己曾掀开一个女子的衣袖瞧过伤口。当时沈婧还说："你怎么这样？那是赵府的阿婉，她小时候还来沈府住过一阵。当时三妹日日跟你吵架，吵完你气不过，就去逗她寻开心。你不记得了？"

沈奚想起沈婧，神色黯淡下来。他不再看赵婉，垂下眸，仍想拄着木杖离开。可是方才一番动作已耗尽他所有的力气，他就这么半跪半伏在地，再也起不来了。

卯时三刻，天色蒙蒙亮。

这时，外院传来叩门声，又隐隐传来说话声，原来是苏晋领着医正方徐来为沈奚换药了。

苏晋进屋后一看便明白发生了什么，平静地道："方大人，有劳您与六伯将沈大人扶回榻上。"

等方徐、沈六伯退出去后，苏晋又对赵婉道："二小姐，麻烦你吩咐下人将沈大人的药汤再熬过。"

赵婉听了苏晋的话才如梦方醒，自案几上端起药碗，轻声应了一句："阿婉待会儿将药汤与早膳一并送来。"

西厢内安静下来，苏晋看着伏在榻上默不作声的沈奚，唤了句："沈大人。"

半晌，沈奚低低地应了一句："我已不是什么大人了。"

苏晋点了点头："好，沈青樾。我知你眼下深陷困境心结难解，更因寄人篱下而倍感屈辱。可是在这样的困境里，屈辱、心结都是其次，只有活着才是最紧要的，哪怕是忍辱负重地活着。这些道理便是我不提，你也该懂。"她顿了顿，话锋一转，"当然，道理说起来容易，但人在困境当中，四面绝壁、进退维谷时，想要大彻大悟却是难上加难。你眼下忧愤难当困于本心也在情理之中。我只与你说一句——切莫辜负了那些在你落难时仍愿对你真心相待的人。"

苏晋说到这里，不再多言："我让方大人进来为你换药。"

外院静静的，苏晋退出西厢，沈六伯已在外头等她了。他似乎有事相求，先跟苏晋揖了揖："劳烦苏大人为少爷奔波操劳。"又迟疑地道，"敢问苏大人，四殿下如今可还在京中？"

苏晋已猜到他想说什么了，于是问道："六伯想让青樾随四殿下去北平？"

沈六伯叹息一声，道："也是方才赵二小姐提起少爷与三小姐，就是四王妃年幼的事，老奴才想起一事来。

"少爷自小就是爱钻牛角尖的性子。六岁那年，大小姐为他采桑葚失足跌入淮水，他便自责了许久，小小的人坐在大小姐屋前，整日一句话也不说。后来还是三小姐看不下去，将少爷教训了一通，他才好起来。苏大人您是不知道，少爷虽不怎么提三小姐，但三小姐自小便能制住他，因此老奴想，或许让少爷去北平府与三小姐见上一面，少爷便能好起来了。"

苏晋听了这话却不觉得这是个好办法。

且不说眼下朝局混乱，她无法轻信朱昱深，单从沈奚往日的言行便可得知，他自己也未见得对他这位三姐夫多么放心。

但这是沈奚的家事，苏晋不好置喙，只能另找了一个由头："而今太子薨殒，圣上病重，朝局不稳，四下人心浮动，北境、东海、西北、岭南等各处外敌蠢蠢欲动。四殿下这些年镇守北疆，若决定出征，最迟二月头就要走了。可二月头青樾还不能下地，而随军赶路，即便有马车拉着，恐怕身子也吃不消的。"

沈六伯愣道："这……这该如何是好？"

苏晋道："六伯若信得过苏某，便再给我些时日，苏某已想到法子了。等春深或五月入夏时，若青樾仍想去北平，苏某一定送他平安离开。"

沈六伯道："老奴对苏大人哪有什么信不过的，只是怕久在京师，连累了您与赵二小姐。老奴虽不懂朝局，但也知道沈府遭难，十三殿下被禁足在东宫，苏大人您的近况又能好到哪里去呢？何况眼下在这赵府别院里住着，赵二小姐对下人们不放心，少爷平日的膳食、药汤都是她亲自备好送来。堂堂千金小姐却要做这些奴婢做的事，老奴实在过意不去。"

苏晋道："过意不去也只能先记在心头。赵二小姐质朴纯良，这份恩情便是青樾日后还不了，苏某也会替他报答。"

两人说话间，方徐自西厢里退了出来。苏晋上前问询，得知沈奚的伤势养了三日已略有好转，放下心来，令方徐回了太医院，又对沈六伯道："有劳六伯在外头等等，苏某有话想单独对青樾说。"

沈六伯连忙应了："好，那老奴就在院中守着，苏大人若有事，唤一声即可。"

天已透亮，屋内灯油燃尽后，却仍暗沉沉的。沈奚还是以方才的姿势伏在卧榻上，听得苏晋推门进屋，也未有反应。

苏晋在桌案前坐下，斟了一盏茶后才缓缓地道："我知道你眼下不愿想事情，但有的话，我不对你说，已不知当对谁说。"她将茶盏握在手里转了转，然后道，"我……不打算留在都察院做御史了。我要去刑部。"

沈奚听得这话，低垂的睫毛微微一动，半晌，开口道："不好，太危险。"

苏晋明白沈奚的意思。

而今柳朝明是朝局中唯一能制衡朱沢微的人，他所辖的都察院如一柄遮雨伞，令身处其中的御史能不被宫变波及。这也是朱沢微为何至今没寻由头整治苏晋的原因。

可苏晋若离开了都察院，一切便不好说了。

苏晋道："我知道，可眼下都察院上头有柳昀与钱月牵压着，我行事必绕不开他二人。刑部与工部成了空壳子，朱沢微手握吏部，有用人权，等三月提拔的人选下来，他势必往这两部衙司里安插自己的人手。我必须抢占先机，先进刑部做刑部左侍郎，将刑罚大权握在手里，我们如今的局面或许才有转机。"

沈奚一时没有回话。

苏晋又道："眼下圣上重病不起，朝局混乱。几桩大案过后，各部、各寺都有要职出缺，三月的月选虽不至于提拔尚书，但总该有侍郎上任。

"吏部文选司的主事章檬是你的暗桩，前两日我已问过他，说是三月刑部侍郎的任命由吏部、内阁与三法司一起定夺。但朝中可担任三品侍郎的官员少之又少，因此曾友谅拟的刑部侍郎备选名录上只有一人。你猜这人是谁？"

沈奚眼神未变："长平小侯爷，任暄。"

苏晋道："不错，正是他。"

任暄原任礼部郎中，两年前自请去了吏部。去年朱景元提拔朝臣时，他便自吏部郎中升任至吏部侍郎了。

说起来，任暄从礼部到吏部还与苏晋有些渊源。

当年苏晋在京师衙门任知事时，任暄曾找她为朱十七代写策论。后来代写一事被朱悯达识破，任暄怕自己被牵连，便将苏晋的策论原本呈交刑部，以撇清干系。

任暄本以为苏晋得罪到东宫头上，一定在劫难逃。谁知后来她非但无事，还被提拔为御史，且此事之后，朝中人渐渐晓得苏晋与沈奚及朱南羡关系匪浅。任暄得罪得起苏晋，却得罪不起户部侍郎与十三殿下，迫不得已，只好转而投靠与东宫对立的朱沢微，去了吏部。

苏晋道："当年我代写策论一事东窗事发后，十三殿下怕太子殿下仍因此事责罚于我，去十七那里翻找证据，竟找到了任暄昔日为各宫殿下牵线用的紫荆花帖，上头还有任暄亲笔写的字。后来十三殿下查朱十四，也自朱十四那里找到同样的密帖。这些密帖里头都藏着策论，害死过不少代写的人。十三殿下将其整理之后，全都交给了我。"

朱南羡当时的意思是，这个任暄既然得罪了你，那么我就将他的把柄交给你，倘他再招你惹你，你惩办了他便是。

沈奚却道："朱沢微既属意任暄做刑部侍郎，你即便把这些密帖呈上去，也是扳不倒任暄的。他可以不承认这些是他写的。"他顿了一下，"要紧的是，谁将你提到月选的名录上。"

苏晋道："我当年初入翰林，曾跟着如今的大理寺卿张石山张大人修过半年《列子传》，算他半个学生，我打算去请他帮忙。"

沈奚点了一下头，仍一副没什么神采的样子，但好歹较晨时镇定一些了："刑部左侍郎的任命虽由三法司来定，但刑部无人，定夺权实则是在内阁、都察院、大理寺与吏部的手上，其实，主要就是看柳昀的意思。"

吏部自然属意任暄，大理寺则会点名苏晋，两边僵持，决定权就落到了内阁与都察院手里。柳朝明既领内阁又是都察院首座，最后究竟让谁做刑部左侍郎，是要看他的意思的。

沈奚轻声道："你是要与柳昀商量吗？"

手中的那盏茶早已凉了，苏晋看着微微晃动的茶水，须臾，将其放下道："我与他已道不同，不会再求他。"

沈奚垂下眸，须臾，道："也不该在这时。"

他这话说得没头没尾，苏晋却听得清楚明白。且不管柳朝明到底在谋划什么，他终归与朱沢微是不对付的。如今要杀朱南羡、沈奚甚至苏晋的是朱沢微，敌人的敌人便是盟友，苏晋脱离都察院已是犯险，万不该选在这时与柳朝明分道扬镳。

然而就像苏晋方才说的，道理谁都清楚，但倘若异地处之，得知沈府之灾是自己信任之至的都察院所为，他也难保不失望、不寒心。

各走各路才是她应有的反应。都是凡人，谁又能修得一颗无悲无喜的无量之心呢？

苏晋道："你不必担心，朱沢微只是看似大权在握。他非嫡非长，羽林卫虽听他调遣，但他到底名不正。加之柳昀拿内阁制衡他，他行事掣肘太多，心思又全在夺储上，一时顾不上我。我打算趁此时机，走访内阁的几名大学士以及翰林院、詹事府、兵部和礼部的要员。"

沈奚听了这话，右眼下的泪痣盈盈一闪。他转过头来，有些诧异又有些了然地看着苏晋："以十三之名？"

"是，以十三殿下是皇室嫡系、大随正统之名请他们上书，让十三殿下主持大局。"苏晋道，"我知道他们为在乱局中保平安，一定会百般推诿。"

沈奚道："是个办法。十三是正统，你请这些内阁学士帮十三，天经地义。他们想在朱沢微手下保平安，一定会推诿。但他们尊儒尚道，推诿之后，心中必然有愧。这时你便可退一步，说不帮十三也行，请他们在月选时选你做刑部侍郎，由你为十三请命。那些内阁学士出于内疚，便会应承下来。"

苏晋道："是，且我会同时走访除内阁学士外的其他大员。这样一来，朱沢微便会认为，我是为了十三殿下病急乱投医，难以察觉我真正的目的。"

屋外传来叩门声。赵妧端着托盘进来后，施了个礼，轻声道："苏大人、沈大人，阿妧知道不该打扰二位大人说话，可是眼下辰时已过，沈大人该服药了。"

苏晋自桌案前站起身："是苏某疏忽了。"

赵妧摇了摇头，垂首进屋，将药汤搁在沈奚榻边，见他仰头饮尽，再搁下一盏清水、一碟糕饼、一方布帕，然后将空药碗收了，对沈奚道："等沈大人与苏大人叙完话，阿妧再将膳食送来。"

她语气很轻，仿佛还未从清晨他硬要拄杖离开的惊骇中缓过神来。

沈奚莫名地想起苏晋那句"切莫辜负了那些在你落难时仍愿对你真心相待的人"，一双桃花眼仍低垂着没什么神采，却开口说了句："多谢。"

赵妧一愣，蓦地抬起眼来看他，耳根一下便红了。她轻轻咬了咬唇，并没多说什么，退了出去。

苏晋道："你有伤在身，按理我不该再打扰，但我还有一桩十分紧要的事要与你说。"

她略一沉思，将前几日朱沢微在东宫放蛇，给朱南羡下凝焦之毒的前因后果仔细说了一遍，见沈奚的眉间也有疑色，便道："想必你也听出来了，此事最蹊跷的一点便是那凝焦可能是淇妃带进东宫的。"她一顿，"我起先也难以置信，隐约觉得摸到了什么线索，但因淇妃身怀六甲，朱祁岳与戚贵妃都不愿深究，便只能作罢。之后我问过宗人府的胡主事，初八吊唁当日，他刚好也在东宫料理停灵事宜，当日来吊唁的嫔妃中确实只有淇妃离开过。"

苏晋看着沈奚道："也就是说，凝焦之毒确确实实是淇妃帮朱沢微放进东宫的。只是这个淇妃怎么会是朱沢微的人？"

沈奚若有所思，少顷竟开口喃喃道了一句："什么都是假的。"

这是朱麟奶娘临终时留下的最后一句话。

他别过脸看向苏晋："他们这一局，究竟布了多久？"

苏晋摇了摇头："我起初以为不过一两年，羽林卫出事后，又想大约三五年。眼下我是完全看不透了，只觉得我们之前参破的不过是一层表象，这里头谋划了更深的东西。"她略一思索，又道，"好在可借由凝焦一事，顺藤摸瓜从淇妃这边找线索。我在后宫无人，不知当如何去查，而且眼下也无更多精力，你左右在养伤，闲来无事与其耽于过往，不如细想想到底还有什么是假的。"

第二十八章　春雨忽至

正月十五开朝，也是东宫小出殡的日子。

灵柩自东宫抬出，一路送往梓宫，群臣着青衣皂带跟随仪仗队一同前往，白纸裁成的银钱落满整个宫禁。

朱悯达与沈婧的灵柩要在梓宫内停灵半年，等地宫建成，再大出殡送往皇陵。到那时已是七月流火的时节了。

朱泽微知道昭觉寺祈福当日，在城门外看到朱南羡的人实在太多，诬陷朱南羡谋害太子终究是站不住脚的。是以小出殡翌日，他便借一道旨意言明祈福之日，十三殿下在回南昌府途中听到钟鸣之音，折往昭觉寺营救太子，奈何去得太晚，营救不成反被奸佞所害，如今身受重伤，于东宫静养，等闲不得探视。

随后几日，雨水一过，伴着惊蛰的几声惊雷，谋害太子之案也水落石出——说是当日羽林卫数支兵卫同时反叛，伍喻峥虽率兵尽力抵抗，奈何敌众我寡，一时保护不及，致太子与太子妃惨死。

至于兵卫因何反叛，又受何人指使，却未说清楚。

众臣心中有疑，也有人上书请求彻查。朱泽微应是应了，事后却置之不理。如今宫中局势扑朔迷离，时日长了，朝中的质疑声便慢慢少了。

二月时，北方传来一喜一忧两个消息。

喜的是四王妃沈筠平安产下一子。其实沈筠原定的产期是三月初，奈何一月中旬，太子妃沈婧薨的消息传到北平，沈筠惊痛之际腹中阵痛，竟提前两个月破了羊水，好在有惊无险。

忧的是北凉得知大随太子去世、国祚不稳，已集结三十万大军在边界。这消息一出，朝堂顿时炸开了锅。

北凉与大随纷争已久，此事若放在平常，算不上棘手。可眼下朝局纷乱，人心浮动，岭南一带流寇四起，东海倭寇频繁扰境，西北境外的敌国更是虎视眈眈。北凉在这个时候集结三十万大军，无疑雪上加霜。

朝堂诸臣众说纷纭，又莫衷一是，到了最后，看看朱沢微又看看柳朝明，竟不知以谁马首是瞻才好。

这也不足以为怪，当年朱景元诛杀功臣，将帅之才所剩无几。现在除了四殿下、十二殿下和十三殿下三位皇子，剩下的便只有戚无咎与两三位老将军能带兵打仗了。

这日早朝下来，朱沢微迫不得已，只好与柳朝明商议。

柳朝明倒是看得开："让戚无咎去东海；十二殿下回岭南；十三殿下若在东宫养好伤了，便去西北守着；至于北疆，眼下虽有北平府的将领守着，但形势最危急，当令四殿下不日启程返回。"

朱沢微虽与柳朝明诸多政见不合，但柳朝明最后这句话说到了他的心坎上。

朱悯达死了，朱南羡被软禁，朱旻尔逃去了南昌，眼下正是他夺储的大好时机。但朱昱深实力匪浅，母家更系名门戚氏，也是实实在在的长子。朱沢微想要继位，势必要把朱昱深支走才行。

朱沢微也知道，想要将朱昱深支去北平没那么容易。

这厢商议下来，天边已是层云压境。京师的春，日日都有雨落，整个宫禁晦暗有风，朱沢微站在宫檐下若有所思。

朱弈珩看他这副样子，说道："七哥，我觉得柳大人的话有些道理。眼下大随内忧外患，您若能让四哥出征，不仅可解北境之忧，还能稳固您在宫中的位子。"

朱沢微虽未对朱弈珩放下戒心，但他这番话正中自己的下怀，是以答道："你以为我不想支开朱昱深？但他肯走吗？而今朱悯达死了，朱南羡被关着，十七是个没出息的，逃去了南昌府，这宫中也算是没有嫡皇子了。宫中规矩有嫡立嫡，无嫡立长。二哥老早便被柳昀整死了，三哥被苏时雨参成了个废人，这宫中的皇长子不是他老四朱昱深又是谁？

"他倒是不动声色，成日在北大营忙他的军务，等着本王帮他将朱南羡料理了，等着父皇病逝，他名正言顺地继承大统。"

朱弈珩道："照这么说，七哥这一通奔忙，岂非都是为四哥作嫁衣？"

"无妨。"朱沢微笑了笑，"朱昱深的兵力都在北疆，眼下动乱，他没办法将北平的兵调度回京。他且顾着在京师打他的如意算盘，等本王的凤阳兵一到，他便端正站好，等着被这天上掉下来的金馅饼砸死好了。"

朱弈珩想了想，说道："七哥，我有办法让四哥回北平。"

朱沢微听了这话，眉梢一挑："果真？"

朱弈珩的眼神诚恳之至："请七哥信十弟这一回，十弟一定不让七哥失望。"

他二人这厢说着话，天地间已落下了雨。一直站在一旁的朱祁岳抬眸望向这细细密密的雨，半晌，开口道："七哥，我想回岭南。"

自东宫凝焦案后，朱沢微便对他这个十二弟分外不满，明明是他的人，却非要秉着义气保护朱南羡，弄得里外不是人不说，现在竟还要自请回岭南？

朱沢微不悦地道："你不知你是这禁宫之中唯一能名正言顺地领亲军卫的？你若回了岭南，那这兵权便谁都可以做主，到时宫中混乱，等你征战回来，这帝位之上坐着的已不知是谁了。若还姓朱便罢了，最怕最后姓的是柳。到时江山都易主了，你还守什么江山？"

朱祁岳道："可眼下外敌扰境，疆土之内水深火热。不管帝位上坐着的是谁，难道不是守疆土、保百姓最重要？"他沉默了一下，眉间的忧色浓得化不开，"我是不太懂朝堂时局，可常年在岭南领兵，晓得一旦有流寇山匪，一旦有外敌入侵，百姓要遭多少无妄之灾。"

他回想了一番："七哥，你是没见过岭南的流寇，他们纠集起来宛如正规兵卫，更常与南疆勾结，所到之处烧杀抢掠，无恶不作。何况广西一带连年天灾，至今都未有好转。十哥那里什么状况你也知道，他自己已经入不敷出，还要慷慨解囊，救济平民。倘若岭南一带的流寇自广西北上该怎么办？到那时岂不是由南往北，从桂林府到南昌府再到京师，沿途的百姓都要遭灾吗？"

朱沢微听了朱祁岳的话，觉得也不无道理，可想了一下，道："如今的朝局实在危急，你若一走，那整个朝纲便彻底乱了。你容七哥再想想，我这两日先琢磨个法子，实在不行，便让罗将军去岭南。"

朱祁岳道："可罗将军年事已高，此去岭南，何时将返？怕是再也不能回京师了。"

"妇人之仁！"朱沢微斥道，"你自小便是这样，既想顾全这一头，又想保全那一头，难道不懂顾此失彼、得不偿失的道理？要攘外也得安内，时局已如一根绷紧的弦，你走了，倘若这根弦一断，且不说别的兵卫，单是羽林卫、金吾卫、锦衣卫之间就要打一场。你是愿见朱南羡带着南昌府兵踏破我凤阳之境，还是愿看着朱昱深带着他的北平军卫迈进京师之门？到那时百姓不遭难吗？"

"封藩就是这样，到最后总有一争。天下只容得下一个王，不流血不起干戈是不可能的。争到今日局面是天下百姓有此一劫。你我既在上位，虽需担待，但也不需过分担待，总不能一力撑到最后，连自家江山都拱手让人吧？"

朱沢微说到这里，语气缓和了些："自然，你的顾虑为兄都明白。这样，等时局稍微缓和些，为兄即刻准你回岭南。"

朱祁岳还待再说，然而朱沢微已不欲再与他多费口舌，摆了摆手，令他退下了。

人一旦到了高位，肩上便有了千斤重的责任。

朱沢微以往只想夺储，而今万千事涌到眼前，才知为君者其实不易。他现在想杀朱南羡都分身乏术。

一念及此，朱沢微对朱弈珩道："将朱昱深支去北平的事，本王便交给你了。他若觉得北平府十余万雄兵不敌北凉三十万大军，想从北大营借兵走，只要不多，都准了他。但本王要看到朱昱深在三月前离开。"

朱弈珩道："七哥放心，十弟有把握。"

少顷，吏部曾友谅过来禀报三月月选一事。

往年的月选，四品以上的官员都由景元帝亲自任命，但今年不一样，朱景元病重，朱沢微手握吏部大权，可趁此时机往各部安插自己的人手。只要朱沢微的人分领各部要职，将权力渐渐归到朱沢微的手上，柳朝明即便是领内阁，也再也不能制衡他。

朱沢微听曾友谅禀报完，一时想起一事："对了，沈青樾有下落了吗？"

曾友谅看了朱弈珩一眼，没答这话。

朱弈珩道："当日伍喻峥的人被金吾卫拦了下来，没瞧清苏时雨将沈青樾带上马车后究竟去了哪里。但沈青樾既是被苏时雨带走的，左右与都察院有关。羽林卫已暗自查过都察院众御史的府邸，都没找到，眼下就剩柳府、钱府和赵府没查了。"

朱沢微心想眼下时局纷乱，不宜与都察院起正面冲突，于是道："这三处且先不查，左右跑得了和尚跑不了庙。到了三月，沈青樾就该去养马了，若不去就是渎职。除非他不想让他的老父活命，否则只能乖乖去太仆寺就任。"顿了一下，又道，"苏时雨近日在做什么？"

曾友谅道："回七殿下，苏时雨像是有些急了，一改往日在都察院案牍劳形之态，一散衙便去走访从前支持东宫的翰林院、詹事府各要员和几位老学士，兵部、礼部也去过，听说这两日还要去大理寺。"

朱泽微听了这话，笑道："这个苏时雨讨厌是讨厌，对朋友确实是至情至性。当初打沈青樾八十杖时，若不是他以命相争，恐怕拖不到朱昱深回宫。虽然沈青樾的命是他救的，但他也太自不量力了，竟还想救朱南羡？他倒不如好好想想该怎么保自己的命。"他说到这里，笑意更深了一些，"曾友谅，昭觉寺祈福当日，从朱南羡的亲军卫身上搜出的那封苏时雨给杞州的家书，你着人送去了吗？"

"已送了。"曾友谅道，"杞州苏府现已落败，府中人已四散，而今只剩伶仃几人，日子过得清苦得很。苏家小妹接到这封家书，想求助于苏时雨，如今已在进京途中了。"

这一日，苏晋散衙后自宫中往大理寺走去，方至朱雀桥，春雨忽至。

她是带着伞，可惜还未过桥，便见一人在桥的另一端落轿。

国丧之期，人人都着青衣皂带，瞧不出官品，但这轿子她认得，是左都御史柳大人的。

轿旁有人举着伞，柳朝明下了轿，步子一顿，随后目不斜视地往大理寺走去。

苏晋记得，两年前初遇柳朝明，便是在这朱雀桥头的风雨里。而今两年过去，世事变迁，这春雨却像无休止一般，自昨日落到今朝。

苏晋虽不知柳朝明来大理寺所为何事，但无论如何不愿与他见面，省得二人一通礼数后相顾无言。于是她收了伞，去檐下避雨。

署外檐下还站着一排被打发来候着的芝麻官，虽没看出苏晋的品级，但见她气度不凡，忙为她腾出个宽敞位子。

少顷，有人问道："不知兄台在何处高就？"

苏晋沉默了一下："都察院。"

说话的人是一个"瘦高个儿"，听了这话，不禁与他另一旁的"山羊胡"面面相觑。过了片刻，"瘦高个儿"神色更恭敬了些，又道："原来阁下是都察院的吏目。"

他将苏晋当作寻常吏目也无可厚非。须知都察院行纠察之责，官员品级非寻常衙门可比，除非未入流的吏目来大理寺，否则断没有在署外候着的道理。

苏晋道："不知二位供职于哪个衙门？"

"瘦高个儿"指着自己道："在下是太仆寺诸牧监的监正。"又指着"山羊胡"道，"他是太仆寺诸牧监的主簿。"

太仆寺掌马政，极难得与大理寺打交道，这样八九品的芝麻官来此，大多是登案来的。

苏晋本不欲管闲事，但想到太仆寺是沈奚即将上任的衙署，便不由得多问了一句："不知二位前来所为何事？"

两人听了这话，似乎有些犹疑，又互看了一眼，须臾，那"瘦高个儿"才道："太仆寺下头有一个叫邱阿九的使丞，不知阁下听说过没有？"

苏晋摇了摇头。

"瘦高个儿"吁了口气，像是放下心来，道："也不怕跟阁下说实话，我二人摊上这桩案子，实在是太冤。眼下朝廷不是在征马吗？这个邱阿九便奉命将自广西一带征得的百余匹民马送往北大营。

"后来送马途中遇上盗匪，他本可以不管，却不忍见一名女子落入匪寇之手，便路见不平，救了那女子。那些匪寇自然聪明，知道如今的世道，一匹马远比一个女子贵重，当下弃了女子，反而一哄而上，抢走了十余匹马。阁下您说，这要我太仆寺如何跟兵部交代？"

大随实行全民牧马政，北方一户养一匹马，南方则十一户养一匹马，待到要用时，这些马便由官府征集，送往各大营、各边防驻地。

苏晋听他二人这么一说，便知此事后果严重。

须知在西北边境的马市上，一匹马折合三十六斤茶叶。这个邱阿九一下丢了十余匹马，便是让朝廷损失了千百两银子。且银子还不是最重要的，如今北凉整军，北疆战事将起，而马匹作为战时最紧要的物资，对战事增益极大。这失去的十余匹马，该自哪里填补回来？

那"瘦高个儿"看了看苏晋的神色，继续道："想必阁下也知道这其中厉害了。兵部那头一听丢了马就要问责，因邱阿九是我二人点去送马的，这渎职之罪便落到了我二人的头上。如今北方准备打仗，这时候丢了马，听说要罪加一等，处以流放。"

苏晋却道："既是这名邱姓使丞失马，渎职之罪也该由他来承担，你二人虽也该罚，至多不过罚俸，何以竟获此重刑？"

"这便是最冤的了。""瘦高个儿"继续道，"却说那名女子随邱阿九进了京，一听阿九因救她而获罪，情急之下，说她此次来京师是为寻她离家多年的兄长，且她这位兄长如今正在朝中当官。"

他说到这里，重重地叹了口气："你说她一个清贫女子，便是有父兄在京师做官，又能是多大的官呢？当时我们都这么想，便不曾在意，直到她将她兄长的姓名说出来，才知那当真是一位威名在外、招惹不起的大人。

"邱阿九既救了那位大人的妹妹，便算对那位大人有恩。太仆寺卿唯恐重罚阿九，得罪那位大人，便将渎职的罪名安到了我二人的头上。我二人受这无妄之灾，也是有苦说不出，只好来大理寺申冤了。"

苏晋愣了一下，刚想问问这位威名在外的大人究竟是谁，不承想大理寺的寺正从旁路过，认出了她，连忙上前拜见道："苏大人既来了，怎么不进去，竟在此处避雨？"言语间神色严肃，看向寺门前的衙差道："可是这几个不长眼的东西怠慢大人了？"

苏晋沉默一下，说道："方才见柳大人进了衙署，想必有事与张大人相商，我不便打扰，是以在此等着，无怪他人。"

寺正惶恐地道："苏大人这话实在见外，堂堂大理寺，难道还没有御史大人歇脚之处吗？"说着弯下腰，恭敬地道，"苏大人里面请。"

苏晋不好推托，回身看向那两名太仆寺的官员，问道："你二人可要随本官一同进去？"

岂知那名"瘦高个儿"已是满目怔色："阁下，不，大人可是都察院左佥都御史，苏晋苏大人？"

苏晋点了一下头："正是。"

那二人一下子变了脸色，跌跪在地，不住地磕头："小的有眼不识泰山，不知苏大人竟也在这廊檐下避雨，一时多话，得罪了大人，大人莫怪、大人莫怪。"

苏晋道了句："无妨。"未再多说，随寺正去大理寺的偏堂里歇着了。

其实柳朝明来大理寺，不过是顺路取一份文书，并不会多做停留。他与张石山交代了几句，刚从公堂里走出来，就见一名寺正迎上前来，问道："柳大人这便要走了？"

柳朝明"嗯"了一声。

若放在寻常，他这样的六品寺正，等闲不敢随意与柳朝明搭话。然而今日不同，大理寺与都察院是兄弟衙门，人人皆知都察院柳大人与苏大人关系匪浅，听说苏晋之所以能在两年内官拜四品御史，与柳朝明的提携是分不开的。

寺正赔笑道："可巧了，今日苏御史苏大人也来了。方才他远远瞧见您在衙署外落轿，怕耽误了您的事，竟站在署外檐下避雨，连寺门都没进。好在下官瞧见，将他请了进来。柳大人，您可要见见苏大人？"

柳朝明一时没有作声，片刻，侧过脸，淡淡地往偏堂微合着的门处看了一眼，然后道了句："不必。"说完，抬步往衙署外走去。

候在外头的小吏已将轿子备好了，柳朝明自寺门沿阶而下，还没入轿，身后忽有两人疾奔而来。二人到了他跟前，"扑通"一声跪下，溅得满身泥浆，哭诉道："柳大人，求柳大人为我二人做主啊。"

柳朝明扫了他二人一眼，只回了一句："回去写诉状呈给监察御史。"说完便入了轿中。

这二人正是苏晋方才遇到的太仆寺的"瘦高个儿"与"山羊胡"。那"瘦高个儿"听了这话，更是不依不饶，跪行至轿前，拦了轿子道："回柳大人，若此事监察御史可管，我二人也不必到您的轿子前来喊冤了。正因为小的实在得罪不起苏大人，得罪不起苏大人的妹妹，这才来求您做主。"

抬轿之人原没理这"瘦高个儿"，却在听到苏大人时，停住了动作。一名随行的小吏在轿旁轻声道："柳大人，他们说的好像是苏御史。"

春雨一落便没个休止，良久，柳朝明将轿帘子掀开，隔着漫天的雨帘望向外头跪着的人，没什么表情，道："何事？说吧。"

却说方才那名寺正将柳朝明送出衙署后，便去偏堂请了苏晋。

眼下已是二月末。自正月十五开朝以来，苏晋走访各寺各部，想联名上书为十三殿下或沈家请命的事，朝中不少官员已有耳闻。虽也有人称道一句苏御史义薄云天，但更多的人在背地里笑叹苏御史一世聪明，却在当下犯了糊涂。而今朝堂局势不明，苏御史就是要请命，该向谁去请呢？

是以大理寺卿张石山一见苏晋，便道："我知你是为十三殿下而来，也知你与殿下、小沈大人相交匪浅。但眼下时局实在艰难，每行一步都要三思，便是本官愿与你一同请命，除非陛下醒来，你我的奏疏能递到他手上，否则一切都是徒劳。"

苏晋静了片刻却道："张大人误会了，学生并不是为十三殿下而来的。"她开门见山，"不瞒大人，学生这些日子为殿下走访只是一个幌子，今日至大理寺，是为两日后的月选来的。"

苏晋说着，撩袍拜下："学生恳请恩师，两日后，在内阁与三法司商议刑部侍郎的任命人选时，将学生的名字提到月选的名录之上。"

月选，即大随每月初选举、提拔官员的制度。

而刑部正三品侍郎，作为三法司的堂官之一，照例只能由吏部尚书、刑部尚书、大理寺卿和左都御史提名。

张石山听闻苏晋想去刑部，微微皱眉。

苏晋现任四品御史，去刑部做侍郎看起来是升迁，实则不然。眼下朝局纷乱，还有哪里比都察院更安全呢？

何况朱沢微想整治苏晋也不是一天两天了。倘若苏晋去了刑部，上头没尚书压着，岂不是要独自挑起大梁，直面各方责难？这样反倒会给朱沢微下手的机会。

张石山虽这么想，却也知道苏晋行事素来有自己的道理，并未多劝阻，只是道："将你提到刑部侍郎的备选名录上也无不可，但你要想好了，离了都察院，日后的路便没那么好走了。"

苏晋听了这话，撩袍拜下，磕了个响头道："学生多谢恩师。"

两年前，苏晋为了晁清的案子也曾有求于张石山。彼时她觉得读书人膝下有千金，跪地求人犹如万手攥心，而今她已官拜金都御史，这一跪却比当年容易了许多。

看来人真是善变，两年磨砺，竟令她敛去一身锋芒，变得能屈能伸了。

张石山又道："本官虽能将你提到月选的名录上，但你也知道，刑部侍郎的提拔不是我一人说了算，还有个票决。我属意你，吏部那头一定属意他人，说到底，最后要看柳昀一人的意思。你可与他提过此事？"

苏晋沉默了一会儿："尚未提过。但恩师放心，学生自有筹谋。"

张石山尚未来得及问她是怎么个筹谋法，方才那名将苏晋引进大理寺的寺正便叩了叩门扉，在公堂外打了个请罪的揖："下官知道不该打扰二位大人说话，但——"他一顿，神色很焦急，"苏大人，外头有两名太仆寺的官员拦了柳大人的轿子，下官从旁听了一阵，他们竟像是在状告您。"

两名太仆寺的官员，除了她方才见到的"瘦高个儿"与"山羊胡"还能是谁？

苏晋愣了一下，隐约觉得不好，于是跟张石山请辞道："学生出去看看。"

春雨急一阵缓一阵。那两名太仆寺官员正跪在轿前滔滔不绝地说着，忽觉四周像是静了些，转头一看，见苏晋撑伞站在不远处，顿时一脸骇然地住了嘴。

苏晋走过去先与柳朝明一揖，随后问那两人："你二人所状告的，可是方才与本官言及的太仆寺失马冤案？"

"瘦高个儿"一时不敢答话，还是那"山羊胡"壮着胆子道："回……回苏大人，正是。"

苏晋原没有将这案子往自己身上想，因为她是没有妹妹的。方才在一旁听了一阵，她才忆起去年冬天苏家老爷去世后，自己确实写了一封家书交给朱南羡，托他带给苏府的人。

正月初七当日，朱南羡赶去救朱悯达前，将这封家书交给了他的一名亲兵，嘱咐那人送去杞州，不能耽误了苏晋的家事。

随后昭觉寺之变，苏晋便将苏府的事全然抛诸脑后。

一念及此，苏晋道："你二人方才所说的女子，可是姓苏名宛？"

山羊胡道："回苏大人的话，小的不知她的名，但她确实是姓苏。"顿了一下，又怯怯地道，"且她所言的兄长，确实就是苏大人您。"

苏晋一时竟不知说什么才好。

如果说此事不是她的错，却也不合适，因为苏宛确实抬出了她的官阶来压人。可若将过错全推到她头上，她也实在是冤。自凝焦一案后，苏晋生怕东宫再出事，除了去赵府别院看沈奚，这月余都在宫中，竟不知苏家小妹上京来寻她了。

苏晋想到这里，对柳朝明道："禀大人，这案子下官确有过错。恳请大人容下官查明因果，倘若属实，下官甘愿领罚。"

柳朝明立在风雨里，身旁的人为他撑着伞。他没答她的话，反而淡淡地向太仆寺二人问道："那名邱姓使丞现在何方？"

"回大人的话，他还在回京途中。""瘦高个儿"说道，"但他丢失马匹的请罪书，及苏姓女子附上的杭州苏府名帖、自证身份的印章，已经由通政司交到了太仆寺卿黄大人手上。"

柳朝明一听这话，眸光便冷了下来。一旁的都察院小吏看见他的脸色，随即斥道："既然如此，那此案如何定罪便还尚未确定，你二人这便敢拦左都御史大人的轿子，实在是不懂规矩。你等先回太仆寺，待邱姓使丞与苏大人的妹妹进京后，此案有了切实的说法，到时如真冤枉了你二人，你们再申冤不迟。"说着便为柳朝明掀了轿帘，让轿夫起行。

太仆寺的二人面上忽然间就没了血色，跪在轿旁不住地磕头道："禀柳大人，不是我等不懂规矩，是这案子倘若再拖一日，就太晚了啊。"

苏晋听了这话，觉得事有蹊跷，刚要开口询问，却听柳朝明忽地唤了一声："苏御史。"

"下官在。"

柳朝明道："你去鸿胪寺，将日前鸿胪寺卿纵下人闹事的案子结了。"说着，看了小吏一眼。小吏随即呈上一封卷宗。柳朝明补充道："这是大理寺的案录，其中明细你已知晓，就在鸿胪寺结案，不必再将人带回都察院审了。"

苏晋接过卷宗，犹疑了一下，还未来得及说什么，忽闻长街一头传来马蹄声，竟是几名刑部大员带着羽林卫来了。

几名大员下得马来，拜见过柳朝明与苏晋后，为首一名郎中道："禀柳大人、苏大人，兵部有人上奏疏，说都察院苏大人利用职权，为其妹的救命恩人太仆寺使丞邱阿九掩盖渎职罪名，且为栽赃嫁祸，竟命太仆寺卿将一名监正、一名主簿以流放之名送出京师。七殿下接到奏疏后震怒无比，令下官等即刻请苏大人回宫，殿下要亲自审问此事。"

苏晋一听这话，便知道自己被人陷害了。偏生她的户籍确实在杞州苏府名下，倘若苏宛当真搬出她的官衔为人求情，导致无辜的人获罪，说她以权谋私并不为过。事已至此，她只能兵来将挡，水来土掩。

苏晋将手里的卷宗递还给都察院小吏，与柳朝明一揖作别，随刑部的人回宫里去了。

都察院小吏对柳朝明道："大人，七殿下早就对苏大人心存不满，此案又证据确凿，难以辩驳，七殿下必定往重了罚。苏大人此去凶多吉少，可要小的即刻去镇抚司请卫大人？"

柳朝明沉默了一下，道："不必。"

眼下内忧外患，各地都在整军，好在朝纲尚存，哪怕宫中各派系斗得你死我活，天下大事好歹有人做主。倘若在这个时候锦衣卫与羽林卫发生正面冲突，使朝政陷入乱局，外头那些敌寇匪贼趁火打劫，头一个遭殃的便是百姓。

柳朝明面色冰冷，说道："你即刻回宫，看他们要将苏时雨带往何处，找人拖住了。"

小吏称"是"，又问："那大人呢？"

"本官去一趟文远侯府。"

柳朝明知道，要救苏晋只有一个法子——证明苏家小妹上京一事苏晋并不知情，是故她抬出兄长的官衔来求情，也并非苏晋授意。

早年苏家老爷承谢煦与齐帛远之恩，与他二人多有来往，因此文远侯那里应当留有与苏家老爷来往的信函。

酉时已过，雨水渐收，苏晋回到宫中，由几名羽林卫领着，往奉天殿走去。

朱泽微已在奉天殿内等着了，见苏晋进来，看了曾友谅一眼。待羽林卫将殿门合上，曾友谅便道："苏御史，兵部有人状告你以权谋私，为太仆寺邱使丞掩盖罪行。现证据确凿，你可知罪？"

苏晋心知朱泽微是打定主意整自己，分辩虽无意义，但能周旋一时是一时，于是道："曾大人是吏部尚书，便是有人状告本官，也不该由您来审，当由都察院或刑部问责，大理寺复核，圣上定夺。"

"苏御史此言差矣。"朱泽微漫不经心地道，"朝中已无刑部尚书，柳昀是你的堂官，张石山于你有师恩，他二人都当避嫌。你身为御史，知法犯法，教唆家中小妹仗势欺人，罪加一等。你却还要在此跟本王论该由谁来审你，岂不多此一举？"

苏晋道："七殿下既要问罪，想必已查过此案，该知臣离家十年之久，与家中人少有往来，直至去年家父过世，臣才去过一封家书，并不知家中小妹上京，何来教唆，何来以权谋私？"

朱泽微道："苏御史能说会道，本王不欲与你争辩，此案人证物证俱在，已容不得你抵赖。"他说着让羽林卫将苏晋的家书、苏宛的名帖，以及太仆寺卿的证词一并呈于殿上，继续道，"本王只问你一句话，你可认罪？"

苏晋扫了一眼所谓的证据："所以七殿下这是不愿审，想让臣直接招认吗？"

朱泽微笑了一声："顾左右而言他。"随即淡淡地道："来人，上刑。"

一旁的羽林卫将一副拶子扔在地上。

另一边，那名都察院小吏跟随苏晋回宫以后，见羽林卫将一干内侍自奉天殿里清了出去，心道不好，于是佯装从墀台一旁路过，与守在墀台下的吴敞揖了揖道："小吏见过吴公公。"又道，"今日柳大人在外办案，想起一桩急务要交给苏大人办，苏大人却不见踪迹。不知吴公公可否请下头的内侍帮忙找找？否则等柳大人回宫后见不着人，小吏便不好交差了。"

吴敞是何等耳聪目明之人，当即便明白了他的意思，说道："咱家下头的内侍各有各的职责，等闲不敢旷职去寻人。苏大人不是与十三殿下走得近吗？眼下清明将至，殿下这几日都在奉天殿附近的西阙所进香，可能殿下知道苏大人在哪儿。咱家这就打发个人去西阙所问问。"

第二十九章　以权谋私

西阙所位于前宫与后宫之间，昔日故皇后便在此离世。后来每年清明前夕，朱景元都会来此进香悼念亡妻。

而今朱景元病重，但规矩不能废，朱沢微懒得管此事，便日日打发朱南羡代父悼念。

朱南羡身穿素衣，头戴素色抹额跪在西阙所的小佛堂内，正要拈香，忽闻外头有人叩门三声："十三殿下，小的要进来换香了。"

一名小火者推门走了进来，跪地跟朱南羡行了个礼，将竹箕里的新香搁在案台上，又将香灰扫了，弓着身子退出去时低低说了句："苏大人有难，奉天殿。"

朱南羡听了这话，心中顿时一沉。

他虽不知这小火者是受何人指使，但他如今被禁足，此人托付到他这里，想必形势已万分危急了。

朱南羡四下一扫，借拈香将案台上一把剪香的剪子拢在袖中，负手回身道："本王要见伍喻峥。"

一名守在堂内的羽林卫道："不知十三殿下要见伍大人所为何事？"

朱南羡道："怎么，本王要见一名指挥使，也要跟人请示了吗？"

他虽落难，但好歹还是嫡皇子，且堂内还有鹰扬卫守着，那名羽林卫不敢再有疑问："属下失言，这就去请伍大人。"

少时，伍喻峥进得佛堂，拜见朱南羡道："不知十三殿下要见卑职所为何事？"

朱南羡站在一片晦暗的光影里，张了张口，似是说了句什么。

伍喻峥没听清，再拜道："殿下恕罪，可否请殿下再说一遍？"

朱南羡沉默一下道："本王伤病未愈，又进了一日香，实在是没甚力气了，你且走近一些，本王想问问南昌府兵的事。"

伍喻峥闻言，不疑有他，朝朱南羡走近了数步。然而就在这时，银光一闪，朱南羡反手一抬便将一把剪子抵在了伍喻峥的脖子上："叫守在外头的人都滚，本王要去奉天殿。"

剪刀头虽不锋利，但在朱南羡精准的力道下，竟也刺破了伍喻峥脖颈处的皮肤，淌出一行血来。

堂中的羽林卫与鹰扬卫面面相觑。伍喻峥倒还镇定："十三殿下以为凭一把剪子就能制伏卑职吗？"

朱南羡道："你自然也可以跟本王打一场，或者将外头的羽林卫叫进来，合力将本王杀了也无妨。但你奉命护送本王来西阙所进香，本王若死了，你可能活？反正朱沢微要的只是羽林卫，不缺你一个指挥使。且你手太脏，身上昭觉寺的案子还没洗干净，倘若本王也死在你手里，他正好将所有罪名往你身上一推，自己反倒干净清白了。"

伍喻峥听了这话，目光一黯，神色似有松动。

朱南羡又道："本王不过是想去奉天殿一趟，去不了的话，那今日你我便一起死在这儿吧。"他笑了一声，"反正本王是不要命了，你要不要命，就看你自己了。"

伍喻峥沉思片刻，随即喝道："羽林卫听令！"

"在！"

"即刻退到西阙所外头去，本官有要事与十三殿下相商。"

朱南羡一进奉天殿便见苏晋被一名羽林卫制伏在地，她的手指被夹在拶子中，左手的手指已被夹破，流出血来。

除皇帝外，任何人不得在奉天殿中动大刑，是以朱沢微未用杖、未用笞，却用这种对付妇人的刑罚逼苏晋认罪。

朱南羡瞳孔一缩，大步流星走上前去，抬脚踹开制住苏晋的羽林卫，拎起刑官的领口将他推倒在地，然后蹲下身，小心翼翼地将拶子松了，仔细看了看苏晋的手指。

好在他们用刑不久，没伤到骨头，但她十指的指节间伤痕累累，想来是受了不少罪。

朱南羡这才转头看了眼苏晋，见她额间细细密密尽是汗，疼得眼神已涣散。心宛如被人割了一刀，他哑着声音道："我来晚了。"

苏晋的眸光这才渐渐聚拢，她还没来得及说话，便听朱沢微道："十三，你也太不像话了，当年父皇为母后进香，每日自辰时守至戌时。眼下戌时未过，你便擅自离开西阙所，实在是大不孝。"

朱南羡恨不得一刀劈了朱沢微，却强忍住心头的怒火，直起身，扫了一眼地上的状纸，淡淡地道："七哥误会了，本王听闻七哥在此问案，怕有审错判错之处，特地赶来为苏御史作个证。"

他说着弯腰拾起地上的状纸，粗略看了一遍，见那状纸的右下角处已被苏晋画了押，知道她一定是被羽林卫强行按了指印，于是将状纸撕了，道："这诉状上的笔迹不是苏御史的，内容也不一定真实。苏御史的家书是本王派亲兵送去的，亲兵何时至，何时归，苏御史根本不知情。且苏御史少时离家，十年未跟杞州苏府往来，怎么可能知道家中小妹要上京寻她？恐怕这个叫苏宛的长什么样，苏御史都不记得了。"朱南羡说到这里，慢条斯理地又添了两句，"也不知七哥查清没有，这个苏宛当真就是苏御史的妹妹？苏宛上京是来寻苏御史的，还是被有心人利用，专程来栽赃陷害苏御史的？"

"前言不搭后语，既然十年没跟苏府来往，苏御史又如何得知其父过世的消息？"朱沢微道，"十三，你与苏御史相交甚密，救他心切，这本王理解。但你不能为了救人而作伪证，为兄念你伤病未愈，暂时不与你计较。你若再胡搅蛮缠，莫怪为兄连你一起重惩。"

朱南羡道："七哥认为本王作伪证，是因此案尚未水落石出。本王虽是行伍之人，也知道审案定罪须人证、物证俱在。眼下苏宛与太仆寺邱使丞尚在进京途中，七哥单凭几样由通政司呈来的物件就要重罚一名四品御史，恐怕于理不合。"朱南羡说到这里，微微一顿，忽然抱拳对朱沢微一揖，"皇兄不如稍候几日，等苏宛与邱使丞进京，到时他们若证明苏御史确实有纵容教唆之罪，皇弟愿与她一同领罚。"

日暮戌时，大殿幽幽，朱沢微隔着昏黄的灯火看向朱南羡，片刻才道："来人，再给本王多点几盏灯。"

士别三日，当刮目相待。

朱沢微知道这个十三弟心思通透更甚旁人，因自小得到的偏宠太甚，虽赤诚坦荡，却不愿直面这昭昭皇权背后的晦与暗。

都说过刚则易折，朱泽微原以为朱南羡经历此番大难，即便不会一蹶不振，怎么也要大半年才能缓过来。没想到这才短短月余，他这个一根筋的十三弟非但生出了这许多弯弯绕绕的心思，还能强压下对自己的痛恨，变得能屈能伸起来。

朱南羡这样，是因为这个苏时雨吗？

朱泽微想，若十三还是从前的十三，自己暂不取他的性命也无妨。可如今他既要算、要谋，那便是自己的劲敌、对手，对自己而言是非杀不可的人。

眉间的朱砂痣发出嗜血之色，朱泽微神色凝重："强词夺理。此案牵连之广，太仆寺卿、兵部员外郎皆可做证，何来没有人证一说？你可知被苏晋构陷的两名太仆寺官员明日便要被流放陇西？你让本王等，等什么？等着苏时雨将该嫁祸的人嫁祸了，将该救的人救了，再伪造好证据来本王面前自证清白吗？"

说到这儿，朱泽微不再看朱南羡，高声吩咐道："来人！将金都御史苏晋以及为其包庇罪行的十三王朱南羡一并——"

朱泽微话未说完，奉天殿的门忽然被推开。

夕阳西下，柳朝明站在日暮最后一缕霞色中，扫了一眼殿中的情形，冷冷开口道："本官听说七殿下拿了我都察院的人，特来问问殿下，此人究竟所犯何罪？"

朱泽微的神情越发阴郁："刑部拿人的时候柳大人也在场，竟不知苏晋利用职务之便栽赃嫁祸太仆寺两名无辜官员，为其妹苏宛的救命恩人脱罪一事吗？"

"若殿下口中的苏宛是杞州苏府的苏宛，"柳朝明跨过门槛，步入殿中，"本官可证明苏御史对其小妹上京一事并不知情。"

他说着，唤了一声："言脩。"

少顷，言脩自奉天殿外端着一个托盘进来。托盘上除了数封旧信，还有一张状纸。

柳朝明道："杞州苏府的老爷是文远侯的故旧，这些年与文远侯时有书信往来。七殿下看了这些信函便知，苏御史自十年前离家后，确实不曾与苏府中人联系，便是苏御史的近况，苏家老爷也是自文远侯处得知的。

"去岁入秋，苏老爷在给文远侯的最后一封信函里称身子每况愈下，大去之期不远矣。文远侯收到此信后托本官打听，这才知苏老爷已于初冬去世。事后本官将此事转告苏御史，她才写了封家书慰问。十年光阴，苏府变迁几何她不知，家中人添几何减几何她也不知。难道单凭一封送往苏府的家书，七殿下便要诬蔑我都察院的人以权谋私吗？"

"正是如此。"朱南羡道，"苏御史将家书交给本王后，也曾言明不知苏府如今有人丁几何，要请本王的亲兵帮她仔细问问。此言本王原封不动地转告了那名亲兵。七哥既得了苏御史的家书，想必本王的亲兵也在回京的路上。七哥等他回京，找到他问过便知。"

朱南羡知道，朱沢微既得了苏晋的家书，那么这名送信的亲兵一定已遭遇不测。可也正因为此，朱沢微诬陷苏晋的阴谋才有了漏洞。

朱南羡继续道："苏御史的家书，本王看过，里头只提了苏老爷一人。至于这名苏家小姐，她既然接了苏御史的信决定上京，想必见过本王的亲兵，且打听过苏御史的近况。她一人之言终归作不得数，七哥可等本王的亲兵回京后，让二人对质，看看苏御史究竟是否纵容教唆，抑或此事根本就是一场误会，是苏家小姐情急之下提了苏御史的名，便被有心人借题发挥。"

柳朝明又道："倘若七殿下信不过本官与十三殿下，也无妨，此处还有一份文远侯亲笔所写的证词，七殿下总不该信不过文远侯。"

齐帛远虽早已致仕，但乃是昔年朱景元身边的三位谋士中唯一还活着的人，身份非常人可比。朱沢微即便再大权在握，也不敢不卖齐帛远这个情面。

事情到了这个地步，朱沢微也只有放苏晋一马了。

朱沢微的视线自殿中扫过，从朱南羡到柳朝明，最后落到苏晋的身上。

他才不信苏晋只是杞州苏府的一个私养子，那苏家老爷另外两个公子的画像他老早就看过了，与苏晋没有任何相似之处。且那二人文墨不济，连个秀才都没中过，怎么可能有这样一个惊才绝艳的兄弟？就算有，苏府又为何要将苏晋撵走？

他一直觉得苏晋身份可疑，却未能查出什么。今日一案后，他心中疑虑更深了。

朱南羡与柳朝明倒罢了，他二人自苏晋入仕后便对其多有照拂。可这个苏晋究竟是什么人，竟能得到孟老御史与文远侯的关照？

朱沢微蓦地觉得自己即将发现一个巨大的秘密，只要顺藤摸瓜，顺着苏晋与孟良、齐帛远的瓜葛往深处查，就能抓住苏晋的把柄，一个足以致苏晋的命，致朱南羡的命，甚至还能令柳朝明元气大伤的把柄。

一念及此，朱沢微忽然不生气了。他笑了笑，温和地道："即便不提文远侯，苏御史此番有十三与柳大人同时作保，本王还有什么信不过的呢？看来这案子的确是本王操之过急了。苏御史，你平身吧！"

苏晋方才被拶了指，眼下虽有缓和，但十指处传来的钻心之痛尚未平息。

她以掌撑着地面，缓缓站起身，额头上已冷汗涔涔。可她还未来得及喘口气，只听朱沢微又道："你这以权谋私的罪名的确是个误会，本王便不追究了。但朝廷损失的马匹确实与你有脱不开的干系。若放在平常倒罢了，眼下北疆战事将起，西北、岭南也有动乱，正是用马之时……

"苏御史一向勤勉，本王不欲罚你俸禄来弥补损失，且罚俸也不解失马的燃眉之急。苏御史足智多谋，不如你替本王想想，有什么法子能尽快为北大营补上这损失的马匹？"

殿中除朱泽微一党，就站着三个人，苏晋、朱南羡与柳朝明。

大随的民马官府都有载录，等闲不能调配。朱泽微又不让苏晋以俸禄弥补过失，那么他这话只能是说给一个人听的。

朱南羡沉默了一下，问："失了多少匹马？"

朱泽微惋惜地道："兵部报的是十九匹，但伤了多少就不知道了。十三，你是领过兵的，知道战时用马，有伤残病痛的皆不可取，是以这回自广西征调而来的百余匹兵马，恐怕都不能用了。"

朱南羡淡淡地道："那便请七哥具体说个数，这损失的马，全由我南昌府赔偿。"

朱泽微目不转睛地盯着朱南羡，笑道："好，那为兄请人去点算，顺道将征马的信函也写好，今日就发往南昌府。"

他说着看了立于一旁的兵部员外郎一眼，那名员外郎会意，随即退下了。

此事一毕，朱泽微想了想又道："还有最后一事。"他看向苏晋，"自广西征调的民马伤了，暂不可上战场，但送往太仆寺养一养，日后兴许能用。只是，陡然增了百余匹伤马，太仆寺典厩署的人手定然不够。还望苏御史知会沈署丞一声，让他三日后，待广西的民马一到，就去太仆寺上任。"

苏晋低垂着眼帘，半晌才开口道："回殿下，沈青樾当日受刑过重，太医院那头说至少要休养三个月才可痊愈。原定的上任之期是四月中，眼下不过二月末，他恐怕难当此任。"

她的双手受了伤，原本分外无力地垂在身侧，可她说到这里，作了个揖，道，"可否请殿下宽限些时日？"

朱泽微似乎有些为难："不是本王不愿宽限，但事有轻重缓急。沈署丞的伤是一人之伤，大不了他拄杖上任，但倘若耽误了战时用马，罔顾的便是边疆千百条性命。你说可是这个道理？"他又一笑，"自然，沈青樾好歹曾是户部侍郎，本王也不愿为难他。这样，三月伊始再让沈署丞去太仆寺，你看如何？"

他说到这里，也不等苏晋回答，最后添了一句："其实那日沈青樾受刑昏死过去，本王就一直担心他的伤势，事后着人专程去沈府探望，才得知自沈拓被流放，沈府已散了，沈奚也下落不明。苏御史若实在为难，不如将沈奚现在的住处告诉本王，本王愿亲自探望。倘使他果真伤得很重，本王再行斟酌。"

苏晋将合着的手慢慢垂下，不再说话了。

这时，大殿的门微微打开，一名内侍在外禀报道："七殿下，十殿下请见。"

春夜初临，朱弈珩身着素衫，还未入殿笑容便浅浅地荡开："知道七哥在问案，十弟原不该在这个时候打扰，但眼下有一事，实在要紧得很。"一顿，说道，"四哥已决定回北平，随后出征与北凉一战了。"

朱沢微一愣："当真？"眉宇间的喜色一闪即逝，"他可定了几时离京？"

"也就这两日了。"朱弈珩道，"还没将日子定下来是因为战时粮草与人手的调配格外棘手。四哥还在中军都督府与几位都督商议，但最后如何定夺，还要看七哥您的意思。"

朱弈珩顿了顿，目光与柳朝明三人对上，各自行了礼，才继续道："七哥已问完案子了吗？可需要十弟将四哥、几位都督、兵部龚尚书请来奉天殿一叙？"

朱沢微面上虽不露声色，心中却巴不得朱昱深早日离开，听朱弈珩这么一说，竟还佯装深思熟虑了一番才道："罢了，你一来一回也辛苦，本王便亲自去一趟中军都督府吧。"他说着看向方才退至一旁写征马信函的兵部员外郎。

那名员外郎点了一下头，将信函呈给朱南羡。

朱沢微紧盯着朱南羡在信函上署了名，吩咐人连夜将此函送往通政司，随后道："那这里都散了吧。十三，为兄看在你心系疆土，自请献马的分上，今日便不与你计较擅离西阙所，私闯奉天殿之过了。你有伤在身，就先回东宫歇着吧。"

言讫，朱沢微带着左右一干人等扬长而去。

内侍与兵卫都候在殿外，灯火辉煌的大殿上，片刻只余下三人。朱南羡的目光自苏晋伤痕累累的指间扫过，他沉默了一下，抱拳对柳朝明一揖："今日多谢柳大人。"

柳朝明知道朱南羡这声谢，是在谢自己托人去西阙所知会他苏时雨遇难一事，也未多说，只回了个揖道："十三殿下有礼。"

苏晋静立片刻，也说了一句："多谢柳大人。"然后又道，"鸿胪寺的案子下官连夜去办，明日辰时前一定将卷宗写好，呈到柳大人的案前。"

"不必。"柳朝明道，"此案本官已交给钱月牵去办了。"他的目光也在苏晋的指间扫过，随后漠然道："你的手可还提得起笔？"说完便往殿外走去。

自凝焦案后，朱南羡已有月余未见到苏晋。

朱南羡知道东宫败落后，苏晋与沈奚的日子必然不好过。可他万万没有想到沈奚会受刑并险些丧命。沈奚落得如斯田地，苏晋一人，想必独木难支。

从来有什么说什么的朱南羡此时此刻面对苏晋竟一时寡言，连句"你过得好

"不好"都问不出口。

因为他知道她过得好还是不好。

殿外传来脚步声，想来是羽林卫过来"请"朱南羡回东宫了。

朱南羡灿若星辰的双眸内蓦地云屯雾集。苏晋看朱南羡这副样子，知他在忧虑自己与沈奚的处境，于是道："殿下不必忧心，我已想好对策，殿下困在东宫须先保全自身才——"

"你等我。"不等她说完，朱南羡便打断道。

与此同时，殿门被推开，伍喻峥带着一行羽林卫在外拜见道："十三殿下，末将来护送您回东宫。"

朱南羡原还想再说些什么，却在殿门被推开的一刹那全都沉于心底。

外头已是夜深深，苏晋是臣子，断没有独自留在奉天殿的道理，只好对朱南羡行了个礼，退到殿外。

朱南羡站在灯火通明的大殿中举目望去，见苏晋行至墀台，那名叫言脩的御史便迎上前来，似乎对她说了什么。

但苏晋只是沉默地站着，少顷，有些失望地摇了摇头，独自往太医院的方向走去。

朱南羡想，他大概知道苏晋为何失望。

这名叫言脩的御史在苏晋升任金都御史后便一直跟着她，是除了翟迪外，她最信任的下属。而今言脩竟受柳昀指使，将齐帛远与苏府老爷往来的信函呈于殿上，想来也是柳昀安插在她身边的耳目。

虽然言脩从未加害过她。

朱南羡安静地站在大殿中，任凭苏晋立于暮色中的样子在他的心上烙下印记，然后忽然间觉得从前的自己有些可笑。

这场他其实自小就明白，却避之不及的夺储之争终于以这样残酷的方式席卷而来，如一头猛兽，吞噬了他的家人、他的桃花源，如今竟还妄图吞噬他这一生的挚爱吗？

他昔日从战场上带回来的不屈、从不言说的倨傲，在这一刻通通被碾得粉碎。

朱南羡想，倘若这深宫才是他的战场，他何尝不是做了半生的逃兵？

朱南羡在羽林卫的随行下前往东宫，却自沉沉的夜色里回过头，默不作声地看了一眼那象征着无上皇权的奉天殿，忽然对伍喻峥道："有鹰扬卫护送本王即可，你等且回吧。"

伍喻峥看东宫将至，心想也出不了什么岔子，便应声退下了。

待羽林卫走远，朱南羡迈入东宫，忽然问跟在一旁的鹰扬卫统领："朱祁岳最近在做什么？"

这名鹰扬卫统领姓付，是朱祁岳特地派来保护朱南羡的安全的，但朱南羡一直不领情。这还是朱南羡头一回向付统领开了尊口。

付统领受宠若惊，立刻道："回十三殿下，因十二王妃快进京了，又听说岭南要打仗，所以十二殿下近日一直在北大营、王府和中军都督府三处来回转，是故不常来东宫。"

朱南羡"嗯"了一声道："皇嫂这时候进京，应该能赶上谷雨节的踏春。"

付统领道："是，且十二殿下在年关宴上领了陛下的命，要与王妃在京师住到入秋时分才走。"付统领知道朱祁岳心中一直对朱南羡有愧，便试探着道，"十二殿下说，小时候几位殿下走得很近，到时等王妃来了，一家子还该聚一聚呢！"

朱南羡目光低垂，过了一会儿才道："本王近日睡不好，总是梦见父皇，也不知他的身体怎么样了。"然后顿了一下，轻声道，"你若能见到十二殿下，便与他说，让他得空儿来东宫一趟。"

柳朝明自奉天殿出来后，一路往都察院走去，穿过甬道，便见朱弈珩从前方的亭阁内走了出来。朱弈珩身着素色长衫，腰扣里嵌了枚白玉，整个人像披了一身月色。

柳朝明停住脚步："十殿下不是随七殿下去中军都督府议事了吗？"

"柳大人是明知故问？"朱弈珩浅笑道，"朱沢微从未对我放下过戒心，军饷粮草等事宜，他怎会令我一同相商？走到半途他便以清明将至为由，打发我明日便前往皇陵，督管清明扫墓事宜，三月头才允我回宫。"

他说着，往道旁让了让："长夜漫漫，想与大人闲话一二。"

此处的兵卫已被朱弈珩打点妥当，四下无人，亭中的小火炉上煨着一壶雨前茶。

柳朝明步入亭中，提了茶壶为自己斟了一盏茶，淡淡地道："其实四殿下回北平的日子早已定下了吧。"

朱弈珩"嗯"了一声，给自己也翻了个茶盏："朱沢微以为人人都像他似的，争皇位争得连江山都不顾。若不是钱之涣、沈青樾相继卸任，户部无人可堪大任，导致发往北平的粮草迟迟未决，当时北凉一整军，四哥便要回去了。"

柳朝明道："发往北平的粮草悬而未决，倒不是因为户部不作为。"他端起茶盏，将这头一道茶水浇在亭畔的花木中，"北疆战事频繁，大随又正值新旧皇权交替之时，北凉一直伺机而动。沈青樾早已料到今年会有战事，早在年关节前便将各地的粮册、军饷和粮饷的草本拟好了。"

"只是，昭觉寺事变后，朱沢微将拨去西北马市买马的银两增添了一倍，原定买马四千匹，而今要买马八千匹。户部周转不开，这才拖延了北平的粮草。"

朱弈珩道："其实也无可厚非，战时本就是用马之时，多投些银子在兵马上也算为各地增补战力。"他想了想，"不过，朱沢微多买这些马，恐怕要先自己用？"

"他现在急了。"柳朝明漫不经心地道，"朱沢微非嫡非长，还有谋害太子之嫌，想要问鼎哪有这么容易？且他甫一上台，新旧皇权交替不明，以至于江山各地埋了几十年的隐患纷纷爆发。他对外要平乱；对内又想撺走四殿下，杀了朱南羡来坐稳王座，身旁真正可信之人只有朱祁岳，但朱祁岳又是个拎不清的性子。"

"朱沢微能怎么办？只有靠兵马——调凤阳军以增补兵力之名进驻北大营，买来的八千匹马中，三千匹先配给他的凤阳军。他心里明白，乱象之下，谁握着兵马大权谁就掌握了天下。"

第二道茶烹好，朱弈珩提了茶壶，为自己与柳朝明重新斟了一盏茶，然后点了一下头道："是，乱象之下，唯有兵马才是王道。"

他将柳朝明方才的话咀摸了一番，忽而笑道："所以你今日故意将文远侯与苏府老爷的信呈至奉天殿，是想借着为苏时雨洗清冤屈的契机，引朱沢微对她的身份起疑？你是想让东宫一党置之死地而后生吗？"

柳朝明没什么表情，道："随你怎么想。"

朱弈珩笑着继续道："当年苏时雨落水后，十三连夜送走两个承天门侍卫。我的人觉得可疑，便混在朱沢微的追兵里掳走了一个侍卫，一问才知苏时雨竟是个女子。我连夜写信给四哥，跟他说应天府的苏晋可以利用，但过了三个月，四哥竟回信说你柳大人要保此人。"

"我当时还不信。都察院左都御史出了名的铁石心肠，不害人已很好，还会保人？直到昭觉寺之变，大人险些因一封让苏时雨避祸的信函毁了大局，我才知四哥所言不假。"

他一顿，望向柳朝明道："柳大人如今是幡然醒悟了，还是破罐子破摔？怎么突然就悟出了棋子当用则用，当弃则弃的道理？"

柳朝明回看朱弈珩，忽而一笑："此事本官故意与否有何要紧？东宫一党与朱沢微之间已成死局。倘若本官不将苏府老爷与齐帛远的信呈至殿上，朱沢微便不想法子杀苏时雨、沈青樾了吗？拖得越久，局面对我们来说就会越不利。仅靠苏时雨一人奔忙，她便是做成刑部侍郎，掌了刑罚大权，也是行于刀尖之上，动辄粉身碎骨。"他又添了一句，"眼下这种态势，想要以最小的代价扳倒朱泽微，你我都不行，除非朱南羡与沈青樾出手。"

朱弈珩道："你既然知道苏时雨近日奔忙是为刑部侍郎一职，何不在两日后，内阁与三法司议决之时，点了她的名，帮她一把？"

"她不需要我帮。"柳朝明收袖走到石桌前，看了眼朱弈珩沏的第二道茶水，水清叶卷，浮浮沉沉。他将茶盏握在手里，道："且我也不会帮她。既然背道而驰，一切就该各凭本事。"

朱弈珩盯着柳朝明，过了一会儿，啧啧摇头："可惜啊，大好的问鼎时机，四哥却要因北疆战事错过了。"

第三十章　暗度陈仓

苏晋受了拶刑，离开奉天殿后便去了太医院。她的手虽未伤及筋骨，但指间皮肉皆有破损。医正方徐为她上过药，叮嘱她十日内不可提笔，不可负重，不可操劳过度，切忌留下病根。

苏晋一一应了，这才回了都察院，命翟迪着人去查苏家小妹苏宛进京一事。翟迪一日后回复说，苏宛与那太仆寺的邱使丞已走到京师附近了，大约这两日就该进正阳门了。

时已二月末，清明前夕，苏晋休沐一日，本打算去正阳门接苏宛，但又想到朱沢微命沈奚不日便去太仆寺上任，取舍之间，便命刚从乡里回来的覃照林去正阳门接人，自己去赵府别院看沈奚。

沈奚初至赵府还是一月中，庭中杏树刚结了花苞，而今月余过去，杏花已快败了。

这一日，春阳还未从云层里探出头，赵妧便抱着竹箕，自院中将这一夜落下的杏花瓣拾了，便听身后一个声音悠悠地道："你拾这些花瓣做什么？"

是沈奚。

他不知何时一人拄着杖从厢房里出来了，一身青衫，倚着门栏，眸光悠悠。

月余时日，沈奚身上的伤已好了许多，但脸上的笑意比以往少了。多数时候，他一人在屋里待着，偶尔拄杖到院中，不过是倚着门静立些时候，也不知在想什么，像今日这么早起身出屋，还是头一遭。

赵妧觉得耳根子有些发烫，扣在竹箕两侧的手倏然握紧，半晌，才轻声道："杏花花期要过了，阿妧……想将花瓣收起来，学着做杏花酿。"

沈奚听了这话，不由得愣了一下。

沈家公子聪明绝顶，自小学什么会什么，儿时跟沈老夫人学做杏花酿，酿出来的酒气味香醇，人人称道，以至于后来每年酿的酒都有人来讨。

可惜今年春至，他大半时日耽于过去与自咎，反倒没了以往的闲情雅致，而抬头一看，今杏花竟要凋败了。

沈奚一时无言，片刻，只"嗯"了一声。

赵妧看了他一眼，又垂下眸："沈公子早起，是有什么事吗？"

沈奚点了一下头道："今日宫中月选议决，苏时雨恰逢休沐，想必会来。她是个赶早的人，辰时不到就该到了。"

赵妧一听这话，连忙道："那阿妧这就去为苏大人备茶。"说着便端着竹箕要走。

沈奚看了眼她的背影，沉默了一下，唤了句："赵妧。"然后拄着杖，慢慢走向庭中，自杏树上压下几条花枝细看了看，淡淡地道，"你竹箕里的都是残花瓣，酿出来的酒如何可口？花开堪折直须折，枝头几株已开到极致，不采摘也要败落，不如转作佳酿，反而能留存许久。"说着，手轻轻往下一压，任纯白的杏花瓣拂过眼角的泪痣，折下几枝极艳的杏花往赵妧的竹箕里一抛："给你。"

赵妧怀中的竹箕蓦地一沉，柔软的花枝擦过手背。她心跳如擂鼓，不知所措地站在那里，半晌才抬起头来，却见沈奚早已拄着杖，在院中的石桌旁坐下了，眸光悠悠，不知在想什么。

不多时，苏晋便到了。随她一同来的还有苏府的管家七叔，从太医院带来的药材由七叔拎着。

沈奚的目光落在苏晋被细布包裹的指间，心下一沉。他问："朱沢微为难你了？"

苏晋原不想答这话，但也知道此事瞒不过他，叮嘱七叔将药材交给沈六伯后，才点头道："是，从前收养过我的苏府败落了，府中有一小妹上京寻我，与一名太仆寺的赶马使丞同路。那位使丞途中为救她而失了马，朱沢微把这笔账算在我的头上，但眼下已无事了。"

她虽说得轻描淡写，但沈奚知道这事没那么容易过去，又听她言语中提及太仆寺，便问："朱沢微可也提了让我不日上任？"不等苏晋回答，便云淡风轻地道，"也好，住在赵府终归不妥，不如早日搬去典厩署。听说典厩署在京郊，养马千匹，草色迢迢，总好过困于一隅。"

一旁的赵妩前来奉茶，唤了句："苏大人、沈大人。"

苏晋道了谢，看沈奚提了茶壶为自己斟茶，想了想道："你要搬去太仆寺也好。覃照林已回京师，我让他随你与六伯一同前去。左右我常歇在宫中，还有金吾卫护卫。"

杯中水满，沈奚将茶盏推到苏晋跟前，又替自己斟了一盏茶："这么看来，朱沢微已心焦气躁，你不该赶在这个时候去刑部。"

苏晋知道沈奚的意思。

朱沢微甫一上台，位子还没坐稳，大随已是内忧外患。他从前只顾夺储，是以运筹帷幄、不慌不忙。而今天底下的大事全都堆到他一人跟前，他无暇顾及所有事情，难免急着将东宫一党赶尽杀绝，这点从太仆寺失马的案子便看得出来。

倘使苏晋在这个关头升任刑部侍郎，掌了刑罚大权，朱沢微怕是一日不杀她便一日没法睡安稳。

苏晋道："我知道，可是如今你与我，还有殿下，谁又不是命悬一线？朱沢微手握吏部，势必借月选往各部、各寺安插自己的人手，我只有去刑部才能遏制住曾友谅，才能以问案之由挟制住羽林卫。挺过这一时，你我就有喘息的机会，若不能赶在入夏朱沢微的凤阳军到之前救出殿下，殿下便真的没命了。"

可你只是独自一人，如何挺得过这一时？

沈奚动了动嘴角，却没将这句话说出口，因他知道苏晋眼下的选择是她只身面对这个时局，唯一能博得的一条生路。若换他在她的境地，也只能这么做。

沈奚垂眸看向茶盏，一时无言，片刻忽道："苏时雨，你容我再……"

话未说完，只见守在别院外头的七叔匆匆进来，对苏晋道："大人，覃护卫那头打发人来说小姐在城门口出事了，请您过去看一看。"

苏晋愣了一下才反应过来七叔口中的"小姐"，正是她那便宜妹妹苏宛，不由得蹙眉问："又出了什么事？"

"听说是冲撞了一位王妃的车辇，使王妃的马车险些翻落，前去相迎的官员正在问罪呢。"

苏晋闻言，正想问是哪位王妃，一旁的赵妩看她的神色，轻声道："苏大人，今日回京的应当是十二王妃，从前的戚家大小姐戚寰。"一顿，继续道，"前几日戚府的四小姐戚绫便与我提过此事，还邀我一同前去相迎。我……因这头走不开，便未答应她。但听说戚寰姐姐才出了月子，此次回京是带了小殿下一同回的，可不要伤到小殿下才好。"

苏晋听她这么说，便对沈奚道："我去看看。"又道，"朱沢微着你上任的日子是清明节后，三月初二。初一我让覃照林过来。"

沈奚默不作声地看着她，片刻，只提点了一句："朱沢微不知你的根底，你的妹妹他想必不会利用，但太仆寺这名姓邱的使丞，你可得当心。"

苏晋一点头，匆匆走了。

沈奚自院门口目送她上了马车，又看着马车消失在朱雀巷，默立良久，然后拄杖回石桌旁坐下，没有再回房中。

赵妧过来收茶盏，一看苏晋的茶水还是满的，不由得自责地道："是阿妧疏忽，在苏大人要走时才看到他双手受伤。阿妧不该将茶水煮得这般烫的。"

沈奚垂着眸，眼角的泪痣分外清晰，低声说了句："不该怪你。"又道，"怪我。"

他将木杖放于一旁，弯下腰，自杏树下拾起一根花枝，慢慢在地上交叉画了两道线。

赵妧见状问道："沈大人是要写字吗？阿妧帮您取笔墨来。"

沈奚扶着下颌，对着地上的两道线沉默良久，桃花眼忽地一弯，竟笑道："久不思虑，脑子已不活泛，凡事再托于笔墨，本官这一世聪明岂不皆废了？"然后将花枝一扔，莫名其妙地说了句，"太仆寺就太仆寺。户部侍郎是替天子管钱财的，半个子儿落不到自家兜里，而今朝中无天子，再没有什么比养马好了。"

朱雀巷离正阳门驿站不远，驱车过去不到半个时辰。驿站内外已有鹰扬卫把守，不远处一辆简雅的马车翻倒在一旁，想来正是十二王妃戚寰乘坐的。

苏晋举目往驿站内看过去，竟有不少眼熟的人。除了戚四小姐戚绫，舒闻岚两兄妹也在，而当中一名穿着华服、眉目清丽的女子，想必是戚寰了。

苏晋走过去先与戚寰见了礼，随即致歉道："听闻舍妹唐突，惊扰了王妃的马车，不知王妃与小殿下可有伤着？"

戚寰是个知书达礼的人，微微摇头，说道："苏大人有礼，本宫的伤不碍事，反倒是令妹似乎扭到了胳膊。舒大人身旁跟着大夫，本要为她看一看，可她……"戚寰说着往驿站的角落看了眼，"还是苏大人亲自去劝一劝吧！"

苏晋顺着她的目光望过去，只见角落里跪着一男一女。男的一身粗布衣衫，样貌平平。他身旁那名穿着藕色衣裙，柳眉杏眼的女子想必就是苏宛了。

苏晋走到苏宛跟前，打量了她一番，依稀从她的模样里辨出与苏老爷的相似之处，转而问一旁的驿丞："方才究竟出了何事？细细与本官道来。"

驿丞道："回苏大人的话，邱使丞赶马回京的途中马匹受了惊，冲撞了十二王妃的马车，令马车翻倒，王妃受伤，小殿下也吓哭了。眼下太仆寺回京的马已被太仆寺卿带走，舒大人的大夫已为王妃和小殿下看过，眼下只等十二殿下抑或刑部的人来将邱使丞领走。只是您这妹妹……"

苏晋微一点头，转头看向苏宛，淡淡地问："你跪在这儿是做什么？"

杞州苏府并非大家大户，苏宛自小在府内长大，哪里见过这等阵仗？眼下皇亲大臣环立，她早已吓破了胆，见这位名声在外的兄长还镇定从容，不由得怯怯地抬头看了苏晋一眼，唤了声："三……三哥。"

苏晋皱了一下眉，这才想起自己在苏府行三，于是"嗯"了一声："随我回府。"

岂知苏宛听了这话，双手紧紧揪着衣摆，狠咬下唇，向苏晋磕头："求三哥救救阿九！"

"胡闹！"苏晋怫然道，"他先是失马，而后赶马冲撞了王妃的马车，令王妃受伤、小殿下受惊，理应受罚。何来相救之理？"

苏宛自地上微抬起头，双眸中已蓄起泪："可是邱大哥是阿宛的救命恩人。他失马是因遇上盗匪，是为了救阿宛。今日有马匹受惊，也是因为其中一匹伤马冲乱了马队。说到底都是无心之失，难道他竟要为此偿命吗？那此事阿宛也有错，也当陪他一起偿命。"

"在其位，谋其职。他救你有恩，失马有过，但恩过两不相抵，即便为此偿命，也并不算冤枉。"苏晋说完，不再跟她废话，看向候在驿站外头的覃照林，道："照林，把她架上马车，带回府中。"

覃照林刚应了，驿站外忽然传来一声："十二殿下驾到——"

鹰扬卫分列道旁，一致拜下。朱祁岳翻身下马，先将戚寰扶起来，说了句："一路辛苦。"然后望向苏晋这边，问："究竟出了何事？"

一旁的驿丞忙将惊马一事道来，末了说："因苏大人的妹妹为邱使丞求情，是故一切还要等十二殿下定夺。"

朱祁岳将目光落在苏宛的身上，问了句："你就是苏御史的妹妹？"

苏宛本就惊惶不已，又听说跟前这位乃是殿下，眸中之泪就要落下，吓得说不出话来。

苏晋揖道："回十二殿下，正是舍妹不假。"又道，"舍妹困于恩义，罔顾律法，实在是不懂事，臣这便将她领走。"

岂知朱祁岳听了这话，深思片刻，大手一挥道："不必，此案便由本王做主，饶了邱使丞一命，而后将他交给刑部，从轻处置。"然后对苏宛道："苏家妹妹平身。"

苏宛闻言，心中竟不信，膝头如被钉在了地上一般。她抬头望去，只见眼前之人一身劲衣，高大挺拔，眉飞入鬓，燕尾似的眼梢自带三分义气。

苏宛一时看呆了，还是苏晋从旁提点了一句"殿下让你平身便平身吧"，才站起身。

初时的惊骇稍稍平息，一眨眼，眼泪却滚落下来，苏宛慌忙抬起手将泪抹去，看了眼朱祁岳，又飞快垂眸，红着脸细声道："多谢殿下。"

朱祁岳道："你身为女子，却能有这滔天义气，实在难得。你兄长是御史，凡事讲规矩、讲法度，未免刻板。在本王这儿没这么多规矩，此事便到此为止，你且随你兄长回去吧。"

苏宛应了声"是"，待苏晋拜别了朱祁岳与舒氏兄妹，便随苏晋离开了。

这厢事毕，朱祁岳又跟候在驿站内的几名太仆寺官员交代了几句，外头鹰扬卫已将马牵过来了。戚寰见状，不禁问道："殿下不与阿寰一同回府吗？"

朱祁岳摇头道："不了，今日宫中月选议决，像是出了些意外，七哥令我回宫，我也是半道上折过来看看你。眼下既无事，我就放心了。"又看向戚绫道："如雨，你先陪你阿姐回戚府，一家子好生聚一聚。"言讫再不多留，一踩脚蹬上了马，扬鞭而去了。

朱祁岳在回宫的路上还在想，前一日朱沢微提起月选，还道不过是走个过场，人选早已内定了，为何今日出了意外？等他回到宫中，看到刑部侍郎的票选之下赫然写着"苏晋"二字时，才知朱沢微为何急召他回宫，于是问道："苏时雨任刑部侍郎，是柳昀保举的？"

此刻殿内已无外人，朱沢微早已收起平日的和颜悦色，揉着眉心道："倘是柳昀保举的，本王也不至于如此动怒。"叹了口气，"是张石山提的。票决之时，柳昀身为苏时雨的堂官，不得表态，但内阁那群老不死的，全都选了苏时雨！"

朱祁岳愕然道："怎么会？大理寺推苏晋，吏部推任暄，都察院不表态，哪怕内阁全选苏晋，那还有七哥您这一票呢！"

"所以我说曾友谅就是个废物！"朱沢微再也忍不住，将方才曾友谅递来的一封罪折子揉成一团，狠狠地扔到地上，"而今各地战事将起，军饷、粮草、兵马处处要本王操心，朱昱深、朱弈珩、朱南羡又没一个安分的。本王就让曾友谅看住一个苏时雨，曾友谅都看不牢，就在眼皮子底下还能出了事！"

他说着负手在殿中来回走了几步，缓了缓心神才又道："你知道苏时雨前阵子做什么去了吗？"

朱祁岳道："听说是为十三奔忙，一散衙便去各部、各院的老臣处，请他们联名上书为十三请命，让十三主持朝政。"他说到这里，兀自一愣，"难道不是？"

"是。"朱沢微道，"但这只是一个幌子。"

他冷笑道："本王算是瞧明白了，苏时雨其实老早就盯上了这刑部侍郎的位子，也知道内阁那群老不死的为保命，必不敢为朱南羡发声。每日廷议一提起东宫，他们一脸的愧色本王看在眼里，苏时雨也看在眼里。

"苏时雨便借着他们这份心思，挨个儿登门造访，请他们为朱南羡上书，等将他们说得满心愧疚之时，忽然退一步，说'你们不上书也罢，三月的月选，你等选我苏晋为刑部侍郎，我以刑部之名代各位大学士上书，也算你们对得起大随正统了'。那群老不死的自然觉得这样好，两全其美，因此今日全都选了苏时雨！"

朱祁岳道："这么说来，苏时雨走访这许多衙司，只是为了混淆视听，让人以为他在鼓动群臣为东宫上书。实际上他真正想走访的只是内阁这几名大学士，为了让他们选他为刑部侍郎。"

朱沢微看了朱祁岳一眼，在一旁的椅凳上坐下，半晌沉声道："也不该怪曾友谅。这个苏时雨与朱南羡走得太近了，几回以命相护，堪称生死之交。连本王都以为他此番愿为东宫上书实属理所应当。"说着又道，"且他手上居然还握着任暄当年为朱十四、朱十七操持代写事宜的证据，被都察院一个叫翟迪的御史呈到了奉天殿上。本王原还可以用苏晋任御史未满三年，资历不够为由驳了他，但刑部侍郎要选恪守律法之人，任暄出了这样的事，刑部左侍郎的位子只能是苏时雨的了。"

他说到这里，隔着窗扉一脸阴沉地望着东宫的方向："也不知这朱南羡除了坦荡外有何过人之处，沈青樾、苏时雨这样的人才竟都肯为他所用。"他想了想，忽地又叹了口气，缓缓地道，"苏时雨去刑部也好，日后没了柳昀庇护，本王要动手也容易些。这样的人，既然不愿跟着本王，也只有杀了。"

天色已晚，朱祁岳想到前几日，东宫的付统领传人来回禀说朱南羡想见自己一面，言语中又提及朱南羡思念父皇，难以入眠。朱祁岳本想跟朱沢微请个命，让朱南羡去明华宫一趟，但眼下看朱沢微仍旧一脸怒意，便不好提了。

朱祁岳心中一直对朱南羡有愧，不求他原谅自己，但哪怕能如昔日一般说上几句话也是好的。左思右想，他心中突然生了一个念头，于是对朱沢微道："明日清明节，七哥一早便要去皇陵吗？"

朱沢微还在思量苏晋的事，听他这么问，淡淡地"嗯"了一声道："虽说祖上的坟都在凤阳，父皇也没要将其迁到应天皇陵的意思——怕动了风水，不吉利。但既是清明，规矩还是要守的。"

朱祁岳拱手与朱沢微一揖，请罪道："七哥，明日我便不随你去皇陵了。寰寰今日方至京师，一路辛劳，明日恰是清明休沐，我想在府里陪陪她。"

朱沢微应道："随你。"

春夜月朗星稀，朱祁岳从朱沢微的殿阁中退出来，便一路往东宫走去。他进了内殿，见朱南羡独坐于廊檐下，目光深沉，不知在想些什么。

朱祁岳唤了声："十三。"见他没动静，走近了几步又道，"你要见我？"

朱南羡这才撑着膝头站起身，径自走向院中的一个鹰扬卫，说道："把你的佩剑给本王。"

那名鹰扬卫迟疑了一下，看向朱祁岳。朱祁岳一点头："给他。"

得剑在手，朱南羡拔剑而出，将剑鞘扔在地上，抬头看向朱祁岳："十二，你我打一场。"

朱祁岳本有些犹豫，又听到朱南羡一句"怎么，不敢？"，便伸手握住腰间的"青崖"道："好，打一场！"

鹰扬卫的剑是黑铁所铸，虽也锋利，却比不过朱祁岳手中被血与火淬过两次的"青崖"。朱南羡惯用刀，但他的剑技与朱祁岳一样师承曹将军，以快著称。

一时间，只见院中两人挥剑如影，清光和白光交织发出铮铮剑鸣。

所谓外行人凑热闹，内行人瞧门道，两人看似不相上下，仔细看去，便知道朱祁岳因朱南羡有伤在身，一招一式间都收了力道。可惜"青崖"的锋刃仍在一个横挥之间将鹰扬卫的剑斩成两截，朱南羡连退了数步。还好朱祁岳及时收手，才没伤了他。

朱祁岳看了眼地上的断剑，说了句："这剑不好，等你的伤再好些，我去帮你找一把好的来，我们再比过。"

朱南羡将手中的断剑往地上一扔，又在廊檐下坐下，片刻说道："除非将四哥当年丢了的'世上英'找回来，否则再好的剑也比不过'青崖'。"他沉默了一下，然后冷清地笑了一声，"可惜当年父皇命人为我们淬刀铸剑——'青崖''崔嵬''世上英'，而今只余一把'青崖'了。"

朱祁岳道："你的'崔嵬'还在，我命人收着，等……日后一切好起来，我一定将它还给你。"

朱南羡听他这么说，垂眸似是思量了许久，有些难过地笑了一下："我不在乎'崔嵬'。"一顿又道，"如今我心中只牵挂两人，若能知他二人安好，'崔嵬'谁喜欢谁拿走就是。"

朱南羡说到这里，抬眸看向朱祁岳，竟似有些恳切地道："十二，你可有法子让我见父皇一面，见……苏时雨一面？"

朱祁岳一时无话。

春日夜微凉，他收起"青崖"，在朱南羡的身旁坐下："十三，我一直想问你，你与这个苏时雨当真如外头传闻中的一般吗？"

朱南羡虽从未亲耳听过所谓的传闻，但想也知道是说他跟朝中御史有染。

他想了一下道："苏时雨是怎么想的我不在乎，但这些年除她之外，我确实不曾对其他人动心。"

朱祁岳道："那你也不应当为了他不纳妃，不成家。父皇一直以来最宠你，若知道此事，动怒是小，伤身是大。"

朱南羡问："父皇的身子还好吗？"

"睡着的时候多，醒着的时候很少。"朱祁岳道，"即便醒来也犯糊涂。我昨日去看他，听医正说，他这几日偶尔醒来，只唤几声母后的闺名，然后睁着眼等上片刻，见母后不来，就又睡过去了。"

他说到这里，叹了一口气，最终妥协道："也罢，明日清明节，七哥不在宫中，我让人安排一下，命两名鹰扬卫护送你去明华宫。"又道，"苏时雨现已升任刑部侍郎，可到父皇的寝殿觐见。明日你见父皇时，我命苏时雨在明华宫外等你。"

朱南羡暗自将朱祁岳的话在心中过了一遍，点头道："好，多谢十二哥。"

朱祁岳拍拍他的肩："这有什么好谢的！"随后起身离开了东宫。

朱南羡望着朱祁岳的背影，眸色渐渐沉了下来。

昭觉寺祈福之前，朱南羡为拒绝与戚绫的亲事，被朱景元罚跪在明华宫一整夜。翌日天未亮，朱景元忽然屏退众人，赐了朱南羡一道密旨。密旨上说，倘若朱悯达身死，当由皇十三子朱南羡继承储君之位，掌上十二卫领兵大权，登基为帝。

原来朱景元早就知道他的这些儿子个个都不是省油的灯，冬猎时便派了虎贲卫暗中护朱悯达周全。之后朱悯达虽未出事，但朱景元并没有完全放下心来。他知道，哪怕朱悯达顺利继位，将来也会有藩王割据、各地起兵的一日。

朱景元于是便下了这道只有朱南羡知道的密旨，且将其存放于明华宫，命朱南羡一旦出事，便率南昌府兵回宫自取。

没承想昭觉寺惊变，朱悯达惨死，朱南羡也未能回到南昌府，反倒被禁足在东宫。

翌日寅时时分，朱沢微率一干皇室宗亲自皇城东门出发，往应天皇陵赶去。

朱沢微走后不久，朱祁岳便以皇贵妃闹疯病为由，调离了守在东宫的羽林卫,将自己的令牌给了朱南羡,让两名鹰扬卫护送朱南羡去明华宫。

明华宫一直由虎贲卫把守,但凡有人进殿,无论是皇室宗亲抑或朝臣内侍,都要里里外外搜身。

朱南羡进了内宫,便见朱景元躺在卧榻之上。他双目紧闭,整个人已瘦得没了形,再不复昔日睥睨天下之威,反倒像个孤寡老叟。

朱南羡心中如压着一块巨石,向前走了两步,问太医院的李掌院:"父皇他还好吗?"

李掌院正在卧榻旁收拾药碗,听见声音,发现竟是朱南羡来了,忙率身后的内侍、药仆向他拜下,随后道:"不瞒十三殿下,陛下已大不好了,这几日连药汤都喂不进。一碗药,如今要喂三回。今早陛下醒来过一次,念了几声故皇后,又念了两声十三殿下您,便又睡去了。"

他说到这里,一时如骨鲠在喉。有句话已到了嘴边,他却咽了下去——朱景元大去之期早该至,全凭一口气撑到今日,想来正是为了见朱南羡一面。

朱南羡点了一下头道:"本王明白了。"他喉结上下动了动,又道,"你等先退出去,让本王单独陪陪父皇。"

李掌院应了,带着一干内侍宫婢退到宫外。

内宫的门"嘎吱"一声合上,朱南羡带着忧色的眸子里像是点亮了一簇星火。他咬了咬牙,没有先去卧榻近旁探视朱景元,而是环目朝这偌大的明华宫看去。

当初朱景元宣读密旨后,怕朱南羡带着这样一道圣旨会引来不必要的麻烦,并未将其交给朱南羡,而是道:"朕将这道密旨存放于明华宫,若有朝一日,你当真要用上它,朕自会提点你它在何处。"

外间天已亮,内间烛火未灭,晃动着的烛光为宫中各物打下深影。

朱南羡看着这明明灭灭的光影,知明华宫太大,若要逐一翻找过去,怕是来不及。可昭觉寺事变后,他便未能再见父皇,父皇要怎么提点他呢?

一念及此,朱南羡蓦地想起昨日朱祁岳提及父皇时说的一句话——他这几日偶尔醒来,只唤几声母后的闺名。

是了,母后的遗物全被搬去了西阙所,而今在明华宫中,唯一与她相关的便是一幅朱景元亲自为她所描的画像。

朱南羡的目光刹那间落在宫壁前泛黄的画像之上,他三步并作两步走过去,将画像摘下来,先抬手仔细拂过宫壁,并无异象,然后望向手中的画,也无蹊跷之处。

朱南羡一皱眉,正欲将画像挂回原处细看,一抬手忽觉不对劲——宫中画轴的轴头都是以上好的紫檀木制成的，何以这幅画如此之轻？

他一下子明白过来，将画轴直立，抬起拇指在轴口处微微一撬，再倒过来往外一倾，一道明黄的密旨果然自空心的轴头落下来。

正是当初朱景元颁给他的那一道密旨。

密旨上除了盖了玉玺之印，还印着朱景元的私印，是完全做不了假的。

朱南羡呼出一口气，将密旨收入怀中，又将画像原封不动地挂好，这才来到龙榻跟前，看向这个宠了他半生的父皇。

方才李掌院与内侍宫婢退出去的急，连景元帝嘴角的药汤都未擦净。朱南羡默不作声地抬起袖口为他将药汤揩了，然后握着朱景元枯槁的手，一时间竟想起了那日朱景元将密旨念完后，跟他说的最后一句话。

"南羡，朕其实不愿颁这样一道圣旨给你。朕的这些儿子里，唯有你宅心仁厚、坦荡如砥。以你的品性，若逢盛世，必是明君，但如今时局纷乱，江山各处隐患重重，唯有破之才能立之。坐令天下，或许只有狠心之人才能胜任。

"朕私心里希望你一辈子都用不上这一道密旨，一辈子，都赤诚不移。"

心中的巨石压得朱南羡喘不过气，但他明白眼下不是伤悲之时，还有太多事等着自己去做。

朱南羡松开朱景元的手，来到卧榻前撩袍跪下，认认真真地磕了三个响头，心中说道："父皇，儿臣不知这是不是见您的最后一面，这三个响头，只当是儿臣为您送终。但儿臣仍盼着您能等我带兵回来。

"儿臣其实也不想做这个皇帝，今日愿争帝位，说到底也是起于私念，怕自己再也护不了心中想护之人。但父皇放心，儿臣虽不明何为破、何为立，可是若有朝一日，儿臣继承大统，一定尽己所能守好大随的疆土；一定将黎民苍生、江山社稷扛在己身；一定会对得起父皇，对得起百姓，对得起天下，对得起本心。"

朱南羡磕完头，抬手抚向胸前揣着密旨的地方。密旨在画轴里藏久了，散发出淡淡的檀香味。朱南羡最后看了朱景元一眼，随即站起身，头也不回地往明华宫外走去。

苏晋辰时便到了明华宫，却因没有被传召，被虎贲卫拦下，所幸等了不久，便见朱南羡领着两名鹰扬卫自高台上走下来。

戴孝期过，他额间的抹额已去了，汉白玉阶衬着一身苍蓝蟒袍，整个人沉稳而内敛。

苏晋迎上前见了礼。

朱南羡道："本王听说苏御史不日便要升任侍郎，原该为你好生庆贺，可惜近日在东宫养伤，竟抽不出空闲。"

苏晋道："殿下客气了，官衔品级是虚，职责是重，御史也好侍郎也罢，都是为民请命，怎敢劳殿下相贺？"

朱南羡笑了一下："是，本王昨日与十二皇兄比完武后还——"话未说完，他忽然闷哼一声，捂住胸口跌跪在地，竟像是喘不上气一般。

苏晋连忙去扶他，看向跟在身后的鹰扬卫付统领，责问道："怎么回事？"又问，"殿下伤病未愈，昨日与十二殿下比完武，可曾请医正仔细瞧过？"

付统领茫然地道："十三殿下昨日比完武后并未见异样，因此卑职等未传医正。"

苏晋斥道："不见异样便不传医正了吗？十三殿下千金之躯，若出了事，你等可担待得起？"不等他反应过来，斩钉截铁地道，"殿下由本官守着，你二人即刻去太医院请医正，一人为医正引路，一人取了药先过来。"

付统领原还犹疑，但一想这重重宫禁把守森严，此处又是明华宫，平日连只耗子都跑不了，遑论苏晋与朱南羡两个活人，当即一拱手："还望大人守好殿下，卑职速去速回。"

等两名鹰扬卫的身影消失在明华台，朱南羡眉间因病痛而生的郁色骤然消失。他将苏晋的手紧紧一握，道了一声："走。"便牵着她大步流星地往明华宫偏殿的一处耳房走去。

苏晋一面紧随朱南羡往耳房走去，一面听他争分夺秒地说道："我算过日子，十日之内，一定要离开。"

他将耳房的门推开，四下一望，自案头取了笔和纸："此去万险，你和青樾就在京师等我，当作不知此事，保全自身为重。"

苏晋见他像是要写信函，找水为他磨了墨："殿下是要离开京师去南昌？"

朱南羡拿笔蘸墨，点头道："是，冬猎过后，父皇留了一道密旨给我。"他一面提笔，一面将密旨的内容与苏晋说了，然后又道，"我虽手握上十二卫的领兵权，但这十二卫中，守皇陵的忠孝卫与管仪仗的旗手卫等均是军籍出身的民户，战力乏善可陈，羽林卫和锦衣卫并不为我调遣，六万亲军可用的不到三万。朱沢微的凤阳军六月便到，我若不回南昌府调兵，留在京师，你我只能坐以待毙。"

苏晋道："那如何离开东宫，离开后由何人接应、何人保护，殿下可有安排？若没有，阿雨可为殿下打点。"

"不必。"朱南羡道，"你升任刑部侍郎后已成朱沢微的眼中钉，万不可再为我奔波，否则一旦被他抓住把柄，他势必不会轻饶你。"

信函简明扼要，片刻间已写完，朱南羡微微犹疑，重新蘸了蘸墨，于落款处画上一个图案，又道："但我确实有两桩事要交给你办。你若有法子，让沈青樾来东宫一趟，我有事想与他商议，若是冒险就一定不要勉强。"

画好图案后，他搁下笔，将信函往苏晋跟前一推："还有这封信，你命人尽快发往西北都司，让人亲自交到都指挥使茅作峰的手里。我已在信中命他带三万西北军以贼寇潜入大随之名进驻信阳府，截断凤阳军的后路。"

苏晋点头："可是茅大人如何确认这封信是殿下亲笔所写？仅凭殿下的笔迹，还是……"她说到这里，目光自信上扫过，落在尾处的图案上，不由得怔了怔。

竟是一只长了翅膀的王八。

朱南羡握拳掩鼻，有些窘迫地咳了一声，道："几年前在西北领兵，有一回走到雪原里，我跟茅子饿得慌，半夜溜出兵营，将冰河凿了个洞，原打算钓鱼，没想到钓起来一只王八。

"当时实在是饿红了眼，偷偷将这王八烤来吃了，没有跟将士们分食。这事我二人对谁都没提过，之后还在王八壳上画了对鸟的翅膀，也就是……谢它果腹之恩，祝它早登极乐的意思。"

苏晋怔怔地听朱南羡说完，片刻，忍不住抿唇浅浅一笑。她垂下眸，见信纸上的墨渍已干，便仔细将其叠好："殿下放心，阿雨一定命最信得过的人将这封信送去西北。"

她唇角笑意未减，颊边像是绽放了一朵幽兰。朱南羡隔着桌案看着苏晋，想到此去南昌前路惊险，心中一时浮沉，不由得道："那名来东宫为我看伤的蒋医正是左谦的人。我已命他带话给左谦，如果我出事，金吾卫自会护你与沈青樾去蜀中。但朱沢微阴狠狡猾，除非消息确切，你万不可独自离开京师。你在宫禁中尚有金吾卫保护，一旦离开，朱沢微便——"

话未说完，外头忽然传来急促的脚步声，俄顷，又听得有人喊"伍大人"，竟是羽林卫听说了朱南羡来明华宫的消息，找到这里来了。

苏晋心中一惊，连忙对朱南羡道："殿下与我独处许久，羽林卫怕是会觉得有问题，等回到东宫，一定会找借口搜殿下的身。殿下身怀密旨，可有对策了？"

朱南羡道："我已吩咐蒋医正前来接应。"

"好，那殿下先去竹榻上歇着，阿雨会为殿下开脱的。"

苏晋说着，转身便要开门，左手刚扶住门闩，只听一声"阿雨"，朱南羡三步并作两步走上前来，一手覆上她的手将门闩抵牢，一手握住她的胳膊将她往身前一带。

他低下头，双唇触上一片柔软。

苏晋的身体轻轻一颤，呼吸一下紊乱起来，整个人晃了晃却没有把他推开，而是犹豫着迎了上来。

朱南羡的手顺着她的胳膊滑下，抚过她的腕，将她的手牢牢地握在掌中。

日光透过稀薄的窗纸倾洒入户。门扉之外，羽林卫的脚步声逼近，而春阳静谧，以无声之姿兜头浇下，又激滟得足以在人的心底掀起一场兵荒马乱。

其实不过是一刹那的事，可朱南羡将苏晋松开时，犹能感受到五内之中干戈起、尘烟落。

两人一时都没说话。朱南羡看着苏晋，见她脸颊微红，气息尚不平稳，不由得抬起手，将她散落在颊边的一缕发拂到耳后，轻声道："等我回来。"言罢不再多说，推开门闩将门打开，看着耳房外正要叩门的羽林卫道："你们在找本王？"

伍喻峥没回话，方才去太医院请医正的付统领代答道："伍大人见十三殿下不在东宫，担心殿下的安危，这才找来明华宫。"又道，"卑职已将蒋大人请来了。"

蒋医正跟朱南羡施了个礼，说道："微臣听说殿下像是犯了心悸症，猜想应该是旧伤所致。殿下眼下当好生歇息，待微臣为您把完脉，服了药，再回东宫不迟。"

朱南羡一点头："有劳医正。"说着微微侧身，让蒋医正进房中。

苏晋站在门口，以身形遮住一半光线，待看见那道密旨从朱南羡的袖口滑出，神不知鬼不觉地落在蒋医正药箱的暗格中时，才对着朱南羡揖道："臣还有公务在身，这里既有蒋大人在，那臣便告退了。"

蒋医正连忙起身跟苏晋拜道："苏大人慢行。"

苏晋离开偏殿，绕至明华台，待确定自己已离开羽林卫的视野，脚步蓦地加快。

她知道自己与朱南羡独处的这片刻必会惹人生疑，且她身上确实揣着他要发往西北的密信，眼下只有尽快回到都察院才能脱险。

明华台至奉天殿有一条深长的甬道，午时未至，甬道内寂静无人。

苏晋刚走到拱门处，就听身后有个熟悉的声音唤了句："苏大人。"

竟是伍喻峥带着四名羽林卫追来了。

伍喻峥对苏晋拱手道："苏大人莫怪，伍某想起凝焦一案后，十二殿下与七殿下为护十三殿下周全，都特意叮嘱过，凡与十三殿下接触过的人，无论是王公大臣还是皇室宗亲，都要里里外外搜身。方才苏大人与十三殿下在明华宫内待了许久，伍某不得不照章行事，望苏大人见谅。"言罢，也不等苏晋回话，使了个眼色。

四名羽林卫当即上前，两名架着长矛挡住苏晋的去路，另两名拽着她的胳膊，将她制住。

苏晋身上的秘密实在太多，不提朱南羡的密信，单是女子的身份便足以让她死无葬身之地。她心思急转，可再多的计谋也挡不住羽林卫用强。

她在心里狠狠一叹，取舍之间，正打算暴露女儿身来隐藏朱南羡的密信，身后忽然有一人唤道："伍喻峥。"

这淡而沉着的语气苏晋记得。

她回头望去，只见朱昱深正从甬道的另一头走来。他今日未着劲衣，一身玄色蟒袍衬得他如刀削般英俊的面容令人望而生畏。

离得近了，他淡淡地道："你是长了胆了，三品侍郎的身也敢随意搜？"

朱昱深镇守北疆十年，战功赫赫，在武将中的威望无人匹敌。伍喻峥不敢拿糊弄苏晋的说辞糊弄他，当即请罪道："四殿下恕罪，卑职不过按十二殿下之命行事。四殿下若觉不妥，那卑职这便停手。"

朱昱深"嗯"了一声："你走吧。"

待伍喻峥带着羽林卫退下，苏晋这才与朱昱深见了礼，说道："今日清明，四殿下没去皇陵吗？"

朱昱深道："有军务在身，是以没去。"

朱昱深没戴铁护腕的手背末有一道疤，狰狞着蔓延至袖口。苏晋听他提及军务，便道："臣听闻原打算运往北平的粮草被误调去广西救济灾民，所幸湖广还有多余的粮草增援，不日便要运来京师。"

朱昱深道："是，但各地都有匪寇兵乱，所以能省则省。粮草、兵马省不下，便在人力、物资上开源节流。是故本王仍要在京师多留几日，等粮草一到便亲自押运过去。"

苏晋揖道："四殿下辛苦。"又道，"所幸北方战事尚不吃紧，四殿下是一军统帅，多留这几日只当是养精蓄锐了。"

朱昱深看着苏晋，片刻问道："本王听说青樾初二便要去太仆寺上任，他的身子养好了吗？"

"已大好了。"苏晋道，"只是腿脚还未痊愈，恐怕要等入夏时分才离得开木杖。"

朱昱深点头道："那好，若有不便之处，你可来寻本王。"

第三十一章　以退为进

　　清明一过，苏晋升任刑部侍郎的旨意便下来了，都察院的交接事宜她尚需半个月的时间料理，但人们见了苏晋已会称一声"侍郎大人"了。

　　太子薨殒，各地局势不稳，景元二十五年自开年便不顺，如今月选过后，派去各地的将领也差不多定了，一切似乎步入了正轨。人心惶惶的朝堂终于迎来难得的平稳之日。

　　人在乱局中偶得心安，总会想方设法地将这份心安之感拖得久一些，再久一些。

　　三月初一是赵府老祖宗的八十大寿，赵衍自一月头就开始分发请帖。他是出了名的孝子，老祖宗是他的祖母，往年寿辰也会相邀庆贺，但朝中各大员公务繁忙，又逢月头，通常是礼到人不到。但今年不一样，许是京师里太久没有喜事，自辰时起，便有人到赵府吃流水席了。

　　苏晋与赵衍是都察院同僚，年关节期间苏晋便收到了请帖，后来诸事繁杂，竟将此事抛诸脑后，直到近日想起，才发现自己凑了个巧——沈奚是三月初二上任，初一老祖宗寿辰这日，正是沈奚要离开赵府别院的日子。

　　苏晋一大早让七叔置办了贺礼，又命覃照林午时一过便去赵府别院的后门处接走沈奚，千叮咛万嘱咐一刻也不许迟。若此事耽搁到夜里，赵府人来人往，叫人发现沈奚住在赵府得赵二小姐日夜照顾，赵妧日后如何自处？

覃照林倒是爽快得很，大大咧咧地道："苏大人，俺办事您有啥不放心的？"

这日清晨，赵妧起了个大早，原想先帮沈奚打点好行囊，没想到来赵府祝寿的宾客比往年陡然增了一倍，赵衍在前院新开了三十席，人手不够，连赵婉、赵妧这样的千金小姐都被唤去帮忙了。

一直到近午时，赵妧才趁着吃晌午饭的空闲来了别院。

沈六伯已整理好行囊，赵妧又点验了一遍，确定一切妥当后，从膳房里取了两小坛酒，拿布囊细致地裹了，对沈奚道："阿妧知道沈大人每逢春来都要酿酒，今年却不得闲。这两坛是阿妧帮大人酿的，大人自己留一坛，另一坛可拿给苏大人。他这两个月为大人奔忙，实在操劳。"

沈奚隔着布囊都能闻到杏花香。

他看了赵妧一眼，拄杖到石桌跟前，一边将布囊解开一边道："苏时雨不好酒，且也并不在乎我是否会答谢她。"他将一坛杏花酿取出，忽然笑了笑，"赵二小姐说得对，是该借花献佛，这一坛便转赠给你。"

赵妧颊边又染飞霞，好半晌说不出话来。片刻，她将酒坛子往回推了推，轻声道："阿妧与苏大人一样，也不在乎沈大人是否会答谢。"她微一咬唇，"但是，倘若沈大人当真要谢，在阿妧的扇子上题两行字就好。"言讫，也不容沈奚推辞，便去厢房里取了扇子与墨宝。

女子常用纨扇，而赵妧取的扇子是一柄男子用的折扇，扇面除角落里画着两三朵桃花，余处空无一物。

这样的折扇，她却要沈奚题了字来自己收着，寓意为何沈奚不用想也明白。

他又看了赵妧一眼，脸上的笑意渐渐消失，提笔坐于石桌前，落了两三次笔，皆是笔一触扇面即收回。

良久，他将笔搁下，说道："我向来是个有什么说什么的人。我心中有几个句子，却不甚吉利，想到二小姐的折扇是男子所用，日后或会赠人，觉得不题也罢。"说着桃花眼一弯，笑嘻嘻地道，"其实赵二小姐若觉得沈某的字好看，沈某大可以抄几幅字帖给你，从《出师表》到《晁错论》，你觉得可好？"

《出师表》有言：创业未半而中道崩殂。

《晁错论》有言：世之君子，欲求非常之功，则无务为自全之计。

赵妧虽读过书，文章却念得少，不明沈奚言中深意。但那柄未题半字的折扇是何意，她十分明了。

午时已过，艳阳收起芒刺。连着好几日没下雨，云团子终于又蓄积起来了。

赵妧垂眸静立片刻，然后将摊在石桌上的折扇慢慢合上，认真地点了点头

521

道:"好,那待沈大人养好伤,便给阿妧写两幅字帖吧。"她抬头看了眼天色,又道,"今日赵府宾客多,想来又要落雨,正院那头还等着阿妧去帮忙,阿妧就不多陪沈大人了。"

沈奚一点头:"也好,覃照林想必也该来了。等他到了,沈某自会离去,二小姐便先回正院吧,不必再来送。"说着,在石桌边取过木杖,撑着身子站起来。

如今他身上的伤已大好,只是腿脚仍不利索,坐下、起身都颇为费力。

赵妧在一旁看着,忍不住上前去扶他。正在这时,别院之外忽然传来杂乱的脚步声,随即只听一个声音怒斥道:"阿妧,你在做什么!"

竟是赵家夫人赵氏。

因相隔甚远,赵氏一时没认出沈奚,目光直直地落在赵妧挽着一陌生男子的手上,顿时只觉气血上涌,又道:"给我松开!"

赵妧被这一声吓得整个人都发颤,却怕沈奚离了自己站立不住,直到看他将木杖架好,才回过身,红着脸唤了声:"母亲。"

来到别院的不止赵氏一人,除了赵家大小姐赵婉,竟还有一干来祝寿的女眷。

原来晌午用膳之时,一干人等提及谷雨节的踏春,说是想去京郊的草场。赵夫人原想问问赵妧的意思,却没找着她,这才听一旁的嬷嬷说阿妧这两个月好清静,闲来无事,像是去了别院。赵夫人于是想起别院里的几株杏花树最好看,起了赏杏的心思,便带着一众女眷过来,未承想竟目睹这样丢人现眼的一幕。

赵氏低声对一旁的嬷嬷道:"去正院请老爷。"然后横臂将一众女眷拦住,自行走下台阶,对院中那一抹长身玉立的青衫身影道:"你是何人?"

这到底是自家丑事,若没有外人瞧见,赵氏将女儿责骂一通也就过了。可眼下京中贵妇贵女俱在,赵氏只有尽量处之泰然,这事才可能有转圜的余地。

可惜沈家公子并非寂寂无闻之辈,就这么拄杖回身,淡淡说了句"青樾见过赵夫人",便引得院中众人倒吸一口凉气。

沈府败落的消息京师已是无人不知无人不晓,却没料到这位昔日名震京师的贵公子如今竟落榻在都察院赵府。

且看样子,他还是被赵家二小姐私自请来的。

赵氏与沈氏毕竟是故旧,纵然沈奚这样出现在赵府实在不妥,赵氏也不好开口责问,左思右想竟没了主意。所幸过了不久,赵衍便自前院赶来了。

赵衍一看赵妧的样子便已猜到七八分因由,心中的怒意一压再压,化作目中一闪而逝的暗沉色。他未向沈奚开口，反而先对赵氏道："夫人莫怪，当日青樾受伤后，是为夫自作主张将他接来别院的，怕你担心他的伤势，便未与你提及。妧妧知道此事也是因为那日她恰好在宫中，与为夫、青樾一同乘马车回了府。"说着，又对赵妧道："让你来请青樾去正院用膳，你怎么耽搁了这么久？"

赵妧知道父亲是诚心为她遮掩，红着脸欠了欠身道："女儿知错了。"

赵衍淡淡地"嗯"了一声道："祖奶奶想见你，你这便过去吧！"

等到赵妧离开，赵衍又对赵氏道："后院的几株杏花树比这里的好，夫人若要赏杏，不如移步去后院？"

赵氏当即福了福身，带着一行女眷离去。

顷刻，院落里只余几人。赵衍看着沈奚，十分不客气地道了句："请沈大人移步赵某书房叙话。"言罢负手转身，自顾自先往前院走去。

沈六伯一叹，对沈奚道："少爷，这赵大人让您去书房，势必没好事，不如咱们趁机先走吧？"

沈奚看着赵衍的背影，满不在乎地说道："眼下怎么还走得了？到了这个地步，那群有心的、无心的、赶巧的、凑热闹的，散衙过后势必都要来。今日我不在赵府吃个寿宴，称了他们的心意，日后必出幺蛾子。"说着扯着嘴角一笑，一边拄杖往赵衍的书房走去，一边道，"世人惯爱捧高踩低，我是无所谓的。我最怕欠人情，赵衍要跟我私了也好，今日我还了恩情，日后也好无牵无挂。"

赵妧走到半途便被呕呕赶来的赵婉拦下。赵婉四下一顾，见无人在近旁，才责备了一句："你这回也太不像话了！"然后牵着她的手道，"阿娘让我领你去见爹。"

赵妧到了赵衍的书房，赵氏、赵衍以及赵家大公子赵阡早已在里头等着了。

赵妧走近，还未来得及拜见，就听赵衍怒喝一声："跪下！"

她浑身一颤，双膝便落在地上。

赵衍是何等精明之人，不用审已知道当日沈奚受刑后昏迷不醒，一定是赵妧自作主张将沈奚接来赵府，一口气憋在心头出也不是不出也不是，当下只道："今日寿宴后，你自去祠堂里诵经七日，等到谷雨前夕再出来。"又道，"出了这样的丑事，京师你是不能再待了。我这几日会为你寻一门亲事，等谷雨节一过，你便嫁走。"

此话一出，莫说赵妧，连赵氏、赵婉与赵大公子都大吃一惊。

赵婉素来了解自己这个妹妹，虽说温婉懂事，可倘若心里有了自己的主意，即便表面服从了父母的安排，心思也转不过来。赵婉看了赵妧一眼，忍不住为她求情道："爹，您方才不是为妧妧遮掩过去了吗？为何不让她在京师多留一些日子？您这么匆忙地将她嫁出去，如何找得到好人家？"

赵衍道："只是一时遮过去了，我方才一番说辞漏洞百出，骗骗尔等便罢，如何骗得了朝中那群大员？这丑事不日便会传遍京师，把她嫁走才是为她好。"

赵阡道："妧妧既是被人撞见与沈大人在一处，父亲……为何不去问问沈大人的意思？说不定沈大人愿娶妧妧为妻呢？"

"亏你还在朝中做官，当真糊涂！"赵衍一拍桌，斥道，"你以为沈青樾还是昔日的沈青樾，是太子的内弟，是户部左侍郎？眼下的时局，朱南羡自身难保，苏时雨铤而走险，他沈青樾的脖子上更是架着一把刀。赵府肯收留他两个月已是仁至义尽，他是个明事理之人，便是我愿将妧妧嫁给他，你且去问问他敢不敢娶。"

话音刚落，只听守在书房外的小厮叩了叩门道："老爷，沈大人到了。"

赵衍将脸上的恼怒之色收了，沉声道："请他进来。"

外头的雨尚未落下，却已阴沉沉一片，书房里掌着灯火。

沈奚拄杖进屋，将木杖架好后跟赵衍揖了揖，开门见山道："这两个月住在别院，为赵大人、赵二小姐添了不少麻烦。但沈某如今身无长物，这份恩情也只有先记在心上，日后再还。"他扫了一眼跪着的赵妧，又道，"至于二小姐的名声，还请赵大人拿个主意，是要沈某娶她抑或有别的想法，沈某绝无二话。"

赵衍不动声色："沈大人的意思呢？"

沈奚笑了笑道："年关宴上听来些闲话，说是赵大公子任编修已满三年，今年要往礼部升迁；又说赵大小姐跟兵部侍郎的公子定了亲，春末便要出嫁。沈某不才，区区一名太仆寺署丞，今日能站在此跟右都御史大人说上话，也仅凭着早已凋败的家世，哪里敢在大人面前做决断？"

礼部与兵部是仅有的两处不怎么站边的衙司，赵衍将儿女安置在这两处，摆明了是想置身事外。

沈奚的话听起来没说出个所以然，其实那句"凋败的家世"已暗指了他如今的处境。

赵衍道："沈大人说笑了。赵某为官数十载，明白家世背景都是次要的。依沈大人的才略品貌，妧妧若能嫁给你，实在是我赵府高攀。只是妧妧自小便与我的一名学生定了亲，此人姓顾，时任山东道监察御史，三月末便要回京述职，赵某还打算借此机会将妧妧与顾生的亲事定下来。恐怕我赵府与沈大人是有缘无分了。"

外头一场急雨落了下来，伴着轰隆隆的惊雷声，天地间一片晦暗。

沈奚听了赵衍的话，点头道："这样好，郎才女貌，也算了却赵大人的一桩心事。"隔窗看了眼雨，再揖了揖道，"大人既已有了决断，那沈某便不多叨扰了。"

赵衍起身说道："今日赶巧是府上老祖宗的寿诞，前院正宴请宾客，沈大人左右无事，吃过东西再走不迟。"

沈奚拄杖回过头来道："也好。"

待沈奚走远，赵衍将书房的门合上，回过身，一言不发地看向跪在屋子正中，微微颤抖的赵妧。

片刻，他叹了口气，对赵阡道："裕达，你这便给山东顾府回函，将云简与妧妧的亲事答应下来。"

赵阡忍不住道："父亲，您忘了吗？云简儿时在赵府住过两年，他是有口吃症的。您如此草率地将阿妧嫁过去，岂不委屈了她？"

"那也好过将她留在京师。"赵衍道，"如今朝局艰难，人人自危，谁都怕与东宫扯上干系。不说翰林院与詹事府的任职官员已被撤换了多少，就说日前太常寺卿只是为十三殿下说了句话，不就被安了个罪名革职查办了？如今妧妧与沈青樾扯上这不明不白的干系，早日离开京师才是要紧事。不然若此事被有心人利用，岂知不会害了她？"

赵衍说到这里，再看向赵妧，放缓语气规劝道："妧妧，你自小是个知礼顺从的孩子，为父相信你收留青樾也是因一时心善，此事就此作罢。你心里哪怕再有什么，趁这几日也该抹去了。至于云简，他虽有口吃之症，却正直上进，你日后嫁去济南府，他必不会亏待你。"

雨下得昏天暗地，屋内灯影幢幢。

赵妧自进书房后一直低垂着眼帘，赵衍虽瞧不清她的神情，却能望见她双眸每次开合，便有泪珠自颊边滚落。

但她什么违逆的话都没说，只俯首贴地跟赵衍行了个礼，道："女儿知道了。"

晌午的流水席哩哩啦啦一直吃到未时，直到雨将落，才有人来请各位前来祝寿的大员移步花厅吃茶。

这些官员品级并不算高，有的不在宫里当差，更是许久见不上一回，眼下借着右都御史的寿宴相聚，难免要互攀交情，是以花厅里三五成群，正你一言我一语说得畅快。厅门忽地被推开，两名小厮引着一名拄杖之人来到厅前，十分恭敬地说了句："大人这边请。"

来人正是沈奚。

若是以往，沈府大公子，户部左侍郎出现在这一众五六品官员的面前，众人无不热情相迎。然而时移世易，饶是沈奚拄杖过门槛时颇为费力，花厅里的大小官员也只顾着面面相觑，连招呼都没打，更莫提上前帮衬了。

片刻，还是一名身着正五品常服的白脸皮迎了上来，接过沈奚的木杖，给他搭了把手道："沈大人注意门槛。"

沈奚看着此人老老实实的模样实在眼熟，正琢磨着在哪里见过他，就听这人又道："沈大人贵人多忘事，在下姓周，单名一个萍字，时下任京师衙门府丞，两年前还在做通判时，与沈大人有过一面之缘。"

沈奚这才想起来："苏时雨那个在应天府衙的故友？"

"是，难为沈大人记得。"周萍一边引着沈奚走向花厅一侧的灯挂椅，一边扯着袖口将椅面揩干净，道，"沈大人您坐。"

这时，厅中忽有一人扯着嗓子道："周大人，您便是不在宫中任职，好歹是个官拜五品的府丞，这么鞍前马后地伺候一个七品养马使，怕是不合适吧？"

说话的人姓卢，生得方脸阔唇，已近不惑之年。

沈奚记得此人——几年前此人任刑部郎中，原可以升任侍郎，却因徇私错判了一桩案子，被沈拓问罪，官职不升，反被降为主事，因此一直对沈府的人怀恨在心。

这句"七品养马使"一出，引得周围人一阵哄笑。

沈奚却浑不在意，将木杖往高几旁搁了，就着周萍为他揩干净的椅子坐下，笑嘻嘻地道："我道是谁，原来是刑部的卢主事。怎么，当年你为了小妾，将其娘家的案子故意判错罚轻，被降品留任，这些年过去都没个长进，竟还只是个主事？"

"那也好过沈大人，从三品跌到七品，腿瘸着没好便要去养马。"卢主事道，"不过也是，太仆寺典厩署在京郊云湖山草场，沈大人明日上任便是风吹草低见牛羊，放马高歌，倒是比我等庙堂中人快活几分。这么一看，让沈大人调笑两句倒也理所应当了。"

他说到这里，冷笑一声："沈大人到时可仔细着莫从马背上摔下来，这没养好的腿再折一回，怕是这辈子都要离不开木杖了。"

"卢大人这话未免刻薄。"周萍道，"太仆寺典厩署养战马千匹，其署丞如何以'养马使'三字形容？且沈大人……"

话未说完，被沈奚抬手一拦。沈奚望着卢主事，似乎想起些什么，忽而又嘻嘻一笑道："卢大人被降为主事后，曾跪在沈府外磕了一日一夜的头，称自己是被猪油蒙了心。刚才沈某还道卢大人这么些年没长进，如今看来倒是说错了。卢大人至情至性，心头上的猪油被血淋着涤荡这许多岁月，也全没了。"他对卢主事一拱手，"大人的话沈某记住了。大人提醒得对，沈某一定将腿伤养好了才放马、才高歌，一定不辜负了大人这一副切切实实的心肝肺。"

朝中早有箴言，莫要跟沈青樾耍嘴皮子功夫。

卢主事吃了这一记软刀子，只觉得自己像是被骂了又不知被骂了什么，心头怒意勃发，偏生找不到回嘴处。他抬目往窗外一看，雨不知何时已停了，霞光璀璨，申时早已过去，为天地之间染上近乎扎眼的暗金色。

卢主事早就听说夜间寿宴，朝中有不少股肱大员要来，正渴盼有人能来治一治沈奚，眼前忽地一亮，只见两名小厮引着太仆寺卿黄止严往这头走来。

黄寺卿脸上还有未退去的恭维之色，想来是先头遇上哪个大人物了，见卢主事推开花厅的门跟他见礼，愣了一下才道："卢大人客气。"

卢主事道："黄大人怎么也被请到这处来了？正堂那头来了贵客吗？"

黄寺卿肃然道："是，本官方才在府外落轿，未承想……"他拱手朝天比了个揖，"竟撞见了十殿下。眼下十殿下被请到了正堂，听说待会儿都察院的柳大人、吏部的曾大人都会到，本官自然不便打扰。"

他说着往花厅里环目一望，瞥见近旁坐着的竟是沈奚，下意识就要抬步拜见，被卢主事一拦，才想起昔日的沈侍郎已被调往太仆寺，不由得收住步子，咳了两声。

卢主事于是提点沈奚道："沈大人，黄大人好歹是你的堂官，他来了，你不招呼不拜见倒也罢了，可你坐着他站着，这是个什么道理？"

沈奚听说朱弈珩到了，正在心中琢磨因果，被卢主事这么一说，也不在意，"嗯"了一声，起身便将座位让给了黄寺卿。

黄寺卿虽从沈奚那里得了座位，但见他似乎正深思着，一副并不将自己放在眼里的样子，心中又生不满，再咳了两声。

卢主事正色道："沈大人，您不把本官放在眼里倒也罢了。黄寺卿好歹是您的堂官，眼下也算是您与寺卿大人第一回见，您磕个头行个礼，不算过分吧？"

沈奚一听这话才从思绪中回过神来，还没来得及说话，便听黄寺卿有些惶恐地道："行礼应当，磕头……就不必了吧？"

卢主事笑道："你我好歹是朝中大员，该有的礼数当不可少，若是相熟，免了倒罢了。可沈大人日后要跟黄大人常来常往，今日礼数周到些，照心照胆，日后也少去许多误会不是？”

黄寺卿心中虽惶恐，但一时又觉得卢主事说得有理，何况能得沈青樾一拜，实在是长脸。一念及此，他跃跃欲试："那……沈署丞不然就跟本官见个礼？意思意思磕一个头就好。"

沈奚无所谓地笑了笑："那好，行礼就该行全套，也不必意思意思。"他将木杖递给一旁的周萍，说着就要屈膝而下，"下官沈奚，拜见黄——"

话未说完，只听花厅的门"砰"的一声被推开，沈奚还未来得及拜下便被疾步走来的人扶住了胳膊。

苏晋冷目扫了一眼黄寺卿，然后看向他身旁之人，寒声道："卢主事，本官身为你的堂官，今日与你也算是第一回见。择日不如撞日，你这便跪下给本官磕三个头，不将见礼行妥就不必起身了。"

刑部无尚书，苏晋身为左侍郎，统辖整个衙司。

卢主事万万没想到一向忙得席不暇暖的苏大人竟会在这个时辰赶来寿宴，心中慌乱不已。然而他还没来得及拜见，身旁的黄寺卿已然从椅凳上滑下来，跪地告饶道："苏大人恕罪，苏大人恕罪。"

一时间，花厅里的众官员皆诚惶诚恐地给苏晋见礼。

苏晋没有搭理，只抬手将周萍扶了扶，说了句："多谢皋言。"自他手里接过木杖，看沈奚架好，二人便一同走了。

苏晋升任刑部侍郎后，都察院内还有诸多事务要交接处理，这几日两头奔波，原没打算这么早赶来赵府祝寿，谁知今日一下值，便听覃照林着人来回禀说自己坏事了。覃照林耽搁了半个时辰才到赵府别院，一问沈六伯，才知沈奚已被赵衍请走了。

情急之下，苏晋也没来得及多加责难，匆忙赶来赵府，便看到这样一幕。

苏晋与沈奚出了花厅，未至正院，覃照林与苏宛还在垂花门处等着。

苏晋对沈奚道："听闻今日寿宴朱沢微和柳昀都会到，你与他二人照面实在不便。不如你先与覃照林去马车上等？我去见过赵大人，随了礼就来。"

沈奚移目看了眼苏宛，说："苏家妹妹也来了。"

苏晋看出他目光中的思虑，解释道："七叔这几日病了，是阿宛帮我把贺礼备好的，所以我便将她一并带来了。"

其实，也是苏晋这个"兄长"做得不好。出了太仆寺的案子后，苏晋将苏宛领回府，那时便跟苏宛约法三章。这些日子苏晋又因公务忙得脚不沾地，更无暇顾及这个妹妹，前两日才听覃照林的媳妇儿说，苏宛到苏府后只出去过一回，还是跟着覃氏去置办府内的蔬食。

苏晋心中有愧，今日下值后，与覃照林赶回苏府取贺礼，见苏宛一人抱着贺礼可怜兮兮地守在院中，便动了恻隐之心，让她一并跟来。苏晋心想，即便不留下来用膳，趁着这个唯一闲下来的当口儿领她出门转转也是好的。

苏晋对苏宛道："还不见过沈大人？"

苏宛只觉她三哥身旁的人个顶个的品貌出众，眼前这一位一身青衫稍显落拓，但如画的眉眼依旧写尽风流。

待苏宛行完礼，沈奚略一思索，对苏晋道："既然朱沢微要来，你也速去速回。"

苏晋明白他的言中之意，朱沢微阴狠狡诈，已拿苏宛做文章整治了自己一回，今日苏宛在这儿，朱沢微说不定会一计不成又生一计。

苏晋将沈奚的话牢记在心，去正堂拜见了朱弈珩，再给赵府的老祖宗道了贺、赠了礼，便告辞说要走。赵衍知苏晋近来事务繁忙，也未多留，谁知才将苏晋送到正院，外头的小厮便咄咄赶来禀报道："赵大人，七殿下、曾大人已在府外落轿了。"

酉时已过，两名婢女引着花厅的一众官员前来正院入席，不期然瞧见朱沢微与曾友谅的身影出现在府门口，忙不迭地跪下了。

朱沢微却很和气，温声道了句："此处不是宫里，众卿不必多礼。"这才行至院中，见到苏晋，像是有些意外地问道："看苏侍郎的样子，竟是不吃席就要走吗？"

苏晋与他揖了揖："回七殿下，衙门里还有几桩要紧的公务，臣不得不回去看看，也是怕耽搁了赵大人开席，是以先来道贺。宴席确实吃不成了，还望殿下、曾大人与诸位同僚尽兴。"

其实苏晋知道朱沢微为何肯来凑这份热闹——早上廷议时，提起去岭南平流寇的将领，朱沢微力排众议没让朱祁岳去，反而点了罗将军。罗将军是当朝老将，虽战功累累，毕竟年过六旬，并非最佳人选。众臣面上不敢说，心中却不满。朱沢微虽高高在上却没把皇位坐稳，唯恐失了人心，恰好借着赵府的寿宴来与诸臣走近一些。

朱沢微听苏晋说要走，倒也没像以往一样为难她，笑着说了句："苏侍郎宵衣旰食，实乃众臣之楷模。"目光移向她身后的苏宛，问："听说苏侍郎的小妹进了京，想必正是这一位吧？"

苏晋看了眼苏宛："跟七殿下见礼。"

朱沢微甫一进府，苏宛便跪过一回，眼下又要再跪，却被朱沢微虚虚一扶。

他笑道："其实苏家妹妹自进京以后，本王已听十二弟提起过数回，说令妹虽为女子，但侠肝义胆，十二弟实在赏识得紧。"说着，目光有意无意地落在苏宛渐渐红透的脸上，似乎想起了什么，忽然道："倒是要冒昧地问一句，不知苏家妹妹年方几何，可曾许过人家？"

苏宛听得这一问，将头垂得更低。苏晋在一旁代答道："戊戌年七月生，虽还未许人家，但家父去岁过世，如今尚在孝期，是以臣这个做兄长的未曾考虑舍妹的婚嫁事宜。"

朱泽微微笑道："这不妨事，先定下来也不要紧。"

早在朱祁岳承诺苏宛从轻处置太仆寺邱使丞后，朱泽微便听线人禀报说这个苏家小妹对十二殿下甚是感激，跟着苏大人离开时，还回头望了十二殿下好几眼。

一念及此，朱泽微语不惊人死不休地道："好歹也是三品侍郎的亲妹妹，不然就由本王做个主，将令妹许给祁岳做个侧妃吧。苏大人的意思呢？"

苏晋万没有想到朱泽微竟打起了苏宛婚嫁的主意，心中懊悔不该因一时的恻隐之心将苏宛带来。眼下朱泽微当着众臣的面为朱祁岳提亲，自己至多能说一句"高攀不上"，可然后呢？倘若朱泽微执意让朱祁岳娶苏宛，自己是应承还是不应承？

苏晋正踌躇，忽听守在府外的小厮再一次巫巫来报："赵大人，柳大人与钱大人到了。"

大概因一场急雨方止，这日的晚霞格外灿烂，分明暮色将至，却自云头洒下一片鎏金之色。柳朝明披霞而来，似乎搅动了暮色，离得近了，目光未落在群臣身上，而是看向朱泽微："七殿下不进堂里坐？"

朱泽微笑着没说话，朱弈珩代答道："柳大人有所不知，七哥想为十二弟与苏大人的妹妹说亲，正等着苏大人回话呢！"

柳朝明听了这话，"嗯"了一声，竟也站着不言语了。

苏晋无奈，只好使出一计拖字诀，说道："回七殿下，若舍妹能嫁与十二殿下为侧妃，自然是她的福分。只是臣离家多年，家中还有长兄、主母，此事并非臣一人能做主的。殿下可否容臣先写信知会家里一声？"

朱泽微竟不强求："也好，婚姻大事乃父母之命，媒妁之言。苏侍郎应该去信。"他顿了顿，忽地话锋一转，连笑意都深了，"近日宫中诸事繁多，苏侍郎公务缠身，想必不能多陪家人。苏家妹妹远道而来，不免寂寞。赶巧过几日谷雨踏春正是由内人张罗，苏家妹妹既是堂堂侍郎大人的妹妹，不如就由本王做主，予苏侍郎两日休沐，由侍郎陪同令妹一并前去？"

苏晋还道朱泽微何以如此突兀地要为朱祁岳纳妃，原来提亲是假，以退为进，让自己与苏宛跟去踏春才是真。

她方才以去信为由，半推半拒了亲事，眼下当着众臣的面，断然不能将踏春也一并拒绝。

于是，苏晋只好应承下来。

一旁的朱弈珩道："七哥这两日休沐真是给到了紧要关头。苏大人自升任侍郎，日日里在都察院、刑部两处奔波，可谓当朝操劳第一人，趁着谷雨节养一下精神，也算磨刀不误砍柴工。"

他说到这里，目光扫过柳朝明，忽地抿唇笑道："本王真是后知后觉，才发现昔日都察院的四位大御史在此处聚齐了。以诸位之勤勉，想必自苏大人离任后，还未曾得空与他饮过一杯饯别酒吧？今日是个难得的吉日，不然就由本王与七哥牵头，你四人碰杯吃上一盏，也遥祝苏大人去了刑部后，能百尺竿头，更进一步。"

自沈府出事，苏晋与柳朝明、钱月牵再没说过一句除公务以外的话。朱弈珩这么一提议，三人面上虽无异样，心中却各有各的想法。还好赵衍打了个圆场，说道："十殿下所言甚是，是臣等忙得疏忽了。"随即命人斟了酒。

苏晋在四人中到底是后生，当下也不迟疑，对着柳朝明、赵衍、钱月牵三人举杯道："昔日在都察院承蒙三位大人照拂，饯别实在不必，这杯酒合该由下官敬上。"

先头的霞色已褪去，柳朝明这才自沉沉的暮色里望过来，与赵衍、钱月牵一并将酒饮尽，淡淡地回了句："你做事勤奋巧妙，这是长处，但偶尔有些浮躁，如今既任侍郎，掌刑罚政令，更该一日三省吾身。本官知你近日劳苦，仍望你在谷雨二日不懈怠散逸，凡事三思而行，休沐过后便不必来都察院了。"

苏晋恭敬称是，再与各诸王、大员拜过，随即领着苏宛离去。

几人到苏府时已近中夜，覃氏早已将客房打理妥当。沈奚与沈六伯只住一夜，明日去太仆寺领了官印，便要搬去云湖草场的典厩署。

苏晋得了空闲，责问覃照林："你今日去赵府，为何去迟了？"

覃照林道："这事确实是俺错了。俺赶马车赶到半途，路过十王府，看到他们在招募府兵，心想着时辰还早，就停下马车过去瞅了几眼。哪晓得后来应招的人越来越多，把路给堵了，俺就去迟了。"

沈奚听了这话，不由得问："朱弈珩在招募府兵？"

覃照林见苏晋的眼里仍有责难之色，不敢与她搭腔，听得沈奚问话，忙应道："是，沈大人，俺也是觉得蹊跷才过去瞅了瞅。您说眼下各地都在征兵，十殿下趁着这个当口儿招募府兵做啥？"他顿了顿，觉得自己近日长了脑子，忍不住自告奋勇，"沈大人、苏大人，俺有几个靠得住的兄弟，要不俺让他们去十王府试试，借机摸摸这里头的虚实？"

苏晋与沈奚对看一眼，皆摇了摇头。

沈奚道："朱弈珩这个人，最爱搅浑水，弄出这么大的阵仗，岂知不是虚晃一招？等此事有了别的眉目再说，他这么正大光明，我们现在查也是白费功夫。"

苏晋想起一事，问："照林，你今日路过沈府时取回来的信呢？"

覃照林一拍脑门："哎，俺咋将这事忘了。"说着，连忙从怀里取出一封信函摆在桌上，又盯着封口处浇了火漆的军印问，"沈大人，这火印是四品宣武将军印，俺记得这样的信不走通政司，是由将军亲兵快马送至的，除收信人，任何人不能拆封，否则按军令处置。这寄信的是跟大人相熟的哪个将军吗？七殿下派人日日守着沈府，咋没将这信偷走呢？"

沈奚道："因为这封信是家书，朱沢微懒得管。"

沈六伯一听这话便反应过来，连忙将火印置于灯烛下看了又看，喜不自胜地道："少爷，这信果真是三小姐寄来的。"他一顿，看苏晋与覃照林的脸上都有疑惑之色，解释道："苏大人、覃侍卫有所不知，我家三小姐是有军籍的。她授封县主后没几年，陛下便赐了她四品将军的品阶。"

在大随，所谓将军其实是武官散阶，与县主、郡主一样，都只是个封号，虽有品级，但无职权。当然有的人譬如左谦、戚无咎，既有将军的封号，又有实权。但沈筠这个将军，就纯属空壳将军了。

苏晋道："要为将军，必有军籍，沈家书香门第，四王妃的军籍从何而来？"

"三小姐自小便与四殿下走得近，四殿下的母妃正是戚家人。三小姐幼时常去戚家，还跟着四殿下学过武。后来戚家小少爷染病过世，戚府的军籍就空出来一个名额。戚老爷安平侯便将三小姐收为义女，将这名额给了她。"沈六伯说到这里，忍不住笑道，"再后来北疆战乱，四殿下带兵去平乱。有一回三小姐趁人没留意，带了几个亲兵偷偷跟了去，没承想还立了一功，得胜回来后，陛下说三小姐巾帼不让须眉，便赐了个四品将军衔。"

"她那是瞎猫碰上死耗子，撞大运了。且这白捡来的四品将军，难道不是陛下看在戚府、沈府以及朱昱深的颜面上勉强给的？"沈奚毫不在意地道，"沈筠从小到大除了出洋相、闹笑话，没干过一桩正经事。这种陈谷子烂芝麻的事就不必往外抖了，叫人笑掉大牙还要沈府来为她背黑锅。"

苏晋早就听说沈奚与沈筠自小便不对付，两天一小吵、三天一大吵，没承想到了如今这样的境地，沈奚提及沈筠时语气依旧不善。

沈六伯有些尴尬，一边将信拆开，一边试图对苏晋解释："我家少爷与三小姐吵归吵，感情还是好的。"

然而，仿佛就是为驳斥沈六伯一般，那拆开的信纸上只有两句话，且能看出写字的人甚是气急败坏："出了这么大的事也不来信说一声？小王八羔子，你给我等着！"

第三十二章　谷雨踏春

　　六日后，谷雨节的踏春日便到了。这是京师女眷一年中最重要的日子之一。

　　因踏春踏的是时令，并非远足游赏这么简单，其间还要供奉春神，要祈来年雨，求来年福祉。是以踏春虽是女眷前往，但每一年都有几名朝中大员领着亲军卫随行。

　　苏晋得了朱沢微的恩典，谷雨这日休沐。她一早起身，先把苏宛叫来跟前，将该交代的都交代了一番，又叮嘱道："倘若有人跟你刨根问底打听我这些年的事，你便说我离家早，以一句'不知道'推了。"

　　苏宛称是，忍不住又道："可是三哥，阿宛有些分不清哪些话该答，哪些话不该答，怕说漏了嘴。"

　　其实苏晋的身世，除了苏老爷，苏府并无人知晓，府中只传言说苏晋是苏老爷在外头的私生子。是以苏宛所谓的说漏嘴，不过是指私生子这个说法罢了。

　　苏晋道："这要你自己掂量，切记能少说绝不多言，能沉默绝不开口。"

　　苏宛应了，随苏晋上了马车。

　　二人到了西城门口，已有几名随行官员在此处候着了。今年随行的官员十分少，品级最高的不过是太常寺卿，见苏晋来了，他们急忙过来拜见。其中一名礼部主事是陪孙女来的，弓着身子道："等十二殿下与王妃到了，就该起行了。因要往云湖山走，夜里还要祈雨，是以来去要两日一夜。"

苏晋点了点头，将苏宛带去女眷处。那名主事忙不迭地跟了过来，介绍道："这是刑部侍郎苏大人。"又道，"这是苏大人的妹妹苏宛小姐。"

　　这些女眷都是京中贵女，其中不少人已见过苏晋，皆恭恭敬敬地与苏晋行礼。

　　苏晋原想将苏宛交给赵妩照顾，环目一扫，竟没看见赵妩，踟蹰间，只见戚绫越众而出，向苏晋欠了欠身道："如雨日前去迎阿姐回京，在驿站与苏宛小姐有过一面之缘。苏大人若放心不下，可将苏宛小姐交给如雨照顾。"

　　除了戚绫，苏晋也不认识其他人，正好朱祁岳与戚寰也到了，于是点头道："那好，多谢戚四小姐。"

　　苏晋言罢负手转身，与朱祁岳见过礼，翻身上马，随车辇走了。

　　从城西出发，去云湖山要三个时辰，苏晋一人骑马独行，若有所思。方才那名礼部主事催马快行了几步，跟上前来，十分恭敬地道："苏大人恐怕是贵人多忘事，已不记得下官了。"

　　苏晋看他一眼，微一摇头："你是礼部的江主事，两年前我去礼部避雨，见过你一面。"

　　当年苏晋还是京师衙门的从八品知事，时移世易，没想到短短两年，她已升任三品侍郎了。这样乱的时局，也不知是束缚了她还是成就了她。

　　"是，是。"江主事道，"难为苏大人还记得下官。"

　　他顿了一下，想到礼部罗尚书交代的差事，不敢怠慢，又试探着问："前几日早上廷议，七殿下钦点了罗将军去岭南平流寇，朝中对此议论纷纷。听说几名将军还弄了一份联名书，为罗将军鸣不平，这几日正鼓动人签署呢。苏大人您是什么意思呢？"

　　苏晋这下明白江主事问这番话的用意了。礼部罗松堂素来是个随风倒的墙头草，眼下朝中大臣对岭南战事各执一词，这位罗尚书八成是怕得罪人，派人来她这儿探刑部的口风。

　　苏晋觉得这没什么好遮掩的，便实话实说："罗将军确实不是最好的人选。他曾在西北领兵，熟知西北的地理环境，但对岭南及南疆烟瘴之地很陌生。但三日前他已领命起行，断没有将士出征到一半又半途被叫回来的道理，费时耗物不说，关键是影响士气。"

　　而这样一份联名书，说是为罗将军请命，却在他出征后才寻人签署，难道不是那几名余下的武将做做样子，一不得罪朱泽微，二又可保全名声？

　　其他人签与不签其实一样。

　　江主事道："那苏大人的意思，就是不署名了？"

苏晋一笑："不然江主事帮本官去问问罗大人的意思。我刑部怎么做，全以你们礼部为准。"

江主事吓了一跳，诚惶诚恐地道："苏大人千万别这么说，这叫礼部如何当得起？"心中却知道已被她瞧出了心思，连忙将话头揩了，转而扯到旁的闲事上去。

因太仆寺典厩署也在云湖山草场，他们这一路走的都是官道，分外平坦，加之有人闲话，不多时便到了。

随行的宫婢内侍张罗着让各大员、女眷用过午膳，正待歇息，苏宛所在的四方桌旁，不期然坐下来一名女子。此女子身着宫装，头戴梅簪，生得柳眉杏目，正是朱泽微的侧妃。

朱泽微的正妃早些年过世了，宫中人都管这名侧妃叫七王妃。

"方才苏大人带妹妹来时，本宫便觉得妹妹生得分外面善。今次踏春，因宫中出了些事，戚贵妃与喻贵妃都没来，反而是由本宫张罗，还盼着不要怠慢了妹妹才是。"

苏宛方才在车辇内已听戚绫说了，宫中的皇贵妃这些日子犯了疯病，闹得后宫人心惶惶。而今坐镇后宫的两位主子脱不开身，是故没来。

苏宛谨记苏晋的教诲，朝七王妃拜了拜，答道："王妃客气了。"

七王妃笑道："本宫听说苏家妹妹是杞州人，苏家老爷早年还与文远侯有些来往，可是？"

苏宛不知七王妃口中的"文远侯"是何人，所幸先前苏晋提点过她遇此问应当如何作答，于是道："家父早年四处游历，结交甚广，后来才在杞州落户。至于他从前认识过何人，又与何人相熟，臣女在家中只是幺妹，他从不曾与我提起当年的事。"

七王妃道："是，早就听说苏老爷是个寡言之人，便是自身经历，对家中人都不详言。且当年他将苏大人接到苏家时，还引起不少纷争，也不曾为苏大人辩解两句。只是苦了苏大人自小流离失所，没一日过上好日子。"

苏宛听了这话，儿时苏晋来苏府后的纷乱场景又浮现在眼前，一时间心有戚戚，不由得说道："那时虽乱了些，但三哥从前住在蜀中时，过得还是很好的。"

七王妃顿了顿道："哦，苏大人被接到苏府前，不是住在杞州，而是蜀中？"又分外和气地笑道，"杞州距蜀中千百里之遥，苏大人是怎么到苏府的？"

苏宛听她这么问，知道自己惹祸了。她没想到三哥官做得这么大，这些人连三哥曾住在哪里都不知晓。苏宛这才明白苏晋所说的"句句警醒，字字推敲"是何意。她心中慌乱不已，觉得七王妃的每一个笑容、每一个问题都暗含了一个陷阱，正不知所措时，取水归来的戚绫在一旁福了福身，笑道："禀七王妃，臣女的王妃姐姐得了一枚南疆古簪，样式颇为稀奇。今早出行前她还再三说您是看簪子的行家，想拿给您瞧瞧，正巧眼下得闲，不如由臣女陪您过去，一起为阿姐掌掌眼？"

七王妃笑道："也好。"

戚绫知道七王妃已对苏晋的身份起疑，将她引到戚寰处后便匆匆回来，谁知苏宛的座位上已没了人影。

戚绫忙跟旁边的一名女子打听，那女子道："方才有个侍卫过来说苏大人让苏家小姐去见十二殿下，苏小姐便随那名侍卫走了。"

她们所处的驿站位于山道旁，再往前走是一条山林掩映的岔路，一边拾级而上通往今晚歇息的坛庙，一边则是通往云湖山草场的捷径。

朱祁岳用过午膳后，已先一步去庙坛上香了。戚绫环目一望，只见苏晋与另外几名大臣还在远处的溪水边，不由得道："苏大人未曾走远，如何会让苏宛小姐独自一人去见十二殿下？"

然而此问一出，她心中已有了答案，当即绕过山道，往溪水边走去。她隔着侍卫遥遥与苏晋一拜："苏大人，可否借一步说话？"

苏晋看她神色焦急，心中已猜到因由，朝驿站望了一眼，只见那里女眷众多，却什么都瞧不清。

苏晋点了一下头，对侍卫道："让戚四小姐过来。"

那几名大臣无一不识趣，跟苏晋拱了拱手，退得远远的。苏晋问戚绫："可是苏宛被人带走了？"

戚绫道："是，来了个侍卫，说苏大人您让苏宛小姐去见十二殿下。"又自责地道，"都怪如雨，走开了那么一会儿，没看好苏宛小姐。苏大人还是赶紧让鹰扬卫去找人吧！"

苏晋沉吟一番道："除非有特诏，否则亲军十二卫不听文臣调令。且苏宛并非失踪，是被十二殿下'请走'的。只有确认十二殿下那里没人，他们才会去找。"

戚绫道："那大人可要命人去通禀十二殿下？"

是该命人通禀，苏晋想。但她与苏宛是被朱沢微特地"安排"来踏春的，朱沢微既然命人借她之名请走苏宛，想必对以后要发生的事也已部署周全。

苏晋问："苏宛被带走前，可曾有人与她说过什么？"

"七王妃与苏小姐说过话。"戚绫道，"如雨去取水，听得不大清，只记得苏小姐言语中提及大人曾在蜀中住过。后来七王妃追问，苏小姐便不再说了。"

苏晋终于明白过来，朱沢微是对她的身世起疑了。

可她分明记得苏府的人不知她儿时住在蜀中，也不知苏宛是从哪里听来的。更令人担心的是，对苏晋的身世，苏宛到底还知道多少？

一念及此，苏晋道："烦请戚四小姐帮苏某去驿站守着，我亲自去找十二殿下。"

通往坛庙的山道看时近，去时远。

苏晋没让任何人跟着，事关机要，她谁也不信。

这回苏晋是真的让人找着了死穴，女子的身份倒罢了，她最怕苏宛还知道一个"谢"字。

当年的"相祸"牵连数万人，无数无辜之人被安上同党之名处死。倘若朱沢微晓得苏晋是谢相的孙女，借机大做文章，诬蔑沈奚甚至诬蔑朱南羡，那她岂不是救人不成反害之？

苏晋想到这里，加快了脚步。

仲春的山道上草木葳蕤，前方的岔口时隐时现，她正要踏上通往坛庙的石阶时，忽然见前方的树影微微一动。

这一刻分明是没有风的——树影无风自动，只能说明树后藏了人。

苏晋一下停住脚步，不知怎的，忽然想起那日在赵府的寿宴上，柳朝明说自己行事偶尔有些浮躁，让自己"凡事三思而行"。

是了，她一时情急，只顾着担心苏宛被人问话，可自己现在不也落了单？

朱沢微安插的人手势必不敢当着众人的面将堂堂三品侍郎掳走，可如果她登上石阶，山道蜿蜒，那便彻底脱离了众人的视野。

她也不能往回走。踏春一共两日，朱沢微既然做了部署，她再跟着随行，等入了夜，自己独居一房，还不知会发生什么。

早知她就该多养两个护卫，唯一一个覃照林，还被她指去跟着沈奚了。

苏晋想到沈奚，脑中灵光一现，目光蓦地落在那岔口另一侧的羊肠小径上。

她记得方才与她搭话的礼部江主事提过："云湖山草场与太仆寺典厩署的草场相邻，从坛庙的岔口过去，也就小半个时辰。下官年轻时也在典厩署任职过，每月回府一次，路上图近，就抄这条小路走。"

苏晋想到这里，当即转身，没有上也没有下，反而朝小路走去。

俄顷，她身后果不其然传来急切的脚步声。所幸春时草木深，能掩住她大半身形。

苏晋不敢回头，一边拨开草探路，一边盼着沈奚能将马放得远一些，再远一些，最好有马能脱了缰，跑到她的眼前来。

身后的脚步声越来越近了。

草木渐渐变浅，苏晋觉得追兵的手就要探到自己的肩头了，正在这时，更远处竟真的传来马蹄声。

只可惜，这马蹄声并非来自典厩署的方向，而是来自云湖山草场。

苏晋只当朱沢微另行在草场埋伏了人手，当即提了官袍，只顾奔走。

她的举动引得马蹄声也更急更快，似乎还有人唤了几句"停下"。

苏晋都不理，又前行数步，忽见眼前马影一闪，一柄红缨枪突然挡在苏晋的身前。苏晋抬头望去，只见骏马高抬前蹄，嘶鸣不已，而马上坐着的是一名女子。

女子一身暗红劲衣，袖口扎入铁护腕中。她姿容倾城，一双桃花眼与眼角的泪痣几乎与沈奚、沈婧的如出一辙，可凌厉的眉尾为她平添三分英气。

她抬起下颌指了指前方，说："你没瞧出来吗？这是片拿浅草掩盖住的泥荡子，当心陷进去。"然后看了眼苏晋的官服，将红缨枪往背后一收，翻身下马，利落地与苏晋拱了拱手，"我叫沈筠，你是新升上来的官？我从前怎么没见过你？"

其实在沈筠自报家门前，苏晋已经看出她是谁了。苏晋当下回了个揖道："在下姓苏，名晋，时任刑部侍郎，与四王妃的确是头一回见。"随即又问，"王妃到此是特地来寻青樾的吗？"

沈筠与沈奚虽互不搭理，但与沈婧常有书信往来，早就听过苏晋苏时雨的大名。

沈筠当下被戳破心事，一时没来得及客套一句"久仰久仰"，反而道："我听阿姐提过你好几回，说青樾、十三都与你走得很近。十三我是很放心的，但青樾自小就很不成器，脑子不灵光，偏偏还爱琢磨，没事找事的本事可谓一等一，想必为你添了不少麻烦。二姐宠他，觉得他什么都好，这其实是太偏袒他了，但我很公正，先代他跟你赔个不是。"说着，她合手弯身，竟当真又跟苏晋揖了一揖。

苏晋不知倘若沈青樾的脑子都不灵光，这天底下还有谁的脑子可堪沈家三姐一句夸赞，却听沈筠又找了个十分拙劣的借口道："自然我也不是特地来看青樾的，只是出门赏玩，路过云湖山草场，正在思索是否该顺路去典厩署瞧上一眼。"

应天府八面城门都有苏晋的人，苏晋从未听说过四王妃近日进京的消息。

沈筠这厢俨然是瞒着沈府甚至瞒着朱昱深，走山道径自奔着沈奚来的，却非要说是顺路。哪有人顺路顺上月余，从北平一路顺到应天城？

苏晋看破不说破："那也确实是巧了，苏某也正要去寻青樾。王妃方才想必已瞧见了，有歹人在追苏某。王妃既然顺路，不如陪苏某一起去典厩署，互相之间好有个照应。"

"不急。"沈筠肃然道，"你先说说看是谁胆敢追杀你，我带上兄弟将他们宰了再走不迟。"

苏晋无言，片刻才道："究竟是谁苏某倒没留意，但王妃既然有多余的人马，可否派两人帮苏某去寻一寻舍妹？她叫苏宛，今日跟着众女眷来云湖山踏春，一行人就在距此不远处的坛庙与驿站。"

"这好说。"沈筼道，随即摘下腰间的令牌扔给身后一名将士，说道："秦若，你带两个人去找。记住，苏侍郎的妹妹就是十三的妹妹，一定要仔细找，一有消息便即刻来典厩署回禀。"

那名叫秦若的将士应了声"是"，带了两人打马而去。

沈筼又望向苏晋，再望了眼身后一众与苏晋一样看破不说破的将士，万般不耐地叹息一声："如此，我等也只好先去典厩署等着，顺便瞧一眼我那不成器的弟弟了。"

典厩署官衙破败，还不如那一排排在草场延展开的马厩气势雄浑。

沈奚三月初二上任，这几日已将典厩署的职责摸了个大概。

这个衙门说白了就是纯养马，非但要养自己署里的马，还要管理大随各官厩马匹饲养的情况。若逢太平盛世，这就是个再清闲不过的衙门，但若遇战事，则将忙得不可开交。如今天下战事将起，三日前罗将军出征时才征集了一千匹民马。四殿下后日返回北平，除亲自押送粮草外，还要征调从西北马市购来的五千匹战马。

"兵部今年一共买马八千匹，五千匹送去北疆给四殿下，另外三千匹送来京师北大营。"马厩外，一名姓林的掌固拿着一份公文向沈奚解释道，"四殿下那头是战时急务，兵部十分爽快，该配给的马草、鞍鞯早已批下来。难就难在这送来北大营的三千匹战马上。"

"马匹一路从西北到京师，路上总不能饿着，水常有，马草却不是处处都有，运马实在是个问题。最好的办法是化整为零，将马分成十个批次发往各地的官厩，由各官厩配好马草，再转运回京，但这样做十分耗时，最早九月才能运到。七殿下那头却说最迟六月要见着马，因此上上下下都没了辙。"

沈奚知道朱泽微为何最迟六月要见到马——朱泽微的凤阳军六月便要进驻北大营，这三千匹战马面上说是战时备用，实际上是要配给他的凤阳军。毕竟只要有足够的兵马，这个皇位他就是想坐不稳都难。

沈奚漫不经心地问："七殿下财力雄厚，既要调马，在马草供给上不出力吗？"

林掌固道："殿下倒是说了马草不够凤阳府可以出，但后来又提了一句凤阳没人手运这么多马草。"他叹息了一声，指着公文上的日子，"沈大人您看，这是今日兵部批下来的调令。三千匹战马最迟三月二十日就要发送，但马草供给还悬而未决。您从前在宫里做大官，可否着人打听打听，看看凤阳的人手问题可解决了？"

沈奚在心里笑了一声，凤阳那头的人手问题怎么可能解决？朱沢微已打算让凤阳军倾巢而出来京师抢皇位了。

沈奚看了眼地上一片碧草之中唯一的一根枯草，弯下腰拔了草，道："七殿下要六月见着马，若见不着，他比任何人都急。兵部既然定了日子，殿下也承诺了马草由凤阳出，说明殿下心里自有对策。你急什么？"

林掌固道："按理说下官不该着急，但这三千匹战马本月下旬就要从西北起行，眼下配给的马草只够吃一个月，凤阳军至今没有动作。若叫战马饿上数日，伤了病了事小，最怕真打仗时不顶用，耽误战事又平白浪费钱粮。"他说着，朝天拱了拱手，"如今朝野还没稳下来，各地战事纷纷爆发。马不好，仗就打不好，到最后苦的都是百姓。下官虽只是个九品掌固，但好歹吃的也是皇粮，这样的小事没尽到责，岂不愧对民生、愧对陛下？"

沈奚听了这话，颇为意外地看了林掌固一眼，这才将他递来的公文仔仔细细地瞧了一遍。沈奚不经意地问："你真的想让我帮忙？"然后笑嘻嘻地道，"就不怕本官骗你？"

林掌固愣了一下，拱手道："岂敢。"又道，"下官虽屈居末流，但也知道今年战起，买马运粮处处都要用银子，户部之所以周转得过来，都是因为沈大人任左侍郎期间未雨绸缪。大人韬略无双，下官岂有不信大人之理？"

沈奚点了一下头，将方才拔下的枯草在指间一转："其实想要解决马草的问题不难，改一改运马的路线就行。兵部批下来的运马路线最后是由咱们典厩署发往各官厩驻地的。本官虽为署丞，但署令大人言明不让我碰兵马信函。你若信得过本官，明日将路线图带给我，待我改后再发去沿途各官厩驻地。"

林掌固听了这话，骇然道："大人竟要自行修改运马路线，可是……"

话未说完，便听到有脚步声传来，林掌固慌忙住了嘴，将手里的公文对半一折，收进怀中。

来人不是别人，正是那个不让沈奚碰兵马信函的典厩署刘署令。

刘署令寒声道："不好好当值便罢了，趁本官不在，还扯起闲话来了？"他看向沈奚道，"沈署丞今日的一百匹马刷完了？"

沈奚将枯草往嘴里一衔，嘻嘻一笑道："叫大人失望了，还有五十匹，下官这就去刷。"说着扶着木栏转过身，拾起马刷子往马厩走去。

刘署令在外头看着，少顷，慢条斯理地道："按说沈大人是署丞，腿脚也不好，刷马的活不该由你来干。但如今各地征马，太仆寺上下都忙成了陀螺，你是新来的又帮不上忙，只能做些杂活，还望沈署丞莫往心里去。"

沈峦拿马刷子蘸了水，刷马的动作已颇为熟练，满不在乎地道："刘大人多虑了。在沈某心里，公务不分大小贵贱，为的都是家国天下。譬如这刷马的活计，一根一根将马毛理顺，也算为大人您尽了份心不是？"

刘署令听了这话只觉别扭，半天才反应过来沈峦是将手里刷的马比作自己。刘署令正要发作，忽见一小吏跌跌撞撞地奔来身边，上气不接下气地道："大……大人，来人了……"

太仆寺下头的几个衙署离得很近，如今公务繁忙，互相之间常有走动。刘署令正在气头上，听了这话，只当是兄弟衙门来了人："来人就来人，让他在公堂里候着。"

小吏咽了口唾沫，不知该怎么回话，因为来的人虽未自报家门，但那一身三品孔雀绣常服已令公堂内一众官吏哆哆嗦嗦地跪了一地。

半晌，小吏才缓下口气，说道："大人，这回来的可是个了不得的大官，他后头……还跟着十几个了不得的将士。"

刘署令听他语焉不详，分外不耐烦，一边回头一边道："典厩署这种鸟不生蛋的犄角旮旯儿能有什么大官来，总不能是黄寺卿吧？他堂堂四品大员除非天塌下来，否则……下官太仆寺典厩署署令刘长青拜见苏大人。苏大人大驾光临真是令典厩署蓬荜生辉！下官未能远迎，实在该死，实在该死。"

目光自沈峦身上扫过，苏晋看向地上说话说了一半就颤抖着跪下的刘署令，笑了一声，道："这里四野茫茫，天地为庐，刘大人还能蓬荜生出辉来，可见是大肚能容、海纳百川了。"又道，"本官听闻刘大人有个习惯，每日午过必小憩上两个时辰，到了夜里再大憩上四个时辰，所以一直想问问刘大人，你这能撑船的宰相肚皮可是睡出来的？"

苏晋昔日身为御史，察核百官纲常，而今虽离了都察院，从前的耳目却还在。

刘署令不住地磕头："苏大人恕罪，苏大人恕罪，下官再也不睡了，再也不睡了！"

苏晋淡淡地道："你睡不睡与本官无关，但今日沈署丞余下的五十匹马——"

"下官来刷。"刘署令斩钉截铁地道，"往后都由下官来刷。"

他说着，偏头望向马厩，只见沈峦嘴里还咬着方才那根枯草，一副吊儿郎当的样子，连苏侍郎来了也不曾拜见，连忙斥道："还不快出来给苏大人行礼！"

沈奂看向苏晋，淡淡地笑了一下，扶着木栏吃力地从马厩里走出来，说道："行，那下官这就向苏大人——"

话未说完，他一下愣住了，因他看到了苏晋身后那个穿着暗红劲衣，眉眼与自己极其相似的人。

沈奂原是扶柱而立的，可在看到沈筠的这一刻，扶着木柱的手一颤，手指慢慢松开，似乎不经意地从嘴边取下枯草扔了。他一身的重量全压在了尚未痊愈的双腿上，虽有钻心之痛，好在叫人看不出异常。

好半晌，他就这么站着没动。他觉得自己虽无法往前，所幸也不能后退。

沈筠也没动，一开始是因为近乡情怯，等到沈奂出现在眼前，她的脚步如被藤蔓缠住一般。

在沈筠的心中，沈奂纵然不成器，纵然招人烦，纵然与她从小吵到大，可始终是潇洒、恣意的，是不染纤尘、夺目出色的。

她从没见过他落魄成这个样子，一身粗布衣衫上还溅着泥浆，一名六品署令也敢对他颐指气使。

家中出事后，沈奂没往北平去过半个字，沈筠得知消息时真是憋了一肚子的怒火，早产月余不说，还没出月子就忍痛将小朱瑾交给奶娘，带了十数名将士日夜赶路，生怕晚一步这唯一的亲弟弟就没了。

谁知她见到的沈奂竟是这个样子。她简直想都不敢想。她记得他最爱洁净。

苏晋知道沈奂腿伤未愈，觉得他这么不扶不倚地站着也不是办法，于是屏退众人，自马厩里拿了三个条凳安置好，说道："今日我虽是被歹人逼迫至此，但也确实有要紧的事过来见你一面。"一顿，"我是为十三殿下来的。"

沈奂听了这话才默不作声地坐在了条凳上。

苏晋看了看他，见他看都没看沈筠一眼，心知沈筠是可信之人，于是向她揖道："四王妃。"

沈筠点了一下头，将背上的红缨枪取下来递给一旁的护卫，道："你在此处守着。"说完也过来坐下，没看沈奂。

苏晋道："殿下昨日已让蒋医正给我带话，说他明日入夜便要离开东宫，但形势危急，他怕累及我等，并未透露具体的计划。我能做的只是借刑部问案之名帮他拖住羽林卫的伍喻峥。可我仍不放心，想让蒋医正再去一回东宫，又怕打草惊蛇。"

"确实不妥。"沈筠道，"十三既已计划周全，你我妄动只怕扰乱了他的计划。而且你这两日就要正式入职刑部，朱沢微的眼线想必盯你盯得十分紧。你还不如让这个吃闲饭没事干的人想想法子接应他。"

沈筠原本听得仔细，陡然一句"吃闲饭没事干"入耳，反应了片刻才意识到沈奚说的是她，忍不住道："十三被关在东宫两个月，你在这儿喂马养马不是也没想出个辙来？说我吃闲饭没事干，难道你就很成气候？你满肚子诗书都读到肠子里去了还能生出三头六臂？小时候让你跟我练武，你死活不肯，眼下吃亏了才知道自己连个马刷子都举不起来。闲饭吃多了好歹能化为力气，刚才那个刘署令要是这么对我，我就把他揍一顿！"

沈奚冷笑道："我原来以为你只是脑子进水，没承想事到如今已经水漫金山了。这么多年下来你解决问题还是只有一个法子，吵不过就打，打不过就叫人一起打。结果你哪一回不是将事情越闹越大？哪一回不是让我帮你摆平？你五岁打太常寺卿小公子，七岁打太傅府二少爷，九岁那年厉害了，一拳打到三殿下的脸上去了。你从出生就立志要闹笑话，时至今日还是这么执迷不悟、死不悔改，也算是活出了你的独到之处，真是让人叹为观止。"

"七岁那年我打太傅府二少爷，难道不是因为我那个嘴皮子利索，一张嘴就惹是生非的弟弟被人揍到泥潭子里爬不起来？说到闹笑话，我沈府最丢人的一回难道不是风流倜傥的沈公子十六岁那年男扮女装的事吗？当年你被七户前来说亲的人家堵在门口，吓得躲在屋里一天，偏生又管不住脚，第二日竟换了一身二姐的衣裳打伞出门，结果被龚尚书家喝醉的二公子撞了个正着。龚二公子后来闹了半年，非要娶沈府的四姑娘。当时沈府上上下下都纳闷儿这四姑娘是谁，丫鬟侍婢查了个遍也没查出来。直到龚二公子说四姑娘也长着颗泪痣，我们才知姑娘原不是姑娘，正是沈大公子。"

"龚二一年到头除了醉着就是醉着，眼瞎心也瞎，若不是本少爷让他长了回记性，凭他的酒瘾想必八年前就溺死在酒坛子里了。是非曲直我还是拎得清的，你沈三小姐七岁起追着朱昱深去戚府学武，十八般兵器到了你的手里都快把戚家的房梁掀了。爹跟二姐每回把你拎回来，手里的债本上就要添几笔。那两年沈府债台高筑，险些没叫爹愁白了头。"

"你还有脸提爹和二姐？是，你是生财有道，九岁囤蚕丝，十一岁囤油布，堂堂尚书府也就前院像个正经人家，后院就是个商铺子。你刚满十六岁就溜去秦淮河凑热闹，十三怕你陷在里头出不来，好心去寻你，结果被砸了一夜的香粉帕子。你却躲在人群里捡了一夜的帕子，回府将每条帕子上画上几朵桃花转手卖给香粉客，还开价十两银子一条。你是空手套白狼！若不是孟老御史作保，爹险些因这事丢了乌纱帽。"

"那你呢？你七岁起日日去戚府学武，说了九年想要军籍，想做戚家人。全京师上下都把你和戚无咎凑成一对了，你才跟爹和二姐说你想要军籍其实是为了陪朱昱深出征。那头皇上都要给朱昱深与曾家大小姐赐婚了，却生生被你拦住了。你还不嫌丢人，策马追上北伐军，当着三军之面让朱昱深日后娶你。你可知陛下原不想将你嫁给朱昱深，且平生最恨人自作主张？你这厢触怒了天颜，若不是故皇后与戚贵妃一力为沈府求情，莫说爹的乌纱帽和二姐的太子妃之位，他二人恐怕连命都要没了！"

沈筠听了这话倏然站起来，道："那爹和二姐现在在哪里呢？当年大姐为你我采桑葚落入淮水后，我们跪在大姐的墓前承诺过什么？我这些年努力学武，在你看来只是为了投四哥所好？当初我嫁去北平，你不想去送，后来万般不情愿地来了。当时，你单独跟我说的那句话你还记得吗？"

"你说你会好好保护沈府；你说无论这时局怎么变，世道怎么变，你一定会守好爹、守好娘、守好二姐。可是——"沈筠一顿，"我这次回来看到的是什么？沈府败落，爹被流放，我们的阿姐呢？"

"是！"沈奚道，"是我自私；是我承诺却没践诺；是我见那些士子惨死，见连晏子言都能赴义不悔，于是彻底对朱景元、朱悯达失望；是我万事留一线，想要守住底线，守住本心；是我妄自尊大地想要以一己之力扭转乾坤。我就是该死，我对不起二姐，我罪恶滔天。"

沈奚说着蓦地站起身，身后的条凳被带着掀翻。他因站立不住，后退了两步险些被条凳绊倒，还好苏晋从旁将他扶住。

沈筠愣怔地看着沈奚，半晌，哑声问了句："你的腿……怎么了？"

是啊，送来北平的密信上只说太子妃薨殒于昭觉寺，十三殿下被关在东宫，刑部尚书沈拓被流放，户部侍郎沈奚被贬去太仆寺。

可她仔细想想，既然十三都无法安好，命悬一线，那青樾这几个月又遭遇了什么？

沈奚没答这话，紧紧地盯着沈筠，眼里似乎有泪："我做得不好我该死，我认了，可是你呢，你这些年就做得很好？从你十五岁开始，朱昱深北伐一回你就追去一回。沙场屠戮，刀剑不长眼，每回你跟去出征，二姐都十分担心，白天坐在廊檐下胡思乱想，晚上整夜睡不着觉。你嫁去北平这么多年，二姐每次去信都问你回不回来，结果你这么多年就回来过一次，待了不到十日就又随军去了西北，都没等到我从杭州府回来。

"二姐这一辈子都在为旁人着想，为你、我，为十三、十七。你可知她心中最想要的是什么？她毕生所求不过团圆二字，去世前一日还在跟朱悯达请旨，说想带上麟儿、爹娘与我一起去北平看你。她满怀期冀地盼着这一日，可你呢？麟儿出世的那年你都没有回来，你连麟儿都没有见过！"

沈奚一言至此，没有再说别的，因为他看到沈筠的眼中已有泪珠滚落。

沈奚对苏晋摇了摇头，慢慢将胳膊从她的手里抽出来，然后跌坐在地，少顷，也缓缓地流下泪来。

凉风四起，碧色连天，苏晋站在这草场上竟不知该说什么。

倏忽间，她觉得这样其实也好。沈奚是个爱钻牛角尖的人，出事至今，一回都没有提过沈婧，也没有提过昭觉寺那场令人惊心的变故。他只是反复将这场梦魇放在心里回放，将所有的过错加诸己身，陷入无边无尽的愧疚之中。现在沈筠来了，他好歹能说出来了。

四野尽头有两个人急急忙忙地跑来，苏晋仔细看去，是沈六伯与覃照林。

沈六伯本来是听说四王妃来了，赶着来见三小姐，没想到走近后会看见沈筠与沈奚一个站着一个跌坐在地的场景。沈奚那身粗布衣衫全然脏了，两人的眼里都不断有泪滑下。

沈六伯本想劝，忽然想起许多年前大小姐去世时，沈奚和沈筠难过了半年后，也是这么吵了一回就彻彻底底地好了。

于是他沉默着从旁而立，等了良久才抬手抹了抹眼角，一边去扶沈奚，一边对沈筠道：“小姐莫要埋怨少爷了，少爷这些日子过得也很难。老爷被流放后，少爷替老爷受罚。七殿下原想趁机将少爷杖杀，若不是苏大人拿命去拦，少爷现在早已没命了。”

沈筠看着沈奚。

自北平到应天的路上，她一面策马一面在心里咒骂沈奚，既怨他未守好阿姐与沈家，也怨他不来信对自己坦言相告。但她最怕他一时冲动将自己的命赔进去。

然而就在这一刻，她满腹的怨言消失了。

沈筠想，她的弟弟曾是天之骄子，可现在呢，满身泥浆，被人驱使，双腿未愈索性自暴自弃地跌坐于尘土之中。或许对他而言，死最简单，难的是忍辱负重地活着。

沈筠背过身去，抬起衣袖揩了把眼泪，随即看向守在草场一头的将士，高声唤道：“秦桑，带将士们过来！”

“是！”

斜阳西下，日暮熔金，一众将士列成方阵。沈筠转身，一身红衣似血。她一掀衣摆，带着将士朝苏晋单膝拜下，然后双手抱拳，道：“苏大人，我这个弟弟不成器，想必出事至今还未谢过你一回。但你的救命之恩，我沈筠会代他铭记在心。

“我虽只是一名女子，只领区区百余将士，但滴水之恩必当涌泉相报。哪怕有朝一日我拼得只剩下性命，只要大人需要，我沈筠必当赴汤蹈火，在所不辞！”

苏晋看着沈筠，合袖对她揖下，说道："四王妃请起。王妃既然是青樾的三姐，便与青樾一样称在下一声时雨即可。"又道，"其实王妃大可不必言及恩情一说，时雨当日不过是阻止了行刑的侍卫，真正将朱沢微拦下的，其实是四殿下。"

沈奚就着沈六伯的手站起身，沉默片刻，道："要叙话改日再叙，当务之急是十三明日要独自离开东宫的事。方才说由沈筠去接应十三，但怎么接应，如何接应，还要想个办法。"

苏晋道："此事我已细想过了。殿下要离开东宫，本身就是犯险之举，不管怎么部署也没有周全二字一说，我们只能相信他。我唯一怕的是会有变故。这些日子皇贵妃犯疯症，上个月跑出过重华宫一回，后宫上下已清查了一次，四下里人心惶惶。我原想与左将军商议对策，但清明之后，左将军、姚总旗与阿山都被调去了北大营。明日申时过后，金吾卫才能重返宫禁，回到宫中时想必早已入夜。好在王妃回来了。不知王妃明日可否以祭拜故太子与太子妃之名去东宫一趟？王妃只要能与十三殿下见上一面就行，哪怕是当着旁人的面。时雨有办法教您用暗语问出殿下的部署。"

"这好说。"沈筠道，"到时我将我的这些弟兄也交给你。"

她说完对身后的将士道："秦桑，明日一入夜，你就带着弟兄们在宫门外找个隐秘处待命，一切听苏大人安排。你当年就是跟着十三的，也知十三跟我是过命的交情。你们一旦接到他，怎么做不必我多说。"

"将军放心，属下等一定竭尽全力护十三殿下周全。"

不多时，方才被指派去寻苏宛的将士回来了，回禀说苏宛受了惊，已被领来典厩署，眼下正于偏堂歇息。原来苏宛在被引去见十二殿下的路上意识到事有蹊跷，谎称内急跑去了荒草道上，谁知只顾奔走竟迷了路。好在舒府的小姐舒容歇撞见了她，将她领了回去。

那将士道："十二殿下得知苏大人被歹人追杀，已下令彻查云湖山坛庙一带。"

苏晋点了点头，对沈奚和沈筠道："我先去看看舍妹，顺道让刘署令安排王妃在典厩署歇下。等明日天一亮，我与王妃一同下山。"

苏宛心知自己又惹了祸，坐在偏堂里，六神无主。堂门忽然被推开，一名小吏提着灯笼将苏晋引了进来。

苏宛一下子站起身，揪着衣摆不知从何说起，情急之下，双腿一软便给苏晋跪下了。

苏晋不作声，直到那小吏弓着身将门掩上走远了，才问："你怎么知道我从前住在蜀中？"

苏宛道："三哥当年离开苏府后，父亲可能是觉得愧对三哥，有回与母亲争吵，气急之下提过您出身于蜀中的书香门第，不该受这样的离难之苦。"

苏晋又问："此事你除了与七王妃提及，可还与其他人说起过？除了我曾住在蜀中，你还知道什么？"

苏宛道："除了三哥的名讳与户籍，别的我一概不知。三哥曾住在蜀中的事我也是无意中听来的，以为谁都晓得，从没在意过，因此不曾对他人提及。"她说着又问道，"三……三哥，我这回可是惹了大祸？"

苏晋在心里叹息了一声，虽然苏宛并不知她本姓谢，但凭朱沢微的能耐，他派人去蜀中一打听，至多三个月就该晓得她的真实身份了。

苏晋没有答话，对苏宛道："你先起身，我有话跟你说。"

苏宛似乎猜到苏晋要说什么，满是悔意地摇头道："阿宛没脸站起身跟三哥说话，三哥就让阿宛跪着吧！"

苏晋见她执意如此，也没再劝，在桌旁坐下，说道："等这两日一过，我会命人将你送走。如今的京师实在太乱，待时局稳定后，我再将你接回来。"

苏宛初来京师只觉繁华，当时听人说朝局大乱，还十分迷惘，眼下却彻彻底底地信了。

去年苏家老爷去世时，苏府因分家产之事闹得不可开交。可苏府再乱也不似京师步步杀机，你说出口的每一个字、每一句话都可能变成害人性命的刀子。

苏宛哭道："三哥，阿宛从今以后只当自己是个哑巴，求三哥不要将我送回杞州。阿宛的生母早已过世，大哥和二哥分得家产后对阿宛不理不睬，主母更要将阿宛嫁给一名县令做妾换取钱财。可那个县令是出了名的贪官恶霸，阿宛不想嫁给他。"

此事苏晋倒是知道。当时苏宛再过几日就要嫁去那县令的府上，好在意外地接到了苏晋自京师送来的信。苏宛暗自将这封信藏了起来，然后连夜收拾好行囊离开了苏府。

苏晋道："即便你能当自己是个哑巴，可你分得清哪些话是对方诈你的，哪些话又暗藏玄机吗？你太单纯了，有时一个表情、一个眼神都会暴露心思。"她说着起身要走，"杞州苏府的事我知道，我不会将你送回去。你这两日安心歇着，我会让照林为你安排好去处。"

苏宛虽与苏晋相处不久，但知道这个三哥是个说一不二的人，见苏晋心意已决，再无转圜的余地，咬唇问道："三哥，阿宛要怎么做才能变得聪明、警醒一些？"

苏晋垂眸想了想，道："无他，多思多学尔。"

第三十三章　柳暗花明

是夜，苏晋、沈筠及沈奚议事到亥时。隔日寅时起身后，苏晋先去坛庙见了朱祁岳，与他道明要去东宫祭拜故太子与太子妃，得了他的许可后，先一步下了山。

苏晋回到宫里已是申时，直接去了刑部，借之前搜来的罪证，以涉嫌谋害故太子之名传唤了羽林卫指挥使伍喻峥。沈筠则在两名鹰扬卫同知的陪同下去了东宫。

天还未暗，宫道上的内侍宫婢却埋首垂目匆匆而行，神色有些慌张。

沈筠见了这场景，不由得问："本宫刚回来就听人说皇贵妃犯了疯症，但后宫里又不是没疯过人，这回何以闹出这等阵仗？"

一名鹰扬卫同知答道："王妃有所不知，后宫自去年入冬后就不安宁。璃美人惨死之后，皇贵妃不日便疯了，之后就有传言说宫里有不干净的东西。年关节前，宫中的老猫又去世了，闹鬼的传言于是更甚。其实，这本是无稽之谈，谁知二月初二'龙抬头'那日，皇贵妃自重华宫里跑了出来，闯进淇妃的宫里指着淇妃的肚子说后宫的鬼钻进了淇妃的肚子里，变成了淇妃腹中的小殿下。淇妃当夜果然腹痛，请医正去看了也没好，最后还是请道士作了法才好了一些。幸好没伤到龙胎。"

沈筠听了这话却笑了一声："本宫才不信有鬼。这世间的神鬼之事，大多是有人作祟，有人心怀鬼胎。"

那名同知忙应道："王妃所言极是。"

少顷，东宫已至，沈筠去朱悯达与沈婧的故居祭拜过后，便由两名鹰扬卫同知引去内殿。

时已近暮，沈筠知道朱南羡入夜后便要动身，留给自己的时间不多了。虽然此刻分秒必争，但她也不敢加快脚步，怕被人瞧出端倪。

她到了内殿，迈入院门，只见朱南羡竟一副要出行的样子，已背身等在了院中。

听到脚步声，朱南羡回过身来，只见一袭红衣入目，怔了片刻才难以置信地唤了句："三姐？"

他们一起长大，而且都习武，关系再亲密不过。

沈筠三年前在西北见过朱南羡一回，那时他朝气蓬勃、无忧无愁，哪里像现在这样被困于一方天地，连人也憔悴下来。怒火自五内生出，沈筠恨不得立刻转身去七王府一掌劈死朱泽微，却谨记着沈奚提醒的那句"万事当压在心头"，右手的拳头握紧了又松开，走上前去，勉强镇定地说："我刚回京，听说你……在东宫养伤，过来看看你。"

朱南羡笑了一下，道："我已大好了。"

他想到沈筠一月中旬才临盆，今日谷雨，她却已出现在京师，怕是月子还没出就赶回来了，刚要开口问她小儿的近况，却听沈筠说道："你可要好生养着。去年冬天，我在北疆边境捡了个叫阿福的小将士，他一身是伤，后来没好生休养，落下了病根。眼下他日日头晕，连王府的东门西门都分不清。"

朱南羡听了这话，原本很诧异，眨眼间就反应过来——去年冬天？阿福？不正是他在三王府外送给苏晋的那只雏鸟吗？

沈筠必定不会无端提起这话，想来已见过苏晋，是苏晋知道他今日要逃离东宫，特地让沈筠来接应他，又怕被人听出端倪，因此在话里藏了玄机。

朱南羡是以道："三姐倒不必担心这个，东宫就一个正门，我总不至于找不着。"

二人转而又说起其他的事，但都是昔日在军中的一些旧事。

沈筠是郡主，又贵为四王妃，鹰扬卫不敢搜她的身，也不敢让她近朱南羡的身。两人相隔丈远说话，不多时便已日落。

院中的石桌上还摆着酒菜，沈筠正在想那是为谁准备的，外头已有人传话说十二殿下到了。

朱祁岳大步迈入院中，见沈筠在，便对她道："四嫂还未与十三叙完话？"并没有要留她一起用膳的意思。

沈筠再次想起沈奚的提醒之言，端出一副冷色："本将军要回沈府了。"言罢也不看朱祁岳一眼，径自转身离去。

朱祁岳只当沈筠是见了朱南羡的情况，埋怨自己薄待了十三，当下不疑有他，走到石桌旁，对朱南羡道："云湖山那头出了些事，我回宫晚了些，所幸没耽误了你日前提的要事。"又道，"事不宜迟，我们早去早回。"

朱南羡却道："不急，等用过膳，天彻底暗了再走也不迟。"

谁知朱祁岳看见石桌上备好的酒菜却起了疑心，沉默片刻，道："付统领，拿银针来。"

付统领愣了一下，说道："禀十二殿下，这桌酒菜备好时，属下已逐一验过。"

朱祁岳别开眼，没看朱南羡："本王知道。再验一回。"

其实也不怪朱祁岳心存疑虑。清明过后，朱南羡提过几回想再去明华宫探望朱景元。朱祁岳问朱南羡原因，他却搪塞不言。

防人之心不可无，朱祁岳于是决定假意应承，跟朱南羡同去看看究竟。

不多时，付统领便取银针验过酒菜。酒菜虽无异样，朱祁岳却道："忘了与你说，我回宫时用过晚膳，你尽管吃，我等着便好。"

朱南羡笑了笑，倒真听了朱祁岳的话，径自去石桌前用膳，等到天色全然暗了，才将筷子放下，道："不耽误十二哥，我们这便走吧。"

自东宫至明华宫，一路途经诸多宫所，朱南羡身旁除朱祁岳，还有两名鹰扬卫。

穿过一条甬道，路过荒弃的兰苑，朱南羡似乎不经意地看了眼天色。

戌时二刻已至。

朱南羡走着走着放慢脚步，捂住胸口闷哼一声，扶着路旁一棵高大的榆树跌跪在地。

朱祁岳愣了一下，问："怎么回事？"

一名从旁扶住朱南羡的鹰扬卫答道："回十二殿下，十三殿下近日常犯心悸症，医正说是忧思过度所致。"

朱祁岳将信将疑，看着朱南羡道："你既身体不适，不如我改日再陪你去看父皇？"

朱南羡摇了摇头，似是忍痛哑着声道："不必，我稍歇片刻就好。"

于是两名鹰扬卫一左一右扶着朱南羡，让他倚靠着榆树坐下。

榆树上，也不知谁曾在此祈福，在树梢上系了一根低低垂下的红绸带。

朱祁岳在一旁看着，目光从红绸带移向这株高大的榆树，只见它枝叶繁茂如盖，树梢波光闪闪。

朱祁岳原以为闪着光的是映着月色的水珠，但仔细一想，又觉得不对——昨晚是下过一场雨，但那雨天明时就停了，眼下已入夜，树梢上怎么可能还有水？

一念及此，他更仔细地朝榆树看去，这才发现那闪着光的并不是水，而是一层涂在叶下的银色粉末。

朱祁岳心中一惊，一句"当心"还未喊出口，坐于树下的朱南羡已以迅雷不及掩耳之势扯动了那条系于枝上的红绸带。

巨大的树梢在被拉拽间倾覆而下，涂于叶上的毒粉也在震荡之中纷纷洒落。两名鹰扬卫躲闪不及，吸入毒粉，刚要起身便觉得头晕眼花。

朱祁岳正要掩鼻避开，朱南羡却先他一步将他的手腕扼住，举手在树梢虚虚一捞，随即将手中的东西往朱祁岳的口鼻处撒去。

朱祁岳抬手要挡，蓦地发现朱南羡的手中其实并无银粉，撒粉的动作不过虚晃一招，却叫自己的背后露出空门。朱南羡当即一个旋身，以手为刀劈向朱祁岳的脖颈，道："对不住了，十二哥。"自树梢摘下一片叶子，在他的鼻尖一抹，朱祁岳便彻底晕过去了。

每日戌时二刻后，兰苑外的巡卫隔一炷香的时间才会路过这里一次。也就是说，从戌时二刻算起，朱南羡有一炷香的时间不会被人发现。

朱南羡之前在东宫备酒菜邀朱祁岳一起用膳，不是想在酒菜中下毒，而是为了将时间拖至戌时。可惜方才放倒朱祁岳已费了不少周折，朱南羡知道留给自己的时间已所剩无几。

他将朱祁岳与另外两名鹰扬卫拖入兰苑的一间厢房内，迅速脱下一名鹰扬卫的衣衫给自己换上，然后将三人的嘴堵了，用早就搁在房中的绳索将他们捆牢。

朱南羡还没出厢房，就听到兰苑外有脚步声。他心中一沉，还没过一炷香的时间就有脚步声传来，难道出了什么意外？

就在他思虑时，脚步声更近了。有人进了兰苑，嚷嚷道："那边也仔细找找！"

朱南羡将头盔拉低了些许，推开门，朝屋外走去，面对苑内的一干侍卫，似是而非地问了句："你们怎么找到这里来了？"

夜色沉沉，兰苑是荒苑，里面没有掌灯。一干侍卫隔着扶疏的花木影，瞧不清朱南羡的模样，但他的一身七品鹰扬卫黑胄甲，他们是认得的。

其中一名侍卫长当即跪地禀报："回统领大人，卑职等是奉命来此寻找皇贵妃娘娘的。"

即便得知这些人不是为自己而来的，朱南羡也没能松下一口气。

听他们的意思，皇贵妃想必又犯疯症离开重华宫了。眼下后宫巡卫与亲军卫一定满宫里找人，自己在这个当口儿想要逃出宫实在是困难重重。

然而，开弓没有回头箭。朱南羡知道，一旦错过今夜，这辈子恐怕都无法离开东宫了。

思及此，他淡淡地道："此处不必搜了，本官搜过了。"

那名侍卫长犹豫道："可是……"

"本官的话你也不信吗？"朱南羡沉声道。

朱南羡站在暗处，侍卫们瞧不清他的脸，他却能借侍卫们手里的火把将他们的衣服看得一清二楚。

"你等是后宫值卫十六所九队的人，负责巡逻兰苑至未央宫一带。此处本官已找过，你们若不信，大可以再搜。但倘若你们因此耽误了找皇贵妃娘娘，抑或是皇贵妃娘娘在你等巡逻的地界出了事，莫怪本官如实禀报，请都督府治罪。"

侍卫长一听这话，连忙道："统领大人莫要动怒，属下等这就去别的地方找。"

朱南羡看着侍卫们走远，面色却更加凝重起来。

依照原来的计划，朱南羡本可以借这身七品黑胄甲以及已熟记的巡卫时刻表避过侍卫去往前宫。可眼下皇贵妃失踪，后宫内势必严加搜查。东宫那头，自己与朱十二不见的消息想必不多时便会传得到处都知道，自己若再穿着鹰扬卫的盔甲，恐怕会弄巧成拙。

一念及此，朱南羡心生一计。

他走出兰苑，自榆树梢头摘下两片沾了毒粉的树叶塞入袖口，躲在暗处等了片刻，直到看到一名落单的巡卫路过，才自暗处走出来，喊了句："这位小将士。"

巡卫见来人一身黑胄甲，本要拜，却在看清他的脸后近乎不信地唤道："十……十三殿下？"

朱南羡却不应，大步走到他跟前的同时将毒叶握在手心，抬手往他的口鼻处一抹，再补上一个手刀，巡卫便晕了过去。

朱南羡将他拖进兰苑的一间柴房，将二人的衣甲对换，如方才捆鹰扬卫一般将他捆好，迅速离开。

从兰苑到前宫尚有一段距离，朱南羡一路上不但要途经未央宫、裕华殿，还要穿过长长的长留道。若自高处俯瞰，后宫时下已混乱不堪，各巷各道都有奔走的巡卫、内侍与宫婢，照明的火把穿梭而行，时不时传来呼喊之声。

方才那名巡卫的头盔很大，朱南羡将帽檐拉低，竟能遮住半张脸。

他只顾往前奔走，路过长留道时，与几名衣着相似的巡卫擦肩而过。

那几名巡卫停住脚步，狐疑地看了他一眼，须臾，一个嗓音较粗的人喊了句："那边那个！"

朱南羡不理，继续向前。

嗓音较粗的人带着人追了几步，问："你怎么一个人？"

朱南羡正在想找个借口敷衍过去，忽听长留道外传来嘈杂的脚步声。伴着这脚步声，宫墙外有一条火把排成的长龙行来。

朱南羡一看这阵仗，心中顿时生出不好的预感。

避无可避之际，长留道的一头出现了一名眉点朱砂，身着暗纹蟒袍的人——正是听闻皇贵妃失踪，赶来后宫问话的朱沢微。

朱南羡低垂着头，与身旁几名巡卫一起退至道边，齐齐跪地，俯身行礼。

朱沢微没在意区区几名巡卫。然而就在他经过朱南羡身边时，只见一名鹰扬卫匆匆自内宫跑来，朝朱沢微请罪道："禀七殿下，十二殿下与十三殿下不见了！"

朱沢微一听这话，原本和缓的神色彻底冷了下来，眼中怒意忽起："怎么搞的！"又道，"朱南羡不是在东宫吗，怎么会不见？"

那名前来禀报的鹰扬卫道："回七殿下，今日入夜后，十二殿下原要带十三殿下去明华宫探望陛下。可是方才皇贵妃娘娘失踪，来值卫所禀报的虎贲卫称并未在明华宫见过两位殿下。"

朱沢微怒道："那还愣着干什么？还不赶紧着人去找！"又看向身旁的羽林卫同知，问道："伍喻峥呢？"

那名羽林卫同知回道："回七殿下，今日申时过后，刑部苏大人以……涉嫌谋害故太子之名传唤了伍大人，眼下伍大人恐怕还在刑部。"

朱沢微咬牙切齿："又是这个苏时雨。"

然而羽林卫只是暗中臣服于朱沢微，伍喻峥不在，朱沢微身后又跟着一众宗人府大臣，他不好擅自调兵。

他阴沉着脸问："人是何时不见的？"

"回殿下，戌时过后。"

朱沢微看了眼天色，时下仍是戌时，想必朱南羡还在内宫。他缓了缓心神，吩咐道："找人去刑部让伍喻峥过来见本王，立刻派人守住后宫各宫门。"

他刚要迈步离开，余光一扫，瞧见路旁还有几个跪在夜色中的巡卫，不耐烦地道："你们几个跪在这儿做什么，还不赶紧去找十二和十三？"

几名巡卫当即起身往内宫走去。

谷雨之夜，天边云团蓄积，月色自云中时隐时现。

朱泽微的目光不经意间在前方几名巡卫的身上掠过，心中忽地闪过一种莫名之感。

他还没辨明这种感觉是什么，就已喊出一句："等等。"

朱南羡的心顷刻沉至谷底，所幸比朱泽微的脚步声更早响起的是一声来自长留道外的呼喊："找到皇贵妃了！"

一名侍卫匆匆跑来，在朱泽微的身前拜下："禀七殿下，找到皇贵妃了。"一顿，似乎怕触怒他，犹疑片刻才又道，"皇贵妃眼下在……在延合宫故所。"

所谓延合宫故所，正是故去的岑妃即朱泽微母妃的故居。

朱泽微一听这话果真震怒，方才的莫名之感一下子无从捕捉，甩下一句"让这几个巡卫跟上"后，往延合宫故所走去。

昔日岑妃被诬蔑与人通奸，自尽于延合宫故所，尸体在房梁上挂了五天才被人发现。此后延合宫就一直有闹鬼之说。

朱泽微一行人等刚到延合宫便听到里头传来阵阵瘆人的笑骂之声。仔细听去，不是疯了的皇贵妃又是谁？

故所旧殿已被折腾得一片狼藉，皇贵妃蹲坐其中，指着岑妃的牌位尖厉地嘲笑道："我早和你说这宫里有鬼，你不信。血债血偿，你欠的那些债，你偿还不了，那厉鬼就钻到她的肚子里去了。"

旧殿里没掌灯，一寸月光自云间洒下，照着皇贵妃涂满脂粉的脸，看着惨白瘆人。

皇贵妃说着起身上前，抱着岑妃的牌位大笑一阵，又跌坐在地，好像中邪一般忽然收了笑意，怒骂道："她也是个恶人！她害了我，所以怀了一个孽种，怀了一个恶鬼！她一定不得好死，要下拔舌地狱，要滚油锅，要——"

皇贵妃言语中虽未言明"她"是谁，但如今后宫中只有淇妃怀有身孕。

朱泽微听了这话，沉声吩咐道："去把她的嘴堵了，把她抬回重华宫。"

两名侍卫应声上前，一左一右挟住皇贵妃，见她还不断地口吐怨愤之言，只好将她的嘴堵上，再强行将她捆着出了延合宫。

朱泽微看着凌乱的内殿，冷冷地道："还不去收拾？"他虽未指明让何人收拾，但身后除了宗人府的臣工与亲军卫，只余几个闲着的末等巡卫。

那名嗓音较粗的巡卫长正走神，听了这话，忙不迭地应了声："是。"随后带着几名手下进入旧殿。

旧殿里暗淡无光，只有巡卫长一人有火把。他将火把支在架上，半是疑虑半是不安地看了朱南羡的背影一眼。

后宫巡卫一个卫队共十二人，六人一轮班。然而，自他们在长留道遇到这个人后，这个人便一直默不作声地跟着他们。眼下后宫内非但有人失踪，还传言闹鬼，他的卫队里突然多出这么一个人来，还一直低垂着头不声不响，实在让人心生寒意。

朱南羡担心被火光照到脸，一直避在暗处收拾东西。

旧殿东角有一长案翻倒在地，朱南羡将案身扶起时，不期然身旁一个小巡卫正捡了香炉要往长案上摆。蹲起之间，小巡卫借着月色一望，正好与朱南羡的目光对上，瞧清了朱南羡的半张脸。

小巡卫一下怔住了，手中的香炉惊落在地，发出"哐当"一声巨响。

巡卫长唯恐七殿下斥责，先一步喝道："怎么搞的！"

那名小巡卫却盯着朱南羡发愣。

就在朱南羡并手为刀，决定豁出去了时，小巡卫蓦地回过神来，慌里慌张地回了句："没……没事，属下绊了一下。"

巡卫长恼道："当心些！"

旧殿还未收拾好，外头有人来报："禀七殿下，兰苑附近的巡卫找到十二殿下了！"

朱沢微瞳孔一缩："在哪儿？找到十三了吗？"

"回七殿下，未找到十三殿下。十二殿下与两名鹰扬卫大人被捆在兰苑的一间厢房中，似乎中了毒，怎么唤都唤不醒。其中一名鹰扬卫的铠甲与头盔被人扒下来了。兰苑那头的巡卫说他们第一回去搜兰苑时，被一个瞧不清面孔的鹰扬卫统领大人拦了下来。他们猜测……兴许是十三殿下换了鹰扬卫的黑胄甲。"

言语间，朱南羡与一干巡卫收拾完旧殿，从朱沢微身旁退出宫门。

朱南羡听得这话，猜到这些侍卫应当是一发现朱祁岳便派人过来禀报了，匆忙之中竟没发现被捆在另一间柴房中的那名与自己对换了鹰扬卫黑胄甲的巡卫。

可是，他们既然在兰苑找到了朱祁岳，就算一时分神，不出一刻，也会彻底搜查兰苑。

留给朱南羡的时间不多了。

朱沢微道："传令下去，即刻让鹰扬卫自查！一旦发现十三，一定要将十三平安送回东宫！"

"是！"

朱泽微又恼道："伍喻峥怎么还没到？"

另一名侍卫道："回七殿下，方才去传伍大人的侍卫说，苏大人称故太子被谋害一案关乎国体社稷，一定要伍大人写完供状才肯放他出来。"

朱泽微怫然道："两个王爷一个中毒一个不知所踪，苏时雨还有胆子提国体社稷？简直本末倒置，可恶至极！"又道，"伍喻峥没长脑子吗？后宫都乱成这样了，刑部是龙潭虎穴？他出不来了吗？"

朱南羡知道朱泽微为何一定要伍喻峥来，因为他要让这支只听从于伍喻峥的亲军卫封锁整个后宫，甚至整个随宫。他要在这重重宫闱中设下天罗地网，让朱南羡插翅难逃。

可是朱南羡跟着的这支巡卫队是朱泽微亲令随行的，若朱泽微不下令自己就擅自离开，必定会惹人生疑。

朱南羡正在想办法，袖口忽然被人微微一拽，身旁那名已认出他的小巡卫"哎哟"一声蹲伏在地："这位兄弟，我方才搬东西的时候好像被什么东西扎了后腰，您能不能帮我看看？"

朱南羡在巡卫长狐疑的目光下点了一下头，垂首蹲下身。那名小巡卫以仅两人听得见的声音说："小的掩护，殿下快走。"

朱南羡不动声色地掀开小巡卫后背的衣衫，低声回了句："你会死的。"

那名小巡卫飞快地笑了一下："殿下救过小人一家的性命。"

朱南羡听了这话，抬头看了一眼小巡卫的脸，却觉得陌生得很。

其实也不怪朱南羡不记得，当年这名小巡卫的兄长在东宫当差，打碎了景元帝赏给朱悯达的琉璃碧玉瓶。后宫侍卫犯这样的错，重则是要被杖杀的，好在朱南羡先一步回宫，发现了碎玉瓶。在朱南羡看来，这样的瓶子不是什么稀罕之物，又见那侍卫跪地告饶着实可怜，便道："这没什么，就说是本王打碎的好了。"

时隔经年，朱南羡早已将这事忘干净了，却没料到有人竟将这当作救命之恩，一直牢记在心。

言毕，小巡卫忽然就地一倒，捂着肚子打滚道："哎哟，疼死我了，疼死我了，我是不是中毒了？延合旧殿里的东西是不是有毒啊？"

他这么一嚷嚷，余下的五名巡卫皆是一愣，不由得举了火把，皆上来查看。巡卫长还斥道："小声点儿，当心搅扰了七殿下。"

朱泽微已然被搅扰了，守在延合宫外的两名侍卫一听"旧殿里的东西是不是有毒"，忙不迭地进里头去禀报。

于是就在众人的注意力被分散的当口儿，朱南羡悄无声息地往后退了一步，又退了一步，终于退至拐角处，接着飞快地转身，再次朝宫外走去。

朱南羡走后不久，几名侍卫匆忙从内宫赶来，扑跪在延合宫的阶下，惶恐地道："七殿下，小人等……小人等又在兰苑的柴房里找到了一名巡卫，但他穿的是鹰扬卫的黑胄甲，跟十二殿下一样中了毒。小人猜……或许是十三殿下跟这名巡卫对换了衣裳……"

"废物！"不等侍卫说完，朱沢微便道。

延合宫外的巡卫长听了这话，像是想到了什么，蓦地抬目朝四周望去——方才那个一直跟着他们的沉默不言的巡卫到哪里去了？

地上的小巡卫还在叫着疼，叫着中毒，巡卫长却彻底反应过来了。巡卫长目露惊骇之色，一下子也跪倒在地，结结巴巴地道："禀……禀七殿下，方才小人的巡卫队里有一个人……有一个人小人不认识。"

朱沢微紧盯着巡卫长不说话，眼睛里已卷起风暴。

一旁的羽林卫同知代斥道："既然有人不认识，为何让他跟着你的巡卫队？"

"是在半道上撞上的，后来七殿下让我等跟来延合宫，那人便……便一起跟来了。"

是了，早先在长留道上看到这几名巡卫时，朱沢微心中就有种莫名之感，原来这莫名之感竟源自他对朱南羡的背影过于熟悉。

这么说，朱南羡刚才一直跟在自己身边？

朱沢微只觉浑身的血一下冲到了脑门，怒到极点时，又出乎意料地冷静下来。

他环目一扫，一言不发地径直走到仍在地上打滚儿的小巡卫身前，蹲下身将小巡卫的衣衫一掀，见他声称被扎伤的后腰上连一道伤痕都没有，于是面无表情地站起身，道了句："来人。"

"在！"

"杀了。"

刀光一闪，迸溅而出的血被月色一照，竟像为这暗夜笼上了一层红雾。

朱南羡步履飞快，眼看就要走到长留道尽头，却见前方人影一闪，竟是伍喻峥带着数名羽林卫从前宫赶来了。

朱南羡默不作声地退到一旁跪下。

伍喻峥赶着去见朱沢微，竟没注意到道旁跪着的正是朱沢微翻遍整个宫禁都找不着的十三殿下。

但这并没有让朱南羡悬着的心放下多少。

羽林卫指挥使都到了，那后宫通往前宫的正门恭旋门一定已被朱沢微的人把守住了。

但他一定要从恭旋门离开——傍晚时分，沈筠来找他对暗语，他的一句"东宫就一个正门"，正是暗中告诉了沈筠自己的计划。

后宫各出口已守卫森严，唯独正门有沈筠接应，只有正门有希望。

思及此，朱南羡加快了脚步，行至恭旋门甬道，一袭红衣入目，沈筠背负红缨枪，果然正等着他。

见朱南羡走近，沈筠走到他前面，低声说道："前头守着的两人已被伍喻峥换成了他的人，恐怕不会听我号令。实在不行我只有动手，到时你借机离开。他们不敢伤我，即便有人追来，我还能替你挡一时。"

朱南羡道："好，多谢三姐。"

沈筠又道："眼下宫中已快要戒严，前宫那边，我已派人告知苏时雨与左谦这里的意外状况，他们定会接应你。可惜我不能陪你去前宫，你万事当心。"

朱南羡"嗯"了一声。

二人说话间已至恭旋门，守在门前的两名羽林卫朝沈筠一拱手："禀四王妃，臣等奉七殿下之命，今夜严禁任何人离开后宫。"

沈筠道："怎么，你们连本将军都要拦吗？"

"自然不敢拦四王妃，只是四王妃身后的这名巡卫恐怕不能擅离。"

"放肆！"沈筠斥道，"这名巡卫曾是我四王府的人，本将军今夜要带他回府见四殿下。"然后对朱南羡道："别管他们，我们走。"

沈筠与朱南羡迈步行到恭旋门前，却见那两名羽林卫将长矛交叉一并，不管不顾地将二人拦下。

沈筠二话不说，取下红缨枪，枪头自下朝上往长矛的交并之处挥去。随后她迅速对朱南羡道："走！"

朱南羡借着长矛被挑开之际，大步流星地自狭口处侧身而过。

两名羽林卫已认出了他，见他要走，当即丢下长矛，同时朝朱南羡的后肩抓去。

朱南羡一个旋身避开，揪住其中一人的手往内一折，只听"咔嚓"一声，竟将这人的腕骨折断了。

那人眉头紧皱，当下就要叫喊出声。赶上来的沈筠手握红缨枪在他的胸口一个横打，生生让他将叫喊声憋回胸腔，吐出一口血来。

沈筠就势将红缨枪一收，枪身在她的手心滑过。她脚下一转，枪尾往上一挑，又打在另一人的咽喉处，令他也无法呼喊出声。

宫闱里已有人听到打斗之声朝这里赶来。

朱南羡最后朝沈筼点点头，疾步没入沉沉的夜色之中。

伍喻峥遇到朱沢微时，朱沢微正率一行人往长留道赶来。

伍喻峥知道形势紧急，自免了请罪之礼，跟在朱沢微身侧，一边往恭旋门走，一边压低声音道："禀七殿下，属下已命羽林卫把守住前宫各门，此外还派人盯紧了苏时雨与左谦。哪怕十三殿下能从后宫出去，没有苏时雨和左谦接应，想必也插翅难逃。"

这一夜中，朱沢微已是第三回听到"苏时雨"三个字了。他实在是气极了，咬牙切齿地道："朱南羡不是在乎苏时雨吗？他尽管跑，这笔账本王一定会算在刑部苏侍郎的头上！"

夜是纷乱而深沉的。

伍喻峥刚从刑部离开，沈筼的暗卫便来告知了苏晋后宫的情形。

苏晋知道，不出一刻，整个宫禁便会被羽林卫封锁。朱南羡虽已离开后宫，可若无人接应，恐怕也出不了随宫。

苏晋略一思索，问道："左将军那边如何了？"

暗卫道："回苏大人，十二殿下中毒，十三殿下失踪，值卫所已传了今日在宫中的所有指挥使大人。"换言之，左谦脱不开身。

刑部主事吴寂枝道："苏大人，实在不行就由下官掩护，先接到十三殿下再说。"

这个吴寂枝是沈奚的暗桩。苏晋初来刑部，可信之人只有他。

"不妥。"苏晋道，"伍喻峥一定派了羽林卫盯紧我与左将军，我若堂而皇之地离开刑部，他们必定暗自跟踪。"

这时，守在公堂外的小吏叩了叩门扉，禀报道："苏大人，戚府的四小姐说有要事请见。"

暗卫与吴寂枝听了这话俱是咋舌，戚府的四小姐是女眷，怎么找到刑部来了？

吴寂枝本要代苏晋出门送客，苏晋思忖了一下，却道："请她进来。"

与戚绫一同来的还有她的贴身侍婢，二人与苏晋见完礼，正寻思着如何开口，便听苏晋问道："你可是为十三殿下来的？"

戚绫稍一犹疑，应了声"是"，说道："如雨踏春归来，原本随阿姐在宫中等十二殿下，刚才听闻十二殿下中了毒，十三殿下也失踪了。因此如雨自作主张，想来问一问苏大人，十三殿下可是今夜要离开东宫？"她微一咬唇，"可有如雨帮得上忙的地方？”

苏晋默不作声地看着戚绫，片刻，屏退了吴寂枝与暗卫，说道：“昨日在云湖山，你百般照顾舍妹，防着七王妃从舍妹口中问出本官的身份，本官还未谢你。”

“苏大人客气了。”

“但在此之前，本官还有一个问题。”苏晋负手看着戚绫，“你可是猜到了本官的什么秘密？”

戚绫犹豫了一下道：“如雨虽不确定，但想来是差不多的。”她抬眸看了苏晋一眼，“大人可是女子？”

苏晋明白，越多人知道她是女子，她便离危险更近一分。可事到如今，这个女儿身是她避开羽林卫最好的掩护。

一念及此，苏晋摘下发冠，露出一头青丝：“让你的侍婢进来与我对换衣衫。”

六部衙司在奉天门与正午门之间。

苏晋与戚绫一进奉天门，便见羽林卫已开始搜查各宫巡卫了。

两人避去暗处。戚绫问了一句：“羽林卫既然已行动，说明八面宫门已快要封锁，大人可知怎么找到殿下？找到殿下后又从何处出去？”

苏晋早就琢磨过这个问题。

八面宫门虽即将封锁，但因明日清晨四殿下出征，所以咸池门处还在装载粮草、兵械。且负责装载兵械的人正是沈奚安插在兵部的暗桩，兵部郎中何苋。

苏晋道：“我早前用一只叫‘阿福’的鸟与殿下传过暗语，殿下从后宫出来，想必会以此做暗号提示我。”她说着环目一扫，只见墀台右下角的台子上雕着一只展翅的石朱雀，当下心神一动，走上前提灯照着朱雀一寸一寸看下去，果然在尾羽下方找到一个侧着写的“福”字。

“往西。”苏晋道。

自奉天殿往西，依次是西阙所、明华前宫、未央宫，以及琴台阁。

二人行至一处宫所，正要进去找，忽见身后的浅草微微一动。朱南羡从一道暗墙背后绕出来，先唤了一声：“戚四小姐。”随后，目光落在戚绫身旁的婢女身上：“你……”

朱南羡不知何时已换了一身内侍的衣服，走近了两步才道：“阿雨？”

苏晋言简意赅地道：“我与四小姐送殿下去咸池门。”

朱南羡知道眼下一刻都不容耽搁，点头道：“好。”

已近子时，离咸池门越近的地方越喧嚣，想来是朱昱深天明出征，所要装载的粮草、兵械已到了最后点算的阶段。

三人绕过一条长径，忽见前方有两道黑影走过，仔细看去，竟是羽林卫。

苏晋心道不好，羽林卫来此，看来是要将这最后一道咸池门也封了。

这时，朱南羡低声道了句："簪子。"

戚绫还未反应过来，苏晋已将头上的一根银簪拔了下来，交到朱南羡手中："殿下当心。"

朱南羡一点头，脚下步履如飞，身形快若闪电又悄无声息，倏忽间已追上两名羽林卫。他右手肘绕过其中一人的脖子狠狠一折，左手将银簪扎入另一名回过头来的羽林卫的脖颈。

朱南羡回头看向苏晋与戚绫，微一偏头，示意她们跟上。三人一时顾不上隐藏尸体，径自朝咸池门赶去。

咸池门灯火通明，一名侍卫看到戚绫，过来与她一拱手："戚四小姐，四殿下明日出征，兵部正在此点算粮草和兵械，任何人不得通过。小姐若要出宫，还请从旁的宫门离开。"

戚绫道："可是刑部的苏大人说戚府的马车就在咸池门外，还说何大人知道。这位将士可否去问一问何大人？"

不多时，兵部郎中何苋便举着火把过来，还未跟戚绫相互见礼，便听一旁的婢女唤了一声："何大人，是我。"

火光一下照在苏晋的脸上，竟映出一副女子般清雅至极的容颜。

何苋只怔了一下，便又举着火把看了一眼一旁身穿内侍衣服的朱南羡，低声道："殿下与大人放心，下官知道当怎么做。"说着折回身，引戚绫三人往咸池门外走去。

咸池门外果然停着一辆单匹马拉的车，然而不是戚府的，而是兵部的。

何苋脸上挂着歉色，对戚绫道："戚都督的马车还没到，四小姐既赶着回府，便乘本官这辆吧！"

戚绫欠了欠身："有劳何大人。"

暗夜中一声鞭响，马车辘辘起行。

朱南羡坐在车前赶车，苏晋掀开后帘望去，咸池门外的灯火越来越亮，喧哗声比方才更大了，想来是伍喻峥带着一众羽林卫赶到了。

羽林卫既然找来此处，岂有不追的道理？

苏晋想到此，掀开车帘对朱南羡道："殿下，这么逃不是办法。那两个死了的羽林卫一定被人发现了，不出一刻，伍喻峥便会增派兵力搜遍城西。他们快马加鞭，这马车上却载了三个人，我们迟早会被追上。不如将马卸了，你一个人走！"

朱南羡沉默了一下，不肯勒缰绳："我走了，你怎么办？"

苏晋道："殿下放心，我早已吩咐照林来接应我，待会儿在这巷中藏一藏便好。"一顿，又道，"如果殿下走不了，你我今夜就会一起死在这儿，说不定还会连累戚四小姐。"

朱南羡扬鞭又往马身上一抽，马车载着三人绕至一条深巷内，速度却并不见缓。

他道："那我送你去见覃照林。"

春夜的风擦着苏晋的脸颊急速刮过，她道："殿下可还记得那日在昭觉寺让阿雨走时，跟阿雨说的话？"

那时朱沢微与诸王领着鹰扬卫包围了昭觉寺，他为了让苏晋活命，对她说："没有你，我也活不下去了。"

苏晋笑了一下，道："对阿雨来说，也是一样的。"

朱南羡的睫毛微微一颤。

苏晋再道："阿雨留下尚有一线生机，可殿下若再将这马车赶下去，我们便只有死路一条了。"

朱南羡听到这里，终于狠咬牙关，勒马停了车。

苏晋一刻不停地跳下马车，一边解马绳一边道："秦桑就在应天城正西门外等殿下，殿下只要出去就能看到他们。只是从正西门往南昌走会经过城郊，羽林卫一定会分人在南门截道，殿下一定要……"

朱南羡按住她的手，打断道："覃照林当真会带人来接应你？"

苏晋看着他的眼："阿雨什么时候骗过殿下？"

戚绫走近欠了欠身："殿下放心，在覃护卫来之前，如雨会以戚家之名……帮殿下保护好苏大人。"

朱南羡不再说话，喉结上下滚动，接过马绳三下五除二便解开，翻身上马。他回身看了苏晋一眼，最后说了一句："等我回来。"

第三十四章　层云过境

等朱南羡的身影在巷子深处消失，苏晋立刻对戚绫说了一句："走！"

戚绫跟着苏晋走了两步，问道："覃侍卫在哪里接应大人？"

"他不会来。"

覃照林早已被她派去保护沈奚了。

今夜皇贵妃犯疯症，意外频频，到现在整个宫禁都被封锁了，连金吾卫都出不来。苏晋孤身在此，已是困兽。

戚绫愣了一下，道："大人这是……拿自己的命救殿下？"

苏晋没答话，仍疾步往巷子里走去。

便是困兽，她也要做困兽之斗，只要有一线生机，就不能放弃。

苏晋的手忽然被人一拽，戚绫自头上拔下一根金簪递给苏晋："这簪子里头藏了一把小刀，刀上淬了毒，是我兄长命人为我做的，大人留着防身。"

苏晋愣了片刻，道："那你呢？"

戚绫道："我留下，大人快走，我是戚府的人，羽林卫不敢伤我。我去马车旁守着，能拖一时是一时。"

咸池门已打开，暗沉沉的巷外已有马蹄声。苏晋接过簪子握在手里，说了句："大恩不言谢。"之后折入一条窄巷。

子时已过，应天城内早已闭门闭户，苏晋本想敲开一户人家的门藏身片刻，

564

奈何身处的窄巷竟是背街的，左右只有高墙。

巷子很深，朱泽微的人来得远比她想象中快。不多时，前方巷口处出现一个举着火把的羽林卫。

苏晋忙贴身于墙壁的凹处。

谁知这羽林卫似乎是看到了她的身影，竟举着火把走进了窄巷，即便她贴于凹处也避不开这火光的映照。

羽林卫还未行至她身前便已看到了她，正要高呼喊人，忽然一只五指修长如玉的手自火色背后伸出来，指间的刀在羽林卫的脖颈处轻轻一划，一道浅淡的血痕出现的同时，伤口处的血已变得黑紫。

羽林卫无声地向前栽倒，而他身后站着的，竟是面无表情的柳朝明。

苏晋怔怔地看着柳朝明，一时想不明白他为何会出现在此。柳朝明扫了一眼倒地的羽林卫，没说话，转身便走，走了两步又回过头，看向犹自迟疑的苏晋："还不跟来？"

这条深巷背街，他们想要避开羽林卫的搜查，只能穿过前面的岔道，躲到对面的民户中去。

然而岔道口已有两名羽林卫把守。

柳朝明走到巷末，对苏晋说："等着。"然后独自朝岔道口走去。

两名羽林卫看清来人是柳朝明，戒备之余十分诧异："柳大人？"

柳朝明没回话，径自走到他二人跟前，勾起唇角笑了一下，道："苏时雨，出来。"苏晋霎时明白了柳朝明的意思，从暗巷内走出来。

两名羽林卫不约而同地朝柳朝明身后望去，在火光映照下，刑部苏侍郎竟是一身女子装扮。

他二人俱是大惊，反应过来后正要叫人，可惜已经晚了。就在他们分神的一刹那，柳朝明已抬手在他二人的喉间划过。

苏晋这回看得清楚，藏于柳朝明指间的是一柄短小的薄刃，刀刃上应当是淬了某种见血封喉的毒。

两名把守岔道口的羽林卫虽死，但眼前纵横交错的民巷也不是安全之地了。

苏晋知道，不出半刻，羽林卫便会发现同僚的尸体，然后加派人手挨家挨户地搜查。

她看向走在前头半步的柳朝明，忍不住问："大人会武？"

"不会。"柳朝明道，"只会杀人。"

他说这话时没有回头，脚下步子却一顿，蹙眉扫了一眼前方的小径，略一思索，折身往他二人方才路过的一个岔口走去。

这倒与苏晋此时此刻的想法不谋而合——那条岔道通往吏部尚书曾友谅的府邸，而曾友谅是朱沢微的人，所谓最危险的地方就是最安全的地方。

然而就眼下的情形来看，他们去曾府也是下下之策。曾友谅十分警觉，他二人进去后，不一定出得来。

苏晋看向柳朝明的背影，心想：反正自己只有死路一条，去曾府搏一搏命倒也罢了，柳昀为何也要去？

思及此，一个念头忽然在脑海中闪过，她怔怔地道："大人竟是一个人来的？"

柳朝明一顿："你当我是什么？"他微微蹙眉，"料事如神？"

若不是早就知道她是女子，若不是线人禀报说戚府的四小姐去了刑部，他如何也算不到苏晋会以女儿身瞒天过海。

事出紧急，他猜到戚绫的侍婢是苏晋时，根本来不及部署，甚至来不及知会任何人，刚才出现在那条背街长巷时也只是先了她一步。若他晚了一步，她就死了。

柳朝明上下打量着苏晋，道："你穿成这样真是疯了。"

苏晋低垂着眼帘："大人不该来。"她顿了一下，"大人来此，是将自己置于险境。"

朱沢微想要她的命，何尝不想要一直在朝野制衡自己的左都御史的命？

只可惜柳朝明权势滔天，朱沢微要对他下手实在太难。而今夜他与她在深巷内落单，朱沢微正好一石二鸟。

柳朝明没说话，加快脚步往曾府走去。

二人走到曾府的侧门，却不叩门，而是避于一旁的墙柱凹侧。

苏晋问："怎么进？"

柳朝明看了一眼巷口，只见两名羽林卫举着火把赶来，于是低声道："等着。"

这两名羽林卫大概是发现了岔道口的尸体，得令过来让曾府戒严。

他二人与应门的老仆说了不到两句话，柳朝明便先一步绕出墙柱，与苏晋一起用先头的办法将两名羽林卫杀了。

应门的老仆目露惊骇之色，刚要喊，柳朝明已伸手掐住他的喉咙："想活命？"

喉间的窒息感伴着尖锐的刺痛感传来，老仆涨红了脸，艰难地点了点头。

柳朝明又道："带路，敢回头就死。"

此处是偏院，大概是因为曾府附近有羽林卫的尸体，所以府里的护卫都去了前院听令，偏院内倒没什么人。

老仆依言将柳朝明引到下人的处所前，正要摸铜钥开锁，忽听身旁有人唤了一句："钟老伯，他们是……"

竟是一名护卫从前院回来了。

柳朝明当机立断，大步走过去，任凭护卫制住自己的手肘，然后手腕往回一折，用指间刃在护卫的小臂上割开一道口子。

刃上淬的是箭毒木汁，无论伤在哪里，只要见血，必定夺命。

但柳朝明到底不是习武之人，这么一来让背后露出空门。说时迟那时快，老仆摸铜钥的手忽地移到腰间，摸出一把匕首就往柳朝明的背上扎去。

好在苏晋早有防备，道了声："大人当心！"抬手往柳朝明的身前一挡。匕首在她的左臂上划出一道伤口的同时，她将早已握在手中的金簪小刀扎入老仆的肩胛。

戚绫的这柄金簪小刀上不知染了什么，伤口分明不深，老仆却仅昏沉着走了两步，之后就倒在地上不知生死了。

柳朝明看了苏晋一眼，见她捂着的左臂上不断有血渗出，默不作声地蹲下身，在老仆的身上翻找出铜钥，打开一旁的厢房门，说："进来。"

进了厢房，苏晋顾不上伤口，在柜子里找出一身男子的长衫直裰，忍着伤痛将身上的侍婢衣裙换下。

柳朝明也不知从哪儿翻出一瓶金疮药，搁在桌上道："你自己上药。"

苏晋伤在左臂，一只手上药多有不便，且还要重新脱下衣衫。她试了试，觉得上药太耽搁时间，便在房内找了条布带裹在伤处，草草止血。

柳朝明在一旁默默看着，少顷，莫名又说了句："我的刀上有毒，可能沾了些在手上。"

苏晋愣了一下才反应过来他是在解释为何不帮自己上药，当下摇头道："这点儿伤，无事。"她裹好伤口，走到院外，在方才穿着的侍婢衣裙里裹了几块石头，将其扔入湖中，然后对柳朝明道："我们走吧！"

她虽没说去哪里，但两人都知道，想要在曾府自保，就得在羽林卫进府前挟制住曾友谅。

丑时已过，他们越往前院走，各处守卫越是森严。

曾友谅并非庸碌之辈，柳朝明与苏晋刚踏上通往正堂的回廊，便见不远的拱桥处有一列护卫举着火把朝后院搜来。而走在这些护卫当中，被重重保护起来的正是吏部的曾尚书。

柳朝明心道不好，回身拽了拽苏晋的手腕，拉着她疾步躲到来时的高墙处。

将身子贴在高墙后，他将握着苏晋手腕的手松开，心中已来不及细想，下意识地道："你快走。"

苏晋愣了一下："大人？"

护卫已越行越近，他们来时的路似乎也被一段一段地把守住。高墙之外传来喧哗声，想必是死在偏院门外的羽林卫与仆从被发现了。

柳朝明垂着眸，道："你找个地方，躲起来。"

苏晋终于反应过来："不行，大人是因为我才落入险境的。"她想了一下，"他们不知大人在此，想抓的只是我一人。我去找曾友谅，大人寻个时机离开。"

她说着就要往前院走去。

柳朝明当即握住她的手肘将她拉回来，话还没说出口，忽见前方火光一闪，护卫已经搜到了此处，高呼道："大人，在这里！"

黑夜一下子亮如白昼，数十名护卫举着火把将苏晋与柳朝明层层包围。

曾友谅从一群护卫中走出来，看到柳朝明，讶异地挑眉道："柳大人？"然后他笑了，"左都御史与刑部侍郎竟同时出现在我曾府，不知道的还当我曾府窝藏了什么谋逆叛国、十恶不赦的罪人呢。"

曾友谅说到这里，眸色一冷，问："伍喻峥到了吗？"

一旁的护卫答道："到了，听说苏大人在此，伍大人已带着羽林卫赶过来了。"

苏晋心中一片冰凉。伍喻峥带着羽林卫一并来此，目的只有一个——取她的性命。哦，对，伍喻峥还要取柳朝明的性命。

然后伍喻峥会诬蔑是她杀了柳朝明？抑或是称十三殿下杀了两名朝廷重臣？

火光将两人映在地上的身影拉长，苏晋的目光落在柳朝明的影子上。她忽然很想问问他，今夜究竟为何要来？

她知道柳朝明对老御史承诺了要照顾她。

可究竟是什么样的承诺，会令他不惜自己的性命来救她？

伍喻峥带着羽林卫到了，看了看柳朝明与苏晋，不由得迟疑了。他想，自己的身上已血债累累，到了今日，难道要再添上一笔？

但他又想，反正朱悯达他都带人杀了，在生死簿上再添上两条人命，哪怕是朝廷的股肱重臣的命，又有何妨呢？

他罪孽太深重，连一念之仁都是奢侈。

思及此，伍喻峥拱手道："柳大人、苏大人，得罪了。"

他刚要抬手下令，忽然一个小厮从前院跌跌撞撞地跑来，道："曾大人、伍大人，四殿下带着几名出征的兵卫往这边来了！"

曾友谅诧异不已，朱昱深要天明才出征，怎么这时找到曾府来了？

然而他还未来得及细想，朱昱深的身影已出现在了回廊外。

一名随行的将士上前一步道："曾大人，四殿下听闻十三殿下失踪，看羽林卫在贵府附近搜寻，特来问问可有帮得上忙的地方。"又朝另一旁行礼道："柳大人与苏大人也在。"

曾友谅道："是，今夜十三殿下被贼人掳走，一个时辰前出现在敝人的府邸附近。臣派人在府内查看，没承想撞上了柳大人与苏大人，正打算问一问二位大人。"

朱昱深看着曾友谅，淡淡地问："曾大人的意思是要审柳大人与苏大人？"

"四殿下误会了。"曾友谅道。

曾友谅知道今夜再想杀柳朝明与苏晋已不可能了。朱昱深不比其他王爷，西咸池门外即将出征的万余名将士都听他号令，此刻自己与他作对，实在不理智。

"审案问案是三法司的职权，既然都察院与刑部的两位堂官俱在敝人府邸，想必是有要案要办。两位大人不愿透露，曾某不问就是了。"曾友谅道，看了伍喻峥一眼，与他一起拱手对苏晋与柳朝明一揖，"天色暗，府上下人没看清柳大人和苏大人的模样，想必多有得罪，二位大人莫怪。"

苏晋与柳朝明不动声色地回以一揖："曾大人客气了。"

二人随朱昱深一起出了曾府，巷道旁即刻有扈从牵了马过来。

朱昱深回身与苏晋、柳朝明二人道："本王尚有要事要去兵部，先行一步。"

柳朝明点了一下头，与苏晋一起向朱昱深施了个大礼："今夜多谢殿下了。"

朱昱深道："两位大人客气了，说来见笑，本王也是乍闻内子回京，赶来宫中的路上恰好撞见此事。"言讫，不再多说，翻身上马，扬鞭而去了。

朱昱深走后，先前喧哗的西巷渐渐静了下来。

想来也是，羽林卫既然不能对苏晋与柳朝明下手，自当把兵力分去正南门，追击要从城西绕道回南昌的朱南羡。

苏晋走了两步，忽地一个踉跄，整个人晃了晃，险些没能站稳。方才弦绷得太紧，她不曾察觉，眼下从曾府出来，才发现受伤的手臂酸麻不已。

柳朝明回过身来，问："你怎么了？"

苏晋以为这一时的不适只是失血过多所致，摇了摇头道："没事。"

二人一路行至奉天门外。

夜色沉沉，更深露重，虽是无雨之夜，青石板道上依旧十分潮湿。

苏晋看向与自己错开半步走在前面的柳朝明。今夜之事在她眼前闪过。她知道，若不是柳朝明及时赶来，此时此刻她怕已成了羽林卫刀下的亡魂。

先前的困惑又自心头生起，苏晋想了想，问道："大人今夜为何要来？"

柳朝明脚步一顿，没有回头。

甬道内并非无人，宫中混乱方息，四下里还有提着灯匆匆而行的内侍。只是内侍见了他二人，俱行礼避开，倏忽闪灭的灯火在夜里像一双双眼。

"我不知道。"须臾，柳朝明道。

其实他只是下意识地去找她了，连落入险境都是后知后觉的。

苏晋愣住了。

月洒清辉，将地上的两道影子拉长。他们同路而不同道，于是这场面显得分外寂寥。

苏晋又问："大人当年……究竟对老御史承诺过什么？"

——苏时雨这一世太难太难了。

——你一定要找到她，以你之力，守她一生。

柳朝明抬头看向天上月。

其实在深巷里找到她之前，他眼前都是她那日蹲在都察院的老树下，抬着手背一下一下无声抹泪的样子。

这些时日，她这副样子数次出现在他恍惚之际，如工笔醒染，墨色深烙，连心底生出的悲悯之感都清晰如昨。

柳朝明淡淡地道："那是我的承诺，与你无关。"

苏晋于是点了点头："好，大人既不愿说，时雨便不问了。"然后她抬眸，顺着柳朝明的视线，也看向天上的那轮明月，忽然唤了一声，"柳昀。"

柳朝明的睫毛微微一颤。

"今日承蒙你舍命相救，我记下了。"她转过身，郑重其事地对他揖了揖，淡淡地笑了一下，"但也只能先行记下，相报要待来日了。"

柳朝明知道为何要待来日。时局太乱，他们立场不同，恩与仇都在等着尘埃落定。

月色流转在她的眸中，她眸里的火色让他想起初见她时的样子。

暮春雨纷纷，隔着雨帘，他分明没有看清她的样子，却记得她眼底的烈火与现在一样灼热。

柳朝明没说话，淡淡地"嗯"了一声，抬步往都察院走去。

刑部衙司与都察院是一个方向，苏晋刚要跟上，手臂伤处的酸麻之感竟传遍全身。

她这才意识到曾府老仆用来刺伤她的匕首兴许是淬了什么毒，否则一道不深不浅的口子，即便失血再多，又怎会令她全身使不出一点儿力气？

苏晋走出几步都如踩在云端，一时之间竟站立不住，向前望去，柳朝明的背影竟也渐渐模糊起来。

不远处还有宫婢、内侍提灯走过。

苏晋知道自己不能倒在这里，若叫人发现，对方一旦解下衣衫为她验伤，那她便当真只有死路一条了。

眼前的景物逐渐模糊，她努力追了两步，晕过去之前，又唤了柳朝明一声。

柳朝明心绪沉沉，一时间没注意到身后的异样，直到听到一声"柳昀"才转过身来。

苏晋如同被抽去了筋骨，正软身向前栽倒。

柳朝明怔了一下，上前两步伸手一捞，蹲下身将她接住。然后他才意识到发生了什么，整个人蓦地僵住了。

那瘦削的身躯分外无力地躺在他的怀里，清淡的带着些许草药味的气息扑鼻而来。

下颔就抵在苏晋的发间，他却不敢垂眸去看她。有一瞬间，柳朝明连自己的心跳声都听不到，整个世界仿佛只剩下眼前的寸许月光和怀里的这个人。

而这寸许月光，就像要在他身前铺开一道素色红尘。

好半晌，他身旁传来迟疑的一声："柳大人？"

原来是奉天殿一名值夜的内侍赶了过来，跪在地上朝柳朝明一拜，问道："大人可要小的背苏大人去太医院？"

怀里的人呼吸平稳，想必所中之毒并不致命。

柳朝明沉默片刻，回了一句"不必"，随后将苏晋横抱起来，吩咐内侍道："你去太医院，传医正方徐来都察院看诊。"

丑时正刻，后宫已被彻底封禁，各宫都被勒令自查，凡有不在的或行踪可疑的，一经发现，立刻上报。

折杨宫内，一星灯火如豆。

戚寰刚从内侍的手里接过第二道药，便听竹榻上传来一声低哼，是朱祁岳醒了。

他睁开眼时还一阵恍惚，然后才想起兰苑外，十三对自己下毒。奇怪的是他内心很平静，大约是一直觉得自己亏欠十三。

戚寰搁下药碗，向朱祁岳行了个礼，唤了声："殿下。"

朱祁岳转过头去，屋内光线太暗，一星烛火微微晃动。

戚寰其实与戚绫长得有些像，尤其当罩上一层暗色后。恍惚中，他简直觉得她就是戚绫。

但他知道她不是。

戚寰是京中这么多贵女里最知书达礼的一个，就算已是深夜，只要未睡，依旧妆容精致，云鬓环钗一丝不乱。也是，她是戚府的嫡出小姐，原本是该嫁给朱南羡这样的嫡皇子的。

朱祁岳唤了声："寰寰，过来些。"

戚寰依言走近了些，却并未坐下，因为夫为妻纲，他没吩咐她坐。

朱祁岳在心里叹息一声，问道："怎么样了？"

戚寰道："殿下所中之毒并非寻常麻药，而是一种特意调配过的药粉，只要沾上，轻则体虚骨软，重则昏迷七日不醒。还好殿下吸入时下意识地屏住了呼吸，因而情况不甚严重。"

"我不是问这个。"朱祁岳转过头来看她。

她的含珠唇其实长得极美，一双杏眼也好看。

他道："我是问，宫中的情形怎么样了？"

"方才七皇兄传旨，称十三殿下被歹人劫走，派了羽林卫前去追捕。今夜后宫出事，现已全部封禁，各宫正自查，要等卯正时分才允许人出入。还有一事。"她说到一半，看了朱祁岳一眼，轻声道，"如雨今夜行踪可疑，有人怀疑是她带十三殿下离宫的，已被传去宗人府问话。"

"戚绫被带走了？"朱祁岳听了这话一愣，"那她现在人呢？"

他才服过药，医正说过他醒来正是虚弱之时，不宜悲怒。

戚寰见朱祁岳要撑着坐起来，不由得敛了眸，眼中闪过一丝几不可察的难过之色，然后才走去榻边，在他的身后支了个引枕，续道："方才殿下昏睡时，臣妾已去宗人府看过她。她好歹是戚家的人，宗人府不会为难她的。"说着又笑了笑，"而且沈三妹也被传去了宗人府，想必会照顾如雨。等到卯时天亮，后宫的封禁解除了，她二人便出来了。"

朱祁岳这才放下心来，点了点头："这就好。"

手边的药汤已变温，戚寰端起药碗，对朱祁岳道："不烫了，臣妾服侍殿下吃药。"

朱祁岳看了那药汤一眼，沉默片刻，忽道："十三这回走了，如果被抓回来，就是死路一条了吧。"他苦笑了一下，"这药我不吃了，最好能多病几日。若好得快了，七哥又要让我帮他去追十三。"

朱祁岳说到这里，搁在榻边的手忽然握紧，一双好看的眉也皱了起来，燕尾似的眼梢尽是颓废之意："我不想去追十三。他不原谅我，骗我，对我下毒，怎么都好，这是我欠他的。我不希望他死，只希望他走得远远的，然后好好活着，再也不要回来。"

戚寰怔怔地看着朱祁岳。

她在岭南陪了他数年，看过他因流寇乱杀百姓而震怒，因痛失将士而伤悲，却从未见过他这般颓败丧气。哪怕她当年满心欢喜地嫁给他时，他掀开喜帕，眼中的难过与失望也是一闪即逝的。

戚寰觉得，她心中的十二殿下该是意气风发的将帅，该是快意恩仇的剑客，该是不问功过是非只从心而行的侠士，却独不该是这深宫中的皇子。

她实在是想让他开心一些，自她回京，已经很久没见他真正地开心过了。

于是她温声道："日前踏春时，如雨说我那支南疆蛱蝶衔花簪别致好看，我想送给她。可这支簪子是殿下送我的，我怕这中间隔了一层她不愿意收，只好说簪子原本就是殿下送她的。"她说着笑了一下，"殿下，我离京太久，又思家得紧，且自小与如雨感情甚好，不忍与她分开。这些年她一直住在府里也没个着落，不如等入秋后，让她随我一起回岭南吧？日后我与她姐妹二人，也好彼此做个伴。"

朱祁岳听了这话，不由得愣了一下。片刻，他怔怔地看了戚寰一眼，像是要解释什么，最终却将话咽了下去，只回了句："再说吧。"

寅时三刻，宫外传来号角声，这是要出征的将士开始整军的声音。

整军过后，将士也不会立刻出发，还要点帅，要祭酒敬皇天、敬社稷。

苏晋便是听到这号角声后醒来的。

事实上她心中一直记挂着昨夜的事，并未睡多久。

眼前的这间屋子她曾来过，一张青竹榻，一扇高窗，一张书案，是柳朝明的值房的隔间。

书案旁，柳朝明背身而坐，正提笔写着什么。

苏晋原想问一问昨夜的事，却不知从何说起，正犹豫时，左臂的伤口处忽然有一丝冰凉的感觉。

她掀开被衾一看，只见伤处已用草药与棉布带仔细地包扎过了。

"是请太医院的方徐为你看的。"柳朝明听到身后的动静，知道她在忧心什么，一面在卷宗上写上最后一句，一面说道。

方徐是她的人，她应当可以放心。

苏晋撑着坐起来，点了一下头道："多谢大人。"

柳朝明沉默片刻，斟了一杯温水，搁在她的榻边，又道："只是麻药，伤得不深。"

方徐的原话是："这麻药其实也就麻一麻手臂腿脚，苏大人大概是因为先头弦绷得太紧，一直无意识地忍着，所以松懈下来后才会晕过去。"

苏晋"嗯"了一声，端起手边的温水，慢慢地啜了一口。

屋外有人叩门，推门而入的是御史言脩："大人，那头来人说后宫内，皇贵妃……"

他话还没说完，便看到了榻上的苏晋，愣了一下，行礼道："原来苏大人也在。"又问，"苏大人身子不适？"

苏晋没回话。

后宫被封禁她是知道的，可看言脩的样子，他竟能在前后宫不允许任何人出入的情形下获取后宫的消息……而且，他说的"那头"，是哪头？

言脩迟疑地看了柳朝明一眼，不知是否应当说下去。

柳朝明道："无妨。"

"是。"言脩道，"皇贵妃被带回重华宫后，七殿下便命侍卫将她锁在了偏殿。除此之外，这几个月为十三殿下问诊的蒋医正被杀了，十二殿下所中之毒正是蒋医正调制的，后来在一棵榆树上找到，虽不致命，终归是伤身的。"

"还有，朱沢微以'十三殿下被贼人劫走，恐危害大随正统'的名义派了八支精锐羽林卫从正南门离开，去追十三殿下了。听说朱沢微传了密令，一旦找到十三殿下，就地将其杀了。"言脩说到这里，看了苏晋一眼，"十三殿下被'劫'，十二殿下中毒，此事理应交给三法司审理。但七殿下说三法司中恐有人涉足此案，他手上有些证据，因此也要参与问案。"

苏晋心下了然。

她知道朱沢微说三法司里"有人涉足此案"中的"有人"非她莫属，而她今夜确实去接应了朱南羡。

朱沢微只要把从昨日到今日与她接触过的人逐一抓去审问，难保不会有人透露出什么信息。何况他现在已经知道她来自蜀中了。

柳朝明对言脩道："知道了，你出去吧！"然后转头看向苏晋，问道："你准备怎么办？"

苏晋知道，只要离开都察院，单是她将伍喻峥留在刑部直至夜深，导致十三殿下失踪这一条，也足够让朱沢微把她传去问话了。

而她只要到了朱沢微那儿，恐怕就出不来了。

苏晋摇了摇头道："不知道，走一步看一步吧。"

574

她整个人被笼在一片幽微的烛光里，沉睡方醒，脸色仍是憔悴而苍白的。

柳朝明默默地看着苏晋，半晌才道："你现在只有一条路。"他一顿，"与我合作。"

苏晋愣了一下，顷刻明白了柳朝明的意思。

他与她虽立场不同，但现在朱沢微过于得势，是他们共同的敌人。在这个时候，与柳昀合作确实是她最恰当，甚至唯一的选择。

苏晋垂下眸，静静地道："我是为十三殿下效力的。认识大人已久，冒昧地问一句，大人又是为哪位殿下进忠？四殿下还是十殿下？"

柳朝明淡淡地问："你觉得呢？"

苏晋一时未答。

她与朱弈珩、朱昱深接触不多。朱弈珩太圆滑，见人说人话，见鬼说鬼话，逢不同的人便是不同的样，苏晋实在猜不透。而朱昱深太深沉，这些年一直镇守边疆，其余的事好像都置身事外，更令她看不透。

假如这两个人是同一边的，又是谁辅佐谁？

朱弈珩作为皇子，根基太浅。朱昱深倒是有实力，可若是朱弈珩辅佐朱昱深，那么堂堂皇四子为何要在这个夺储的最佳良机出征？

苏晋摇了摇头道："我想不明白。"又无奈地笑了一下，"我确实无路可走，除了与大人合作，别无选择。这个问题我不该问，也没有资格问。"

她将杯中的水饮完，搁在手边。

柳朝明看着那空了的杯子，杯底一圈冷晕像匕首上折射出的光。

屋外传来叩门声。

言脩道："大人，七殿下带着人找来都察院了。"

朱沢微一进中院，就看到柳朝明与苏晋同时从值房走出来，也不啰唆，当即吩咐道："把苏侍郎带走。"

朱沢微身后的两名羽林卫应诺，上前拿人。柳朝明抬手一拦，冷冷地道："敢问七殿下，因何要在我都察院拿人？"

朱沢微笑了一声："柳大人不知道吗？昨日苏侍郎无故将羽林卫指挥使伍喻峥扣留在刑部写所谓的证词，导致前宫失守，本王的十三弟——大随的天家嫡子失踪了。本王正是要传苏侍郎问责。"

"如果七殿下指的是昨夜伍喻峥提交给刑部的有关故太子被谋害一案的状词……"柳朝明道，"此事是本官、苏侍郎、大理寺卿张大人共同决议的，由刑部苏侍郎传令证人伍喻峥，三法司立案重审。"

575 ·

"笑话!"朱泽微道,"大皇兄被害乃是羽林卫内部叛乱所致,相关犯人早已被处决。三法司即便要重审,也应当与本王商议后再做决定。苏侍郎这么做,难道不是假借刑部审案之名滥用职权?柳大人身为左都御史,行纠察之责,竟要为苏侍郎遮掩罪行吗?"

"本官已说了,重启此案是我三法司共同的决议。七殿下若觉不妥,不如传三法司一同问讯。"柳朝明一顿,忽地一笑,"只是不知七殿下能否在朝中找出一个合适的人选,共同审讯我三法司?"

这句话实实在在戳到了朱泽微的痛处。

如今朝中无君主,三法司已成为最高的刑罚机构。

若放在平常,刑部、大理寺与都察院相互牵制倒也罢了,怕就怕他们忽然同气连枝。这样的情形下,除非朱景元或东宫太子行君主之权,否则谁都拿他们没办法。

朱泽微简直恨得牙痒痒。

当初他费尽心机想要往刑部安插自己的人,没承想被苏晋暗度陈仓。

后来他看苏晋自入刑部后便与柳昀分道扬镳,实在松了一口气。可昨日不知究竟发生了什么,一夜过去,天还没亮,这两个人又和衷共济起来了。

这么下去不行,朱泽微想,若不能在三法司打开一个缺口,他要登基着实太难。

"三法司要重审故太子被谋害一案也无不可,但事情一码归一码,本王的兄弟一个失踪一个中毒,与苏侍郎确实有脱不开的干系。"朱泽微道,"怎么,本王要传苏大人问个话也不成吗?"

朱泽微说着,径自唤道:"羽林卫!"

"在!"

"不必理会都察院,把苏侍郎带走!"

这是要用强了。

柳朝明蓦地眉头一蹙,眼中狠意毕现,然而还未开口,又有一行人自中院外走来——竟是左谦与随行的金吾卫。

"七殿下、柳大人、苏大人,末将今日奉令护卫六部衙司与都察院,听闻此处十分喧哗,特来问一问殿下与二位大人,可有用得上末将的地方?"

他这话虽言及苏晋与柳朝明,却是盯着朱泽微说的,大有"你要动手我便动手"的意思。

亲军卫轮值通常是一个月在北大营练兵,一个月守卫宫禁。

朱泽微总算明白过来——难怪自二月开始,左谦就心甘情愿地被支开,领着金吾卫去了北大营。朱南羡怕是早就算好了要在三月离开，特意命左谦在他走了以后，轮值回来保护苏时雨。

也难为他这个十三弟，为了一个苏时雨，竟细心成这样了。

罢了，事已至此，今日已非动手的最好时机。

　

朱泽微离开都察院时，心中的怒气已消散了不少。他将柳昀最后一个狠意毕现的眼神放在心中咂摸一番后，忽然想通了一件事。

最初发觉苏晋的身世与齐帛远、孟良有关，朱泽微就猜到苏晋是两位老谋士的故旧之后，而今日看到柳昀不惜一切代价救苏时雨的样子，忽然有些明白这位故旧是谁了。

与孟良、齐帛远交情至深的旧人还能有谁？

苏晋生于蜀中——

他忽然想到了一个"谢"字。

脚下的步子一顿，朱泽微冷冷地问："苏晋二字，当真是苏时雨的真名吗？"

身旁一个亲随答道："回七殿下，小的查过户籍，此事千真万确，且苏侍郎的户籍是自出生当日就上好的。"

"那也未必是真的。"朱泽微笑道。

谢相如此高瞻远瞩，早早地为自己的亲人后辈留几个身份也不是什么难事。

怪只怪谢相去世已逾十载，直至今日，朱泽微才想到苏晋的身世或许与这位大名鼎鼎的当世第一大儒有关。

"派人找到蜀中的探子，让他着重查谢煦，往死里查。所有在蜀中与谢煦接触过的人，哪怕只说过一句话、见过一面的，都一一抓回拷问。"朱泽微说着，看向远天第一缕破云而出的光，缓缓笑道，"本王有预感，这个苏时雨的真实身份，恐怕有意思得很。"

　

卯时三刻，沈筠自宗人府出来，一眼便看到恭旋门外有一个挺拔修长的身影正等着自己。

朱昱深一身朱色铠甲，从来深邃的眼底浮现出温柔之意。

沈筠原是有些忐忑的，怕他怪自己抛下小朱瑾，为了沈奚赶回京师。

可一见朱昱深唇角淡淡的笑容，她便将这忐忑忘了，满心满眼都是重逢之喜，取下背上的红缨枪，三步并作两步跑到他跟前："四哥，半年不见，你我来比一比！"

这是她少时追着他习武时养成的习惯。

她明明打不过他，偏偏还爱比试，那时只盼着这样投其所好地追着他、跟着他，他就能多记得她一分，在他心里，她就能与众不同一分。

桃花眼潋滟如春，她掌中的长枪宛如游龙横扫而过。

朱昱深不避不让，抬起手臂精准地一挡，枪头撞在铁护腕上发出"铮"的一声。

他的手腕朝上一翻，反手握住枪身往回一扯，沈筠便被带到了他的怀里。

"我就要出征了，夜里才听说你回来，过来看看你。"朱昱深轻声道，又将她放开，问，"已去见过青樾了？"

沈筠疑惑地道："四哥怎么知道？"

朱昱深唇边噙起一丝似有若无的笑，扫了她靴头的泥渍一眼："回府后，让下人帮你把靴子洗了。"

沈筠顺着他的目光看过去，将靴头往地上蹭了蹭，笑得开怀："还是四哥周到！"她看了一眼天色，分外无奈地道，"可惜四哥这回出征，三妹没法陪你同去了。阿姐过世，阿爹被流放，青樾也险些丧命，我与朱沢微已是不共戴天。我要留在京师，查清所有害我沈府的人，要让他们统统付出代价。"

朱昱深默默地看着她，半晌，牵过她的手，温声道："不陪也罢，随我走一段，算是相送了。"

沈筠于是又开心地道："好。"她想了想，"四哥，等十三登基，我与十三一起报完仇后，立刻就回北平。瑄儿和瑾儿就劳烦四哥先照顾了。"

朱昱深别过脸看她一眼，淡淡地道："好。"

将帅出征，内眷不能相送。

沈筠虽也有宣武将军的封号，但因未着将军服，还没走到西咸池门便被侍卫拦下了。

咸池门外，四方将士列阵，号角声声。

此次自京师出征共万余人，并着朱昱深在北平的兵马，大军一共二十来万人。即便如此，他们要与北凉的三十万兵马作战，仍是十分艰难的。

大随立朝之初便与北凉争战不断。

景元八年以前，北凉还曾占据北平府不退。后来安定侯率兵出征，虽夺回了北平，可北凉仍频繁扰境。

直到景元十五年，也就是十年前，年仅十九岁的朱昱深自请挂帅，征战北疆，以少胜多一战成名，才将北凉大军击退到北境疆界之外，彻底守住了大随的疆土。

蓄了一夜的云团没落下雨来，到了辰时，竟被万丈春光照破。

饯别酒摆在西城之外的十里亭，在宫中就前来相送的臣子其实并不多。

朱昱深带着一众将领祭酒敬完社稷，便见长道一头有个身着仙鹤补服、气质清冷的人缓步走来。

正是左都御史柳朝明。

离得近了，柳朝明对朱昱深一揖，淡淡地道："臣奉命查案，正好要自西咸池门离开，想着四殿下今日出征，便过来送一送殿下。"

朱昱深伸手将他一扶："柳大人不必多礼。"

这时，人群另一端有一人道："柳大人也在。"

柳朝明循声望去，只见朱弈珩越众而出。等走近了，朱弈珩笑了一声，用仅三人听得到的声音说："真是巧，柳大人与我顺路顺到一起了。"

群臣早已退得远远的了。

朱弈珩又道："我今早跟七哥请了个旨，想带着府兵与一支羽林卫去追十三，看看能否把我这个丢了的十三弟寻回来。七哥允了。眼下我也正要离宫，想到四哥出征，顺道过来相送。"

朱昱深与柳朝明都没回话。

朱弈珩回头看了一眼随他而来的内侍，那名内侍会意，随即奉上一壶烈酒。

朱弈珩取了杯盏斟了三杯酒，道："既然这么巧都来了，柳大人不如与我同敬四哥一杯，为四哥饯行？"

柳朝明沉默了一会儿，自他手里接过杯盏，与朱昱深、朱弈珩一同饮了。

出征时辰已到，号角响彻西城。

朱昱深放下杯盏，看了柳朝明与朱弈珩一眼，淡淡地道："本王此去不知何时归来，二位自当保重。"言讫，翻身上马，领着出征的兵将起行。

旌旗飘飘，出征的卫队犹如长龙，映着苍天春色，缓缓地自西咸池门出发。

柳朝明与朱弈珩站在城门处，一直等到军队在视野里消失，才一同转身，并肩往宫内走去。

长道深深，两旁的内侍见了他二人都远远地行礼避开。

好半晌，朱弈珩才意有所指地说了句："柳大人，第二回了啊……"

柳朝明虽听得明白，却没有回话。

第一回，他因一己私念，让苏晋去通政司送信，险些毁了大局；而这第二回，他舍命去城西寻苏晋，自己却落入险境，是朱昱深赶来救了他。

朱弈珩笑道："如果说柳大人从前帮四哥，只是因为十年前的一场君子之约，因为一环碎了的玉玦，那么时至今日，大人既然肯在四哥出征之日前来相送，是否说明你承了四哥的恩情，自此往后，与在下算是彻彻底底的同党了？"他摸着下巴，饶有兴致地道，"不过我很好奇，柳大人向来不问争斗只行己道，究竟是因为什么忽然决定自此站在四哥这边了？"

柳朝明漫不经心地理了理袖口，说道："十殿下以天下为盘，屠刀为子，与四殿下一起布下十年之局，将太子、三王、十四斩落其中，甚至不日后朱泽微和朱南羡也将步入死局，此心缜密，惊才绝艳。柳某做个看客倒也罢了，无心与你一起搅浑水。"

"柳大人说笑了。"朱弈珩道，"大人手握大权，半身已在浑水之中。若不在水里搅动搅动，岂不平白少了三分美景？"

他说着笑了笑，道："时局如旋涡，顺势而昌，逆则亡。我与四哥虽能布局，但无法将事事都握于股掌。譬如今日，四哥最后一句'二位自当保重'，正是意外得知十三手握立储密旨，让我二人在十三的手里找一条后路。"

"你的后路不是已经着着了吗？"柳朝明勾唇一笑，"你自请带兵卫去追朱南羡，难道真是为了寻回他？还不是打着追捕的名号暗自助他回南昌，让日后新任的太子殿下、大随的储君记你这一恩，留你一条性命？"

朱弈珩道："彼此彼此，大人与苏时雨结盟，难道真的只是为了救她？不是为了给自己留条后路？"

柳朝明又笑道："随你怎么想。"

长风拂来，二人说话间已至奉天门。巍峨的宫楼矗立无声，门楼的铁马叮当作响，有宫人弓着身在廊阁间匆匆穿行，带着满目的忧伤与惘然。

这沉沉的、无尽的深宫。

柳朝明与朱弈珩在墀台上分道后，回头看了眼庑殿顶上气势如虹的飞龙石雕。

那飞龙明明欲腾云而去，却又被缚于重檐之上。

不知怎么，他想起了十年前，年仅十六岁的自己站在充斥着冷铁之气的四王府里，听得朱昱深问："柳昀，你可有什么珍贵之物？"

柳昀此生寥落，只有两个人待他情深义重，一个是早早过世的母亲，一个是后来收养他的老御史。

于是，他自腰间解下一枚玉玦，往前递过去："这是我母亲唯一的遗物。殿下若看得起，聊报当年自柳府逃出时，殿下的相救之恩。"

青白质玉料琢成的玉玦温润通透，微微生光。

朱昱深却道："本王不要你相报，只愿以此为信物，与你立下一个君子盟约。"说着接过玉玦，往地上一砸。

在柳朝明惊讶而无措的目光下，那枚几乎与他的性命一样重要的玉玦碎成四块。

朱昱深将碎裂的玉玦收起来，然后自身后的剑台上取下一柄通体如墨、嵌着鎏金暗纹的佩剑递给他："纵死侠骨香，不惭世上英，这是本王的信物！

"本王今日与你柳昀立下盟约，日后登基，望得你相助四回，而本王也会许你三诺。

"北境战乱，民不聊生，我明日清晨会自请挂帅征战。这第一诺，本王便许你北疆太平。"

十年前朱昱深出征的号角声与今日如出一辙，哪怕时间隔得很久了，依然响彻宫禁。

收在袖囊的三块残玉一如当年温润，柳朝明取出一块握于掌中，反复摩挲，那残玉终于有了些许热度。

他忽然不想要最后一块残玉了。

世间之事本不圆满，他为何还要求圆满？

就像眼前这无悲无喜的宫禁，走到江山易主的这一日，恐怕也是满心萧索吧。

早上还灿烂的春光到了午时便被风吹散了，层云压境，在深殿之上铺开一层又一层暗色。

又要落雨了。